BLUTIGE PFADE

Christian Barz

KRIMI

Plöttner Verlag

Bibliografische Informationen der Deutschen Nationalbibliothek:
Die Deutsche Bibliothek verzeichnet diese Publikation in der Deutschen Nationalbibliografie; detaillierte bibliografische Daten sind im Internet über www.d-nb.de abrufbar.

1. Auflage
ISBN 978-3-95537-050-3
Umschlaggestaltung: Maike Hohmeier, Hamburg
Satz & Layout: Jonas Plöttner
Gesetzt in der Adobe Garamond Pro
Druck: Winterwork, Borsdorf

www.ploettner-verlag.de

Kapitel 1

Samstag, 12.02.2011

Ein frischer Wind zog vom Meer hinein ins Land und kühlte die Hitze des Nachmittags zum ersten Mal ein wenig ab. Bereits seit dem Morgen brannte die Sonne unerbittlich auf den Strand herunter. Nicht der leiseste Windhauch war den gesamten Tag zu verspüren gewesen. Es war unerträglich heiß. Die Luft flimmerte über dem Strand und es tanzten kleine grelle Punkte auf den Wellen, die die Sonne reflektierten und mich blendeten. Ein typisches Wetter für diese Zeit des Jahres. Manchmal blieb es für Tage, ja Wochen in dieser Region tropisch heiß, kaum Wolken, kein Niederschlag. Auch in den Nächten ging in dieser Zeit das Thermometer nur unmerklich zurück, sodass ich mitunter schon beim Aufwachen mit einem dünnen Schweißfilm überzogen war. Selbst das Meer konnte zwischen Dezember und März keine wirkliche Abkühlung verschaffen, da es sich zumeist bis auf knapp 29° Celsius aufheizte. Jetzt aber versprach die aufkommende leichte Brise eine längerwährende Abkühlung. Weit entfernt am Horizont türmten sich bereits dunkle, hohe Wolken auf. Es würde sicherlich regnen. Wenn nicht heute, dann gewiss morgen.

Wieder musste ich an Marys Worte denken und auch daran, dass ihr ganzer Körper gebebt hatte, als sie mir vor einigen Tagen schilderte, wie sie und ihre Cousine Lisha von einigen Nachbarn zu dem Leichnam gebracht wurden, den sie auf einer Sandpiste gefunden hatten.

»Dieser süßliche Geruch verbrannter Haare... Eine schwarze, harte Kruste überzog an Kinn, Stirn und Ohren sein Gesicht. Die Haut an den Wangen und seiner Nase wirkten verformt. Wie ein Klumpen Wachs, der zulange in der Sonne gelegen hatte. Die Augäpfel waren verkocht und wir konnten direkt in seine Augenhöhlen schauen. Auch die Haut auf seinem Kopf und am Hals war verbrannt und wir konnten an einigen Stellen die darunterliegenden Muskelstränge erkennen. Nur verbranntes Fleisch – bis hinunter zu den Schultern. Wären die Reste seines Hemdes und seiner Hose ebenfalls ein Opfer der Flammen geworden, hätte Lisha ihn nicht identifizieren können. Es war entsetzlich. Ich träume noch immer jede Nacht von diesem Anblick!«, schilderte sie mir unter Tränen.

Ein Unfall war nach ihren Schilderungen sicherlich auszuschließen. Aber ein Mord? Hier, nur wenige Kilometer von meinem Haus entfernt? Das passte nach meiner Vorstellung nicht in die kleine, heile Welt, die wir uns in unserem Strandresort Praia da Onda aufgebaut hatten. Ich verdrängte diese Gedanken mit einem Schluck aus meinem Glas und blickte wieder hinaus aufs Meer. Die Fischer kehrten mit ihren Dhows zurück, um in Strandnähe vielleicht noch einen letzten Fang für heute zu machen. Weiter draußen war das Meer wegen der herannahenden Schlechtwetterfront bereits zu aufgewühlt, um noch mit den kleinen Netzen zu fischen. Mein Blick wanderte erneut gen Norden, von wo die Zufahrtsstraße zur Strandhaussiedlung durch das Resort führte. Auch hier trieben, vom Wind angestachelt, kleine Sandkornarmeen über die Piste und ließen bloß noch erahnen, wo die beiden Fahrrinnen verliefen. Bald musste er kommen. Das halbe Jahr war inzwischen vorüber und wir hatten in der letzten Woche telefoniert.

»Am 11.02. landet mein Flieger in Maputo. Ist ein Freitag. So gegen 10:00 Uhr. Wenn mein Gepäck mal ausnahmsweise sofort da ist und nicht wieder die Hälfte fehlt, fahre ich direkt los. Erst einmal bis Inhambane oder Maxixe. Wenn es gut läuft, vielleicht noch die eine Stunde weiter bis nach Tofo. Liegt zwar nicht auf dem Weg, aber dafür wird es sicherlich amüsanter.«, hatte Tom mir mitgeteilt.

»Ganz sicher wird es das! Grüß Andrew von mir und trink nicht so viel, sonst kommst du Sonntag schon völlig verkatert hier an.«, hatte ich ihm als guten Rat mit auf den Weg gegeben.

Andrew Hawkins war ein alter Kollege von Tom aus Armeezeiten, der sich nach seinen Einsätzen im Irak ebenfalls in Mosambik niedergelassen hatte. Die Abfindung für seinen Bauchschuss und die anschließende lebenslange Rente reichten aus, um ein kleines Ferienresort in Tofo zu kaufen und dort das ganze Jahr über Backpacker und kleinere Reisegruppen zu beherbergen. Es war gut besucht und es sah so aus, als hätte er hier sein Glück gefunden.

»Ich muss mal sehen, ob ich dann gleich am Samstag weiterfahre oder noch eine Nacht länger bleibe und erst am Sonntag nach Praia da Onda komme.«, hatte Tom hinzugefügt.

Ich hoffte, dass Tom sich für den Samstag entschieden hatte und schon heute anreisen würde, denn ich wollte mit ihm über den Mord sprechen. Zwar wäre es grundsätzlich egal gewesen, ob Tom heute, morgen oder erst in ein paar Tagen in Praia da Onda ankommen würde. Das hätte an den Geschehnissen nichts geändert. Jedoch brannte ich darauf, mit Tom über den Vorfall zu reden, denn wir waren, seit ich vor zwei Jahren hierhergezogen war, sehr gut miteinander befreundet. Nicht zuletzt deshalb, weil er ebenfalls einer der wenigen Europäer in der Anlage und zudem wie ich ein Long-Term-Nutzer seines Strandhauses war. Die anderen Nachbarn in der Anlage kamen zumeist aus Südafrika und waren übers Jahr verteilt oft nur einige Wochen, selten auch für ein paar Monate hier. Wir verstanden uns gut, doch tiefer gehende Freundschaften hatten sich bisher nicht entwickelt. Die meisten von ihnen hatten von dem Mord erfahren und waren bestürzt darüber. Mangels einer entsprechenden Tagespresse vor Ort, welche die Angelegenheit sicher über einen längeren Zeitraum präsent gehalten hätte, aber auch aufgrund der Distanz der weißen Hausbesitzer gegenüber der schwarzen Landbevölkerung, war die Sache jedoch nach wenigen Tagen bei vielen wieder in Vergessenheit geraten. Es war eben nur ein toter Schwarzer. Die Dorfpolizei würde sich schon um den Fall kümmern.

Die Wolken von Nordosten waren wieder ein Stück weiter Richtung Küste gezogen. Die schwüle Luft hatte sich durch den Wind weiter abgekühlt. Von Tom war noch nichts zu sehen. Bei Dunkelheit nahm das Risiko zu, dass man eines der riesigen, kraterhaften Schlaglöcher übersah oder auf einem Sandpistenteilstück wegen der spärlichen Markierungen von der Straße abkam und in den Straßengraben fuhr. Dutzende von verunglückten, umgestürzten und verrosteten Wracks am Straßenrand zeugten davon, dass diese Gefahr nicht zu unterschätzen war. Würde Tom nicht bald ankommen, wäre heute nicht mehr mit ihm zu rechnen.

Ich machte mir Gedanken darüber, wie ich ihm von dem Mord und meinem Plan erzählen würde und spielte verschiedene Szenarien in meinem Kopf durch. Ich blickte auf mein Glas, das bis auf einige fast zerschmolzene Eiswürfel geleert war und beschloss noch einen letzten Gin Tonic zu nehmen, bevor ich den Grill anmachen und den Schwertfisch allein verspeisen würde, den ich für Tom und mich bei den Fischern gekauft und durch die pralle Mittagshitze den knappen Kilometer von der Anlegestelle am Strand bis zu meinem Haus getragen hatte.

Ich nahm mein Glas und ging wieder hinaus auf die Veranda. Das Glas stellte ich an seinen alten Platz auf die Armlehne zurück und setzte mich wieder in den Sessel. Das Meer wirkte durch die kleine Lücke zwischen meinen Zehen viel wilder als in seiner Gesamtbetrachtung, auch wenn die Wellen inzwischen zunahmen.

»Die Naturgewalten zwischen meinen Zehen. Wenn ich noch zwei, drei Stunden warte, kann ich bestimmt auch Blitze zwischen ihnen zucken sehen.«, freute ich mich schon auf das bevorstehende Gewitter.

Ich gab mich diesem Anblick hin und verlor mich am Übergang der Wolken und des Wassers am Horizont.

»Brauchst du ´ne Pediküre oder was ist los mit dir?«, hörte ich jemanden von der Sandpiste her rufen.

Ich blickte hoch und schaute in die Richtung, aus der die Stimme, die so vertraut klang, kam. Es war Tom. Ich hatte seine

Ankunft völlig verpasst. Das Geräusch des Motors seines Mietwagens war scheinbar im Rauschen der stärker werdenden Brandung untergegangen.

Er stand neben dem roten Pick-Up, mit seinen raspelkurzen blonden Haaren und Dreitagebart. Tom grinste mich breit an. Er trug ein grau-grünes, bedrucktes Shirt und kurze schwarze Baggy-Pants, die ihm bis zu den Knien reichten. Natürlich war er wie fast immer barfuß unterwegs.

»Tom! Hey! Wie geht´s?«, rief ich zurück, stand auf und benutzte die Treppe der Veranda, die hinunter an den Strand führte.

»Jan! Komm her, Alter!«

Tom ließ seinen Rucksack in den Sand fallen und stellte seine Kühlbox neben sich ab. Während ich den Weg vom Strand zur Sandpiste beschritt, kramte Tom bereits in der geöffneten Kühlbox herum und holte zwei Flaschen Castle Lager hervor.

»Fang!«

Er warf mir eine der beiden Flaschen zu, beugte sich leicht vor und legte den Hals der noch nicht geöffneten Flasche auf den Tritt der Fahrertür. Dann schlug er schnell und kräftig auf den Kronkorken. Die Flasche öffnete sich unter einem leicht schrammenden Geräusch. Wir schauten uns an, streckten uns die Flaschen entgegen und stießen an. »Woa, das tut gut!«

»Komm in meine Arme, Jan! Scheiße, das war ´ne lange Zeit!«

»Schön, dass du wieder da bist! Ohne dich ist es schon ein bisschen langweilig. Hast aber immer noch ´nen guten Zug drauf!«, sagte ich mit Blick auf seine Bierflasche während ich mich aus Toms Umarmung befreite.

»Ich musste dich halt erst schöntrinken…«, lachte er und klopfte mir mit der flachen Hand auf den Oberarm.

»Wie war die Fahrt?«

»Gut. Sie haben die Strecke hinter Xai-Xai ausgebessert. Die Schlaglöcher sind jetzt nicht mehr ganz so tief.«

»Was aber wirklich gut ist…«, fing er an und nahm den letzten Schluck aus seiner Flasche.

»Sie haben das Stück kurz vor Mapinhane wieder halbwegs hingekriegt. Das war bei meiner Abreise letztes Jahr doch kaum passierbar nach dem Hochwasser. Ein Faltboot hätte damals bestimmt besser weitergeholfen. Vier Stunden hab ich da festgesteckt!«

»Ich weiß, ich war vor knapp drei Monaten in Inhambane. Da musste ich auch da durch. Das Wasser war zwar schon wieder weg, aber die Straße sah aus wie eine Sickergrube. Bei mir hat das Stück aber nur ´ne knappe Stunde gedauert. Hast du eigentlich viel mitgebracht? Soll ich dir schnell beim Abladen helfen?«

Tom grinste.

» Hast du schon einmal hinten nachgesehen?«

»Ach du heilige Scheiße! Was hast du denn vor?«

Auf der Ladefläche, türmten sich Kisten und Pakete, die allesamt gut verschnürt und verklebt waren.

»Was ist das alles?«

»Alles, was wir hier in dem halben Jahr, in dem ich jetzt wieder hier bin, trinken können.«, Wir trugen einen Teil der Kisten, Kästen und Pakete in den fensterlosen Abstellraum in Toms Haus,den anderen in meinen Abstellraum. Da unsere beiden Häuser in der Anlage gleich geschnitten waren, musste keiner den anderen nach dem Weg fragen. Die Luft in Toms Haus roch abgestanden. Er öffnete die Fenster.

»Du Glückspilz! Ich sitze hier seit Wochen in einer heißen, stickigen Bude und hoffe darauf, dass sich mal ein Lüftchen auftut und du kommst gerade an, reißt die Fenster auf und schon sieht es draußen nach einem handfesten Gewitter aus.«

»Ist alles eine Frage des Timings! Wie sieht´s denn eigentlich so aus? Nach der langen Fahrt und der Schlepperei hab ich Hunger bekommen. Ist der Grill schon an?«

»Bin ich deine Köchin?«

»Wenn ich dieses Mal wieder ein halbes Jahr ohne Frau hier bin, dann bist du für mich noch was ganz anderes als ´ne Köchin!«

Wir gingen lachend zu meinem Haus hinüber. Der Grill stand, mit einer kleinen Plane abgedeckt, auf der Veranda. Tom lümmelte sich auf die Couch und entdeckte mein Glas, das noch immer auf der Armlehne stand. Mittlerweile hatte sich auf dessen Meerseite bereits eine leichte Sandkruste abgesetzt.

»So was hätte ich jetzt auch gern, bloß ohne die Krümelverzierung.«

Als ich mit zwei Gin Tonic wieder hinaus kam, lag Tom genauso gedankenverloren auf der Couch, wie er mich bei seiner Ankunft im Sessel vorgefunden hatte.

»Ich weiß schon, warum wir hier leben.«, sagte er und schaute hinaus aufs Meer, das mittlerweile einen stärkeren Seegang hatte.

»Kaum bin ich hier, fällt alles irgendwie ab.«, seufzte er.

»Ich weiß, was du meinst. Cheers!«

Ich ging hinüber zum Grill und entfernte die Plane.

»Hast du Lust den Fisch auszunehmen, während ich den Grill anmache?«

»Hab ich eine Wahl?«

»Hast du Hunger?«

»Ist ja gut. Ich mach´s schon. Was gibt´s denn für einen?«

»Schwertfisch. Frisch vom Boot. Liegt noch in der Spüle.«, rief ich ihm hinterher, während Tom ins Haus ging.

Wir standen beide in der offenen Küche, die fließend in den großen Wohnbereich überging, der im wesentlichen aus einer Couch, zwei Sesseln, zwei Sideboards, einem Fernseher an der Wand und zahlreichen afrikanischen Deko-Elementen wie Trommeln, Speeren, Wandbehängen und einigen Holzfiguren bestand. Tom bereitete den Fisch vor, während ich Reis kochte und die Piri-Piri-Soße zubereitete.

»Was sind das eigentlich für spannende Neuigkeiten? Du hattest am Telefon angedeutet, dass du mir was erzählen müsstest, wenn ich hier bin. Schieß los, ich bin gespannt.«

Ich überlegte, ob ich Tom sofort von dem Mord berichten sollte, oder ob ich damit noch bis nach dem Essen warten sollte. Da es für Tom keinen Unterschied machte und ich es endlich loswerden wollte, entschied ich mich dafür, sofort zu beginnen.

»Hier ist vor ein paar Tagen ein Mord passiert!«

»Echt? Hier in der Anlage? Einer von uns?«, fragte Tom überrascht, wobei die Unterscheidung zwischen »uns« und »denen« regelmäßig, ohne bösen Hintergedanken, schlicht nach der Hautfarbe erfolgte.

»Nein, keiner von uns. Ist auch nicht direkt hier in der Anlage passiert, sondern ungefähr zwei Kilometer landeinwärts. Dort haben sie ihn gefunden.«

»Kennen wir ihn?«

»Nein, ich glaube nicht. Kann sein, dass wir ihn schon mal auf dem Markt gesehen haben, oder so, aber seinen Namen hätte ich dir vorher nicht sagen können.«

»Und jetzt weißt du, wie er heißt?«

»Ja, Ndemi Usumbe heißt er.«

»Und woher kennst du ihn? Stand das in der Zeitung? Und wieso hast du ihn dir gemerkt?«

Ich musste lachen.

»Ja klar, in der Zeitung! Im „Praia da Onda Daily Mirror“! Du warst zwar ein halbes Jahr nicht hier, aber so viel hat sich dann doch nicht geändert. Die nächste Tageszeitung gibt´s nach wie vor erst in Vilanculos.«

Tom musste jetzt auch lachen.

»Ist ja gut.«, gluckste er. »Ich bin doch grad erst angekommen. Ich muss mich da wieder dran gewöhnen. Nimm ein bisschen Rücksicht auf jemandem, der soeben aus der Zivilisation hierher gekommen ist.«

»Mary hat es mir gesagt. Ndemi Usumbe war ein Bekannter von ihr.«

»Und wer ist Mary?«

»Aah, stimmt ja, die kannst du noch gar nicht kennen. Sie ist ja erst seit Oktober hier. Dann muss ich dir eine Mitteilung machen, die dich sicherlich noch härter trifft, als die Sache mit dem Mord.«

Ich fasste Tom mit einer Hand an die Schulter und blickte ihn mit gespielter Traurigkeit an.

»Dolores ist von uns gegangen.«

»Was?«, fragte Tom bestürzt, obwohl er bemerkte, dass meine Aussage nicht so traurig war, wie sie eigentlich klang.

»Ja, sie ist mit ihrem Mann nach Beira gezogen. Er hat dort einen besser bezahlten Job am Hafen bekommen. Sie war auch sehr traurig, dass sie bei uns aufhören musste. Ich soll dich aber ganz lieb von ihr grüßen.«

»Ach, das ist ja schade. Sie war immer so lustig. Und gründlich war sie auch noch.«

»Ja, aber du wirst es sicherlich verschmerzen können. Wir haben auch schon Ersatz bekommen. Mary putzt zwar nicht ganz so ordentlich wie Dolores, aber dafür ist sie jünger und hat im Gegensatz zu Dolores auch noch eine ausgesprochen gute Figur. Ich hab Mary schon als deine neue Putzfrau bei der Resort-Verwaltung eintragen lassen. Ich bin mir sicher, dass sie dir gefällt.«

»Na, das will ich hoffen. Und?«

Tom machte mit beiden Händen eine Bewegung, mit der er offensichtlich Marys Körbchengröße abfragen wollte.

»Mmmh! Sehr ansehnlich! Lass dich einfach überraschen.«, lächelte ich ihn süffisant an.

»Wehe, du verarschst mich!«

»Würd ich nie machen! Kennst mich doch, nicht bei einem so wichtigen Thema!«

»Und Mary kannte den Toten?«, kam Tom zurück zum Thema.

»Ja, er war ein Freund ihrer Cousine Lisha.«

»Sind hier in den Dörfern nicht alle irgendwie Cousins und Cousinen?«

»Pfui, bist du böse!«

»Ja, sorry. Du weißt ja wie ich es meine. Kannte Mary ihn gut?«

»Naja, ich glaube, eher nicht so gut. Bevor sie hier in Praia da Onda anfing, hat sie in Inhassoro in einer Lodge geputzt. Dort lief es aber nicht so gut und deshalb ist sie hierher gekommen, weil sie gehört hatte, dass Dolores aufhört. Und jetzt lebt sie hier in der Anlage. So wie Dolores früher. Insofern denke ich, dass Mary ihn nicht so oft gesehen hat.«

»Aha. Naja. So weit, so gut. Da ist also jemand umgebracht worden, den wir nicht kennen. Jetzt halt dich besser fest.«

Er machte eine kurze Pause.

»Du warst schon lange nicht mehr in Europa. Das passiert dort in Großstädten fast täglich.«

»Haha.«, fügte ich beiläufig an.

»Nein, mal ernsthaft. Das hättest du doch auch am Telefon erzählen können, so spannend war das ja nun noch nicht. Oder kommt da noch etwas?«

»Naja, kommt drauf an.«

»Worauf?«

»Ob du Lust hast, den Mörder zu fangen. Mary war völlig aufgelöst, als sie mir von der Sache erzählt hat. Es hat deswegen wohl auch eine Menge Chaos in dem Dorf gegeben. Und ihre Cousine ist ebenfalls darin verwickelt. Das hat sie sehr mitgenommen. Sie hat sogar hier auf der Couch gesessen und geweint. Und weil sie mir so leid tat, hab ich halt gesagt, dass ich ihr helfen werde, wenn ich kann. Allerdings werde ich ganz bestimmt nicht allein auf Mörderjagd gehen. Das würde ich nur mit dir machen.«

»Das sieht dir ähnlich. Bei den Mädels den starken Mann markieren und dann wieder kneifen wollen, wenn ich nicht mitmache...«, grinste Tom.

»Naja, du kannst ja erst mal ein bisschen weitererzählen. Vielleicht wird das ja ganz spannend. Aber vorher müssen wir was essen. Wenn du nicht gleich den Fisch auf den Grill wirfst, gibt es hier wahrscheinlich einen zweiten Mord!«

Tom hielt mir das Holzbrett mit den Schwertfischsteaks vor die Nase und bedeutete mir mit einem Kopfnicken in Richtung Tür, dass es Zeit zum Grillen war. Wir gingen hinaus. Die Luft hatte sich in der letzten halben Stunde deutlich abgekühlt. Ich legte den Schwertfisch auf den Grill.

»Ich geh noch mal kurz aufs Klo. Und auf dem Rückweg bringe ich den Reis mit. Vergiss nicht, dein Gemüse auf den Grill zu legen!«, sagte Tom und verschwand wieder im Haus.

Als er zurück kam, war der Fisch bereits fast fertig. Er stellte die Schüssel mit Reis und den Topf mit der Soße auf den Tisch. Ich hatte unterdessen den Tisch gedeckt und zwei neue Flaschen Castle geholt.

»Alles soweit fertig?«

»Ja, kann losgehen.«

Ich hob die Fischsteaks vorsichtig vom Grill, damit sie nicht zerfielen und legte sie auf unsere Teller. Sie sahen köstlich aus. Der Schwertfisch war außen scharf angegrillt und innen noch saftig. Die Gewürzpaste, mit der ich ihn bestrichen hatte, verlieh ihm eine appetitliche Maserung.

»Lass es dir schmecken! Schön, dass du wieder da bist!«

»Danke, auch dir einen guten Appetit! Ich bin echt froh wieder hier zu sein. Die letzten paar Wochen auf der Plattform waren echt übel. Nass, windig und eiskalt.«

»Ich denke, nass und windig hast du es hier in einigen Stunden auch.«

»Ja, kann schon sein, aber ohne die Scheißkälte ist das überhaupt kein Problem. Von mir aus kann es dann die gesamte nächste Woche regnen. Ich mach drei Kreuze, wenn ich die kommenden sechs Monate hier ´ne ruhige Kugel bei Temperaturen jenseits des einstelligen Gradbereichs schieben kann.«, seufzte Tom erleichtert.

Ich war froh, dass Tom, der eigentlich Thomas Randall hieß, wieder hier war. Vor seiner Zeit als Angestellter auf einer Ölplattform im Nordatlantik war er wie Andrew ein ehemaliger Angehöriger der Britischen Marine und stammte ursprünglich aus Manchester. Er hatte im Rang eines Lieutenant bei der Royal Navy als Kampftaucher gedient und mehrere Einsätze in verschiedenen Krisengebieten gehabt, über die er jedoch nur sehr selten sprach. Vor vier Jahren wurde bei ihm eine milde Lungenfibrose festgestellt. Nichts wirklich Ernstes, für einen Kampftaucher bedeutete das allerdings das Aus. Er wollte nicht in den Innendienst versetzt werden, also quittierte er seinen Dienst bei der Royal Navy. Also heuerte er bei einer Ölfirma an, um dort zunächst als Hilfskraft zu arbeiten. Nachdem er ein hartes Trainee-Programm durchlaufen hatte, wurde er anfangs auf zwei Bohrinseln in der Nordsee eingesetzt. Nach seiner Beförderung zum Lead Floorman wurde Tom auf die Offshore-Bohrplattform „Deepwater Viking" im Nordatlantik versetzt, wo er nun seit fast zwei Jahren seinen festen Standort hatte. Abgesehen von dem miserablen Wetter, der Kälte und der Isolation vom Festland, hatte er jedoch einen echten Traumjob erwischt. Denn er verdiente weitaus mehr, als mancher Akademiker jeden Monat nach Hause bringt, was ihm den Kauf des Ferienhauses in Praia da Onda enorm erleichterte. Ein zweites Plus, das seine Knochenarbeit auf der Plattform ausglich, waren die paradiesischen Urlaubszeiten. Bei seiner Einstellung auf der »Deepwater Viking« konnte er sich entscheiden, ob er im Wechsel alle drei Wochen auf der Bohrinsel und dann auf dem Festland verbringen oder ob er ein halbes Jahr am Stück arbeiten wollte und dann ein halbes Jahr frei hatte. Er entschied sich – da auf dem Festland keine Familie auf ihn wartete – für die letzte

Variante, was auch der Grund dafür war, dass er nun wieder für die kommenden sechs Monate hier verbringen würde.

»Jetzt erzähl doch mal, was ist denn da genau passiert?«

»Du erinnerst dich noch die Sandpiste, über die du heute hier reingefahren bist? Wenn du die bis zum Resort-Ausgang weiterfährst, kannst du doch entweder links in Richtung Vilanculos oder rechts nach Inhassoro weiterfahren. Du fährst also rechts raus und nach ungefähr drei Kilometern führt ein kleiner Waldweg, der wieder einen kleinen Schlenker in unsere Richtung macht, rechts in den Palmenwald. Ungefähr nach einem Kilometer auf diesem Weg haben sie ihn gefunden. Einige Dorfbewohner haben ihn entdeckt und allen anderen Bescheid gesagt. Mary hatte zufälligerweise gerade ihre Cousine Lisha besucht, darum hat sie auch den Toten gesehen. Sein Kopf war vollkommen verbrannt und Teile des Oberkörpers auch. Die Polizei war erst nach einiger Zeit vor Ort. Sie haben sich die Leiche angesehen und mitgenommen. Mary hat zwar nicht so genau hingesehen, aber ein Beamter hat noch am Tatort gesagt, dass es wohl kein leichter Tod für diesen Usumbe war. Der oder die Täter hatten offenbar zunächst versucht, ihm die Arme mit einer Machete abzutrennen, da sie mit Wunden und Einschnitten übersät waren. Auch an seiner Schulter fanden sich mehrere tiefe Schnittwunden. Mary sagte, dass der Sand durch sein Blut rot gefärbt war. Todesursache waren sehr wahrscheinlich nicht die Verletzungen durch die Machete oder der Blutverlust. Man hatte ihm vermutlich vor Beginn seiner Torturen mehrere zusammengeknüllte Tücher in den Mund gestopft, um zu verhindern, dass er durch seine Schreie Aufmerksamkeit erregen könnte. Offenbar hat man dann seinen Kopf mit einer brennbaren Flüssigkeit übergossen und ihn angezündet. Der Sand rund um Usumbe war sehr aufgewühlt, sodass davon auszugehen ist, dass er noch gelebt hat, als man ihn anzündete und er noch für einige Zeit versucht hat, sich im Sand zu wälzen, um das Feuer zu ersticken.«

»Bah, ist das widerlich!«, sagte Tom, was ihn aber nicht hinderte, sich den nächsten Bissen seines Fischs in den Mund zu schieben.

»Und, wer war´s?«

»Keine Ahnung. Die Polizei hat jedenfalls noch nichts herausgefunden.«

»Das wundert dich jetzt nicht wirklich, oder?«

»Nein.«

Die Organisation der Polizei in dieser Region Mosambiks war wirklich nur als eine Karikatur ihrer selbst zu bezeichnen. War die Lebensweise der Einheimischen bereits von einer gewissen Gelassenheit und Langsamkeit geprägt, so konnte man die örtliche Polizeibehörde, die ihren Sitz im etwa 50 km entfernten Inhassoro hatte, getrost als Zentrum der gelebten Gemütlichkeit ansehen. Der Polizeichef von Inhassoro war letztes Jahr im April vor Ort in unserer Anlage in Praia da Onda, da es einen Einbruch in eines der Ferienhäuser gegeben hatte. Nichts wirklich Schlimmes. Aber nachdem die Polizei bezüglich dieses Vorfalls benachrichtigt wurde, dauerte es zwei Tage, bis sie hierher kam, um den Sachverhalt aufzunehmen. Eventuelle Spuren, welche die Täter im Sand hinterlassen haben könnten, waren damit schon seit geraumer Zeit ein Opfer des Windes geworden. Auch vor Ort zeichneten sich der Polizeichef und seine beiden Gehilfen nicht durch besondere Kompetenz aus. Sie schoben ohne Handschuhe die aufgehebelte Eingangstür zur Seite, was mich zunächst verwunderte. Da sie aber ohnehin im Verlauf der Ermittlungen keine Fingerabdrücke nahmen, war dies auch egal. Mit der lapidaren Bemerkung »Es sieht ein bisschen unordentlich aus, war wohl ein Einbruch.«, war für ihn die Sache abgeschlossen. Nachdem sie sich fünf Minuten allein in dem Haus umsahen, wobei ich nicht ausschließen möchte, dass sie selber noch einige Kleinigkeiten mitnahmen, begaben sich die drei in den Loungebereich des Resorts um dort zu »beratschlagen«. Konkret bedeutete dies nichts anderes, als dass sie auf Kosten der Resort-Verwaltung jeweils zwei volle Mahlzeiten mit den dazugehörigen alkoholischen Getränken zu sich nahmen. Sie fuhren erst am späteren Abend wieder zurück nach Inhassoro. Mit Ausnahme des für die Versicherung wichtigen Bestätigungsschreibens, dass ein Einbruch stattgefunden hat, hörten wir von ihnen seitdem nichts mehr.

Ähnlich dürfte es wohl auch bei dem Mord verlaufen sein. Der Polizeichef erschien erst knappe fünf Stunden, nachdem man ihn benachrichtigt hatte. Das Einzige, was Mary von den Ermittlungen berichten konnte, waren die Vermutungen des Polizeibeamten hinsichtlich der Todesumstände. Nach einigen kurzen Fragen an die Leute aus dem Dorf haben sie den Toten auf einen klapprigen Polizei-LKW gelegt und ihn in die Krankenstation von Inhassoro gebracht, wo seine Verletzungen näher untersucht werden sollten. Das waren die letzten Informationen, die Marys Cousine ihr weitergegeben hatte. Es war nicht unwahrscheinlich, dass auch nicht mehr viele weitere folgen würden.

»Und jetzt willst du als Hilfssheriff die Sache in die Hand nehmen?«, fuhr Tom fort.

»Nein, nein, wenn schon, dann bist du der Hilfs-Sheriff. Ich bin auf jeden Fall der Ober-Sheriff.«

»Das hättest du gern. Aber wieso willst du dich denn überhaupt da einmischen? Die Leute hier haben sich doch schon dran gewöhnt, dass die Arbeit der Polizei zu keinem Ergebnis führt. Das wird sie - auch wenn es um einen Mord geht - nicht weiter verwundern. Alles andere wäre eine große Überraschung. Wenn du dich hier einmischst und was herausfindest, bringst du doch ihr ganzes Weltbild durcheinander. Oder hatte Mary andere Argumente?«

Tom machte eine eindeutige Bewegung mit seinen Händen.

»Haha, nein, hatte sie nicht. Sie sieht zwar ziemlich scharf aus, aber sie ist nicht mein Typ. Du weißt ja, ich stehe mehr auf blond. Aber dir könnte sie vielleicht gefallen. Wer weiß, wenn du ihr sagst, dass du deinen messerscharfen Verstand bei der Jagd auf den Mörder zur Verfügung stellst, vielleicht springt für dich ja auch etwas mehr als ein sauberes Haus bei ihrem nächsten Besuch raus.«

»Alles klar, ich bin dabei! Aber meine Unterstützung ist eindeutig mehr wert als nur ein Hausbesuch!«, scherzte Tom.

»Warum will diese Mary denn eigentlich, dass du ihr hilfst? Du kannst doch auch nicht mehr machen als die Polizei, auch wenn das bei dir kompetenter rüberkommen würde.«

»Ich denke, es geht ihr dabei nicht um sich. Sie kannte den Freund ihrer Cousine ja kaum. Mary hat aber erzählt, dass Lisha jetzt wohl ziemliche Schwierigkeiten mit der Dorfbevölkerung hat. Weshalb hat sie nicht gesagt. Ich glaube, es geht ihr eher darum, ihrer Cousine zu helfen, als den Mord aufzuklären, auch wenn das irgendwie zusammenhängt. Mehr weiß ich aber auch noch nicht. Ich hab Mary gesagt, dass sie mir das übermorgen alles ausführlich erzählen soll. Wenn du Lust hast, kannst du es dir ja auch einmal anhören.«

»Ärger mit der Dorfbevölkerung? Dann weiß ich schon worum es geht.«, lachte Tom.

»Wahrscheinlich denken die, Lisha hätte ihren Freund verhext und dann hat sich sein Gesicht in Flammen aufgelöst. Bei denen hier würde mich das nicht wundern.«

»An so was hab ich auch schon gedacht. Wir werden es erfahren.«

Wir aßen zu Ende und unterhielten uns über Toms Job und ein neues südafrikanisches Pärchen, das Ende November ein Haus in der Anlage gekauft hatte und seitdem mit der Einrichtung beschäftigt war. Ich bereitete Tom darauf vor, dass wir in den kommenden Wochen viel Spaß auf unseren Veranden haben würden, da die junge Frau im Wochenrhythmus Wagenladungen mit kuriosen Möbeln und Accessoires anschleppte. Das Repertoire reichte bislang von einem „Hello Kitty"-Sitzsack bis hin zu einem Weinregal in Herzform.

Einige Biere später hörten wir ein dumpfes und mächtiges Grollen in der Ferne. Das Getöse über dem Meer war der erste Vorbote eines heftigen Gewitters, das uns sicherlich bald erreichen würde. Wir waren gut gesättigt, da wir noch ein zweites Schwertfischsteak gegessen hatten. Zudem waren wir beide bereits ein wenig müde, Tom von der langen Autofahrt, ich vom Gin und dem Bier. Daher standen wir kurze Zeit später auf und verabschiedeten uns voneinander.

»Verlauf dich nicht auf dem Nachhauseweg!«

»Kann schon passieren, ich war ein halbes Jahr nicht mehr hier. Schlaf gut!«

Tom ging die Treppe von der Veranda zum Strand hinab und spazierte die etwa 70 Meter zu seinem Haus rüber. Ungefähr auf der Hälfte des Weges setze der lang erwartete Regen ein. Anfangs waren es wenige, dafür aber dicke Tropfen. Ich blieb an der Brüstung stehen und beobachtete im Schein der Treppenbeleuchtung, wie sie in den Sand klatschten. Sie hinterließen dort, wo sie auftrafen, kleine chaotische Muster, die zu den Seiten hin ausfransten. Wie kleine Seesterne. Nach einigen Minuten war der gesamte Strand voll davon. Der Regen nahm weiter zu. Die Seesterne verschwammen zu einem breiigen Sandgemisch, das kleine Rinnsale mit Haupt- und Nebenflüssen bildete. Die Entstehung einer Flusslandschaft im Zeitraffer. Das einzige Geräusch, das sich zwischen das laute gleichmäßige Rauschen mischte, war das Prasseln der Tropfen auf meiner Veranda. Ich war inzwischen vollständig durchnässt. Das erste Mal seit knapp zwei Monaten war es erfrischend kühl. Wahrscheinlich blieb ich deshalb noch ein wenig draußen stehen. Es war einfach zu schön. Am Horizont flackerten die Wolkenberge in kurzen unregelmäßigen Abständen auf und erhellten die Nacht, sodass man für kurze Momente das Wasser unter ihnen sehen konnte, das jetzt hohe Wellen warf und unruhig wirkte. Ich warf einen Blick auf den Tisch. Die letzten Reis- und Soßenreste auf den Tellern hatten die Tropfen komplett beseitigt. Nun wurde mir richtig kalt. Ich wartete noch kurz, drehte ich mich um und ging ins Haus. Ich trocknete mich ab und hing meine nassen Sachen in die Dusche. Dann zog ich meine Schlaf-Shorts an und legte mich ins Bett. Das Grollen und das Prasseln auf dem Dach ließen mich nicht einschlafen. Ich wollte auch nicht, denn ich wartete auf den Hauptakt des Schauspiels, den ich mir vom Innern des Hauses ansehen wollte.

Das Gewitter. Von meinem Bett aus hatte ich ebenfalls einen hervorragenden Blick nach draußen und ich wartete, bis die ersten Blitze in Strandnähe einschlagen würden. Es dauerte nicht lange. Mit einem ohrenbetäubenden Krachen zuckte ein Blitz durch die Luft und schlug außerhalb meines Sichtbereichs weiter südlich am Strand ein. Die Scheiben vibrierten. Das Prasseln und das Rauschen nahmen noch mehr zu. Es wurde richtig laut. Zwei weitere Blitze erhellten den Abendhimmel. Diesmal schlugen sie nicht so dicht ein. Der Donner war dennoch beachtlich. Nach einigen Minuten zog das Gewitter landabwärts in Richtung Vilanculos weiter. Der Regen blieb. Jetzt konnte ich einschlafen. Ich hatte den Hauptakt erlebt. Das gleichmäßige Rauschen und der Alkohol im Blut verhalfen mir zu einem tiefen Schlaf.

Kapitel 2

Sonntag, 13.02.2011

Am nächsten Morgen wachte ich mit einem leichten Kater auf. Die Anzahl der gestrigen Biere und Gin Tonics überstieg offensichtlich das, wozu mein Körper in der Lage war, es über Nacht abzubauen. Ich stapfte verschlafen durch den Wohnbereich in Richtung Bad. Nachdem ich mich frisch gemacht und ein Aspirin eingeworfen hatte, ging ich hinaus auf die Veranda. Die Wolken waren verschwunden. Vom blauen Himmel schien schon wieder mit gleicher Kraft wie in den letzten Tagen die Sonne herunter. Das gestrige Gewitter konnte ihr nichts anhaben. Der Strand war ein wenig in Mitleidenschaft geraten. Wie nach jedem größeren Unwetter, lagen auch diesmal überall am Strand verstreut abgerissene Palmenblätter und kleinere Äste von Büschen herumund kleine bräunliche Algen, die das aufgewirbelte Meer ans Land getragen hatte und die nun in der Sonne langsam vor sich hinschrumpelten. Ich sah mich um. Diesmal hatte es keine Palme erwischt. Bei einem der letzten großen Gewitter in Praia da Onda krachte im letzten Jahr der obere Teil einer Palme, der dem Wind nicht standhalten konnte, auf den Jeep eines Nachbarn. Es sah spektakulär aus. Verletzt wurde glücklicherweise niemand. Das Gewitter der letzten Nacht hatte hingegen nur für das übliche Durcheinander am Strand gesorgt. Auch meine beiden Gläser waren vom Wind auf dem Boden geweht worden. Sie hatten jedoch keinen Schaden genommen. Ich hob sie wieder auf und stellte sie auf den Tisch. Den Kugelgrill hatte es da schon schlimmer erwischt. Da ich ihn vor dem Zubettgehen nicht abgedeckt hatte, befand sich in seinem Innern nun eine graue pappige Masse, die zu einer Hälfte aus Regenwasser, zur anderen Hälfte aus der erkalteten Asche der »Wonder Charcoil« bestand. Die Sonne fing bereits an, dieses zähe Gemisch zu härten, sodass ich mich beeilen musste, wenn ich die Aschemasse vor der nächsten Benutzung nicht mit Hammer und Meißel entfernen wollte. Ich hob den Grill hoch und trug ihn hinunter zur Verandatreppe, an der sich eine kleine Dusche befand, die eigentlich für das leichte Abduschen nach dem Strandbesuch gedacht war. Auf dem Weg dorthin schwappte mir ein Schwall Aschewasser, das sich auf dem Auffangteller unter dem Grill gesammelt hatte, über meine Füße und ergoss sich auf der Veranda. Ich verwischte den Klecks mit meinem Fuß, sodass er kaum noch zu sehen war. Um den Rest würde sich Mary morgen kümmern. Ich ging die Treppe hinunter, platzierte den Grill unter der Dusche und stellte sie an. Der Aschebrei floss, da er sich glücklicherweise noch im Übergang zwischen zäh und hart befand, recht schnell ab. Ich vermischte mit meinem Fuß den Sand mit dem Brei, sodass die Schweinerei nicht auffiel und chipte den verschmutzten Sand etwas weiter von der Dusche und der Treppe weg. Den Grill stellte ich an seinen alten Platz zurück.

Mit dem Frühstück wollte ich auf Tom warten, der nach der anstrengenden Fahrt sicherlich etwas länger schlafen würde. Ich setze mich vor den Fernseher und zappte. Da ich auf Nachrichten keine Lust hatte und auf den Sportsendern auch kein Rugby-Vorbericht oder Nachrichten aus der deutschen Fußball-Bundesliga liefen, die hier übers Pay-TV hervorragend zu empfangen war, schaltete ich wieder aus und ging hinüber zum Regal. Ich schnappte mir eine „National Geographic“, die ich abonniert hatte und ging nach draußen.

Es dauerte eine Weile, bis Tom sich auf seiner Veranda blicken ließ. Am frühen Nachmittag trat er heraus und reckte die Hände gen Himmel.

»Frühstück?«, rief er hinüber, als er mich sah.

»Ja. Geh erst mal duschen und komm dann rüber. Rührei, Bohnen, Bacon?«

»Ja. Bis gleich. Danke.«

Ich ging hinein und bereitete alles vor. Tom kam pünktlich herüber, als gerade der Kaffee fertig war.

»Na, gut geschlafen?«

»Das kann man wohl sagen. War schön gestern mit Regen, was?«

»Ja, ich hab´s auch noch eine Weile vom Bett aus beobachtet.«

Wir aßen unser Frühstück. Ich hielt mich an das Rührei und den Bacon. Die Bohnen gab es immer nur für Tom. An den Gedanken, kalte oder lauwarme Bohnen zum Frühstück zu essen, konnte ich mich auch nach all den Jahren noch nicht gewöhnen.

»Was machen wir denn heute? Hast du irgendwelche Pläne?«, fragte ich Tom.

»Ich hätte große Lust auf ´ne Runde Volleyball. Weißt du, ob Maarten und Gloria da sind?«

»Sind sie. Und Steven und Yzelle sind auch da. Wir können sie ja mal fragen.«

»Na los, worauf warten wir dann noch? Lass uns rübergehen und fragen, ob sie Lust haben!«

Gerade als wir aufstehen wollten, kam ein junger Mann die Sandpiste entlang und blickte sich suchend um. Als er uns auf der Veranda sah, beschleunigte er seinen Schritt ein wenig und rief zu uns hinüber:

»Mr. Randall?«

»Ja, das bin ich.«, antwortete Tom.

»Ah, schön. Die Resort-Verwaltung sagte mir, dass ich Sie hier irgendwo finde. Ich bin Martin Angani von Hertz. Ich soll den Pick-Up abholen.«

»Alles klar. Kommen Sie mit. Da vorne steht er. Ich hab ihn aber leider nicht mehr vollgetankt.«

»Kein Problem. Das machen wir schon.«

Die beiden gingen hinüber zu Toms Haus, um die Übergabe des Mietwagens durchzuführen. Er hatte sich ein wirklich gutes Modell in Maputo ausgesucht. Tom verfügte in dieser Hinsicht über einige Erfahrung, die auch bitter nötig war, da die Mietwagenfirmen nicht selten versuchten, einige ihrer fast schrottreifen Fahrzeuge unbedarften Touristen aufzuschwatzen. Ich räumte zwischenzeitlich das Geschirr auf den Tresen in der Küche. Dann ging ich hinunter zum Strand und hörte noch, wie Tom zu Martin sagte:

»Hier sind die Papiere. Bitte schön. Die Schlüssel. Und das hier ist für Sie. Die Schramme hinten haben Sie ja nicht gesehen.«

Ich konnte erkennen, dass Tom zusätzlich zum Schlüssel noch einige Dollar-Scheine weiterreichte.

»Welche Schramme?«

»Ich sehe, wir verstehen uns. Besten Dank und bis zum nächsten Mal!«

»Wiedersehen!«

»Alles erledigt. Wir können los.«

Tom kramte den Volleyball aus seiner - wie er sie nannte - Fun-Sport-Kiste, die unterhalb der Treppe stand. Hierin bewahrte er allerlei Kleinkram auf, wie seine Schnorchelausrüstung, Frisbees, einen Rugbyball, ein Federballspiel und vermutlich auch sein Sexspielzeug.

»Auf geht´s!«, sagte Tom mit dem Ball unter seinem Arm.

Wir gingen rüber zu Maarten und Gloria, die auf der Veranda saßen, Musik hörten und lasen. Ihr Haus war einige hundert Meter entfernt, sodass wir erst einen kleinen Strandspaziergang machen mussten.

»Hey, lange nicht gesehen. Wie geht´s?«, rief Tom vom Strand hinauf.

Maarten und Gloria schauten erfreut von ihren Büchern auf.

»Tom, das ist ja eine Überraschung! Ich dachte, du kommst erst in ein paar Tagen?«, antwortete Gloria.

»Ja, das nächste halbe Jahr werdet ihr mich nicht mehr los. Ich hoffe, ihr bleibt diesmal auch ein wenig länger.«

»Ich denke, dass ich vermutlich noch bis März oder April hierbleiben werde. Maarten fliegt aber leider in ein paar Tagen wieder zurück nach Durban. Einer muss ja das Geld verdienen.«

Gloria erhob sich aus ihrem Liegestuhl und wir konnten erkennen, weshalb Maarten Sanderhuis seiner Frau gerne ein so bequemes und angenehmes Leben ermöglichte. Sie hatte einen makellosen Körper und vor ihren halblangen blonden Haaren erschien ihr sonnengebräuntes Gesicht mit den Sommersprossen noch viel anmutiger. Maarten finanzierte Glorias Daueurlaub durch seinen Job als Senior Consultant für den Bereich Finanzen bei der Vandenburgh Freight Company, die sich auf den Bereich Seefracht spezialisiert hatte.

»Na, Jungs, ihr seht aus, als ob ihr Beachvolleyball spielen wollt.«, rief Maarten zu uns.

»Ja, habt ihr Lust? Wir fragen noch Steven und Yzelle, ob sie auch mitmachen.«

»Klar, wir sind dabei. Ich gehe schnell zu Yzelle rüber und frage die beiden. Ich muss ihr sowieso noch den Katalog zurückgeben. Geht ruhig schon mal vor. Wir sehen uns dann auf dem Platz.«, sagte Gloria, drehte sich um und ging ins Haus, um den Katalog zu holen.

Wir freuten uns schon auf das Spiel.

»Wer Sport treibt, muss auch Flüssigkeit zu sich nehmen. Ich sehe schon, daran habt ihr beide nicht gedacht. Bier oder Cider?«, fragte Maarten, der nun ebenfalls aufstand.

»Bier.«

»Cider.«

»Irgendwelche Vorlieben?«

»Castle.«

»Savanna.«

Zu dieser Uhrzeit hielt ich mich lieber an Cider. Das schmeckte eher nach Apfelbrause und vermittelte einem am frühen Nachmittag nicht so sehr das Gefühl, dass man ein Alkoholproblem haben könnte. Maarten folgte Gloria ins Haus und kam mit einer

Kühlbox wieder hinaus. Wir gingen hinunter an der Strand, wo die resorteigene Volleyballanlage stand. Maarten stellte die Kühlbox neben das Spielfeld in den Sand und holte zwei Castle Lager und ein Savanna heraus.

»Bis die Mädels und Steven kommen, kann es bestimmt noch etwas dauern. Ihr wisst ja, wie sie sind.«, sagte Maarten und öffnete die drei Flaschen, die sofort beschlugen.

Er hatte recht, denn bis die drei da waren, hatten wir unsere Flaschen bereits geleert. Auch Steven Masterson und seine Frau Yzelle freuten sich sehr, Tom wiederzusehen. Sie hatten schon seit Jahren in Praia da Onda ihr Häuschen und gehörten auch zu den wenigen Dauerbewohnern im Resort. Allerdings musste Steven nicht ganz so oft wie Maarten das Resort verlassen, da ihm eine Zeitarbeitsfirma in Johannesburg gehörte, die in der Regel von seinem Manager geführt wurde. Nur wenn dieser mal Urlaub hatte, musste Steven seinen eigenen dafür unterbrechen. Yzelle hatte vor dem großen Erfolg von Stevens Unternehmen den gleichen Beruf gehabt, den ich einmal ausgeübt hatte. Sie war Rechtsanwältin und ihr fiel die Wahl zwischen einer 80-Stunden-Woche oder einem dauerhaften Urlaub nicht schwer, sodass sie ihren Job vor drei Jahren an den Nagel gehangen hatte und seitdem nur noch manchmal in der Firma ihres Mannes aushalf. Sie spielte optisch zwar nicht ganz in Glorias Liga, war aber ebenfalls sehr nett anzusehen. Maarten und Steven waren beide recht groß gewachsen, wobei Maarten etwas durchtrainierter war und auch noch mehr Haare als Steven besaß. Sie waren beide vom Typ »ruhige Macher«, die sich selbst nicht so wichtig nahmen und ihren Frauen lieber die Bühne überließen. Das machte sie sehr sympathisch.

Wir standen zu sechst auf dem Volleyballfeld und überlegten, wie wir die Mannschaften aufteilen sollten. Tom und ich wirkten zwischen den vieren ein wenig wie das nette schwule Pärchen von nebenan. Da wir beide ohne weibliche Begleitung in unseren Häusern wohnten, mussten wir des öfteren den einen oder anderen Spaß auf unsere Kosten hinnehmen, wenn uns Fragen wie »Und, wann zieht ihr denn endlich zusammen?« oder »Habt ihr euch eigentlich hier kennen und lieben gelernt?« gestellt wurden.

Wir entschieden uns für eine Variante, in der Gloria, Steven und ich gegen Yzelle, Maarten und Tom spielten. Nach einigen Sätzen und Getränkepausen gewann schließlich Toms Team. Wir verabredeten uns für den Abend zu einem Essen im Restaurant des Resorts und verließen den Platz. Gloria und Maarten gingen ins Meer, während Yzelle und Steven sowie Tom und ich den Platz in Richtung unserer Häuser verließen. Ich musste erst einmal duschen. Als ich damit fertig war, spazierte ich zu Tom hinüber, der bereits ein paar Stöße gemacht hatte und seinen Queue gerade mit etwas Kreide bearbeitete.

»War ja klar, dass du vorher noch üben musst.«

»Hey, ich spiel mich nur ein bisschen warm, nachdem ich das letzte halbe Jahr keine Gelegenheit dazu hatte. Hast du ab und zu mal gespielt?«

»Ich hab hin wieder mal ein paar Stöße gemacht. Besten Dank nochmal für deinen Schlüssel!«

Tom hatte mir bei seiner Abreise vor sechs Monaten den Schlüssel zu seinem Haus gegeben. Da wir nach Toms letztem Aufenthalt davon überzeugt waren, dass uns über unsere Nachbarschaft hinaus auch eine gute Freundschaft verband, beschlossen wir, uns gegenseitig einen Ersatzschlüssel für unsere Häuser zu geben. Dies hatte mehrere Vorteile. So wussten wir, dass der jeweils andere hin und wieder mal nach dem Rechten sehen konnte und darüber hinaus durfte ich in Toms Abwesenheit seinen Billardtisch benutzen und Tom meine Playstation. Eine klassische Win-Win-Situation.

Wir spielten einige Runden Billard, in denen sich mein Training der letzten Monate bezahlt machte und so konnte ich mich bei Tom für die Schmach auf dem Volleyballfeld revanchieren. Toms Billardabstinenz des letzten halben Jahres zeigte sich in den ersten Partien sehr deutlich, doch er fand recht schnell wieder ins Spiel hinein, was für die kommenden Monate spannende Partien verheißen ließ.

»Okay, das war´s für heute. Das lief ja ganz gut für dich, aber gewöhn dich besser nicht dran. Gib mir noch zwei Wochen und du wirst wieder eine Niederlage nach der nächsten kassieren. Wie spät ist es eigentlich? Sollen wir schon rüber ins ›Shamwari‹?«

Ich beugte mich nach links, sodass ich vom Wohnbereich aus die Uhr in Toms Küche erspähen konnte.

»Es ist schon kurz nach sieben. Dann lass uns mal gehen. Die Revanche gewähre ich dir auch gern morgen.«

Tom stellte seinen Queue ärgerlich in die Halterung und wir gingen gemeinsam ins »Shamwari«. Die beiden anderen Pärchen saßen schon an einem Sechsertisch auf der Terrasse mit Meerblick.

»Na, was hat denn bei euch so lange gedauert?«, fragte Yzelle süffisant.

»Wir haben noch rumgeknutscht.«, antwortete ich, denn ich wusste genau, worauf sie hinaus wollte.

»Er küsst gut!«, unterstützte Tom meine Behauptung und sah dabei zu Gloria, die ein wenig kichern musste.

Wir setzten uns an den Tisch. Die anderen hatten bereits Wein bestellt und unseren Platz mit Rotweingläsern eindecken lassen. Ohne auf den Kellner zu warten, goss Maarten uns den Rest der ersten Flasche in die Gläser.

»Ihr trinkt doch mit, oder?«

»Ja klar, was ist es denn für einer?«

»Ein Südafrikaner. 2008er. Shiraz. Vom Weingut Simonsig.«

Wir stießen an, prosteten Tom zu und begrüßten ihn ein weiteres Mal in unserer Runde.

»Oh ja, der ist gut. Den werde ich mir schon mal für die kommenden Abende vormerken. Wisst ihr schon, was heute der »Catch of the day« ist?«

»Nein, noch nicht, wir können gleich mal fragen.«

Steven winkte den Kellner heran. Es war Edward, der schon seit meinem ersten Tag in Praia da Onda für den Service im »Shamwari« zuständig war. Er kam mit einem Stapel Karten an unseren Tisch.

»Mr. Randall! Sie sind wieder hier! Herzlich willkommen! Ich freue mich sehr!«, begrüßte Edward ihn.

Man sah ihm seine Freude deutlich an, was daran liegen konnte, dass Tom stets höflich und freundschaftlich mit allen Angestellten des Resorts umging aber auch daran, dass er für seine Freigiebigkeit beim Trinkgeld bekannt war. Wie wir alle gab auch Tom, sofern der Service stimmte, gern reichlich Tip, da wir einerseits wussten, dass die Angestellten in den meisten

Fällen nur ein kümmerliches Gehalt nach Hause brachten, das dringend aufgebessert werden musste, zum Anderen aber auch wegen der grotesk niedrigen Preise der Getränke und Speisen in den meisten Restaurants und Bars.

»Eddy! Schön dich zu sehen! Wie geht´s? Ist die Familie gesund?«

»Ah, alles fein! Alles fein! No problem!«, antwortete Eddy und zeigte uns mit einem Grinsen seine strahlend weißen Zähne.

»Was kannst du uns denn heute empfehlen?«

»Wir haben eine neue Karte, Mr. Randall. Die kennen Sie noch nicht. Aber wenn ich etwas empfehlen darf, wir haben heute ganz frisch eine Goldmakrele bekommen. Sehr, sehr lecker.«

»Goldmakrele? Das klingt gut. Nehm ich.«

Wir übrigen fünf blickten uns am Tisch an und nickten uns zu. An den meisten Tagen war es am besten, den „Catch of the day" zu bestellen, da dieser zum einen absolut frisch war und zum anderen eine recht große Abwechslung bot, ohne dass man zuvor die Karte studieren musste. Nur wenn es an mehreren Tagen in Folge den gleichen Fisch gab, machten wir uns die Mühe, für ein Ausweichgericht in die Karte zu sehen. Also bestellten wir alle ein Stück von der Goldmakrele mit verschiedenen Beilagen. Tom orderte wie immer zu jedem Fischgericht Pommes. Er war als Engländer eben sehr auf „Fish ´n´ Chips" eingeschossen. Ich wunderte mich nur, dass er nicht auch noch Remoulade zu seinem Essen bestellte.

»Und noch zwei Flaschen 2006er Fleur du Cap Chardonnay, bitte, Eddy. Das ist doch in Ordnung für euch, oder?«, fragte ich und blickte in die Runde als ich meinen Lieblingswein im »Shamwari« bestellte.

»Klar, kein Problem.«

Während wir aufs Essen warteten, sprachen wir über das gestrige Gewitter, die Abkühlung, die endlich gekommen war und über die beiden Kinder von Steven und Yzelle, die auf ein Internat in Kapstadt gingen und dort ihren ersten Tadel bekommen hatte, weil sie heimlich auf ihren Zimmern geraucht hatten. Nachdem Eddy den Weißwein gebracht und eingeschenkt hatte, fragte Maarten mich:

»Hast du Tom schon von dem Mord erzählt?«

»Ja!«, antwortete Tom für mich. »Und wir gehen demnächst auf Verbrecherjagd!«, fügte Tom enthusiastisch an.

»Ernsthaft? Wie wollt ihr das denn anstellen? Lasst das doch lieber die Polizei machen. Die werden zwar nicht herausbekommen wer es war, aber weiter werdet ihr da doch auch nicht kommen.«, äußerte Yzelle ihre Bedenken.

»Das war bestimmt so eine Schwarzen-Sache im Dorf. Ihr kennt die nicht und die kennen euch nicht. Wie wollt ihr denn da irgendetwas herausbekommen?«, zweifelte auch Maarten.

»Noch wissen wir ja überhaupt nichts. Mary – unsere Putzfrau – hat mich gefragt, ob ich ihr helfen könne. Da hab ich erst einmal „Ja“ gesagt. Und morgen will sie mir mehr erzählen. Dann können wir euch sagen, ob es sich lohnt, etwas zu unternehmen, oder ob wir lieber die Zeit hier genießen und die Sache der Polizei mit ihrem vortrefflichen Gespür überlassen.«

»Na, da bin ich ja mal gespannt. Kannst uns ja morgen mal aufklären, was da los war. Und falls du Hilfe brauchst, ich bin dabei.«, sagte Maarten.

Eddy brachte zusammen mit Amina, einer weiteren Angestellten, unseren Fisch. Er sah vorzüglich aus und duftete köstlich. Die Goldmakrele war auf den Punkt zubereitet und zerfiel bereits bei der leichtesten Berührung mit dem Messer. Tom, Maarten, Steven und ich ließen den Abend gemütlich bei einem Whiskey ausklingen, die Damen bestellten stattdessen Cocktails. Ein wenig bettschwer vom Volleyballspiel am Nachmittag und dem guten und reichlichen Essen am Abend hoben wir die gesellige Runde auf und vereinbarten, das bald zu wiederholen. Da wir alle im Resort wohnten, war es sehr wahrscheinlich, dass dies schon in den nächsten Tagen sein würde. Yzelle und Gloria verließen das »Shamwari« im Arm ihres jeweiligen Partners. Tom und ich schauten uns an und entschieden uns dafür, dies nicht zu tun und auch kein Händchen zu halten. An unseren Häusern angekommen, verabschiedeten wir uns und wünschten uns eine gute Nacht. Kurz bevor Tom die Verandatreppe erreichte, rief er mir noch zu:

»Wann kommt denn Mary morgen eigentlich?«

»So genau kann ich das nicht sagen, aber ich denke so mittags rum.«

»Sagst du mir Bescheid, wenn sie da ist?«

»Klar, mach ich! Bist du im Haus oder gehst du an den Strand?«

»Ich werd noch ein bisschen am Billardtisch üben. Also drinnen.«

»Na dann viel Spaß. Du hast es ja auch bitter nötig! Schlaf gut!«

»Du auch. Bis morgen.«

Kapitel 3

Montag, 14.02.2011

Den nächsten Morgen wachte ich ohne Kopfschmerzen auf. Ich machte mich frisch und kochte mir einen Kaffee, den ich mit hinaus auf die Veranda nahm. Mir blies ein frischer, kräftiger Wind entgegen, der Millionen kleiner Sandkörner mit sich trug, die beim Auftreffen auf der Haut ganz leicht kribbelten.

Ich entschied mich, meinen Kaffee doch im Haus zu trinken. Ich lümmelte mich auf die Couch und schaltete den Fernseher ein. Das Programm ließ mal wieder zu wünschen übrig. Darum schaltete ich die Playstation ein und kramte aus dem Stapel ein Fußballspiel heraus. In der virtuellen Halbzeitpause machte ich mir noch einen zweiten Kaffee und fegte anschließend mit neuem Schwung die gegnerische Mannschaft vom Platz. Gerade als ich überlegte, gegen wen ich als nächstes antreten sollte, klopfte es an der Eingangstür.

»Ist offen!«, rief ich noch immer auf der Couch sitzend.

Ich drehte meinen Kopf zur Seite, sodass ich sehen konnte, wer eintrat. Es war Mary. Sie stand in der Tür. Obwohl sie eine Kittelschürze trug, konnte ich noch immer ihr recht zierliches

Äußeres erkennen. Sie war nicht besonders groß, schlank und hatte für eine Afrikanerin erstaunlich schlanke Hüften. Ihre Brüste hoben sich deutlich sichtbar unter der Schürze ab und waren für ihre Statur etwas zu groß geraten.

»Guten Tag, Mr. Scherler. Wie geht es Ihnen?«

»Hallo Mary! Gut. Und selbst? Ist es schon so spät?«, antwortete ich verdutzt, da ich bislang noch nicht auf die Uhr geschaut hatte und mir das Zeitgefühl in Praia da Onda stets ein wenig verloren ging.

»Auch gut. Danke. Es ist jetzt kurz nach zwölf. Wenn ich störe, kann ich auch gern später wiederkommen.«

»Nein, nein, gar kein Problem!«, wiegelte ich ab.

»Was wird denn heute gemacht?«

»Nur die Küche und der Boden.«, antwortete Mary.

»Das ist gut. Ich habe gestern früh ein wenig Asche aus dem Grill auf der Veranda verschüttet. Ich glaube, es ist noch etwas davon liegen geblieben. Tut mir leid.«

»Das ist kein Problem, Mr. Scherler! Das krieg ich schon wieder weg.«

»Danke, Sie sind echt ein Schatz, Mary. Wie geht es denn Ihrer Cousine? Hat sich das Problem mittlerweile gelöst?«

Mary stellte ihren Eimer, mit dem sie gerade auf dem Weg in den Küchenbereich war ab und blieb mitten im Raum stehen.

»Leider nicht gut. Sie hat wirklich große Angst! Vor den Dorfbewohnern. Es hat wohl vorgestern sogar einen kleineren Tumult vor ihrer Hütte gegeben.«

»Weshalb denn? Ah, halt. Mary, haben Sie etwas dagegen, wenn ich Mr. Randall von nebenan kurz hole? Ich habe ihm von der Sache erzählt und er würde auch gern helfen. Ist das okay?«

»Mr. Randall? Aber wir kennen uns doch noch gar nicht. Wieso will er denn helfen?«

»Weil er ein netter Kerl ist. So wie ich.«, sagte ich zu Mary und lächelte sie freundlich an.

»Ach, Mr. Scherler. Wenn er wirklich helfen möchte, dann können Sie ihn gern herüberholen. Das ist mir aber ein bisschen unangenehm, dass Sie mir jetzt beide helfen wollen. Meine Cousine und ich können Ihnen doch gar nichts dafür geben.«

Mary senkte verlegen den Kopf und ich merkte, dass es ihr wirklich ein wenig peinlich war.

»Da machen Sie sich mal keine Sorgen, Mary. Ich habe Mr. Randall gesagt, dass Sie eine wirkliche Perle hier in der Anlage und immer nett und hilfsbereit sind. Sie tun schon genug für uns. Und ich kann Ihnen versprechen, dass Mr. Randall auch ein großer Schmutzfink ist. Er kann sich also glücklich schätzen, wenn er Ihnen mit seiner Hilfe etwas für Ihre Mühen, die Sie in Zukunft mit ihm haben werden, zurückgeben kann.«

Mary lächelte schüchtern.

»Na, wenn Sie meinen. Sie können ihn ja mit dazuholen und ich fange in der Zwischenzeit schon mal an, hier sauber zu machen.«

»Ein guter Plan. So machen wir das.«

Auf meinem Weg zu Tom konnte ich sehen, dass seine Vorhänge noch zugezogen waren. Entweder versuchte er im Dunkeln seine Sinne für das Billardspiel zu schärfen oder er schlief noch. Auf seiner Veranda stehend, rief ich nach ihm. Erst beim vierten »Tom!« hörte ich ein lautes Schnaufen, gefolgt von einem lang gezogenen »Jaaa«. Es klang ein wenig gequält. Das Billardtraining konnte ich damit ausschließen.

»Guten Morgen, du Schlafmütze!«

»Morgen. Wie spät ist es denn?«

»Kurz nach zwölf.«

»Und was willst du hier?«

»Ich sollte dir doch Bescheid sagen, wenn Mary da ist.«

»Mary?«

»Das scharfe Hausmädchen, dessen Cousine was mit dem Mord zu tun hat.«, half ich seinem Gedächtnis, das offenbar noch nicht ganz aufgewacht war, auf die Sprünge.

»Scharf. Mmh. Ich erinnere mich. Das hattest du schon mal gesagt. Wirklich scharf?«

Tom blickte mich an, als ob dies die alles entscheidende Frage in einer lebenswichtigen Prüfung war.

»Jaha.«

»Okay.«

Mit einem in dieser Schnelligkeit nicht zu erwartenden Schwung warf er seine dünne Bettdecke zur Seite und erhob sich aus dem Bett.

»Ich geh schnell duschen. Und du machst mir in der Zwischenzeit einen Kaffee. Du kennst dich ja hier aus.«

Den Befehlston aus seiner Armeezeit konnte Tom nicht ganz ablegen. Tom verschwand im Bad und ich kochte Kaffee. Ich schenkte ihn ein und füllte auch meinen Becher noch einmal auf. Tom kam aus dem Bad zurück und trug ein weißes Handtuch um seine Hüften.

»Wirklich scharf? Was soll ich anziehen?«

Mary schien ihn wirklich zu beschäftigen. Vielleicht lag es aber auch an den langen entbehrungsreichen sechs Monaten auf der Plattform ohne Frauen.

»Jaha. Ist mir egal. Wenn du willst, zieh dir ein Clownskostüm an.«

Tom entschied sich anstelle meines Vorschlags für eine olivgrüne Short und ein graues T-Shirt. Ein anderer Stil hätte mich auch gewundert.

»Zieh dir besser Flip-Flops an. Mary ist grad drüben und macht den Fußboden. Sie benutzt immer ziemlich scharfes Zeug zum Saubermachen.«

Tom schlüpfte in seine Flip-Flops. Wir nahmen unsere Kaffeetassen und gingen zu mir rüber.

»Danke für den Kaffee.«, sagte Tom unterwegs.

»Keine Ursache. Mach ich gerne.«

Tom und ich gingen die Treppe zur Veranda hinauf, wo Mary bereits den von mir verursachten Aschefleck restlos beseitigt hatte. Wir traten ein. Mary kniete gerade vor dem Tresen, um einige Kaffeekrümel mit dem Handbesen aufzukehren, die ich heute Morgen offenbar dort verstreut hatte.

»Wirklich scharf...«, murmelte Tom etwas gedankenverloren, aber doch hörbar.

Mary schreckte hoch, da sie uns nicht hatte kommen hören und drehte sich zu uns um.

»Mr. Scherler, Mr. Randall, entschuldigen Sie bitte, ich habe Sie gar nicht bemerkt! Was haben Sie gesagt?«

»Äh, äh, scharf.«, stammelte Tom für einen kurzen Augenblick, fing sich dann aber glücklicherweise recht schnell wieder. »Jan hatte mir gerade erzählt, dass Sie zum Wischen der Böden gern ein scharfes Putzmittel benutzen. Das habe ich beim Hereinkommen auch gerochen.«

»Oh, entschuldigen Sie bitte. Ich kann gern ein anderes nehmen, wenn Ihnen der Geruch nicht gefällt.«

»Nein, nein, das ist kein Problem. Ich mag den Geruch. Jan hat mir schon erzählt, dass er Sie auch für mein Haus eingetragen hat. Da wir uns ja nun wahrscheinlich öfter sehen, möchte ich mich erst einmal vorstellen. Ich bin Tom. Tom Randall.«

Er ging auf Mary zu und streckte ihr seine Hand entgegen. Mary war davon sichtlich überrascht. Sie hatte bei ihrem letzten Job offenbar etwas mehr Distanz zu ihren Auftraggebern gehabt. Außerdem fürchtete sie, dass ihre Hand schmutzig sein könnte, weshalb sie sie hektisch an ihrer Schürze abwischte und sie Tom erst dann zaghaft entgegen streckte.

»Ich bin Mary.«

»Freut mich, sehr angenehm.«, lächelte Tom ihr entgegen.

»Wollen wir uns hier rübersetzen?«, fragte ich und deutete mit der Hand auf die Couch und die Sessel im Wohnbereich.

»Gern. Ich muss nur noch schnell das Geschirr in die Spülmaschine räumen. Dauert nur eine Minute.«

»Möchten Sie auch einen Kaffee, Mary?«

»Nein, danke Mr. Scherler.«

Wahrscheinlich hätte sie auch abgelehnt, selbst wenn sie gern einen Kaffee getrunken hätte. Mary wirkte heute sehr schüchtern. Ich hatte sie in den letzten Wochen sehr viel offener erlebt. Vermutlich lag es an dem Anliegen, das sie an uns herangetragen hatte, vielleicht aber auch ein wenig an Toms Anwesenheit, den sie bislang noch nicht kannte. Nachdem Mary meine Teller eingeräumt hatte, kam sie zu uns herüber. Sie setzte sich auf den Sessel. Die Beine artig aneinandergepresst und den Oberkörper etwas nach vorn gebeugt. Ihre Hände ruhten auf den Oberschenkeln. Ihre blau-rosa-farbene Kittelschürze warf beim Hinsetzen einige Falten, die sie mit ein paar schnellen Strichen mit beiden Händen zu glätten versuchte.

»Dann erzählen Sie mal, Mary. Wie können wir Ihnen denn helfen? Ich habe Tom bereits von der schrecklichen Sache berichtet. Darüber weiß er also schon Bescheid.«

»Ja, danke. Ich weiß nicht, wie ich jetzt anfangen soll.«

Sie machte eine kurze Pause.

»Lisha. Lisha Mondzini. Das ist meine Cousine.«, sagte Mary und schaute dabei zu Tom.

»Ich weiß.«, nickte er.

»Lisha hat seit dem Mord schlimme Probleme im Dorf. Die Leute beschimpfen sie und haben sie auch schon angespuckt. Es muss furchtbar für sie sein.«

Sie machte wieder eine Pause.

»Und warum? Gibt es dafür einen Grund?«

»Nein, eigentlich nicht. Aber die Leute denken, dass Lisha daran schuld sei, dass Ndemi jetzt tot ist. Sie sagen, dass Lisha es verursacht hätte und jetzt ihr ganzes Dorf darunter leiden müsse.«

»Wie verursacht?«, fragte ich nach.

»Es ist Quatsch. Aber die Leute glauben es eben.«

»Was denn?«

Ich konnte es nicht leiden, wenn ich jemandem jedes Wort aus der Nase ziehen musste, aber ich versuchte, nicht ungeduldig zu klingen.

»Das darf ich Ihnen nicht sagen.«

Ich verdrehte kurz die Augen. In meiner Zeit als Anwalt hatte ich es gehasst, wenn einige Mandanten nur um den heißen Brei herumredeten und nichts dabei herauskam. Sie vertrödelten währenddessen nur meine Zeit. Auch wenn ich jetzt davon mehr als genug hatte, hatte sich dieses alte Verhaltensschema bei mir eingeprägt.

»Mary!«, sprach ich sie etwas energischer an.

»Das, was Sie uns jetzt erzählt haben, wussten wir bis auf das Anspucken doch schon. Wie können wir Ihnen denn weiterhelfen, wenn Sie uns nicht sagen, was der Kern des Ganzen ist?«

»Ich weiß. Es tut mir auch leid.«, sagte Mary und sank noch mehr im Sessel zusammen, der für ihre zierliche Gestalt ohnehin viel zu groß war.

»Ich darf Ihnen nichts sagen. Bitte verstehen Sie das nicht falsch. Ach, ich hätte gar nicht damit anfangen sollen. Jetzt sind Sie böse auf mich.«

Mary sah aus, als würde sie gleich weinen.

»Mary, nein. Wir sind Ihnen nicht böse. Aber wie können wir Ihnen oder Ihrer Cousine helfen, wenn Sie uns nicht sagen, worum es geht?«

»Ich habe mit Lisha geredet und ihr erzählt, dass Sie ihr helfen wollen. Sie hat sich sehr darüber gefreut, denn sie denkt, dass die Polizei keine große Hilfe ist.«

Tom und ich schauten uns kurz an und wir wussten beide, woran wir gerade dachten.

»Sie hat mir gesagt, dass ich selbst Ihnen den Grund für die Anfeindungen nicht sagen dürfe. Das ist ihr zu unangenehm. Sie hat mir gesagt, dass Sie ganz herzlich bei ihr eingeladen sind, wenn Sie sich wirklich dazu entscheiden sollten, ihr zu helfen. Sie bestimmt auch, Mr. Randall. Sie sagte mir, dass sie Ihnen den Grund nennt, wenn Sie ihr persönlich sagen, dass Sie ihr helfen möchten. Ansonsten wolle sie mit dieser peinlichen Angelegenheit keine weiteren Menschen behelligen.«

»Na das klingt ja sehr geheimnisvoll. Ich weiß nicht, ob…«

»Wir sind dabei!«, unterbrach mich Tom etwas abrupt.

Offenbar schien ihn die Sache wirklich zu interessieren oder Mary gefiel ihm so gut, dass er ihr mit seinem Vorpreschen imponieren wollte. Ich schaute Tom, der neben mir auf der Couch saß, etwas irritiert an.

»Meinst du?«

»Na klar. Jetzt bin ich neugierig geworden und möchte wirklich gern helfen. Wir haben doch so viel Zeit. Wenn hier schon mal etwas passiert, dann sollten wir auch mit dabei sein. Was haben wir denn schon zu verlieren? Die Sonne scheint auch drüben im Dorf. Du musst dir also keine Sorgen um deine Bräune machen.«

Ich räusperte mich vergnügt, während Tom sich an Mary wandte.

»Bitte verstehen Sie das nicht falsch. Wir wollen nicht aus bloßer Langeweile oder Zeitvertreib helfen. Vielleicht können wir aber wirklich etwas erreichen. Wenn wir Ihrer Cousine helfen können und Ihnen damit einen Gefallen tun, wäre uns das eine sehr große Freude!«

»Wirklich?«

Mary schaute uns beide strahlend an.

»Das wäre großartig!«

»Wie und wo können wir denn mit Ihrer Cousine reden?«, fragte ich, um Toms Schwafeleien zu beenden und die Sache ein wenig voranzubringen.

»Das können Sie entscheiden. Lisha hat mir gesagt, dass wir gerne bei ihr vorbeikommen können. Falls Ihnen das aber zu viel Aufwand ist, kann sie auch selbst herkommen.«

»Wir können schon ins Dorf fahren, oder?«, schaute Tom mich an.

»Ich denke schon, dann erfahren wir auch mal, wie es dort aussieht.«

Obwohl wir bereits relativ lange hier wohnten, hatten wir es noch nicht geschafft, einmal ins Dorf der hiesigen Bevölkerung zu fahren. Wenn wir Einkäufe machen mussten, fuhren wir auf den Markt, der sich nicht im Dorf, sondern auf einem freien Platz an der Schnellstraße befand, weil dort die Chance bestand, dass sich im zufällig vorbeifahrenden Durchgangsverkehr ein paar potenzielle Kunden finden ließen. Das Dorf selbst war im Wald verborgen und von der Straße aus nicht sichtbar.

»Und wie finden wir dorthin? Würden Sie uns eventuell begleiten?«

»Sehr gern! Die Hütte meiner Cousine würden Sie ohne Hilfe sowieso nicht finden.«

»Na, Sie trauen uns ja viel zu.«, sagte ich im Spaß.

»Entschuldigen Sie bitte, Mr. Scherler. Das war nicht so gemeint.«

»Ich hab das doch nicht ernst gemeint, Mary. Keine Sorge. Ich würde mich freuen, wenn wir gemeinsam zu Ihrer Cousine fahren.«

»Fahren?«, fragte Mary.

»Ja, wieso denn nicht? Kommt man nicht mit dem Auto dorthin?«

»Doch schon. Aber ich kann doch nicht mit Ihnen...«

»Natürlich können Sie.«, unterbrach Tom sie. »Das ist überhaupt kein Problem. Wann geht es denn los?«

»Wann hätten Sie denn Zeit?«

Tom und ich schauten uns vergnügt an und antworteten wie mit einer Stimme:

»Immer!«

»Dann können wir gern direkt heute nach meinem Feierabend losfahren. Ich muss noch Ihr Haus in Ordnung bringen, Mr. Randall und dann noch zwei weitere von Ihren Nachbarn. Wenn ich mich beeile, können wir in drei Stunden los.«

»Sie müssen sich nicht hetzen, Mary. Wir laufen nicht weg und überlegen es uns auch nicht anders. Lassen Sie sich Zeit und wenn Sie fertig sind, kommen Sie einfach vorbei. Wir sind entweder hier in den Häusern, am Strand oder an der Bar. Sie werden uns schon finden.«

»Danke! Vielen Dank! Das ist wirklich sehr freundlich von Ihnen beiden.«

Mary schaute uns beide glücklich an.

»Jetzt muss ich aber weitermachen, damit ich schnell fertig werde. Vielen Dank noch einmal und bis heute Nachmittag.«

Mary stand auf, nahm ihr Putzzeug, das noch im Küchenbereich stand und ging aus der Haustür hinaus.

»Und? Was meinst du?«

»Hattest recht. Die ist echt niedlich.«

»Nicht Mary!«

»Ach so. Pfff. Mal sehen. Schaden kann es ja nichts. Außerdem bringt es wirklich etwas Abwechslung. Die Sache mit dem Helfen habe ich ihr nur…«

»Ja ja, ich weiß. Damit sie denkt, dass du ein Gutmensch bist. Du bist so durchschaubar.«

»Stimmt das denn etwa nicht?«

Ich verdrehte wieder die Augen.

»Naja, egal, sei es drum. Ich bin jedenfalls schon auf unseren Dorfausflug gespannt. Wir sind bestimmt die ersten aus dem Resort, die da mal hinkommen. Was sollen wir denn bis dahin machen?«

Wir entschieden uns für einige Runden Fussball auf der Playstation. Tom spielte wie immer mit Manchester United, ich mit Borussia Dortmund. Er erteilte mir eine Lektion nach der anderen, was nicht unwesentlich darauf zurückzuführen war, dass Videospiele eine der wenigen Freizeitaktivitäten darstellten, die auch auf einer Bohrinsel problemlos vorgenommen werden konnten. Nach knapp zwei Stunden, in denen ich meinen Heimatverein nicht wirklich würdig vertrat, setzten wir uns auf die Veranda und aßen zwei Sandwiches als kleinen Snack. Nur kurze Zeit später entdeckten wir Mary, die gerade von einem der Nachbarhäuser zu uns kam. Unterhalb der Veranda blieb sie an der Treppe stehen.

»Möchten Sie noch kurz hochkommen und etwas trinken, oder sollen wir gleich losfahren?«

»Nein, vielen Dank. Ich möchte nichts trinken. Aber wir können gern los, wenn es für Sie okay ist.«

»Na, dann. Auf geht´s! Mary, Sie sitzen vorne. Sonst wissen wir ja nicht, wo es langgeht.«

»Ich soll… Sehr gern, Mr. Scherler!«

Die für wenige Sekundenbruchteile vorhandene Unsicherheit verflog schnell bei Mary und wich einer aufgeregten Vorfreude. Sie hatte nicht oft die Gelegenheit, in einem Auto mitzufahren. Schon gar nicht vorn. Ich startete den Jeep und fuhr etwas zügiger an, als ich dies eigentlich vorhatte. Mary juchzte kurz auf.

»Entschuldigung!«, kicherte sie ein wenig albern.

Tom, der auf der Rückbank Platz genommen hatte und ich warfen uns einen kurzen Blick über den Rückspiegel zu und ahnten schon, dass das eine lustige Fahrt werden könnte. Den Weg aus dem Resort hinaus fand ich noch allein. Dann lotste uns Mary auf die Hauptstraße und gab die Richtung vor, in die wir fahren mussten. Die Fahrt mit Marys Anweisungen war sehr unterhaltsam, sie rief bereits mehr als hundert Meter vor der eigentlichen Abzweigung ganz aufgeregt, dass wir gleich abbiegen müssen. Gingen wir dann in die Kurve und rumpelte es ein wenig, hielt sich Mary an der Handhalterung über der Seitenscheibe fest und quiekte manchmal kurz auf. Allein dafür hatte sich die Fahrt schon gelohnt.

»Jetzt hier stehenbleiben, bitte.«

»Hier oder erst in hundert Metern?«, fragte ich.

»Nein, hier. Da geht es nicht mehr weiter.«, sagte Mary und deutete nach vorn.

Wir waren schon einige hundert Meter in den Wald hineingefahren, aber es war noch keine Hütte des Dorfes zu sehen. Ich blickte nach oben. Über uns bewegten sich die riesigen Palmenblätter im Wind.

Ich blickte mich zu Tom um, der wieder einmal barfuß unterwegs war.

»Zieh dir bloß keinen Splitter ein! Ich trag dich nicht zurück.«

»Mach dir mal keine Sorgen. Das geht schon.«

Mary führte uns an und nach einigen Metern entdeckten wir den Grund für Marys Kommando anzuhalten. Dort lag eine umgestürzte Palme mitten auf dem Trampelpfad, die selbst mit allem fahrerischen Können nicht hätte umfahren werden können.

»Die sieht ja noch ganz frisch aus.«, bemerkte Tom.

»Ist sie auch. Sie ist vorletzte Nacht beim Sturm umgefallen. Quentin, der Junge aus der Küche, der auch im Dorf wohnt, hat es mir heute gesagt. Ich hatte ihm vorhin erzählt, dass ich am Nachmittag mit Ihnen hier lang fahre. Da hat er gesagt wo sie liegt und dass ich aufpassen soll.«

»Na, da gibt es doch heute Abend ein Trinkgeld für ihn.«, murmelte ich dankbar vor mich hin.

Wir gingen noch ungefähr fünf Minuten weiter.

»Wie sieht es denn eigentlich hier im Wald mit Minen aus?«, fragte ich Mary plötzlich ein wenig besorgt.

Auch Tom blieb auf einmal abrupt stehen.

»Solange Sie hier auf dem Trampelpfad gehen, können Sie unbesorgt sein. Die Einwohner benutzen ihn jeden Tag auf dem Weg zur Arbeit und wieder zurück. Da passiert nichts mehr. Für den Wald links und rechts daneben kann ich aber nicht garantieren.«

»Na prima!«

Über Marys Euphorie bei der Autofahrt hinweg hatten wir völlig vergessen, dass ein Abweichen von den Hauptwegen lebensgefährlich war. Denn im Laufe des Bürgerkriegs wurden überall an strategisch wichtigen Punkten, teilweise aber auch völlig wahllos von beiden Kriegsparteien Landminen gelegt, um den Gegner zu schwächen Diese sorgten auch Jahre nach dem Konflikt noch immer für viele hundert Tote und noch mehr Schwerverletzte und Verstümmelte. Da kaum Karten oder Verzeichnisse über die versteckten Minen existierten, konnten auch nur sehr wenige Sperrgebiete eingerichtet werden. Hinzu kam, dass es der mosambikanischen Regierung massiv an Geld mangelte, sodass auch auf absehbare Zeit keine systematische Suche im ganzen Land durchgeführt werden würde. Mit Ausnahme der Region um Maputo herum hatte es hier noch keine gezielte Aktion in den letzten 18 Jahren gegeben. Gleiches galt für Warntafeln, auf die in Ermangelung von Geld mit Ausnahme eines 50km-Gürtels um Maputo auch verzichtet wurde. Es herrschte daher das Prinzip des Zufallsfunds vor, was man auch an den auf den Straßen häufig zu sehenden verstümmelten Menschen erkannte. Am schlimmsten hatte es einen Mann erwischt, den ich vor zwei Jahren am Rande eines riesigen Kreisverkehrs vor den Toren Maputos sah. Sein Unterkörper war komplett verschwunden. Aber er lebte. Er trug ein zerfetztes, graues T-Shirt und hatte ähnlich schmutzige Lappen um seine Hüfte gewickelt. Er war mit fasrigen Seilen auf ein dünnes Holzbrett mit Rollen gebunden und bewegte sich fort, indem er sich mit seinen Armen vom Boden abstieß. So wollte ich definitv nicht enden. Darum gingen wir von nun an weitaus vorsichtiger durch den Wald und hofften, dass Marys Trampelpfad-Theorie stimmte.

»Hier lag er.«, sagte Mary nach einigen Metern leise und deutete mit dem Finger nach unten in den Sand.

Ich zuckte zusammen, denn ich hatte nicht damit gerechnet, dass wir an der Stelle vorbeikommen würden, an der Usumbe getötet wurde. Es sah unspektakulär aus. Wie jedes beliebige andere Stückchen des Palmenwalds. Hätte Mary es nicht gesagt, wären wir sicherlich an diesem Ort vorbeigegangen. Jetzt aber standen wir hier. Mir war ein wenig beklommen zumute. Hier muss er sich in seinem Todeskampf vor Schmerzen gewunden haben, wenn er noch gelebt hatte, als man ihn anzündete. Ich schluckte kurz und blickte zu Tom, der mich ansah und mit den Schultern zuckte. Er ging ein paar Schritte nach vorn und bückte sich über die Stelle, auf die Mary mit ihrem Finger gezeigt hatte.

»Hier ist nichts mehr zu sehen. Wenn hier noch irgendwelche Spuren gewesen sein könnten, dann hat sie spätestens das Gewitter in der vorletzten Nacht für immer davongespült.«

»Als ich Lisha das letzte Mal besucht habe, hatte der Sand hier noch eine andere Farbe. An einigen Stellen war er etwas rötlich gefärbt, weiter oben war er dunkler.«, deutete sie mit dem Finger nach unten.

»Sollen wir weiter?«, fragte ich.

Tom schaute noch einmal um den Tatort herum, wobei er aber den Trampelpfad nicht verließ.

»Ich denke schon. Hier ist nichts mehr.«

Wir folgten wieder für einige Minuten dem Trampelpfad, der sich durch den mit zahllosen Palmen bewachsenen Sand schlängelte.

Mary deutete mit dem Arm nach links.

»Gleich sind wir da.«

Der Trampelpfad verlief ebenfalls in dieser Richtung. Vermutlich war er nicht zuletzt wegen der Minengefahr so angelegt, dass er an jeder Hütte vorbeiführte. Der Weg schlängelte sich weiter durch den Wald und wir gingen an den ersten Hütten entlng. Sie waren teils aus Ziegelsteinen, teils aus Wellblech konstruiert und viereckig. Hütten dieser Art fanden sich im ganzen Land und waren stets aus den Materialien hergestellt, die sich gerade so fanden. Hatten die Bewohner Arbeit und verfügten über ein kleines Einkommen, so versuchten sie über die Jahre von ihrem Geld so viele Ziegel zu kaufen, dass daraus ein komplettes Haus entstand. Da aber kaum einer in der Lage war, eine so große Summe auf einmal aufzubringen, bestand in der Regel immer nur ein kleiner Teil des Hauses aus Ziegelsteinen. Der Rest wurde improvisiert. Dies konnte wie hier Wellblech sein, aber auch Pappe, aufgetürmtes Holz oder Lehm wurden häufig als Ersatzbaustoffe verwendet. Bei der dritten und vierten Hütte hatte man gänzlich auf Ziegelsteine verzichtet. Sie waren aus einer Kombination von Lehm und Wellblech hergestellt.

»Hier ist es.«

Mary deutete mit dem Finger auf die fünfte Hütte am Trampelpfad. Bei ihr bestand eine Wand komplett aus Ziegelsteinen. Der Rest war aus Lehm. Neben der Hütte war noch ein kleiner „Anbau". Hier waren etwa kniehoch Ziegelsteine in Form eines zweiten Zimmers aufgebaut, dass jedoch wohl schon länger auf seine Fertigstellung wartete. Vor dem Eingang war eine kleine Feuerstelle mit einem Schemel daneben, auf dem ein Teller, zwei Töpfe, eine rostige Kelle und einige kleine Dosen mit Gewürzen lagen.

»Lisha! Ich bin´s!«

Mary rief zur Hütte hinüber und blickte durch die Öffnung, in welcher eine Tür fehlte, hinein. Wir hörten eine Stimme. Das musste Lisha sein.

»Kommen Sie bitte hinein. Lisha freut sich, dass Sie gekommen sind.«

Wir mussten uns ein wenig ducken, da die Türöffnung nicht den europäischen Standardmaßen entsprach. Es dauerte einen kleinen Moment, bis sich unsere Augen an die Dunkelheit gewöhnten, denn an den Seitenwänden des Hauses befand sich kein Fenster. Die einzige Lichtöffnung, den Eingang, verdeckten wir gerade selbst mit unseren Körpern.

»Hallo.«, sagte eine Frauenstimme.

»Hallo.«, antworteten Tom und ich.

Ich blinzelte mit den Augen und konnte Lisha jetzt besser erkennen. Tom, der als Letzter eintrat, gab nun auch dem Licht wieder etwas mehr Raum, indem er aus der Tür verschwand. Lisha saß in einer Ecke ihrer Hütte auf dem Boden. Unter ihr lag eine Decke oder eine Matte. Genau konnte ich das noch nicht erkennen. Auf der anderen Seite des sehr kleinen Raumes stand ein Bett. Die Wände um dieses Bett herum waren mit allerlei Postern und Starfotos aus Zeitschriften geschmückt. Es wirkte ein bisschen wie das Zimmer einer pubertierenden 14-Jährigen. Nur eben sehr schäbig. Rechts neben dem Eingang stand eine primitiv aussehende Holzkiste. Vermutlich war dies Lishas Kleiderschrank. Der Rest des Zimmers war leer. Einen Tisch oder einen Stuhl gab es nicht. Wir setzen uns im Halbkreis um Lisha auf den Boden. Sie wirkte müde und geschafft. Ihre Wangen waren eingefallen und ihre Arme sahen sehr dünn aus. Sie wirkte schwach und kränklich.

»Das ist Mr. Scherler und das ist Mr. Randall. Er ist ein Freund von Mr. Scherler und möchte dir auch helfen.«

»Danke. Es ist schön, dass Sie hergekommen sind. Ich weiß gar nicht, wie ich das wieder gutmachen kann.«

»Wir haben doch noch gar nichts gemacht. Wie können wir Ihnen denn helfen?«, wollte Tom erst einmal wissen.

Lisha holte tief Luft.

»Viele Leute hier im Dorf denken, dass ich Schuld am Tod von Ndemi habe.«

»Gibt es da einen Grund für?«, fragte ich.

»Ja und Nein. Für die Leute hier im Dorf schon, für mich nicht. Viele hier glauben noch an Geister und Dämonen und daran, dass sie die Menschen und Freunde, die ihnen nahestehen, bestrafen, wenn sie etwas Falsches getan haben. Ich glaube das nicht.«

»Was sollen Sie denn Falsches getan haben?«, fragte ich weiter.

Lisha machte eine kurze Pause und holte wieder tief Luft.

»Ich habe meinen Körper verkauft. Nur ein einziges Mal. An drei Touristen, Backpacker. Aber ich wollte das nicht, ich... Sie haben mich geschlagen. Diese Schande kann ich...«, dann brach sie ab.

Tom und blickten ich blickten uns an und kamen wahrscheinlich zur gleichen Schlussfolgerung: Lisha war vergewaltigt worden.

»Und was hat das mit Ndemi zu tun?«, fragte ich behutsam nach.

»Er war dabei, als wir sie getroffen haben. Sie sind zu Fuß die Landstraße entlang gegangen. Ndemi stand neben mir, als ich mich mit den Dreien für den Abend verabredet habe. Er wollte es verhindern, aber ich brauchte das Geld... Ndemi hatte gehört, wo wir uns treffen wollten. Sie hatten etwa zwei Kilometer von hier ihre Zelte am Strand aufgebaut. Ndemi war schon vor mir da und wollte versuchen, sie davon abzuhalten. Sie haben ihn verprügelt und gesagt, dass er verschwinden soll. Das haben sie mir zumindest erzählt, als ich abends zu ihnen gekommen bin. Und dass er fällig ist, falls es noch einmal bei ihnen aufkreuzen sollte. Dann… dann haben sie…«

Lisha begann zu schluchzen.

»Aber Ndemi lebte noch, nachdem er bei den Backpackern war?«, erkundigte ich mich zaghaft, nachdem sie sich wieder ein wenig beruhigt hatte.

»Ja. Ich bin am nächsten Tag mit ihm zum Markt gegangen. Wie immer. Wir haben aber nicht über die Sache geredet. Wir haben die ganze Zeit nicht geredet. Aber sein Gesicht sah übel aus. Sie hatten ihn geschlagen und getreten. Seine Lippe und eine Augenbraue waren aufgeplatzt und sein Auge war angeschwollen. Ich habe nicht einmal mehr vor seinem Tod mit ihm gesprochen.«

Lisha weinte wieder.

»Haben Sie eine Idee, wer es gewesen sein könnte? Hat er vielleicht die Backpacker noch einmal getroffen?«, fragte ich nach einer Weile weiter.

»Das weiß ich nicht. Aber das halte ich für möglich.«

»Was können Sie uns denn noch über Ndemi erzählen, was uns helfen könnte? Hatte er irgendwelche Feinde? Vielleicht hier im Dorf?«, versuchte ich, das Thema zu wechseln.

»Ich weiß nicht. Ich habe nun auf jeden Fall eine Menge Feinde. Sie hassen mich jetzt. Weil ich die Ehre des Dorfes befleckt habe. Die Götter strafen mich und meine Freunde jetzt dafür, sagen sie. Und sie haben Angst, dass auch sie bestraft werden, wenn ich weiter im Dorf wohnen bleibe. Darum wollen sie, dass ich gehe.«

Sie machte eine kurze Pause und holte tief Luft.

»Aber Ndemi konnten die Leute hier eigentlich gut leiden.«

»Eigentlich?«

»Naja, er war halt wie er war. Er hat immer die Wahrheit gesagt, auch wenn es oftmals unpassend war. Damit hat er sich nicht immer Freunde gemacht. Und er hat immer gesagt, wenn er etwas für falsch hielt, wie bei mir. Hätte ich doch nur auf ihn gehört. Aber eigentlich war er sehr beliebt. Er hat viel mit den Kindern hier im Dorf gespielt, weil er selbst keine eigenen hatte. Die Mütter mochten ihn daher sehr gern. Die Männer auch, obwohl er in den Dorfversammlungen manchmal ganz schön aufbrausend sein konnte. Als es in einer der letzten Versammlungen um die Holzfäller ging, die hier in der Region unterwegs sind, wurde es sehr hitzig und Ndemi hat mir gesagt, dass er wegen der Ignoranz der anderen früher gegangen ist. Er hat gesagt, dass die anderen die Sache mit der Abholzung des Palmenwalds hier in der Region nicht so ernst genommen hätten wie er und ihn als ängstlich hingestellt hätten. Das war er aber nicht! Er hat sich sogar schon einmal im Lager bei den Holzfällern beschwert. Wir Frauen dürfen ja nicht zu den Versammlungen, aber Ndemi hat mir immer davon erzählt, wenn es etwas Interessantes gab.«

»Und sonst haben Sie keine Idee, wer es gewesen sein könnte? Vielleicht irgendeiner aus der Versammlung?«

»Davon hat Ndemi nichts erzählt. Sie haben sich in der Versammlung gestritten. Aber das passiert da wohl häufiger. Danach ist alles wieder vergessen. Darum gibt es die Versammlungen ja auch. Allerdings hat sich Ndemi am Tag vor seinem Tod noch mit Eduardo heftig in die Haare bekommen. Ndemi hatte ihm davon erzählt, was ich getan habe und Eduardo hat ihn angeschrien, dass er mir hätte helfen müssen. Er sei feige und ein Versager! Vielleicht ist Ndemi daraufhin auch noch einmal zu den Backpackern gegangen. Ich weiß es nicht.«

»Fällt Ihnen sonst noch etwas ein?«

»Nein, ich glaube nicht. Mehr kann ich Ihnen leider auch nicht sagen. Aber bitte erzählen Sie das, was ich getan habe, nicht noch weiter herum. Hier im Dorf weiß es schon jeder und das ist schlimm genug. Ich will nicht, dass es sich auch noch auf dem Markt oder sonst wo herumspricht. Bitte!«

»Versprochen, kein Problem. Na gut, dann werden wir mal überlegen, was wir machen können.«, sagte ich.

»Naja, der einzige richtige Anhaltspunkt, den wir haben, sind ja die Backpacker. Wissen Sie vielleicht deren vollständige Namen?«

»Nein. Lukas, Ivica und Slobo. Mehr weiß ich nicht.«

»Wie sahen sie denn aus?«, erkundigte sich Tom.

Lisha und Mary mussten ein wenig lächeln.

»Einer groß, einer klein, einer mittel. Dunkelblonde Haare. Beschreiben Sie mal einen Schwarzen, den Sie nicht gut kennen, Mr. Randall. Wir haben da die gleichen Probleme mit euch Weißen.«

»Sehr hilfreich. Aber Sie haben ja recht. Sonst noch irgendetwas, das uns weiterhelfen könnte?«

»Während Slobo mit mir im Zelt war, hörte ich, dass Lukas zu Ivica sagte, dass sie bald wieder in Richtung Inhassoro aufbrechen würden. Es sollte also nach Norden gehen.«

»Das ist zwar nicht viel, aber immerhin etwas. Noch irgendwelche Hinweise?«

»Nein, das war´s. Oder halt. Lukas hatte sehr abstehende Ohren. Aber mehr kann ich Ihnen wirklich nicht sagen.«

»Dann schauen wir mal. Vielen Dank jedenfalls, dass Sie sich uns anvertraut haben. Wir können Ihnen leider nichts versprechen, aber wir werden uns Mühe geben.«, verabschiedete sich auch Tom.

Mary drückte ihre Cousine noch einmal und wir traten hinaus vor die Hütte.

»Sind das deine neuen Freier, du Hure?«, rief uns ein Mann entgegen.

Offensichtlich waren wir nicht ganz unbemerkt ins Dorf gelangt. Wir hatten es ja auch nicht darauf angelegt. Mittlerweile hatte sich jedenfalls eine kleine Menschentraube auf dem Trampelpfad vor Lishas Hütte versammelt. Es waren vielleicht zehn Leute, hauptsächlich Männer.

Mary griff schnell ein. Ich wusste nicht, ob sie die Leute kannte, aber sie konnte sie auf Tswa beruhigen. Sie schien zu erklären, weshalb wir da sind und konnte damit zumindest den Unmut gegen uns ein wenig mildern.

»Okay, Mr. Randall, Mr. Scherler, wir gehen jetzt besser.«, sagte Mary zu uns.

»In Ordnung.«

»Und lasst Lisha in Ruhe. Sie hat genug durchgemacht. Helft ihr lieber, anstatt sie zu beschimpfen!«, rief ich in Richtung der Männer, als wir losgingen.

Als ich mich nach einigen Metern umdrehte, sah ich, wie sich die Menschentraube langsam auflöste.

Die Rückfahrt verlief weitgehend schweigend. Ich versuchte, Marys Sorgen zu vertreiben, indem ich ihr noch einmal versicherte, dass wir versuchen würden, Lisha zu unterstützen. Nachdem wir sie in dem Teil des Resorts abgesetzt hatten, in welchem die Angestellten lebten, gingen wir zum Essen ins »Shamwari«. Mit Ausnahme eines älteren, dickeren Südafrikaners, der an der Bar allein ein Bier trank und sich mit dem Barkeeper unterhielt, waren wir die einzigen Gäste dort. Es konnte also noch nicht so spät sein, denn in der Regel begannen die ersten gegen 18:30 Uhr mit dem Abendessen. Im Vorbeigehen orderte ich zwei Bier und einmal »Chicken Liver Piri Piri« mit Brot und Avocado-Creme. Ein kleiner Snack, der meinen Hunger bis zum Abendessen vertreiben würde.

»Viel haben wir wirklich nicht. Außer den drei Arschlöchern sind die Punkte, an denen wir ansetzen können, relativ dürftig gesät.«, sagte Tom.

»Naja, dann nehmen wir die doch.«

»Wie jetzt?«, fragte Tom, der mir offensichtlich nicht ganz folgen konnte.

»Wir haben, wie du richtig festgestellt hast, Sherlock, wirklich nicht viel, was uns weiterhilft. Aber es ist ja zumindest nicht ausgeschlossen, dass Usumbe noch einmal bei den Pissern vorbeigeschaut hat. Und wer weiß, vielleicht haben sie ihre Drohung, dass er dann fällig sei, tatsächlich wahr gemacht.«

»Naja, aber ein blaues Auge hatte er ja schon. Warum sollten sie ihn ein paar Tage später auf so grausame Weise umbringen?«

»Keine Ahnung. Aber W-i-r h-a-b-e-n d-o-c-h n-i-c-h-t m-e-h-r!«, zog ich die Worte in Länge, um es Tom endlich begreiflich zu machen.

»Ist ja gut. Ich hab´s auch schon beim letzten Mal verstanden. Und was sollen wir machen? Die Typen wohnen ja nicht hier im Resort, sodass wir mal kurz rübergehen könnten, um sie zu befragen.«

»Das weiß ich selber. Aber Lisha hat doch gesagt, dass sie nach Norden weiterreisen wollten.«

Tom unterbrach mich.

»Hast du dir schon mal eine Landkarte von Mosambik angesehen? Nördlich von uns kann so ungefähr alles sein. Bis zur Grenze nach Tansania sind das noch mal geschätzte 1.500 Kilometer an der Küste entlang. Wo willst du die denn da finden?«

»Jetzt stell dich nicht blöder als du bist!«, sagte ich zu Tom mit einem Augenzwinkern.

»Denk doch mal nach. Das sind Backpacker. Wo werden die wohl anhalten? In Hostels, billigen Resorts oder anderen Backpacker-Unterkünften.«

»Davon gibt es hier ja auch nicht so viele…«, bemerkte Tom süffisant.

»Davon gibt es nördlich von uns wirklich nicht mehr so viele. Da hast du tatsächlich recht gehabt, auch wenn du es nicht so gemeint hast. Als ich vor knapp 14 Jahren mal hier rumgereist bin, war es nördlich von Beira unterkunftsmäßig ziemlich mau. Und seitdem hat sich hier, wenn wir mal ehrlich sind, touristisch nicht allzu viel getan. Wenn die also nach Norden weitergereist sind, dann sind die Möglichkeiten, wo sie abgestiegen sein könnten, nicht sehr groß. Zumindest wenn sie sich nördlich von Beira bewegen.«

»Und wie sollen wir sie suchen und finden?«

»Wenn du hier Urlaub machen würdest, wo würdest du langfahren? Im minenverseuchten Inland, das außer Palmen keine Attraktionen bereithält, oder an der etwas weniger minenverseuchten Küste mit fantastischem Blick aufs Meer?«

»Inland?«, scherzte Tom.

»Ich logge jetzt mal Küste für dich ein. Jetzt müssen wir nur noch schauen, was für Unterkünfte es von hier bis Beira gibt. Wenn sie noch weiter nach Norden fahren, dann müssen sie einen Überlandbus nehmen. Der geht dann allerdings mitten durchs Inland und hält nur an einigen wenigen Ortschaften.«

»Du weißt schon, dass ich zum Ausspannen hierhergekommen bin, oder?«

»Jetzt stell dich mal nicht so an. Das klingt bestimmt anstrengender als es in Wirklichkeit ist. Du bleibst hier sitzen. Ich gehe schnell zurück und hole meinen »Lonely Planet«. Da sind alle Backpacker-Unterkünfte in Mosambik verzeichnet. Und wehe, du rührst meine Chicken-Livers an, wenn sie da sind!«

»Okay, das klingt nicht so anstrengend und auch ganz vernünftig. Dann geh ihn mal holen. Aber was deinen Snack angeht, kann ich dir keine Versprechungen machen.«

Ich blickte Tom einmal fest in die Augen und bedeutete ihm, dass er mein Essen in Ruhe lassen sollte. Da ich wusste, dass Tom sich sicherlich nicht beherrschen konnte, beeilte ich mich. Der »Lonely Planet« Mozambique« stand im Regal mit den

Reiseführern und Bildbänden, sodass ich ihn problemlos finden konnte. Als ich wieder im »Shamwari« ankam, grinste mir Tom bereits entgegen.

»Ich hab dem Kellner schon gesagt, dass die Portion diesmal wirklich sehr klein ist.«

»Wisch dir wenigstens die Piri-Piri-Paste vom Mund ab, wenn du es schon auf diese Weise probieren willst! Dafür geht das Bier heute auf dich.«

Ich schlug die Seiten mit den Erläuterungen zu den Unterkünften in der Mitte und im Norden Mosambiks auf. Dann kramte ich mein Notizbuch mit dem Stift aus der Seitentasche meiner Shorts.

»Sollen wir alle Unterkünfte aufschreiben oder nur die, die im mittleren und unteren Preissegment liegen?«

»Ich glaub, die teuren brauchen wir nicht. Die sind mit dem Zelt unterwegs. Wenn die überhaupt irgendwo zum Übernachten einkehren, dann wird das sicherlich nicht die oberste Preiskategorie sein. Oder könntest du dir vorstellen, dass hier drei Backpacker ein Zelt vor deinem Haus aufschlagen?«

»Da hast du recht. Dann wollen wir doch mal sehen, was es da so gibt.«

Ich fuhr mit dem Finger im Buch die Spalte herunter und schrieb alle Unterkünfte auf, die in Frage kamen. Zwischen Inhassoro und Beira waren das immerhin neun Backpacker-Hostels. Ich schaute mir die Unterkunftsübersicht der Region nördlich von Beira an. Mein »Lonely Planet« war von 2007, aber touristisch hatte sich in diesem Fleckchen der Erde seit meinem letzten Aufenthalt tatsächlich nicht viel getan. Auf den gesamten 1700 Kilometern von Beira bis Mocimboa da Praia nahe der Grenze Tansanias kamen gerade einmal sieben weitere Hostels in Strandnähe und vier relativ teure Unterkünfte im Inland zu meiner Liste hinzu. Ich schrieb sie alle auf und notierte mir die Telefonnummern daneben. Parallel dazu strich ich mir die Unterkünfte auch im »Lonely Planet« noch einmal an. Nach einer weiteren Runde Bier hatte ich alle Backpacker-Unterkünfte nebst Telefonnummern zusammen.

»So, das wäre geschafft.«

»Und jetzt?«, fragte diesmal Tom.

»Hast du die nächste Woche schon was vor?«

»Ich hab´s geahnt. Du hast dir doch die Telefonnummern rausgeschrieben. Sollen wir nicht einfach überall anrufen und fragen, ob die drei da sind oder mal da waren?«

»Aha, super Idee. Und was dann? Wenn uns die Rezeption sagt, dass sie da sind, sollen wir sie dann zu einer telefonischen Befragung an den Hörer bitten? Das werden die ja wohl kaum machen. Und wenn sie sich irgendwo aufhalten und wir erst von hier aus losfahren, dann hat ihnen bereits die Rezeption mitgeteilt, dass jemand nach ihnen gefragt hat. Wenn die es wirklich waren, was denkst du, wie schnell die dann weg wären? Dann würden sie den Rest der Strecke garantiert nur noch am Strand im Zelt pennen und wir hätten gar keine Chance mehr sie zu finden.«

»Du bist ganz schön clever!«

»Danke, dafür darfst du auch mein letztes Brot haben.«, erwiderte ich und schob ihm geschmeichelt den Brotkorb hinüber.

Tom griff zu und fragte kauend: »Dann geht es echt schon morgen los?«

»Na klar, wie lange willst du denn sonst noch warten. Die Sache war vor über zwei Wochen. Wir können von Glück reden, wenn die überhaupt noch im Land sind.«

»Naja, zumindest waren sie ja wohl ohne Auto unterwegs. Sie sind die Straße entlang gegangen und sie hatten ihr Zelt am Strand aufgebaut. Da kommst du mit einem Auto nicht hin. Und wenn sie es über Nacht an der Straße geparkt hätten, dann hätten sie jetzt sicherlich keines mehr. Insofern dürften sie ziemlich langsam unterwegs sein.«

»Vergiss nicht, dass es hier auch Busse gibt.«

»Ich sag doch – sie müssten ziemlich langsam unterwegs sein.«, wiederholte sich Tom und spielte damit auf die überladenen Überlandbusse an, die wir in schöner Regelmäßigkeit auf den Sand- und Schotterpisten zwischen Praia da Onda und Maputo überholen mussten und die sich mit einer Höchstgeschwindigkeit von maximal 30 km/h vorwärts quälten.

»Also morgen schon. Ich wollte doch nur eine Woche lang mal ausschlafen!«, lamentierte Tom.

»Du kannst im Auto schlafen. Ich fahre.«

»Na, ob ich da schlafen kann…? Schade, dass wir Mary nicht mitnehmen können. Die Hinfahrt war ja ganz lustig mit ihr.«

»Das stimmt. Aber ich hab´s dir doch gesagt. Sie wird dir gefallen.«

»Wann willst du denn morgen los?«, wollte Tom wissen und schaute mich ein wenig ängstlich an, so als ob er fürchtete, ich könnte eine Uhrzeit vor um 8:00 Uhr nennen.

»Wie wär´s so um neun? Ich mach uns ein paar Sandwiches und Kaffee für die Fahrt und dann geht´s los.«

»Na gut, einverstanden. Hast du Roastbeef?«

»Noch nicht, aber ich frag nachher mal in der Küche.«

Gloria, Yzelle, Steven und Maarten betraten gerade das »Shamwari«. Auch wenn sie uns ohnehin schon gesehen hatten, winkten wir sie zu uns rüber. Wir wollten ihnen die Neuigkeiten mitteilen.

»Na, ihr zwei seht ja ganz schön aufgeregt aus. Was wollt ihr uns denn sagen? Habt ihr endlich einen Hochzeitstermin gefunden?«, witzelte Maarten.

»Sowas Ähnliches. Wir machen aber erst die Hochzeitsreise. Dann sehen wir mal weiter.«, antwortete ich schnell.

Maarten und Steven schauten sich fragend an.

»Wir gehen morgen auf die Suche nach dem Mörder.«, löste Tom das Rätsel auf.

»Ach ja! Stimmt. Echt? Wolltet ihr nicht heute ins Dorf fahren? Habt ihr was herausgefunden?«

Auf einmal redeten alle durcheinander und stellten uns Fragen zu unserem Ausflug. Wir schilderten ihnen, was wir erlebt hatten und was mit Lisha geschehen war, da wir uns dadurch auch einige hilfreiche Ideen oder Vorschläge von unseren Freunden erhofften.

»Grausame Geschichte.«, kommentierte Yzelle unseren Bericht.

»Lasst mich raten. Ihr wollt jetzt diese Backpacker-Schweine finden.«, fing sich Maarten als Erster wieder.

»Ja.«

Wir teilten ihnen unseren Plan mit, wie wir das anstellen wollten.

»Clever!«

»Danke! Das hat Tom auch schon gesagt.«, freute ich mich und lächelte in Toms Richtung, der nur die Augen verdrehte.

Eddy war heute wieder unser Kellner. Als »Catch of the day« empfahl er uns Thunfisch. Die Beilage bestand aus Seegrassalat und asiatischen Glasnudeln, die wir alle bestellten. Nur für Tom gab es wieder einmal Pommes zum Fisch. Das Abendessen war vorzüglich und wir tranken noch drei oder vier Flaschen Chenin Blanc. Den letzten Drink des Abends nahmen wir schließlich an der Bar.

»Seid bloß vorsichtig. Und wenn es gefährlich werden sollte, kommt lieber wieder zurück. Das wäre es nicht wert, dass euch auch noch was passiert.«, meinte Steven besorgt.

»Ja, bitte passt auf euch auf. Sonst müssten wir uns neue Volleyballpartner suchen.«, ergänzte Gloria..

»Keine Angst. Wir werden erst einmal schauen, ob wir sie überhaupt finden und dann sehen wir weiter. Alles andere entscheiden wir dann.«

Yzelle, Gloria, Maarten und Steven wünschten uns viel Glück. Gloria umarmte uns beide und hauchte uns einen Kuss auf die Wange.

»Ihr Helden!«, sagte sie charmant, aber nicht ganz ohne ironischen Unterton und ging mit den anderen dreien hinaus.

Tom und ich nippten noch an unseren Drinks.

»Was denkst du, wie lange wir unterwegs sind?«, fragte ich Tom.

»Keine Ahnung. Kommt drauf an wie schnell die Jungs unterwegs waren. Kann zwei Tage dauern oder zwei Wochen. Wieso fragst du?«

»Ich überlege, wie viele Klamotten ich mitnehme.«

»Was? Oh Mann, vergiss bloß dein Schminkköfferchen nicht!«

»Was denn. Wenn ich schon auf Mörderjagd gehe, dann will ich dabei wenigstens nicht stinken und saubere Klamotten anhaben. Mach dich nur lustig! Wenn wir tatsächlich zwei Wochen unterwegs sein sollten, leihe ich dir kein T-Shirt, auch wenn du noch so müffelst.«

»Ist ja gut, Prinzesschen! Ich sag ja nichts mehr!«

Tom leerte seinen Whiskey und ich meinen Gin Tonic. Ich fragte den Barkeeper noch nach dem Roastbeef für unsere Sandwiches. Er sagte, dass das bestimmt kein Problem wäre und verschwand in der Küche. Einige Augenblicke später kam er wieder zurück und hielt ein Päckchen in der Hand, das mit weißem Papier eingeschlagen war.

»Bitte schön! Ganz frisch und geht aufs Haus, sagt der Koch.«, erklärte mir der Barkeeper.

Wir gingen mit dem Roastbeef zurück zu unseren Häusern und wünschten uns eine gute Nacht.

»Sei bloß pünktlich, sonst werfe ich dich morgen aus dem Bett!«, rief ich Tom hinterher.

»Keine Sorge. Ich werde mein T-Shirt und meine Wechselunterhose bis um 9:00 Uhr schon verstaut haben!«, lachte er.

Ich ging hinein, zog die Schlafshorts an und putzte mir die Zähne. Ich überlegte, ob ich gleich ins Bett gehen sollte. Vermutlich würde ich sowieso nicht schlafen können. Ich war zu aufgeregt. Die Geschichte von Lisha und der Gedanke daran, dass wir morgen aufbrechen würden, um die drei Backpacker zu suchen, geisterten mir im Kopf herum. Ich legte mich auf die Couch und schaltete die Playstation an. Das hatte ich früher nach einem anstrengenden Tag in der Kanzlei auch immer gemacht, um wieder runterzukommen. Vielleicht half es ja auch diesmal. Ich spielte wieder eine Runde Fußball. Zwei Fliegen mit einer Klappe. Nach drei oder vier Spielen, würde ich sicherlich die notwendige Bettschwere erreicht haben und außerdem könnte ich ein bisschen üben, um für Tom irgendwann ein ernstzunehmender Gegner zu werden. Zumindest der erste Teil meines Plans ging auf, sodass ich nach einer halben Stunde problemlos einschlafen konnte.

Kapitel 4

Dienstag, 15.02.2011

Am nächsten Morgen stand ich etwas früher auf, denn ich musste noch meine Tasche für die Fahrt packen und die versprochenen Sandwiches zubereiten. Ich kramte gerade eine zweite Thermoskanne für den Kaffee aus dem Küchenschrank als Tom mit einer Sporttasche über der Schulter eintrat.

»Was willst du denn schon hier? Ist es schon um neun?«

»Ja, dir auch einen schönen guten Morgen! Ich konnte nicht mehr schlafen und da dachte ich mir, dass ich auch etwas früher kommen könnte.«

»Sorry. Morgen. Ich bin auch fast fertig. Die Sandwiches sind schon in der Kühlbox und die zweite Kanne Kaffee läuft gerade durch. Hast du einen eigenen Becher, oder soll ich noch einen für dich einpacken?«

»Mmh, pack mal bitte einen ein. Ich hab mich eher um die Kaltgetränke gekümmert.«, sagte Tom und schaute dabei auf die Veranda, auf der er schon zwei Kühlboxen abgestellt hatte. Sehr wahrscheinlich waren sie mit einigen Sixpacks gefüllt.

»Sehr gut! Ich freu mich schon auf das erste Fahrtbierchen!«

»Okay, dann kann´s losgehen.«, sagte ich, nachdem ich die zweite Kanne Kaffee in die Thermoskanne umgefüllt hatte.

Wir trugen erst die Kühlboxen zum Jeep und verstauten diese so im Heck des Fahrzeugs, dass wir jederzeit gut an das Essen und die Getränke herankommen würden. Dann folgten Toms Sporttasche und mein Rucksack. Ich schloss mein Ferienhaus ab und stieg zu Tom in den Wagen.

»Musst du noch tanken?«, erkundigte sich Tom.

»Ja, ich schau auch nochmal das Öl nach. Luftdruck kann ich auch noch prüfen, ich hab zur Not aber auch den Elektroluftdruckregler dabei.«

»Alles klar. Dann los, Kutscher!«, rief Tom euphorisch.

Ich startete den Wagen und fuhr die Sandpiste in Richtung des Camp-Ausgangs hoch. Etwa zwanzig Meter vor dem Ausgang befand sich auf der linken Seite die resorteigene Tankstelle, an der ich den Jeep und noch zwei Ersatzkanister bis zum Rand auffüllte. Ich bezahlte 1.400.000,- Meticais, knapp 40,-Dollar. Wir verließen das Camp durch den bewachten Eingang und fuhren nach rechts auf die Hauptstraße.

»Nur mal so interessehalber. Du bist ja der Reiseführer. Wo geht´s denn als Erstes hin?«

»Wir fahren jetzt nach Inhassoro. Vorher kommt nichts außer Strand. In Inhassoro selbst gibt es zwei Unterkünfte, das ›Inhassoro Motel‹ und das ›Hotel Seabreeze‹.«

»Nie gehört.«

»Ist vielleicht auch besser so. Im »Lonely Planet« wurden beide mit freundlichen Worten als schäbig umschrieben.«

»Na du bist ja ein prima Reiseführer! Da fahr ich schon mal mit dir zusammen weg und du schleppst mich zu irgendwelchen schäbigen Absteigen…«

»Versprochen, in unseren Flitterwochen flieg ich mit dir nach Kapstadt.«

Wir folgten der N1 in Richtung Norden. Sie war für mosambikanische Verhältnisse zum größten Teil recht gut ausgebaut, es waren also nur wenige Schlaglöcher vorhanden. Wir schafften die knapp 25 Kilometer bis zur Abzweigung nach Inhassoro daher verhältnismäßig schnell in ca. 20 Minuten. Danach ging es jedoch im Schneckentempo auf einer Sandpiste weiter, deren extrem ausgefahrene Fahrrinne das Vorwärtskommen noch deutlich erschwerte.

»Fucking Dirtroads!«, fluchte Tom, als sich ein Teil des Kaffees auf seinen Hosen ergoss.

»Wofür gibt´s denn hier die ganzen Hilfsprojekte? Die sollen mal vernünftige Straßen bauen. So eine Scheiße!«, schimpfte er weiter vor sich hin und wischte sich seine nasse Hand an den Shorts ab.

Die Strecke von der Abzweigung bis nach Inhassoro war zwar nur 14 Kilometer lang, dafür brauchten wir aber fast eine dreiviertel Stunde. Inhassoro konnte man getrost als eine kleine Stadt bezeichnen, die aus vielen einstöckigen Häusern und Hütten bestand. Man merkte ihr ihre etwa 40.000 Einwohner jedoch nicht im geringsten an, da die meisten von ihnen im Hinterland oder in kleinen Siedlungen an der Küste lebten, die sich kilometerlang nach Norden und Süden erstreckten. Tom und ich waren bereits im letzten Jahr einmal zum Fischen hier gewesen. Da wir davon ausgingen, dass die drei Backpacker nicht die teuersten Lodges ansteuern würden, probierten wir es erst gar nicht in der »Beach Lodge«, sondern fuhren direkt zum

»Inhassoro Motel«, das zwar malerisch hinter einer hohen Düne am Strand gelegen war, ansonsten aber nicht viel zu bieten hatte. Wir fuhren aufs Hotelgelände und parkten den Wagen in der Nähe des Hauptgebäudes. Ein streunender, humpelnder Hund mit gebeugtem Rücken und blutendem Hinterlauf beäugte uns misstrauisch. Wir stiegen aus und betraten den Weg zum Eingang. Dieser bestand aus Kacheln, die früher sicherlich einmal weiß gewesen waren. Heute konnte man das nur noch erahnen. Tom lief wie immer barfuß umher und zog es vor, durch den Sand neben dem Kachelweg zu gehen.

Wir betraten das Foyer des Hotels durch den türlosen Eingang und schauten uns um. Die unansehnlichen Kacheln zogen sich bis ins Innere des rechteckigen, schmucklosen Hauses fort. Die anderen Wände waren einstmals mit heroischen Heldenfiguren bemalt gewesen, die aber mehr und mehr verblassten. Die großen Fensteröffnungen, die keine Scheiben besaßen, durchfluteten den großen Raum mit Licht und ließen ihn freundlicher erscheinen, als er in Wirklichkeit war. Wie es schien, waren wir allein hier.

Tom betätigte die Klingel an der Rezeption. Wir warteten einige Sekunden, dann schlug Tom wieder auf die Klingel. »Piiing, Piiing!« Nachdem das schrille Geräusch verstummt war, hörten wir ein Schlurfen, das immer näher kam. Es stammte von den Badeschlappen der extrem übergewichtigen Rezeptionistin, die mit stoischer Ruhe aus einem Hinterzimmer kam. Sie trug eine rosafarbene Kittelschürze, die sich wie eine enge Plastikhaut über ihren korpulenten Körper legte und keine Falte oder Speckrolle versteckte.

»Olá!«, begrüßte sie uns mit tiefer und verrauchter Stimme.

»Olá!«, antworteten wir.

»Como posso ajudá-los?«, fragte sie uns.

Tom und ich lebten zwar in einem Land, dessen erste Amtssprache Portugiesisch war, wir hatten es zu unserer Schande aber bislang noch nicht gelernt. Zwar reichte es stets für eine höfliche Begrüßung und Verabschiedung, meist auch, um Speisen und Getränke im Restaurant zu bestellen oder um auf dem Markt zu feilschen. Eine wirkliche Unterhaltung konnten wir auf Portugiesisch beide nicht führen.

»Sprechen Sie Englisch?«, fragte Tom, wobei er sehr langsam und deutlich sprach.

»Ein wenig.«

»Wir suchen drei Touristen.«

»Ihr Touristen? Brauchen Zimmer?«, fragte uns die dicke Dame in gebrochenem Englisch.

»Nein. Nein. Wir suchen Touristen. Drei!«

Tom streckte ihr drei Finger entgegen.

»Drei Zimmer?«

Die rosa Presswurst witterte offenbar das Geschäft ihres Lebens.

»Nein! Wir suchen drei Touristen! Hatten Sie in letzter Zeit Gäste? Drei?«

Tom streckte ihr wieder die Finger entgegen.

»Drei Gäste? Hier? Nein.«, antwortete die Rezeptionistin, wobei sie ein wenig lachte und zugleich resigniert klang.

»Hier keine Gäste. Seit drei Monaten. Keine Gäste. Kommt nicht. Weiß nicht warum. Keiner hier.«

Ich schaute mir nochmal den Fußboden und ihre Kittelschürze an und dachte darüber nach, weshalb wohl die Gäste ausblieben. Die Antwort fiel mir leicht, doch aus Höflichkeit sprach ich nicht aus, was auch Tom sicherlich dachte.

»Hier war kein Gast seit drei Monaten?«, fragte Tom noch einmal langsam nach.

»Niemand hier. Keiner. Ist traurig. Wollen Sie Zimmer?«

»Nein, wir müssen weiter. Aber danke!«, verabschiedeten wir uns und verließen das „Inhassoro Motel" auf dem schnellsten Weg.

»Ksch! Ksch!«, vertrieb ich den Hund, der neugierig den Jeep beschnüffelte und wir stiegen ein.

»Warte mal.«, sagte Tom zu mir und kurbelte die Scheibe runter.

Er griff hinter sich in die Kühlbox und holte eines der Sandwiches raus, nahm das Roastbeef raus und warf es dem Hund zu. Ich runzelte kurz die Stirn, kümmerte mich aber nicht weiter um Toms Vergeudung von Lebensmitteln, sondern steuerte direkt unser nächstes Ziel an.

Wir mussten nur einige Minuten durch die wenig belebten Straßen Inhassoros fahren. Das »Hotel Seabreeze« lag direkt am Strand und machte von außen einen weniger heruntergekommenen Eindruck, als es die Beschreibung im Reiseführer hatte vermuten lassen. Wir fuhren durchs Gate und stießen nach etwa 100 Metern auf die weitläufige Rezeption, die aus einer nach drei Seiten offenen großen Holzkonstruktion mit Strohdach bestand. Auch hier war der Boden gekachelt. Der etwa zwölf Meter lange Holztresen der Rezeption wirkte sauber und aufgeräumt. Auf der Ablage hinter dem Tresen befanden sich zwei Telefone, ein Faxgerät sowie einige Notiz- und Telefonbücher. Ein sanfter Wind rauschte leise durch die Halle, die trotz der Mittagshitze erstaunlich kühl war. Es roch nach Meer.

»Wow, so sieht also eine »schäbige Unterkunft« für Backpacker aus. Nicht schlecht.«

Tom schaute nach oben und bewunderte die aus Holzbalken bestehende Deckenkonstruktion.

»Das ist nicht schlecht hier, oder?«, gab ich Tom umgehend recht.

»Einen schönen guten Tag. Was kann ich für Sie tun?«, fragte uns eine Stimme, die wir zunächst nicht zuordnen konnten, da unsere Augen an der Deckenkonstruktion hängengeblieben waren.

»Oh, Entschuldigung, Guten Tag.«, sammelte sich Tom als Erster wieder.

»Guten Tag.«, antwortete auch ich und wanderte mit meinen Augen zum Tresen herunter. Dahinter stand nun ein dunkelhäutiger Mann, der uns mit strahlenden Augen anlächelte. Er trug ein weißes Hemd mit bis zu den Ellenbogen aufgekrempelten Ärmeln zu einer schwarzen Leinenhose. Auf seinem Namensschild stand »Winston«. Sein Auftreten war ebenso wie sein Englisch tadellos. Ich war ein wenig verwirrt und blätterte in meinem »Lonely Planet«.

»Äh, sind wir hier richtig? Im »Hotel Seabreeze«?«

»Ja, das sind Sie. Herzlich willkommen!«

»Ich bin ein wenig irritiert…«, sagte ich leise und warf demonstrativ einen Blick in den Reiseführer.

»... weil hier steht...«

»Jaja, ich weiß. Das ist kein Aushängeschild für das »Hotel Seabreeze«. Ein Freund von mir und ich haben vor zwei Jahren das »Hotel Seabreeze« übernommen. Damals sah es wirklich schlimm aus.«

Er lehnte sich über den Tresen und versuchte die Titelseite des Reiseführers zu erkennen.

»Sie haben vermutlich eine ältere Ausgabe. In der neuen Ausgabe von diesem Jahr sind wir noch nicht drin. Jetzt müssen wir warten bis einer einen neuen Bericht über uns an den Verlag weitergibt, damit wir vielleicht in der nächsten Ausgabe wieder mit besserer Bewertung drin sind.«

»Na dann viel Glück! Es sieht hier wirklich toll aus.«, lobte Tom die Anlage.

»Sie sollten erst einmal unsere Appartements sehen. Tiptop renoviert und natürlich alle mit Meerblick und eigener Veranda! Dazu gibt es noch diverse Freizeitangebote und ein vorzügliches Restaurant. Aber das werden Sie ja alles noch kennenlernen. Möchten Sie gern ein oder zwei Häuser anmieten?«

»Oh, da muss ich Sie jetzt leider enttäuschen. So gern wir noch etwas länger hier bleiben würden... Es geht leider nicht.«

»Wirklich nicht? Sehr schade. Was kann ich denn sonst für Sie tun? Haben Sie sich verfahren?«

Er kramte bereits in einer Schublade und holte eine Straßenkarte von Mosambik heraus.

»Nein, nein, keine Sorge und besten Dank. Wir sind auf der Suche nach drei Backpackern. Aber so wie ich das hier sehe, werden die vermutlich nicht hier genächtigt haben. Ihre Unterkünfte sind doch sicherlich etwas höherpreisig, oder?«

»Das ist schon richtig. Für den Low-Budget-Touristen möchten wir eigentlich nicht mehr die erste Adresse sein. Das war einmal. Dafür gibt es ja noch das ›Motel Inhassoro‹.«

»Von dort kommen wir gerade. Da verirrt sich allerdings auch kein Backpacker freiwillig hin. Aber bei Ihnen war also auch niemand?«

»Wir machen im Moment noch manchmal ein paar Ausnahmen. Wie Sie ja selbst gesehen haben, denken die Leute mit einem älteren Reiseführer, dass wir ziemlich billig und heruntergekommen sind und die mit einer neuen Ausgabe wissen nicht, dass es uns gibt. Ziemlich vertrackt. Darum lassen wir auch normale Backpacker aufs Gelände. Die bekommen dann aber nicht die Häuser. Die könnten sie vermutlich auch nicht bezahlen. Aber bei der alten Anlage gab es bereits ein Areal, auf dem man zelten konnte. Das haben wir vorübergehend in Benutzung genommen, solange die gut zahlenden Gäste noch ausbleiben. Da hatten wir in den letzten Monaten auch immer mal wieder einige Touristen. Die zahlen zwar nicht viel, aber etwas ist besser als gar nichts.«

»Da haben Sie recht! Können Sie sich erinnern, ob da auch eine Dreiergruppe mit dabei war? Vermutlich aus Europa?«, fragte ich ihn.

»Da müsste ich nachsehen.«

»Das wäre sehr freundlich!«

Winston nahm eines der Bücher von der Ablage hinter dem Tresen und legte das in Lederimitat eingeschlagene Buch darauf ab. Er öffnete es jedoch nicht, sondern sah uns an.

»Sollen wir hineinschauen?«, fragte Tom.

»Eigentlich darf ich Ihnen diese Auskünfte über unsere Gäste gar nicht geben.«

Ich meinte die Anspielung zu verstehen und zog aus meiner linken Hosentasche ein kleineres Geldbündel. Die nur schlecht bezahlten Jobs in Mosambik sorgten auf der einen Seite zwar dafür, dass fast alle Waren und Dienstleistungen zu einem Spottpreis angeboten wurden. Dafür musste man sich aber auch daran gewöhnen, dass kleinere Gefälligkeiten, die in Europa eine Selbstverständlichkeit waren, hier fast immer etwas kosteten, wobei dies so gut wie nie den Ein-Dollar-Bereich überschritt. In der Regel so 10.000,- bis 30.000,- Meticais. Daher nahm ich an, dass auch diesmal einige Scheine den Besitzer wechseln würden.

»Nein, nein, so meinte ich das nicht!«, sagte Winston nicht empört, aber doch überrascht.

Tom sah mich etwas verwundert an, denn auch er hatte Winstons Gebaren so verstanden. Ich steckte das Geldbündel wieder ein.

»Gibt es denn einen anderen Weg, wie wir erfahren können, ob sie hier waren?«

»Bitte verstehen Sie mich nicht falsch. Ihr Angebot ist hier ansonsten sicherlich üblich. Wir wollen aber Middle- und High-Class-Gäste beherbergen. Da gehört sich so etwas nicht für uns. Ich könnte Ihnen aber mit dem Gästebuch ein wenig entgegenkommen, wenn Sie mir auch einen kleinen Gefallen tun.«

Tom schaute mich an und zuckte mit den Schultern.

»Sie treten hier auf, als könnten Sie sich einen Urlaub hier leisten. Auch das Fahrzeug, mit dem Sie gekommen, sind sieht so aus. Dann haben Sie auch sicherlich Freunde, die sich einen Aufenthalt im ›Hotel Seabreeze‹ leisten könnten. Richtig?«

»Alles klar.« Ich wusste jetzt, was er von uns wollte. »Kein Problem, wenn wir wieder nach Hause fahren, werden wir kräftig die Werbetrommel für Ihr Hotel rühren und Sie weiterempfehlen!«

»Und falls Sie Lust haben, mal dem Reiseführer einen Wink zu geben, dass es uns gibt…«

»Das hängt davon ab, was in Ihrem Gästebuch steht.«, entgegnete ich schnell.

»Okay, ich schau mal nach. Wie heißen die drei denn?«

»Lukas, Slobo und…«

Mir fiel der dritte Name nicht mehr ein und ich schaute mich kurz zu Tom um.

»Ivica.«

»Ja, genau. Danke. Lukas, Slobo und Ivica.«

»Nachnamen haben Sie nicht?«

»Leider nein.«

»Das ist, glaube ich, aber auch nicht so schlimm. Von den meisten Backpackern habe ich sowieso nur die Vornamen aufgeschrieben. Die wollen für ihre Übernachtungen auf dem Zeltplatz ja auch keine Rechnungen haben.«

Winston blätterte im Gästebuch.

»Wann sollen die drei denn hier gewesen sein?«

»Frühestens vor ungefähr drei Wochen.«

Winston schlug nach diesem Hinweis einen ganzen Seitenstapel um und blätterte weiter.

»Dann wird es ja sehr übersichtlich. Weshalb suchen Sie die drei denn eigentlich?«

»Ist was Privates.«, antwortete Tom kurz und in einem Tonfall, der Winston signalisierte, dass eine weitere Nachfrage keinen Sinn hätte.

»In Ordnung. Ah, hier haben wir es ja. Lukas und Ivica. Das dritte hier kann ich nicht genau lesen. Das wird dann bestimmt Slobo sein. Aber ich erinnere mich. Ja. Die waren hier.«

Wir schauten ins Gästebuch. Dort standen die drei Namen mit einem kleinen Eintrag:

Super Unterkunft! Nette Bewirtung. Kommen gern wieder!
Lukas, Ivica und Slobo, Inhassoro,
den, 02.02.2011

»Ha, das sind sie!«

»Wissen Sie noch ungefähr, wie lange die drei hier waren?«

»Ja, so ungefähr eine Woche.«

Tom und ich rechneten im Kopf zurück.

»Das würde passen. Der Mord ist am 25.01. passiert. Wenn du eine Woche draufrechnest, kommt das hin.«, flüsterte ich Tom so zu, dass Winston nicht verstehen konnte was ich sagte.

Tom nickte und murmelte: »Mmmh.«

»Das war schon einmal super! Unsere Empfehlung ist Ihnen sicher. Wenn Sie uns jetzt noch sagen können, wie die drei aussahen und wo sie hinwollten, dann schreibe ich persönlich zum

›Lonely Planet‹!«

»Wirklich?«

Winstons Augen leuchteten.

»Wirklich! Versprochen. Ehrenwort!«

Ich reichte Winston meine Hand über den Tresen. Er schlug ein.

»Zum Aussehen kann ich Ihnen leider nicht viel sagen. Sie hatten alle kurze Haare. Etwas dunkler als Sie beide, aber nicht schwarz. Und sie waren alle unterschiedlich groß. Einer von ihnen sah sportlich aus. Die anderen normal. Aber die Gesichter…«

»Das übliche Problem.«, sagte Tom und schaute mich etwas resigniert an.

»Ihnen geht es doch bei uns genauso.«, lachte Winston zurück.

»Ist ja auch nicht böse gemeint.«

»Vielleicht kann ich mir Gesichter nicht so gut merken, dafür hab ich aber behalten, wo sie hin wollten!«

»Wirklich?«

Ich bekam große Augen. Ich hatte meinen Plan, mit dem wir die drei aufspüren wollten, zwar nicht so schlecht gefunden. Bislang war ich selbst jedoch nicht unbedingt überzeugt davon gewesen, dass er auch wirklich funktionieren könnte. Schon gar nicht so schnell.

»Ja, sie sagten, dass sie Studenten sind. Aus… Ach, die Stadt hab ich vergessen. Aber irgendetwas in Europa. Und dass sie ein halbes Jahr freimachen und herumreisen. Sie waren schon in Südafrika und Swaziland. Und nun wollten sie die Küste hoch nach Tansania.«

»Tansania?«, fragte ich nach.

»Ja. Aber wo genau sie in Tansania hin wollten, weiß ich nicht.«

»Nee, keine Sorge. Wie wollten die denn da hin kommen? Ein Auto hatten sie doch nicht, oder?«

»Nein, die waren zu Fuß unterwegs. Sie hatten auch schon eine gute Strecke zurückgelegt bis hierhin. Das reichte ihnen aber langsam. Darum wollten sie den Überlandbus ab Beira nehmen.«

»Winston, ich sorge für die beste Bewertung im Reiseführer, die sich vorstellen können! Danke!«, rief ich.

Tom bremste meine Freude ein wenig.

»Das war jetzt aber knapp zwei Wochen her, dass sie hier waren. Woher weißt du denn, dass die nicht schon längst in Tansania angekommen sind?«

»Das weiß ich nicht. Aber vielleicht können wir das herausfinden. Haben Sie hier Internet, Winston?«

»Ja, möchten Sie es gern benutzen? Wir haben da hinten zwei Computer für die Gäste aufgebaut. Die sind aber ein bisschen langsam.«

»Das macht nichts. Sehr gern. Wir bezahlen Ihnen das auch. Kommst du mit, Tom?«

Wir gingen rüber in den Bereich, in dem die Computer standen. Während sich die Seiten auf dem altersschwachen Rechner aufbauten, erklärte ich Tom meine Idee.

»Die sind hier vor knapp zwei Wochen los. Wenn die zu Fuß nach Beira gelaufen sind, dann sind sie am Strand lang. Das sind ungefähr 200 Kilometer plus minus 30 Kilometer. Wenn sie die Straße genommen haben, dann sind das gut und gerne 500 Kilometer, weil sie die Brücke über den Save River nehmen müssen. Dann sind sie aber bestimmt per Anhalter gefahren. Wenn sie also gelaufen sind, dann würden wir vermutlich nicht lange nach ihnen in Beira ankommen, wenn wir heute losfahren. Und wenn sie getrampt sind, können wir nur hoffen, dass es nicht gleich geklappt hat und sie von irgendeiner alten Möhre mitgenommen wurde, die nicht schneller als 40 km/h fährt und alle 50 Kilometer zum Runterkühlen anhalten muss. Eine Chance besteht also, dass wir sie noch kriegen.«

»Und wofür brauchst du dann jetzt das Internet?«

»Ich will schauen, wann und wie oft die Überlandbusse von Beira nach Tansania fahren.«

Tom schaute mich verblüfft an.

»Du bist echt gut! Das traut man dir sonst gar nicht zu, wenn du immer nur faul auf der Veranda liegst…«

Ich ging auf die Seite von »Trans African Connectors«, der Überlandbusgesellschaft, die in Mosambik ansässig war. Der Aufbau der Homepage ging quälend langsam vonstatten. Dann endlich erschien die Seite, auf der man die einzelnen Stationen mit den unterschiedlichen Routen auswählen konnte. Ich klickte auf den Button »Beira«. Es dauerte wieder etwa fünf Minuten bis die Seite geladen war und angezeigt werden konnte.

Es gab verschiedene internationale Ziele, die von Beira aus angesteuert wurden:

Beira – Harare
Beira – Johannesburg
Beira – Lilongwe
und schließlich
Beira – Dar es Salaam.

»Das ist sie!«, sagte ich zu Tom und tippte mit dem Zeigefinger auf den Bildschirm.

»Nicht schlecht. Wann fährt denn der Bus auf dieser Strecke?«

Die Antwort war nur einen Klick und weitere fünf Minuten entfernt.

»Hier ist die Übersicht. Endlich... Die Strecke wird einmal wöchentlich gefahren. Der nächste Bus nach Dar es Salaam fährt am 17. Februar um 5:40 Uhr in Beira an der Überlandbusstation los.«

»Das ist übermorgen.«, stellte Tom fest.

»Sollen wir?«

Ich schaute zu Tom hoch, der hinter mir stand und auf den Bildschirm blickte.

»Warum nicht? Wie lange brauchen wir denn bis Beira?«

»Kommt drauf an, wie die Straßen sind. Wenn sie geteert sind, dann könnten wir mit ein bisschen Glück noch heute Abend ankommen. Glaube ich aber nicht. Und bei Nacht möchte ich hier nur ungern fahren.«

»Das möchte ich auch nicht. Können wir irgendwo einen Zwischenstopp machen?«

»Warte mal.«

Ich lief zum Wagen und holte die Landkarte.

»Schau mal, wir müssen direkt an Inchope vorbei. Das ist die einzige halbwegs größere Ortschaft auf dem gesamten Weg.«

Inchope lag an der Kreuzung der zwischen der N1, von der wir kamen und der N6, die in Richtung Westen nach Harare und in östlicher Richtung nach Beira führte.

»Scheint nicht besonders groß zu sein, aber für eine kleinere Unterkunft könnte es schon reichen.«, meinte Tom.

»Sollen wir es probieren?«, wollte ich wissen.

»Hast du Lust?«, fragte Tom zurück.

»Ja, los komm, wir machen es. Außer dem Sprit und ein paar Übernachtungen kostet es uns doch nichts. Und Zeit haben wir eh genug.«

»Okay, dann los.«

Wir verließen den Computerraum und gingen zurück zu Winston, der immer noch an der Rezeption wartete.

»Und? Was gefunden?«, fragte er sichtlich interessiert.

»Ja. Wir fahren nach Beira.«

»Huh, das ist ganz schön weit. Da kommen Sie aber heute nicht mehr an.«

»Ich weiß. Wir werden in Inchope zwischenstoppen.«

»Mmh, das könnten Sie schaffen. Dort gibt es auch eine kleine Pension. Ich glaube, die heißt »Pensão Cruzeiro«. Ist leicht zu finden. Der Ort ist eh sehr übersichtlich. Wenn Sie rechts auf die N6 abbiegen, fahren sie gleich wieder die erste Straße links. Dort ist es dann.«

»Prima! Besten Dank noch einmal! Vielleicht schauen wir auf dem Rückweg noch einmal bei Ihnen vorbei.«

»Ja. Gern geschehen! Gute Fahrt und viel Erfolg!«

Wir stiegen in den Jeep und schnallten uns an. Tom schaute in die Karte.

»Warum? Ich frag mich echt warum!«, murmelte er vor sich hin.

»Was denn?«

»Guck dir das mal an.«

Er hielt mir die Straßenkarte so unter die Nase, dass ich die Fahrbahn nicht mehr sehen konnte.

»Wir fahren jetzt echt über 500 km durchs Land, wo doch der direkte Weg an der Küste lang nur knapp 200 km lang wäre. Warum bauen diese Trottel nicht einfach mal zwischen größeren Ortschaften und Städten eine Direktverbindung? Nein, da muss man erst eine halbe Weltreise machen und mitten durchs Nirgendwo fahren!«, lamentierte Tom weiter.

»Tja, so ist das hier nun mal. Find dich damit ab. Wir können auch am Strand langfahren. Dann sind wir aber frühestens in drei Tagen in Beira.«

Wie recht Tom mit seiner Beschreibung „mitten durchs Nirgendwo“ haben sollte, merkten wir in den kommenden Stunden. Nachdem wir von der Abzweigung aus Inhassoro wieder auf die N1 abgebogen waren, ging es zunächst ziemlich zügig weiter. Die Straße wechselte ihren Belag von Zeit zu Zeit von Schotter zu Teer und wieder zurück zu Schotter. Wir konnten die erste Stunde im Schnitt um die 70 km/h fahren, sodass wir zwischenzeitlich überlegten, ob wir vielleicht doch die gesamte Strecke in einem Rutsch runterreißen sollten. Hier gab es nichts. Kein Dorf. Kein Meer. Keine Tankstellen oder Raststätten. Hin und wieder sah man einige Passanten, die versuchten mittels Autostopp einige Kilometer Fußmarsch einzusparen. Wir nahmen jedoch niemanden mit. Zu oft hatte man von Überfällen in dieser Region gehört, sodass wir entsprechend vorsichtig waren.

»Es ist gleich um zwei.«, merkte Tom an.

»Ja gern!«

Tom entfernte den Kronkorken einer Flasche Savanna Dry, indem er sein Kampfmesser vom Gürtel löste und mit der stumpfen Breitseite des Messers den Deckel vom Kopf der Flasche hebelte. Er landete irgendwo im Fußraum des Wagens. Ich zog ein wenig die Augenbraue hoch.

»Was denn?«, fragte Tom lachend und reichte mir die Flasche.

Ich wartete, bis auch Tom sich für ein Getränk entschieden und seine Flasche geöffnet hatte. Diesmal tat er wenigstens so, als würde er reaktionsschnell versuchen, den wegfliegenden Kronkorken mit einer Hand zu fangen. Es gelang ihm jedoch nicht und auch der zweite Kronkorken landete irgendwo im Auto.

»Prost!«

»Cheers!«

»Aah, das tut gut!«, sagten wir wie mit einer Stimme.

»Ist noch schön kalt geblieben, oder?«, fragte Tom, obwohl er die Antwort bereits kannte.

»Ja, hast du toll gemacht.«, erwiderte ich seine Frage mit dem erwarteten Lob und setzte die Flasche für einen zweiten tiefen Schluck an.

»Scheiße! Vorsicht!!!«, schrie Tom plötzlich, doch da war es schon zu spät.

Ein heftiger Schmerz durchfuhr meine beiden oberen Schneidezähne, als der Flaschenhals mit voller Wucht auf sie prallte. Wir waren gerade auf einem geteerten Stück der N1 unterwegs und hatten bisher noch keine Probleme mit der Straße gehabt. Jetzt aber hatte ich ganz offensichtlich ein Schlagloch übersehen. Es krachte fürchterlich. Ich legte eine Vollbremsung ein und nach einigen Metern kam der Wagen zum Stehen.

»Oh, Scheiße!«, jammerte ich. »Fuck, tut das weh.«

»Alles in Ordnung?«, erkundigte sich Tom und schaute besorgt zu mir rüber.

Ich fuhr mit der Zunge über meine Schneidezähne. Sie waren noch dort, wo ich sie vermutet hatte. Allerdings spürte ich, dass ein kleines Eckchen meines linken Schneidezahns abgesplittert sein musste, denn meine Zunge nahm dort eine Unebenheit wahr, die sich vor einigen Augenblicken dort noch nicht befunden hatte.

»Ahh, ich weiß nicht. Sieht´s schlimm aus?«

Ich drehte mich zu Tom, legte meinen Kopf in den Nacken, öffnete meinen Mund ein wenig und schob die Oberlippe hoch.

»Wenn du deine Zähne meinst, - die sind okay, aber du solltest vielleicht wieder so gucken wie sonst. Das sieht sonst ein bisschen dämlich aus.«, beruhigte er mich schmunzelnd.

»Idiot! Danke!«

Wir stiegen aus und gingen um den Wagen herum. Es war jedoch nichts zu sehen. Tom legte sich in den Sand und schaute vorn und hinten unter das Fahrzeug. Nach einiger Zeit kam er wieder hervor.

»Sieht alles okay aus. Genau wie deine Zähne.«, sagte er süffisant.

»Glück gehabt!«

Ich ging die Straße zurück bis zum Schlagloch.

»Hey, Tom, komm mal her und schau dir das an!«

Wir blickten gemeinsam in das Schlagloch. Es hatte eine Länge von knapp drei Metern und ragte von seiner Breite her über die gesamte Spur bis in die Gegenfahrbahn hinein. Auf der Seite, auf der wir in das Loch hineingefahren waren, war es ungefähr 20 Zentimeter tief, auf der Seite, die aus dem Loch hinausführte, nur etwa 15 Zentimeter.

»Da haben wir echt Glück gehabt. Wenn es dumm gelaufen wäre, hätten wir jetzt nach einer neuen Vorderachse und einem Zahnarzt Ausschau halten müssen.«

»Haha, das ist nicht komisch.«, antwortete ich.

»Hast du dein GPS-Gerät im Wagen?«

»Ja. Warum?«

»Wir müssen ja auch noch irgendwann einmal zurück und ich bezweifle, dass das Loch dann schon repariert ist. Auf der Gegenspur ist es zwar nicht so heftig, aber nochmal durchfahren müssen wir ja trotzdem nicht. Wir können den Ort markieren und auf der Rückfahrt ein bisschen vom Gas gehen.«

»Manchmal hast du ganz gute Ideen…«

»Dafür hast du mich ja mitgenommen.«, entgegnete Tom ebenso selbstbewusst wie -ironisch.

Ich ging zum Jeep, holte das GPS-Gerät aus dem Handschuhfach und kehrte zum Schlagloch zurück. Dort markierte ich es auf dem Gerät mit der Positionsanzeige. Dann fuhren wir weiter. Vor meinen nächsten Schlucken schaute ich mir nun stets die vor uns liegende Straße genauer an. Etwa gegen vier Uhr wechselten wir das Steuer.

»Ein Sandwich?«, fragte ich Tom, denn auch ich wollte ein vorbildlicher Beifahrer sein.

»Gern. Was haben wir denn noch?«

»Roastbeef, Roastbeef-Käse und nur Käse.«

»Dann Roastbeef-Käse, bitte.«

Ich suchte ein Roastbeef-Käse-Sandwich für Tom und ein Roastbeef-Sandwich für mich aus der Kühlbox heraus. Dazu gab es für uns beide noch ein Fahrtbierchen, das wir diesmal ohne Zahnschmerzen genießen konnten. Die nächsten beiden Stunden verliefen ebenso zäh wie die vorhergehenden. Schotter- und Teerpisten mit Schlaglöchern und mittlerweile auch wieder Sandpisten wechselten sich in unregelmäßiger Folge ab, wobei die Sandpisten zunehmend die Überhand gewannen. Die Sonne wanderte weiter nach Westen und blendete uns während der Fahrt nicht mehr so sehr wie am frühen Nachmittag. Wir konnten die anfängliche Fahrtgeschwindigkeit wegen der Sandpisten nicht mehr halten. Dennoch versuchte Tom möglichst zügig zu fahren, damit wir Inchope noch vor Einbruch der Dämmerung erreichten. Bald schon wurden die Schatten der Palmen, die neben der Piste standen, länger und hinterließen im Wechselspiel mit der noch immer gleißenden Sonne ein Flackern auf der Windschutzscheibe. Dann endlich sahen wir das erste Verkehrsschild mit einer Entfernungsangabe:

Inchope 40

»Das wurde ja auch Zeit!«, schnaufte Tom sichtlich erleichtert.

»Du fährst wohl nicht gern mit mir zusammen, was?«, fragte ich scherzhaft.

»Doch, aber das ist so öde hier.«

Wir schafften auch noch die letzten 40 Kilometer und fuhren an den ersten Hütten Inchopes vorbei. Viele Menschen liefen in der einsetzenden Abenddämmerung auf der Hauptstraße. Tom musste langsamer fahren, um ihnen und den zahlreichen Ziegen rechtzeitig ausweichen zu können. Plastiktüten und Verpackungen aller Art türmten sich an den Straßenrändern auf und man konnte sich sogar im Auto sitzend vorstellen, dass der überall herumliegende Ziegenkot den olfaktorischen Eindruck perfekt abrunden würde. Die Bewohner Inchopes schien dies nicht zu stören. Sie gingen größtenteils barfuß durch diesen Dreck. Kleine mobile Marktstände, an denen Früchte oder warme Speisen angeboten wurden, standen inmitten dieser natürlich gewachsenen Müllkippe. Einige Meter weiter befanden sich auf der rechten Straßenseite zahlreiche Hütten, die tagsüber als Verkaufsstände, nachts als Schlafstätte dienten. In vielen von ihnen wurden Holzmöbel angeboten, andere waren Telefonshops, in denen man gegen Geld Telefonate führen konnte. Je näher wir in Richtung N6 kamen, desto mehr Menschen waren auf der Straße anzutreffen. Viele von ihnen liefen auf unser Auto zu und versuchten, uns irgendwelche Gegenstände oder Obst zu verkaufen. Wir hielten nicht an, denn wir befürchteten, dass wir uns recht schnell inmitten einer Menschentraube wiederfinden würden, wenn wir Kaufbereitschaft signalisieren würden.

»Da vorn kommt die Abzweigung.«, sagte Tom und deutete mit dem Finger auf ein Straßenschild.

Der Kreuzungsbereich der beiden Schnellstraßen war völlig zugemüllt. Auch der Glanz der untergehenden Sonne, welche die Müllhügel in ein goldenes Licht tauchte, konnte den Eindruck, den wir bereits von Inchope erhalten hatten, nicht mehr aufpolieren. Tom setzte den Blinker und wir bogen auf die N6 ab.

»Jetzt gleich die erste links hat Winston gesagt, oder?«, fragte Tom zur Absicherung.

»Ja, schau, da vorne ist auch schon ein Schild.«

Pensão Cruzeiro

Die Abzweigung machte jetzt einen kleinen Schlenker nach links. Vor uns tat sich eine große freie Fläche auf, die man an dieser Stelle im Gewusel der kleinen Hütten nicht vermutet hätte. Es war eine Art Parkplatz, auf dem bereits einige Wagen standen. Auf der rechten Seite waren im Halbkreis einfache, winzige Bungalows angeordnet. Zur Linken war ein kleiner Erdwall aufgeschüttet, hinter dem die Straße weiter in nördliche Richtung verlief. Er konnte weder die Lichter noch den Lärm der vorbeifahrenden Autos fernhalten, weshalb er uns ziemlich unnütz schien. Zwei Hunde tollten auf dem Parkplatz herum.

»Na, das sieht ja gemütlich aus.«, sagte ich zu Tom.

»Ich fahr nie wieder mit dir weg.«, knurrte er zurück.

Wir parkten nahe der Rezeption, die ebenfalls in einem der Mini-Bungalows untergebracht war und öffneten die Türen. Der süßlich-faulige Gestank von Abfall stieg uns die Nase.

»Nie wieder!«, wiederholte Tom seine Ankündigung.

»Lass uns doch erst einmal reingehen. Vielleicht sieht es da schon besser aus.«

»Ja sicher. Die haben auch bestimmt einen Spa-Bereich.«

Der Portier hinter dem Tresen aß Milipap – ein matschiges Maisgericht – aus einer Schüssel, ohne seinen Blick vom Fernsehgerät abzuwenden. Er bemerkte unser Kommen gar nicht. Der Einrichtung nach zu urteilen lebte und arbeitete der Rezeptionist hier.

»Entschuldigung.«, machte ich auf uns aufmerksam.

Er bemerkte uns endlich und drehte sich kauend zu uns um.

»Hallo, was kann ich für Sie tun?«

»Haben Sie noch ein Zimmer frei?«

»Bis auf einen Bungalow sind alle belegt. Möchten Sie den haben?«

»Ja.«, antwortete ich, ohne dass wir uns den Bungalow zuvor ansahen, denn in Ermangelung anderer Unterkünfte in Inchope, war dies unsere einzige Übernachtungsöglichkeit.

»Für zwei?«

»Ja.«

»Das macht 2,50 Dollar. Pro Person pro Nacht.«

»Wir bleiben nur eine Nacht.«

»Dann fünf Dollar bitte. Plus einen Dollar Servicepauschale.«

»Hier sind erst einmal die fünf Dollar. Die Servicepauschale gibt es später.«, antwortete ich. Mir war klar, dass der Portier hier ein gutes Geschäft witterte und für jede kleine Diensleistung einen neuen Rechnungsposten aufmachen würde.

»Okay, hier ist der Schlüssel. Bungalow 7. Hier rechts raus. Möchten Sie heute noch etwas essen? Meine Frau kocht Ihnen gerne etwas. Ist gut und günstig.«

»Vielleicht später. Danke erst einmal.«

Wir gingen die Bungalowreihe entlang. Ich schloss die Tür auf und öffnete sie. Das Zimmer war genauso groß wie die Rezeption. Es roch wirklich widerlich. Der Abfallgestank der Straße vermischte sich im Raum mit einem weiteren sonderbaren Geruch. Vermutlich Erbrochenes. Wir knipsten das Licht an und schauten uns um. In der hinteren Ecke stand ein Doppelbett. Rechts neben der Tür stand ein kleiner Tisch mit zwei Stühlen. Ebenso wie in der Rezeption war auch hier der Fernseher an der rechten Wand angeschraubt. Links stand ein kleiner Schrank.

»Wo kommt bloß dieser Gestank her?«, fragte Tom mit gequältem Gesicht. Er hielt sich die Hand vor Mund und Nase.

Im Zimmer selbst fanden wir die Quelle nicht. Wir öffneten die Badezimmertür. Im Waschbecken tummelten sich kleine Käfer, die wir beide nicht kannten. Wir spülten sie den Ausguss hinunter. Neben dem Waschbecken hingen zwei Handtücher, die nach der letzen Benutzung anscheinend nicht gewechselt worden waren. Wir warfen einen Blick in die aufgeklappte Kloschüssel. Sie war komplett schwarz gefärbt. Ob von Schimmel oder von Exkrementen war nicht ersichtlich und so genau wollten wir es auch gar nicht wissen.

»Bin ich froh, dass ich im Stehen pinkeln kann.«, merkte Tom an.

»So etwas Ekliges habe ich ja schon lange nicht mehr gesehen. Und gerochen.«

»Bleiben wir hier?«

»Was anderes gibt es doch hier nicht. Und im Auto möchte ich auch nicht schlafen.«

»Na dann, lass uns unsere Sachen holen.«

Wir gingen zum Jeep hinaus und atmeten tief durch. Wir holten unser Gepäck aus dem Wagen und schlossen ihn wieder ab. Auf dem Rückweg hörten wir eine Stimme, die uns auf Afrikaans zurief:

»Hallo, Kameraden! Was macht ihr denn hier?«

Wir schauten uns um. Die Stimme stammte von einem Weißen, der hinter einem Truck saß und dort einen kleinen mobilen Grill aufgebaut hatte, auf dem er sein Essen zubereitete. Er hielt uns offenbar auch für Südafrikaner, da er uns mit „Kameraden“ ansprach. Wir konnten daraus schließen, dass er wohl eine eher konservative Gesinnung haben dürfte. Denn nannten sich früher die Mitglieder widerständischer Vereinigungen von Schwarzen gegen die Apartheid „Comrades“, so fühlten sich jetzt viele Weiße burischer Abstammung als benachteiligte Minderheit im eigenen Land. Nun empfanden sie sich als Widerstandskämpfer gegen die schwarze Regierung, die ihnen die Vorteile des Apartheidsregimes entzogen hatte.

»Wir sind auf der Durchreise. Und du?«, rief ich auf Englisch zurück.

Ich konnte mich durch mein Referendariat und die zwei Jahre, in denen ich nach meinem Studium in der Kanzlei in Pretoria gearbeitet hatte, leidlich gut auf Afrikaans verständigen. Zumindest reichte es in den Kneipen immer für einige Bestellungen und kurze Unterhaltungen. Da Tom jedoch nur Englisch sprach, wollte ich gar nicht erst damit anfangen.

Er stutzte kurz, denn er hatte ganz offenbar erwartet, dass wir ihm auf Afrikaans antworten würden.

»Ich bin Trucker.«, antwortete er jetzt ebenfalls auf Englisch.

»Wollt ihr rüberkommen und was essen?«, fragte er und deutete dabei auf seinen Grill.

Egal, ob aufgeschlossen oder rückwärtsgewandt, eine der wohl am deutlichsten ausgeprägten Konstanten zeigte sich auch hier wieder – die ständige und nahezu bedingungslose Gastfreundschaft der Südafrikaner bei jeder sich bietenden Gelegenheit. Tom nickte schnell. Er fürchtete wohl, dass die Frau des Portiers sonst für uns kochen würde.

»Gern!«, antwortete ich.

»Wir können noch ein paar Bier beisteuern.«, fügte Tom hinzu, dessen Laune sich jetzt merklich gebessert hatte.

»Bis gleich.«

Wir stellten unser Gepäck im Bungalow ab und gingen mit einer gut gefüllten Kühlbox wieder hinaus.

»Vielleicht kann es noch ein ganz lustiger Abend werden.«, sagte Tom hoffnungsfroh, der auf diese Weise wohl den Gedanken an die Nacht in dem übel riechenden Zimmer verdrängen wollte.

»Steak oder Boerewors?«, fragte uns der Trucker, als wir ihm näher kamen.

»Steak.«, antwortete Tom.

Ich entschied mich für die Boerewors, eine grobe südafrikanische Bratwurst mit würzigem Geschmack.

»Ich bin Pieter.«, stellte sich der Trucker vor.

Er stand auf und reichte uns seine Hand entgegen. Wir stellten uns ebenfalls vor und setzten uns auf die Campingstühle, die Pieter zwischenzeitlich aus seinem Truck geholt und für uns aufgestellt hatte.

»Wo kommt ihr denn her? Südafrikaner seid ihr nicht, oder?«

»Deutschland.«

»England.«

»Ah, das ist gut. Ich mag euch Deutsche. Ihr seid immer tapfer und ehrlich. Und euch Briten kann ich auch gut leiden. Ihr verliert immer so brav im Rugby gegen uns. Was macht ihr hier in der Gegend?«

»Wir wollen nach Beira. Morgen. Wir halten hier nur, weil wir nachts nicht weiterfahren wollen.«

»Das ist vernünftig. Passiert zu viel. Entweder springt einem ′ne Gazelle vor den Truck oder ein Eingeborener. Macht am Ende keinen großen Unterschied, wenn du ihn aus dem Stoßfänger kratzen musst.«

Wir lachten kurz, fragten aber nicht weiter nach, ob er wirklich schon mal einen Menschen in seinem Stoßfänger gefunden hatte. Zugetraut hätten wir es ihm ohne Weiteres. Pieter war offensichtlich ein fröhlicher Mensch, was aber auch an dem bereits konsumierten Alkohol liegen konnte, den man aus der kurzen Entfernung gut riechen konnte. Er trug grüne Cargo-Shorts und Lederstiefel, die bis über die Knöchel reichten. Sein rot-weiß kariertes Hemd war bis über die Ellenbogen aufgekrempelt, sodass man einige runenartige Tätowierungen auf seinen Unterarmen sehen konnte.

»Wo willst du denn hin?«, wollte Tom wissen.

»Ich fahr morgen weiter nach Lilongwe. Hab Ersatzteile für PKW und LKW geladen. Bin vor fünf Tagen in Port Elizabeth gestartet. Hab fast einen kompletten Tag an der Grenze verbracht, weil die Penner meinen Truck solange untersucht haben, bis sie ihr Schmiergeld bekommen haben. Das ist so typisch. Und ihr wolltet nach Beira? Was macht ihr denn da?«

»Wir treffen uns dort mit ein paar Bekannten, die auf der Durchreise sind.«, antwortete ich schnell, denn ich konnte mir nur schwer vorstellen, dass wir noch etwas von ihm zu essen bekommen würden, wenn wir ihm sagten, dass wir den Mord an einem Schwarzen aufklären wollten.

»Aha, na dann viel Spaß. Dort gibt es wenigstens bessere Unterkünfte. Nicht so etwas Schäbiges wie hier.«

»Habt ihr dem Typen an der Rezeption schon etwas Geld gegeben, damit er euer Auto bewacht? Ansonsten könnt ihr morgen früh versuchen, ohne Reifen nach Beira zu fahren.«

»Hast du ihn auch schon bezahlt? Was nimmt er denn?«

»Ja, hab ich. Einen Dollar pro Nacht.«

»Also eine Investition, die sich lohnt, ja?«, fragte Tom.

»Auf jeden Fall!«

»Dann geh ich nachher nochmal rüber.«, sagte ich.

»Mach´s besser jetzt. Der ist nicht immer da.«

»Super Voraussetzung für einen Sicherheitsdienst…«, murmelte ich, während ich zur Rezeption ging.

»Hi, ich bin´s nochmal. Ich habe gehört, dass Sie auch auf die Fahrzeuge aufpassen. Können Sie auch den Jeep da drüben im Auge behalten?«, sagte ich und deutete in Richtung meines Wagens.

»Natürlich. Das macht einen Dollar.«

Ich legte einen Ein-Dollar-Schein auf den Tresen und ging wieder. Vom Gestank in unserem Zimmer erwähnte ich nichts. Zum Einen hätte er es eh nicht ändern können und wir hätten mangels anderer Optionen auch nicht mit Auszug drohen können. Zum Anderen wollte ich ihn nicht verärgern, sodass er vielleicht die Bewachung des Jeeps vernachlässigt hätte. Da er garantiert keine Versicherung hatte, könnte eine Beschwerde zum klassischen Eigentor werden. Als ich wieder zu Tom und Pieter zurückkehrte, waren die ersten Steaks und Würste bereits fertig. Tom reichte mir meinen Teller und drückte mir noch ein Bier in die Hand.

»Komm, heute müssen wir uns ausnahmsweise mal nicht die Frauen, sondern das Zimmer schöntrinken.«

Tom reichte mir meinen Teller und drückte mir noch ein Bier in die Hand.

Wir aßen und tranken diesen Abend noch einiges und hatten in Pieter einen netten und unterhaltsamen Gesprächspartner gefunden. Er erzählte über die Zeit in den 90er Jahren während und nach der Apartheid. Man merkte ihm deutlich an, dass er diese Zeit vermisste und über seine jetzige Situation verbittert war.

»Ich war Abteilungsleiter in einem Versicherungsbüro. Nur weil die dann diese verfickte Negerquote eingeführt haben, nach der ein bestimmter Prozentsatz der Angestellten und auch der Führungskräfte per Gesetz schwarz sein muss, wurde ich entlassen. Dafür haben sie dann einen an meinen Platz gesetzt, der gerade mal lesen und schreiben konnte. Ich kann froh sein, dass ich noch diesen Job als Trucker bekommen habe. Sonst würde ich auf der Straße leben. Diese Negerquote ist doch auch Apartheid, bloß andersrum. Die sind keinen Deut besser als wir früher. Ganz im Gegenteil. Die haben nie etwas gehabt, was wir ihnen wegnehmen konnten. Aber uns haben sie alles genommen, unsere Jobs, unsere Sicherheit, unsere Zukunft. Auf Hendrik Verwoerd, den Erfinder der wahren Apartheid!«

Pieter hob seine Flasche. Tom und ich schauten uns kurz an, stießen dann aber nach kurzem Zögern mit ihm an. Von seinem Standpunkt aus war die Verbitterung sicherlich irgendwie nachvollziehbar.

Zum Abschied tauschten wir unsere Telefonnummern. Man weiß nie, wann man den einen oder anderen Kontakt mal gebrauchen kann, meinte Pieter. Wir gingen in unseren Bungalow, zogen uns um und putzten uns die Zähne mit dem Wasser aus einer Mineralwasserflasche. Dann gingen wir zum Bett und schlugen das Laken zur Seite. Irgendetwas, das wie eine braune Untertasse aussah, lag dort auf Toms Kopfkissen. Wir gingen näher heran und erkannten, dass es ein zusammengerollter Tausendfüßler war, der es sich hier bequem gemacht hatte.

Wir schoben das etwas 20 Zentimeter lange Tier auf einen

Pappdeckel und entsorgten es vor der Tür.

Tom warf das Kissen in die Ecke. Dann holten wir unsere Schlafsäcke aus dem Jeep. Mit dieser Bettwäsche wollten wir ganz sicher keinen Körperkontakt haben.

Kapitel 5

Mittwoch, 16.02.2011

Für eine Pension, die direkt an der Hauptverkehrsstraße lag, war die Nacht erfreulich ruhig. Wir wachten dennoch früh auf und mussten uns erst einmal strecken. Wir hatten ziemlich verkrampft in unseren Schlafsäcken gelegen, weil keiner die Gefahr eingehen wollte, im Schlaf Kontakt mit dem Laken zu haben. Nachdem wir unsere Sachen zusammengepackt hatten, verließen den Bungalow. Pieter und sein Truck waren nicht mehr da. Unser Jeep stand unversehrt auf seinem Platz. Der Dollar für den Sicherheitsdienst hatte sich gelohnt. Wir packten unser Zeug ins Auto und fuhren wieder auf die N6 in Richtung Osten.

Nach etwa drei Stunden mühsamer Fahrt erreichten wir Dondo, die letzte größere Ortschaft vor Beira. Von hier aus waren es nur noch 35 Kilometer, die wir bis kurz vor Beira sehr schnell bewältigten. Der Verkehr nahm ab hier stetig zu. Die Zufahrtsstraße zum Zentrum war mit anderen Fahrzeugen und fliegenden Händlern verstopft, die ihre Waren und Dienstleistungen wie Scheibenwaschen feilboten.

Beira war eine der schönsten Städte Mosambiks. Die Straßen waren größtenteils sauber, die Menschen freundlich und die Architektur der Gebäude versetzte einen immer wieder ins Staunen. Im gesamten Stadtbild waren mediterrane Fassaden präsent, die aus der knapp 500-jährigen portugiesischen Kolonialzeit stammten und größtenteils noch gut erhalten waren. Hier kam es bei der Flucht der portugiesischen Kolonialherren während der Machtübernahme durch die mosambikanische Befreiungsfront FRELIMO in den 70er Jahren nicht zu den üblichen Zerstörungen oder Sabotageakten, die vielerorts die Infrastruktur lahmlegten. Das spätere marxistische Regime konnte der Stadt zwar mit zahlreichen Plattenbauten seinen architektonischen Stempel aufdrücken. Dies änderte jedoch nichts an der freundlichen Atmosphäre der Stadt.

Ich mochte Beira und kam immer wieder gern hierher, um am Macuti Beach für ein oder zwei Wochen im Jahr Urlaub vom Urlaub zu machen. Hier traf man andere Leute, Touristen und hin und wieder konnte man mit einigen Surferinnen auch ein paar nette Stunden oder Tage verbringen. Meist reiste ich mit dem Flugzeug von Inhambane an, da ich die lange Fahrt scheute. Durch meine häufigen Besuche wusste ich bereits, wo wir diese Nacht schlafen könnten.

»Willst du morgen richtig früh aufstehen oder ein bisschen länger schlafen?«, fragte ich Tom.

»Wieso?«

»Weil wir entweder ein großes, sauberes und nicht stinkendes Hotel in der Nähe des Busterminals nehmen können oder eine richtig gute Lodge in der Nähe des Macuti Beach mit tollem

Blick auf die Surferinnen. Die ist aber weiter weg. Da müssten wir morgen wegen des Verkehrs sicherlich nochmal 40-60 Minuten früher losfahren.«

»Wann fährt der Bus nach Dar es Salaam noch einmal los?«

»Um 5:40 Uhr.«

»Richtige Uhrzeit oder afrikanische Uhrzeit?«

In Mosambik gingen die Uhren nicht nur wegen der unterschiedlichen Zeitzone anders. Hatte man hier einen Termin vereinbart, so war es nicht unüblich, fast sogar schon die Regel, dass die Verabredung aufgrund der Verspätung von mindestens einem Teil erst etwa zwei Stunden später stattfand. In ländlicheren Regionen waren auch Verspätungen um ganze Tage keine Seltenheit. Insofern konnte ich Toms Frage gut verstehen.

»Ich vermute mal, es wird hier wie immer sein. Ich würde aber nicht drauf wetten. Und jetzt sind wir schon so lange gefahren, da wäre es ziemlich blöd, wenn wir zu spät am Terminal ankommen.«

»Wahrscheinlich hast du recht. Dann fahren heute wir zum ›Hotel Mozambique‹. Nach dieser Nacht will ich lieber so lang wie es geht schlafen. Und vor allen Dingen ohne die Angst, dass mir ein Tausendfüßler oder eine Bettwanze ins Ohr krabbelt. Macuti Beach holen wir aber nach, ja?«

Tom und ich fuhren weiter in die Stadt hinein und erreichten schon bald unser Ziel. Das »Hotel Mozambique« war ein hoher Plattenbau, der von außen weniger versprach, als er im Innern hielt. Wir betraten die imposante Lobby, die es durchaus mit zahlreichen Hotels europäischen Standards hätte aufnehmen können, gingen zu dem langgezogenen Tresen und checkten ein. Wir nahmen ein Doppelzimmer, nicht aus Kostengründen, sondern weil wir so sicher sein konnten, dass nicht einer von uns beiden um diese unchristliche Uhrzeit wieder einschlafen würde, nachdem der Wecker ausgestellt wurde.

»Die haben hier angeblich eine der besten Bars in Mosambik.«, erklärte ich Tom.

»Dann weißt du ja schon, wo du mich heute Abend findest.«

Wir fuhren mit dem Aufzug in den achten Stock. Zimmer 812. Tom nahm die Schlüsselkarte und öffnete die Tür. Das Zimmer war mindestens dreimal so groß und zehnmal so sauber wie der Bungalow der letzten Nacht. Es war mit schwarz-braun gestreiften Tapeten beklebt und hatte vermutlich im Zuge der letzten Renovierung auch eine komplett neue Innenausstattung bekommen. Neben dem Kingsize-Bett standen auf beiden Seiten Nachttische mit barock anmutenden Nachtischlampen. Auf der langgestreckten Anrichte an der gegenüberliegenden Wand stand ein großer Fernseher und es gab eine gut bestückte Minibar. Das Zimmer besaß einen Balkon, der einen grandiosen Blick über die Stadt sowie über das riesige Hotelschwimmbad verschaffte, das nicht zuletzt wegen seiner Schlichtheit und Größe an einen russischen Olympiastützpunkt erinnerte. Die Klimaanlage surrte leise. Hier würden wir heute Nacht gut schlafen. Wir stellten unser Gepäck ab und gingen hinaus auf den Balkon.

»Soll ich dir gleich ein bisschen die Stadt zeigen oder willst du lieber an den Strand? Wir haben ja noch den ganzen Tag Zeit.«

»Ich glaub, ich hätte mehr Lust auf die Stadt. Strand haben wir auch zuhause und Macuti Beach können wir uns fürs nächste Mal aufheben.

Wir verließen gut gelaunt das Hotel und stiegen in den Jeep. Ich kannte ein gutes Restaurant in der Nähe des »Grande Hotel« mit Blick über die Bucht. Das »Clube Lagosta« war bekannt für seine grandiose Auswahl an frischen Meeresfrüchten und die großen Portionen kamen sowohl Toms als auch meinem Hunger sehr entgegen. Wir fuhren zum südlichen Zipfel Beiras und stellten den Wagen vor dem »Clube Lagosta« ab. Mehrere Gästesaßen auf der Terrasse und beobachteten die vorbeifahrenden riesigen Frachtschiffe. Wir gesellten uns dazu und bestellten Wasser, Weißwein, Langusten und diverse King Prawns. Unsere Laune wurde noch besser und die letzte Nacht war jetzt definitiv vergessen. Das gute Essen entschädigte für Vieles.

»Sollen wir gleich noch etwas unternehmen? Wenn wir schon mal hier sind, können wir uns auch etwas anschauen.«

»Gern. Ich hab da schon ein paar Ideen.«

»Hast du auch ein paar Ideen, wie wir das morgen mit den Backpackern machen?«

Toms Frage kam eigentlich nicht überraschend, denn schließlich waren sie ja der Grund, weshalb wir hier waren. Allerdings hatte ich diese Sache nach dem Essen im »Clube Lagosta« verdrängt, sodass er mich auf dem falschen Fuß erwischte.

»Wenn ich ehrlich bin, nein.«

»Mmh. Naja, kann man wahrscheinlich auch schlecht planen. Wir werden sehen wie es läuft.«

»Hast du einen Plan?«

»Nö. Ich glaub, das wird morgen eher so eine spontane Sache.«

In den kommenden Stunden machten wir eine ausgiebige Stadttour durch Beira. Ich zeigte Tom den Hafen, die Kathedrale, die katholische Universität und einen Markt etwas außerhalb der Innenstadt.

»Passt der in den Jeep?«, fragte Tom und deutete auf einen schönen, aber recht großen Rattansessel, den er vor einem Stand auf dem Markt entdeckt hatte.

»Der ist sehr bequem und gefällt mir! Setz dich mal rein!«, forderte Tom mich auf.

Ich setzte mich und er hatte wirklich eine perfekte Passform.

»Ich denke schon, dass der passt. Wir können es zumindest mal versuchen. Was soll er denn kosten?«

»Weiß nicht. Ich frag mal.«

»400,- Dollar.«, antwortete der Verkäufer.

Tom und ich mussten lauthals loslachen. Wir waren es ja gewohnt, dass die zuerst genannten Preise beim Feilschen auf dem Markt relativ hoch angesetzt wurden, aber 400,- Dollar waren wirklich utopisch. Auch der Verkäufer merkte, dass er ein bisschen übers Ziel hinausgeschossen war und lachte zurück.

»Okay, 200,- Dollar.«

»Im Leben nicht! Ich gebe dir 15,- Dollar.«, antwortete Tom.

Ebenso wie die Einstiegsgebote des Verkäufers entbehrten auch die ersten Preisvorschläge des Käufers, wie gerade bei Tom, fast immer jeglicher Realität. Jetzt musste der Verkäufer lachen und auch Tom grinste zurück.

»Machen wir 140,- Dollar und er gehört dir.«

»20,- Dollar.«

»100,- Dollar.«

»25,- Dollar. Mehr zahl ich nicht.«

»Ich hab doch eine Familie, die ich ernähren muss…«

»Jaja, und einen kranken Bruder und eine kleine Schwester, die in die Schule gehen muss. Das habt ihr doch alle. 25,- Dollar.«

»Na gut. 80,- Dollar.«

»25,- Dollar.«

»Du musst aber auch mit handeln. Sonst funktioniert das nicht. 70,- Dollar. Mein letztes Angebot.«

»Dann lass ihn hier stehen. So einen Sessel gibt es auch woanders. Ich geb dir 30,- Dollar.«

»Machen wir 50,- Dollar und du kannst ihn haben.«

»35,- Dollar.«

»40,- Dollar. Mein letztes Wort.«

»Abgemacht. 40,- Dollar und du trägst ihn mir zum Auto.«

»Abgemacht.«

Tom und der Händler schlugen ein und das Geld wechselte den Besitzer. Da wir uns mitten auf dem Markt befanden, war es eine hervorragende Idee von Tom, den Transport des Sessels Bestandteil des Kaufes zu machen. Die Gassen zwischen den Verkaufsständen waren eng und es herrschte ein ziemliches Getümmel. Außerdem machte der Sessel einen sehr kompakten Eindruck und wir hätten uns die mehreren hundert Meter bis zum Auto sicherlich sehr abmühen müssen. So tat es jetzt der Händler mit einem Straßenjungen, den er kurzerhand angeheuert hatte. Die beiden schwitzten sehr, als wir am Jeep ankamen und bugsierten den Sessel erstaunlich behände in den Wagen hinein. Tom gab dem Händler und dem Straßenjungen jeweils noch einen Dollar für den Transport, womit beide nicht gerechnet hatten und sich entsprechend freuten. Gegen 17:00 Uhr fuhren wir zurück zum Hotel, wo wir den Jeep auf dem bewachten Parkplatz abstellten. Wir entschieden uns dafür, es an diesem Abend nicht zu sehr zu übertreiben, da wir den Portier bereits beauftragt hatten, uns um 4:30 Uhr zu wecken. Nach zwei Bier und einem Steak begaben wir uns zu recht früher Stunde auf unser Zimmer zurück und fanden auf den bequemen Betten einen wesentlich schnelleren und auch erholsameren Schlaf als in der Nacht zuvor.

Kapitel 6

Donnerstag, 17.02.2011

Am nächsten Morgen riss uns der Weckdienst zeitig aus dem Schlaf.

»Oh, geh doch endlich ran!«, murmelte Tom ärgerlich, nachdem es zum vierten oder fünften Mal klingelte.

Ich gehorchte und nahm den Hörer ab.

»Danke. Guten Morgen. Können Sie in fünf Minuten bitte noch einmal anrufen? Nur zur Sicherheit? Ja? Danke.«

Ich legte wieder auf und versuchte wach zu werden, was mir nur sehr schwer gelang. Tom war schon wieder eingeschlafen. Vor dem Klingeln des Telefons hatte ich gar nicht bemerkt, wie sehr er schnarchte. Jetzt im halbwachen Zustand klang es hingegen furchteinflößend. Die fünf Minuten vergingen wie im Flug. Das Telefon klingelte erneut.

Ich nahm den Hörer nochmals ab und bedankte mich. Ein weiteres Mal müsste der Weckservice nicht anrufen. Ich schaltete die Nachttischlampe an und stieg aus dem Bett. Wir duschten, packten unsere Sachen in Windeseile zusammen und nahmen den Aufzug hinunter zur Rezeption.

Die große Wanduhr hinter dem Tresen verriet uns, dass es jetzt 4:56 Uhr war. Wir zahlten, gingen hinaus zum Jeep, quetschten unser Gepäck neben den großen Sessel und stiegen ein.

»Weißt du, wo es lang geht?«

Wir müssen in die Rua Alfredo Lawley. Die Straße da vorn raus in den Kreisverkehr und dann die dritte wieder raus. Dann müsste es die nächste oder übernächste Straße auf der rechten Seite sein.«

»Woher weißt du das denn?«

»Ich war schon mal hier.«

Um den guten Eindruck, den Tom gerade von mir hatte, aufrecht zu erhalten, verschwieg ich ihm, dass ich die Strecke gestern schon einmal auf dem Navigationsgerät nachgesehen hatte. Wir fuhren los. Der Verkehr hielt sich um diese Uhrzeit in Grenzen. Kurze Zeit später hatten wir unser Ziel erreicht.

Auf der Suche nach einem geeigenten Parkplatz fuhr die kleine Seitenstraße, die vom großen Bus-Terminal wegführte, hinein. Nach wenigen Metern wechselte der Teerbelag zu einer holprigen Sandpiste. Die Gasse war schmal und hatte keine Beleuchtung. An der Seite waren rechts und links dünne Holz- und Wellblechwände aufgestellt. Einige von ihnen waren mit kleinen Durchgängen versehen.

»Hier willst du wirklich parken?«, fragte Tom erstaunt.

»Hast du einen besseren Parkplatz gesehen? Vor dem Terminal will ich nicht parken. Es muss uns ja nicht gleich jeder sehen.«

»Dann bleib halt hier. Wehe, mein Sessel wird geklaut!«

»Ja, das ist auch meine größte Sorge. Wirklich.«

Während Tom noch immer in sich ruhte, merkte ich, dass ich nervös wurde. Es war jetzt 5:10 Uhr. Wir hatten noch Zeit.

»Wir steigen schon mal aus und schauen, ob wir sie vielleicht sehen.«

»Okay.«

Wir verließen den Wagen und gingen ein paar Meter zurück. Da die Sandpiste direkt in Richtung des Busterminals verlief, hatten wir eine gute Sicht. Wir schauten in den hell erleuchteten Terminalbereich. Uns konnte man jedoch kaum erkennen. Die Gasse, in der wir uns aufhielten, war gänzlich unbeleuchtet.. Wir näherten uns etwa bis auf wenige Meter dem Vorplatz des Terminals, auf dem die Busse standen.

»Das da vorne muss er sein.«, sagte Tom und zeigte in Richtung eines blau-weiß-silber farbigen Busses.

»Wie kommst du jetzt darauf?«

»Weil das der einzige Bus ist, dessen Motor schon warmläuft und bei dem Gepäck eingeladen wird.«

»Stimmt. Nicht schlecht.«

Tom hatte Recht. Das musste der Bus nach Dar es Salaam sein. Offensichtlich starteten um diese Uhrzeit nicht viele Busse. Etwa 20 bis 25 Leute standen vor ihm oder in kleinen Grüppchen in seiner Nähe. Überwiegend Weiße. Vermutlich Touristen. Aber auch einige Schwarze. Während die Touristen fast allesamt mit Rücksäcken unterwegs waren, konnte ich die Gepäckstücke der schwarzen Reisenden teilweise nicht genauer definieren. Einige wirkten wie überdimensional große Plastiktüten, die der Busfahrer oder einer seiner Gehilfen auf dem

Dach des Busses festschnallte. Zwei von ihnen hatten kleine Holzkäfige dabei, in denen sich etwas bewegte. Wahrscheinlich Hühner. Auch sie wurden auf dem Dach festgezurrt.

»Hast du sie schon gesehen?«

»Nein. Da sind zwar schon einige Weiße, aber es ist noch keiner mit Segelohren dabei.«

»Wie kannst du das denn erkennen?«, fragte ich Tom.

Er stupste mich an und ich blickte zu ihm rüber. Tom hielt ein kleines Fernglas in der Hand.

»Du bist ja gut ausgerüstet. Sag Bescheid, wenn du etwas siehst.«

»Mach ich.«

Die Minuten verrannen, aber es passierte nichts. Lukas, Slobo und Ivica waren nicht zu sehen.

»Wer war noch mal der mit den Segelohren?«

»Weiß nicht, aber einer hatte jedenfalls welche.«

»Hier ist aber keiner. So ein Mist.«

Die Uhr über dem Busterminal zeigte bereits 5:30 Uhr an. Zwei Männer liefen in unsere Richtung. Sie bogen kurz vor uns in eines der Grundstücke ab, die durch eine dünne Holzwand abgegrenzt waren. Wahrscheinlich wollten sie kurz vor der Fahrt noch einmal austreten.

»Tja, ich glaub, wir haben die Tour umsonst gemacht.«, sagte ich resigniert zu Tom.

»Abwarten. Noch ist der Bus ja nicht weg. Die können immer noch kommen.«

Jetzt war eindeutig Tom der Motivator in unserem Ermittlerteam. Wir warteten weitere fünf Minuten.

»Da. Ich glaub, das könnten sie sein. Sie gehen gerade vom Eingang des Terminals rüber zum Bus. Drei Typen. Der eine hat einen knallroten Rucksack und Segelohren. Hier. Schau mal!«

Tom reichte mir das Fernglas rüber. Tatsächlich. Drei junge Männer. Wie die Orgelpfeifen. Einer etwa 1,90m, der nächste vielleicht 1,80m und der letzte war ein richtiger Zwerg, vielleicht 1,65m. Der mit den Segelohren war der Mittelgroße mit dem roten Rucksack. Der Große und der Kleine hatten beide kurzgeschorenes, dunkelblondes Haar und wirkten etwas robuster. Der Mittelgroße war von seiner Statur her etwas schlaksig und hatte längeres Haar, ebenfalls dunkelblond.

»Das werden sie sein. Und jetzt?«

»Los, komm. Wir gehen da hin!«

Noch bevor ich mich versah, stand Tom aus der Hocke auf und gab mir einen kleinen Schubser. Ich folgte ihm. Tom nahm eine fast militärische Haltung an und ging aufrecht und zügig auf die Gruppe zu. Sogar von hinten machte er einen sehr imposanten Eindruck.

»Hi.«, sprach Tom sie an.

Die drei drehten sich zu uns um. Sie sahen ebenso verschlafen aus wie wir und schauten verdutzt. Jeder von ihnen trug eine Fleecejacke, da es um diese Uhrzeit noch frisch war. Nun konnten wir die Segelohren des Mittelgroßen aus der Nähe betrachten. Sie waren wirklich gigantisch. Kein Wunder, dass sich Lisha daran erinnern konnte.

»Wer von euch ist Slobo?«, fragte Tom mit harter Stimme.

Sie schauten jetzt noch überraschter.

»Ich.«, sagte der Größte von den Dreien.

»Und du?«

Tom zeigte auf den Kleinen.

»Ich bin Ivica. Aber was geht dich das an? Wer seid ihr? Und woher kennst du Slobo?«

Ivica merkte offensichtlich am schnellsten, dass wir nichts Gutes mit ihnen vorhatten.

»Wir haben ein paar Fragen an euch.«

Die drei schauten sich an und zuckten mit den Schultern.

»Wollt ihr euch nicht erst einmal vorstellen?«, übernahm Slobo das Wort.

»Warum sollten wir das tun? Habt ihr euch denn bei Lisha vorgestellt?«

Man sah ihnen an, dass sie wussten, von wem wir sprachen.

»Wem haben wir uns vorgestellt?«, stellte Slobo sich trotzdem dumm.

»Lisha. Das Mädchen, das ihr vergewaltigt habt.«

Tom sprach laut und neben uns drehten sich bereits einige Leute zu uns um.

»Was? Du spinnst ja. Wir haben niemanden vergewaltigt! Was läuft denn bei dir verkehrt?«, antwortete Lukas, der Mittelgroße mit den Segelohren, entrüstet.

»Ach nein? Und woher kennen wir dann eure Namen?«

»Was weiß denn ich? Aus dem Telefonbuch vielleicht?«

Slobo gewann ein wenig Selbstsicherheit wieder. Offenbar spürte er, dass wir nicht viel in der Hand hatten. Außerdem wusste er, dass sie bald den Bus besteigen würden und dort nichts von uns zu befürchten hatten.

»Werd besser nicht frech, Bursche.«, entgegnete Tom.

»Also, was wollt ihr? Vergewaltigt haben wir niemanden. Wenn ihr noch andere Fragen habt, dann raus damit. Ansonsten könnt ihr verschwinden.«, übernahm Ivica jetzt das Wort.

Wir kamen nicht an sie ran. Die Sache mit Lisha, ja. Das war tragisch, aber nicht unser Hauptziel. Und selbst da hätten sie sich am Ende mit der Bezahlung und einer einvernehmlichen Nacht rausreden können. Beim Mord an Ndemi sah es hingegen noch dünner aus. Ich hatte keine Ideen, also schwieg ich und ließ Tom weitermachen, der nicht lange fackelte.

»Ob wir noch Fragen haben? Oh ja. Wie sieht´s denn mit Mord aus? Habt ihr dazu etwas zu sagen?

Die drei lachten und schauten sich gegenseitig an.

»Mann, der ist irre.«

»Völlig durchgeknallt!«

An mich stellte Ivica die Frage:

»Was hat der denn heute Morgen genommen? Der ist ja nicht mehr ganz richtig im Kopf. Wen sollen wir denn umgebracht haben?«

»Ndemi Usumbe.«, antwortete Tom.

»Wen?«

Die drei blickten sich fragend an.

»Der Typ, den ihr vor der Vergewaltigung verdroschen habt.«

»Ach, der Spinner!«

Ivica wusste offenbar, von wem wir sprachen, womit er auch indirekt die Sache mit Lisha zugab. Dies merkte er aber sofort, nachdem ihn Slobo in die Seite knuffte und ergänzte schnell:

»Aber vergewaltigt haben wir niemanden. Die Schwuchtel hat uns angegriffen. Ist mit den Fäusten auf uns los. Da haben wir uns nur gewehrt.«

»Ach, und warum ist er mit den Fäusten auf euch los?«

Jetzt übernahm Slobo wieder das Wort.

»Keine Ahnung. Die sprechen hier doch so komische Sprachen. Das haben wir nicht verstanden. Wahrscheinlich sind wir über sein Land gelaufen.«

»Und dann hat einer von euch was abbekommen und ihr wolltet euch dafür rächen, stimmt´s?«

»So ein Quatsch. Ivica hat zwar was aufs Maul bekommen, der Spinner aber auch. Wir waren quitt.«

Tom hatte sich bislang ganz gut geschlagen, aber jetzt wusste er auch nicht mehr recht weiter. Ich versuchte für ihn einzuspringen.

»Das kann ja sein. Aber dann ist er euch zwei Tage später wieder begegnet und dann habt ihn euch nochmal vorgeknöpft.«

»Du bist ja genauso durchgeknallt wie dein Kumpel. Wir haben den Typen danach nicht mehr getroffen. Der hatte auch genug. Wenn der uns gesehen hätte, wäre er losgeflitzt wie ´ne Gazelle!«, antwortete Slobo lachend.

Offenbar nahm er mich noch weniger ernst als Tom. Wir schauten uns an. Tom schien nichts mehr einzufallen. Mir ging es ebenso.

»Verreckt doch in der Hölle! Alle drei!«, zischte Tom.

Dann wandte er sich ohne ein weiteres Wort von ihnen ab und zog mich am Arm.

»War´s das jetzt?«, fragte ich Tom enttäuscht, und war selbst ratlos, wie man es hätte besser anstellen können.

Tom antworte nicht, sondern zog mich weiter neben sich her. Ich befreite mich aus dem Griff, folgte ihm aber trotzdem. Ich war frustriert. Obwohl Tom sehr bestimmt und souverän aufgetreten war, konnte man unsere Aktion als ziemlich dilettantisch bezeichnen. Wir hatten uns vorher keinen Plan oder eine Strategie zurechtgelegt und das merkten wir jetzt. Ich ärgerte mich. Nicht wegen der verlorenen Zeit, sondern weil wir auf ganzer Linie versagt hatten. Mit ein bisschen mehr Nachdenken im Vorfeld, hätten wir vielleicht doch zu einem Erfolg kommen können. Tom riss mich aus meinen Gedanken.

Er fasste mich wieder an der Schulter an und schob mich hinter unseren Jeep. Wir hockten uns hinter die Motorhaube und blickten in Richtung des Terminals.

»Was hast du vor? Die Sache ist gelaufen.«

»Die Sache ist noch lange nicht gelaufen. Warte ab. Mit etwas Glück…«

Tom sprach nicht weiter. Ich wusste nicht, was er vorhatte. Ich harrte ich mit Tom hinter dem Wagen aus und schaute ihn fragend an. Er beachtete mich nicht, sondern schaute angestrengt zur Dreiergruppe. Wir warteten jetzt fast fünf Minuten, ohne dass Tom mir sagte was los war. Mittlerweile zeigte die Uhr am Terminal bereits 5:45 Uhr an. Die Abfahrtszeit des Busses war also doch nur ein Richtwert gewesen. Einige Fahrgäste standen noch mit ihrem Gepäck vor dem Bus, welches der Busfahrer gemächlich verstaute. Dann begann Tom wieder zu reden.

»Wenn wir ein bisschen Glück haben, bekommen wir noch eine Gelegenheit. Die zwei Typen sind hier vorhin in der Dunkelheit ins Gebüsch gegangen, um zu pinkeln. Das würden die nicht machen, wenn sie auch woanders hingehen könnten. Also ist die Toilette im Terminal entweder so versifft, dass es ihnen zu eklig war oder sie hat noch gar nicht geöffnet.«, erklärte er mir.

Er sprach seinen Plan nicht weiter aus, denn er wurde gerade Realität. Lukas mit den Segelohren stand kurz zuvor noch in der Dreiergruppe und unterhielt sich mit Ivica und Slobo. Dann deutete er mit der Hand grob in Richtung der Gasse, in der wir uns noch versteckten. Die beiden nickten kurz und unterhielten sich weiter. Lukas kam jetzt direkt auf uns zu. Mein Herz schlug schneller. Ich wusste nicht, was Tom vorhatte, ich konnte nur ahnen, dass er gleich etwas unternehmen würde. Lukas verließ den geteerten Bereich der Straße und schlurfte jetzt auf dem Sandweg entlang. Er schaute kurz nach rechts, dorthin, wo vor einer knappen halben Stunde auch die anderen beiden Männer zum Austreten verschwunden waren. Lukas stieg durch die Öffnung im Bretterzaun hindurch und betrat das kleine Grundstück, auf dem er nun allein war. Tom sprang auf und ging schnell aber leise auf die Öffnung im Zaun zu. Ich folgte ihm. Wir stiegen geräuschlos in das Grundstück hinein. Uns kam ein Geruch nach Urin entgegen.

Tom schlich sich von hinten an Lukas heran, der in der vorderen linken Ecke des Geländes an den Holzzaun pinkelte. Als er auf eine Armlänge an ihn herangekommen war, umfasste Tom blitzschnell mit seinem linken Arm Lukas´ Hals und trat ihm zeitgleich mit der Ferse in die rechte Kniekehle. Lukas Knie sackte nach vorne weg. Tom dämpfte mit dem Arm um seinen Hals den Aufprall auf dem Boden. Er kniete jetzt mit heruntergelassener Hose an der Stelle im Sand, auf die er Sekundenbruchteile zuvor noch uriniert hatte. Ebenso schnell wie der vorangegangene Angriff erfolgte, zog Tom mit der rechten Hand sein Kampfmesser aus dem Halfter und zog es vor Lukas Gesicht, sodass es vor seinem rechten Auge auf der Nasenwurzel zum Stehen kam.

»Keinen Mucks, du Arschloch! Sonst schneide ich dir dein Auge raus und paniere es anschließend mit Sand. Wir regeln das jetzt auf unsere Weise.«, zischte Tom ihm ins Ohr.

Mir blieb die Luft weg. Dass Tom mit dem Messer auf Lukas losgehen würde, hätte ich mir in meinen kühnsten Träumen nicht ausgemalt. Ich sah mich in Gedanken schon in irgendeinem kleinen dreckigen mosambikanischen Dorfgefängnis wieder, wo ich zwischen den anderen Gefangenen als Wanderpokal herumgereicht würde. Und wieso sprach Tom von „unserer Weise“? Vielleicht hatte Tom diese Art der Befragung bei der Ausbildung zum Kampftaucher gelernt. Meine Weise war es jedenfalls nicht. Ich war erschrocken über Toms Gewaltanwendung und zugleich sauer auf ihn, dass er mich ohne zu fragen zu seinem Komplizen gemacht hatte.

»Also, wir fangen nochmal von vorne an. Habt ihr Ndemi zusammengeschlagen?«

»Aah, ja! Was soll denn das?«, antwortete Lukas gequält.

»Schnauze! Ich stelle die Fragen. Und habt ihr euch dann über Lisha hergemacht?«

»Was geht dich das überhaupt an?«, versuchte Lukas auszuweichen.

Tom erhöhte den Druck mit seinem Messer auf Toms Nasenwurzel.

»Aua! Ja, verdammt. Aber wir haben sie nicht vergewaltigt. Wir haben sie doch dafür bezahlt. Und das nicht schlecht.«

»Um Lisha geht´s mir gerade auch nicht. Was habt ihr danach mit Ndemi angestellt?«

»Mein Gott, ich weiß es nicht! Wir haben ihn dann nicht mehr gesehen.«

Ich wurde nervöser und blickte durch die Öffnung im Zaun um nachzusehen, was sich am Terminal tat. Die ersten Fahrgäste bestiegen bereits den Bus nach Dar es Salaam. Slobo und Ivica standen noch draußen. Sie gaben dem Busfahrer gerade Lukas roten Rucksack, damit er ihn im Gepäckfach verstauen konnte.

»Das glaubst du doch selber nicht, was du hier für einen Scheiß erzählst, oder?«

»Wenn ich es dir aber sage!«

Tom setzte das Messer jetzt unterhalb des rechten Auges von Lukas an.

»Ey, hör auf mit dem Scheiß! Was soll das denn? Ich hab nichts gemacht!«

»Und deine Freunde? Was ist mit denen?«

Slobo und Ivica bestiegen jetzt den Bus. Nur noch der Busfahrer und zwei weitere Fahrgäste standen draußen vor dem Bus. Würden Sie Lukas hier zurücklassen? Das konnte ich mir nicht vorstellen.

»Ich weiß nicht, was mit denen ist. Was soll mit ihnen sein?«

»Haben die Ndemi umgebracht?«

»Was du für einen Scheiß erzählst!«

Tom ritzte die Haut unterhalb des Auges mit der gezackten Seite des Kampfmessers an.

»Ah, nein, nein, so war das nicht gemeint! Aufhören!«

»Noch so ein Spruch und du brauchst eine Augenklappe! Ist das klar?«

»Ja.«

Jetzt waren auch die beiden letzten Fahrgäste und der Busfahrer eingestiegen. Er schloss die Fronttür. Ich konnte es nicht glauben. Sie fuhren tatsächlich ohne Lukas ab. In diesem Moment öffnete sich die Tür in der Mitte des Busses. Slobo schaute hinaus in die Dunkelheit und blickte in Richtung der Seitenstraße, in der Lukas verschwunden war. Er rief nicht. Er schaute nur. Dann blickte er kurz in den Bus hinein und zuckte mit der Schulter. Sein Oberkörper verschwand aus der Tür, die sich kurz danach wieder schloss. Der Bus setzte sich nach wenigen Augenblicken in Bewegung. Sie hatten ihn wirklich hier zurückgelassen. Weshalb wusste ich nicht. Vielleicht, weil er ihnen lästig geworden war, vielleicht, weil sie dachten, sie könnten auf diese Weise sein Gepäck behalten. Es war mir egal. Schlagartig wurde mir wohler zumute, denn jetzt waren wir allein mit Lukas und es gab keine weiteren Zeugen, die uns ins Gefängnis bringen könnten. Ich war optimistisch, dass wir mit Lukas allein schon fertig werden würden. Als der Bus aus meinem Blickfeld verschwunden war, ging ich hinüber zu Tom und Lukas.

»Hast du Geld in deinem Rucksack?«, fragte ich ihn.

»Ja, 'ne ganze Menge. Das könnt ihr alles haben, aber lasst mich in Ruhe! Ich verrate auch nichts. Bitte lasst mich gehen!«

»Ich glaube nicht, dass du uns damit noch bestechen kannst.«, sagte ich ruhig.

»Was? Wieso?«

»Dein Geld und dein Rucksack sind schon auf dem Weg nach Dar es Salaam. Zusammen mit deinen Freunden Slobo und Ivica.«

»So ein Quatsch. Das glaube ich nicht.«

Ich bedeutete Tom mit einem Kopfnicken, dass er Lukas einmal durch die Öffnung schauen lassen sollte. Er schaute mich fragend an. Offenbar konnte er auch nicht glauben, dass die beiden ohne Lukas losgefahren sind. Er folgte meiner Anweisung und schleifte Lukas über den Boden bis hin zur Öffnung. Lukas schaute hindurch und blickte auf das Busterminal vor dem der Bus nach Dar es Salaam nicht mehr stand.

»Diese verdammten Arschlöcher! Die sind ohne mich losgefahren!«, rief er etwas lauter, als es Tom lieb war.

»Schschsch!«, zischte Tom ihm zu und zog ihn wieder aus der Öffnung zurück in die Ecke, wo sie vorher waren.

»Tolle Freunde hast du da. Die lassen dich einfach hier. Vielleicht erzählst du uns ja jetzt ein bisschen mehr darüber, was sie Ndemi angetan haben.«

»Die haben mein ganzes Gepäck, mein Geld und meinen Reisepass!«

Lukas stieg nicht auf die von Tom gestellte Frage ein.

»Hey, reiß dich mal etwas zusammen.«, fuhr Tom ihn an und hielt ihm wieder das Messer unters Auge.

»Wieso lassen dich deine Freunde eigentlich allein hier zurück?«

»Das sind nicht meine Freunde! Das sind nur Bekannte, die ich auf meiner Tour durch Afrika kennengelernt hatte. Ich bin nur mit ihnen unterwegs gewesen, weil sie eine ähnliche Tour wie ich machen wollten und es spaßiger war, mit mehreren Leuten zu fahren. Ich kannte die doch vorher nicht. Ich studiere in Österreich. Die beiden kommen aus Serbien. Ich hab sie vor knapp vier Wochen das erste Mal gesehen. Wir wollten nach Dar es Salaam und dann eventuell noch weiter nach Nairobi. Die waren halt eine Reisebekanntschaft. Diese Arschlöcher!«

Wenn er sie jetzt nicht in Pfanne hauen würde, wüsste ich nicht, wann dazu ein besserer Moment sein sollte.

»Jetzt hör auf hier rumzuheulen! Erzähl schon. Was haben die beiden Ndemi angetan, als ihr ihn noch einmal getroffen habt. Oder haben sie ihm gezielt aufgelauert?«

Lukas machte eine kurze Pause und seufzte.

»Auch wenn ich die beiden jetzt gern anschwärzen würde. Aber die haben nichts getan. Wir waren ja auch die ganze Zeit über zusammen. Wenn die etwas gemacht hätten, dann hätte ich das gemerkt. Und wenn ich es nicht gemerkt hätte, dann hätten sie sicherlich damit geprahlt. Ehrlich. Wir haben ihn einmal vermöbelt und das war es dann aber auch schon. Wirklich! Mehr war da nicht. Ich würde es euch auch sagen, wenn es so wäre.«, beteuerte er.

Tom zog Lukas Arm noch etwas stärker auf den Rücken, was ihm sichtlich mehr Schmerzen bereitete. Jedoch ergebnislos. Er wusste offenbar wirklich nicht mehr.

»Und was machen wir jetzt? Mit ihm?«, fügte ich leise hinzu und nickte in Lukas Richtung.

Lukas hatte mich gehört und bekam nun panische Angst.

»Hey! Macht keinen Scheiß!«

Während Lukas immer hysterischer und auch lauter wurde, nahm Tom den Knauf seines Kampfmesser und zog es Lukas mit voller Wucht über den Hinterkopf. Sofort war er still. Sekundenbruchteile später sank er vor Tom auf dem von Urin durchtränkten Boden zusammen.

»Worauf wartest du noch? Los komm!«, sagte Tom zu mir und zog mich nach draußen.

Ich konnte nichts sagen, ich war sprachlos angesichts dieser Brutalität. Tom schob mich zum Jeep und stellte mich vor der Fahrertür ab. Er selbst ging vorn um den Wagen herum. Auf der Beifahrerseite angekommen rief er zu mir herüber:

»Hey, nicht einschlafen. Mach die Tür auf und dann nichts wie weg hier!«

Ich gehorchte, öffnete mit meinem Schlüssel die Türen und stieg ein.

»Fahr los.«, gab Tom das nächste Kommando.

Ich startete den Wagen und fuhr die kleine Gasse geradeaus weiter.

»Bist du eigentlich total bescheuert?«, raunzte ich Tom an, nachdem ich meine Fassung widergefunden hatte .

Tom schaute mich fragendend an.

»Wieso?«

»Du kannst doch nicht hier rumlaufen und Leute mit dem Messer bedrohen! Bist du komplett übergeschnappt?«

Ich war wütend.

»Du gehst mit dem Messer auf ihn los und ziehst mich da mit rein. Was soll denn das?«

»Was hast du denn jetzt für ein Problem? Ich hab ihm nur ein bisschen Angst gemacht. Ich hatte nicht vor, ihn umzubringen.«, versuchte er sich zu rechtfertigen.

»Ja und? Das wusste weder ich noch Lukas! Der dachte doch am Ende, wir würden ihn umbringen!«

»Jetzt stell dich nicht so an! Wir haben ihn nicht umgebracht. Der ist nur ein bisschen bewusstlos. Eine kleine Strafe für das, was er Lisha angetan hat.«

»Du bist ja total durchgedreht! Du kannst doch nicht den Richter spielen und entscheiden, wer was verdient hat!«, schrie ich Tom an.

»Hätte er denn sonst eine Strafe bekommen? Doch wohl eher nicht. Die wären weiter nach Tansania gefahren und hätten nie wieder einen Fuß in Mosambik gesetzt. Und selbst wenn, Lisha hat ja nicht einmal Anzeige erstattet. Denen wäre also nichts passiert!«

Für derartige Argumente war ich gerade nicht empfänglich. Ich war immer noch sauer auf Tom.

»Wenn Lukas wieder aufwacht und zur Polizei rennt und uns anzeigt? Das mit dem Messer war ganz allein deine beschissene Idee! Und dafür will ich nicht in Mosambik in den Knast kommen!«

»Was bist du denn für ein Schisser? Der geht nicht zur Polizei. Warum sollte er auch? Der weiß genau, wenn wir verhaftet würden, dann wäre er mit dran, weil wir dann die Geschichte von Lisha erzählen würden. Das macht der nie! Außerdem weiß er überhaupt nicht, wer wir sind. Der zeigt höchstens Slobo und Ivica an, weil die mit seinem Gepäck durchgebrannt sind. Mach mal jetzt nicht so einen Aufstand deswegen!«

»Trotzdem: Arschloch!«, entgegnete ich ihm beleidigt, obwohl seine Argumente plausibel klangen.

Tom schüttelte wortlos den Kopf. Keiner von uns beiden wollte gerade mit dem anderen sprechen. Deshalb schwiegen wir uns an. Lange. Ich fuhr die N6 wieder zurück nach Inchope und machte dort einen kurzen Stopp, um zu tanken und ein paar Getränke und einige Pregos, eine Art Sandwich mit Steak, an der Tankstelle zu kaufen. Dann fuhren wir schweigend weiter. Die gleiche Strecke zurück, die wir auch zwei Tage zuvor gefahren waren. Der gleiche Wechsel zwischen Teer- und Schotterpiste. Die gleiche öde Strecke.

»Tut mir leid.«, sagte Tom nach einer Ewigkeit.

»Ja, mir auch. Sorry. Aber frag mich beim nächsten Mal, wenn du wieder so etwas vorhast.«

»Mache ich, versprochen. Ich würde ja zu gerne wissen, wie viele lustige Infektionen und Ausschläge sich Lukas jetzt noch in der Pissecke zugezogen hat.«

Wir mussten lachen.. Unser persönliches Problem war damit aus der Welt geschafft, nicht aber die Frage, wie wir den Mörder von Ndemi finden würden. Die Drei waren es ja offensichtlich nicht gewesen.

Zwar gab es jetzt für uns beide keinen Grund mehr, aufeinander sauer zu sein. Wirklich ausgelassen und fröhlich war die Stimmung im Auto aber dennoch nicht, denn wir hatten – abgesehen von der Abreibung für Lukas – überhaupt nichts erreicht, was den Mord an Ndemi hätte aufklären können. Kein neuer Anhaltspunkt, keine erfolgversprechenden Ergebnisse.

»Jetzt haben wir den ganzen Weg umsonst gemacht. Nur um diesem Arsch einen reinzudrücken.«, brachte Tom das Ausmaß unseres Misserfolges auf den Punkt.

»Ich hab aber auch keine Ahnung, was wir jetzt noch weiter anstellen sollen.«

»Die anderen Hinweise, die Lisha uns gegeben hat, finde ich ehrlich gesagt, noch unwahrscheinlicher. Ich kann mir nicht vorstellen, dass dieser eine Typ Ndemi umgebracht haben soll, nur weil er Lisha nicht davon abgehalten hat, mit den Backpackern in die Kiste zu steigen. Das halte ich für etwas abwegig.«

»Sehe ich ähnlich. Und was machen wir dann? Sollen wir aufhören?«

»Weiß nicht. Blöd ist das ja schon. Das Einzige, was wir unseren Freunden im Resort und Lisha erzählen können, ist, dass wir Lukas eine reingehauen haben. Super. So möchte ich eigentlich nicht aufhören.«

»Das sehe ich genauso. Was sollen denn dann Mary und Gloria von uns denken?«, fügte ich hinzu.

»Aah, Gloria!«

Tom lachte.

»Die willst du also beeindrucken!«

»Aah, Mary!«, äffte ich Toms Tonfall nach.

»Okay, unentschieden. Die ist aber wirklich nicht schlecht, oder?«

»Mmh.«,

Wir fuhren weiter auf der N1 nach Süden, wechselten noch zweimal den Fahrer und machten einen kleinen Stopp zum Essen. Nach mehreren Stunden passierten wir die Abzweigung nach Inhassoro.

»Jetzt haben wir es bald geschafft!«, sagte ich zu Tom.

»Wird ja auch Zeit. Ich kann bald nicht mehr sitzen.«, gab Tom zurück und ruckelte demonstrativ mit dem Hintern auf dem Sitz herum.

»Hey! Schau mal!«, rief ich plötzlich zu Tom in einer langgezogenen Kurve kurz hinter der Abzweigung.

Tom drehte seinen Kopf nach allen Seiten um. Da er offenbar nicht sah, was ich gesehen hatte oder dessen Bedeutung nicht erkannte, fuhr ich einige Meter zurück und hielt auf der Straße an. Hier würde ohnehin in der nächsten halben Stunde keiner vorbeifahren. Tom schaute sich immer noch um.

»Was denn?«

»Na, da!«

Ich deutete mit dem Finger zu einem Gebäude, das in einiger Entfernung vom Straßenrand in einer Lichtung stand.

»Das Sägewerk.«

»Das Sägewerk?«, fragte Tom.

Die Bezeichnung „Sägewerk“ war für diesen Betrieb übertrieben, da er insgesamt nur aus zwei Gebäuden und einem Vorplatz bestand, auf dem die Palmen gelagert wurden und auf dem ein LKW stand.

»Ja.«, antwortete ich und hoffte, dass auch bei Tom der Groschen fallen würde.

»Und was willst du mir jetzt damit sagen? Ich find es auch schlimm, dass die uns hier den ganzen Palmenbestand im Hinterland weghauen. Wenn die in dem Tempo weitermachen, dann rücken die bald bis an den Strand vor. Gib denen noch ein oder zwei Jahre und rings um Praia da Onda gibt es keine Palmen mehr. Zum Glück ist das Grundstück von unserem Resort ziemlich groß. Da werden wir nichts von merken. Aber weiter hinten wird es dann aussehen, wie auf einem Baumfriedhof.«

Ich schaute Tom an.

»Darauf wolltest du nicht hinaus, oder?«, erkundigte sich Tom leise.

»Nein, du Blitzmerker. Lisha hat doch gesagt, dass Ndemi schon einmal bei den Holzfällern war und sich bei denen beschwert hat. Wegen der Palmen und so. Ich kann mir eher vorstellen, dass die Holzfäller ihm zugesetzt haben, als dieser eine Typ aus dem Dorf.«

»Da könntest du recht haben. Die fackeln bestimmt nicht lange. Aber gab es da denn mal Streit, oder sowas?.«

»Das weiß ich nicht. Lisha hat nur erzählt, dass sich Ndemi beschwert hat. Und wenn er das in der gleichen Weise gemacht hat wie bei den drei Backpackern…«

»… dann könnte er von denen auch mehr bekommen haben, als nur ein paar aufs Maul.«, ergänzte Tom meinen Satz.

Und was willst du jetzt machen? Ins Holzfäller-Camp rein marschieren und fragen, ob jemand Ndemi umgebracht hat?«

»Ich weiß es nicht. Die Idee mit den Holzfällern ist mir doch gerade erst gekommen. Das können wir heute Abend ja mit den anderen im »Shamwari« besprechen. Vielleicht haben die eine Idee.«

»Das klingt gut. Was es da heute wohl zu essen gibt?«

Tom hatte ganz offensichtlich Hunger, sein Hintern schmerzte von der langen Fahrt und er war daher auch nicht mehr ganz bei der Sache. Ich beschloss, die weitere Unterhaltung in dieser Angelegenheit auf die Abendstunden zu verlegen. Bald sahen wir die Abfahrt nach Praia da Onda. Wir passierten das Gate und grüßten den Sicherheitsservice.

»Ich freu mich schon auf eine Dusche!«, seufzte Tom voller Vorfreude.

»Ich auch. Aber ich glaube, ich springe vorher erst einmal ins Meer und danach unter die Dusche.«

Ich ging ins Haus, zog meine Badehose an und schlenderte hinunter zum Strand. Das war besser als eine Dusche. Mein Körper fühlte sich augenblicklich frischer. Ich tauchte wieder auf und schaute zum Horizont. Die Gedanken an den Mordfall waren von einer Sekunde auf die andere wie weggeblasen. Ich legte mich auf den Rücken, paddelte mit geschlossenen Augen gemächlich mit den Füßen und träumte vor mich hin.

»Okay, jetzt noch eine Dusche und dann was essen.«, dachte ich.

Dann könnte ich wieder klar denken und mit Tom und den anderen einen Plan fassen, wie wir weiter vorgehen würden.

Nach einer knappen Stunde holte ich Tom ab und wir trafen uns mit Gloria, Yzelle, Maarten und Steven.

»Na, wie war euer Ausflug?«

»Das erzählen wir euch gleich in Ruhe bei einem Gläschen Wein. Wir brauchen eure Hilfe...«, sagte ich, während wir gemeinsam über den Strand zum Restaurant schlenderten.

Im »Shamwari« setzten wir uns an unseren Lieblingsplatz auf der Veranda. Eddy kam nach wenigen Augenblicken und begrüßte uns überschwänglich.

»Mr. Randall, Mr. Scherer! Schön, dass Sie wieder hier sind! Was kann ich Ihnen denn heute anbieten?«

»Überrasch uns! Wir nehmen alle den ›Catch of the day‹ und dazu einen passenden Wein. Aber bitte gleich zwei Flaschen.«

»Wird gemacht. Und für Sie bestimmt mit Pommes, Mr. Randall?«

»Ganz genau.«

»Jetzt erzählt doch endlich!«, platzte es vor Neugier aus Yzelle heraus.

Wir erzählten von unserem Trip nach Beira und dem Aufeinandertreffen mit Lukas, Slobo und Ivica. Tom berichtete auch von seinem Verhör mit Lukas. Die Geschichte wurde dabei immer mal wieder von kurzen »Ohs« und »Uis« durch Yzelle unterbrochen. Nachdem wir unseren Freunden aber mitgeteilt hatten, dass unsere Reise hinsichtlich der Aufklärung des Mordes an Ndemi erfolglos geblieben war, hörten wir von allen nur ein bedauerndes »Ach, schade«.

Yzelle war die Einzige, die sich davon nicht beeindrucken ließ.

»Und jetzt? Was macht ihr jetzt? Das kann es ja wohl nicht gewesen sein?«

»Das haben wir uns auch gedacht. Hat jemand von euch ein Idee, wie wir weitermachen könnten?«, warf ich in die Runde und nahm einen großen Schluck vom Chablis.

Yzelle ergriff wieder das Wort.

»Wir haben uns auch Gedanken gemacht, als ihr unterwegs wart.«

Yzelle freute sich, dass endlich mal etwas Spannendes in Praia da Onda passierte und war entsprechend motiviert und aufgedreht.

»Wir sind die einzelnen Punkte, die ihr aus dem Gespräch mit Lisha hier erzählt habt noch einmal durchgegangen.«, fing Yzelle an.

»Eigentlich ist nur Yzelle sie durchgegangen und wir haben ihr den ganzen Tag zugehört.«, fügte Maarten leicht süffisant hinzu, weshalb er umgehend einen gespielt bösen Blick von ihr zugeworfen bekam.

Yzelle sprach weiter.

»Naja, jedenfalls sind wir alle – außer Maarten – zu der Erkenntnis gekommen, dass die Backpacker die Hauptverdächtigen sind. Deshalb war es auch richtig, dass ihr dieser Spur gefolgt seid. Wir – außer Maarten – haben überlegt, dass sie ebenso zu unrecht von uns verdächtigt werden könnten. Was sich ja dann bestätigt hat. Und darum haben wir – außer Maarten – auch mal durchgespielt, wer noch als Täter in Frage kommen könnte. Unserer Meinung nach könnte vielleicht noch Eduardo ein Motiv gehabt haben, auch wenn das recht dünn ist.«, gab Yzelle die gesammelten Erkenntnisse preis und frotzelte dabei unentwegt in Richtung Maarten.

»Ah, Eduardo! Auf den Namen bin ich nicht mehr gekommen.«, unterbrach ich Yzelle kurz.

»Der Typ, der Ndemi wegen der Sache mit Lisha angeschrien hat. Oder – und das ist unser nächster Gedanke gewesen – es könnte auch einer aus der Dorfversammlung gewesen sein. Allerdings habt ihr dafür sehr wenig Anhaltspunkte, weil ihr nicht wisst, wer sich da gestritten hat und wer die Versammlung besucht hat. Ihr könnt euch ja auch nicht alle Männer im Dorf vorknöpfen. Das schaffst nicht einmal du, Tom.«

»Unterschätz mich nicht…«, gab Tom zu Bedenken.

»Wahrscheinlich hast du recht, du kleiner James Bond. Dennoch – wir finden, dass das nicht effektiv wäre. Wir hatten noch eine Idee, an der Maarten ausnahmsweise auch beteiligt war. Ihr könntet bei den Holzfällern vorbeischauen. Ndemi hat sich bei denen beschwert, wenn wir das richtig verstanden haben. Und vielleicht hat das mehr Ärger verursacht, als wir wissen. Darum denken wir, dass ihr da mal nachfragen könntet. Wenn die komisch reagieren, dann haut ihr einfach schnell wieder ab und wenn nicht, bekommt ihr vielleicht auch noch ein paar brauchbare Hinweise.«

»Und wenn es dumm läuft, bekommen wir ein paar auf die Fresse.«, ergänzte Tom.

»Hey, das ist für eine gute Sache!«, verteidigte Yzelle ihren Plan.

»Im Moment denke ich eher, dass es für deine Unterhaltung ist.«, fügte ich murmelnd hinzu.

»Ja, das auch. Aber die gute Sache geht vor!«

»Ihr solltet aber auf jeden Fall etwas vorsichtiger als in Beira sein. Ich hab mal zwei von den Holzfällern in Inhassoro auf dem Markt gesehen. Das waren Bären! Mit denen möchte ich mich nicht anlegen.«, merkte Maarten an.

»Und darum brauchen wir einen Plan.«

»Ich hab da schon eine Idee!«, preschte Yzelle vor.

»Die kennen euch ja nicht. Darum könnt ihr einfach so tun, als seid ihr Touristen, die sich verfahren haben. Ihr sucht einfach deren Camp, fahrt rein und schaut verdutzt aus der Wäsche. Dann sagt ihr, dass ihr euch verfahren habt und die helfen euch dann garantiert. Zum Dank holt ihr etwas zu trinken aus dem Auto und spendiert den Jungs davon eine Runde. Dann fangt ihr mit denen ein Gespräch an, wie denn so das Holzfällerleben ist und ob sie sich mit der Abholzung hier nur Freunde in der Region gemacht haben. Irgendeiner fängt dann bestimmt von Ndemi an und zack, habt ihr sie.«

»Vielleicht sollten wir aber auch einfach dich dorthin fahren lassen. Du könntest vielleicht für sie tanzen. Das finden sie garantiert noch sympathischer als ein Bier.«, antwortete Tom.

»Gut möglich! Aber ihr seid die Jungs an der Front. Ich bin euer cleverer Koordinator im Hintergrund.«

»Na prima. Sei´s drum. Aber deine, pardon eure, Idee klingt nicht schlecht. So kommen wir ohne Probleme rein und wenn die Sache nichts bringt oder uns das Ganze zu heiß wird, auch wieder ohne Probleme aus dem Camp raus. Jetzt müssten wir nur noch erkunden, wo die ihr Lager haben.«

»Ihr könntet Lisha fragen. Oder ihr folgt einem Holzlaster.«, warf Steven in die Runde.

»Wir folgen auf einer einsamen Straße durch den Wald einem Holzlaster und sagen dann, wir hätten uns verfahren. Du hältst die wohl für blöd, oder? Aber die Idee mit Lisha ist gut...«, antwortete Tom.

»Da haben wir doch einen Plan für morgen. Wir besuchen Lisha, wenn sie uns weiterhelfen kann, danach die Holzfäller. Ich wollte ohnehin bei ihr vorbeifahren und ihr erzählen, wie es mit den Dreien gelaufen ist.«, sagte ich.

»Dann machen wir es so.«, meinte Tom.

Wir aßen den „Catch of the day", – einen Blue Marlin – den Eddy uns servierte und malten uns den restlichen Abend über aus, wie unsere weiteren Ermittlungen verlaufen könnten. Nach einer weiteren Flasche Wein und einem Gin Tonic an der Bar beendeten wir den Abend.

Kapitel 7

Freitag, 18.02.2011

»Lust auf ein Frühstück? Ich hab extra auf dich gewartet!«, rief Tom gut gelaunt zu mir herüber, der stolz in seinem neuen Sessel saß.

Ein Frühstück würde mich bestimmt wieder auf Trab bringen, denn der Wein und der Gin Tonic hatten einen mittelschweren Kater bei mir erzeugt. Ich ging die Treppe meiner Veranda hinunter zum Strand. Jede einzelne Stufe hinterließ in meinem Kopf einen stechenden Schmerz. Ich schlurfte hinüber zu Tom und setzte mich in seinen neuen Sessel. Ein wirklich guter Kauf. Beim nächsten Besuch in Beira würde ich mir auch so einen zulegen.

Es gab, wie erwartet „Baked Beans“. Wenigstens hatte Tom noch etwas Toast dazu gemacht und ein paar Scheiben Speck angebraten.

»Auch ein Cider?«

»Dann kotz ich dir auf die Veranda!«

»Was ist denn mit dir los?«

»Das letzte Glas Wein war schlecht. Ich habe fürchterliche Kopfschmerzen. Aber das wird schon wieder. Was bist du denn heute so gut gelaunt? Hattest du Frauenbesuch heute Nacht, oder was ist los?«, wollte ich endlich den Grund für Toms Hochstimmung erfahren.

»Schau mal da rüber! Dann weißt du es. Und außerdem hab ich einen tollen neuen Sessel. Wenn das keine Gründe sind, gute Laune zu haben, dann weiß ich es auch nicht.«

Ich drehte mich um. Unsere junge Nachbarin war wieder einmal auf Shopping-Tour gewesen und lud gerade ihre Einkäufe vom Wagen ab.

»Du hast schon einiges verpasst!

Ich hätte besser Fotos machen sollen. Aber die Highlights waren eindeutig ein pinkfarbener Flokatiteppich und ein Kudu-Geweih. Das hat geglitzert. Ich glaube, da waren Strasssteinchen dran. Naja, egal. Während du noch deinen Rausch ausgeschlafen hast, war ich schon aktiv. Ich habe Mary getroffen und mit ihr gesprochen. Sie würde mit uns in ihrer Mittagspause noch einmal zu Lisha fahren. Dann können wir ihr alles erzählen und sie nach dem Weg zum Holzfällercamp fragen.«

»Das ist gut. Wie spät ist es?«

»Keine Eile. Du hast noch genug Zeit zum Essen. Sie kommt dann wieder vorbei.«

Ich würgte die „Baked Beans“ herunter und ließ mir den Bacon bis zum Schluss übrig, um damit den Bohnengeschmack zu neutralisieren. Nach zwei weiteren Gläsern Orangensaft ging es meinem Kopf besser. Die Wirkung der Aspirin, die ich heute Morgen gegen die Kopfschmerzen eingenommen hatte setzte jetzt endlich ein.

»Guck mal! Schnell!!«

Tom war aufgeregt. Ich schaute zum Haus der Nachbarin mit dem ausgefallenen Einrichtungsstil.

»Ist das ein ausgestopftes Erdmännchen?«, fragte ich ungläubig.

Wir philosophierten noch ein wenig über den Einrichtungsgeschmack unserer Nachbarin und beschlossen, ihr bei Gelegenheit einen Besuch abzustatten. Durchgeknallt und gutaussehend… Das könnte sich lohnen! Dann sahen wir auch schon Mary, wie sie schnell den Strand entlanglief.

»Hallo Mr. Randall, hallo Mr. Scherler!«, begrüßte sie uns fröhlich.

» Hallo Mary, bereit für einen Ausflug?«, fragte Tom.

»Ja, sehr gern!«

Mary durfte wieder vorn sitzen, auch wenn ich mir auf der Rückbank wie ein Kleinkind vorkam. Tom hatte sich den Weg gemerkt und kam ohne Marys Navigationshilfen bis zum Sandweg, an dem wir auch bei unserem letzten Besuch angehalten hatten.

Das Dorf wirkte verlassener als beim letzten Mal. Die meisten befanden sich gerade auf dem Markt und versuchten die Waren, mit denen sie handelten, zu verkaufen. Lisha stand vor ihrer Hütte und rührte mit einem breiten Holzstock in einem Plastikbottich herum. Wir begrüßten uns und traten näher. Lisha freute sich, uns zu sehen. Ich schaute in den Bottich und entdeckte eine trübe, zähe, leicht blubbernde grau-braune Flüssigkeit. Es roch süßlich-säuerlich. Lisha braute gerade auf die traditionelle Weise des südlichen Afrikas ihr Bier, was sie sicherlich in den kommenden Tagen auf dem Markt oder einer kleinen Kneipe verkaufen wollte. Milch, Mehl, Wasser, einige nicht näher definierbare Zutaten und die tropische Hitze machten dieses Getränk zu einem wenig schmackhaften, aber dafür billigen Gesöff. Ein absoluter Killer.

»Ist leider noch nicht fertig, sonst würde ich Ihnen etwas anbieten.«, sagte Lisha bedauernd.«

»Ah, danke. Ist nicht so schlimm.«, wiegelte ich schnell ab.

»Und? Haben Sie etwas erreicht?«, fragte Lisha zaghaft und erwartungsvoll.

Tom erzählte ihr die Geschichte. Er berichtete ihr von der Befragung von Slobo, Lukas und Ivica. Dabei sprach er nicht ganz ohne Stolz davon, wie einfach es war, Lukas in die Mangel zu nehmen, wie er ihn bedroht hatte und schließlich in dem dreckigen Hinterhof hatte liegenlassen. Obwohl Lisha auf den Boden blickte, konnte ich sehen, dass ein Lächeln über ihr Gesicht huschte. Wahrscheinlich ein kurzer Moment der Genugtuung, immer noch gemischt mit dem Gefühl der Scham, das sie vermutlich für den Rest ihres Lebens mit sich herumtragen würde.

»Das habe ich Lukas als kleines Schmerzensgeld abgenommen. Mehr hatte er nicht bei sich.«, sagte Tom zu Lisha und nestelte an seiner Hosentasche herum.

Er zog einen 100-Dollar-Schein und zwei zerknüllte 20er heraus. Ich schaute Tom verwundert an, denn ich konnte mich nicht daran erinnern, dass er Lukas auch Geld abgenommen hatte. Tom zwinkerte mir kurz zu und gab mir zu verstehen, dass ich nichts sagen solle.

»Ach du meine Güte! Oh, mein Gott. Das ist so viel… Das kann doch nicht… Mr. Randall, ich weiß gar nicht, was ich sagen soll! Das ist…«, stammelte Lisha, die von der Summe völlig überwältigt war.

»Das ist vollkommen in Ordnung. Mehr hat er leider nicht dabei gehabt.«, ergänzte Tom Lishas letzten Satz.

»Mr. Randall! Sie wissen gar nicht, wie viel das ist. Davon kann ich ohne Sorgen bis Ende nächsten Jahres leben oder vielleicht sogar noch länger. Das ist unglaublich. Vielen Dank, Mr. Randall! Vielen Dank, Mr. Scherler!«

Sie war gar nicht mehr zu beruhigen. Erst als Tom noch einmal von Ndemi anfing, wirkte sie wieder etwas abgeklärter.

»Wir konnten zwar einem der drei eine kleine Lektion erteilen, aber das hat uns bezüglich des Mordes nicht weitergebracht. Wir werden weitersuchen. Lisha, Sie hatten gesagt, dass Ndemi sich einmal bei den Holzfällern beschwert hat. Können Sie uns darüber berichten? Worum ging es dabei?«, hakte Tom weiter nach.

»Das ist schon eine Weile her. Ndemi befürchtete, dass die Holzfäller irgendwann auch zu uns in die Nähe des Dorfes kommen und hier alles abholzen. Er hatte Angst, dass wir von hier wegziehen müssen, wenn es keine Palmen mehr gibt. Sie wissen ja, die Kokosnüsse sind wichtig für uns. Wir verkaufen sie auf dem Markt.Und das Öl auch. Ohne die Palmen hätten wir nur noch den Fischfang. Das reichtzum Leben nicht aus. Ndemi hatte von einem Freund erfahren, der in der Nähe von Xai-Xai wohnt, dass die Holzfäller dort auch schon mal waren und nur eine Mondlandschaft mit Baumstümpfen hinterlassen haben. Dort kann keiner mehr leben. Das war aber eine andere Firma, hat Ndemi gesagt. Die hier bei uns heißen

Schoeman & Pretorius, glaube ich. Aus Südafrika. Bei denen war Ndemi, um zu fragen, was sie hier vorhaben und um ihnen zu sagen, dass die Palmen wichtig für uns sind. Das hat ihnen wohl nicht gefallen.«

»Und dann?«, fragte Tom weiter.

»Sie haben ihn zusammengeschlagen. Ndemi hat mir nicht viel davon erzählt. Sie haben ihn zunächst nicht beachtet. Dann ist er wütend geworden. Und dann, naja, dann haben sie ihn eben zusammengeschlagen. Er sah schlimm aus. Schlimmer als bei den drei Backpackern. Erreicht hat er nichts. Er hat nicht in Erfahrung bringen können, ob sie auch in unsere Region kommen.«

»Das werden die schon nicht. Oder haben Sie denen Ihr Land verkauft?«

»Nein.«

»Na sehen Sie, dann dürfen die das auch nicht.«, klärte ich Lisha auf.

»Ich hoffe, dass Sie Recht haben, Mr. Scherler.«

»Hat Ndemi Ihnen gesagt, wo die Holzfäller ihr Camp haben?«

»Ja, er hatte es mir beschrieben, bevor er dorthin gegangen ist. Falls er nicht zurückkommen würde, hätte ich ihn dort suchen sollen. Mit dem Auto müsste man recht schnell dort sein.«

»Vielen Dank, Lisha, das hilft uns vielleicht weiter.«, antwortete ich und notierte mir die Wegbeschreibung, die sie mir gab.

»Wenn sich hier jemand bedanken muss, dann ich, Mr. Scherler! Sie beide haben schon so viel für mich getan und ich kann Ihnen dafür gar nichts zurückgeben.«

»Schon gut, Lisha. Wir machen das gern. Und wenn die Polizei Ihnen nicht weiterhilft, dann machen wir das eben.«

Wir verabschiedeten uns von Lisha, die uns beim Fortgehen noch kurz hinterher winkte und sich dann wieder ihrem selbstgebrauten Bier widmete. Tom, Mary und ich gingen zurück zum Jeep und stiegen wieder ein. Ich schaute auf meine Mitschriften der Wegbeschreibung von Lisha.

»Na, hoffentlich finden wir das. Es scheint ein wenig kompliziert zu sein.«

»Wenn Sie wollen, kann ich gern mitkommen! Ich glaube, ich weiß nach Lishas Beschreibung ungefähr, wo das Camp sein müsste.«

»Das ist lieb gemeint, Mary. Aber besser nicht. Jan und ich wollen uns als Touristen ausgeben, die sich verfahren haben. Wir hoffen, mit den Holzfällern so ins Gespräch zu kommen. Und – nicht böse gemeint – wie eine Touristin sehen Sie nicht gerade aus.«

Mary musste sich offenbar erst überlegen, ob sie das, was Tom über ihr Erscheinungsbild gesagt hatte, gut finden sollte.

»Ah, okay, aber falls Sie es sich anders überlegen…«

Sie fand Toms Bemerkung anscheinend nicht so schlimm. Trotzdem nahm ich mir vor, in der nächsten Zeit an Toms Charming-Qualitäten zu arbeiten. Sonst würde er hier nie eine Frau finden.

»Danke schön nochmal. Für alles.«, sagte Mary beim Abschied.

»Mmh?«, murmelte Tom fragend.

»Sie wissen schon. Die 140,- Dollar für Lisha. Die waren doch von Ihnen, oder?«

Bevor Tom etwas antworten konnte, fuhr Mary fort:

»Das war sehr lieb von Ihnen, Mr. Randall. Sie sind ein guter Mensch!«

Dann stieg sie aus. Bevor sie die Tür ganz schloss, schaute sie noch einmal zu mir in den hinteren Bereich des Jeeps und ergänzte kurz:

»Sie aber auch, Mr. Scherler. Bis bald.«

Dann warf sie die Tür zu. Ich schaute Tom an und grinste.

»Na, da geht doch noch was, du guter Mensch! Wenn du dir jetzt noch ein bisschen Mühe gibst, dann hast du vielleicht sogar eine Chance bei ihr.«

»Eine Chance? Wieso? Ich? Ich weiß nicht, was du meinst.«

»Ja, ja, schon klar. Ich sag nur „Sie sehen nicht wie eine Touristin aus“. Du weißt echt, was Frauen hören wollen.«

»Aber es stimmt doch. Was soll ich denn sonst sagen?«

»Wie wäre es mit ›Danke, wir machen das schon. Sie haben uns schon so gut geholfen, dass wir Sie nicht weiter beanspruchen können.‹? Ich sag dir doch auch, dass ich mich freue, dass du mich hier begleitest, obwohl du eher wie ein Klotz am Bein bist!«

Bevor wir uns wieder auf den Weg machten, ging ich zum Haus von Maarten und Gloria. Die Tür war zu und auf mein Klopfen und Rufen reagierte niemand. Vielleicht machten sie gerade einen Strandspaziergang. Ihr Auto war zumindest da, sodass sie nicht weit weg sein konnten. Vermutlich für diese Situationen hatten die beiden eine kleine Tafel an der Hauswand auf der Veranda angebracht. Ich nahm ein Stück Kreide, das darunter lag und schrieb:

Heute Abend Grillen bei mir. Wir kaufen Fisch. Ihr bringt Getränke mit und vielleicht noch etwas Fleisch. Sagt Yzelle und Steven Bescheid. Jan

Tom wartete bereits mit einer großen Reisetasche an seinem Wagen auf mich.

»Was hast du denn vor? Willst du für länger verreisen? Wir fahren doch gar nicht so lange, oder?«, scherzte ich.

»Denk doch einmal kurz nach und dann hol bitte auch deinen Rucksack.«

Jetzt stand ich irgendwie auf der Leitung.

»Warum?«

»Wollten wir denen nicht erzählen, dass wir Backpacker sind? Wenn die in unseren Jeep schauen, und wir nur mit den Sachen unterwegs sind, die wir gerade am Leib tragen, werden die doch misstrauisch. Und jetzt beeil dich mal und steck dir ein paar Klamotten in deinen Rucksack.«

»Gut, dass du dran gedacht hat! Ich bin gleich wieder da. Warte kurz. Soll ich noch zwei Sixpacks mitnehmen? In der Kühlbox?«

»Ja mach mal, ich verstau schon mal meine Tasche.«

Was hat denn da so lange gedauert?«, drängelte Tom schon wieder rum, als ich wieder aus dem Haus kam.

»Nerv nicht! Ich hab mein Deo und das Duschbad nicht gleich gefunden.«

»Du hast nicht wirklich…«, fragte Tom ungläubig.

»War ein Spaß! Und jetzt hör auf hier rumzustehen. Fahr lieber los!«

Ich warf meinen Rucksack in den Jeep und setzte mich auf den Beifahrersitz.

»Du fährst. Ich navigiere.«

»Ich fahre. Und du gehst mir jetzt schon auf den Keks.«

Ich holte Lishas Wegbeschreibung aus der Tasche.

»Also. Du fährst erst einmal aus dem Resort raus und dann auf die Hauptstraße in Richtung Inhassoro. Ich sage dir Bescheid, wenn du abbiegen musst.«

Wir hielten nach Lishas beschriebenen Wegpunkten Ausschau.

»Links in den Wald abbiegen nach Linkskurve. Weg beginnt hinter einem großen Stein auf der linken Seite.«, las ich meine Mitschrift laut vor.

»Meinst du, wir werden es noch erleben, dass die hier auch mal Straßennamen einführen?«, fragte mich Tom, obwohl er die Antwort kannte.

Hier auf dem Land war das Problem nicht so gravierend, weil alle wichtigen Ziele, die man erreichen wollte, wie der Markt oder der Getränkeshop, sowieso an der Hauptstraße N1 lagen. Spannend wurde es, wenn man in die wenigen größeren Städte fuhr. Hier gab es Straßennamen. Die kannte aber kaum jemand, weil die wenigsten lesen konnten. Daher wurden die Straßenschilder, wenn sie aus Holz waren, von der Bevölkerung abmontiert, um als Brennholz verbraucht zu werden. Waren sie aus Metall, so waren sie noch begehrter, da sie dann als Baumaterial für die Hütten verwendet wurden. Außerdem schienen Straßenumbenennungen eines der großen Hobbys in Mosambik zu sein. Denn kaum hatte ich mich einmal beim letzten Besuch in Maputo an die

Namen der großen Magistralen gewöhnt, schon hießen sie beim nächsten Besuch wieder ganz anders. Das allein sorgte dafür, dass ich Maputo nicht mochte.

»Fahr mal langsamer. Da schau mal. Linkskurve, auf der linken Seite liegt ein großer Stein. Wenn da jetzt noch ein Weg reingeht, sind wir hier bestimmt richtig.«, machte ich Tom Mut.

Tatsächlich führte eine kleine Sandpiste linker Hand in den Palmenwald hinein. Entgegen unserer Erwartungen ließ sie sich aber relativ gut befahren. Man merkte deutlich, dass hier öfter PKW langfuhren, was auch die tiefen Reifenspuren im Sand verrieten.

»Hier sind wir bestimmt richtig.«, merkte Tom kurz an.

Wir kamen tiefer in den Wald hinein.

»So. Lisha meinte, dass dann bald eine große Lichtung vor uns auftaucht. Die überqueren wir und dann geht der Weg wohl dahinter auf der rechten Seite weiter. Dann müssten wir es auch bald geschafft haben.«, erklärte ich, als bereits in einiger Entfernung die weitläufige, sonnige Lichtung auftauchte.

Wir verließen den Wald und fuhren auf die freie Fläche.

»Wo sollen wir lang?«, fragte Tom, als wir vor einem Weg halt machten, der sich fächerförmig in kleine Straßen aufteilte.

»Keine Ahnung. Ich weiß, dass wir am Ende vermutlich da hinten rechts an der Lichtung abbiegen müssen. Wie wir da hinkommen überlasse ich dir.«

»Naja, ist wahrscheinlich auch egal.«, murmelte Tom und fuhr los.

Er entschied sich für eine der Reifenspuren, die mittig durch das Sandfeld führten. Da der Sand hier tiefer und feinkörniger war, waren auch die Reifenspuren, denen Tom folgte, entsprechend tiefer. Er gab kein Vollgas, aber er behielt etwa das Tempo bei, das wir auch im Wald gefahren waren. Wir merkten, dass sich der Wagen trotz der eigentlich gleichen Geschwindigkeit schwerfälliger von der Stelle bewegte. Die Räder gruben sich tief in die ausgefahrenen Spuren. Das war aber kein Problem für den Jeep. Für solche Strecken war er ja gemacht. Trotz dieses kleinen Handicaps ging es daher recht zügig vorwärts. Das merkte auch Tom.

»Na, das läuft doch ganz gut.«

»Das stimmt. Und danach ist es auch nicht mehr weit. Wenn wir gleich…«

»Fuck! Fuck! Fuck!«, hörte ich Tom auf einmal schreien.

Er riss das Lenkrad nach links herum und der Jeep legte sich quer zur Fahrtrichtung.

»Was machst du denn da?«, fuhr ich Tom erschrocken an.

Wir standen jetzt. Und zwar exakt quer zur Fahrtrichtung. Die Front des Jeeps schaute nach rechts. Die Vorderreifen waren über den Rand der Reifenspuren hinausgefahren. Die Hinterreifen steckten fest.

»Keine Panik. Ich mach das schon.«

Tom gab Gas und die Räder drehten durch

»Hör auf!«, sagte ich nun etwas lauter zu Tom.

»So wird das nichts!«

Das merkte nun auch Tom.

»So ein Scheißdreck!«, rief er und schlug mit der Hand aufs Lenkrad und auf die Hupe.

Wir stiegen aus. Jetzt, nachdem Tom den Motor des Jeeps ausgeschaltet hatte, hörten wir deutlich den kreischenden Klang der

Motorsägen, der in der Luft lag. Wie nah oder wie weit entfernt sie waren, war schwer zu sagen. Wie ein riesiger, drei Meter großer Moskito, der durch den Wald flog. Ein hohes, unangenehmes Geräusch, das auf die Dauer sicher Kopfschmerzen verursachen würde. Wir betrachteten den querstehenden Wagen. Kein Zweifel, wir steckten fest. Die Räder hatten sich fast vollständig in den Sand hineingegraben. Tom kramte seinen Klappspaten aus dem Fond des Jeeps und begann damit, sie frei zu schaufeln. Es war eine mühselige Plackerei. Ich half Tom so gut es ging mit meinen Händen und wir wechselten uns nach ein paar Minuten ab. Auch mit dem Spaten war es nicht einfacher, sondern immer noch eine Sysiphus-Arbeit. Egal, wie viel Sand wir wegschaufelten, von irgendwo her kam wieder neuer nach. Und eine kleine kurze Fahrrinne mussten wir auch noch anlegen, damit wir den Wagen wieder zurück in die Spur bekommen würden. Das könnte Stunden dauern.

»Gut, dass du das Bier mitgenommen hast. Gib mal bitte eins raus.«, forderte mich Tom auf, nachdem wir etwa 20 Minuten gegraben hatten.

Ich stieg in den Wagen und holte aus der Kühlbox zwei Castle Lager. Tom öffnete sie mit seinem Messer.

»Da habt ihr euch aber einen netten Platz für euer Picknick ausgesucht!«, rief uns eine Stimme wenig später auf Afrikaans zu. Wir entdeckten am Rand der Lichtung drei Männer. Selbst aus der Ferne sahen sie groß, fast hünenhaft, und muskulös aus. Einer von ihnen trug eine Motorsäge bei sich, sodass sich für uns die Frage, um wen es sich hier handeln könnte, gar nicht erst stellte. Wir hatten nicht die Holzfäller gefunden, sondern sie uns. So viel zu unserem Plan, der sich gerade in Wohlgefallen auflöste.

»Entschuldigung?«, rief ich ihnen zu.

»Einen netten Platz für euer Picknick habt ihr euch da ausgesucht!«, wiederholte einer der drei, diesmal auf Englisch.

»Ja, danke. Uns gefällt es hier auch. Wollt ihr auch ein Bier?«, fragte ich und versuchte damit gleich von Beginn an, eine halbwegs freundliche Atmosphäre zu schaffen.

»Da müsst ihr nicht lange fragen. Klar!«

Die drei kamen auf uns zu, sodass wir sie jetzt deutlicher erkennen konnten. Der mit der Motorsäge war der kleinste der drei, allerdings auf hohem Niveau. Vielleicht 1,85 Meter. Die anderen beiden waren noch ungefähr einen Kopf größer. Sie alle wirkten aber trotz ihrer körperlichen Masse und der Geschichten, die wir schon über die Holzfäller hier gehört hatten, außerordentlich freundlich.

»Ihr habt euch wohl ganz schön verfahren, was? Können wir euch helfen?«, fragte der Mittlere, als die drei schließlich bei uns angekommen waren. Er war vermutlich ein Vorarbeiter oder ein Vorgesetzter der beiden anderen, denn er trat für einen Holzfäller sehr gepflegt und selbstsicher auf und die anderen beiden schwiegen zudem, während er sprach.

»Das wäre echt super.«

Ich hatte inzwischen drei Flaschen Bier aus der Kühlbox genommen und reichte sie an die Holzfäller weiter, die ebenfalls wie Tom die Flaschen mit ihren Messern öffnete.

»Darf ich die kurz bei euch reinlegen?«, fragte der mit Motorsäge.

»Wenn da Sand reinkommt, wäre das ziemlich scheiße.«

»Klar. Kein Problem. Pack sie in den Fußraum.«

»Das ist Justin, das ist Claas und ich bin Dries. Cheers!«, stellte der Mittlere der drei alle vor und hob die Flasche, um mit uns anzustoßen.

»Cheers! Das ist Tom und ich bin Jan.«, prostete ich den Holzfällern zu.

Claas stellte seine Motorsäge im Jeep ab. Tom schaute ein wenig skeptisch, sagte aber nichts. Wahrscheinlich befürchtete er, dass etwas Motoröl auf seinen Sitzbezügen verschmiert werden könnte.

»Und? Was macht ihr hier?«, fragte Dries freundlich.

Er überragte Tom und mich um etwa 15 Zentimeter und sah aus, wie man sich einen echten Holzfäller vorstellt. Sportlich, durchtrainiert und etwas verschwitzt. Er trug Cargo-Shorts und knöchelhohe Boots mit Wollsocken drin. Arbeitsstiefel, die bei diesen Temperaturen sicherlich für den einen oder anderen Schweißfuß sorgen dürften. Unter seinem olivgrünen T-Shirt war deutlich zu sehen, dass nicht nur seine Arme, sondern auch sein gesamter Oberkörper extrem muskulös waren.

»Wahrscheinlich kann der unser Auto auch alleine aus dem Sand hieven.«, dachte ich bei mir.

Sein Gesicht war übersät mit kleinen, schlecht verheilten Aknenarben. Er hatte blonde, glatte Haare, die er zu einem Scheitel über die Stirn gekämmt hatte. Alles in allem eine sehr imposante und freundliche Erscheinung.

»Wir machen hier Urlaub und sind gerade auf der Durchreise. Eigentlich wollten wir heute nach Inhassoro, aber ich glaube, ich habe mich irgendwie verfahren.«, antwortete Tom.

Die Holzfäller lachten.

»Also hier im Wald geht´s bestimmt nicht nach Inhassoro. Da seid ihr völlig falsch. Von wo kommt ihr denn gerade her?«

»Wir waren gestern in Tofo und sind dann hier hoch gefahren. Tom, du hattest doch unterwegs diesen einen Schwarzen gefragt, wo wir nach Inhassoro abbiegen müssen und er hat uns in diese Richtung weitergeschickt.«, log ich Dries an.

Die Holzfäller amüsierten sich gut. Dries legte Tom eine Hand auf die Schulter und schaute ihm vertrauensvoll in die Augen.

»Eins müsst ihr euch hier merken. Wenn es um Wegbeschreibungen oder sonst irgendwelche wichtigen oder unwichtigen Sachen geht: Vertraut keinem Kaffer! Die meinen es nicht böse, aber sie können es halt nicht. Da hättet ihr genauso gut eine Frau nach dem Weg fragen können.«

Die Holzfäller lachten wieder. Ich hielt es für ratsam, nicht zu erwähnen, dass uns eine schwarze Frau den Weg bis hierhin perfekt erklärt hatte. Darum lachten wir auch mit.

»Aber macht euch mal keine Sorgen. Wir helfen euch. Wo kommt ihr eigentlich her?«, fügte Dries an.

»Tom kommt aus England, ich bin aus Deutschland. Wir haben uns bei unserem letzten Urlaub in Afrika kennengelernt und sind jetzt wieder zusammen unterwegs. Diesmal die Ostküste hoch.«

Die Holzfäller schauten sich kurz an. Dries sprach aus, was sich wohl alle gerade dachten.

»Seid ihr schwul?«

»Was? Nein! Und ihr?«, antwortete ich und hoffte, für meine Gegenfrage nicht eine gehörige Tracht Prügel zu bekommen.

Die Holzfäller schauten sich wieder an. Sie entschieden sich glücklicherweise dafür, meine Bemerkung als durchaus gelungen zu betrachten.

»Der war gut!«, lachte Justin.

»Und wo kommt ihr her?«, stellte ich schnell die nächste Frage.

»Wir kommen aus Nelspruit, Südafrika. Wir arbeiten für Schoeman & Pretorius und schlagen Holz hier in der Region.«

»Wow, ganz schön weit weg von zuhause. Wie lange bleibt ihr denn hier?«, versuchte ich ein wenig Smalltalk zu betreiben.

»Haha, nicht so weit weg von zuhause wie ihr! Aber ihr habt schon recht. So ist das halt in diesem Job. Die wenigsten Rodungsgebiete stehen direkt bei uns vor der Haustür.«, lachte Dries wieder.

»Genau, die haben wir nämlich schon alle abgeholzt!«, fügte Claas hinzu und nahm einen großen Schluck aus seiner Flasche.

»Keine Ahnung, wie lange wir noch hier bleiben. Kommt immer drauf an, wie gut wir voran kommen und ob unsere Chefs noch mehr Land hier kaufen, das abgeholzt werden soll. Das können wir nicht beeinflussen. Ein paar Monate sind wir schon hier und es werden bestimmt noch mal sechs oder sieben weitere.«, beantwortete Justin schließlich meine Frage.

»Ganz schön lang.«, murmelte ich anerkennend.

»Kenn ich.«, gab Tom zurück.

»Ich arbeite das halbe Jahr über auf einer Bohrinsel. Da komm ich auch immer schlecht weg.«

Ich fragte mich, weshalb Tom jetzt anfing, privates Zeug zum Besten zu geben.

»Auch nicht übel! Das ist bestimmt ganz schön krass, wenn man für so lange Zeit auf so einem engen Raum mit anderen arbeiten muss.«, kommentierte Justin Toms Bemerkung nicht ganz ohne Bewunderung.

»Geht so. Die Teile sind sehr viel größer, als die meisten Leute immer denken. Die haben locker die Größe von drei bis vier Fußballfeldern und das über mehrere Etagen. Man geht sich da nicht so sehr auf den Keks wie ihr vielleicht glaubt.«

»Kann schon sein. Weiß ich nicht. Ich war noch nie auf einer Bohrinsel. Und was machst du?«, fragte Justin mich.

»Ich bin Anwalt.«, antwortete ich und rechnete mit den üblichen Sticheleien, die an dieser Stelle normalerweise kamen.

Darum fügte ich, um ihnen gleich den Wind aus den Segeln zu nehmen, schnell an:

»Ja! Bevor ihr fragt: Meine Kollegen und ich sind alle Schuld daran, dass eure Frauen so viele Alimente bekommen, dass eure Bosse so viel verdienen und ihr so wenig und außerdem sind wir auch dafür verantwortlich, dass alle Verbrecher nicht die Strafe bekommen, die sie verdient haben.«

Die Holzfäller schauten sich kurz an und sagten nichts.

»Wow, so viel Einsicht erwartet man gar nicht von einem Anwalt. Scheinst ein Guter zu sein.«, löste Dries schließlich das Schweigen auf.

»Na, dann wollen wir euch mal helfen!«

Dries holte ein Funkgerät aus der Seitentasche seiner Shorts und sprach hinein.

»Alex! Alex! Bitte kommen. Alex!«

Keine Reaktion.

»Alex! Geh ans Funkgerät! Hey!«

Wieder nichts.

»Alex, du verdammter Hurensohn! Sperr deine Ohren auf! Geh ran!«

Das saß. Alex öffnete den Kanal und antworte mit einem knisternden Rauschen hinter seiner Stimme.

»Was denn? Ich war grad kacken! Jetzt mach hier mal nicht so einen Stress.«

»Ja, schon gut. Hör mal, steht Landrover Nr. 4 an seinem Platz? Der mit der Seilwinde. Schau mal bitte kurz.«

»Moment.«

Wir hörten wieder ein Knistern und Rauschen. Nach einigen Augenblicken meldete er sich wieder.

»Jau. Ist da.«

»Pass auf. Hast du Zeit oder bist du beschäftigt?«

»Ich mach grad Pause.«

»Dann hast du Zeit.«, bestimmte Dries.

»Steig in den Wagen und fahr zur großen Lichtung, die auf dem Weg zur N1 liegt. Da siehst du uns schon. Es gibt hier auch ein Bier für dich.«

»Ihr habt doch noch eins übrig, oder?«, fragte Dries kurz in unsere Richtung und hielt dabei das Funkgerät ein wenig weg.

Wir nickten.

»Feiert ihr da ´ne Party?«, fragte Alex durchs Funkgerät.

»Ja, sowas Ähnliches. Frag nicht so viel und komm.«

»Alles klar. Bin in 10 Minuten da. Over.«

»Over.«, beendete auch Dries das Gespräch.

»Das ist echt cool, vielen Dank!«, rief ich begeistert.

»Hey, kein Problem. Das ist selbstverständlich! Ihr seid zwar nur zum Urlaubmachen hier, aber eines müsst ihr euch auf jeden Fall merken: Egal, wer es ist und worum es geht. Wir Weißen helfen uns immer. Keine Ausnahme. Wenn ihr hier mal einen von uns seht, der Hilfe braucht. Helft ihm, egal, was los ist! Wir müssen immer füreinander eintreten. Wir sind hier die Minderheit. Nur so können wir hier überleben. Klar?«, erteilte uns Dries eine kleine Lektion in burischer Nachbarschaftshilfe.

»Klar!«, antworteten Tom und ich wie aus der Pistole geschossen.

»War übrigens eine gute Idee, hier zu hupen! Sonst hätten wir euch nicht bemerkt und ihr hättet wahrscheinlich den ganzen Weg zu Fuß zurückgehen können.«, lobte Claas unser Verhalten.

»Gehupt?«, fragte Tom und sah mich verwundert an.

»Du hast vor Wut auf die Hupe geschlagen, als wir steckengeblieben sind. Kannst du dich noch erinnern?«

»Ah ja. Stimmt. Dann haben wir einfach Glück gehabt. Das mit dem Hupen war nicht beabsichtigt.«

»Ist doch egal. Die Hauptsache ist doch, dass wir jetzt da sind und euch helfen können.«, sagte Claas.

Die Zeit rann uns ein wenig durch die Finger. In einigen Minuten würde Alex mit dem Jeep hier ankommen und uns aus dem Sand befreien. Dann hätten wir keine Gelegenheit mehr, um mit unserer Befragung zu beginnen. Wir mussten uns also schleunigst etwas einfallen lassen, wenn auch diese Ermittlung nicht wieder zum Scheitern verurteilt sein sollte. Tom war der Erste, der einen guten Gedanken fasste.

»Sagt mal, jetzt mal ganz ehrlich: Ist das wirklich so gefährlich hier? Ich meine, weil du gesagt hast, dass ihr nur so hier überleben könnt?«

»Es ist noch viel gefährlicher hier als ihr euch das vorstellen könnt.«, holte Dries aus.

»Bei euch Touristen ist das immer noch ganz okay. Ihr verschwindet ja nach eurem Urlaub wieder. Von euch wollen sie nur das Geld, das ihr mit ins Land bringt. Und wenn ihr es ihnen nicht in den Resorts und Ferienanlagen in den Rachen steckt, dann holen sie es sich eben selber und überfallen euch. Das ist dann aber auch schon alles. Bei uns sieht die Sache anders aus. Südafrika ist unsere Heimat. Und die wollen sie uns streitig machen. Die wollen uns hier am liebsten runterjagen von ihrem Kontinent. Guckt euch doch nur mal an wie das in Zimbabwe läuft, mit Herrn Mugabe, diesem Mr. Hitler für die Nigger. Der schmeißt die ganzen Weißen aus dem Land oder steckt sie ins Gefängnis und enteignet ihr Land. Und wenn wir nicht aufpassen, dann passiert uns das auch ganz schnell in Südafrika. Aber wir halten zusammen! Nicht mit uns!«, beendete Dries seine Kampfrede und schlug Claas mit der flachen Hand auf den Rücken.

»Genau!«, bekannten sich Claas und Justin zu Dries Ansichten.

»Und wie ist das in Mosambik? Ist das hier auch so schlimm?«, fragte ich, um endlich den Bogen zu unserem Anliegen spannen zu können.

»Die halten doch auch alle zusammen. Die sind hier zwar nicht so verrückt wie in Zimbabwe, aber wenn die uns nachts allein erwischen würden, dann hätten die keine Skrupel. Ihr wisst schon, was ich meine.«

»Echt?«

Ich gab den Naiven vor.

»Gab es hier denn auch schon mal Probleme mit Schwarzen? Ihr haut denen ja die Palmen weg. Das finden die wahrscheinlich auch nicht so toll.«

Die drei lachten.

»Ehrlicherweise muss man sagen, dass die sich hier wirklich sehr zurückhalten. Wahrscheinlich, weil sie auch ein bisschen feige sind. Aber weshalb wir lachen: Einmal war wirklich einer da.«

Dries musste wieder grinsen.

»Der hatte auch ein paar Schrauben locker. Wann war denn das, Claas?«

»Das ist bestimmt schon mehr als einen Monat her. Vielleicht auch zwei, weiß nicht genau.«

»Ist ja auch egal. Jedenfalls kam der allein zu uns ins Camp. So ein Kaffer. Keine Ahnung, wie der uns gefunden hat. Der war erst ganz harmlos und wollte mit uns reden. Über das Holzfällen. Ich dachte schon, der wollte einen Job, oder so. Hätte er sowieso nicht bekommen. Aber dann fing er an. Wir sollten mit dem Holzfällen aufhören, weil die hier den Wald zum Leben bräuchten und so ein Zeug. Es hat ihm aber keiner aus dem Camp zugehört. Wir hatten ja auch alle was zu tun. Trotzdem ist der dann von einem zum anderen gelaufen, hat alle angequatscht, dass sie aufhören sollten und wurde immer aufgeregter. Schließlich hat er rumgeschrien und mit einem Stock herumgefuchtelt. Als wir uns dann über ihn lustig gemacht haben, ist er völlig durchgedreht. Er hat dann eine Flasche mit Kokosöl herausgeholt und das Öl über eine Motorsäge gekippt, die an einer Palme abgestellt war. Als ob er uns so aufhalten könnte, der Schwachkopf. Das reichte dann aber und wir haben ihn uns vorgeknöpft. Wir haben ihm einige verpasst und ihn aus dem Camp gejagt. Der dachte bestimmt, wir wollten ihn umbringen. Jim hat noch ein paar Mal über seinen Kopf hinweg geschossen, als er aus dem Lager geflüchtet ist. Laufen können sie ja. Das liegt denen echt im Blut.«

»Wow, krass. Naja, verdient hatte er es jedenfalls.«, spiegelte ich Verständnis für das Verhalten der Holzfäller vor.

»Auf jeden Fall!«, stimmte auch Tom mit ein.

»Aber was war jetzt daran so lustig?«

»Ach, stimmt. Hab ich ja noch gar nicht erzählt. War einer von euch beiden bei der Armee?«

Wir nickten beide, wobei ich im Gegensatz zu Tom nur über sehr wenig Erfahrung verfügte, da ich ledglich meine Grundausbildung bei der Bundeswehr gemacht hatte.

»Dann kennt ihr ja bestimmt eine der Grundregeln, die wir hier auch auf unsere Motorsägen übertragen haben.«

Wir zuckten mit den Schultern, denn wir wussten nicht, worauf er hinaus wollte.

»Lass nie dein Gewehr allein irgendwo rumliegen! Genau das Gleiche gilt auch für unsere Motorsägen. Die sind schweineteuer. Und man kennt die Nigger ja. Die klauen wie die Raben. Wenn die irgendwo was rumliegen sehen, dann nehmen sie es auch mit. Die wüssten zwar nicht, was sie mit so einer Motorsäge anfangen könnten, aber mitnehmen würden sie sie erst einmal.«

Jetzt wussten wir, was Dries meinte. Er führte die Sache aber noch weiter aus.

»Naja, die Motorsäge, über die der Idiot das Öl gekippt hatte, war natürlich Schrott. Der Motor war völlig hinüber. Und dafür musste jemand bestraft werden. Der Kaffer hatte ja schon seine Abreibung bekommen. Weil der aber sowieso im Leben nicht so viel Geld verdienen wird, dass er die Säge bezahlen könnte, haben wir auch nicht die Polizei geholt, sondern die Sache auf unsere Weise geregelt. Die Säge gehörte zu Wesleys Arbeitsausrüstung. Und er hat sie stehen lassen. So etwas geht gar nicht. Aber bezahlen musste er sie nicht. Wir haben uns dafür eine Strafe einfallen lassen, damit er das nicht noch einmal macht.«

»Und was?«, fragte Tom neugierig.

»Latrinenputzen. Vier Wochen lang! Das ist echt der absolute Scheißjob. Vor allem, weil das hier bei der Hitze auch so richtig reinhaut. Aber jetzt merkt er sich das bestimmt!« antwortete Dries.

»Das sind hier halt ein bisschen rauere Sitten als bei euch in Europa, stimmt´s?«, fragte Justin.

»Das kann man wohl sagen!«, griff Tom das Stichwort auf.

»Wir haben vorhin noch mit dem Typen gesprochen, der uns in die falsche Richtung geschickt hat. Der hat uns erzählt, dass hier vor ein paar Wochen sogar ein Schwarzer umgebracht worden ist. Das nenne ich mal richtig rau.«, log Tom den Dreien ohne rot zu werden ins Gesicht.

Dries, Claas und Justin schauten sich an und zuckten mit den Schultern.

»Hab ich nichts von gehört. Kann ich mir aber gut vorstellen. Die bringen sich hier auch ganz gern untereinander um. Soll uns ganz recht sein. Ist wahrscheinlich deren Art der Geburtenkontrolle. Anders kriegen die das ja nicht hin.«, antwortete Dries.

»Kann sogar sein, dass der Tote sogar der Selbe ist, der bei euch vor einiger Zeit diesen Ausraster im Camp hatte.«, fügte Tom noch an.

Ich sagte nichts und hielt mich raus. Offenbar hatte Tom gerade irgendeinen Plan.

»Wieso? Wie kommst du denn darauf?«, fragte Dries ungläubig nach.

»Weil der Typ, der uns vorhin in die falsche Richtung geschickt hat, sagte, dass bestimmt die Holzfäller etwas mit der Sache zu tun hätten. Der Tote hatte euch wohl ein paar Wochen vorher einen Besuch abgestattet und sah ziemlich mitgenommen aus, als er wieder aus dem Wald kam.«

»Kann schon sein, dass der das war. Würde mich auch nicht wundern, wenn den jemand umgebracht hätte. Wenn der sich immer so aufführt, hatte der bestimmt ´ne Menge Leute, die ihn lieber tot als lebendig gesehen hätten. Aber was für ein Arschloch verbreitet solche Lügen über uns? Wisst ihr noch wie der aussah und wo ihr den getroffen habt?«

»Weiß nicht. Vielleicht so zehn Kilometer die N1 runter in Richtung Süden. Schwarz war er. Und groß. Aber ansonsten… Wirklich unterscheiden kann ich die nicht.«, führte Tom sein Täuschungsmanöver fort.

»Das habe ich mir doch gleich gedacht, dass der uns anlügt. Der kam mir schon so komisch vor, als er uns den Weg beschrieben hat. Und als er dann noch erzählte, dass die Holzfäller hier jemanden umgebracht haben sollen. Habt ihr aber gar nicht, oder?«, versuchte ich Tom zu unterstützen.

»Willst du uns verarschen? Natürlich haben wir niemanden umgebracht. Wenn so etwas hier passieren würde, was denkst du, wie schnell wir unsere Konzession los wären? Dann würde uns die Polizei den Laden ganz schnell dicht machen und wir könnten das Projekt hier an den Nagel hängen. Nein, nein, mein Guter, sei unbesorgt. Wir haben ihm zwar ordentlich was auf die Kauleiste gegeben, aber davon ist der ganz bestimmt nicht gestorben.«

Dries machte eine kurze Pause, holte tief Luft und wandte sich dann an seine Kollegen.

»Das ist so klar, dass wir für jeden Scheiß, der hier passiert, von den Bimbos verantwortlich gemacht werden. Die denken doch, dass wir an allem schuld sind. Haben die ´ne schlechte Ernte, waren die Holzfäller schuld, wird die Frau nicht schwanger, sind die bösen Holzfäller schuld und wird irgendwo ein toter Nigger gefunden, dann waren wir das natürlich auch. Ich kann verstehen, dass wir hier nicht unbedingt beliebt sind, weil wir deren Wälder abholzen. Aber wenn die dann so etwas herumerzählen, da hört der Spaß auf.«

Er drehte sich wieder zu uns um.

»Und ihr könnt den Typen wirklich nicht besser beschreiben, der euch das erzählt hat? Der sollte mir das mal ins Gesicht sagen, dann würde ich…«

Dries sprach nicht weiter, denn wir hörten aus der Ferne das Geräusch eines Fahrzeugs.

»So, dann kann es ja losgehen. Claas, Justin, ihr macht gleich das Seil am Jeep fest und dann holen wir euch hier raus. Habt ihr eigentlich noch ein Bier in der Kühlbox? Vom vielen Reden hab ich eine ganz trockene Kehle bekommen.«

»Wir haben sogar noch für jeden ein Bier dabei!«

»Na, na, verwöhnt meine Jungs nicht zu sehr. Sonst gewöhnen die sich noch dran und wollen das immer haben.«, lachte Dries.

Dann kam Alex mit dem Landrover. Er stoppte kurz vor unserem festgefahrenen Jeep.

»Na, ihr habt es euch ja gemütlich gemacht. Wo bleibt denn mein Bier?«, erkundigte er sich.

»Hier, extra für dich.«, sagte ich und reichte ihm die Flasche durch das geöffnete Fenster in den Wagen.

»Danke, ich bin übrigens Alex.«

»Hi, ich bin Jan und das ist Tom.«, stellte ich uns kurz vor.

»In welche Richtung soll ich euch denn ziehen?«

»Wir wollen nach Inhassoro.«, antwortete ich.

»Wenn ich euch bis dahin ziehen soll, brauch ich aber mehr als nur eine Flasche.«

»Keine Sorge, uns reicht es schon, wenn du uns in die richtige Richtung ziehst.«

Alex fuhr los und umkurvte unser Fahrzeug auf der linken Seite. Er machte einen größeren Bogen und stellte den Landrover mit der Front in Richtung des Jeeps ab. Justin und Claas zogen am Haken, der vorn an der Seilwinde befestigt war und hakten ihn am Jeep ein. Tom setzte sich hinter das Steuer und startete den Motor. Auf Dries Zeichen setzte Alex die Seilwinde in Bewegung. Der Jeep machte plötzlich einen großen Satz über die kleine Sanddüne. Tom gab ein wenig Gas und stand wieder mittig in der Fahrrinne.

»Wow, das hat ja super geklappt. Vielen, vielen Dank noch einmal. Ohne euch hätten wir das nicht geschafft.«, bedankte sich Tom.

Auch ich wollte mich für die Hilfe erkenntlich zeigen und fing an:

»Ich weiß, ihr sagt gleich wieder, dass das selbstverständlich ist, aber trotzdem: Vielen…«

Weiter kam ich nicht, denn es gab ein riesigen Knall! Ein Explosionsgeräusch hallte aus der Ferne zu uns herüber. Durch das Echo auf der Lichtung wurde es noch weiter verstärkt, sodass es so klang, als würde überall um uns herum etwas explodieren. Tom und ich duckten uns instinktiv. Die Holzfäller blieben eisern stehen und schauten in die Richtung aus der die Explosion gekommen sein musste.

»Ihr könnt wieder hochkommen. Hier passiert euch nichts.«, beruhigte uns Dries.

»Was war das denn?«, stammelte ich.

»Das wird vermutlich eine Mine sein, die hochgegangen ist. Diese verfickten Minenfelder aus dem Bürgerkrieg. Das ist noch so ein Ding. Genau das, was ich vorhin sagte. Die spielen hier ein paar Jahre lang Krieg, verbuddeln ihre Minen überall und keiner weiß mehr wo. Und wer muss sich dann mit der Scheiße rumärgern? Wir! Das kotzt mich an. Überall liegen diese Scheißdinger rum und richten eine Menge Schaden an.«

»Und das gerade? Ist da jemand von euren Leute eben in eine Mine getreten?«, fragte ich kreidebleich.

»Nein, ziemlich sicher nicht. Bevor wir in einem Gebiet mit der Rodung beginnen, untersuchen wir die Gegend vorher immer. Wir haben da so ein Spezialfahrzeug, das bis jetzt immer ganz gut funktioniert hat. Aber jetzt ist vermutlich eine kleinere Reparatur fällig. Klang jedenfalls ziemlich heftig. Naja, wir werden mal schauen. Aber macht euch keine Sorgen, abgesehen von dem Fahrzeug dürfte niemanden etwas zugestoßen sein.«, erklärte uns Dries.

»Gott sei Dank!«, stieß ich erleichtert aus.

»Na gut, wir werden dann mal los. Ist besser, ich schau mal nach. Nur zur Sicherheit.«

Justin und Claas stiegen schon in den Landrover, mit dem Alex gekommen war.

»Claas!«, rief Tom ihm hinterher.

»Ja. Was?«

»Motorsäge.«, antwortete Tom nur und nickte mit dem Kopf in Richtung des Jeeps, in dem immer noch die Motorsäge lag.

»Uih, danke!«

»Kein Ding. Ich will doch nicht, dass du auch die Latrinen schrubben musst.«, lachte Tom.

Claas lachte mit, bedankte sich nochmals und bestieg mit seiner Motorsäge in der Hand wieder den Landrover. Dries erklärte uns noch den Weg zurück auf die N1 und von dort nach Inhassoro.

»War mir ein Vergnügen! Macht´s gut!«, rief er uns zu, als er den Wagen bestieg.

»Wir waren richtig gut, oder?« fragte Tom als Erster.

»Ja. Das hat auf jeden Fall besser geklappt als in Beira, auch wenn das schon wieder ganz schön verkorkst anfing! Und? Denkst du, die haben etwas mit der Sache zu tun?«

»Weiß nicht. Ich glaub aber eher nicht. Ich denke, wenn die Ndemi auf dem Gewissen hätten, dann hätten sie es uns sogar noch erzählt und wären vermutlich noch stolz drauf.«, gab Tom seine Einschätzung ab.

»Da kannst du schon recht haben. Auch als er sagte, dass sie ihre Konzession ganz schnell los wären, wenn so etwas passieren würde, klang das für mich sehr glaubhaft. Generell würde ich denen so etwas zutrauen, aber allein schon des Geschäfts wegen machen die das nicht. Das ist denen viel zu wichtig.«

»Tja, jetzt stehen wir wieder da. Ohne irgendeinen wirklichen Anhaltspunkt. Scheiße!«, fluchte Tom.

»Naja, vielleicht fällt uns ja noch was anderes ein. Komm, wir fahren erst mal nach Hause.«

Er startete und wir fuhren wortlos durch den Wald zurück auf die N1. Ich ging die ganze Sache noch einmal im Kopf durch. Ich dachte darüber nach, was wohl gewesen wäre, wenn die Holzfäller wirklich Ndemi umgebracht hätten und wir sie jetzt auf der Lichtung überführt hätten. Wären wir dann auch von ihnen umgebracht worden? Ich war froh, dass wir nun wieder nach Praia da

Onda fuhren und schwor mir, dass wir, falls wir weiterermitteln würden, nie wieder einen potenziellen Mörder an einer Stelle befragen würden, an der wir ihm hilflos ausgesetzt wären.

Wir machten auf dem Rückweg noch einen kleinen Abstecher zur Anlegestelle der Fischerboote und kauften einen frisch gefangenen Barrakuda. Tom fuhr mich direkt vors Haus.

»Wenn du jetzt schon mal hier bist, kannst du auch noch mit rein kommen. Lust auf ein Bier und ´ne Runde Fußball an der Playstation?«, fragte ich und wusste bereits, dass Tom nicht wiederstehen könnte.

»Bier und ein grandioser Sieg mit ManU! Da kann ich nicht „Nein" sagen.«

Wir gingen ins Haus. Tom schaltete die Playstation ein und nahm vor dem Fernseher auf der Couch Platz. Ich wuchtete den Barrakuda auf die Arbeitsfläche in der Küche und schnitt ihm den Kopf ab, den ich gleich in den Müll warf. Die Innereien folgten dem Kopf und ich teilte den Rest des Fisches mit zwei Schnitten in drei etwa gleich große Teile. Anders hätte der Barrakuda nicht in meine Spüle gepasst und in die Badewanne legen wollte ich ihn auch nicht.

»Geht´s los?«, fragte Tom schon ungeduldig.

»Ich hab schon alles eingestellt. Und denk bitte an das Bier. Wenn ich nüchtern bleibe, hast du noch viel weniger Chancen.«

»Du brauchst das Bier doch nur, um eine ruhige Hand zu bekommen. Du zitterst doch sonst, wenn du gegen mich antreten musst!«, gab ich zurück.

Trotz zwei weiterer Biere, die ich Tom noch aus dem Kühlschrank holen musste, konnte ich seinen Alkoholpegel nicht in solche Höhen treiben, dass ich auch nur ein einziges Mal gegen ihn gewinnen konnte. Vor lauter Einsatzeifer in unserem kleinen Privatduell vergaßen wir wie kleine Jungs, die pünktlich zum Abendessen wieder zuhause sein sollten, die Zeit.

»Aha, das haben wir uns ja fast gedacht!«, hörten wir eine vorwurfsvolle, aber auch erheiterte Stimme hinter uns, die sich bereits im Haus befand.

Maarten hatte uns gerade gerüffelt. Die anderen drei standen ebenfalls schon im Wohnbereich und schauten uns an.

»Kein Sektempfang, der Grill brennt nicht, der Tisch ist nicht gedeckt und wahrscheinlich habt ihr noch nicht einmal den Fisch ausgenommen.«

»Doch, der Fisch ist schon ausgenommen!«, antwortete ich hektisch und fühlte mich ertappt.

Tom und ich standen von der Couch auf und begrüßten die vier.

»Sorry, war grad so spannend. Ich war so kurz davor, gegen Tom zu gewinnen.«

»Ja sicher, träum weiter.«, antwortete der nur.

»Können wir euch noch helfen?«, gab Gloria endlich den ersten konstruktiven Vorschlag ab.

»Eigentlich sind wir schon ganz gut vorbereitet, aber wenn du so fragst… Das Geschirr müsste noch nach draußen.«, übernahm Tom gleich die Kommandoposition.

»Was wollt ihr denn trinken?«, fragte ich schnell, um die anderen nicht vollends an meinen gastgeberischen Fähigkeiten zweifeln zu lassen.

»Bier.«, antworteten Steven und Maarten unisono.

»Hast du auch Weißwein da?«

»Ist Chardonnay okay?«, fragte ich zurück.

»Ja, gern.«, antwortete Yzelle für beide, da sich Gloria bereits an meinem Geschirr zu schaffen machte.

Ich ging zum Kühlschrank und öffnete eine Flasche Chardonnay und goss zwei Gläser für die Damen ein.

»Wo ist denn die Grillkohle?«, hörte ich noch während des Eingießens Maartens Stimme von der Veranda, der offenbar schon den Grill vorbereiten wollte.

»Jetzt mach mal nicht so einen Stress! Oder hast du schon so großen Hunger? Ich mach das ja gleich.«, rief ich zurück.

Ich hatte zwar keine große Lust den Tisch zu decken oder die Beilagen zuzubereiten, aber die Präparation des Grills und das Zubereiten der Speisen war für mich jedes Mal eine ureigenste Freude, die ich mir nur ungern aus der Hand nehmen ließ. Maarten wusste das und fügte gleich kleinlaut an:

»Ja, sorry. Das ist ja dein Ding.«

Ich überließ die Grillkohle sich selbst und ging wieder hinein, um das Bier für die Jungs zu holen.

»Tom, du auch noch eins?«, fragte ich kurz nach.

»Ja, ein Castle bitte.«

Ich öffnete drei Castle und ein Savanna für mich, ging hinaus auf die Veranda und verteilte die Getränke. Yzelle und Gloria hatten sich den Wein bereits selbst aus der Küche geholt.

»Was habt ihr denn mitgebracht?«, fragte Gloria, die trotz ihrer makellosen Figur eine gute Esserin war.

»Barrakuda. Und ihr?«

»Auf dem Markt gab es heute nicht viel. Das Fleisch, was die da hatten, sah schon ziemlich gammelig aus. Ich hab einfach ein paar Boerewors aufgetaut. Hab ich aus Durban mitgebracht. Die sind sehr lecker. Ist ein Spezialrezept von unserem Lieblingsmetzger.«, antwortete Maarten.

»Na dann gib mal her. Tom, kannst du mir bitte mal die Grillkartoffeln und die Minikürbisse aus der Kammer holen? Die müssten ganz unten sein. Und kannst du auch noch ein paar Saucen mitbringen? Und könntest du auch noch den Barrakuda in Scheiben schneiden und die Würzpaste drüberstreichen, die rechts im Regal über der Anrichte steht?«

»Sicher.«

»Und? Wie war´s?«, fragte Yzelle, die ihre Neugier bislang ganz gut im Griff gehabt hatte.

»Naja, wir haben uns diesmal zumindest ein wenig geschickter angestellt, auch wenn es anfangs nicht so gelaufen ist, wie wir uns das vorgestellt haben. Aber wir können euch das ja alles gleich erzählen, wenn Tom mit dem Barrakuda fertig ist.«

»Du machst es echt spannend.«

Nachdem die Glut perfekt war, legte ich die Grillkartoffeln und kurz danach die Boerewors auf den Rost. Tom war bald darauf auch mit dem Fisch fertig, sodass wir anfingen zu berichten. Als wir fertig waren, meinte Steven:

»Mmh, also erst mal ein Lob für eure Improvisationskünste. Das war nicht schlecht. Aber ich glaube, ich sehe das ähnlich wie ihr. Wenn die was mit dem Mord an Ndemi zu tun gehabt hätten, hätten sie das sicherlich nicht verschwiegen. So wie die drauf sind mit ihrem weißen Kameradengeschwafel. Oder was denkt ihr darüber?«, fragte er in die Runde.

»Im Ergebnis stimme ich dir zu, Steven, aber ich denke nicht, dass sie es erzählt hätten. Ich könnte mir auch gut vorstellen, dass die ihn am liebsten an Ort und Stelle erschossen hätten, als er die Motorsäge kaputt gemacht hat. Aber denen ist die Kohle wichtiger. Wenn die wegen so einer Sache ihre Konzession in der Region verlieren, dann ist das für die weitaus schlimmer als eine defekte Motorsäge. Das will doch keiner riskieren.«, schätze Maarten die Situation ein.

»Tja, das war dann wohl leider wieder nichts.«, fasste Gloria unsere Ermittlungsergebnisse kurz aber zutreffend zusammen, wobei sie keineswegs traurig klang.

»So muss man das ja auch nicht unbedingt sehen. Wenn wir uns da einig sind, dass die Holzfäller nichts mit der Sache zu tun haben, dann können wir auf jeden Fall schon wieder einen weiteren Verdächtigen ausschließen.«, gewann Yzelle der Sachlage auch etwas Gutes ab.

»Mal abgesehen von euren Ermittlungen. Mich würde ja mal wirklich interessieren, wie die das in solchen nationalistischen Burenfirmen mit der Schwarzenquote geregelt haben. Wo bringen sie die denn unter? Wenn da ein Schwarzer mit solchen Typen in den Wald gehen muss, dann kommen die doch garantiert ohne den am Abend wieder zurück.«, stellte Steven seine Gedanken in den Raum.

»Ich kann mir gut vorstellen wie das läuft. In der Kanzlei, in der ich gearbeitet habe, hatten sie dafür eine einfache Lösung. Die mussten ja auch Schwarze als Anwälte einstellen. Das Problem war nur, dass die natürlich aufgrund des Apartheidssystems vorher nur eine ziemlich schlechte Ausbildung an schwarzen Unis bekommen hatten. In der Praxis waren die zu nichts zu gebrauchen. Darum haben sie bei Conrad & Conrad einfach die entsprechende Zahl an schwarzen Anwälten eingestellt und ihnen auch das Gehalt dafür bezahlt. Nur als Anwalt arbeiten durften die nicht, sondern mussten erst einmal die Arbeit der Sekretärinnen übernehmen. Tippen, Kaffee kochen und den ganzen Kram. Das war für die Kanzlei billiger, als die Strafen zu zahlen, wenn sie die Schwarzen nicht eingestellt hätten und auch billiger, als wenn sie sie als Anwälte hätten arbeiten lassen. Das hätte sonst sicherlich extrem hohe Schadensersatzklagen gegeben, weil die ja am Anfang alles falsch gemacht hätten.«

»Wie gemein!«, sagte Gloria entrüstet.

»Ja, schon. Aber das war ja nur am Anfang. Während deren Zeit als „Sekretärin" haben sie doch auch alle noch mal eine richtige Praxisausbildung bekommen. Mittlerweile werden die ja auch auf die Menschheit und die Mandanten losgelassen. Aber am Anfang wäre das gar nicht gegangen.«

»Na, dann geht´s ja.«, war Gloria beruhigt.

»Genau, aber um Stevens Frage zu beantworten: Die werden das da wahrscheinlich genauso machen. Pro forma werden die auch die Jobs mit Schwarzen besetzen, faktisch müssen die aber garantiert die Scheißjobs bei denen erledigen. Das Gehalt, was sie denen zahlen, werden die schon verschmerzen können. Aber vielleicht sind ja auch nicht alle so bei denen in der Firma. Vielleicht haben die ja auch ganz vernünftige Chefs. Wer weiß?«

»Naja, egal.«, betrachtete Steven seine Frage damit als erledigt.

»Ist der Fisch jetzt fertig?«, fuhr er fort.

»Ja, ich glaube, wir können anfangen. Tom, kannst du mir die Platte bitte nochmal reichen? Dann können wir den schon mal an den Tisch bringen.«

»Klar.«

Wir brachten den Fisch, die Wurst, die Grillkartoffeln und das Gemüse an den Tisch. Ich holte noch eine weitere Runde Bier aus dem Kühlschrank und schenkte Gloria und Yzelle noch ein Glas Wein ein. Dann fingen wir an zu essen.

»Und wie geht´s jetzt weiter? Ist übrigens sehr lecker.«, erkundigte sich Yzelle kauend.

»Danke. Keine Ahnung. Wer oder was bleibt uns denn noch?«

»Na, hier dieser Typ aus dem Dorf. Der, mit dem Ndemi Streit hatte, weil er Lisha nicht von der Sache mit den drei Jungs abgehalten hat.«, warf Steven ein, der heute wesentlich aktiver mit der Ideensuche war als gestern.

»Das stimmt. Eduardo hieß der, oder? Den wollten wir ja ohnehin noch besuchen. Vielleicht sollten wir morgen mal bei dem vorbeifahren.«, wandte sich Tom an mich.

Mir gefiel die Sache nicht. Mir gingen gerade wieder die Gedanken durch den Kopf, was gewesen wäre, wenn wir durch einen dummen Zufall wirklich die Holzfäller überführt hätten. Wir allein mit denen im Wald. Das wäre bestimmt nicht gut gegangen. Ein ähnlich ungutes Gefühl hatte ich jetzt auch hinsichtlich einer möglichen Befragung von Eduardo. Sollte er der Täter sein und wir würden es herausfinden, was würde dann passieren? Tom und ich allein im Wald bei der Dorfbevölkerung, die Lisha sowieso schon hasste. Und wenn wir dann noch kämen und sagten, dass einer von ihnen der Mörder sei, würden wir uns im besten Fall blaue Flecken und ein paar Knochenbrüche zuziehen. Die Sache war mir daher im Moment etwas zu heiß. Darum versuchte ich schnell eine andere Idee aus dem Ärmel zu schütteln.

»Ich weiß nicht recht.«, begann ich langsam, weil ich immer noch überlegte.

»Denkt ihr wirklich, dass einer aus dem Dorf so etwas machen würde? Da wohnen nicht so viele und es kennt wirklich jeder jeden. Das würden die doch merken. Vielleicht...«, machte ich eine kurze Pause, um all die Ausweichideen in meinem Kopf zu ordnen und die beste aus ihnen herauszufiltern.

»Vielleicht sollten wir erst einmal in Inhassoro beim Polizeichef vorbeifahren.«, sprudelte es plötzlich aus mir heraus.

»Bei dieser Knalltüte? Was willst du denn von dem?«, fragte Tom und schüttete sich fast vor Lachen aus.

»Naja, schau mal. Was wir bis jetzt gemacht haben, war einfach nichts anderes, als im Dunkeln herumzustochern. Das Einzige, was wir bisher als Grundlage für unsere Ermittlungen hatten, war doch die Aussage von Lisha. Sie klingt zwar sehr glaubhaft, aber vielleicht ist sie ja auch die Mörderin und lockt uns mit ihren Andeutungen einfach nur auf eine falsche Fährte. Könnte doch sein. Was wir aber ganz dringend brauchen, das sind Fakten. Und die kann uns nur der Polizeichef geben. Der hat ja sicherlich auch schon ein paar Ermittlungsergebnisse, die er vielleicht mit uns teilen könnte.«

Tom schaute mich ungläubig an.

»Punkt eins: Du denkst doch nicht ernsthaft, dass der schon irgendwas gemacht hat. Hast du schon die Sache mit dem Einbruch letztes Jahr vergessen? Der Typ ist eine Ausgeburt der Unfähigkeit. Der kriegt doch absolut nichts zustande. Ich glaube nicht, dass der uns weiterhelfen kann. Und Punkt zwei: Mal angenommen, der hätte wirklich schon was herausgefunden, was ungefähr so wahrscheinlich ist wie Weihnachten und Ostern an einem Tag, warum sollte der uns dann an seinen Ergebnissen teilhaben lassen?«

»Was seine Unfähigkeit angeht, kann ich dir nur zustimmen. Das sehe ich ganz genauso. Aber es besteht ja zumindest eine relativ kleine Chance, dass er irgendetwas hat, was wir bislang noch nicht wissen. Und wenn es nur die Ergebnisse der Rechtsmedizin sind. Das könnte ja auch schon weiterhelfen. Und zu deinem Punkt zwei: Du kannst dich doch auch noch gut erinnern, wie der sich hier aufgeführt hat. Fett, faul und gefräßig. Denkst du, das hat sich geändert? Vermutlich nicht. Und darum wird der froh über jede Hilfe sein, die ihm die Arbeit abnimmt. Wenn wir jetzt sagen, dass wir ihm mit unserem Sachverstand helfen können und er am Ende die Lorbeeren dafür einstreichen darf, dann sagt der bestimmt nicht „nein". Der weiß doch selber, wie unfähig er ist.«

»Und wenn er doch „Nein" sagt?«, ließ Tom nicht locker.

»Dann gibt es immer noch eine Möglichkeit seine Zunge zu lockern und damit meine ich nicht deine Kampfkünste, Rambo!«, antwortete ich.

»Du willst ihn schmieren?«, fragte Yzelle.

»Wenn ich bei irgendjemanden keine Bedenken habe, dass er für so etwas empfänglich ist, dann der!«, gab ich zurück.

»Da hat Jan recht! Dem Typen traue ich alles zu.«, pflichtete Maarten mir bei.

»Ich weiß nicht recht. So etwas kann auch nach hinten losgehen.«, gab Yzelle zu Bedenken.

»Das kann ich nicht beurteilen. Aber ich denke zumindest, dass es rausgeworfenes Geld wäre, wenn wir ihn bestechen. Der hat bestimmt noch nichts herausgefunden.«, fügte Tom an.

»Aber ganz sicher bist du dir auch nicht, oder?«, hakte ich nach.

»Aber fast.«

»Siehste! Ich denke, wir sollten ihm einen kleinen Besuch abstatten. Und wer weiß, was uns da im Dorf wieder erwartet. Wahrscheinlich bringt uns dieser Eduardo auch nicht weiter. Da können wir genauso gut nach Inhassoro zur Polizei fahren.«

»Ich finde, Jan hat recht.«, meldete sich Gloria auch mal zu Wort.

»Einen Versuch ist es jedenfalls wert und wenn es nicht klappt, könnt ihr ja immer noch zu dem Typen ins Dorf fahren.«, ergänzte sie.

»Mmh. Na gut.«, murmelte Tom.

»Ich steh hier offensichtlich doch allein auf meinem Posten. Dann fahren wir also erst zur Polizei.«, sagte Tom in Anbetracht der geringen Erfolgsaussichten resigniert.

»Gut. Dann haben wir also einen Plan für morgen.«, sagte Yzelle erfreut.

»Ab morgen müsst ihr aber leider erst einmal ohne mich auskommen. Gloria fährt mich in der Frühe nach Inhambane, damit ich von dort nach Durban fliegen kann. Ist irgendeine dringende Sache bei Vandenburgh, bei der ich dabei sein muss. Ich hoffe, dass ich in ein paar Tagen wieder hier bin.«, warf Maarten kurz ein.

»Ach, das ist ja schade. Aber beeil dich in Durban. Wir brauchen hier jeden Ermittler.«, spaßte Yzelle.

Wir tranken nach dem Essen noch etwas Bier und Wein und verabschiedeten uns schon etwas früher als sonst, da der Wind zunahm und in der Dunkelheit einige tiefschwarze Umrisse am Himmel zu erkennen waren. Vermutlich würde es bald anfangen zu regnen. Alle halfen mit, das Geschirr und die Reste in die Küche zu bringen. Dann verabschiedeten wir uns. Tom, Maarten, Steven und Yzelle gingen bereits die Treppe meiner Veranda hinunter. Gloria stand noch bei mir.

»Ist irgendwas mit dir? Du bist gestern und heute so still gewesen. Ist alles in Ordnung?«

»Ja, ja. Es ist alles klar. Es ist nur…«

Gloria machte eine kurze Pause.

»Ich hab ein bisschen Sorge, dass euch was zustößt. Darum halte ich mich lieber bei diesen Ermittlungssachen raus. Ich finde das schon gut, was ihr macht, aber ich will nicht, dass euch was passiert.«, gab sie schließlich zu.

»Das wollen wir doch auch nicht. Mach dir keine Sorgen!«, versuchte ich sie zu beruhigen und umarmte sie instinktiv.

Sie schmiegte sich leicht an mich und wirkte dabei sehr zart, fast zerbrechlich. Ich ließ Gloria schnell wieder los, denn es wäre mir unangenehm gewesen, wenn Maarten mich so mit seiner Frau gesehen hätte. Wir waren gut befreundet und ich wollte, dass das auch so bliebe.

»Passt auf euch auf. Wirklich.«, sagte Gloria leise.

»Machen wir. Versprochen!«

Gloria drehte sich um und folgte den anderen nach unten.

»Schlaft gut. Und dir einen guten Flug, Maarten!«, rief ich ihnen hinterher.

»Ja, du auch. Morgen so um neun?«, schlug Tom einen Termin zum Losfahren vor.

»So früh? Na gut. Wer weiß, ob die überhaupt geöffnet haben. Morgen ist ja Samstag.«

»Das würde denen ähnlich sehen. Ein Polizeirevier mit Öffnungszeiten. Vielleicht hängt ja auch ein Schild draußen: Samstag und Sonntag Ruhetag. Bitte keine Verbrechen begehen.«, scherzte Tom.

Dann verschwanden die fünf in unterschiedlichen Richtungen am Strand. Auch ich ging ins Haus. Wenn es morgen um neun schon wieder losgehen sollte, war es besser, wenn ich jetzt ins Bett gehen würde. Ein wenig steckte mir noch die anstrengende Fahrt des vorigen Tages in den Knochen. Ich ließ das schmutzige Geschirr in der Küche stehen, ging ins Bett, stellte meinen Wecker und schlief sofort ein.

Kapitel 8

Samstag, 19.02.2011

Der Wecker klingelte um 8:15 Uhr. Ich stellte ihn aus und hörte das leichte Tröpfeln von Regentropfen, die sich ihren Weg vom Dach hinunter auf das Holz der Veranda bahnten. Der Himmel war wolkenverhangen und das Wetter sah ziemlich trübe und regnerisch aus. Wahrscheinlich hatte es die Nacht über durchgeregnet. Es hatte sich ziemlich abgekühlt und ich bemerkte, dass ich für diese Temperatur wesentlich zu dünn angezogen war. Bevor ich mich auf den Weg zu Tom machte, ging ich noch einmal zurück in mein Schlafzimmer. Mir war gerade noch eingefallen, dass wir ja eventuell versuchen wollten, den Polizeichef zu bestechen, falls dieser an einer Zusammenarbeit nicht interessiert war. Daher ging ich zu dem Versteck, in dem ich für Notfälle wie diese größere Mengen Bargeld aufbewahrte. Ich hob meinen Nachttisch leicht an und fasste unter die sich öffnende Spalte. Das erste was ich fühlte, waren zahlreiche Wollmäuse, die sich hier im Laufe der Zeit häuslich eingerichtet hatten Meine Hand griff unter die Unterseite des Nachttisches und ich ertastete den Umschlag. Ich löste ihn von dem selbstklebenden Klettband, das ich auf der Unterseite des Nachttisches angebracht hatte. Dann öffnete ich den Umschlag und zog ein Bündel Geldscheine hervor.

»Das war eindeutig zu viel.«, dachte ich bei mir und schob einige davon direkt wieder zurück in den Umschlag.

Wie viel würden wir wohl im Ernstfall benötigen? Ich zählte die Scheine ab. 50, 100, 200, 300, 400, 500. Das könnte vielleicht zu wenig sein. Ich machte die 1.000,- Dollar voll und zweifelte noch immer.

»1.000,- Dollar sind wahrscheinlich das, was er in einem Jahr verdient, wenn er gut bezahlt wird.«, überlegte ich.

Ich hatte einmal gehört, dass ein einfacher Polizist im Schnitt 40,- Dollar im Monat verdient. Beim Polizeichef war es sicherlich etwas mehr. Ich zählte weitere 500,- Dollar ab. Das sollte auf jeden Fall genügen. Und wenn wir es nicht gebrauchen würden, könnte ich es ja immer noch zurückpacken. Ich steckte 1.000,- Dollar in meine linke und 500,- Dollar in meine rechte Hosentasche. Wenn wir wirklich anfangen sollten, über die Höhe des Schmiergeldes zu feilschen, wäre es sicherlich besser, wenn der Polizeichef nicht gleich von Beginn an die gesamte Summe des Geldes beim Vorzählen sehen würde. Die restlichen Banknoten steckte ich wieder zurück in den Umschlag, den ich an seiner alten Stelle platzierte und fest andrückte, damit er nicht herunterfallen konnte. Ich schob den Nachttisch wieder ordentlich an seinen Platz zurück, schnappte mir meine Autoschlüssel und sprintete durch den Regen über die Veranda und den Strand zum Jeep. Tom wartete bereits in der geöffneten Tür seiner Veranda.

»Wo warst du denn noch so lange?«, erkundigte er sich, nachdem er eingestiegen war.

»Ich musste noch etwas Geld einstecken.«

»Ah, gut, dass du daran gedacht hast! Das hätte ich vergessen. Ich hätte ihm dann nur mein Messer und einige Kaugummis anbieten können. Willst du eins?«

»Ja gerne.«

Wir fuhren los und die nächsten Meter bis zur N1 waren bereits eine Herausforderung für mein fahrerisches Können. Der Sand war durch den Regen der letzten Nacht völlig durchgeweicht, sodass bis zum Gate schon zweimal die Reifen durchdrehten und sich der Wagen wie von Geisterhand leicht seitwärts bewegte.

»Na, das kann ja was werden. Wenn ich da an den Weg nach Inhassoro denke, den wir vor ein paar Tagen reingefahren sind…«, murmelte Tom.

Auch mich beschlichen einige Befürchtungen und ich fragte mich, ob wir bei diesem Wetter nicht lieber noch das Wochenende abwarten und erst am Montag zur Polizei fahren sollten. Allerdings dachte ich auch daran, dass wir gerade Regenzeit hatten und wir zu dieser Jahreszeit nie sicher sein konnten, ob wir bei trockenen Verhältnissen irgendwo hinkommen würden. Insofern war es egal, ob wir heute, morgen, übermorgen oder in einer Woche fahren würden. Außerdem fiel mir auch Gloria ein, die ja heute schon in aller Herrgottsfrühe mit Maarten nach Inhambane aufgebrochen war, um ihn dort zum Flughafen zu bringen. Sie musste eine viel weitere Strecke alleine bei diesem Wetter zurückfahren. Wie hätte es da ausgesehen, wenn Tom und ich gekniffen hätten, nur weil es regnete? Also behielt ich meine Bedenken bei mir und antwortete Tom nur:

»Wir schaffen das schon. Viel dümmer als du gestern in dem Sandfeld kann ich mich auch nicht anstellen.«

»Haha, sehr lustig. Na, das werden wir ja sehen.«

Die N1 bis Inhassoro war auch bei diesem Wetter gut befahrbar. Spätestens an der Abzweigung bestätigten sich jedoch unsere Befürchtungen. Die Sandpiste ähnelte einem ausgewaschenen Flussbett, in dessen Mitte ein kleines Rinnsal entlang floss und sich hier und da an verschiedenen Stellen in den vorhandenen Senken sammelte, wo es riesige Pfützen bildete.

»Wir können auch nächste Woche fahren.«, sprach Tom skeptisch das aus, was ich gerade gedacht hatte.

»Lass es uns wenigstens probieren.«

»Na schön. Ist ja zum Glück diesmal dein Wagen. Also los. Ich halt mich schon mal gut fest.«

Es stellte sich heraus, dass dies eine gute Idee war. Durch den glitschigen Untergrund rutschte der Wagen in manchen Teilen der Sandpiste wie ein Auto-Scooter hin und her. Zum Glück wurde er immer von den noch tiefer ausgewaschenen früheren Fahrrinnen in der Spur gehalten. Um zu verhindern, dass mir auch ein ähnliches Missgeschick wie Tom passieren würde, fuhr ich extrem langsam. Mangels anderer Fahrzeuge auf der Straße, die ich hätte behindern können, war das auch kein Problem.

»Boah, da hätten wir ja auch laufen können.«, nörgelte Tom an meinem Tempo herum.

»Tu dir keinen Zwang an. Wir treffen uns dann bei der Polizeistation. Schau, es regnet auch gar nicht mehr so feste.«

»Mmh. Nee, ich bleib lieber hier. Weißt du eigentlich, wo die Polizeistation genau ist?«

»Keine Ahnung. Ich war ja auch noch nie dort. Da müssen wir uns eben durchfragen.«

Nach knapp anderthalb Stunden erreichten wir Inhassoro ohne weitere nennenswerte Zwischenfälle. Ich driftete zwar noch das eine oder andere Mal von links nach rechts und umgekehrt, aber aufgrund meiner langsamen Fahrweise führte das nicht dazu, dass wir einen Unfall gehabt hätten.

»In dem Tempo hätte ich das gestern auch geschafft.«, merkte Tom ein wenig missmutig an.

»Hast du aber nicht.«

»Sei doch einfach still und such das Polizeirevier!«

Ich fuhr zwei der größeren Straßen entlang, die mittig durch Inhassoro liefen, doch wir konnten das Polizeirevier nicht entdecken.

»Na, wir sind ja vielleicht blöd!«, stieß ich plötzlich aus, da ich eine Idee hatte, auf die wir auch schon früher hätten kommen können.

Dann stoppte ich den Wagen und fuhr an den Straßenrand, um niemanden zu behindern. Ich griff zu Tom hinüber ins Handschuhfach und holte den »Lonely Planet« heraus, den wir auch schon auf unserer Fahrt nach Beira dabei hatten.

»Da haben wir es doch. Inhassoro. Schau mal. Da ist sogar eine kleine Karte mit dabei, auf der die wichtigsten Punkte in Inhassoro verzeichnet sind. Hah! Und da ist auch die Polizei! In der Avenida da Silveira.«, sagte ich freudig erregt zu Tom und deutete mit dem Finger auf den Kartenausschnitt.

»Ja, toll. Worauf wartest du denn dann noch?«, antwortete Tom gelangweilt.

»Jetzt sei mal nicht so miesepetrig, nur weil du gestern schlechter gefahren bist als ich heute. Ich bau nicht absichtlich einen Unfall, nur um dir eine Freude zu machen!«, ermahnte ich ihn kurz.

»Ja. Ist ja gut. So war das auch gar nicht gemeint.«

Vier Minuten später parkten wir vor dem Polizeirevier.

Es war ein einzeln stehendes, rechteckiges Haus, das in einem hellen Ockerton gestrichen war. Die Farbe blätterte an einigen Stellen schon ab und der Behördenleiter hatte offensichtlich nicht das Geld oder die Lust Ausbesserungen vornehmen zu lassen. Die wenigen Fenster, die durch Holzstreben in insgesamt acht kleine Öffnungen unterteilt waren, besaßen allesamt Gitter, die von außen an das Gebäude angebracht waren. Die Straße vor dem Polizeirevier, die zugleich der Gehweg war, war ordentlich und sauber. Dafür konnten wir, als wir auf das Gebäude zugingen, erkennen, dass sich etwa 20 Meter hinter dem Revier eine wilde Müllkippe befand, die von den Ordnungshütern offenbar geduldet wurde. Neben dem Gebäude stand das einzige Polizeifahrzeug in Inhassoro, ein Nissan Pulsar, der auch schon bessere Zeiten gesehen hatte und bereits etwas Rost angesetzt hatte. Da es immer noch regnete, legten wir die Strecke bis zur Tür des Polizeireviers in zügigem Laufschritt zurück. Dort angekommen fragte Tom:

»Sollen wir anklopfen?«

»Quatsch! Das ist ein öffentliches Gebäude. Da klopft man nicht an.«, belehrte ich Tom.

Ich öffnete die Tür und trat ein. Tom folgte mir. Meine Augen mussten sich erst an die überraschende Dunkelkeit des Hauptraumes gewöhnen. Die wenigen Fenster waren nicht besonders günstig ausgerichtet und brachten nur wenig Licht in den Raum. Dennoch erkannten wir vor uns einen Tresen, der dem Schalter in einer Bank ähnelte. Er war aus Holz und die einzige Öffnung war mit einem Gitter versehen. Links und rechts des Gitters waren Holzwände hochgezogen, die bis zur Decke reichten. Tom und ich traten an den Schalter und schauten durch das Gitter. Hinter diesem befand sich ein weiterer Raum, in dem wir drei Tische und einige Stühle sowie zwei weitere Türen erkennen konnten. Einige Akten sowie lose Blätter und Notizen lagen bunt verstreut auf dem Tisch. Auch in diesem Raum war es dunkel. Zwar existierten sowohl im Eingangsbereich als auch im Arbeitsraum Lampen. Diese waren aber nicht eingeschaltet. Mitarbeiter waren nicht zu sehen.

»Keiner da.«, sagte ich zu Tom.

»Mmh. Das lässt sich ändern.«, murmelte Tom und rief gleich darauf:

»Hallo! Halloho!«

Wir schauten in den Raum hinter dem Schalter. Es tat sich nichts. Jetzt versuchte ich mein Glück.

»Halloooo!«

Wir hörten Schritte. Die Tür auf der linken Seite des Raumes öffnete sich und zwei Polizisten kamen gemächlich heraus. Beide waren groß und schlank. Ihre schwarz-weißen Uniformen passten ihnen zwar in der Länge. Sie schlabberten aber so extrem an ihren Körpern herum, dass man denken konnten, dass die Uniformen nicht für sie, sondern für ihre etwa 50 Kilo schwereren Kollegen angefertigt worden waren. Um dieses optische Manko zu kaschieren, hatten sich beide ihre weißen Hemden mit den schwarzen Schulterklappen tief in ihre schwarzen Hosen gestopft, sodass kurz über dem Hosenbund eine dicke Hemdenwurst zu erkennen war. Die schwarzen Hosen wurden von einem Gürtel auf den kaum vorhandenen Hüften zusammengeschnürt, damit sie nicht herunterrutschten. Einer der beiden hatte sich, um dieser Gefahr entgegenzuwirken, die Hose bis auf Bauchnabelhöhe gezogen, was mich ein wenig an die Trageart meines Großvaters erinnerte. Alles in allem gaben sie ein jämmerliches Bild ab und sie wussten es wahrscheinlich auch. Nur ihre blitzblank geputzten Schuhe stachen positiv aus diesem Ensemble heraus. Sie kamen beide zum Schalter vor und quetschten sich gemeinsam in die Öffnung, um mit uns zu reden. Offenbar passierte hier so selten etwas, dass gleich zwei Polizisten notwendig waren, um unser Anliegen aufzunehmen.

»Guten Tag!«, sagten beide auf Englisch.

Wenigstens etwas.

»Guten Tag.«, erwiderten wir.

»Wie können wir Ihnen helfen? Sind Sie überfallen worden?«, fragte der linke der beiden mit einer Gelassenheit in der Stimme, die erahnen ließ, dass er zumindest schon mal einige Überfälle auf Touristen bearbeitet hatte.

Vermutlich die einzigen Straftaten, die sonst in dieser Region verübt wurden. Die Polizist zu unserer linken trug ein Namensschild auf dem Joaquim Mkanenzibenenda stand. Ich entschloss mich, mir diesen Namen nicht einzuprägen, sondern gleich unser Anliegen vorzutragen.

»Wir würden gern mit Ihrem Chef sprechen.«, sagte ich selbstbewusst.

Die beiden zuckten zusammen. Wahrscheinlich dachten sie, dass wir uns über sie beschweren wollten.

»Da müssen wir aber erst einmal wissen, weshalb.«, antwortete der rechte der beiden, der seine Hose auf diese individuelle Art und Weise trug.

Sein Name war Felix Djanambo. Das konnte ich mir schon eher merken.

»Es geht um eine wichtige Angelegenheit.«, führte ich weiter aus.

Ich wollte verhindern, schon bei diesen beiden Hilfssheriffs von dem Mord zu sprechen, da sie uns zum einen eh nicht helfen konnten und zum anderen wollte ich es nicht unnötigerweise heraus tratschen, dass wir die bisher gesammelten Informationen in diesem Fall haben wollten. Denn würden die beiden wissen, was wir wollten, könnten sie sich auch ausmalen, dass ihr Chef diese Informationen nur gegen Geld herausgeben würde. Damit dies keine weiteren Kreise ziehen würde, versuchte ich unser Anliegen nur abstrakt darzustellen.

»Und um was für eine wichtige Angelegenheit?«, fragte Djanambo weiter, der jetzt offensichtlich merkte, dass es nicht um eine Beschwerde über die beiden ging, was ihn nun wesentlich selbstsicherer machte.

»Das möchten wir Ihrem Chef gern selbst sagen. Ist er denn überhaupt anwesend? Ansonsten können wir uns das hier auch sparen.«, antwortete ich ihm und versuchte dabei so herablassend wie möglich zu klingen, damit die beiden von einer möglichst großen Tragweite der Angelegenheit ausgingen, von der sie selbst glauben mussten, dass sie diese nicht allein erledigen konnten.

»Ja, er ist hier. Aber Sie müssen mir schon sagen, worum es geht. Haben Sie überhaupt einen Termin?«, fragte Djanambo neugierig weiter.

»Hier braucht man einen Termin? Haben Sie hier so viel zu tun, dass man einen Termin benötigt? Hören Sie, ich kann mir gut vorstellen, dass Ihr Chef ziemlich sauer auf Sie ist, wenn er erfährt, dass Sie uns nicht gleich zu ihm durchgelassen haben. Damit könnten Sie sich eine Menge Ärger einhandeln!«, fuhr ich ihn streng an.

Das wirkte. Die beiden schauten sich an, drehten sich für einen kurzen Moment von uns weg und murmelten etwas.

»Ich sage dem Chief Bescheid, dass Sie hier sind. Wie heißen Sie denn?«, fragte Djanambo schließlich kleinlaut.

»Mr. Scherler und Mr. Randall.«, antwortete ich.

Djanambo notierte sich etwas. Der andere mit dem langen Namen blieb am Schalter stehen. Er lächelte freundlich, aber unsicher. Vermutlich fürchtete er immer noch Ärger.

»Ganz schön dunkel hier bei Ihnen.«, versuchte ich, etwas Smalltalk zu führen.

Er blickte sich um und nach oben, so als ob er erst jetzt feststellen würde, dass hier drin Lichtverhältnisse wie in einer schummerigen Kneipe herrschten.

»Ja. Stimmt. Wir haben Stromausfall. Hier hat es letzte Nacht gewittert. Es hat wohl angeblich in einen Strommast an der

Hauptstraße eingeschlagen. Jetzt haben wir keinen Strom mehr. Und unser Generator ist auch schon seit langem kaputt.«

»Und? Wann kriegen Sie wieder Strom?«, schaltete sich auch Tom in die kleine Unterhaltung ein.

Der Polizist zuckte mit den Schultern.

»Keine Ahnung. Das kann dauern. Es muss ja erst mal einer Bescheid sagen, dass jemand zum Reparieren rausgeschickt wird. Und dann muss man abwarten. Vielleicht eine oder zwei Wochen. Beim letzten Mal hat es nur eine Woche gedauert. Wenigstens konnten wir noch unsere Rufnummer auf ein Diensthandy umleiten. Sonst könnte uns hier niemand mehr erreichen.«

»Können Sie da überhaupt richtig arbeiten, wenn Ihre Computer nicht laufen?«, fragte ich und hoffte, dass er mir sagen würde, dass sie gar keine Computer hätten, denn ansonsten wäre es sicherlich schwierig an Informationen zu kommen, wenn der Computer keinen Strom bekommt.

»So was haben wir nicht. Aber die in Beira und Inhambane haben welche. Ich hab sie schon mal gesehen, als wir zu einer Schulung dort waren. Das wäre auch hier prima!«, antwortete er mit glänzenden Augen.

Djanambo kam aus der Tür heraus und quetschte sich wieder neben seinen Kollegen an den Schalter.

»Der Chief möchte Sie sprechen. Bitte kommen Sie mit.«, sagte er und deutete mit der Hand auf die rechte Seite des Tresens, an der man einen Durchgang öffnen konnte, den wir bislang nicht gesehen hatten. Wir gingen hinüber und Djanambo ließ uns in den Arbeitsraum hinein.

»Bitte folgen Sie mir!«, sagte er nochmals.
Er ging zur Tür und klopfte an.

Wir traten nacheinander ein. Erst Tom, dann ich. In diesem Zimmer war es genauso dunkel wie im Rest des Gebäudes. Auch hier drangen nur spärliche Lichtstrahlen durch die Fenster ins Innere. Der Raum war kleiner als der vorhergehende. Er wirkte eher wie eine schäbige Wohnstube. An der rechten Seite stand ein kleines Sideboard, auf dem eine Kaffeemaschine stand. An der hinteren Wand ein Aktenschrank, daneben ein kleiner Ventilator, dessen Blättern man ansah, dass sie schon zahlreiche Fliegen auf dem Gewissen hatten. Auf einem Stuhl rechts hinter der Tür stand ein kleiner Fernseher mit einem schmutzig-roten Plastikgehäuse. Er war in Blickrichtung des Stuhles aufgestellt, auf dem der Polizeichef hinter seinem Schreibtisch saß. Er war relativ leer. Links lagen ein paar Stifte auf einem Stapel Papier. Unter dem Papier lugten einige Geldscheine hervor. Zwei Wassergläser standen daneben. Rechts lag ein in weißes Papier eingewickeltes Prego, von dem bereits mehrfach abgebissen worden war. Vor dem Schreibtisch standen zwei Stühle, auf denen vor einigen Minuten vermutlich noch die beiden Hilfssheriffs gesessen hatten, denn auf dem Schreibtisch befanden sich vor diesen Plätzen noch einige Spielkarten. Sie hatten wohl um Geld gespielt, das der Polizeichef noch unter dem Papierstapel versteckt hatte. Die Karten ließ er jedoch ungeniert auf dem Tisch liegen.

Der Polizeichef saß auf seinem Stuhl hinter dem Schreibtisch. Er hatte eine Glatze und wirkte auf dem Stuhl ungewöhnlich klein. Dafür war er jedoch außerordentlich dick. Seine kurzen fleischigen Arme lagen auf den Armlehnen des Stuhls und berührten den Speck seiner Hüften, der leicht über die Lehnen quoll. Sein weißes Hemd spannte sich wie eine zweite Haut um seinen Oberkörper. Die Hemdknöpfe konnten die Masse zwar halten, sie wurden aber in ihren Zwischenräumen auseinandergezogen, sodass man sehen konnte, dass der Polizeichef kein Unterhemd trug. Sein Hemd war ihm definitiv einige Nummern zu klein. Vielleicht hätte er es mit einem seiner Angestellten tauschen sollen.

»Guten Tag, die Herren! Setzen Sie sich doch bitte. Was kann ich für Sie tun?«, fragte der Polizeichef mit leicht krächziger Stimme.

Wir traten näher und nahmen Platz. Tom rechts, ich links. Ein Blick auf sein Namensschild verriet uns, dass er Sergio Shongoene hieß. Wir drehten uns kurz nach hinten, um sicher zu gehen, dass Djanambo den Raum verließ.

»Guten Tag! Das ist Mr. Randall und ich bin Mr. Scherler.«, begrüßten auch wir Shongoene.

»Angenehm. Mein Name ist Shongoene.«

Ich übernahm das Wort.

»Wir haben ein Anliegen und hoffen, dass Sie uns dabei weiterhelfen können, Mr. Shongoene!«

»Aha. Nun ja, ich bin über die Grenzen von Inhassoro hinaus als hilfsbereiter Mensch bekannt. Was kann ich denn für Sie tun?«, erwähnte er gönnerhaft und lachte uns dabei an, sodass wir erkennen konnten, dass ihm im Unterkiefer ein Zahn fehlte.

Ich holte kurz Luft.

»Sie können sich doch bestimmt noch an den Mord an Ndemi Usumbe erinnern.«

Shongoenes Miene wurde ernster.

»Ja. Was soll damit sein? Ist schon einige Wochen her.«, antwortete er knapp.

»Naja, es klingt ein bisschen komisch, aber wir haben in den letzten Tagen versucht, seinen Mörder ausfindig zu machen.«

»Aha.«

»Allerdings konnten wir noch keine durchschlagenden Ergebnisse erzielen.«, fuhr ich fort.

Seine Miene entspannte sich wieder ein wenig. Offenbar hatte er befürchtet, dass wir den Täter vor ihm ausfindig gemacht hatten und nun dafür die Lorbeeren ernten wollten.

»Und da dachten wir, dass Sie doch sicherlich der richtige Ansprechpartner für uns wären. Wir wissen ja, dass Sie hier einen verantwortungsvollen Posten haben, der mit sehr viel Arbeit verbunden ist. Da kommen Sie sicherlich kaum dazu, sich um jeden Fall mit der angemessenen Menge an Zeit zu widmen. Wir hingegen haben sehr viel Zeit und würden sie Ihnen gern zur Verfügung stellen.«, versuchte ich Shongoene ein wenig Honig um den Mund zu schmieren.

»Ah. Ja. Hmm. Na, da haben Sie schon recht mit Ihrer Einschätzung… Sie können sich gar nicht vorstellen, was hier manchmal los ist. Und dann immer noch die ganzen repräsentativen Aufgaben!«, antwortete er sichtlich geschmeichelt.

»Das kann ich mir gut vorstellen. Und darum möchten wir Sie auch gern ein wenig entlasten.«

»Ja, aber wie stellen Sie sich das vor? Ihre Absicht ist zwar ungewöhnlich, aber gut gemeint. Einstellen kann ich Sie hier aber nicht, wenn es das ist was Sie wollen.«, sagte er etwas irritiert.

»Nein. Das wollen wir ja auch gar nicht. Und wir wollen auch kein Geld. Das nur schon mal vorneweg. Wir wollen nur helfen, den Fall aufzuklären.«

»Aha. Und warum haben Sie so ein Interesse an diesem Fall? Kannten Sie den Toten?«, fragte Shongoene verständlicherweise weiter.

»Nein, das nicht. Aber eine Freundin des Opfers, die wir auch kennen, hat uns benachrichtigt und gefragt, ob wir in der Angelegenheit nicht helfen könnten.«

»Und warum hat sie Sie gefragt? Hat sie kein Vertrauen in unsere Arbeit? Wir beschäftigen uns hier jeden Tag mit dieser Angelegenheit.«, erkundigte sich Shongoene ein wenig ärgerlich und beleidigt.

»Nein, nein, um Gottes willen! Sie vertraut Ihrer Arbeit voll und ganz und ist sich auch sicher, dass Sie den oder die Mörder finden werden. Sie wollte einfach nur alle Hebel in Bewegung setzen, damit sie sich nicht vorwerfen kann, dass sie nichts für ihren toten Freund getan hat.«

Das beschwichtigte ihn ein bisschen.

»Wer ist denn Ihre Bekannte?«, wollte Shongoene wissen.

»Lisha Mondzini. Sie war mit dem Opfer befreundet und hat mit ihm zusammen auf dem Markt gearbeitet.«, erklärte ich.

»Ah. Lisha Mondzini. Mondzini, Mondzini. Ja, der Name sagt mir was. Die war auch da, als wir den Toten abgeholt haben. Und wie wollen Sie mir jetzt helfen?«, fragte Shongoene interessiert.

»Tja, wir haben uns das so vorgestellt. Sie könnten uns ja erzählen, was Sie bereits herausgefunden haben und dann können wir das mit unseren Ergebnissen abgleichen und vielleicht kommt dabei ja auch ein neuer Verdächtiger heraus.«, versuchte ich die Erläuterung möglichst simpel zu halten.

»Haha, ja. Klingt interessant. Aber so machen wir das nicht. Wenn überhaupt, dann fangen wir erst einmal damit an, dass Sie mir erzählen, was Sie herausgefunden haben und ich sage Ihnen dann, ob das irgendwie verwertbar ist.«

Tom und ich schauten uns. Tom nickte und ich hielt den Zeitpunkt für einen Schmiergeldversuch noch für verfrüht. Also begann ich, Shongoene von den Ermittlungen der letzten Woche zu berichten. Dabei sparte ich jedoch aus, dass Tom den Backpacker etwas härter angepackt hatte. Shongoene merkte aber, dass da eine Lücke in der Geschichte war und hakte nach.

»Und der hat Ihnen einfach so erzählt, dass die drei Mrs. Mondzini, naja, sagen wir mal, vergewaltigt haben? Wie haben Sie das denn angestellt?«

Mir wurde ein wenig mulmig zumute und auch Tom schaute etwas unsicher drein.

»Naja, wir haben ihn vielleicht böse angeschaut.«, gestand ich ein und lächelte verlegen.

Shongoene schwieg für einen kurzen Augenblick.

»Haben Sie ihn bedroht? Oder geschlagen? Ich sag das nur mal so unter uns. Falls Sie es gemacht haben, dann haben Sie von mir nichts zu befürchten. Ich habe keine Anzeige vorliegen und ich denke, dass ich in diesem Fall auch keine bekommen werde, der ich mit Erfolg nachgehen kann.«, sagte er und zwinkerte mit einem Auge.

»Wenn es so war, dann hatte es das Schwein auch verdient!«, fügte er entschlossen hinzu.

Tom und ich schauten uns wieder an. Ich setzte alles auf eine Karte und erzählte ihm, dass wir ihn uns zusammen vorgeknöpft hatten. Wenn schon, dann wollte ich Tom nicht allein ans Messer liefern, obwohl ich die Aktion von ihm in Beira immer noch nicht gut hieß. Glücklicherweise reagierte Shongoene so, wie es sich vorher abgezeichnet hatte. Er klatschte vor Begeisterung mit seinen kleinen wulstigen Fingern in die Hände und rief:

»Sehr gut. Sehr gut! Ich würde mir wünschen, dass meine Mitarbeiter auch diesen Mumm in den Knochen hätten! Fabelhaft! Wenn Sie das nicht gemacht hätten, wären doch sonst alle ungestraft davon gekommen. Jetzt hat es zwar nur einen erwischt, aber das ist doch besser als keiner. Fabelhaft!«

Tom schaute zu mir mit einem Blick herüber, der mir auch ohne Worte sagte, was Tom gerade dachte:

»Siehste! Hab ich doch gleich gesagt!«

Ich erzählte Shongoene von unseren weiteren Ermittlungen. Von dem Besuch bei den Holzfällern und von unserem Verdacht bezüglich dieses Eduardo, der Ndemi angegangen hatte. Als ich fertig war, schwiegen wir einen Augenblick. Ich, weil ich fertig war, Tom, weil er nichts hinzuzufügen hatte und Shongoene, weil er nachdachte. Schließlich fing er an:

»Also. Gehen wir mal der Reihe nach vor. Die Backpacker waren es wohl kaum. Dann zu den Holzfällern. Die hatten wir anfangs auch in Verdacht. Die sind ja auch nicht sehr beliebt hier in der Gegend. Dass Usumbe mal bei denen war und verprügelt wurde, wusste ich gar nicht. Das hätte zwar ein Motiv sein können, wenn sich Usumbe und die Holzfäller noch mal begegnet wären, kann aber im Ergebnis auch nicht sein. Wir haben das bereits überprüft. An dem Tag, an dem Usumbe getötet wurde, war die gesamte Holzfäller-Crew in einem anderen Lager. Weit weg von hier. Sie wollten da ein anderes Rodungsgebiet besichtigen, das wohl als nächstes abgeholzt wird und sind auch erst einen Tag später wieder hier gewesen. Das hab ich mit der Firmenleitung und dem Chef vor Ort geklärt. Von denen war zu dem Zeitpunkt keiner im Lager. Leider. Was aber diesen Eduardo Ndlane angeht… Und das verrate ich Ihnen jetzt quasi als Belohnung, weil Sie wirklich gute Ermittlungsarbeit geleistet haben… Den halten wir auch für sehr verdächtig. Wir hatten ja erst die wütende Dorfbevölkerung im Verdacht. Die sind aber alle größtenteils harmlos. Das ist eher nur ein mitlaufender Mob. Die meisten von denen sind aufgrund ihrer sozialen und wirtschaftlichen Lage frustriert und froh, dass sie bei den Protesten vor der Hütte von Mrs. Mondzini mal etwas Dampf ablassen können, auch wenn sie wissen, dass das nichts an ihrer Situation ändert. Das hört auch wieder irgendwann auf. Nur einer stach hier aus der Masse hervor und das war Eduardo Ndlane. Er soll wohl ein religiöser Fanatiker sein. Obwohl… das ist vielleicht übertrieben. Er ist aber auf jeden Fall sehr gläubig. Angeblich, aber das wissen wir nicht genau, soll er auch schon mal andere Dorfbewohner drangsaliert haben, weil sie sonntags nicht in die Kirche gegangen sind. Und was ihn und das Opfer angeht… Die Streitereien zwischen ihm und Usumbe sind angeblich noch weiter gegangen und es hat wohl auch Handgreiflichkeiten gegeben. Das ist bislang der Einzige bei dem alles passen würde: Er hatte ein Motiv, er hatte die Gelegenheit und er war auch zum Tatzeitpunkt vor Ort. Wir haben nur dummerweise keinen Beweis. Daran fehlt es noch. Allerdings würde ich Sie bitten, vorläufig von einer Befragung Ndlanes abzusehen. Wir wollen nicht, dass er Angst bekommt oder etwas bemerkt und vielleicht flüchtet oder sich ein Alibi zurechtlegt. Aber vielen Dank für die Bestätigung unserer Einschätzung, was diesen Ndlane angeht.«

»Na, das klingt doch ganz vielversprechend!«, meinte Tom.

»Das denke ich auch. Sagen Sie, wäre es vielleicht möglich noch einen abschließenden Blick in die Akte zu werfen. Ich war früher mal Anwalt und bin daher ganz gut darin, was die Auswertung von Aussagen angeht. Sie haben wegen dieses Ndlane doch sicherlich die Dorfbewohner befragt. Vielleicht erkennen wir ja in den Aussagen der Dorfbewohner noch einige Hinweise, welche eine Täterschaft Ndlanes wahrscheinlicher macht. Was aber nicht heißen soll, dass Sie das nicht selbst schaffen würden.«, räumte ich am Ende ein, um Shongoene nicht noch einmal missmutig werden zu lassen.

»Nein. Ich denke, das ist keine gute Idee. Ich habe jetzt mit Ihnen über den Fall gesprochen und ich finde, dass die Unterhaltung für beide Seiten sehr fruchtbar war. Aber in die Akte schauen lassen darf ich Sie nun wirklich nicht. Das ist selbst mir nicht gestattet, dass ich privaten Ermittlern, auch wenn Sie es gut meinen, Akteneinsicht gewähre. Aber seien Sie sicher: Wir werden den Fall ganz bestimmt auch so in einiger Zeit erfolgreich abschließen!«

»Wir würden es auch nicht weitersagen. Und wie gesagt. Vielleicht entdecken wir ja doch noch etwas.«, versuchte ich es noch einmal.

»Nein. Wirklich nicht. Aber trotzdem vielen Dank für Ihre Hilfe.«

»Keine Ursache. Vielleicht können wir Ihnen aber auch ein bisschen mehr helfen. Ihr Kollege sagte uns, dass die Polizeireviere in Beira und Inhambane mit Computern ausgestattet wären. Nur hier in Inhassoro gibt es wohl keine Computeranlage. Das würde Ihre Arbeit doch sicherlich enorm erleichtern, wenn Sie so etwas hätten, oder?«

»Auf jeden Fall. Aber ich weiß nicht, was Sie meinen.«

Ich holte das Geldbündel mit den 1.000,- Dollar aus meiner linken Hosentasche und legte 300,- Dollar davon auf den Tisch.

»Das reicht sicherlich für ein einfaches Modell.«, fügte ich hinzu.

»Mr. Scherler!«

Ich legte noch zwei 100-Dollar-Scheine dazu.

»Jetzt wäre es schon ein ganz passabler Rechner.«

»Mr. Scherler!«, sagte Shongoene nun mit ermahnender Stimme.

Ich hatte mir schon vorher überlegt, was der Chef eines Polizeireviers wohl so im Monat verdienen dürfte. Vermutlich waren es so zwischen 80,- und 100,- Dollar im Monat. Es lag jetzt also schon mehr als ein fünffacher Monatslohn bei ihm auf dem Tisch. Leider reagierte Shongoene nicht so, wie ich es erwartet hatte.

»Wie dumm von mir! Sie brauchen ja auch noch einen Monitor!«, fuhr ich fort und legte weitere 300,- Dollar auf den Tisch.

Shongoene schluckte und ermahnte mich jetzt nicht mehr. Offenbar hatte er angebissen. Nun war es nur noch eine Frage des Preises. Darum legte ich schnell nach dem ersten Anzeichen noch die letzten 200,- Dollar aus meiner linken Hosentasche dazu und machte die 1.000,- Dollar voll.

»Ach, was soll´s. Machen wir eine runde Summe. 1.000,- Dollar. Davon können Sie dem Polizeirevier Inhassoro einen Computer kaufen, der viel besser und schneller ist, als die in Beira und Inhambane zusammen!«

Auf Shongoenes Glatze sammelten sich die Schweißtropfen und liefen über seinen Kopf. Zwei von ihnen trafen sich und verbanden sich zu einem großen Tropfen, der nun über seine Stirn und an seinem Auge vorbeifloss, sodass es den Anschein erweckte, als ob er ganz leicht weinen würde.

Shongoene räusperte sich.

»Ach, Mr. Scherler.«

Er brachte keinen vernünftigen Satz zustande. Sollte er wirklich mit seinem Gewissen ringen? Bei so einer Summe? Wir hatten uns zuvor offenbar doch in ihm getäuscht, da wir annahmen, dass er für jede Art der Bestechlichkeit empfänglich wäre. Und jetzt zierte er sich so. Darum entschloss ich mich, auch den Inhalt meiner rechten Hosentasche ins Spiel zu bringen.

»So. 1.500,- Dollar! Mehr habe ich nicht dabei. Vermutlich hat nicht einmal Ihr Staatspräsident einen so guten Computer, wie Sie ihn für dieses Geld kaufen können.«, erklärte ich.

Mittlerweile bildeten sich auch unter seinen Armen tellergroße Schweißflecken, die das weiße Hemd in diesem Bereich durchscheinender werden ließen. Er druckste immer noch herum. Man konnte ihm förmlich ansehen, dass er sich innerlich überwinden musste, nicht mit seinen Händen nach den Geldscheinen zu greifen. Seine Hände umklammerten fest die Enden der Armlehnen. Sein fetter Hintern ruckte unruhig im Stuhl hin und her. Schließlich sagte er und man merkte deutlich, dass es ihm schwerfiel:

»Nein, nein. Tut mir leid, Mr. Scherler. Ich kann das Geld nicht annehmen. Wir sind bislang gut ohne einen Computer ausgekommen und werden es auch noch die nächsten 10 Jahre, wenn es sein muss. Das ist sehr freundlich von Ihnen, aber ich werde das Geld nicht annehmen. Und die Akte, falls es Ihnen darum gehen sollte, kann ich Ihnen auch nicht zeigen. Bitte gehen Sie jetzt. Ich wünsche Ihnen noch einen schönen Tag. Auf Wiedersehen!«

Sein Entschluss stand fest. Ich war froh, dass er mir aus dem Bestechungsversuch keinen Strick drehen wollte und packte die 1.500,- Dollar wieder ein. Tom und ich standen auf und verließen schnell das Zimmer. Wir verabschiedeten uns und gingen rasch durch das Arbeitszimmer, in dem die beiden Hilfssheriffs saßen und hofften, dass die Zeit bis zum Feierabend möglichst schnell vergehen möge. Djanambo öffnete uns die Tür zum Vorraum und erkundigte sich:

»Und? Konnte Mr. Shongoene Ihnen weiterhelfen?«

»Ja, sehr. Vielen Dank. Auf Wiedersehen und ein schönes Wochenende!«, antwortete Tom leicht hektisch.

»Danke, Ihnen auch!«

Wir liefen hinüber zum Jeep und stiegen ein. Der Regen hatte mittlerweile fast aufgehört und man konnte die Sonne bereits zwischen den Wolken erkennen. Ich startete den Motor und fuhr los.

»Ich denke, wir sind jetzt quitt.«, merkte Tom nüchtern an.

»Wieso? Was meinst du?«

»Naja, ich meine die Sache mit der etwas härteren Befragung von Lukas und deinem Auftritt gerade eben.«

»Was denn? Ist doch alles gut gegangen!«, versuchte ich den missglückten Bestechungsversuch herunterzuspielen.

»Gut gegangen? Ey, der Typ ist überhaupt nicht drauf angesprungen und du hast trotzdem immer weiter gemacht! Wenn der gewollt hätte, hätte der uns jetzt gleich an Ort und Stelle dafür einbuchten können. Das war ein Bestechungsversuch. Das weiß sogar ich, Herr »Ich-war-einmal-Anwalt«!«, regte Tom sich auf.

»Ja, du hast recht. Das war vielleicht nicht so clever. Tut mir leid.«, gab ich reumütig zu.

Ich wusste selbst, dass meine Aktion gerade eben komplett in die Hose gegangen war und dass es auch ziemlich schlecht für uns hätte aussehen können, wenn Shongoene anders reagiert hätte. Darum machte es auch keinen Sinn, Tom zu widersprechen oder die Angelegenheit herunterzuspielen. Außerdem hatte ich auch keine Lust darauf, dass wir uns wieder die ganze Rückfahrt über anschwiegen.

»Lass uns lieber mal darüber reden, ob uns etwas aufgefallen ist oder ob wir neue Informationen bekommen haben.«, versuchte ich Tom dazu zu bewegen, unseren Besuch bei Shongoene noch mal mit mir durchzugehen.

»Ja! Gern! Da wollte ich auch noch einmal etwas zu sagen. 1.500,- Dollar? 1.500,- Dollar?!? Ich hatte gedacht, du meintest vielleicht so 100,- oder 200,- Dollar, als wir gestern darüber gesprochen hatten. Aber 1.500,- Dollar? Das ist doch mindestens ein Jahresgehalt von dem, wenn nicht sogar mehr!«

»Naja, ich glaube, du unterschätzt das ein bisschen. Das klingt zwar nach wenig, aber als Polizist darfst du nicht einfach so jedem dahergelaufenen Touristen einen Einblick in deine Akten gewähren. Wenn er das gemacht hätte und es aufgeflogen wäre, hätte ihn das locker den Job kosten können.«, versuchte ich es Tom zu erklären.

»Trotzdem. 1.500,- Dollar halte ich schon für ganz schön viel. Nur weil das bei dir nicht so eine große Rolle spielt…«

»Hey! Das ist nicht fair! Ich hab da auch für gearbeitet! Und ich hab dir gerade erklärt, dass ich nur so hoch rangegangen bin, weil das für Shongoene auch ein großes Risiko bedeutet hätte.«, reagierte ich ein wenig aufgebracht.

Tom hatte in gewisser Weise recht mit dem, was er sagte. Die 1.500,- Dollar hätten mir wirklich nicht sehr weh getan. Wenn er oder jemand anderes es aber so hinstellte, als wäre mir das Geld nur so zugeflogen, reagierte ich immer etwas allergisch. Nachdem ich knapp zwei Jahre bei Conrad & Conrad in Pretoria gearbeitet hatte und dort bereits nicht schlecht verdient hatte, zog es mich wieder nach Deutschland zurück. Da Conrad & Conrad regelmäßig im südafrikanischen Kanzlei-Ranking im oberen Bereich der Top-Ten-Liste rangierte, war es für mich nicht schwierig, auch in Deutschland einen gut bezahlten Job zu finden. Ich landete nach einigen Vorstellungsgesprächen schließlich in einer international tätigen Kanzlei für Grundstücksrecht in Frankfurt. Einer unserer Mandanten war ein mittelgroßer Energiekonzern, den ich über mehrere Jahre in der Kanzlei betreute. Eines unserer Hauptprojekte war dabei der Erwerb einer riesigen Fläche Landes in Rumänien. Unser Mandant hatte dort nach einigen geologischen Untersuchungen ein enormes Braunkohlevorkommen festgestellt, welches die Errichtung eines Braunkohletagebaus mit angeschlossenem Kraftwerk zu einer äußerst lukrativen Unternehmung machte. Er benötigte neben dem Grundstück aber zudem noch die erforderlichen Genehmigungen der zuständigen Behörden, was in Rumänien ähnlich problematisch ist, wie hier in Afrika. Da ich der federführende Anwalt der Kanzlei in dieser Angelegenheit war, schlug ich vor, den Genehmigungsvorgang zu beschleunigen, da dies andernfalls Jahre gedauert hätte. Der geschätzte Zeitraum des Genehmigungsverfahrens lag zu Beginn des Projekts bei etwa fünf Jahren. Unser Mandant erklärte sich mit dem Beschleunigungsvorhaben, das in erster Linie aus der Bezahlung von Schmiergeldern bestand, einverstanden und versprach mir persönlich eine Prämie in Höhe von 1.000,- Euro für jeden Tag, den der Abschluss des Genehmigungsvorhabens kürzer als die geschätzten fünf Jahre dauern würde. Eine lohnende Investition, da für jeden Tag, den das Projekt früher beginnen konnte, ein Vielfaches an Gewinn für unseren Mandanten wieder hereinkommen würde. Ich schaffte den Abschluss des Verfahren nach etwa 2¼ Jahren, was für mich neben meinem normalen Einkommen noch einen Bonus in Höhe von

984.000,- Euro bedeutete. Mit diesem Vermögen und einigen Ersparnissen im Rücken kündigte ich noch im selben Monat meinen Job bei der Frankfurter Kanzlei und kaufte mir mein Ferienhaus in Praia da Onda. Ich hatte schon während der Zeit des Projekts nachgedacht, was ich mit dem Geld machen würde und kam zu dem Entschluss, dass ich in Mosambik bis zum Ende meiner Tage leben könnte, ohne dass ich jemals wieder einen Finger krumm machen müsste. Denn schon während meines Referendariats und meiner Zeit als Anwalt in Pretoria betreute ich mehrere Mandanten, die geschäftlich in Mosambik aktiv waren. In diesen Wochen und Monaten verliebte ich mich sozusagen in dieses Land und war mir sicher, dass ich die Gelassenheit der Menschen und die paradiesischen Strände auch für einen längeren Zeitraum ertragen könnte. Die jährlichen Zinsen meiner Bonuszahlung würden locker meine laufenden Kosten decken und ich könnte mir vom restlichen Geld hin und wieder einige schöne Reisen und ein paar Extras gönnen, ohne dass ich verarmen würde. Also verwirklichte ich diese Idee und schlug hier meine Zelte auf.

»Stop, halt da mal kurz an, bitte!«, rief Tom plötzlich, ohne das Gespräch weiter zu vertiefen.

Ich parkte den Wagen am Rand der Straße. Tom sprang hinaus und lief zu einem kleinen Laden hinüber, der aussah wie eine Bäckerei oder ein Cafe. Nach wenigen Minuten kam er mit einer Tüte in der Hand wieder raus.

»Pregos und Limonade. Bier gab es leider nicht. Wer weiß, wie lange du mit deinem Schneckentempo für die Rückfahrt brauchst.«, sagte er und hielt demonstrativ die mintfarbene Plastiktüte hoch, in der sich seine Einkäufe befanden.

»Gute Idee! So. Jetzt aber nochmal zurück zu unserem eigentlichen Anliegen hier in Inhassoro. Mal abgesehen von dem hohen Geldbetrag, den ich Shongoene angeboten habe... Ist dir sonst etwas aufgefallen?«, fragte ich Tom, nachdem er sich angeschnallt und die Tüte verstaut hatte.

»Nicht wirklich. Der Typ kam mir zwar irgendwie komisch vor, aber die Sachen, die er erzählt hat, decken sich zum größten Teil doch auch mit dem, was wir so herausgefunden haben. Außerdem war es sehr nett, dass er uns nicht wegen der Sache mit Lukas und Deinem Bestechungsversuch ans Bein gepinkelt hat.«

»Ja, das stimmt schon. Das hab ich auch gedacht. Was mich vor allem gewundert hat ist, dass er so standhaft die 1.500,-Dollar abgelehnt hat. Das wäre vermutlich wirklich mehr als ein Jahresgehalt für ihn gewesen. Ich weiß nicht, ob ich da früher so ehrlich gewesen wäre.«, merkte ich an.

»Das stimmt. Geht mir ähnlich. Für ein Jahresgehalt würde ich vermutlich so einiges tun...«, stimmte auch Tom mir zu.

»Vielleicht haben wir uns in dem Polizeichef früher auch nur getäuscht. Vielleicht ist er einfach nur unfähig und nicht auch noch korrupt.«, fügte er an.

»Naja, jedenfalls hat er mit Eduardo Ndlane zumindest denjenigen als Verdächtigen genannt, der auch bei uns als letzter Verdächtiger auf der Liste stand. Vielleicht ist er nicht mal unfähig, sondern einfach nur ein durchschnittlicher Polizist.«, ergänzte ich Toms Gedanken.

»Jetzt übertreib mal nicht. Egal, was Shongoene letzten Endes ist, auf jeden Fall kommt die ganze Sache dann ja wohl früher oder später zu einem Abschluss.«

»So, wie das gerade bei Shongoene klang, wohl eher später.«

»Dann wird es halt eher später. Das kann uns aber doch egal sein, oder? Wir haben zumindest den richtigen Gedanken gehabt, was den Mörder angeht und können das heute Abend den anderen berichten.«, sagte Tom.

»Ja, schon. Aber mir juckt es schon noch ein bisschen in den Fingern. Zum Einen ist es nicht ganz sicher, ob Ndlane es wirklich war. Das wird sich erst noch zeigen. Und zum Anderen ist das auch für Lisha keine angenehme Situation, wenn das mit den wütenden Leuten vor ihrer Hütte noch länger so geht. Sie wollte unsere Unterstützung doch eigentlich nur, weil sie sich von uns eine schnellere Hilfe als von der Polizei erhofft hat. Und wenn wir ihr nun sagen, dass die Polizei zwar schon einen Verdächtigen hat, die Festnahme aber noch unbestimmte Zeit dauern kann, dann ist ihr damit auch nicht wirklich geholfen.«

»Ist schon richtig. Aber was willst du denn jetzt machen?«, wollte Tom wissen.

»Weiß nicht. Was hältst du davon, wenn wir gleich mal bei diesem Eduardo vorbeifahren? Es liegt sowieso auf dem Weg und wir haben doch heute auch nichts mehr vor, oder?«

»Du willst es dir echt mit Shongoene verscherzen, oder? Der hat doch gesagt, dass wir nicht mit Eduardo reden sollen, weil wir ihn sonst warnen würden und er flüchten könnte.«

»Ja, ja. Bla, bla. Falls es noch ein paar Wochen dauert, bis sie den festnehmen, dann hat Eduardo bis dahin auch genug Zeit zu flüchten. Und wenn er es gewollt hätte, dann wäre er schon in den letzten Wochen abgehauen. Entweder muss der sich sehr sicher fühlen oder er war es vielleicht doch nicht. Aber das können wir ja vielleicht herausfinden. Und wenn wir da bei ihm in ein Wespennest stoßen und er später flüchten sollte, dann wissen wir, dass er es war. Und sofern er uns ein paar triftige Gründe nennen kann, weshalb er nicht der Mörder ist, können wir ihn auf diese Weise entlasten und müssen nicht erst noch Wochen oder Monate warten, bis die Polizei das festgestellt hat.«

»Dann willst du da jetzt echt noch vorbei fahren? Heute?«, stöhnte Tom.

»Ja. Jetzt hab dich nicht so. Wenn du jetzt nicht rumnörgelst, dann geb ich dir nachher auch ein Bier aus und zeig dir, wie man den Queue richtig hält, damit du auch mal eine Chance gegen mich im Billard hast.«, versuchte ich ihn zu überreden.

»Pass auf, dass ich mit dem Queue nicht noch ganz andere Sachen mache, du Arsch. Na warte, beim nächsten Mal wirst du nicht eine einzige Kugel versenken! Zwei Bier und du machst morgen Frühstück bei dir auf der Veranda. Dann bin ich dabei.«

»Okay. Abgemacht.«

Wir hatten inzwischen Inhassoro verlassen und befanden uns auf der Sandpiste in Richtung N1. Abermals kamen wir nur im Schritttempo voran und wurden dabei gut durchgeschüttelt. Tom war froh, dass er noch einige Pregos und Limonade in Inhassoro gekauft hatte, die er mit mir teilte. Denn die Fahrt dauerte genauso lang wie vorher und irgendwann bekamen wir beide Hunger. Für das Essen und Trinken legten wir eine kleine

Pause ein. Nachdem wir gegessen hatten und kurz ausgetreten waren, ging es weiter. Auch die nächsten 40 Minuten hüpften wir im Jeep auf und ab. Endlich kamen wir wieder an die N1.

»Weißt du, wo wir abbiegen müssen? Ich habe es mir nur aus der anderen Richtung gemerkt.«, fragte ich Tom.

»Du hast wohl überhaupt keinen Orientierungssinn, was? Ich sag dir rechtzeitig Bescheid. Ist aber noch ein Stückchen.«

Wir fuhren noch ein Stück in Richtung Süden bis Tom mir ein Zeichen gab und mir bedeutete, dass wir die Hauptstraße verlassen mussten. Ich stellte den Wagen wieder an der Stelle ab, an der wir auch die beiden letzten Male geparkt hatten. Wir folgten dem Pfad, bis wir vor Lishas Hütte ankamen.

»Lisha?«, rief Tom und schaute in die Hütte hinein.

Lisha trat hinaus. Sie trug ein neues Kleid. Hellblau mit rosa Blümchen. Es schaute ganz niedlich an ihr aus und ihr Gesicht sah ein wenig fröhlicher aus als noch vor einigen Tagen.

»Hallo, Mr. Randall. Hallo, Mr. Scherler. Schauen Sie, das hab ich mir gekauft, Mr. Randall. Von dem Geld. Es ist so schön, finden Sie nicht auch?«

»Hallo! Ja, sehr schön! Es steht Ihnen ausgezeichnet.«, bestätigten wir beide Lishas Frage und waren froh, dass Toms kleine Spende ihre Stimmung etwas hatte heben können.

»Lisha, wir wollen Sie gar nicht lange stören. Wir haben nur eine Frage: Wie kommen wir zu Eduardo Ndlane? Sie hatten ja gesagt, dass er sich mit Ndemi gestritten hatte und da wollten wir jetzt einfach mal nachfragen.«, erklärte ich ihr kurz.

Dass auch die Polizei Ndlane bereits als Mordverdächtigen im Visier hatte, verriet ich ihr nicht. Denn auch wenn Lisha einen recht aufgeweckten Eindruck machte, so traute ich ihr dennoch zu, dass sie Ndlane an den Kopf werfen würde, Hauptverdächtiger in dem Mordfall zu sein, sollte er noch einmal einen Protest vor ihrer Hütte anzetteln. Dann wäre er wirklich gewarnt und hätte allen Grund zur Flucht. Und Shongoene könnte dann ebenfalls Eins und Eins zusammenzählen und sich ausmalen, dass wir letztlich für diesen Hinweis verantwortlich gewesen waren.

»Sie bemühen sich immer noch? Ich weiß gar nicht was ich sagen soll. Es hat sich noch nie jemand… jedenfalls kein Weißer, so um meine Probleme gekümmert. Danke. Danke!«

Da uns mit dem Dank noch nicht weitergeholfen war, wiederholte ich meine Frage.

»Oh ja. Entschuldigung. Wenn Sie mit Eduardo sprechen wollen, müssen Sie einmal durch das gesamte Dorf gehen. Wenn Sie immer dem Pfad folgen, ist es die letzte Hütte, die Sie sehen. Sie steht auf der linken Seite und Sie müssen den Weg verlassen und vielleicht fünfzig Meter durch die Palmen durch. Dort stehen aber nicht viele. Sie können seine Hütte auf jeden Fall vom Weg aus sehen. Ich weiß aber nicht, ob er gerade zuhause ist.«

»Das werden wir schon herausfinden. Vielen Dank und bis bald, Lisha. Wenn wir etwas Neues wissen, kommen wir wieder und sagen Ihnen Bescheid.«, verabschiedete ich mich und auch Tom nickte zu ihr hinüber.

»Auf Wiedersehen und alles Gute!«, sagte Lisha, die noch für einige Augenblicke vor der Hütte stehenblieb und uns hinterher schaute.

»Typisch Frauen! Wenn sie mal etwas Geld haben, dann werfen sie es gleich für Klamotten raus. Da sind die überall auf der Welt gleich. Egal, ob Du in London, Berlin oder hier in Mosambik im Busch bist. Das kann doch kein Zufall sein. So etwas ist doch bestimmt genetisch, oder was denkst du?«, sagte Tom leise zu mir als wir uns außerhalb der Hörweite von Lisha befanden.

»Bestimmt. So wie bei uns der Hang zu Elektronikkram. Das ist bestimmt auch irgendeine Veranlagung.«, stieg ich in Toms pseudowissenschaftliche Diskussion ein.

»Ja, aber unser Elektronikkram ist ja wenigstens noch sinnvoll. Da kann man ja was mit anfangen. Aber mit einem Kleid?«

»Da hast du recht. Ich glaube, ein Kleid würde bei uns beiden wenig Sinn machen. Genau wie eine Playstation oder ein Flatscreen in Lishas Hütte.«

Wir gingen weiter den Pfad entlang und wurden bald von einigen Kindern begleitet, die lachend und schmutzig neben uns herliefen oder uns zuwinkten. Einige von ihnen berührten schüchtern unsere Hände und den Stoff unserer Hosen. Dann liefen sie schnell wieder ein paar Meter weiter weg. Das brachte sie erneut zum Lachen und sie wiederholten dieses Spiel mehrere Male. Es war gut möglich, dass wir die ersten Weißen waren, die sie sahen, auf jeden Fall aber waren wir bestimmt die ersten Weißen, die sich durch den Wald hierher in ihr Dorf verirrten. Insofern war ihr großes und fröhliches Interesse durchaus verständlich. Leider hatten wir keine Süßigkeiten und kein Obst dabei, das wir ihnen hätten geben können. Geld wollten wir nicht verteilen. Das wäre sowieso nur bei ihren Eltern gelandet und ich trug ohnehin nur die großen Scheine von meinem Bestechungsversuch bei mir. Hätte ich die unters Volk gebracht, hätten es hier sicherlich Mord und Totschlag unter den Einwohnern gegeben und wir hätten uns weitere Ermittlungen aufgehalst. Also behielten wir unser Geld für uns.

Die Erwachsenen im Dorf schauten uns nicht so freundlich an wie ihre Kinder, sondern traten uns eher mit einem gesunden Misstrauen gegenüber, was auch verständlich war. Ich hätte sicherlich ebenso misstrauisch geschaut, wenn ein Schwarzer, der nicht zu den Angestellten des Resorts gehörte, vor meinem Ferienhaus entlang gelaufen wäre. Wir bemerkten, dass vor den meisten Hütten am Pfad Leute standen und nur wenige Häuschen leer waren. Das ließ uns hoffen, dass heute vielleicht kein Markttag war und auch Ndlane daheim war. Die meisten der Bewohner gingen ihrem Tagesgeschäft im Wald nach. Viele hängten ihre Wäsche auf, bestellten ihren kleinen, spärlichen Garten, den sie im Wald angelegt hatten, da am Strand noch weniger wuchs als hier. Nach einigen Minuten erreichten wir das Ende des Dorfs. Ein paar der Kinder folgten uns noch immer. Wir blieben stehen und schauten uns um. Wie Lisha es beschrieben hatte, stand Ndlanes Hütte etwas nach hinten versetzt im Wald, sodass man sie nicht direkt über den Trampelpfad erreichen konnte, sondern die Strecke durch unbefestigtes Gelände zurücklegen musste. Uns wurde mulmig zumute, denn wir beide erinnerten uns wieder an die zahlreichen Minengeschichten und die übers ganze Land verteilten verstümmelten Menschen an den Straßenrändern.

»Denkst du, dass das hier gefährlich ist?«, fragte ich Tom.

»Wahrscheinlich nicht mehr und nicht weniger als anderswo auch. Aber schau dich doch mal um. Die haben hier so viele Kinder, die immer durch den Wald toben, dass die bestimmt schon alle Minen ausgelöst hätten. Außerdem muss ja auch dieser Ndlane irgendwie in seine Hütte kommen. Der schwebt ja nicht über den Sand. Solange du nicht in den Wald pinkelst...«, versuchte Tom witzig zu sein.

»Ich würde mich wohler fühlen, wenn ich wüsste, dass die hier schon mal irgendwann ein Minenräumkommando durchgeschickt hätten. Vielleicht gibt es hier ja auch gar keine Minen.«

»Darauf wetten würde ich nicht. In Inhambane hab ich auf jeden Fall schon einige Verstümmelte gesehen und das ist ja nicht so weit von hier entfernt. Und der eine Alte am Strand, den wir öfter sehen, wenn wir den Fisch kaufen, hat auch nur noch einen Stumpf am rechten Bein und sein linkes wirkt auch nicht mehr ganz fit.«, schätzte Tom die Lage ein.

»Sollen wir schnicken, wer vorgeht?«, schlug ich Tom vor.

»Das ist mir egal. Wenn einer von uns auf eine Mine tritt und der andere nicht mindestens zehn Meter hinter ihm ist, erwischt es den mit ziemlicher Sicherheit auch. Kommt halt auch drauf an, was für eine Mine es ist. Wenn hier welche mit Stahlkugelgeschossen liegen, hast du allerdings Glück, dann behältst du alle Arme und Beine. Du siehst dann halt nur aus wie ein Sieb. Bei einer Antipersonenmine, die „nur" eine Sprengladung zündet, kann der andere durchaus Glück haben. Ist mal einem Kameraden von mir im Irak passiert. Der ging etwa

20 Meter hinter seinem Kumpel, als der auf eine Mine getreten ist. Der war sofort tot und dem anderen mussten sie einige Splitter aus dem gesamten Körper operieren. Ist alles eine Frage des Abstands.«

Einige der Kinder stoben, während wir in unseren Überlegungen festhingen, an uns vorbei in Richtung Ndlanes Hütte und spielten fangen.

»Siehst du, wenn die hier rumlaufen, dann können wir das auch.«, sagte Tom, womit er sicherlich eher mich als sich selbst beruhigen wollte.

Ich konnte nur müde lächeln.

»Die sind auch leichter, vielleicht lösen die Minen bei denen nicht so schnell aus.«

»Ja, aber guck mal. Die laufen doch immer in Gruppe, dann wiegen die genauso viel wie wir.«

Wir mussten beide etwas lachen und entschieden uns loszugehen. An einigen Stellen lagen heruntergefallene, vertrocknete Palmenblätter auf dem Boden, die bei jeder Berührung mit dem Fuß leise knackten. Ich zuckte jedes Mal zusammen. Wir erreichten nach wenigen Augenblicken, die mir allerdings sehr lang vorkamen, die Hütte von Ndlane. Sie war im Grunde genau wie die vielen anderen Hütten aus Steinen, Wellblech und Holzwänden, die wir entlang des Trampelpfades im Wald gesehen hatten, unterschied sich aber durch einige kleine Auffälligkeiten. Schon von weitem bemerkten wir, dass Ndlanes Hütte eine Tür – ein einfaches Holzbrett – besaß. Sie hatte zwar kein Schloss und auch keine Klinke, dafür war sie an zwei Scharnieren festgemacht und konnte zumindest angezogen werden, sodass der oder die Bewohner im Innern etwas Privatsphäre haben konnten. Über der Tür war ein kleines Holzkreuz mit Jesus angebracht, das im Vergleich zum Rest der Hütte einen sehr gepflegten Eindruck machte. Auch das winzige Gärtchen, das neben der Hütte angelegt war, wirkte im Gegensatz zu den meisten anderen Anbauflächen im Dorf sehr ordentlich. An eines der Holzgestelle, an dem Sprösslinge hochgezogen wurden, lehnte eine hölzerne und bunt bemalte Marienfigur. Wahrscheinlich sollte sie für eine gute Ernte sorgen.

»Das scheint hier zu stimmen. Christlich ist er auf jeden Fall.«, merkte Tom kurz an und nickte mit dem Kopf in Richtung des Kruzifix.

»Dann lass uns doch mal reinschauen.«

Tom klopfte an die Tür. Von drinnen war nichts zu hören, also klopfte er nochmals.

»Hallo?«, rief er leise durch einen Spalt der angelehnten Tür.

Keine Antwort.

»Sollen wir mal reingehen?«, fragte Tom und drehte sich zu mir um.

»Mmh. Mach mal die Tür auf.«

Tom stieß die Tür vorsichtig mit der Handfläche auf. In diesem Moment hörten wir von schräg rechts hinter der Hütte eine Stimme:

»Hey, was machen Sie da?«

Es klang sehr unfreundlich, was aber auch verständlich war. Ich hätte vermutlich auch nicht gleich Getränke angeboten, wenn sich Fremde an meiner Eingangstür zu schaffen gemacht hätten. Wir gingen drei Schritte zurück und schauten zu dem Mann herüber, der uns gerade beim Begutachten der Hütte entdeckt hatte. Er kam aus dem Wald und trug in der linken Hand einen Furchenstock und in der rechten eine Hacke. Vermutlich hatte er gerade irgendwo gepflügt. Seine hellbraune Stoffhose war unten an den Hosenbeinen ausgefranst und hatte ein Loch in Höhe des rechten Schienbeins. Er trug ein blau-braun gestreiftes Hemd, das von oben bis unten aufgeknöpft war, sodass man seine schmale, aber muskulöse Brust sehen konnte. Sein Gesicht wirkte hager und grimmig. Die Hacke und der Furchenstock machten mir Sorgen. Ich hatte keine große Lust mit diesen beiden Geräten durch das ganze Dorf getrieben zu werden, nur weil er vielleicht dachte, dass wir in sein Haus einbrechen wollten. Darum rief ich ihm schnell entgegen:

»Hallo, sind Sie Mr. Ndlane? Wir haben Sie nur gesucht. Wir wollten nicht bei Ihnen einbrechen!«

Der Mann blieb in etwa 15 Metern Entfernung stehen und stellte sich breitbeinig vor uns auf. Den Furchenstock warf er mehrmals leicht in die Höhe und drehte ihn dabei um seine eigene Achse, so als suchte er nach einem geeigneten Griff, um ihn uns gleich über den Schädel ziehen zu können.

»Wer will das wissen?«, fragte er kurzsilbig.

»Oh, Entschuldigung, wir haben uns noch gar nicht vorgestellt. Das ist Mr. Randall und ich bin Mr. Scherler. Wir möchten gerne mit Ihnen reden.«, erklärte ich ohne Umschweife.

»Aha. Und worüber? Ich kenne Sie nicht. Was sollten wir zu bereden haben?«

»Wir möchten gern mit Ihnen über Ihren toten Freund Ndemi sprechen. Ndemi Usumbe. Er hat hier im Dorf gelebt und hat…«

»Jaja, ich weiß wer Ndemi war. Das müssen Sie mir nicht erklären. Ich kenne ihn. Er war mein Freund! Und was wollen Sie mit mir über Ndemi bereden? Er ist tot.«

»Darum sind wir hier. Wir wollen helfen, den Mörder zu finden.«, antwortete ich.

Der Furchenstock ruhte jetzt in Ndlanes Hand. Entweder hatte er nun die richtige Griffposition gefunden, um uns eins überzuziehen oder meine Antwort hatte ihn etwas entspannter gemacht. Glücklicherweise war Letzteres der Fall. Ndlane rammte die Hacke mit Schwung in den Boden und löste auf diese Weise ein wenig die Spannung, die kurz zuvor noch zwischen uns bestand. Jetzt hatte er nur noch den Furchenstock in der Hand, was ein überschaubares Risiko darstellte. Er kam näher und begrüßte uns.

»Hallo. Ich bin Eduardo Ndlane. Aber das wissen Sie ja. Sie haben mich schließlich auch gesucht. Also, was wollen Sie?«

»Wie gesagt. Wir versuchen, den Tod von Ndemi Usumbe aufzuklären.«

»Und weshalb? Ich habe Sie noch nie zuvor hier gesehen und ich kann mich nicht erinnern, dass Ndemi mal davon gesprochen hat, dass er weiße Freunde hat. Von der Polizei sind Sie ganz offensichtlich auch nicht. Warum sind Sie hier?«, fragte Ndlane eindringlich und schaute uns dabei ernst an.

Da ich Mary aus der Sache raushalten wollte, antwortete ich:

»Wir sind Bekannte von Lisha, wir…«

»Lisha? Bekannte? Seht zu, dass ihr hier verschwindet, ihr Hurenböcke. Habt ihr diese Schlampe auch schon gefickt? Sie ist es doch, die Ndemi auf dem Gewissen hat! Mit ihrer Hurerei! Nur wegen ihr sind wir hier alle in Ungnade beim Herrn gefallen. Das ganze Dorf hat sie besudelt mit ihrem abstoßenden Verhalten!«, unterbrach Ndlane mich.

Seine Faust schloss sich enger um den Griff des Furchenstocks und die Adern an seiner Stirn traten leicht hervor.

»Halt, halt, halt. Jetzt mal sachte, Mr. Ndlane. Wir sind keine Freier von Lisha und wollen es auch nicht werden. Und Sie sollten auch besser nicht so über Lisha reden.«, versuchte Tom Ndlane zu besänftigen.

»Ich lasse mir doch von Ihnen nicht sagen, was ich über wen reden darf und was nicht! Für mich ist Lisha eine dreckige Hure, die wir besser heute als morgen aus dem Dorf werfen sollten. Sie bringt uns nur weiter Unglück, wenn sie hierbleibt. Es gefällt Gott nicht, wenn seine Kinder ihren Körper gegen Geld verkaufen. Und jetzt bestraft er uns alle dafür, dass Lisha es getan hat.«

»Ach ja? Dann hätten Sie wohl besser auf Lisha aufpassen müssen, wenn Gott nun Ihr ganzes Dorf in Sippenhaft nimmt. Ndemi hat es wenigstens versucht. Und Sie? Hinterher kann sich jeder als großer Sittenwächter aufspielen. Was haben Sie denn getan, bevor Lisha von den drei Backpackern vergewaltigt wurde?«, entgegnete Tom mittlerweile ebenfalls ein wenig erregt.

Ndlane war für einen kurzen Augenblick sprachlos, dann sprach er weiter:

»Ich habe nichts getan, weil ich vorher nichts davon wusste. Sonst hätte ich Lisha sicherlich nicht gehen lassen. Außerdem wurde sie nicht von den Backpackern vergewaltigt. Sie hat Geld von denen dafür genommen, dass sie sich mit ihnen einlässt! Das ist keine Vergewaltigung! Das ist Hurerei!«

»Oh, glauben Sie mir, Mr. Ndlane. Nachdem, was Lisha uns erzählt hat, wäre sie sicherlich sehr froh, wenn es nur Hurerei gewesen wäre. Haben Sie überhaupt schon einmal mit Lisha gesprochen oder haben Sie sie gleich verurteilt ohne überhaupt die Fakten zu kennen?«, übernahm Tom wieder das Wort.

»Ich habe genug von Ndemi darüber erfahren, was Lisha gemacht hat. Ich muss dafür nicht mit dieser Hure sprechen. Sie hat diese Bastarde in unser Dorf geschleppt und jetzt ist Ndemi tot! Ihr und eure weißen Kameraden…«

»Verdammt, jetzt reicht es mir aber. Wie borniert sind Sie eigentlich? Lisha hat einen Fehler gemacht., ja. Und? Sie ist dafür auch mehr als hart bestraft worden und wird auch noch den Rest ihres Lebens darunter leiden. Reicht Ihnen das nicht? Müssen Sie immer noch weiter auf sie einprügeln bis sie das Dorf verlässt und überhaupt nichts mehr hat? Wollen Sie das? Und was diese drei Backpacker angeht: Das sind nicht unsere Kameraden! Um diese Schweine haben wir uns schon gekümmert und wenn Sie so weitermachen, sind Sie ganz schnell der Nächste! Lishas Verhalten hat nichts mit dem Tod von Ndemi zu tun. Also hören Sie endlich auf mit Ihrem abergläubischen Geschwätz und helfen Sie und lieber. Und helfen Sie vor allen Dingen Lisha!«, schrie Tom Ndlane an.

»Woher wollen Sie denn wissen, dass diese drei Teufel nichts mit dem Tod von Ndemi zu tun hatten?«

»Das wollen Sie wirklich wissen? Wir sind denen bis nach Beira hinterher gefahren und haben es aus ihnen heraus geprügelt. Glauben Sie mir, wenn es einer von denen gewesen wäre, hätte er es gesagt.«, blieb Tom zwar nicht ganz bei der Wahrheit, aber seine Worte zeigten Wirkung.

»Sie sind bis nach Beira gefahren, um diese Schweine zur Rede zu stellen? Wirklich?«

»Ja. Weil wir wollen, dass diese Hetzjagd gegen Lisha endlich aufhört und auch, weil wir den Mörder von Ndemi finden wollen.«

»Bis nach Beira? Das ist weit. Und das haben Sie nur gemacht, weil Sie glauben, dass Lishas Fehlverhalten nichts mit dem Tod Ndemis zu tun hat?«

»Ja. Und so ist es auch. Die drei haben zugegeben, was sie mit Lisha angestellt haben, aber mit dem Mord an Ndemi hatten sie nichts zu tun. Sonst würden wir schließlich nicht mehr weiter versuchen, herauszufinden, wer Ndemis Mörder ist. Glauben Sie uns und hören Sie endlich damit auf, von Gottes Strafe oder so etwas zu sprechen. Gott kommt nicht auf die Erde runter und bringt unschuldige Menschen um. Das machen andere Menschen. Und die suchen wir. Also helfen Sie uns dabei oder nicht?«

Ich war beeindruckt von Toms glühender Rede und konnte erkennen, dass auch Ndlane ins Grübeln kam.

»Naja, wenn Lisha und diese Bastarde wirklich nichts mit Ndemis Tod zu tun haben, dann wäre es sicherlich besser, wenn wir Lisha in Ruhe lassen würden. Ich dachte nur, dass… Vielleicht haben Sie recht. Vielleicht sollte ich den anderen im Dorf sagen, dass wir Lisha nicht mehr beschimpfen sollten. Wenn sie wirklich nicht Schuld am Tod Ndemis ist.«

»Sie hat keine Schuld. Das können Sie uns glauben.«, fügte ich schnell an, um Ndlane in seinem Vorhaben zu bestärken.

»Aber sie hat die Ehre Gottes und auch des Dorfes beschmutzt, das kann und das will ich nicht…«

»Jetzt springen Sie mal über Ihren Schatten, Mann!«, unterbrach ich ihn unwirsch, bevor er wieder anfing, es sich anders zu überlegen.

»Sie haben gerade gesagt, Ndemi sei Ihr Freund gewesen. Dann verhalten Sie sich verdammt noch mal auch so! Ndemi hat alles versucht, um Lisha davon abzubringen und es hat nicht geklappt. Er konnte Lisha sehr gut leiden. Denken Sie wirklich, es wäre in seinem Sinne, wenn Sie und die anderen im Dorf Lisha nun dafür verteufeln würden? Wohl kaum.«

Damit hatte ich offenbar einen Nerv bei Ndlane getroffen. Urplötzlich schossen ihm Tränen in die Augen. Er konnte sie nicht stoppen und hielt sich seinen Arm vors Gesicht, weil er sich ihrer schämte. Tom machte einen Schritt auf Ndlane zu und legte ihm seine Hand auf die Schulter.

»Sehen Sie, Sie wissen genau, was Ndemi gewollt hätte. Und das ist gut so.«

Ndlane schluchzte. Sein Oberkörper bebte ein wenig und er lehnte sich etwas gegen Tom. Nach einigen Momenten, in denen keiner von uns etwas sagte, sammelte sich Ndlane wieder. Er wischte sich mit seinem Arm die Tränen und den Rotz aus dem Gesicht und begann zu reden.

»Sie wissen gar nicht, wie gut wir befreundet waren!«, fing er an und seine Stimme zitterte noch immer.

»Wollen wir nicht reingehen? Ich möchte nicht hier draußen…«

»Ja natürlich, kein Problem.«, antwortete Tom.

Ndlane legte seinen Furchenstock, den er bis jetzt immer noch in der einen Hand gehalten hatte, vor seiner Hütte ab und öffnete die Tür.

»Waren Sie gerade dabei, ein Feld zu bestellen?«, fragte Tom.

»Ja. Das, was hier direkt neben meiner Hütte wächst, reicht hinten und vorne nicht aus. Ich habe noch einen kleines Feld weiter hinten im Wald angelegt. Dort gedeihen meine Pflanzen recht gut. Aber damit wird es vielleicht bald vorbei sein, wenn die Holzfäller in ein paar Monaten auch dort mit der Rodung anfangen. Unser Dorf ist zwar sicher. Hier werden sie nicht mit dem Fällen beginnen. Aber wenn unsere Felder durch die Rodung zerstört würden, wäre das schlimm.«

Wir folgten ihm in die Hütte. Es war dunkel und stickig, denn seine Behausung hatte keine Fenster und auch frische Luft konnte nur durch die geöffnete Tür eindringen. Die religiösen Motive fanden sich auch in Ndlanes Hütte wieder. Über seiner Schlafmatte befand sich ein weiteres Kreuz und an den Wänden waren zwei Poster aufgehängt, die schon einige Jahre auf dem Buckel hatten. Eines zeigte Papst Johannes Paul II., auf dem anderen war Bischof Desmond Tutu abgebildet.

»Möchten Sie etwas Wasser?«, fragte Ndlane freundlich.

»Nein, danke.«

Tom und ich lehnten ab, denn wir waren beide nicht scharf darauf, die nächsten Tage auf dem Klo zu verbringen, nur weil wir nicht abgekochtes und verunreinigtes Wasser getrunken hatten. Diesen Fehler hatten wir beide schon mehr als nur einmal begangen. Offenbar hatte sich unser Körper in den letzten Jahren noch nicht so sehr an die im Wasser befindlichen Bakterien gewöhnt, dass wir sie ohne Probleme vertragen würden. Das hatten uns die meisten Einheimischen hier immer noch voraus. Wir setzten uns auf den Boden und Ndlane begann wieder zu erzählen.

»Ich kenne Ndemi, seit wir klein waren.«, sagte er.

»Wir haben alles zusammen gemacht. Wir waren unzertrennlich als Kinder und sind jeden Tag gemeinsam zur Schule gelaufen. Jeden Tag zwölf Kilometer hin und zwölf Kilometer zurück. Drei Jahre lang. Dann wurde ich von zwei Priestern einer katholischen Missionsschule in Maxixe mitgenommen. Meine Eltern waren beide tot und ich wurde damals von Ndemis Eltern großgezogen. Weil die aber auch kein Geld hatten, haben sie den Priestern erlaubt, mich mitzunehmen. Es war keine schlechte Zeit in der Missionsschule, aber ich habe Ndemi und seine Eltern unendlich vermisst. Ich habe sie in der ganzen Zeit nicht wiedergesehen. Als ich acht Jahre später wieder zurückkehrte, waren Ndemis Eltern gestorben und er war immer noch hier im Dorf. Auch allein. So wie ich damals. Wir haben dann jeden Tag versucht, gemeinsam Früchte und einige selbstgeschnitzte Sachen auf dem Markt zu verkaufen und es war fast ein bisschen wie früher, wenn wir gemeinsam zur Schule gegangen sind. Natürlich haben wir uns auch hin und wieder mal gestritten. Das kommt ja vor, auch weil wir uns in den Jahren davor unterschiedlich entwickelt hatten, aber trotzdem waren wir noch immer richtig gute Freunde. Und jetzt ist er tot.«

Ndlane senkte seinen Kopf nach unten, doch wir konnten erkennen, dass er wieder weinte. Er wischte sich erneut die Tränen mit dem Unterarm weg.

»Wir haben gehört, dass Sie sich mit Ndemi auch kurz vor seinem Tod gestritten haben sollen. Wegen Lisha.«, sagte Tom vorsichtig.

Ndlane blickte wieder nach oben.

»Ja, das stimmt. Woher wissen Sie das? Wir haben uns sehr heftig gestritten, denn als er mir von der Sache mit Lisha erzählt hat, habe ich ihm heftige Vorwürfe gemacht. Sie wissen ja, ich bin sehr christlich erzogen worden und so etwas gehört sich nach meiner Vorstellung und nach dem Willen Gottes nicht. Ndemi glaubte zwar auch an Gott, aber er war in religiösen Dingen nicht so festgelegt. Weil ich wusste, dass Lishas Verhalten Gott nicht gefallen würde, habe ich Lisha beschimpft und ihm große Vorwürfe gemacht, weil er sich mehr hätte bemühen müssen. Das hat er aber nicht getan. Ich weiß nicht, ob er sich über sich selbst geärgert hat oder deshalb, weil ich ihm Vorwürfe gemacht habe. Aber er hat dann gesagt, dass ich nicht so streng mit Lisha sein sollte und ihn mit meinem Religionsquatsch in Ruhe lassen soll. Da habe ich ihn am Kragen gefasst und geschüttelt und ihn schließlich geschubst, sodass er auf den Boden gefallen ist. So sehr hatten wir uns noch nie zuvor gestritten. Es tat mir hinterher auch leid, weil ich mir sicher war, dass er es nicht so gemeint hatte. So sind wir auseinander gegangen. Wir hätten uns bestimmt wieder versöhnt, aber so weit kam es nicht mehr, weil er wenig später umgebracht wurde. Ich fühle mich unglaublich schlecht deswegen.«

Ndlanes Ausführungen klangen glaubhaft. Nicht zuletzt deshalb, weil während der Erzählung noch Tränen in seinen Augen schimmerten. Tom und ich warteten kurz, dann fragte ich weiter:

»Aber Sie sind sich sicher, dass Sie Ndemi danach nicht noch einmal getroffen haben?«

»Ja, natürlich! Wieso fragen Sie?«

»Es könnte doch sein, dass Sie sich über Ndemis Äußerung bezüglich Ihrer Religiosität so sehr geärgert haben, dass Sie ihn noch einmal aufgesucht haben und dass Sie...«

Ich kam nicht dazu, meine Frage bis zum Ende zu formulieren, denn Ndlane erkannte, worauf ich hinaus wollte. Er war außer sich, sprang auf, sodass sein Kopf fast bis an die Decke seiner Hütte reichte und baute sich vor uns auf.

»Sind Sie verrückt geworden? Wollen Sie mich ernsthaft fragen, ob ich Ndemi umgebracht habe? Sind Sie noch ganz bei Trost? Ndemi war mein Freund. Mein bester Freund!«, schrie er uns an.

Wir zuckten zusammen. Mit einer so heftigen Reaktion hatten wir nicht gerechnet.

»Aber Mr. Ndlane, bitte beruhigen Sie sich wieder! Wir müssen das doch fragen. Wir haben schon so viele Verdächtige befragt. Leider ohne Erfolg. Wenn wir jetzt Sie fragen, ist das nicht persönlich gemeint…«, stammelte ich vor mich hin und merkte dabei selbst, wie blöd das klang.

»Nicht persönlich gemeint?!? Sie wollen wissen, ob ich meinen besten Freund ermordet habe und das soll nicht persönlich gemeint sein? Wie kommen Sie überhaupt darauf, dass ich etwas damit zu tun haben könnte?«

»Nun ja. Sie haben sich mit Ndemi kurz vor dessen Tod heftig gestritten, ihn geschüttelt und weggeschubst. Und er hat Ihre Religion beleidigt. Sie hatten ein Motiv, die Gelegenheit und Sie waren auch zum Tatzeitpunkt hier vor Ort. Sagt man. Es würde also alles passen. Verstehen Sie?«

»Sagt wer? Wer hat Ihnen das gesagt? Etwa Lisha oder dieser korrupte Bulle, der Ndemi hier nach seinem Tod abgeholt hat?«

Tom und ich schauten uns fragend an und versuchten uns über Blickkontakt darüber zu verständigen, ob wir zugeben sollten, dass wir die Informationen von Shongoene hatten. Ich entschied mich dafür zu nicken und nichts zu sagen. So oblag es Ndlanes Entscheidung, ob er glaubte, dass es Lisha oder der Polizeichef war, der uns diese Information gegeben hatte. Er kam selbst darauf.

»Der Polizeichef, stimmt´s? Dieser Shongoene! Ich wusste immer, dass er ein korruptes, fettes Schwein ist. Aber dass er so weit gehen würde, hätte ich niemals gedacht.«, schlussfolgerte er selbst, ohne dass wir etwas sagen mussten.

»Was habt ihr mit dem zu schaffen? Seid ihr seine Schergen? Wollt ihr mich gleich mitnehmen? Ihr könnt uns doch alles anhängen, wenn ihr das wollt. Wir können uns doch nicht dagegen wehren. Also los, nehmt mich mit!«

»Nein, nein. Sie verstehen das falsch. Wir arbeiten nicht für Shongoene. Wir waren nur vor kurzem bei ihm und haben mit ihm über den Fall gesprochen. Mehr nicht. Wir können und wollen Sie überhaupt nicht mitnehmen.«, versuchte Tom Ndlane zu beruhigen.

»Aber er hat gesagt, dass ich Ndemi umgebracht hätte? Oder? Von ihm haben Sie diesen Mist? Richtig?«

Jetzt mussten wir irgendetwas dazu sagen und ich ärgerte mich, dass wir uns so verplappern konnten. Vielleicht hätten wir die Angelegenheit doch besser den richtigen Ermittlern überlassen sollen. Denn wir hatten ja bereits unser eigentliches Ziel erreicht. Ndlane hätte nach unserem Gespräch sicherlich dafür gesorgt, dass Lisha im Dorf in Ruhe gelassen würde. Nun aber hatten wir ein neues Fass aufgemacht und mussten Ndlane unseren Verdacht irgendwie erläutern. Ich entschied mich dafür, den Polizeichef vorzuschieben.

»Ja.«

Ich erläuterte ihm, weshalb auch Shongoene der Auffassung war, dass Ndlane Hauptverdächtiger in der Sache wäre. Ndlane hörte sich meine Ausführungen an und regte sich, nachdem ich fertig war, erneut auf:

»Dieser verlogene Schweinehund. Wie kommt der darauf, dass ich etwas mit der Sache zu tun haben könnte? Der war nur hier, um Ndemis Leiche abzuholen. Danach haben wir den hier nie wieder gesehen. Ermittlungen hat der überhaupt nicht durchgeführt, nachdem er Ndemi auf den Wagen laden ließ und abtransportiert hat. Nur ein paar kurze Fragen, wer wir sind und ob wir den Toten kennen. Sonst nichts. Das ist unglaublich! Der lässt sich sonst auch nur hier blicken, um uns zu schikanieren. Wenn wir aber wirklich mal mit einem Problem zu ihm gekommen sind, hat der uns noch nie geholfen. Der hilft nur denen, die Geld haben!«

»Das kann ich so nicht bestätigen!«, unterbrach ich ihn schnell.

Nicht weil ich den Polizeichef in Schutz nehmen wollte, sondern weil ich die Sache nicht noch weiter aus dem Ruder laufen lassen wollte als es bisher schon der Fall war und nur über Fakten und nicht über andeutungsweise Gerüchte sprechen wollte.

»Wir haben ihm selbst eine sehr große Summe Geld geboten, damit wir in die Ermittlungsakte schauen dürfen und er hat standhaft abgelehnt. Vielleicht ist er ein schlechter Ermittler, aber einen korrupten Anschein hat er nicht erweckt.«

»Sie wissen doch überhaupt nichts! Das war hier immer schon so. Wer Geld hatte, der hatte auch Einfluss auf Shongoene. Der ist durch und durch korrupt.«

»Von uns hat er aber kein Geld genommen.«, versuchte ich Ndlanes Argumentation zu entkräften.

»Haben Sie schon mal daran gedacht, dass ihm irgendjemand bereits mehr Geld gezahlt hat als Sie?«

Das war kein dummer Gedanke. Aber wir waren tatsächlich noch nicht von selbst darauf gekommen.

»Und wer könnte das Ihrer Meinung nach gewesen sein?«, fragte Tom nach.

»Mein Gott, wer soll das schon gewesen sein? Haben Sie schon einmal an die Holzfäller gedacht? Die hatten doch ein klares Motiv für die Tat. Ndemi war einmal bei Ihnen und wollte sie dazu bewegen, mit der Rodung der Palmenwälder hier ringsherum aufzuhören. Wissen Sie, was sie mit ihm gemacht haben?«

»Ja, wissen wir. Ganz übel verprügelt haben sie ihn.«, antwortete ich.

»Wollen Sie mich auf den Arm nehmen? Sie wissen, dass die Holzfäller Ndemi verprügelt haben und kommen zu mir und verdächtigen mich? Was soll das?«

»Daran haben wir doch auch schon gedacht. Wir waren doch bereits bei den Holzfällern und haben sie befragt. Die können wir ganz sicher als Täter ausschließen.«

Ndlane machte ein überraschtes Gesicht. Entweder hatte er uns nicht zugetraut, dass wir den Holzfällern schon einen Besuch abgestattet hatten oder, er war so verwundert darüber, dass wir sie so entschieden als Täter ausklammern konnten.

»Warum kann es keiner von denen gewesen sein?«, fragte Ndlane skeptisch.

»Weil die zur Tatzeit alle nicht hier in der Region, sondern in einem anderen Sektor des Rodungsgebiets waren, das sehr weit von hier entfernt ist.«

Ndlane begann zu lachen.

»Wer hat Ihnen das denn erzählt? Das ist ja völliger Schwachsinn. Die Holzfäller sind jetzt schon seit vielen Monaten hier. Und es ist nicht ein einziger Tag vergangen, an dem sie hier keine Palmen abgeholzt haben. Nicht einmal sonntags hören die damit auf. Wer immer Ihnen das gesagt hat, das ist absoluter Quatsch!«

»Und woher wollen Sie wissen, dass die jeden Tag hier in der Gegend waren? Sie haben die Holzfäller doch nicht tagein tagaus beobachtet, oder?«

»Kommen Sie mal mit.«, bat uns Ndlane, öffnete die Tür und ging mit uns hinaus in Freie.

»Seid mal still!«, rief er den Kindern zu, die immer noch in der Nähe seiner Hütte spielten.

»Hören Sie das?«, fragte er uns.

»Was?«, fragte ich.

»Hören Sie mal genau hin.«,

Dann wussten wir, was wir hören sollten. Es war erst wie ein dünnes, leises Surren, das in der Luft lag und sich mit dem Wind, der durch die Palmen strich und dem Rauschen des Meeres vermischte. Wir hörten das Geräusch der Motorsägen, die die Holzfäller zur Rodung einsetzten. Diesmal war es nicht so nah und kreischend wie auf der Lichtung im Wald. Wir erkannten es aber trotzdem wieder.

»Das sind die Motorsägen. Richtig?«

»Ja. Wir hören das hier jeden Tag. Mal lauter, mal leiser. Kommt drauf an, wie der Wind steht und wie viele Sägen sie gleichzeitig benutzen.«, klärte Ndlane uns auf.

»Da können Sie jeden hier im Dorf fragen. Es gab keinen Tag, wirklich nicht einen einzigen Tag in den letzten Monaten, an dem wir die Motorsägen der Holzfäller nicht gehört hätten. Manchmal hören wir auch noch die Explosionen der Landminen, die sie wohl bei ihrer Arbeit auslösen. Wenigstens bezahlen diese weißen Arschlöcher für die Rodung unseres Walds mit ihrem Leben. Leider knallt es hier viel zu selten. Meistens so zwei- bis dreimal in der Woche. Manchmal aber auch nur einmal. Aber das geschieht ihnen recht. Die einzige Zeit, in der wir nicht die Geräusche ihrer Arbeit hören, ist nachts. Die legen nur in der Dunkelheit eine Pause ein. Aber da machen sie trotzdem Lärm. Sie fahren dann immer mit ihren Jeeps ins »Hunters«, das ist so ein Shebeen hier in der Nähe. Eine illegal betriebene Kneipe. Dort trinken sie bis spät in die Nacht. Die lassen sich richtig volllaufen und rennen grölend durch die Gegend. Das weiß ich von Cookie, einer Bedienung im »Hunters«, die ein paar Kilometer weiter im Nachbarort wohnt. Nach ein paar Stunden fahren sie dann wieder zurück und am nächsten Morgen geht der Krach von vorne los. Von Cookie weiß ich auch, dass die bislang jeden Tag dort einen drauf gemacht haben. Was das Trinken angeht, machen die wirklich keine Pause. Glauben Sie mir, wenn die beschissenen Holzfäller mal einen Tag nicht hier gewesen wären, hätten wir das sofort gemerkt und gefeiert! Wo haben Sie das denn eigentlich her, dass die mal irgendwann nicht dagewesen sein sollen?«

Ndlanes Ausführungen klangen plausibel.

»Das hat uns der Polizeichef in Inhassoro gesagt. Wir waren vorhin dort und haben ihn gefragt, ob er uns wegen des Mordes an Ndemi Hinweise geben kann, damit wir ihn bei den Ermittlungen unterstützen können. Da haben diese Holzfäller ihn wohl angelogen. Tom, das sollten wir ihm auf jeden Fall einmal sagen.«

Tom schwieg. Er überlegte und nickte dabei leicht mit dem Kopf. Plötzlich griff er sich an den Kopf und rief:

»Shongoene, dieser Mistkerl! Natürlich. Mir kam doch vorhin schon irgendetwas komisch vor. Oh Mann, Jan, wir sind vielleicht Idioten. Jetzt weiß ich es. Der hat gelogen. Das hätte uns auch schon früher auffallen können. Wir sind so blöd!«

»Was denn? Was meinst du?«, fragte ich Tom verblüfft.

»Mann, Jan. Überleg doch mal: Shongoene hat uns doch erzählt, dass er bei den Holzfällern bereits nachgefragt hat, ob sie zur Tatzeit in der Nähe gewesen sind. Und demnach haben sie doch gesagt, dass sie zur Tatzeit ganz weit weg in einem anderen Waldstück waren und daher nicht in Frage kämen. Wenn das stimmen würde, dann wären die Holzfäller aber nicht so überrascht gewesen, dass Usumbe getötet wurde. Dann hätten sie es ja bereits von Shongoene gewusst. Das haben sie aber nicht. Da stimmt was nicht.«

Ich musste kurz über Toms Idee nachdenken.

»Du hast recht. Die waren wirklich überrascht darüber, dass Ndemi getötet wurde. Ich nehme denen das schon ab, dass sie davon keine Ahnung hatten und ihre Überraschung nicht gespielt war. Aber was würde das denn für einen Sinn machen? Wieso sollte Shongoene den Holzfällern ein Alibi geben, obwohl sie gar keines benötigen? Wenn die Holzfäller mit dem Mord nichts zu tun haben, dann hätten sie auch keinen Grund, Shongoene zu schmieren und wenn sie ihn nicht geschmiert hätten, dann würde Shongoene ihnen auch nicht freiwillig ein Alibi ausstellen. Das versteh ich nicht!«

»Ja, das kapier ich auch nicht ganz. Aber irgendetwas stimmt da nicht. Könnte sonst noch jemand ein Interesse daran haben, dass die Holzfäller aus der Sache rausgehalten werden und wer wäre dafür bereit, Geld an den Polizeichef zu bezahlen?«, fragte Tom in die Runde.

Ich zuckte mit den Schultern.

»Keine Ahnung. Ich bin mit meinem Latein am Ende. Alle Personen, die wir bislang im Verdacht hatten, waren ja wohl ein Schlag ein Wasser.«, resümierte ich.

»Haben Sie schon einmal an Hector Mpizi gedacht?«, fragte Ndlane mitten in unsere Ratlosigkeit hinein.

»An wen?«, fragte ich zurück.

»Hector Mpizi. Das ist unser Clanchef. Er gehört der Familie an, die fast die Hälfte des gesamten Landes in dieser Region besitzt. Sein Stamm hatte früher sehr viel Einfluss hier in der Gegend. Er kümmert sich darum, dass die ganzen Ländereien verwaltet werden und auch um uns. Manchmal, wenn zum Beispiel Land an Immobilienfirmen und Touristikunternehmen verkauft wird, damit sie hier Ferienanlagen und Hotels am Strand bauen können, sorgt er dafür, dass die Leute, die von ihrem Land wegmüssen, später in den Hotels arbeiten können, wenn sie wollen und eine kleine Entschädigung bekommen. Das ist gar nicht so schlecht, weil es ansonsten ja nicht so viel Arbeit hier gibt. Er hat auch dafür gesorgt, dass es einen Stromanschluss auf dem Markt gibt und dass eine kleine Schule in Inhassoro gebaut wurde. Das kann er alles mit dem Geld machen, das er für die Landverkäufe bekommt. Er hat sehr viel Macht. Auch wegen seines Geldes. Angeblich soll er auch bei den zuständigen Behörden mit ein bisschen Geld nachhelfen, wenn es mal Schwierigkeiten mit der Baugenehmigung für ein Hotel gibt. Aber das hab ich nur gehört. Sicher weiß ich das nicht.«

»Und warum soll der den Polizeichef geschmiert haben?«, hakte ich nach, weil ich den Zusammenhang noch nicht ganz verstand.

»Das weiß ich auch nicht. Ich kann Ihnen aber sagen, dass Shongoene im Prinzip nur der verlängerte Arm von Mpizi ist. Wenn Mpizi etwas von ihm verlangt, dann springt Shongoene. Einmal gab es Ärger, weil ein paar Bewohner ihr Land nicht verlassen wollten, das Mpizi an eine Immobilienfirma verkauft hatte. Als sie auch auf Mpizis persönliche Aufforderung nicht gehen wollten, hat er Shongoene beauftragt, für ihr Verschwinden zu sorgen. Zwei Tage später hat Shongoene alle festnehmen lassen und sie abgeführt. Einige Minuten später war bereits ein Bagger da, der die Hütten abgerissen hat. Das kann doch kein Zufall sein!«, erläuterte Ndlane uns.

»Das mag ja sein, dass Shongoene auf der Gehaltsliste von Mpizi steht, aber das hilft uns doch in dieser Angelegenheit auch nicht weiter, oder?«

»Vielleicht schon, denn das Land auf dem die Holzfäller jetzt arbeiten, gehörte früher auch Mpizis Familie. Er hat es an sie verkauft. Das weiß ich daher, weil er es selbst auf einer Versammlung gesagt hat. Wir haben sogar schon eine kleine Entschädigung für unsere Äcker bekommen, die in ein paar Monaten mitten im Rodungsgebiet liegen. Er hat gesagt, dass er das freiwillig machen würde, weil wir uns auf der Versammlung so kooperativ gezeigt hätten und die Holzfäller darum schneller mit der Rodung anfangen könnten.«

»Also besteht ein Zusammenhang zwischen den Holzfällern und diesem Mpizi.«, fasste ich Ndlanes Erklärungen kurz zusammen.

»Und es gibt auch eine Verbindung zwischen Mpizi und Shongoene und damit indirekt auch zwischen den Holzfällern und Shongoene. So schließt sich der Kreis.«, ergänzte Tom.

»Aber was hat das zu bedeuten? Jetzt hast du zwar den Kreis geschlossen, aber wie kriegen wir Ndemi in diesen Kreis hinein? Haben Sie vielleicht eine Idee, Mr. Ndlane?«, gab ich die Frage weiter.

Ndlane schob die Unterlippe vor und zuckte mit den Schultern.

»Dass Ndemi sich mit den Holzfällern angelegt hat, wussten Sie ja schon. Ansonsten hatte er aber weder Kontakt zu Shongoene noch zu Mpizi. Den kriegt man ohnehin nur auf Versammlungen zu Gesicht, wo er von seinen Bodyguards von der einfachen Dorfbevölkerung abgeschirmt wird. Ich glaube nicht, dass Ndemi mal was mit dem zu tun hatte. Und mit Shongoene hatten wir auch immer nur auf dem Markt Kontakt oder bei den seltenen Gelegenheiten, zu denen er sich hier im Dorf blicken lässt. Das ist aber auch schon länger her. Ansonsten lässt der uns in Ruhe.«

»So eine Kacke. Jetzt haben wir so eine schöne Verbindung zwischen Shongoene, Mpizi und den Holzfällern aufgebaut und schaffen es nicht, Ndemi irgendwie dazwischen zu kriegen.«, ärgerte sich Tom.

»Hey, jetzt reg dich mal nicht so auf. Wir haben gerade viel mehr herausbekommen als in den ganzen letzten Tagen zusammen.«

»Ja, aber es bringt uns kein Stück weiter. Aber vielleicht kommt uns ja später noch ein Geistesblitz.«, sagte Tom schon wieder etwas versöhnlicher.

»Fällt Ihnen sonst noch etwas ein, was uns weiterhelfen könnte, Mr. Ndlane?«, erkundigte ich mich.

Er zögerte einen kurzen Moment, dann antwortete er:

»Nein, ich glaube, das war es. Mehr kann ich Ihnen dazu nicht sagen. Aber falls Sie später noch mal weitere Fragen haben, können Sie gern wiederkommen.«

»Danke. Das ist sehr freundlich. Und wegen Lisha…«

»… werde ich mich in Zukunft zurückhalten. Versprochen. Ich sage auch den anderen Bescheid, damit sie sie nicht weiter drangsalieren. Sie haben mein Wort!«

Wir verabschiedeten uns voneinander und gaben Ndlane die Hand. Dann gingen wir auf demselben Weg wie wir gekommen waren wieder zurück auf den Trampelpfad. Auf dem Rückweg zum Jeep schauten wir noch kurz an Lishas Hütte vorbei, um ihr von der freudigen Nachricht zu erzählen, dass sie von den Dorfbewohnern nun nichts mehr zu befürchten hatte. Sie war jedoch leider nicht dort. Da auch der Topf und der Kessel vor ihrer Behausung verschwunden waren, vermuteten wir, dass sie gerade Wasser holen war.

»Naja, sie wird es schon von Ndlane erfahren, dass die Beschimpfungen aufhören werden. Wer weiß, wann sie wiederkommt. So lange will ich hier auch nicht warten.«, sagte Tom.

Auch ich hatte keine große Lust ohne Beschäftigung im Wald herumzustehen, bis Lisha zurückkommen würde. Darum sagte ich:

»Ich auch nicht. Lass uns fahren. Wir haben den anderen heute noch genug zu erzählen. Das dauert bestimmt länger.«

Zuhause angekommen, tranken wir Bier, aßen ein Sandwich und Tom erteilte mir eine Lektion nach der nächsten an der Playstation. Zwei Stunden später, kurz vor unserer gewohnten Dinnerzeit, gingen wir in Richtung des Hauses von Yzelle und Steven. Wir betraten ihre Veranda und konnten bereits von außen erkennen, dass auch Gloria bei ihnen war. Wir klopften an und traten ein. Die drei saßen am Wohnzimmertisch und spielten Trivial Pursuit. Anhand der Füllung der Spielsteine konnten wir erkennen, dass Yzelle deutlich in Führung lag.

»Hallo! Na, ihr! Habt ihr einen schönen Tag gehabt?«, fragte Tom in die Runde.

»Ja! Alles prima! Wir spielen schon seit ein paar Stunden Trivial Pursuit. Ist jetzt schon die vierte Runde und Yzelle gewinnt jedes Mal. Das ist so frustrierend!«, stöhnte Steven.

»Und wie sieht´s bei dir aus? Hast du Maarten gut zum Flughafen gebracht?«, erkundigte ich mich bei Gloria.

»Ja, das hat gut geklappt. Nur heute Morgen war es ziemlich eklig. Wir mussten so früh aufstehen. Es war so dunkel und dann hat es noch wie aus Kübeln gegossen. Ich bin froh, dass Maarten die Strecke nach Inhambane gefahren ist. Auf dem Rückweg ging es dann schon wieder. Da war es ja schon wieder heller und der Regen hatte auch etwas nachgelassen. Ich bin auch nirgendwo im Sand steckengeblieben.«, antwortete Gloria mit einem Augenzwinkern in Toms Richtung.

»Du bist ja lustig.«, murrte Tom ihr nur entgegen.

»Und wie war´s bei euch? Habt ihr was Neues herausgefunden? Wart ihr bei der Polizei in Inhassoro?«, fragte Yzelle natürlich als Erste.

»Ja und ja! Wir wissen nur noch nicht, was wir mit den Informationen, die wir gesammelt haben, anfangen sollen. Da brauchen wir diesmal ein bisschen von eurer Phantasie und eurem Spürsinn!«

»Könnt ihr haben! Dann schießt mal los!«, war Yzelle begeistert und schenkte dem Trivial Pursuit-Spiel keine Beachtung mehr.

»Sollen wir das hier alles erzählen oder wollen wir nicht lieber rüber ins »Shamwari« gehen? Das könnte nämlich länger dauern und ich hab schon wieder ein wenig Hunger.«, schlug ich vor.

»Na gut. Dann gehen wir ins »Shamwari«. Ich denke mal, diese Runde geht ebenfalls an mich. Vielleicht solltet ihr nächstes Mal im Team gegen mich antreten, damit ihr eine Chance habt.«, spottete Yzelle in selbstgefälligem Ton mit Blick auf das Spielbrett.

»Ach, nur weil du alle Fragen auswendig gelernt hast.«, entgegnete Steven.

»Siehst du, das ist dein Fehler. Es kommt nicht auf die Fragen an, sondern auf die Antworten. Die musst du können.«, konterte Yzelle mit einem Augenzwinkern.

»Manchmal kann diese Frau eine echte Landplage sein.«, sagte Steven leise in unsere Richtung.

Die Mädels zogen sich noch eine Jacke über, da es abends und bei leichtem Regen selbst hier am Indischen Ozean recht kalt werden konnte. Und da wir bereits erwähnt hatten, dass unsere Erzählungen länger dauern könnten, wollten sie gut für den Abend gerüstet sein. Als Eddy im »Shamwari« zu uns an den Tisch kam, um die Bestellungen aufzunehmen übernahm Yzelle das Wort:

»Fünfmal den ›Catch of the day‹, bitte, Eddy. Ist doch in Ordnung, oder? Und einen passenden Wein dazu, bitte. Zwei Flaschen.«

Während wir auf das Essen warteten, berichteten wir den dreien von unseren heutigen Erlebnissen. Wir beendeten das Ermittlungs-Update an unsere Freunde relativ zeitgleich mit dem letzten Bissen von Glorias Essen, die wie die anderen gespannt zugehört hatte.

»Mein lieber Schwan! Das sind mal sehr interessante Informationen!«, brach Steven als Erster die kurze Stille nach dem Ende unseres Berichts.

»Das sehen wir ganz genauso. Wir haben nur leider überhaupt keine Idee, wie wir das alles irgendwie in einem Zusammenhang mit Usumbe bringen können.«

»Puh, gute Frage! Da fällt mir so auf die Schnelle auch nichts ein.«, musste sogar Yzelle zugeben.

»Aber diesen Eduardo Ndlane würde ich als Verdächtigen ausschließen. Dass der seinen alten Freund Usumbe umbringt, weil der nicht gut genug auf Lisha aufgepasst hat, halte ich jetzt nicht mehr für so realistisch. Vorausgesetzt, dass seine Geschichte stimmt und die Tränen echt waren.«, merkte Steven an.

»Das sehe ich genauso. Du auch Jan, oder?«

»Ja, aber ich hab keine Ahnung, wie wir jetzt weitermachen sollen.«

»Habt ihr denn zwischen Usumbe, den Holzfällern, Shongoene und Mpizi sonst keine Zusammenhänge gefunden?«, fragte Gloria nach.

»Bis auf die Prügelei im Holzfällercamp ist da nichts gewesen. Zumindest nichts, was wir im Moment wissen. Leider.«, erklärte Tom.

»Und nun?«, wollte Gloria wissen.

»Weiß nicht. Wir haben das alles ja auch schon den ganzen Tag sacken lassen. Vielleicht macht ihr das auch und irgendeiner hat morgen eine brillante Idee. Kann ja sein. Jetzt hier krampfhaft etwas konstruieren, ist vielleicht nicht der richtige Weg.«, machte ich einen Vorschlag.

»Da könntest du recht haben. Wir können ja vielleicht noch ein oder zwei Runden an der Bar verbringen und dann gehen wir ins Bett, damit wir morgen fit sind und uns neue Einsätze für unser Ermittler-Duo ausdenken können.«, unterstützte Yzelle meine Idee.

»Was haltet ihr davon, wenn wir uns morgen nach dem Mittagessen bei mir treffen und ein Poker-Turnier veranstalten? Das Wetter soll morgen wahrscheinlich so bleiben wie heute und wir würden dann alle beisammen sitzen und könnten uns etwas Cleveres überlegen. Außerdem sind wir um diese Uhrzeit noch alle nüchtern.«, lud Tom uns zu sich ein.

»Das klingt doch gut. Das können wir gern machen. Aber hilft dir das wirklich, wenn du nüchtern bist?«, fragte Steven zurück.

Wir lachten alle und verlegten unser Treffen an die Bar. Dort war Eddy ebenfalls unser Gastgeber und für ein etwas höheres Trinkgeld schenkte er auch diesmal wieder die Longdrinks großzügiger ein. Wir blieben noch für zwei Runden dort, bevor wir gegen Mitternacht in unsere Häuser zurückkehrten.

Kapitel 9

Sonntag, 20.02.2011

Am nächsten Morgen wachte ich erstaunlich gut gelaunt uns ausgeschlafen auf. Ich hatte am Abend zuvor nicht so viel getrunken wie sonst, was meinem Wohlbefinden durchaus zuträglich war und ich freute mich außerdem auf das heutige Poker-Turnier im kleinen Kreis. Während meines Referendariats, das ich mit Ausnahme meiner Wahlstation in Pretoria in Deutschland absolvierte, hatte ich mein Einkommen regelmäßig durchs Internet-Pokern und Pokerrunden in der Spielbank aufgebessert. Es war eine schöne Kombination aus Hobby, Geld verdienen und ein wenig Nervenkitzel gewesen.

Ich stand auf, machte mir einen Kaffee und legte mich wieder ins Bett. Ein Blick aus dem Fenster verriet mir, dass das Pokerturnier stattfinden würde, denn der Himmel war wolkenverhangen und es regnete noch immer. Ich zog die dünne Bettdecke bis zu den Schultern hoch, zappte durch das Fernsehprogramm und blieb schließlich bei einer Zusammenfassung des gestrigen Bundesligaspieltags hängen. Mein Heimatverein hatte wieder einmal gewonnen und meine Stimmung stieg weiter. Ein Blick in die Küche reichte jedoch, um mich nicht völlig euphorisch werden zu lassen, denn dort stand noch immer das mittlerweile schon sehr verkrustete Geschirr des Grillabends vor zwei Tagen. Jetzt wäre es wirklich eine Plackerei gewesen, alles vorzuspülen. Ich beschloss nun endgültig, dieses Problem auszusitzen und bis Montag zu warten, wenn Mary zum Hausputz vorbeikommen würde.

Es fand sich auf der Anrichte allerdings noch ein Plätzchen, auf dem ich eine Schüssel mit Cornflakes und Milch befüllen konnte. Ich nahm sie ebenfalls mit ins Bett und verfolgte die Fußballzusammenfassung für eine weitere halbe Stunde. Unser härtester Verfolger hatte ebenfalls gewonnen, sodass es dieses Jahr ein spannendes Saisonfinale geben würde. Ich überlegte, ob ich mir online Karten für das letzte Heimspiel bestellen und einen Flug nach Deutschland buchen sollte, verschob diese Überlegung allerdings vorerst auf den nächsten Spieltag.

Dann stand ich auf und ging duschen. Mittlerweile war es schon halb eins und mir kam der Gedanke, dass ich Tom ein wenig bei den Vorbereitungen helfen könnte. Bei unseren letzten Pokernachmittagen und -abenden hatte Tom immer für eine gute Verpflegung in Form von Sandwiches und kleinen Häppchen gesorgt. Ich lief durch den Regen hinüber zu Tom und konnte durch die Verandatür erkennen, dass Tom bereits sehr beschäftigt war. Ein kleiner Berg aufgeschnittener Tomaten, Salat, Käse, Pastrami, Salami und Roastbeef sowie diverse Saucen standen in seiner Küche verteilt herum und Tom war mittendrin und rotierte. Ich klopfte an die Tür und trat ohne zu zögern ein.

»Morgen!«

»Morgen!«

»Brauchst du vielleicht ein bisschen Hilfe?«, bot ich ihm Unterstützung an.

Tom schaute kurz von links nach rechts.

»Mit den Sandwiches komme ich schon klar. Oliven, gefüllte Paprika und den ganzen anderen Kram hab ich heute Morgen im »Shamwari« geholt. Das ist alles fertig. Aber du könntest den Kühlschrank noch mit Getränken auffüllen. Der ist ziemlich leer. Und wenn du Lust hast, kannst du auch schon die Pokertischauflage holen und auf dem Tisch aufbauen. Die liegt unter meinem Bett. Und wo die Getränke sind, weißt du ja.«

Ich erledigte die aufgetragenen Aufgaben und auch Tom war bald mit dem Belegen der Sandwiches fertig.

»Sollen wir eigentlich noch eine Partie Billard anfangen, bevor die anderen kommen? Wenn du heute ganz besonders schlecht spielst, könnten wir vielleicht schon in fünf Minuten fertig sein.«

»Du willst heute wohl unbedingt zweimal verlieren. Erst beim Billard und dann beim Pokern. Aber bitte, wie du willst.«

Tom baute die Kugeln auf und ich präparierte meinen Queue mit etwas Kreide. Noch bevor ich anstoßen konnte, kamen Yzelle, Gloria und Steven im Dreierpack hinein. Sie sahen etwas durchnässt aus, was vermutlich daran lag, dass sie einen längeren Weg zu Tom zurückzulegen hatten.

»Na, ihr Luschen! Seid ihr bereit, mal wieder zu verlieren?«, fragte Steven kampfeslustig.

»Der hat schon eine etwas verschrobene Sichtweise, oder?«, stellte Tom mit Blick in meine Richtung fest.

»Bislang hast du doch jedes Mal eingezahlt, wenn ich mich recht entsinne.«, fügte ich hinzu.

»Ja, aber damit ist jetzt Schluss. Das mit dem Bluffen klappt heute nicht mehr! Ich kann euch alle lesen wie ein offenes Buch.«, behauptete Steven siegessicher.

»Ich wusste gar nicht, dass dein Mann Analphabet ist, Yzelle. Das tut mir ja leid!«, konterte ich und schaute Yzelle an, die sich zusammen mit Gloria über unser männliches Imponiergehabe sichtlich amüsierte.

Wir spielten bereits seit einiger Zeit in unregelmäßigen Abständen unsere kleinen Pokerturniere. Da wir uns nicht jedes Mal auf einen neuen Einsatz verständigen konnten und wir im Freundeskreis auch nicht wirklich um Geld spielen wollten, vereinbarten wir, dass wir für unser Start-Stack 100,- Dollar und für jedes weitere der maximal zwei nachgekauften Stacks 50,- Dollar in die Gemeinschaftskasse einzahlten. Ziel des ganzen war es, dass wir am Ende des Jahres ein erkleckliches Sümmchen Geld beisammen haben würden, von dem wir gemeinsam einen kleinen oder größeren Ausflug machen wollten. Da wir die Kasse im letzten Jahr noch nicht geleert hatten, kam der heutige Einsatz oben drauf. Mittlerweile waren es schon 7.300,- Dollar, sodass ein wesentlicher Teil des Spiels daraus bestand, neue Vorschläge hinsichtlich der Verwendung des Geldes und des konkreten Ausflugszieles zu machen.

»Was haltet ihr von Sun City?«, fragte Gloria, nachdem wir uns an unsere Plätze gesetzt, Tom die Chips und Steven die Karten ausgeteilt hatten.

»Sun City gefällt mir gut. Ich hätte aber auch mal wieder Lust auf Cape Town.«, warf Yzelle ein neues Reiseziel in die Runde.

»Ist beides nicht so schlecht. Wir könnten aber auch eine schöne Tour über die Weingüter bei Stellenbosch machen.«, schlug Steven vor.

»Hatten wir am Anfang nicht gesagt, dass derjenige entscheiden darf, der am Ende am wenigsten eingezahlt hat? Dann könnt ihr zwar gerne Vorschläge machen, aber ich darf letztlich auswählen, wo es hin geht. Und mir wäre gerade nach einer schönen Safari im Chobe National Park mit zwei oder drei Übernachtungen in einer Zelt-Lodge. Was haltet ihr davon?«, verkündete ich selbstsicher.

»Da würde ich glatt mitkommen, wenn dieser Vorschlag nicht deinem arroganten Hirn entsprungen wäre. Heute und die nächsten Male wirst du bluten und dann entscheide ich, wo es hin geht.«, entgegnete Yzelle, womit sie zumindest, was den heutigen Tag anging, falsch lag. Denn wie beim letzten Mal gewann ich knapp gegen sie.

Während des gesamten Nachmittags hatten wir nicht ein einziges Mal über den Mordfall gesprochen. Yzelle fand jedoch, nachdem das Pokerturnier beendet war, dass es an der Zeit sei, dieses Thema erneut auf den Tisch zu bringen.

»So, Glückwunsch, Jan. Du bist unser alter und neuer Champion. Jedenfalls bis zum nächsten Mal! Und unser Topf ist um weitere 900,- Dollar auf 8.200,- angewachsen. Das gibt definitiv mehr als nur einen Tagestrip. Apropos: Wo wollt ihr eigentlich als nächstes hinfahren? Haben wir jetzt schon einen Plan, wo wir die beiden in den kommenden Tagen hinschicken?«

»Das ist richtig! Ich arbeite hart dafür, dass ich das Geld verdiene, das du den beiden beim Essen im wahrsten Sinne des Wortes in den Rachen wirfst! Etwas mehr Engagement können wir da schon erwarten!«, ergänzte Steven sichtlich gut gelaunt über diesen Gedanken.

»Ich kann auch wieder arbeiten gehen. Dann kannst du deine freie Zeit hier gern allein verbringen.«, zischte Yzelle Steven mit einem bösen Blick zu.

Vermutlich war sie noch ein bisschen wegen der Niederlage im Pokern angefressen. Steven, Tom und ich schauten uns an, zuckten leicht mit den Schultern und bedeuteten uns damit, dass wir gemeinsam mit Steven schon eine Beschäftigung finden und uns die Zeit ohne Yzelle vertreiben könnten.

»Eh, Männer! Wahrscheinlich würdet ihr den ganzen Tag nur in Schlafklamotten herumlaufen, Billard spielen und Bier saufen.«, seufzte Yzelle und wir wussten, dass sie damit recht haben würde.

»Naja, wir können uns das ja gleich noch im »Shamwari« überlegen. Deine Sandwiches und die Oliven waren toll, Tom, aber ich habe schon wieder etwas Hunger!«

»Na dann. Auf geht´s. Ich könnte auch schon wieder einen Happen essen.«, freute sich auch Steven aufs »Shamwari«.

Wir warteten bis der Wein kam, bevor wir mit den Plänen für das weitere Vorgehen begannen.

»So. Wie sieht´s denn nun aus? Hat irgendjemand schon eine Idee und hat sie den ganzen Tag über für sich behalten oder tappen wir alle im Dunkeln?«, fing Tom an.

Er schaute in die Runde und alle am Tisch schauten ihn an. Da keiner was sagte, schlossen wir daraus, dass wir alle planlos waren.

»Wenn man es genau nimmt, habt ihr ja eigentlich das, was ihr erreichen wolltet, schon geschafft.«, warf Gloria plötzlich ein.

»Wie bitte?«, fragte ich höflich nach, da ich dachte, ich hätte mich verhört.

»Ihr habt doch schon euer eigentliches Ziel erreicht. Mary kam zu euch und hat euch gefragt, ob ihr irgendetwas unternehmen könnt, damit die Leute im Dorf Lisha nicht mehr beschimpfen und bedrohen. Und naja, wenn das stimmt, was Eduardo Ndlane euch gestern versprochen hat, dann wird Lisha doch jetzt auch in Ruhe gelassen. Dass ihr den Mord komplett aufklären sollt, davon war doch eigentlich nicht die Rede, oder?«

Wir schauten uns wieder für einige Augenblicke wortlos an. Denn so hatten wir das Ganze noch gar nicht betrachtet. Darum ging es ja eigentlich. Dass Marys Cousine Lisha wieder in Frieden im Dorf leben könnte. Vermutlich hätten unsere Ermittlungen an dieser Stelle geendet, denn dem anhaltenden Schweigen war zu entnehmen, dass diese Ansicht konsensfähig war. Allerdings gab es ja noch Yzelle.

»Wollen wir und wollt ihr jetzt wirklich schon aufhören? Es ist ohne Frage toll, dass Lisha von nun an wieder ein halbwegs normales Leben im Dorf führen kann. Aber überlegt doch mal. Wenn wir jetzt nicht weiter machen, dann kann der oder können die Täter die letzten Spuren verwischen, die es vielleicht noch gibt. So würde man wahrscheinlich nie herausbekommen, wer es war. Das würde mich vermutlich unter normalen Umständen nicht weiter kratzen. Aber wir haben doch schon mit den Ermittlungen angefangen und verdammt noch einmal, auch wenn ich das nicht gerne sage, aber ihr habt doch auch schon einiges herausgefunden! Wir müssen die Puzzleteile nur noch vernünftig zusammenfügen. Stellt euch mal vor, wir sitzen hier in einigen Jahren und fangen an, über die Vergangenheit nachzudenken. Wir würden doch immer wieder an diese Sache zurückdenken und dann sagen: »Ach, Scheiße, wären wir damals vielleicht nicht so lethargisch gewesen, dann hätten wir auch möglicherweise den Mörder gefunden.« Lasst uns weitermachen. Ich habe in den Jahren als Anwältin gelernt, dass es manchmal Situationen gibt, in denen es scheinbar keine Lösung gibt oder bei denen man nicht weiß, wie es weitergehen soll. Aber das ist Bullshit. Es gibt immer eine Lösung und immer einen Weg! Und wenn wir noch fünfzigmal die Fakten durchgehen müssen, die wir haben, dann dauert es eben so lange. Das ist doch der eigentliche Luxus, den wir hier haben – Zeit! Also nutzen wir sie!«

Es herrschte Schweigen am Tisch. Diesmal aber nicht, weil wir darüber nachdachten, ob wir mit den Ermittlungen aufhören sollten, sondern weil wir von Yzelles Worten nachhaltig beeindruckt waren. Wir dachten bisher immer, dass ihr Interesse an der Lösung des Falls nur daher rührte, dass sie hier in der Abgeschiedenheit irgendeinen Kick brauchte, damit ihr nicht langweilig wurde. Aber da hatten wir uns offensichtlich getäuscht. Yzelle war engagiert um der Sache willen. Sie hatte Biss und wollte den Mord an der Person, die wir niemals persönlich kennengelernt hatten, nicht auf sich beruhen lassen. Tom schluckte.

»Ja. Du hast recht. Danke, Yzelle! Wirklich. Das meine ich ernst. So kann das echt nicht enden. Wenn du mitmachst, bin ich dabei.«

»Ich auch!«, antwortete Steven, der gerade sehr stolz auf seine Frau war und sie auch so anschaute.

»Ich bin dabei.«, schloss auch ich mich an.

»Naja, dann machen wir auch mit. Ich spreche da auch mal in Maartens Namen.«, sagte Gloria, die allerdings weniger begeistert klang.

»Die Frage ist nur, wie es weitergeht.«, erinnerte Tom noch einmal an das Dilemma, das auch schon vor unserem Entschluss bestand.

»Naja, wir haben schon etwas, aber uns fehlt noch der Schlüssel zu dem Ganzen. Schauen wir uns doch mal dieses Dreieck an. Wir haben da Shongoene, den Polizeichef von Inhassoro, die Holzfäller und Mpizi, den Clanchef. Wenn wir uns die drei mal näher betrachten. Wer ist da wohl das schwächste Glied in der Kette und bei wem könnten wir am besten ansetzen?«, präzisierte Yzelle die Fragestellung.

»Vermutlich Shongoene. Wenn das stimmt, was Ndlane gesagt hat, dann bekommt der in irgendeiner Form Druck von Mpizi. Und den Holzfällern kann der bestimmt auch keine Anweisungen geben. Außerdem ist der Fettsack schon ganz schön ins Schwitzen gekommen, als es um die Bestechung wegen der Ermittlungsakte ging.«, gab Tom seine Einschätzung ab.

»Das sehe ich genauso.«, bestätigte ich Toms Auffassung.

»Na seht ihr! Dann wissen wir schon einmal, wen wir noch einmal in die Mangel nehmen sollten. Shongoene. Irgendetwas stimmt mit dem nicht. Und was das ist, das müssen wir herausfinden. Bei dem müsst ihr noch einmal ansetzen. Der hat sicherlich in irgendeiner Form Dreck am Stecken.«, hatte Yzelle nun eine konkrete Vorstellung.

»Mit Schmiergeld würde ich es nicht noch einmal versuchen. Das könnte er euch sonst wirklich krumm nehmen. Aber ihr könntet doch noch einmal Ndlane befragen, was der über den Polizeichef sonst noch so weiß. Da kann jedes Detail hilfreich sein.«, unterstützte uns Steven bei der Ideensuche.

»Das klingt vernünftig. Vielleicht weiß ja auch Lisha noch etwas über Shongoene. Die könnten wir ebenfalls fragen. Und da die beiden im selben Dorf wohnen, müsst ihr sogar nur einmal fahren.«, schlug Gloria vor.

»Na, da haben wir doch wieder einen Plan. Mal sehen, ob der uns weiter bringt. Aber schön, dass wir nun schon einmal so weit gekommen sind. Da kommt nämlich unser Essen.«, sagte Yzelle, die in Blickrichtung von Eddys Einflugschneise saß und ihn mit mehreren Tellern auf der Hand sah.

Nachdem wir mit dem Hauptgang - einem Red Snapper - fertig waren, bestellten sich Gloria und Yzelle noch einen Nachtisch.

»Wenn Maarten nicht da ist, kann ich häufiger zulangen. Er guckt sonst immer so skeptisch, wenn ich noch ein Dessert bestelle.«, erklärte Gloria.

»Als ob du damit Probleme hättest.«, versuchte ich das Standardkompliment loszuwerden, das bei einer solchen Vorlage immer passt.

»Danke! Aber diese gefüllten Schokomuffins sind das pure Hüftgold. Wenn ich da nicht aufpasse, kann ich mir im kommenden Sommer eine komplett neue Kollektion Bikinis kaufen.«

»Oder du trägst die, die du schon hast, einfach etwas enger.«, sprach Tom das aus, was alle Männer am Tisch dachten und das Kopfkino diesen Film bereits abspulte.

Von Yzelle und Gloria erntete er für diese Bemerkung allerdings nur einen verächtlichen Blick. Nach dem Dessert gingen wir wieder rüber in den Barbereich und stießen mit Cocktails und Longdrinks noch mehrmals auf unseren gefassten Entschluss an, die Ermittlungen weiter fortzuführen. Um kurz nach eins erlösten wir Eddy von unserer Anwesenheit und entlohnten ihm seine Geduld mit den letzten Gästen in der Bar mit einem großzügigen Trinkgeld. Ich ging ins Haus, nahm eine Kopfschmerztablette mit reichlich Wasser ein noch bevor der Kopfschmerz entstand, putzte mir schnell die Zähne und legte mich ins Bett.

Kapitel 10

Montag, 21.02.2011

»Mr. Scherler! Mr. Scherler! Aufwachen! Mr. Scherler!«, schrie mich eine Stimme an und ich spürte, wie mein Oberkörper kräftig durchgerüttelt wurde.

»Verdammt Mr. Scherler! Stehen Sie auf! Bitte! Mr. Scherler! Es brennt!«

Ich schreckte hoch. Das Adrenalin schoss wie ein Blitz durch meinen Körper und ich öffnete meine Augen. Über mich beugte sich ein schwarzer Mann mit einem Gewehr über der Schulter, den ich in der Dunkelheit aber nicht zuordnen konnte, aber annahm, dass er wohl zum Sicherheitspersonal gehörte.

»Was?«, fragte ich um sicher zu gehen, dass ich mich nicht verhört hatte.

»Es brennt, Mr. Scherler. Bitte kommen Sie schnell mit nach draußen! Ihr Haus brennt!«

Erst jetzt realisierte ich den Rauch, der sich in der Wohnstube und dem Schlafbereich ausgebreitet hatte und sich beißend in meinem Hals bemerkbar machte. Ich spürte, wie der Qualm in meine Lungen drang und hustete einen Schleimbrocken aus.

Ich sagte dem Mann, der jetzt vor mir stand, er solle nicht rein treten.

Er fasste mich an der Schulter und schob mich durch die Tür ins Freie. Dort drehte ich mich um. Flammen konnte ich von hier aus nicht erkennen. Ich sah jedoch den rötlich flackernden Schein, auf der anderen, zum Meer zugewandten Seite des Hauses. Ich musste noch einmal reflexartig husten und spuckte meinem Retter dabei erneut vor die Füße.

»Entschuldigung! Danke!«, war das Einzige, was ihm in diesem Augenblick sagen konnte.

Am Strand liefen bereits einige meiner Nachbarn herum, die versuchten, das Feuer zu löschen, wofür sie mitgebrachte Eimer und andere Gefäße benutzen. Eine Feuerwehr oder etwas Ähnliches gab es hier nicht. Wenn überhaupt, dann war die nächste Feuerwehr in Inhambane und bis die hier wäre, wäre mein Haus bereits bis zum Fundament abgebrannt gewesen. Offenbar war ich der Letzte hier, der von dem Brand an meinem Haus erfahren hatte. Dann erst sah ich das Feuer. Ich konnte nichts sagen und stand einfach nur da, am Strand. Ich war geschockt. Um mich herum hörte ich ununterbrochen das Stimmengewirr meiner Nachbarn und zahlreicher Resortangestellter, die versuchten, das Feuer auf meinem Dach in den Griff zu bekommen. Wie paralysiert schaute ich auf die Meerseite meines Hauses und die Menschen, die vor ihm auf und ab liefen. Ich weiß nicht, wie lange ich dort stand, jedoch berührte mich irgendwann eine Hand von hinten auf der Schulter.

»Jan! Ist alles in Ordnung mit dir? Bist du okay?«

Es war Steven, der zusammen mit Yzelle hierher gelaufen war. Der Ausbruch des Feuers hatte sich in Windeseile im Resort herumgesprochen und jeder kam, um zu helfen.

»Was ist denn passiert? Jan! Geht es dir gut?«, fragte jetzt auch Yzelle.

»Ja, ich glaub schon.«

Ich war nicht sehr gesprächig und überlegte, wie das passiert sein konnte. Der Herd im Haus war aus, den Grill hatte ich nicht benutzt und auch kein Licht angelassen. Ich hatte keine Erklärung dafür, wie der Brand entstanden war. Schließlich kam auch Gloria im Bademantel dazu.

»Jan! Wie geht es dir? Was ist denn hier los?«

»Ich... ich weiß nicht. Ein Mann, wahrscheinlich der Sicherheitsdienst hat mich geweckt und gesagt, dass es brennt. Dann sind wir raus und dann ist das Feuer da.«, antwortete ich, noch immer etwas neben mir.

Steven half beim Löschen mit, Gloria und Yzelle blieben bei mir. Wahrscheinlich sah ich sehr mitgenommen aus. Ich dachte darüber nach, was passiert wäre, wenn es in den letzten Tagen nicht geregnet und der Wachmann mich nicht rechtzeitig geweckt hätte. Gedanken schossen mir durch den Kopf und mir wurde übel. Ich musste mich übergeben, schaffte es aber noch rechtzeitig, mich zur Seite zu drehen, um Gloria und Yzelle nicht auf die Füße zu kotzen. Ich kniete mich in den Sand und stützte mich mit den Armen ab. Vor mir lag der halbverdaute Red Snapper. Gloria hockte sich zu mir und legte mir die Hand in den Nacken.

»Hey, geht´s wieder? Soll ich vielleicht einen Arzt rufen?«

Ich schüttelte den Kopf.

»Nein, geht schon. Ist nur wegen dem Rauch…«, antwortete ich hustend.

Ich wollte aufstehen, doch meine Knie gaben nach, sodass ich wieder im Sand landete.

»Bleib einfach noch ein bißchen hier sitzen. Die schaffen das schon mit deinem Haus. Die Flammen werden bereits kleiner. Das wird wieder.«, beruhigte mich Gloria, die erneut ihre Hand in meinen Nacken gelegt hatte.

Und tatsächlich. Die Flammen waren kleiner geworden. Meine Nachbarn und der Sicherheitsdienst hatten es geschafft. Es züngelten nur noch wenige Flammen auf der rechten Ecke des Daches. Das Feuer auf der Veranda und an der Holzverkleidung der Wand war schon komplett gelöscht. Wenige Minuten später waren auch auf dem Dach keine Flammen mehr zu erkennen. Nur noch ein bisschen Glut. Einige Nachbarn blieben noch vor meinem Haus stehen, um zu schauen, ob noch etwas passierte, andere kamen auf mich zu, um zu fragen, wie es mir ginge. Doch Yzelle schickte alle weg, wofür ich ihr sehr dankbar war. Dann kamen Tom und Steven von den Löscharbeiten zurück.

»Ich glaube, es geht jetzt wieder. Zum Glück war alles noch feucht vom Regen. Ansonsten hätte es jetzt übler ausgesehen. Aber soweit ich das bei der Dunkelheit beurteilen kann, ist das wieder zu reparieren.«, schätzte Steven die Lage ein.

»Wenn du das nächste Mal eine nächtliche Grillparty veranstaltest, lad uns doch bitte ein. Wir bringen auch Feuerlöscher mit. Ist auch in deinem Interesse.«, scherzte Tom.

Entweder war das typisch britischer Humor, oder die Lage sah wirklich nicht so schlimm aus. Ich hoffte auf Letzteres.

Wir gingen zusammen in Richtung Haus. Es roch immer noch stark nach feuchtem Rauch. Viel zu erkennen war nicht. Es war vielleicht drei oder vier Uhr nachts und die Außenbeleuchtung der umliegenden Häuser war nicht gerade üppig. Die dichten Wolken am Himmel ließen das Licht der Sterne und des Mondes nur an sehr wenigen Stellen durch. Konturenhaft konnte ich auf der Veranda einen tiefschwarzen Brandfleck erkennen. Auch von der ursprünglich helleren Wand hob sich ein deutlich sichtbarer schwarzer Streifen ab. Der Schaden am Dach war bei diesen Lichtverhältnissen nicht zu beurteilen.

»Eh, Vorsicht! Passt auf! Hier liegen Glasscherben herum! Da muss wohl beim Löschen was kaputt gegangen sein.«, warnte Gloria Tom und mich, da wir beide keine Schuhe anhatten.

Steven beugte sich nach vorne und hob eine der Scherben auf.

»Sieht aus wie der Rest einer Bierflasche.«, sagte er und holte mit dem Arm aus, um die Scherbe von der Veranda zu werfen.

Tom griff ihm in den Wurfarm.

»Warte mal.«, sagte er zu Steven und nahm ihm die Scherbe ab.

Er führte die Scherbe bis kurz vor seine Nase und schnupperte daran.

»Du scheinst ja ein starkes Alkoholproblem zu haben, mein Lieber. Wenn du nachts um halb vier den Geruch von Bierflaschenscherben abschnüffeln musst.«, versuchte Yzelle die traurige Versammlung etwas aufzuheitern.

»Scheiße!«, sagte Tom und hielt die braune Scherbe nun auch Steven unter die Nase.

»Riech mal.«

Steven schaute zwar etwas verdutzt, bewegte seinen Kopf aber auch in Richtung der Scherbe.

»Oh. Das ist nicht gut.«, sagte er und nickte Tom bestätigend zu.

»Was denn?«, fragte Yzelle, die endlich wissen wollte, was die beiden gerochen hatten.

Tom gab ihr wortlos die Scherbe. Yzelle schnupperte ebenfalls an ihr. Sie schaute mich ernst an.

»Jan, ich glaube wir haben ein Problem. Da wollte dich jemand umbringen. Das war ein Molotow-Cocktail. Die Scherbe riecht nach Spiritus oder sowas.«

Ich schaute Yzelle entgeistert an. Hätte ich vorhin nicht schon meinen Magen entleert, so hätte ich es jetzt bestimmt getan.

»Was?«, fragte ich leise.

»Yzelle hat recht. Das war mal ein Molli.«, bestätigte Tom Yzelles Einschätzung und deutete auf die Scherbe.

»Auch dieser Brandfleck auf der Veranda sieht sehr merkwürdig aus. Soweit ich das bei der Dunkelheit erkennen kann, ist hier ein großer schwarzer Brandfleck und rundherum noch ein paar kleine. So als ob verspritzte Flüssigkeit verbrannt wäre. Deutet auch auf einen Molli hin.«, fügte Steven ein weiteres Detail hinzu.

»Ach du Scheiße!«

Mehr brachte ich nicht heraus, denn ich war ziemlich durcheinander. Dafür fand Yzelle schnell die passenden Worte.

»Wenn das nichts mit unseren Ermittlungen zu tun hat, dann fresse ich einen Besen!«

»Ja. Das denke ich auch. Entweder wollte dich jemand komplett ausschalten oder es sollte nur eine Warnung sein. Von den

Nachbarn war das sicherlich niemand und auch das Personal wäre nicht so blöd und würde die Häuser von Gästen im Resort anzünden. Das hat garantiert etwas mit dem Mordfall an Usumbe zu tun!«, war sich auch Tom sicher.

Noch bevor wir weitere Überlegungen anstrengen konnten, kam der Mann vom Sicherheitsdienst die Verandatreppe hinauf. Er schaute kurz auf die Uhr, um sich zu vergewissern, dass er die richtige Begrüßung wählte.

»Guten Morgen, Ladies und Gentlemen. Ich bin Charles Gumba vom Sicherheitsdienst. Vielleicht kennen Sie mich vom Tor.«, stellte er sich mit tiefer Stimme vor.

»Haben Sie mich aus dem Haus geholt?«, fragte ich ihn.

»Ja. Das war ich.«

Ich machte einen Schritt auf ihn zu, zögerte kurz und drückte ihn dann.

»Danke! Danke, danke, danke, danke! Sie haben mir das Leben gerettet! Das vergesse ich Ihnen nie!«

Gumba wirkte ein wenig verlegen, als ich meine Umklammerung löste.

»Ja. Kein Problem. Gern geschehen, Mr. Scherler. Das war aber nicht schwierig. Das hätte jeder gekonnt. Außerdem ist es mein Job, auf die Gäste im Resort aufzupassen.«

»Trotzdem! Auch wenn es jeder andere gekonnt hätte. Sie haben mich gerettet und dafür bin ich Ihnen sehr dankbar.«

»Ja. Keine Ursache! Weshalb ich aber hier bin: Ich wollte Ihnen sagen, dass mein Kollege die Polizei verständigt hat. Die werden vorbeikommen und sich das alles hier mal ansehen.«

»Und wann kommen die?«, fragte Yzelle.

Gumba zuckte mit den Schultern.

»Sie wissen doch, wie das hier mit der Polizei ist. Eine Uhrzeit haben die nicht genannt. Ich würde Ihnen allerdings empfehlen, nicht im Haus zu schlafen, Mr. Scherler. Es ist noch zu viel Rauch da drinnen. Sie sollten vielleicht mal den nächsten Tag kräftig durchlüften. Wir haben aber noch zwei Häuser hier im Resort, deren Besitzer verreist sind und die ohnehin als Ferienhäuser zur Vermietung freistehen. Wenn Sie möchten, können Sie gern dort für ein paar Tage einziehen.«

»Du kannst aber auch bei mir schlafen, wenn du willst. Bei mir ist jetzt genug Platz.«, schlug Gloria vor.

Noch bevor ich antworten konnte, schoss auch Tom dazwischen.

»Bei mir ist auch eine Schlafcouch frei. Die kannst du gerne haben.«

Die Gelegenheit wäre günstig gewesen. Maarten war in Durban und Gloria bot mir an, bei ihr zu schlafen. Doch etwas in mir sträubte sich dagegen, bei Gloria zu nächtigen. Darum antwortete ich:

»Vielen Dank, Gloria! Das weiß ich sehr zu schätzen. Aber ich denke, es ist besser, wenn ich bei Tom schlafe. Wer weiß, ob der Brandstifter hier noch irgendwo herumläuft und es vielleicht noch einmal probiert. Ich könnte es mir nicht verzeihen, wenn ich dich dadurch auch noch in Gefahr bringen würde.«

»Mist, daran hab ich gar nicht gedacht.«, murmelte Tom im Spaß vor sich hin.

»Wahrscheinlich hast du recht. Aber wenn Tom zu sehr schnarcht, kannst du gern rüber kommen.«

»Entschuldigung? Hatten Sie gerade gesagt, dass das ein Brandstifter war?«, fragte Gumba, der immer noch bei uns stand.

»Ja.«

»Woher wissen Sie das?«

Yzelle gab Gumba die Glasscherbe.

»Riechen Sie bitte mal dran. Ist vermutlich Brennspiritus oder so etwas in der Art.«, erklärte Yzelle.

Gumba hielt sich die Scherbe unter die Nase.

»Ja. Sie haben recht. Ich werde das sofort der Polizei mitteilen. Haben Sie eine Idee, wer das gewesen sein könnte?«

Wir schauten uns alle kurz an. Ohne Worte verständigten wir uns darauf, nichts von unseren Ermittlungen zu erwähnen. So antwortete ich:

»Nein. Wir haben keine Ahnung. Aber wenn die Polizei noch mehr Material für die Spurensuche benötigt… Hier liegen noch einige Scherben auf dem Boden herum.«

»Oh!«, sagte Gumba und blickte nach unten.

»Dann würde ich Sie bitten, dass Sie den Bereich der Veranda verlassen, damit Sie keine möglichen Spuren des Täters verwischen.«

»Ich glaube, außer den Glasscherben werden Sie hier nicht mehr viel finden. Hier sind während der Löscharbeiten so viele Leute drüber getrampelt. Würde mich wundern, wenn es hier noch mehr Spuren geben würde.«

»Trotzdem. Man kann ja nie wissen.«, sagte Gumba und wies mit dem Arm in Richtung des Strandes, um uns zu bedeuten, dass wir die Veranda verlassen sollten.

»Kann ich noch kurz die Fenster und Türen öffnen, um zu lüften?«, fragte ich Gumba, während die anderen bereits runtergingen.

»Ja, natürlich.«

Ich ging ins Haus und trat direkt hinter der Schwelle der Verandatür in eine große Pfütze, die sich vom Eingangsbereich bis in die Küche erstreckte. Im ganzen Haus stank es nach Rauch. Ich riss alle Fenster und Türen auf und stapfte dabei noch mehrfach durch die große Pfütze. Es war ja egal. Meine Füße waren eh schon nass.

»Mr. Scherler?«, rief Gumba mir zu, der mein Haus nicht betreten hatte, aber durch die Verandatür hinein schaute.

»Ja?«

»Wenn Sie möchten, kann ich gern dem Reinigungspersonal Bescheid sagen, dass Sie sofort vorbeikommen und in ihrem Haus das Wasser beseitigen. Dort dürften ja keine Spuren sein.«

»Das wäre perfekt! Danke!«

»Ich schicke sie gleich vorbei. Brauchen Sie mich noch?«

»Nein. Danke nochmals Mr. Gumba! Ich komme sicherlich in den nächsten Tagen noch einmal auf Sie zu, um mich erkenntlich zu zeigen. Gute Nacht!«

»Gute Nacht, Mr. Scherler!«

Ich ging wieder hinaus zu meinen Freunden, die alle noch vor meinem Haus am Strand warteten.

»Sieht es drinnen schlimm aus?«, fragte Gloria.

»Es geht. Ich hatte es übler erwartet. Ist halt eine Menge Wasser beim Löschen reingelaufen. Ich hab auch kein Licht angemacht, damit es wegen des ganzen Wassers keinen Kurzschluss gibt. Kann sein, dass es morgen im Hellen doch noch ein bißchen schlimmer aussieht.«

»Naja, wir helfen dir morgen auf jeden Fall beim Aufräumen. Sag Bescheid, wenn du soweit bist.«, bot Yzelle mir im Namen aller Unterstützung an.

»Das ist lieb. Danke. Aber ich glaube, wir sollten jetzt mal wieder ins Bett gehen. Ein paar Stunden können wir ja noch schlafen.«

»Hast recht. Gute Nacht und passt auf euch auf!«, verabschiedete sich Steven.

»Keine Sorge. Ich hab ein Auge auf Jan. Gute Nacht euch allen.«, antwortete Tom.

»Gute Nacht!«

Tom und ich gingen ein Haus weiter. Auf dem Weg dorthin stieß Tom mich an und sagte:

»Weißt du, ein Gutes hatte der Brand ja. Wir haben endlich mal alle unsere Nachbarn in Schlafklamotten gesehen!«

Ich musste schmunzeln. Es war gut, dass es Tom gab, der mich auch in dieser Situation aufheitern konnte.

»Unsere durchgeknallte Nachbarin trägt übrigens Plüschhausschuhe mit Häschenköpfen und Ohren, die an den Seiten runter hängen. Zum Schreien. Nur schade, dass Gloria einen Bademantel getragen hat. Wer weiß, was die so nachts an hat…«

»Ich hab nicht drauf geachtet, als ich ihr vor die Füße gekotzt habe, sorry.«

»Echt? Haha! Du hast ihr vor die Füße gereihert? Schade, dass ich das nicht gesehen habe!«

Wir gingen ins Haus. Tom klappte seine Schlafcouch aus und holte mir frisches Bettzeug und ein dickes Kissen.

»Falls du noch was brauchst… Du weißt ja, wo du mich findest. Schlaf gut.«, sagte Tom und deutete mit seinem Daumen in Richtung seines Schlafzimmers.

»Ja. Danke. Ich denke, das passt schon. Gute Nacht!«

Am Morgen weckte mich Tom mit einem lauten „Guten Morgen!". Er hielt mir eine frisch gebrühte Tasse Kaffee unter die Nase. Ich streckte mich, denn die Schlafcouch war nicht annähernd so bequem wie mein Bett und ich hatte mich etwas verlegen. Trotzdem war ich froh, noch etwas Schlaf gefunden zu haben.

»Morgen. Danke.«, sagte ich und griff nach der Tasse.

»Wir haben schon Besuch. Bill sitzt draußen auf der Veranda und wartet auf dich. Du kannst dir aber ruhig Zeit lassen. Es eilt nicht so, hat er gesagt. Also mach dir keinen Stress.«

Bill Davis war der Resortmanager in Praia da Onda. Er war Südafrikaner und ein äußerst umgänglicher, leicht untersetzter Typ, mit dem wir in der Vergangenheit schon einige Male an der Bar gesessen hatten. Ich wollte ihn nicht warten lassen und außerdem war ich zu aufgeregt, um mich noch ausgiebig frisch zu machen, da ich wissen wollte, wie es in meinem Haus aussah. Darum setzte ich mich kurz hin, nahm einen Schluck aus der Tasse und wuschelte mit beiden Händen durch meine Haare, sodass sie zumindest halbwegs nach einer Frisur aussahen.

»Hast du einen Bademantel?«, fragte ich Tom, da ich Bill nicht unbedingt in meinen Schlafsachen begrüßen wollte.

Tom schaute sich hektisch um, konnte ihn aber nicht finden.

»Brauchst du nicht. Seit letzter Nacht kennen wir uns doch hier eh alle im Schlafanzug.«

Ich stand auf, nahm die Kaffeetasse mit und ging raus zu Bill Davis. Er saß in Toms neuem Sessel und blickte mit zusammengekniffenen Augen hinaus aufs Meer. Die Sonne schien heute wieder sehr intensiv und es versprach ein schöner Tag ohne Wolken und Regen zu werden.

»Morgen Bill!«

»Hallo Jan! Schlimme Sache, das mit deinem Haus! Zum Glück ist dir nichts passiert!«, sagte Bill, der jetzt aufgestanden war und mir zweimal mit der Hand auf den Oberarm klopfte.

»Ja! Dank Mr. Gumba. Der hat mich da rausgeholt.«

»Hab´s schon gehört. Der bekommt diesen Monat dafür auch einen kleinen Bonus.«

»Ja, das ist gut! Von mir bekommt er auch noch was! Hat er sich auch verdient!«

»Warst du heute schon drüben?«

»Nein, noch nicht. Wie spät ist es denn?«

»Kurz vor zehn.«

»Oh. Ich dachte es wäre noch früher. War die Polizei schon da?«

»Ja. Die haben schon die Spuren gesichert und sind dann wieder davon gerauscht. Deine Aussage brauchten sie wohl nicht. Wenn sie etwas haben, melden sie sich wieder Hast du eine Idee, wer das gewesen sein könnte?«

»Nein. Keine Ahnung.«

»Ich denke, dass ich für die kommende Zeit etwas mehr Sicherheitspersonal anfordern werde. Nicht nur in deinem Interesse, sondern für alle Eigentümer im Resort. Falls hier ein Feuerteufel umgehen sollte, dann ist es besser, wenn wir mehr Wachen aufstellen. Die zwei am Tor und der eine Mann, der nachts auf Patrouille ist, haben wohl nicht ausgereicht, das zu verhindern. Das tut mir leid. «

»Ist doch nicht deine Schuld. Das ist aber eine gute Idee, mit dem Sicherheitspersonal.

»Pff.«, machte Bill mit einer wegwerfenden Handbewegung.

»Naja, ich wollte nur mal sehen wie es dir geht und mit dir rüber ins Haus gehen.«

»Das ist lieb. Danke. Sollen wir gleich los?«

»Wenn du nichts Anderes vor hast?«

»Nö. Tom, willst du mitkommen?«

»Ich komm gleich nach. Geht schon mal vor.«

Bill und ich gingen rüber zu meinem Haus. Drinnen sah es aus wie immer. Keine Pfütze war mehr da. Keine Unordnung. Es roch nur noch ein wenig rauchig. Ich trat ein und betrachtete das Loch im Dach. Die Wand darunter war vom Wasser und dem Ruß in Mitleidenschaft gezogen worden und sah leicht fleckig aus. Nichts, was man nicht durch etwas Farbe wieder in den Griff kriegen könnte. Der Rest meiner Wohnung sah so aus, wie ich sie verlassen hatte. Nur sauberer. Sogar das Geschirr vom Grillabend war in die Spülmaschine geräumt worden. So hatte der Brand wenigstens etwas Gutes. Ich fragte Bill:

»Wie habt ihr das denn gemacht?«

»Die Mädels sind heute etwas früher aufgestanden. Ich hab ihnen ein paar Dollar dafür versprochen, wenn sie dein Haus wieder auf Vordermann bringen, bis du wach bist. Ist doch gut geworden, oder?«

»Ja, super! Danke schön!«

»Für die Wand hab ich den Handwerkern hier im Camp Bescheid gesagt. Die machen das, wenn das Dach repariert ist. Das kann aber noch ein paar Tage dauern, weil wir erst das Stroh besorgen und präparieren müssen. Allzu lange sollte es aber nicht dauern. Vielleicht drei oder vier Tage. Der Wetterbericht hat für diese Woche auch fast nur Sonne und keinen Regen angesagt. Die angebrannten Bretter auf der Veranda werden natürlich auch ausgebessert.«

»Danke! Das ist echt toll von euch!«

»Keine Ursache! Das gehört zum Service mit dazu! Deshalb hast du doch auch hier dein Haus gekauft und nicht woanders, stimmt´s?«

»Stimmt!«

»Okay, das war´s schon. Ich geh dann mal wieder. Wenn du noch etwas brauchst, sag Bescheid. Du weißt ja, wo du mich findest.«

»Ja. Danke. Tschüss.«

»Mach´s gut. Bis bald.«

Ich blieb im Haus stehen und schaute mich nach allen Seiten um. Alles war noch da. Außer dem Dach und der Wand war nichts kaputt gegangen. Draußen saßen schon meine Freunde und warteten auf mich. Steven und Yzelle hatten Brötchen, Croissants, Marmelade, Wurst und Käse aus dem „Shamwari“ mitgebracht.

»Wir sind mal rübergekommen.«, sagte Steven.

Gloria und Yzelle deckten den Tisch, während Tom und Steven die Sammlung meiner Playstation-Spiele durchforsteten.

Wir setzten uns. Yzelle schnitt die Brötchen auf und reichte sie weiter.

»Hast ja ´ne heiße Nacht hinter dir!«, versuchte sich Steven mit dem nächsten schlechten Witz.

»Ja. Danke. Auf den hab ich nur gewartet.«, reagierte ich ein wenig gelangweilt.

Eine halbe Stunde später unterbrach uns ein schnaufender Bill, der schnellen Schrittes die Treppe zur Veranda hochkam:

»Hey, ich bin´s schon wieder.«

»Hallo. Was gibt es denn? Kann das Dach doch schon früher repariert werden?«, fragte ich.

»Nein. Besser!«

Wir schauten uns fragend an.

»Die Polizei hat gerade angerufen. Sie haben den Brandstifter geschnappt und er sitzt bereits in Haft! Das sind doch wohl mal gute Neuigkeiten!«, war Bill ganz außer sich über den plötzlichen Fahndungserfolg der Polizei.

»Echt? Das ist ja Wahnsinn! So schnell? Und haben sie gesagt, wer es ist?«, reagierte Yzelle als Erste.

»Ja, wundert mich auch ein bißchen, dass das so schnell ging. Aber sie haben gesagt, dass der Täter zweifelsfrei feststehen würde. Gestanden hat er wohl noch nicht, aber die Beweislage sei eindeutig, hat man mir gesagt.«

»Und wer war es?«, fragte ich noch einmal nach, da Bill diesen Aspekt in seiner Antwort vergessen hatte.

»Das weiß ich nicht. Das haben sie nicht erwähnt. Mir wurde nur gesagt, dass er in den nächsten Tagen nach Inhambane überstellt werden soll.«

Er verabschiedete sich und stapfte schwerfällig durch den Sand davon. Als er außer Hörweite war, sagte Yzelle:

»Alle, die denken, dass da was faul an der Sache ist, heben jetzt bitte mal die Hand!«

Es war zwar nur eine im Spaß gestellte Frage, aber wir hoben alle zur selben Zeit eine Hand in die Luft.

»Die denken bei der Polizei doch nicht ernsthaft, dass wir denen abnehmen, dass sie bereits nach einem halben Tag den Täter gefunden und gefasst haben. Normalerweise könnten wir doch froh sein, wenn die heute Nachmittag vielleicht ins Auto steigen und hierher fahren, um sich mal den Tatort anzuschauen.«

»Ja. Das ist sehr sonderbar! Das ging wirklich schnell. Und für afrikanische Verhältnisse zu schnell. Auch, dass sie Jan als Tatopfer überhaupt nicht befragen wollen, kommt mir ein bißchen komisch vor.«, fügte Steven hinzu.

»Tja, andere Länder, andere Sitten. Vielleicht ist das hier so üblich, dass man das Opfer erst mal in Ruhe lässt.«, merkte Tom scherzhaft an.

»Na klar. Und für die Ermittlung des Täters gehen sie zum ansässigen Sangoma. Der wirft dann ein paar Knochen in den Sand, spuckt dreimal drauf, verreibt ein bißchen Hühnerblut darüber und schon wissen sie, wer es war. So ein Quatsch!«, reagierte Yzelle ein wenig bissig.

»War doch nur ein Spaß.«, antwortete Tom etwas kleinlaut.

»Ja. Entschuldigung! Aber so etwas regt mich auf! Ich würde ja zu gern wissen, wen sie da eingebuchtet haben. Bestimmt irgendeinen armen Teufel, der von nichts ′ne Ahnung hat und kein Geld für einen Anwalt hat.«

»Dann kommt hier aus der Gegend ja so ziemlich jeder in Betracht.«, merkte Gloria lapidar an.

»Tom! Wie sieht es aus? Hast du mal wieder Lust auf einen kleinen Ausflug?«, fragte ich.

»Ich ahne, was jetzt kommt. Du willst nach Inhassoro, oder?«, stöhnte Tom.

»Haargenau! Wenn die Polizei nicht zu mir kommt, dann kommen wir eben zu denen! Wir können ja als Vorwand angeben, dass wir dachten, sie bräuchten noch unsere Aussage und können bei der Gelegenheit gleich einmal nach dem Täter fragen.«

»Okay. Ich gehe noch schnell auf die Toilette und dann können wir los. Schmierst du so lange noch einige Brötchen für die Fahrt und packst ein paar Getränke ein?«

Gloria half mir bei den Brötchen und ich verstaute sie zusammen mit den Getränken in der Kühlbox. Wir verabschiedeten uns von den dreien und stiegen in Toms Jeep.

Die Strecke war von der Kraft der Mittagssonne schon wieder vollständig getrocknet und man merkte ihr nicht an, dass es hier die letzten Tage geregnet hatte. Selbst die Sandpiste, die nach Inhassoro hineinführte, war keine rutschige Schlidderbahn mehr, sondern wieder knochentrocken, sodass Toms Fahrkünste nicht über Gebühr strapaziert wurden. Nach knapp einer Stunde erreichten wir unser Ziel. Tom parkte den Wagen an derselben Stelle wie beim letzten Mal.

»Diesmal aber kein Bestechungsversuch! Klar?«, ermahnte mich Tom.

»Klar! Versprochen. Ich hab auch gar nichts dabei.«, beruhigte ich ihn.

Wir öffneten die Tür der Polizeistation und gingen hinein. Die Lampen waren noch immer nicht eingeschaltet. Das war aber auch nicht notwendig, da die Sonne heute etwas mehr Licht in den Raum hineintrug als bei unserem letzten Besuch im Regenwetter.

»Hallo!«, sagte ich laut und schaute durch die Öffnung in den Arbeitsbereich hinein.

Dort saß Djanambo an einem der Tische und blickte in ein Buch, wobei sein Finger langsam über jedes Wort glitt, das er gerade las. Der mit dem unaussprechlichen Namen und Shongoene waren nicht zu sehen.

»Hallo, Mr. Djanambo!«, begrüßte ich ihn, während er sich von seinem Stuhl erhob.

»Hallo, Mr. …Scherler!«, erinnerte sich Djanambo etwas langsamer an meinen Namen.

»Hallo.«, begrüßte er Tom, dessen Namen er offensichtlich nicht mehr präsent hatte.

»Was kann ich für Sie tun?«

»Bei mir wurde heute Nacht ein Brandanschlag auf mein Haus verübt. Und ich wollte Ihnen die Arbeit abnehmen, dass Sie extra noch einmal in Praia da Onda fahren müssen, um meine Aussage aufzunehmen. Vielleicht kann ich ja noch etwas Sachdienliches zum Fall beitragen.«, sagte ich scheinheilig.

»Mr. Scherler! Das wird Sie freuen, wenn Sie das jetzt hören! Wir haben den Täter bereits festgenommen! Vor etwa drei Stunden auf dem Markt!«

»Was? Das gibt es ja gar nicht! Wie haben Sie das denn geschafft?«, spielten Tom und ich die Überraschten.

»Ja! Verrückt, nicht wahr? Aber manchmal hilft uns eben auch Kommissar Zufall ein bißchen.«, war Djanambo vom schnellen Ermittlungserfolg selbst ganz begeistert.

»Und? Wer war es?«, fragte ich und konnte meine Neugier nicht verbergen.

»Wenn Sie wollen, können Sie ihn gerne sehen. Er sitzt hier hinten in der Zelle. Ich muss nur kurz Chief Shongoene fragen, ob das in Ordnung ist.«, antwortete Djanambo und deutete mit dem Daumen auf die andere Tür rechts hinter ihm.

»Ja gerne! Den wollen wir doch mal kennenlernen!«, sagte Tom.

Djanambo ging zur Tür auf der rechten Seite, klopfte an und trat ein. Djanambo schilderte das Anliegen und wir hörten von drinnen Shongoenes Stimme, die wenig begeistert klang. Was er sagte, konnte wir jedoch nicht verstehen, da er Djanambo in einer afrikanischen Sprache anfuhr. Nachdem auch Djanambo etwas in dieser Sprache anfügte, erwiderte Shongoene noch einige Sätze, die für uns weniger schroff klangen. Dann kam Djanambo zurück.

»Es ist zwar gerade etwas ungünstig, weil Chief Shongoene den Täter im Moment vernimmt. Aber er sagt, dass Sie gern hineinkommen können. Ich mache Ihnen auf.«, teilte Djanambo uns mit und öffnete uns die Tür zum Arbeitsbereich.

Er geleitete uns bis zur Tür, hinter der die Zelle sein musste. Djanambo öffnete sie und wies uns mit seinem Arm den Weg hinein. Danach verschloss er die Tür wieder hinter uns. Der Raum war sehr dunkel. Etwa einen halben Meter neben der Pritsche stand ein weißer, rostiger Eimer, der vermutlich von den Gefangenen als Toilette benutzt wurde. Etwa im gleichen Abstand weiter rechts stand ein Holzstuhl, auf dem der Gefangene saß. Es war Eduardo Ndlane! Er hockte zusammengesunken auf dem Stuhl und trug Handschellen um seine Handgelenke. Sein Blick war nach unten gerichtet, sodass er uns nicht sehen konnte. Shongoene stand hinter ihm und begrüßte uns als wir reinkamen.

»Mr. Scherler! Mr. Randall! Schön Sie zu sehen! Wir haben den Brandstifter bereits gefasst! Das hätten Sie bestimmt nicht gedacht, oder?«

Als Ndlane unsere Namen hörte, zuckte er zusammen. Er wandte seinen Kopf nach oben, sodass er uns anschauen konnte. Er sah verzweifelt aus und war offensichtlich überrascht, dass wir hier waren. Unter seiner Nase und an seinem rechten Mundwinkel waren kleine Rinnsale getrockneten Blutes zu erkennen. Sie stammten vermutlich vom Verhör. Dann sprang er mit einem Satz auf und machte in der Zelle einen Schritt auf uns zu.

»Ich war das nicht! Sie müssen mir glauben! Ich habe…«, schrie er.

Zu mehr kam er nicht. Shongoene war trotz seiner Fettleibigkeit enorm flink. Reaktionsschnell riss er in dem Moment, als Ndlane aufsprang seinen Schlagstock aus dem Gürtelhalfter und machte drei Schritte um ihn herum. Mit brachialer Gewalt rammte er ihm den Stock erst mit der Spitze in die Seite. Es gab ein dumpfes, leicht klickendes Geräusch, so als ob gerade eine seiner Rippen gebrochen wurde. Noch während Ndlane aufgrund des Schlages zusammensank, verpasste Shongoene ihm einen weiteren Schlag auf die Schläfe. Ndlane ging zu Boden. Dabei riss er den rostigen Eimer um und der darin befindliche Urin ergoss sich auf dem schmutzigen Untergrund. Er bewegte sich nicht mehr und war von dem Schlag auf den Kopf augenscheinlich bewusstlos geworden. Sein regungsloses, geschundenes Gesicht schaute uns an und wir konnten ein neues Rinnsal Blut erkennen, dass sich seinen Weg von oberhalb der Schläfe über sein Gesicht suchte.

»Pass doch auf, du Arschloch! Meine Leute müssen die Schweinerei jetzt wieder wegmachen!«, schrie er den bewusstlosen Ndlane an und verpasste ihm mit seinem Stiefel einen Tritt in den Bauch, da er über den umgestürzten Eimer ziemlich verägert war.

»Hey! Mr. Shongoene! Nicht so heftig!«, fuhr Tom ihn laut an, sodass er sich selbst erschreckte.

Die Zelle war verschlossen, sodass wir Ndlane, selbst wenn wir es gewollt hätten, nicht helfen konnten. Wir konnten nur hoffen, dass Shongoene aufgrund von Toms verbaler Einmischung von Ndlane ablassen würde. So war es auch. Shongoene schaute voller Wut zu uns hoch, riss sich aber zusammen und gab sich keine weiteren Blöße, indem er noch weiter auf den wehrlosen Ndlane einprügelte. Stattdessen holte er mehrfach tief Luft. Offenbar hatte diese Aktion sein sportliches Leistungsvermögen schon an die Grenzen der Belastbarkeit gebracht.

»Entschuldigung! Aber das musste einfach sein. Der führt mich schon seit Stunden an der Nase herum und behauptet, dass er es nicht gewesen sei. Dabei haben wir so eindeutige Beweise, dass es besser für ihn wäre, wenn er einfach gestehen würde.«

»Ja… äh… Lebt er noch? Schauen Sie doch bitte mal nach.«, sagte ich ganz durcheinander vom diesem Gewaltausbruch.

Shongoene beugte sich ein wenig widerwillig über Ndlane und tastete nach seiner Halsschlagader.

»Ja. Keine Sorge. Dem geht es gut. Der macht nur ein Nickerchen.«

Tom und ich schauten uns erleichtert an, als Shongoene sich wieder aufrichtete.

»Und wer ist das? Wie sind Sie auf ihn gekommen?«, fragte ich, um nicht durchblicken zu lassen, dass wir Ndlane schon kannten.

Es hätte Shongoene sicher nicht gut gefallen, wenn er erfahren hätte, dass wir Ndlane entgegen seiner Anweisung besucht und befragt hatten.

»Das ist Eduardo Ndlane. Ich hatte Ihnen ja schon vom ihm erzählt.«

»Der Mann, den Sie schon wegen des Mordes an Ndemi Usumbe verdächtigen?«

»Genau der! Wir hatten ihn ja schon wegen dieser Sache in Verdacht. Da lag der Schluss nahe, dass er auch etwas mit dem Brandanschlag zu tun haben könnte.«, erklärte Shongoene ganz selbstverständlich.

»Wieso das denn? Wo ist denn da der Zusammenhang?«, fragte Tom ungläubig.

»Ganz einfach. Sie haben doch auf eigene Faust Ermittlungen in dem Mordfall Usumbe geführt. Dabei waren Sie ja auch bei den Holzfällern und in Ndlanes Dorf. Das hat sich herumgesprochen, dass Sie den Täter suchen. Und da hat Ndlane offenbar Angst bekommen und wollte Sie aus dem Weg schaffen, damit Sie den Täter nicht ermitteln können.«, führte Shongoene aus.

»Aha. Aber was gibt es denn da für Beweise?«, fragte ich.

»Einen davon kennen Sie bereits. Den haben Sie selber sehr gut gefunden! Ich habe ja schon letztes Mal gesagt, dass Sie beide gute Spürnasen haben, auch wenn Ihre Methoden mitunter etwas fragwürdig sind.«, antwortete Shongoene, wobei er uns streng anschaute und mit einer Geste seiner Finger auf den Bestechungsversuch anspielte.

»Ich meine die Scherbe, die Sie vor dem Haus gefunden haben. Der Wachmann hat sie uns gegeben und wir haben sie natürlich gleich untersucht. Sie hatten recht mit Ihrer Einschätzung. Die Glasscherbe gehörte zu einer Flasche, die als Molotow-Cocktail gegen Ihr Haus eingesetzt worden war. Aufgrund unseres Verdachts gegen Ndlane sind wir gleich heute Morgen ins Dorf gefahren und haben die Hütte von Ndlane ausfgesucht. Er war schon ausgeflogen. Darum haben wir seine Hütte durchsucht. Und raten Sie mal, was wir gefunden haben!«

»Keine Ahnung, was denn?«, antwortete Tom auf Shongoenes Rätsel.

»Zunächst haben wir drei weitere braune Bierflaschen in seiner Hütte gefunden. Manica. Die Scherbe, die Sie gefunden haben, stammt von der selben Sorte Bier. Das wäre jetzt nicht weiter verdächtig, denn das trinkt ja so gut wie jeder hier in der Gegend. Dann haben wir aber weiter gesucht und was wir dann gefunden haben, hat Ndlane endgültig überführt. Zum einen war eine halbvolle Flasche Brennspiritus in seiner Hütte und dann noch ein Eimer, in dem wir Reste von Altöl gefunden haben. Damit hat er sich den Molotowcocktail gebaut, den er auf Ihr Haus geworfen hat, Mr. Scherler. Wirklich dumm, dass er seine Tatwerkzeuge nicht besser versteckt hat... Nachdem wir die Beweise gesichert hatten, haben wir Erkundigungen eingeholt, wo sich Ndlane aufgehalten hat. Nach einem Tipp haben wir ihn dann auf dem Markt gefunden. Vermutlich wollte er dort noch ein paar Lebensmittel für seine Flucht einkaufen. Auf jeden Fall können wir uns beide gratulieren. Sie mir, dass ich so schnell den Brandstifter geschnappt habe und ich Ihnen, dass Sie den Mörder so in Unruhe versetzt haben, dass er unvorsichtig wurde und Sie töten wollte«, erklärte Shongoene sichtlich stolz.

»Ja. Glückwunsch. Und warum soll er noch einmal mein Haus angezündet haben?«, fragte ich etwas skeptisch.

»Da müssten Sie ihn schon selber fragen. Vermutlich, weil Sie ihm zu nah auf die Pelle gerückt sind. Da hat er Angst bekommen und er wollte Sie beseitigen, damit Sie ihn sich nicht als nächsten Verdächtigen vornehmen.«

Tom und ich wussten, dass wir das Spiel des Polizeichefs mitspielen mussten. Dass die Sache ganz gewaltig stank, war uns beiden klar. Um Ndlane aber nicht in noch größere Gefahr zu bringen, als er ohnehin schon war, spielten wir das Spiel Shongoenes mit.

»Tja. Das klingt ja wirklich ganz hervorragend. Ich weiß gar nicht, was ich sagen soll. Und wenn ich ehrlich bin…, ich hatte nicht mit einem so schnellen Ermittlungserfolg gerechnet. Glückwunsch!«, sagte ich bewundernd.

»Danke, vielen Dank. Jetzt aber will ich Sie nicht weiter aufhalten. Der Rest ist wirklich Polizeisache. Beim Verhör können Sie uns nicht behilflich sein. Aber trotzdem noch einmal vielen Dank für Ihre Unterstützung!«, komplimentierte Shongoene uns hinaus.

»Ja, wir wollen auch nicht weiter stören! Besten Dank und viel Erfolg bei Ihren weiteren Ermittlungen! Alles Gute und auf Wiedersehen!«, verabschiedeten wir uns von ihm und warfen einen letzten mitleidigen Blick auf Ndlane, der immer noch am Boden lag.

»Scheiße! Das ist ja wohl ein ganz abgekatertes Spiel!«, sagte ich entrüstet zu Tom als wir ins Auto eingestiegen waren.

»Das kannst du laut sagen! Das ist so offensichtlich, dass Ndlane nur als Sündenbock herhalten soll.«, war Tom derselben Auffassung.

»Und Shongoene weiß das! Kein Wunder, dass er Ndlane einen übergezogen hat, als der anfangen wollte zu reden.«

»So ein Drecksack! Ich würde den Jeep hier plus mein Haus darauf verwetten, dass der auch die Beweise fingiert hat. Ich kann mich jedenfalls nicht daran erinnern, dass bei Ndlane Bierflaschen oder ein Eimer mit Altöl herumgestanden hätten.«

»Naja, fahr erst mal los. Aufregen können wir uns unterwegs immer noch.«, sagte ich zu Tom.

»Wenn das jetzt nur irgendein kleiner Angestellter von Shongoene wäre, dann wäre es vermutlich kein Problem, etwas zu unternehmen. Aber Shongoene... Auch wenn der nicht so aussieht und unter dem Pantoffel von Mpizi steht, denke ich, dass der hier in der Region eine Menge Einfluss hat. An den kommen wir nicht ran.«

»Ja. Aber so einfach darf er mit der Sache nicht davon kommen. Wir müssen da etwas unternehmen!«

»Aber was denn? Ndlane wird an die Behörden in Inhambane überstellt. Dort kennen wir keinen und uns kennt dort auch niemand. Weshalb sollten die uns da Glauben schenken? Im Zweifel sitzen da auch nur irgendwelche anderen korrupten Kollegen von Shongoene und wir kriegen richtig Ärger, wenn wir uns weiter einmischen. Der Einzige, der mir einfallen würde und der uns weiterhelfen könnte, ist Andrew. Der lebt zwar in Tofo, aber das gehört wenigstens zur Verwaltungsregion von Inhambane. Vielleicht kennt er ja irgendjemanden bei der Polizei.«, überlegte Tom.

»Irgendjemand bei der Polizei reicht aber nicht aus. Es geht hier um Brandstiftung und Mord! Ich glaube, es wäre besser, wenn wir Andrew da nicht auch noch mit reinziehen. Wer weiß, was die ihm noch anhängen würden?«, gab ich zu bedenken.

»Ja, das kann schon sein. Aber fällt dir etwas Besseres ein? Mir gehen so langsam die Ideen aus.«

»Mir schwebt da schon so etwas vor. Ob´s klappen kann, weiß ich aber nicht. Ich sag´s dir auch gleich, aber wir sind ja eh schon fast wieder zurück im Resort. Da kann ich auch warten, bis wir alle zusammensitzen. Du kannst doch eigentlich gleich bis zu Yzelle oder Gloria durchfahren. Vielleicht sehen wir sie auf dem Weg und können sie gleich zusammentrommeln.«

»Das können wir machen. Na, da bin ich mal gespannt, was du jetzt für einen Hammer-Plan hast.«

»Ich weiß nicht, ob es ein Hammer-Plan ist. Es ist aber auf jeden Fall eine Option, über die wir nachdenken sollten.«

Tom fuhr direkt zum Haus von Steven und Yzelle.

»Jetzt erzählt mal!«, forderte sie uns auf, nachdem auch auch Gloria auf der Veranda Platz genommen und einen Drink bekommen hatte.

Wir berichteten von unserem Besuch in der Gefängniszelle und die Reaktionen der anderen schwankten zwischen verärgert, geschockt und fassungslos hin und her.

»Jan hat im Auto gesagt, dass er eine Idee hätte. Er wollte es aber spannend machen und sie erst hier erzählen.« meinte Tom mit Blick zu mir.

»Ja, genau. Weil ich es spannend machen wollte... Nein. Ich weiß nicht, ob das wirklich eine gute Idee ist, aber was Besseres fällt mir im Moment auch nicht ein. Oder hat einer von euch noch einen Plan B parat?«, wollte ich mich vergewissern, bevor ich meine Idee ins Spiel brachte.

Die anderen schüttelten den Kopf.

»Na gut. Ihr wisst doch, dass ich längere Zeit für Conrad & Conrad in Pretoria gearbeitet habe. Wir hatten da auch einige Mandanten, die in Mosambik Geschäfte gemacht haben oder aus Mosambik kamen. Ich weiß das auch nur, weil Mr. Conrad einmal eine Feier im Golf Club für seine mosambikanischen Geschäftsfreunde veranstaltet hat. Und ich bin mir recht sicher, dass da auch ziemlich hohe Tiere bei der Polizei dabei waren. Wer das genau war, kann ich nicht sagen, aber vielleicht kann uns ja einer von denen irgendwie weiterhelfen.«

»Das kann schon sein. Aber wie willst du das anstellen? Du kannst doch nicht zu denen hingehen und sagen „Können Sie sich noch erinnern? Ich bin der, der sich Ihren Namen nicht gemerkt hat und vor ein paar Jahren mal auf der selben Feier wie Sie war. Würden Sie mir vielleicht in einem Mordfall behilflich sein?".«, fragte Gloria.

»Nein. Natürlich nicht. Aber ich hatte mir überlegt, dass ich morgen mal bei Mr. Conrad in der Kanzlei anrufe. Der konnte mich stets gut leiden und wir telefonieren immer noch drei oder viermal im Jahr miteinander. Er versucht dann immer, mich zu überreden, wieder zurückzukommen und für ihn zu arbeiten.«

»Ja, ja, verstehe schon, du bist ein unentbehrlicher Mitarbeiter!«, unterbrach mich Tom süffisant.

»Genau! Und deshalb denke ich auch, dass er mir in dieser Sache eventuell weiterhelfen kann. Wenn ich ihm den Sachverhalt vortrage, kann er mir vielleicht den richtigen Ansprechpartner nennen, der uns nützlich sein kann. Und was noch wichtiger ist: Er kann den Kontakt für uns herstellen. Denn da hast du ganz recht, Gloria. Sonst klappt das nicht.«

»Die Idee finde ich genial! Jan hat recht! Conrad & Conrad kann ein richtiger „Türöffner" sein. Ich kann mir jedenfalls gut vorstellen, dass Conrad & Conrad eine Menge einflussreicher Freunde im südlichen Afrika, auch hier in Mosambik, hat..«, meinte Yzelle, die schließlich einmal bei der Konkurrenz gearbeitet hatte.

»Wir sollten es auf jeden Fall einmal probieren. Schon wegen Ndlane! Wenn die in Inhambane ähnliche Befragungsmethoden haben wie Shongoene, dann bin ich mir nicht sicher, ob Ndlane den Prozess noch erleben wird oder vielleicht vorher aus Angst alles gesteht, obwohl er es nicht war. Ich werde morgen bei Mr. Conrad anrufen und dann schauen wir weiter.«

Auch wenn wir nicht wussten, ob es etwas bringen würde, waren wir froh, zumindest einen Plan zu haben, wie wir am kommenden Tag weiter vorgehen würden. Um uns bis dahin ein wenig Ablenkung zu verschaffen, spielten wir einige Runden Boule am Strand und gingen anschließen wie gewohnt ins „Shamwari". Wir beschlossen den Abend mit den üblichen zwei Runden Gin Tonic, die wir an der Bar zu uns nahmen und gingen zurück zu unseren Häusern. Tom begleitete mich zu meinem Haus und half mir, mein Schlafzeug zu ihm hinüberzutragen, das aufgrund des Qualms im Haus jedoch noch immer eine sehr rauchige Note hatte. Wir spielten noch eine Runde Billiard bei Tom und tranken ein Bier vor dem Schlafengehen, das mich auf andere Gedanken brachte. Ich war dankbar und froh, einen Freund wie Tom zu haben, der mir ohne Zögern in dieser Situation zur Seite stand und mich bei sich aufnahm, bis mein Haus vollständig renoviert sein würde. Geschafft aber auch irgendwie geborgen schlief ich nach wenigen Augenblicken ein. Erst am nächsten Morgen wurde ich durch Toms lautes Geklapper mit dem Geschirr geweckt.

Kapitel 11

Dienstag, 22.02.2011

»Mach doch nicht so einen Krach!«, war das Erste, was ich noch ziemlich verschlafen von mir gab.

»Das sagt genau der Richtige! Rumpelt die halbe Nacht hier herum und beschwert sich dann, wenn man morgens das Geschirr wegräumt! Das kann ich ja leiden. Magst du einen Kaffee? Ich hab schon einen gemacht. Toast wäre auch noch da.«

»Ich rumpel doch nicht immer so rum. Das lag nur an der Bettwäsche. Die hat ganz furchtbar nach Rauch gestunken. Ich musste sie einfach nach draußen hängen. Und ja, ich will auch einen Kaffee und Toast.«

Wir traten gemeinsam auf die Veranda.

»Riech doch mal dran!«, forderte ich Tom auf, damit er endlich verstehen würde, weshalb ich heute Nacht so ein Theater gemacht hatte.

»Im Leben nicht, mein Lieber! Ich werde nicht an deiner Bettwäsche schnuppern, auch wenn du es dir noch so wünschst!«, antwortete er und ich erkannte, dass mein Angebot in der Tat etwas merkwürdig anmutete.

»Wann rufst du denn Mr. Conrad an?«, wollte Tom wissen.

»Nach dem Duschen. Ich weiß zwar nicht, ob er im Büro

ist, aber wenn er seine alten Gewohnheiten nicht abgelegt und auch kein auswärtiges Meeting hat, dann sollte er dort den ganzen Tag über zu erreichen sein.«

Adalbert Conrad war ein großer, schlanker Mann. Als ich die Kanzlei verließ, war er bereits Mitte 60, sodass er nun die 70 Jahre überschritten haben sollte. Schon damals waren seine Schläfen ergraut, fast weiß und er kämmte seine kurzen Haare stets zu einem ordentlichen Scheitel. Er war für sein Alter noch recht athletisch, nicht muskulös, aber durchtrainiert. Die freie Zeit, die er hatte, verbrachte er auf dem Golfplatz oder in der Schwimmhalle, die zum Komplex der Kanzlei gehörte. Er war vor knapp 40 Jahren aus Deutschland ausgewandert, hatte die Kanzlei aus dem Nichts aufgebaut und innerhalb von zwei Jahrzehnten an die Spitze der südafrikanischen Kanzleien gebracht. Er war ein Self-Made-Man, der zwar stets bescheiden, in Verhandlungen und im Hinblick auf die Leistungen seiner Mitarbeiter aber immer knallhart war. Auch ohne dieses Wissen um seine Person, hinterließ Adalbert Conrad überall wo er auftrat einen mächtigen Eindruck. Er war kompetent, gewitzt und seine Augen strahlten die List und Tücke eines gewieften Fuchses und Geschäftsmannes aus, der es im Leben weit gebracht hatte. Diesen Erfolg hatte er sich über die Jahrzehnte erarbeitet. Adalbert Conrad war fleißig und es kam nicht selten vor, dass er als Erster die Kanzlei betrat und sie als Letzter verließ, obwohl er eigentlich schon längst seinen wohlverdienten Ruhestand hätte genießen können. Vermutlich lag dies auch daran, dass zuhause nach dem Tod seiner Frau in den 90er Jahren niemand mehr auf ihn wartete. Sie war bei einem Autounfall in Johannesburg ums Leben gekommen. Ein anderes Fahrzeug hatte ihren Wagen gestreift, sodass sie von der Straße abkam und sich nach dem Aufschlag im Graben überschlug. Ihre Verletzungen waren so schwer, dass sie diesen nach zwei Tagen im Krankenhaus erlag. Ein Verlust, den Adalbert Conrad nie so recht verwunden hatte, vermutlich auch deshalb, weil der Fahrer des anderen Wagens nicht gefunden und bestraft werden konnte.

Auch wenn seine Mitarbeiter zum größten Teil eine Familie hatten, die auf sie wartete, verlangte er auch von ihnen einen ähnlich hohen Arbeitseinsatz. Dies sprach er zwar nicht aus, aber wollte man es in der Firma zu etwas bringen, so war dies die wichtigste Voraussetzung neben Loyalität. An beiden Eigenschaften mangelte es mir nicht, während ich in seiner Kanzlei arbeitete. Conrad merkte dies recht schnell und gab mir bald schon größere und für die Kanzlei sehr wichtige Mandanten an die Hand, um deren Betreuung ich mich kümmerte. Da sie alle ausnahmslos mit mir zufrieden waren und ich wie er aus demselben Land kam, was zusätzlich eine weitere Vertrautheit schaffte, bot mir Conrad nach einiger Zeit eine Partnerschaft in der Kanzlei an. Nach reiflicher Überlegung lehnte ich diese ab und entschied mich zunächst für die Rückkehr nach Deutschland, weil ich damals dachte, ich müsste meine Karriere in Europa und nicht in Afrika weiterführen. Conrad nahm mir dies zwar nicht übel, er war jedoch ein wenig über meinen Entschluss enttäuscht und meinte, dass ich über Kurz oder Lang sowieso wieder in Afrika landen würde. Denn wer einmal afrikanische Luft eingeatmet hätte, der würde dieses Gefühl der

Freiheit, der ursprünglichen Natürlichkeit und der ungezwungenen Gelassenheit nie mehr vergessen und immer wieder hierher zurückkehren. Wie recht er doch hatte! Das erkannte ich allerdings erst einige Jahre später. Trotz meiner Rückkehr nach Deutschland hielten wir den Kontakt zueinander aufrecht und ich hatte ihn auch schon mehrere Male in den vergangenen Jahren besucht, wobei er stets versuchte, mich zu einer Rückkehr in die Kanzlei zu bewegen. Ich würde ihn daher mit meiner Anfrage nicht überrumpeln, zumal wir uns gut verstanden und die unausgesprochene Gewissheit zwischen uns bestand, dass wir uns im Notfall jederzeit helfen würden.

Am Telefon meldete sich die Assistentin Sandy Norrington, die ich noch in guter Erinnerung hatte.

»Conrad & Conrad. Mr. Conrads Büro. Sie sprechen mit Miss Norrington.«

»Sandy! Hallo! Wie geht es Ihnen? Hier ist Jan. Jan Scherler.«

»Mr. Scherler! Das ist ja eine Überraschung! Es geht mir gut! Und Ihnen? Sind Sie noch in Mosambik?«

»Das ist ja schön! Danke, mir auch. Und ja, immer noch in Mosambik. Aber ich komme bestimmt bald mal wieder auf einen Besuch vorbei.«

»Das wäre schön! Da freuen wir uns! Und? Bleiben Sie dann für länger? Sie wissen schon…«

»Haha, nein Sandy! Sie klingen ja schon wie Ihr Chef! Nein, ich fange nicht wieder bei Conrad & Conrad an, auch wenn es mir gut bei Ihnen gefallen hat. Aber einfach nur so vorbeikommen ist doch auch ganz schön, oder?«

»Besser als nichts! Soll ich Sie durchstellen?«

»Wenn Mr. Conrad gerade Zeit hat. Gerne.«

»Für Sie hat er immer Zeit! Das wäre auch so, wenn Sie wieder hier arbeiten würden.«, merkte sie verschmitzt an.

»Sandy!«

»Ist ja gut. Ich stell Sie durch. Bis bald und alles Gute!«

»Danke! Ihnen auch!«

Ich hörte das Klingeln in der Leitung und ein leichtes Knacken, als ich zu Mr. Conrad durchgestellt wurde.

»Jan, welch eine Überraschung! Das ist schön, dass Sie anrufen! Sind Sie gerade in Pretoria?«

»Leider nein, Mr. Conrad! Aber ich habe gerade schon Sandy gesagt, dass ich Ihnen bestimmt bald mal wieder einen Besuch abstatten werden! Wie geht es Ihnen?«

»Ach, ganz gut so weit. Man wird nicht jünger, aber ich kann mich nicht beklagen. Meine Ärzte sagen, mit der Pumpe werde ich noch hundert Jahre alt. Und so wie es aussieht, macht der Rest auch noch so lange mit. Schrecklich, nicht wahr? Die Geschäfte laufen blendend. Wir haben vorletzte Woche einen weiteren großen Mandanten dazugewonnen. Aus dem Bergbau. Will in Botswana Land kaufen, um nach Diamanten zu graben. Wäre das nicht was für Sie? Man munkelt, Sie wären in solchen Sachen ganz geschickt.«

»Sie haben sich doch mit Sandy abgesprochen, oder?«

»Wieso? Hat Sie Ihnen von dem neuen Mandanten aus Botswana erzählt?«

»Nein, aber sie hat auch nachgefragt, ob ich nicht wieder bei Ihnen anfangen möchte.«

»Und? Möchten Sie?«

»Danke! Ihr Angebot ehrt mich immer wieder aufs Neue! Aber ich lehne ab. Tut mir leid. Es geht mir hier sehr gut und ich fühle mich sehr wohl, so wie gerade alles ist.«

»Ach, das ist ja schade. Und Sie wollen einem alten Mann auf seine letzten Tage nicht doch noch eine Freude machen?«

»Mr. Conrad, wenn Sie mir gerade nicht erzählt hätten, dass Ihre Pumpe und der Rest von Ihnen noch halten bis Sie hundert sind, hätte ich es mir vielleicht überlegt. Aber unter diesen Umständen können Sie nun wirklich nicht von Ihren letzten Tagen reden!«

»Mist! Ich hab vergessen, dass Sie ein guter Zuhörer sind. Das muss ich wohl erst einmal so hinnehmen. Aber falls Sie irgendwann wieder den Wunsch hegen sollten, Anwalt zu sein, dann sind Sie hier herzlich willkommen! Und ich würde es Ihnen persönlich übel nehmen, wenn Sie irgendwo anders unterschreiben würden! Am Gehalt soll es nicht scheitern!«

»Das weiß ich, Mr. Conrad! Das weiß ich! Da waren Sie immer schon mehr als großzügig! Aber versprochen. Falls ich irgendwann mal wieder praktizieren sollte, dann nur bei Ihnen. Sie haben mein Ehrenwort!«

»Dann hat sich das Telefonat doch schon gelohnt. Aber deshalb rufen Sie bestimmt nicht an, oder?«

»Das stimmt, Mr. Conrad. Ich habe eine Bitte an Sie. «

»Jan, bevor Sie weiterreden. Sie wissen, ich erfülle Ihnen nahezu jeden Wunsch und Sie müssen nicht fürchten, dass ich meine Hilfe an die Bedingung knüpfe, dass Sie wieder hier anfangen!«

»Das weiß ich. Damit habe ich auch nicht gerechnet und das schätze ich auch sehr an Ihnen, Mr. Conrad!«

»Gut. Dann fahren Sie fort.«

Ich berichtete Mr. Conrad von dem Mord, den Ergebnissen unserer Ermittlungen sowie der Verhaftung Ndlanes aufgrund seines vermeintlichen Brandanschlages. Als ich fertig war, machte Mr. Conrad eine kurze Pause und murmelte:

»Nun ja, dass Sie vielen Polizeibeamten in Mosambik nicht über den Weg trauen können, muss ich Ihnen ja nicht erzählen, Jan. Und dieser Shongoene ist mit Sicherheit auch nicht ganz koscher. Der wird garantiert noch von irgendjemanden anders geschmiert. Sonst hätte er Ihr Angebot hinsichtlich der Ermittlungsakte angenommen. Kein Zweifel! Ich denke, dass Sie bei ihm ansetzen müssen, um in der Sache weiter zu kommen. Shongoene dürfte unstreitig Ihr Schlüssel zur Lösung dieses Falls sein.«

»Ähnliche Überlegungen hatten wir auch schon gehabt. Wir sitzen mittlerweile nur quasi in einer Sackgasse. Denn durch die Verhaftung von Ndlane hat Shongoene keine Veranlassung mehr, sich wegen irgendwelcher Fragen hinsichtlich des Brandanschlags oder des Mordes auf uns einzulassen.«

»Das stimmt. Den knacken Sie auf diese Weise garantiert nicht mehr. Da hilft nur eines: Druck von oben.«

»Und deshalb rufe ich bei Ihnen an, Mr. Conrad.«

»Haha, mein Junge, ich glaube, da überschätzen Sie mich! Ich glaube nicht, dass mein Name dafür ausreicht, um bei einem Provinzsheriff Eindruck zu schinden. Der kennt mich doch bestimmt nicht einmal.«

»So meinte ich das auch nicht, Mr. Conrad. Entschuldigen Sie bitte das Missverständnis! Aber Sie haben doch gute Kontakte nach Mosambik. Wenn ich mich recht an Ihre Feier im

Golf Club vor ein paar Jahren erinnere, waren Sie doch auch mit einigen einflussreichen Mosambikanern befreundet. Vielleicht könnten die hier weiterhelfen.«

»Ah, ich verstehe, was Sie meinen! Ja, das könnte durchaus eine gute Idee sein! Ich muss mal überlegen, wer da in Frage kommen könnte. Mmh, wen ich wirklich gut kenne, das ist der Landwirtschaftsminister, aber der dürfte uns hier wohl kaum weiterhelfen können. Allerdings könnte Nelson Nkomo vielleicht ganz hilfreich sein.«

»Nelson Nkomo?«

»Nkomo ist Leiter der Polizeibehörde in Maputo. Er ist nicht unbedingt ein Freund von mir. Ich kenne ihn ganz gut und er hat mir schon einige Male geholfen. Allerdings macht er das nur gegen Geld und da ich seine Dienste bislang immer fürstlich honoriert habe, denkt er wahrscheinlich, dass ich sein Freund sei. Wie auch immer. In seiner Polizeidirektion in Maputo laufen fast wie bei einer Bundesbehörde alle Fäden zusammen. Er kann sämtliche Akten in allen Strafangelegenheiten des Landes anfordern und zumindest bei Kapitalverbrechen die Ermittlungsarbeit an sich ziehen. Ich könnte Ihnen einen Termin bei ihm besorgen und Sie müssen ihn dann nur noch davon überzeugen, dass er wirklich tätig wird. Das sollten Sie doch schaffen, oder?«

»Ich denke schon, Mr. Conrad. Und wie verfahren wir nun weiter?«

»Also, mein Vorschlag wäre, dass ich… Moment, ich schaue mal kurz nach… In einer halben Stunde habe ich noch ein Meeting. Da muss ich mich noch ein wenig vorbereiten. Aber danach hab ich etwas Luft. Ich werde dann vermutlich so um die Mittagszeit herum bei Nkomo anrufen und mal sehen, ob ich Ihnen einen Termin verschaffen kann. In Anbetracht der Geldsummen, die ich ihm bereits bezahlt habe, sollte das aber kein Problem sein. Ich bin da ganz optimistisch. Ach ja, Sie sollten auf jeden Fall genug Kleingeld mitnehmen. Wie ich schon sagte, Nkomo ist sehr empfänglich für diese Art von Aufmerksamkeiten und wird dann auch sicherlich eher bereit sein, Ihnen zu helfen.«

»Danke für den Hinweis! Ist es schwierig, ihm das zu vermitteln?«

»Haha, nein! Gar nicht! Holen Sie einfach einen Umschlag aus Ihrer Tasche und er bekommt schon glänzende Augen. Er ist ein ganz netter Kerl, auch sehr umgänglich, halt nur ein bisschen geldgeil!«

»Gut zu wissen! In welcher Größenordnung bewegen wir uns denn so ungefähr für diesen Gefallen?«

»Nkomo hat leider keine Gebührenordnung für Schmiergelder. Er ist da auch nicht festgelegt. Je mehr, desto besser, aber ich glaube, bei ihm zählt auch schon der gute Wille, dass man überhaupt bereit ist, für seine Dienste zu bezahlen. Ich würde vielleicht so zwischen 1.000,- und 3.000,- Dollar mitnehmen. Das reicht auf jeden Fall.«

»Das ist ja nicht ganz so günstig.«

»Für eine so hohe Ebene ist er noch sehr günstig! Da könnte ich Ihnen ganz andere Summen nennen, die ich schon bezahlen musste. Sobald ich etwas bei Nkomo erreicht habe, melde ich mich bei Ihnen! Ich werde ihm schon mal sagen, dass die

Angelegenheit eilt. Schließlich wollen wir ja nicht, dass Ndlane länger in Haft bleibt als notwendig. Bei dem, was man mitunter in der Presse über die Verhörmethoden und die Haftbedingungen so hört, ist das bestimmt kein Vergnügen.«

»Das wäre sehr gut, Mr. Conrad! Vielen, vielen Dank! Dann verbleiben wir so. Sie melden sich, sobald Sie mit Nkomo gesprochen haben und ich packe derweil schon mal meine Tasche.«

»In Ordnung. Dann bis später!«

»Ja. Bis später. Und viel Erfolg!«

Ich legte den Hörer auf und dachte darüber nach, was nun zu tun sei. Mein Vorhaben noch einmal zu duschen, konnte warten. Da Mr. Conrad frühestens in einer Stunde wieder angerufen würde, hatte ich noch etwas Zeit, um Tom über das Gespräch zu unterrichten. Ich ging zu ihm hinüber. Er saß mit einer Sport-Illustrierten, die er aus Europa mitgebracht hatte und die nicht mehr aktuell sein konnte, in seinem neuen Sessel.

»Hi, kann ich dich kurz stören?«, fragte ich ihn und er blickte aus seiner Zeitschrift zu mir auf.

»Klar! Was gibt´s? Hast du Mr. Conrad erreicht?«

»Ja, willst du kurz wissen, was er gesagt hat?«

»Schieß los!«

Ich berichtete Tom von unserem Gespräch und wie wir weiter verfahren wollten. Nachdem ich meine Zusammenfassung abgeschlossen hatte, fragte mich Tom:

»Und jetzt bist du hier, um mich zu fragen, ob ich Lust habe, mit dir nach Maputo zu fahren?«

»Da hab ich zwar bisher noch nicht drüber nachgedacht, aber wenn du es schon ansprichst... Hast du Lust?«

»Na klar! Jetzt haben wir schon so viel zusammen an dem Fall gearbeitet, da lass ich dich nicht allein nach Maputo reisen, damit du vielleicht nur für dich allein die Lorbeeren bei Gloria einstreichen kannst.«, lachte er.

»Aber nur unter einer Bedingung! Wir fliegen! Ich hab keine Lust, schon wieder so lange im Auto über diese Holperstraßen zu fahren!«, fuhr er fort.

»Das ist in Ordnung. Das wollte ich auch. Von Inhambane aus fliegen die ja relativ regelmäßig nach Maputo.«

»Das stimmt. Und wenn es noch passt, können wir vorher noch bei Andrew in Tofo vorbeischauen.«, schlug Tom frohgelaunt vor.

»Auja! Gute Idee! Das machen wir! Willst du mit zu mir rüber kommen? Wir können dann schon einmal nach Flügen schauen.«

»Ja, aber das können wir doch auch bei mir machen.«

»Das ist richtig. Aber Mr. Conrad ruft gleich wieder an und da will ich keinen Sprint über den halben Strand hinlegen, damit ich rechtzeitig am Telefon bin!«

»Ach so, ja klar. Ist gut. Soll ich dir auch noch einen Becher Kaffee eingießen? Den kannst du dann mit rüber nehmen.«

»Gerne!«

Die Flugsuchmaschinen spuckten alle das gleiche Ergebnis aus. Die Flüge gingen alle mit Linhas Aéreas de Mosambique, kurz LAM und starteten täglich um 14:30 in Inhambane. Die Preise schwankten zwischen 1.120,- und 1.670,- Rand pro Person inklusive Flughafensteuer.

»Das wird mal ein günstiger Ausflug! Das sind ja nur knapp 100,- bis 150,- Euro.«, bemerkte Tom freudig, der die Summe schnell im Kopf umgerechnet hatte.

»Das stimmt. Das ist echt ein fairer Preis. Und dafür sparen wir uns einen kompletten Tag im Auto im Tausch gegen 55 Minuten Flug in einer Klapperkiste von LAM. Wir könnten auch von Vilanculos aus fliegen, aber die Flüge sind etwa fünfmal teuer als von Inhambane. Dann lieber weniger bezahlen, etwas länger fahren und einen netten Abend bei Andrew in Tofo verbringen.«, schloss ich mich Toms Vorfreude an.

Wir waren gerade noch dabei, nach weiteren günstigen Angeboten zu suchen, als mein Telefon klingelte.

»Scherler. Hallo.«

»Hallo Jan. Ich bin´s wieder.«

»Hallo, Mr. Conrad. Und? Waren Sie erfolgreich?«, fragte ich und war schon ein wenig aufgeregt.

»Natürlich! Das habe ich ja auch nicht anders erwartet. Ich habe Nkomo kurz von Ihnen erzählt und angedeutet, worum es geht. Aber nichts Konkretes. Er hat gesagt, dass es ihm eine Ehre sei, einen Freund von mir begrüßen und helfen zu dürfen.«

»Fantastisch! Sie sind großartig, Mr. Conrad!«

»Sie können jederzeit zu ihm kommen. Aber je eher Sie anreisen, desto besser ist es wohl für Ihren Bekannten.«

»Ja, das haben wir uns auch schon gedacht. Wir haben bereits nach Flügen geschaut. Das sollte kein Problem sein.«

»Prima! Nun gut, dann will ich Sie nicht weiter aufhalten. Ich wünsche Ihnen viel Erfolg bei Ihrem Vorhaben und alles

Gute. Legen gleich aber nicht sofort auf! Sandy gibt Ihnen noch die Nummer von Mr. Nkomo durch. Sagen Sie mir Bescheid, wenn Sie etwas erreicht haben. Und falls Sie noch weitere Hilfe brauchen oder Nkomo sich irgendwie quer stellen sollte, dann rufen Sie mich einfach an! Machen Sie´s gut!«

»Ja, danke. Sie auch! Bis bald!«

Es knackte wieder in der Leitung und ich hatte Sandy am Apparat, die mir Nelson Nkomos Nummer ansagte und sich freundlich von mir verabschiedete.

Ich legte den Hörer auf und schaute zu Tom.

»Es kann losgehen. Sollen wir gleich buchen?«

»Von mir aus. Sollen wir morgen oder übermorgen fliegen? Heute wird es ja nichts mehr.«, fragte Tom.

»Wie wäre es mit morgen? Wenn wir heute noch losfahren, könnten wir am frühen Abend bei Andrew in Tofo sein und noch ein paar Bierchen zischen. Andrew könnte uns morgen Vormittag zum Flughafen bringen und unseren Wagen lassen wir bei ihm stehen.«, schlug ich Tom vor.

»Klingt gut. Richtig volllaufen lassen können wir uns dann zwar nicht, aber vielleicht können wir auf dem Rückweg einen Tag länger dort bleiben.«

»Guter Plan. Das machen wir so. Dann schließ mal schnell die Buchung ab. Danach können wir Andrew anrufen und unsere Taschen packen.«

»Okay. Ich hab da nur mal eine Frage. Was willst du eigentlich einpacken?«, fragte Tom lächelnd und nickte mit

Kopf in Richtung des enormen Wäscheberges, der sich noch immer in meinem Haus befand.

»Ach, Scheiße! Stimmt ja! So eine Kacke! Die Sachen da stinken alle nach Rauch. Genauso wie die Klamotten, die ich gerade trage. Sag mal, dumme Frage, kann ich...« Tom half mir mit etwas zu großen Sachen aus, von denen ich auch gleich einen Teil anzog. Den Rest packte ich zusammen mit meiner Waschtasche ordentlich in meinen Rucksack und nahm alle wichtigen Unterlagen für den Flug mit. Dabei vergaß ich auch nicht das Schmiergeld. Vorsichtshalber nahm ich 4.000,- Dollar aus meinem Versteck und packte sie gut aufgeteilt in die Seitentaschen von Toms Hose. Dann marschierte ich hinaus. Die anderen warteten zusammen mit Tom bereits an seinem Auto und amüsierten sich. Offenbar hatte Tom ihnen schon von meinem Kleidungsnotstand berichtet.

»Huch? Hast Du einen Zwillingsbruder, der deine abgelegten Klamotten aufträgt?«, fragte Steven.

»Jaja, spotte nur! Dafür können wir jetzt etwas für den Fortgang der Ermittlungen beitragen und ihr nicht! Und das kostet dich wieder mindestens drei Abendessen, Yzelle!«, versuchte ich mich vergeblich zu wehren.

»Die bekommt ihr! Und für die Klamotten-Geschichte lege ich sogar noch ein Essen gratis obendrauf! Das ist es mir wert!«

»Na Hauptsache, du hast Spaß!«, knurrte ich.

»Ich hoffe, ihr habt auch etwas Spaß in Maputo!«, sagte Steven.

»So viel Spaß, wie man in Maputo haben kann. Und das ist wahrlich nicht viel!«, nörgelte ich herum, da mir gerade bewusst wurde, dass es ja nach Maputo ging.

In dieses Dreckloch! Das hatte ich während des Gesprächs mit Mr. Conrad und der Flugbuchung mit Tom völlig vergessen. Meine Laune sank zusehends in rapidem Tempo, was auch meine Freunde merkten.

»Ach, stimmt ja. Du magst Maputo ja nicht! Aber es ist doch nicht für lange. In ein paar Tagen seid ihr wieder hier! Und dann kannst du auch wieder in deine eigenen Sachen schlüpfen. Wir sagen Mary Bescheid, dass sie sie waschen soll.«

»Könnt ihr auch noch Bill sagen, dass er wegen der Reparaturen nicht auf mich zu warten braucht. Die können ruhig schon anfangen, wenn sie alle Materialien zusammenhaben.«, fragte ich.

»Klar!«

»Gut. Jetzt reicht es aber auch mit dem Gerede. Wir müssen los. Ich hab Andrew angerufen und er freut sich schon. Es übernachten auch einige hübsche Surferinnen und Taucherinnen bei ihm. Vielleicht geht da noch etwas!«, drängelte Tom ungeduldig.

Er setzte den Wagen zurück und fuhr in Richtung Ausgang, nachdem wir uns von unseren Freunden verabschiedet hatten. Er stoppte vorher noch an der Tankstelle, um den Tank voll zu machen. Dann ging es los. Die Strecke nach Tofo könnten wir in 4½ bis 5 Stunden schaffen, wenn wir keine Rast einlegen würden. Andrews Ankündigung, dass junge Damen anwesend waren, wirkte wie ein Turbolader für Toms Fahrstil.

»Denk dran, dass es zwischenzeitlich geregnet hat. Die Straße ist vielleicht nicht mehr in so gutem Zustand wie vor einer Woche.«, warnte ich Tom, den das aber nicht weiter schreckte.

»Wir werden es herausfinden.«

Tom bretterte unermüdlich über die N1. Wenn wir in dem Tempo weiterfahren und in keine Polizeikontrolle kommen würden, könnten wir einen neuen Rekord für diese Strecke aufstellen. Meine Blase und meine Lust für Snacks am Straßenrand veranlassten uns nach zwei Stunden jedoch zu einer kleineren Pause.

»Da! Da! Pinkeln! Cashews!«, rief ich aufgeregt und fuchtelte mit dem Finger in Richtung des Fahrbahnrandes.

»Manchmal wünsche ich mir, du würdest meine Sprache sprechen!«, murmelte Tom und schüttelte den Kopf.

»Halt an!«

Tom bremste und fuhr links ran. Fast genau in Höhe des vom Händler aufgestellten blattlosen Baumes. In Ermangelung eines richtigen und vor allen Dingen teureren Verkaufsstandes hatte es sich landauf- und landabwärts eingebürgert, dass dutzende von Plastiktüten mit Cashews einfach nur an kleine, abgeholzte Bäume gebunden wurden, sodass sie auf den geraden Straßen schon von weitem wie ein großer Flaggenbaum zu sehen waren. Ich war hin- und hergerissen, ob ich erst die Cashews kaufen oder meine Blase erleichtern sollte. Ich entschied mich für meine Blase, die wie üblich auf der Straße vor dem Auto Entspannung fand. Tom wählte das Heck. Dann gingen wir zum Straßenhändler und kauften zwei Tüten Cashews für einen Dollar.

Für den Händler mutete es vielleicht ein wenig befremdlich an, dass wir erst vor seinen »Laden« pinkelten und danach bei ihm einkaufen gingen. Aber zum Einen hatte er mit uns ein gutes Geschäft gemacht und zum Anderen war ich mir sicher, dass wir nicht die ersten waren, die das so praktizierten. Die nächsten 1½ Stunden verbrachten wir mit den frischen Cashews. Kurze Zeit später erreichten wir Inhambane.

»Kannst du vielleicht gegenüber dem Eingang zum Mercado Central noch mal kurz parken?«, fragte ich Tom.

»Weshalb? Pinkeln oder Essen?«

»Essen! Da gibt es diese kleine Bäckerei, die Samosas mit einer scharfen Fleischfüllung anbietet. Die sind Weltklasse!«

»Kannst du an nichts anderes als ans Essen denken? Wenn du bei Gloria landen willst, solltest du vielleicht auf die eine oder andere Zwischenmahlzeit verzichten.«, ermahnte mich Tom.

»Samosas! Gloria ist weit weg und Maarten kommt bald wieder. Also: Samosas!«

»Wenn du meinst. Aber du hast recht. Die sind wirklich lecker!«

Tom kannte die kleine Bäckerei und hielt vor der Markthalle an. Ich sprang schnell hinein und holte eine mittelgroße Papiertüte mit 14 Samosas wieder raus.

»Hier, ich spendier dir ein paar.«, bot ich Tom den Inhalt der Papiertüte an.

»Danke. Jetzt noch nicht. Die Cashews haben ganz schön gestopft. Vielleicht gleich, wenn wir aus Inhambane raus sind.«, lehnte Tom erst einmal ab.

»Wenn dann noch welche da sind…«

Tom fuhr auch innerorts in Inhambane wie der Henker und hätte um ein Haar eine Frau mit einer Schüssel auf dem Kopf über den Haufen gefahren, die ohne sich umzudrehen die Straßenseite wechseln wollte. Tom hupte sie erbarmungslos an und sie ließ von ihrem Vorhaben ab.

»Die müssen endlich mal lernen, dass man nach links und rechts guckt, bevor man die Straße überquert! Wir leben nicht mehr im Mittelalter!«

»Wenn du nicht so gebrettert wärst... Hast du es eilig? Wir liegen doch super in der Zeit!«, wollte ich den Grund für Toms Geschwindigkeitsrausch kennenlernen und stopfte mir einen weiteren Samosa in den Mund.

»Andrew hat gesagt, da sind hübsche Mädels im Camp! Du hast deine Cashews und die Samosas bekommen und ich will lieber rechtzeitig zu den Surferinnen kommen!«, klärte Tom mich auf.

»Du hattest aber auch Cashews und ich will auch eine von den Surferinnen haben!«

»Dann streng dich an und iss nicht so viel!«

Erschrocken schaute ich auf die Tüte auf meinem Schoß.

»Ach, du Scheiße! Das sind ja nur noch vier!«, war ich von meinen Naschkünsten selbst überrascht.

»Das meinte ich! Und wenn ich mich recht erinnere, dann musste ich von den Teilen beim letzten Mal ganz schön furzen. Ich wünsch dir viel Glück bei den Mädels heute Abend!«, lachte Tom.

»Hier nimm!«, sagte ich schnell, verknüllte die Tüte im oberen Bereich, sodass keine Samosas hinausfielen und legte sie Tom auf den Schoß.

»Danke. Eins nehm ich. Das kann nicht schaden. Aber ich bin mal gespannt, was du heute Abend für Töne von dir gibst. Ich hatte beim letzten Mal sechs oder sieben und ich fühlte mich danach schon wie ein Ballon aus dem langsam die Luft abgelassen wird. Bin gespannt, was du so für Erfahrungen machst.«, vergnügte Tom sich weiter.

Tom hatte recht. Auch ich hatte diese Bläherfahrung schon mehrmals machen dürfen, sie aber offenbar gedanklich beiseitegeschoben, da niemand da war, den es hätte stören können. Das Einzige, was mir auf die Schnelle als Konter für Toms freche Bemerkungen einfiel war:

»Naja, zum Glück trage ich wenigstens nicht meine eigenen Klamotten, sondern deine!«

»Bah! Du bist ´ne Sau !«, schimpfte er kurz, aber amüsierte sich trotzdem weiter auf meine Kosten.

Nach einer guten dreiviertel Stunde kamen wir dann in Andrews »Coconuts Backpacker« an. Der Name war nicht zufällig gewählt, denn überall im Camp standen Palmen, die Schatten spendeten und zahlreiche Kokosnüsse trugen. Es grenzte beinahe an ein Wunder, dass noch keiner der Gäste von einem der herunterfallenden Geschosse verletzt worden war. Die Anlage war sehr weitläufig und bestand aus etwa 16 Rundhütten, die für drei bis vier Personen geeignet waren, zwei großen rechteckigen Hütten für bis zu zwölf Leute und vier riesigen Hütten mit weit aufragenden Spitzdächern, die direkt am Rand der Düne aufgebaut waren und als „Honeymoon-Suites“ vermietet wurden. Daneben gab es noch ein Volleyballfeld, ein Schwimmbecken und eine Rezeption, an der man Strandutensilien wie Schnorchel, Flossen, Frisbees oder Boulekugeln ausleihen konnte. Das Prunkstück des »Coconuts Backpacker« war aber zweifelsohne die Bar. Sie thronte gleichsam über der gesamten Anlage, da sie auf die Düne gebaut war und man von der langgestreckten Terrasse einen grandiosen Blick über das Meer und das Inland auf der anderen Seite hatte. Relativ einfach, aber mit viel Holz eingerichtet, war der Innenraum der Bar, dessen eigentlicher Hingucker jeden Abend die Gäste waren. Diese bestanden in der Regel aus den täglich wechselnden Besuchern des Camps, manchmal aber auch aus den Gästen benachbarter Resorts, die vom guten Ruf der Bar angelockt wurden. Gute Musik und günstige Getränke waren selbstverständlich. Tom parkte seinen Jeep auf der Parkfläche neben der Rezeption. Wir gingen hinein und fragten den Mitarbeiter nach Andrew.

»Der ist oben in der Bar. Braucht ihr noch ein Zimmer?«

»Ich glaube nicht. Das wollte Andrew regeln. Wir kommen gleich wieder und nehmen unser Gepäck mit, wenn wir Andrew gefunden haben.«, sagte Tom.

»Okay. Bis gleich.«

Wir marschierten hoch auf die Düne und freuten uns schon auf ein kühles Bier. Bereits als wir die Stufen betraten, die hinauf in die Bar führten, hörten wir Andrews schallendes Lachen, der sich scheinbar gut amüsierte.

»Andrew, alter Sack! Wie geht´s?«

»Gut! Immer noch! Ist ja nicht so lange her, dass wir uns gesehen haben! Wann warst du hier? Vor ´ner Woche oder so?«

»Mittlerweile fast zwei!«

»Und Jan! Schön, dich zu sehen! Wie lange ist das denn her?«

»Sicher schon einige Monate! Und wie geht´s? Läuft der Laden?«

»Der Laden brummt und deshalb geht´s mir auch blendend. Hat sich langsam rumgesprochen, dass es keine bessere Bar in der Gegend hier gibt. Hin und wieder ist es zwar auch ein bisschen leerer hier. Aber im Moment sind wir fast komplett ausgebucht. Theresa, mach mal schnell drei Manica, bitte. Ihr habt bestimmt Durst, oder?«

Theresa, eine der Bardamen, reichte uns das eiskalte Manica über den Tresen. Wir bedankten uns und stießen mit Andrew an.

»Was führt euch denn eigentlich so plötzlich hierher? Du hattest ja vorhin angerufen, dass ihr gleich starten würdet, weil morgen euer Flieger nach Maputo geht. Was gibt´s denn so Dringendes? Sonst plant ihr eure Flüge doch immer Wochen im Voraus.«

»Das ist ´ne längere Geschichte. Aber wir erzählen sie dir gern nachher bei ein paar Drinks. Bei einem Manica schaffen wir das nicht alles.«, vertröstete ich Andrew auf später.

»Wie du meinst. Gibt es sonst irgendetwas Neues bei euch?«, fragte Andrew.

»Eigentlich nicht. Nur, dass Jan in meinen Klamotten herumläuft und heute Abend tierisch furzen wird. Sonst gibt's eigentlich nichts.«

»Danke!«

»Ich hab dir vorhin gesagt, dass ich keine Gelegenheit auslassen werde, solange du meine Sachen trägst.«

»Ist ja okay…«

Andrew schaute Tom und mich fragend an, sagte aber nichts.

»Das mit den Klamotten erklären wir dir auch später. Aber die Fürze… Ich sage nur Beef ′n′ Chili Samosas…«, brachte Tom ein wenig Licht ins Dunkel.

»Oh, oh, oh, ooooh. Das kann ja spaßig werden. Wie viele waren es denn?«, stieß Andrew mit verzerrtem Gesicht aus, während er heftig seine Hand in der Luft schüttelte.

»Nach dem Zehnten hast du mir die Tüte gegeben, oder?«

»Oh, oh, oh, das wird heftig!«, bestätigte Andrew lachend Toms Einschätzung.

»Womit wir auch beim nächsten Thema wären. Heftig! Wo sind denn die Mädels, die du am Telefon erwähnt hast?«

»Gute Überleitung! Die müssten so in einer Stunde wieder zurückkommen. Die sind heute auf der Whaleshark-Schnorchel-Tour mit dem Boot draußen. Kann nicht mehr lange dauern. Bis sie dann geduscht haben und hier oben sind, kann es aber noch etwas dauern. Es sind, glaube ich, so acht oder neun. Vier oder fünf von denen lohnen sich wirklich. Der Rest ist… naja, sagen wir es mal so… bei denen hat die Schwerkraft schon ganz schön zugeschlagen. Aber der Rest… Alter Falter!!!«

»Na, ich bin gespannt! Wo hast du uns denn eigentlich einquartiert?«, fragte Tom, der sein Manica in Rekordzeit getrunken hatte.

»In der „Honeymoon-Suite“. Die war noch frei. Ansonsten müsstet ihr euch in einer der großen Hütten irgendwo dazulegen.«

»Och ne! Wenn wir das zuhause erzählen, halten die uns doch endgültig für schwul. Du trägst meine Klamotten. Ich mach morgens für dich Frühstück und jetzt übernachten wir in der ›Honeymoon-Suite‹. Großartig!«

»Wie gesagt. Ihr könnt auch in einer Gemeinschaftsunterkunft schlafen. Aber ansonsten ist hier alles voll. Und die Suiten sind meine besten Hütten!«

»Ist schon gut, Tom meint es nicht so! Wir nehmen die sehr gern! Danke! Sollen wir erst einmal das Gepäck holen, Tom?«

»Mmh, ja. Welche Suite ist es denn?«

»Nr. 4. Den Schlüssel bekommt ihr auch an der Rezeption. Bis gleich. Ich freu mich schon! Ich hoffe, ihr habt Hunger und Durst mitgebracht!«

»Ich schon. Bei Jan weiß ich es nach seiner Samosas-Orgie nicht genau. Bis nachher.«

Wir verließen die Strandbar und gingen den Weg hinunter zur Rezeption, Tom einige Schritte hinter mir.

»Tom meint es nicht so, Tom meint es nicht so... Und ob Tom das so meint!«, murmelte Tom vor sich hinsagte Tom und gab mir einen Klaps auf den Rücken.

»Was hast du denn? Bekommst du deine Tage?«, fragte ich ihn, da ich mich über seine Stimmungsschwankungen doch etwas wunderte.

»Wir schlafen beide in einer Honeymoon-Suite! Wenn ich heute jemanden abschleppe, dann liegst du schnarchend und furzend neben mir im Bett! Das ist nicht das, was ich mir unter einer Nacht in der Honeymoon-Suite vorstelle!«

»Und jetzt? Soll ich am Strand schlafen?«

»Würdest du?«

»Vergiss es!«

»Ach komm.«

»Nein! Keine Chance! Hier laufen nachts wilde Hunde am Strand herum. Da leg ich mich nicht nach Samosas stinkend in den Sand! Die denken doch ich wär ein Snack, oder so etwas!«

»Oh Mann!«

»Vielleicht hat ja deine Surferin auch eine Suite, in die du mit ihr verschwinden kannst.«, versuchte ich Tom ein wenig zu besänftigen.

»Na klar, wie wahrscheinlich ist das denn? Die meisten von denen verblasen ihr Geld doch nur für ihre Boards. Die werden sicherlich nicht in den teuersten Hütten im ganzen Camp schlafen!«

»Da könntest du recht haben. Aber möglich wär´s. Die Hoffnung stirbt zuletzt.«

Nachdem wir uns an der Rezeption den Schlüssel für die »Honeymoon-Suite« hatten geben lassen, packten wir nur das Notdürftigste aus, da wir morgen wieder abreisen würden. Dann gingen wir hinaus, verschlossen unsere Unterkunft und begaben uns wieder in die Bar auf der Düne. Andrew saß immer noch dort. Er beugte sich gerade über ein aufgeschlagenes Buch mit handgeschriebenen Notizen und erklärte einem Angestellten lautstark, dass »irgendetwas in dieser Weise nicht so gehen könnte«. Wir entschlossen uns, ihn bei diesem Mitarbeitergespräch nicht zu stören und setzten uns nach draußen. Tom deutete Theresa, die uns beim Hereinkommen beobachtet hatte, mit zwei Fingern an, dass wir gern zwei Bier ordern würden. Sie nickte und brachte uns das Manica nach draußen. So langsam merkte ich die Wirkung des ersten Bieres auf meine Samosas-Mahlzeit. Es rumorte etwas in meinem Magen und ich bereitete mich auf Schlimmeres vor.

»Sonst ist hier bei Getränken aber Selbstbedienung.«, sagte Theresa freundlich, aber bestimmt, als sie uns das Bier auf den Tisch stellte.

»Kein Problem. Beim nächsten kommen wir vorbei. Wird sicherlich nicht das Letzte sein! Habt ihr auch was zu essen?«

»Klar!«

Und kannst du was empfehlen oder müssen wir zur Tafel gehen und uns dort was aussuchen?«

»Unsere Burger sind klasse!«

»Na dann.«

»Mit Käse?«

»Ja.«

Mittlerweile war Andrew fertig mit seinem Mitarbeitergespräch und setzte sich zu uns nach draußen:

»So. Und jetzt erzählt mal. Was treibt euch denn so eilig nach Maputo?«

Tom fing an zu erzählen und ich ergänzte ihn hin und wieder mit einigen Details. Zwischendurch aßen wir den Burger, der für hiesige Verhältnisse wirklich gut war und kamen nach einem weiteren Bier zum Ende.

»Hui, da habt ihr euch aber was vorgenommen! Ihr habt wohl echt zu viel Langeweile da oben in Praia da Onda. Wenn es mir hier mal in Tofo zu stressig wird, komm ich euch besuchen. Aber dein Mr. Conrad scheint echt ´ne große Nummer zu sein, wenn der hier so einfach den Polizeichef von Maputo in die Spur schicken kann. Falls ich mal irgendein Problem habe, kann der mir bestimmt auch helfen, oder?«

»Hast du eines?«

»Noch nicht, aber wenn…«

»…dann fragst du mich einfach!«, führte ich Andrews Satz zu Ende und merkte, wie es schon wieder in meinem Magen rumorte.

»Habt ihr Lust auf eine Runde Darts?«, fragte Andrew, der sich nicht weiter für unsere Ermittlungen interessierte.

»Von mir aus. Aber ich bin da nicht besonders gut.«, antwortete ich.

»Okay, dann lass uns rübergehen. Machst du uns bitte noch ein Bier, Theresa?«, bestimmte Andrew und ließ uns aus einer großen Schachtel die Darts für das Spiel auswählen.

Eigentlich war mir wegen der Samosas nicht mehr nach einem Bier zumute, aber der Geselligkeit wegen lehnte ich es nicht ab. Wir prosteten uns zu und Andrew stimmte seinen Trinkspruch an, den er gern losließ, wenn er schon einiges intus hatte.

»Auf den verfickten Iraker, dem ich meinen Bauchschuss und damit auch diesen wundervollen Backpacker verdanke! Allah oder wer auch immer sei seiner Seele gnädig! Cheers!«

Wir stießen mit ihm an und bestimmten, wer den ersten Pfeil werfen durfte. Die Wahl fiel auf mich und ich versuchte die

Darts wenigstens irgendwie auf der Scheibe zu platzieren. Von einer gezielten Aktion konnte hier keine Rede sein.

»Das ist noch ausbaufähig.«, kommentierte Tom meinen Wurf, mit dem ich insgesamt 21 Punkte erreichte.

Bei Tom und Andrew ging es eigentlich nur darum, ob sie eine Double- oder Triple-20 oder ins Bulls-Eye treffen würden. Hier war ich völlig chancenlos. Dennoch gab ich mein Bestes, auch wenn es zu einem Sieg gegen die beiden niemals reichen würden. Schließlich sabotierte mich während des vierten Durchgangs auch noch mein überlasteter Verdauungstrakt. Es war mir furchtbar unangenehm und ich versuchte Tom und Andrew noch etwas hinzuhalten, bevor sie ihren nächsten Wurf absolvieren würden. Leider trat Tom zu schnell an die Abwurflinie und mit einer abwehrenden Bewegung seiner Hand vor dem Gesicht rief er:

»Buah! Um Himmels willen! Was ist das denn? Das ist ja widerlich!«

Durch dieses Theater angelockt kam auch Andrew herbei, der gleich feststellte:

»Das waren die Samsosas, oder? Mein Lieber, wenn das so weitergeht, muss ich dir heute Abend wohl Lokalverbot erteilen. Ich hab keine Klimaanlage oder einen Ventilator oder was Ähnliches hier drin!«

»Puh! Da hilft auch kein Raumspray! Das setzt sich fest!«, brachte Tom den nächsten hilfreichen Kommentar.

Glücklicherweise waren wir in der Ecke mit der Dartscheibe ziemlich allein, sodass kein anderer Gast mein Missgeschick bemerkte. Allerdings war ich mir sicher, dass ich nicht dafür garantieren konnte, dass das auch für den Rest des Abends so bleiben würde.

»Sorry! Tut mir echt leid! Konnte ich nichts gegen machen!«, versuchte ich mich zu entschuldigen.

»Ist doch kein Problem. Solange du das nachher nicht bei den Mädels machst. Ich glaub, Frauen mögen das nicht besonders. Wo kommen die eigentlich her?«

»Die meisten von denen kommen aus Holland und drei sind aus den USA.«, klärte Andrew Tom auf.

»Holland? Hmm, nicht schlecht! Also reiß dich zusammen, Jan!«

»Ganz ehrlich? Ich glaub nicht, dass mir das gelingt. In meinem Bauch gluckert es tierisch und mehr als die Arschbacken zusammenpressen kann ich auch nicht. Es wäre bestimmt besser, wenn ich gleich in unsere Hütte gehe. Das geht bestimmt den ganzen Abend noch so und fängt gerade erst an. Aber das Bier trinke ich noch mit euch zu Ende.«

Nach kurzer Diskussion gab mir Tom den einzigen Schlüssel der Suite, worauf ich zu einem Sprint in Richtung unserer Hütte ansetzte.

Dort angekommen, schloss hektisch auf und stürzte hinein. Da es mittlerweile schon dunkel geworden war, hatte ich keinerlei Orientierung. Nach scheinbar endlosem Tasten entdeckte ich eine Stehlampe im Schlafbereich. Dann raste ich wie der Teufel ins Bad, wo ich meinem Bauch die langersehnte Erleichterung verschaffte. Die Krämpfe blieben zwar, aber sie waren nicht mehr ganz so heftig und akut wie noch gerade eben. Ich entschied mich nun endgültig dafür, nicht mehr zurück in die

Bar zu gehen, sondern kochte mir in der Küche einen Tee und legte mich ins Bett. Das beständige Zirpen der Grillen mischte sich harmonisch mit der Musik aus der Strandbar. Hin und wieder waren durch die geöffnete Tür der Veranda noch ein paar Stimmen und Gelächter aus dem Camp unterhalb der Hütte zu hören. Irgendwann schlief ich dann über all diesen Geräuschen ein.

Geweckt wurde ich erste einige Stunden später durch Tom, der sich polternd an der Tür zu schaffen machte. Da die Tür nicht verschlossen war, schaffte er es recht schnell, sie auch in der Dunkelheit zu lokalisieren und zu öffnen. Da ich ein freundlicher Mensch war und um Toms Orientierungslosigkeit nach Alkoholgenuss wusste, hatte ich die Innenbeleuchtung angelassen, was er aber noch nicht so richtig wahrnahm, da er sich erst noch verabschieden musste.

»War schön heute Abend. Vielleicht sind wir ja in einigen Tagen noch da, wenn ihr aus Maputo wiederkommt. Dann können wir das wiederholen und wer weiß…«, hörte ich eine Frauenstimme sagen.

Tom benötigte eine längere Pause, bis er antworten konnte.

»Ja. Schön… War das heute Abend… Mit Dir auch! Ich meine, äh. Das war schön. Wenn wir wieder da sind, sehen wir uns dann wieder?«, stammelte Tom lallend.

Er war ganz offensichtlich ziemlich betrunken und eine Dame hatte ihn zu unserer Hütte begleitet.

»Wie gesagt, wenn wir noch da sind, gerne.«, erklärte die Frauenstimme noch einmal.

»Ja, wir kommen wieder. Also dann, gerne!«, redete Tom eindeutig an ihr vorbei.

»Ja. Schlaf gut und träum von mir!«, sagte die Stimme etwas leiser, aber noch so, dass ich es hören konnte.

Ich meinte auch ein Kussgeräusch zu hören, was aber auch Einbildung sein konnte.

»Ja. Gute Nacht und Tschüss!«, verabschiedete Tom sich auf die höflichste Art, die ihm in diesem Zustand noch zur Verfügung stand.

Dann zog er die Tür zu und warf sich auf auf seine Seite des Bettes. Binnen Sekunden war er eingeschlafen und fing prompt an zu schnarchen. So hatte ich mir meine Nacht in der »Honeymoon-Suite« nicht vorgestellt.

Kapitel 12

Mittwoch, 23.02.2011

Am Morgen wurden wir durch ein hektisches Klopfen an der Tür geweckt. Wir hatten ganz offensichtlich verschlafen, doch Andrew hatte nicht vergessen, dass wir rechtzeitig starten mussten, wenn wir pünktlich am Flughafen sein wollten.

Ich sprang unter die Dusche und weckte Tom, als ich wieder in den Schlafbereich kam. Widerwillig stand er auf, ließ sich aber letztlich doch von dem Argument, dass ihm ein bisschen frisches Wasser gut tun würde, überzeugen.

»Hast du deine Kopfschmerztabletten mitgenommen?«, fragte er murmelnd auf dem Weg ins Bad.

»Die sind in meiner Waschtasche. Kannst dir eine rausnehmen, oder wie viele du auch immer brauchst.«

Wortlos verschwand er im Badezimmer. Sein Aufenthalt in der Dusche war nicht lang, aber effektiv. Danach sah er viel frischer aus und fühlte sich auch so. Tom war eh nicht der Typ, der wegen einer durchzechten Nacht am nächsten Morgen herum jammerte, außerdem erholte er sich im Gegensatz zu mir unglaublich schnell. Er warf mir meine Waschtasche zu, die er aus dem Bad mitgebracht hatte und stopfte seine eigene ins Gepäck. Während er seine restlichen Sachen zusammensuchte, erkundigte er sich:

»Und? Geht's wieder?«

»Ja. Alles prima! Kein Rumpeln mehr im Bauch. Aber gestern ging es wirklich nicht mehr. Sorry. Ihr habt bestimmt viel Spaß gehabt, oder?«

»Das kann ich dir so genau gar nicht sagen. Aber ich glaube schon. Ich muss nur mal meine Gedanken ordnen.«

»Vielleicht kann dir Andrew gleich dabei helfen. Du bist heute Nacht jedenfalls nicht allein hier angekommen.«

Tom stutzte. Offenbar fehlte ihm daran die Erinnerung.

»Echt? Aha. Und? Wie sah sie aus?«

»Keine Ahnung. Du hast uns ja nicht vorgestellt. Ich glaube, du kannst froh sein, dass du überhaupt die richtige Hütte gefunden hast.«, lachte ich.

Nachdem er die Schlafsachen und auch sein Messer im Gepäck verstaut hatte, gingen wir hinauf in die Strandbar, in der Andrew bereits mit Kaffee und Rührei auf uns wartete.

»Sandwiches gibt es trotzdem, keine Sorge.«

»Oh, danke. Das ist nett.«

»Habt ihr gut geschlafen?«

»Ja! Zumindest bis Tom wieder da war. Dann wurde es etwas lauter… Tom hat nämlich noch eine Begleitung mitgebracht…«

»Wer war es denn?«, richtete Andrew seine Frage jetzt an Tom.

Tom zuckte mit den Schultern und blickte in meine Richtung.

»Hab ich irgendeinen Namen genannt, als wir an der Tür standen?«

»Nein. Tut mir leid. Da kann ich dir nicht weiterhelfen. Aber sie hat gesagt, dass sie sich freut, wenn du aus Maputo wiederkommst.«

»Oh Scheiße, das kann peinlich werden, wenn sie dann wirklich noch da ist. Ich hab echt keinen Schimmer, wer das gewesen sein könnte!«

»Ich vermute mal eine von den Surferinnen. Die Gruppe bleibt nämlich insgesamt zwei Wochen hier. Also jetzt noch ungefähr eine Woche. Das könnte passen.«, kombinierte Andrew die Aussage der Frau mit seiner Gästeliste.

»Na, dann lassen wir uns mal überraschen. Falls du in den nächsten Tagen rausbekommen solltest, wer es war, kannst du mir vorab mal ihren Namen sagen.«

»Ist in Ordnung.«, antwortete Andrew lächelnd und schob sich eine weitere Gabel mit Rührei in den Mund.

»Habt ihr eigentlich schon eine Unterkunft in Maputo?«, wollte er von uns wissen.

»Nein. Wir wollten eigentlich eines der größeren Hotels nehmen. Da ist immer etwas frei.«

Andrew verzog das Gesicht.

»Ich hab das auch ein paar Mal gemacht, als ich dort übernachten musste. Die sind doch schweineteuer, liegen fast alle in unsicheren Distrikten und sind dazu noch total dreckig. Wenn ihr etwas wollt, kann ich euch das hier empfehlen. Ist eine Bekannte von mir, die ein Hostel betreibt. Ist günstig, sauber und ohne Kakerlaken. Ruhige Lage, gutes Frühstück und ihr könnt euer Auto sicher bei ihr parken. Sie hat ein elektrisches Rolltor und einen Wachhund.«, bewarb er die Unterkunft, während er eine Visitenkarte aus seinem Portemonnaie nestelte und sie an Tom überreichte.

»Maria Sánchez. Ist das leicht zu finden?«, las Tom den Namen auf der Karte und erinnerte sich an die verschiedenen Odysseen bei seinen Fahrten in Maputo.

»Naja, nicht wirklich. Aber ihr könnt sie anrufen. Sie lotst euch dann übers Telefon zu ihr.«, gab Andrew zu.

»Wir können es ja mal ausprobieren. Danke.«, sagte ich schließlich zu Andrew.

Wir aßen auf und genossen mit den letzten Schlucken aus unseren Bechern die Mittagssonne am wolkenlos blauen Himmel, deren Strahlen sich in Millionen kleiner Reflektionen im Meer brachen. Einige Delphine schossen mit atemberaubender Geschwindigkeit gen Horizont durchs Wasser. Andrew hatte sich wirklich ein schönes Fleckchen für seinen Backpacker ausgesucht.

Nach einiger Zeit gingen wir hinunter zur Rezeption, wo auch Andrews Fahrzeug parkte, ein dunkelbrauner VW Bus. Wir warfen unser Gepäck ins Auto und stiegen ein. Die ersten zwei Kilometer bis zur nächsten befestigten Straße führten über eine holprige Sandpiste, die wir gestern ohne größere Probleme gemeistert hatten. Andrew fuhr auffallend langsam.

»Ich hab mich hier im letzten halben Jahr mindestens sechsmal festgefahren. Das müssen wir heute nicht unbedingt haben, oder? Danach fahr ich auch wieder schneller. Versprochen!«

»Kein Ding! Wir kennen das. Tom passiert das auch öfter. Scheint ein Problem bei euch Engländern zu sein.«, bemerkte ich.

Die beiden schauten sich an und Andrew fragte Tom:

»Sollen wir ihn rauswerfen?«

»Nein. Ich brauch ihn noch in Maputo. Aber auf dem Rückweg gern.«

Dank Toms rasantem Fahrstil kamen wir nach etwa 35 Minuten am Flughafen von Inhambane an, der östlich außerhalb des Zentrums der namensgleichen Provinzhauptstadt lag. Das Flughafengebäude war ein klassischer sozialistischer Betonbau. Im Gegensatz zu vielen Gebäuden in Maputo war dieser jedoch nicht groß und klobig ausgefallen, sondern sehr klein und beschaulich. Er war in einem freundlichen, leicht verwitterten Blau-weiß gestrichen. Tom stoppte den Wagen direkt vor dem Terminal. Wir luden unser Gepäck aus und verabschiedeten uns von ihm.

»Denk dran! Versuch mal ihren Namen rauszubekommen. Danke! Wir melden uns dann, wenn wir wiederkommen.«, rief Tom ihm zu, während er uns beim Davonfahren aus dem geöffneten Fenster zuwinkte.

Wir betraten die Eingangshalle, in der sich noch einige andere Passagiere und etwa fünf Flughafenangestellte befanden. Die meisten hatten schon eingecheckt, sodass wir ohne Verzögerung zum Schalter vorgehen konnten. Wir bekamen die Boardingpässe und gaben unser Gepäck ab. Ohne Handgepäck gingen wir zur Sicherheitskontrolle. Wir leerten unsere Taschen, wobei ich auch mein Geldbündel mit den 4.000,- Dollar in die Plastikschüssel legte. Dieses wurde natürlich eingehender untersucht und wegen der Zollvorschriften nachgezählt, wobei ich stets ein Auge darauf hatte, dass keiner der Scheine in den Taschen des Sicherheitspersonals verschwand.

»Dass du auch immer so angeben musst.«, bemerkte Tom scherzhaft, nachdem wir die Sicherheitskontrolle hinter uns gelassen hatten.

»Haha! Wo hätte ich unser Schmiergeld denn sonst hin packen sollen? In den Rucksack vielleicht? Wenn der kontrolliert worden ist, wäre das Geld da nun sicherlich mehr drin.«

Wir benutzen den Ausgang am anderen Ende des Terminals und standen nun im Freien. Wir blickten auf die Maschine, mit der wir in einigen Minuten starten würden. Es wirkte fast ein wenig, als hätte der Flieger von LAM direkt in einem Schrebergarten geparkt, denn links und rechts des mit kleinen Betonplatten befestigten Weges zum Rollfeld waren liebevoll einige Büsche und Palmen angepflanzt worden. Der Flieger war nicht einmal zu einem Viertel gefüllt. Also setzten wir uns auf zwei Plätze im vorderen Bereich der Kabine und warteten auf den Start, der schon bald darauf erfolgte. Ohne die übliche Ansage des Kapitäns und die Sicherheitseinweisung der Stewardessen ging es über die holprige Teerpiste im rechten Winkel auf die Startbahn. Der Kapitän startete durch, die Maschine rumpelte über die Piste und wir befanden uns wenige Augenblicke später in der Luft.

»Mist! Wir haben die Sandwiches vergessen!«, fiel es mir plötzlich ein.

»Denkst du schon wieder ans Essen? Du weißt doch noch, was gestern passiert ist, oder? Aber die Stewardess kann dir bestimmt auch weiterhelfen, wenn du nach dem üppigen Rührei noch Hunger hast.«, stänkerte Tom ein wenig herum.

»Hunger nicht. Aber beim Fliegen bekomme ich immer Appetit.«

»Du wirst es überleben. Ganz sicher!«, schloss Tom dieses Thema ab, drehte sich zur Seite und holte noch eine dreiviertel Stunde Schlaf nach, die ihm in der Nacht gefehlt hatte. Dann wurde er auch schon wieder von der ersten Durchsage des Kapitäns, dass wir in etwa 10 Minuten in Maputo landen würden, geweckt. Auf eine Stewardess, die uns in der Zwischenzeit Getränke oder Essen angeboten hätte, wartete ich leider vergebens.

Aus dem Fenster konnten wir bereits die ersten Ausläufer der Hauptstadt erkennen, die sich im Vergleich zu den anderen Städten des Landes über eine riesige Fläche erstreckte. Man merkte der Stadt an, dass sie Platz für ein bis zwei Millionen Menschen bieten musste. Genaue Zahlen existierten in Ermangelung konkreter Daten nicht und es konnten auch gut mehr Einwohner sein, da tagtäglich Familien aus den ärmeren ländlichen Regionen hier eintrafen und ihr Glück in der Großstadt versuchten. Mit einem Ruck und einem leichten Schlingern setzten wir auf. Wir warteten, bis die meisten Passagiere ihr Handgepäck aus den Gepäckfächern entnommen hatten und verließen als Letzte das Flugzeug. Zum Einen hatten wir keinen Zeitdruck und außerdem mussten wir sowieso noch auf meinen Rucksack und auf Toms Tasche warten. Wir betraten die Ankunftshalle des »Aeroporto Internacional De Maputo« und suchten das Rollband mit unserem Gepäck. Es dauerte etwa 15 Minuten, bis sich das Band endlich in Bewegung setzte. Nach weiteren zehn Minuten hatten wir unser Gepäck und machten uns auf die Suche nach den Autovermietungen. Da Tom und ich schon häufig diesen Service in Anspruch genommen hatten, gingen wir zielstrebig durch die nächste Halle hindurch, am Bereich mit den kleinen Boutiquen vorbei und sahen die Vielzahl an Vermietungsbüros. Wir entschieden uns für den Schalter der Firma, dessen Mitarbeiter am wenigstens gelangweilt aussah.

»Schönen guten Tag, was kann ich für Sie tun?«, begrüßte uns Michael, ein junger, hochaufgeschossener Mann mit einer kleinen Brille auf der Nase.

»Hallo. Wir möchten gern ein Auto mieten.«, antwortete Tom.

»Welche Größe und für welchen Zeitraum?«

»Nicht so etwas ganz Kleines und für... sollen wir erst einmal drei oder vier Tage nehmen?«, fragte mich Tom.

»Das sollte reichen.«, schätzte ich kurzerhand die Dauer unseres Aufenthalts in Maputo ein.

»Machen wir vier Tage. Wenn es länger oder kürzer ist, können Sie das bestimmt entsprechend berechnen, oder?«

»Das ist richtig. Wir brauchen aber zumindest eine ungefähre Dauer für den Vertrag. Und die Größe des Wagens... ›Compact‹, ›Economy‹ oder ›Full Size‹?«

»Full Size. Und bitte! Das meine ich ernst! Versuchen Sie nicht, uns ein altes, defektes oder sonst wie schadhaftes Fahrzeug zu vermieten. Wir haben das schon oft genug hier erlebt. Ansonsten sind wir sofort bei Ihren Kollegen. Klar?!?«, lehnte sich Tom zu Michael über den Schalter und schaute ihm fest in die Augen.

Michael merkte, dass Tom es ernst meinte und sagte daher:

»Jaja, ich weiß, was Sie meinen. Das wird hier oft gemacht. Sie können sich aber gern den Wagen vorher ansehen, bevor Sie den Vertrag unterschreiben. Wir haben im Moment einen schönen VW Passat draußen stehen. Fast neu, kaum gefahren und hohe PS-Zahl. Der kostet... Moment... 3.816,- Meticais ohne Steuern pro Tag.«

Tom überschlug den Betrag, der diesmal ohne die bei uns üblichen drei Nullen mehr am Ende aufgerufen wurde.

»Das sind so ungefähr 80,- Euro am Tag. Sollen wir den nehmen?«

»Wenn du was Größeres willst, müssen wir das wohl schon bezahlen.«

»Okay, wo steht er denn? Wir würden ihn uns gern ansehen.«

Michael erklärte uns den Weg zum Fahrzeug und gab uns im Tausch gegen Toms Pass den Schlüssel mit, damit wir uns den Wagen auch von innen anschauen konnten. Wir verließen das Flughafengebäude durch den Ausgang des Vermietungsbüros und gelangten auf den Parkplatz. Wir verglichen das Kennzeichen des einzigen Passats mit dem Kennzeichen auf dem Autoschlüssel, starteten den Motor und fuhren eine Proberunde auf dem Parkplatzgelände.

Dann gingen zurück und Tom unterschrieb den Vertrag. Er zahlte mit seiner Kreditkarte den Betrag für vier Tage plus Steuern und Michael wünschte uns eine gute Fahrt.

»Ruf doch mal diese Maria an. Vielleicht ist der Laden bei ihr wirklich ganz gut, wenn das stimmt, was Andrew gesagt hat.«

Nachdem Tom aufgelegt hatte, erklärte er mir schnell wo es lang ging, bevor er es selbst wieder vergessen haben würde.

Ich wiederholte mehrmals murmelnd Toms Wegbeschreibung, während Tom im Auto vergeblich nach einer Straßenkarte von Maputo suchte. Als ich die Beschreibung zum vierten oder fünften Mal aufgesagt hatte gab ich Tom ein Zeichen, das wir losfahren konnten.

Er bog vom Parkplatz auf die einzige vorbeiführende Straße, die mit einem deutlichen Zeichen in Richtung Zentrum versehen war. Direkt nachdem wir den Flughafen verlassen hatten, lag auf der rechten Seite der Straße ein riesiges offenes Feld, das teils als Müllkippe, teils als Fußballfeld, teils als Wohngebiet fungierte. Zahllose Hütten waren vor, an und auf den Müllberg gebaut, aus dem es an vielen Stellen dampfte. Es war ekelhaft zu sehen, dass viele Menschen hier von und auf dem Müll der anderen leben mussten und sich dort auch ihre Nahrung zusammensuchten. Die linke Seite war für hunderte von Metern übersät mit kleinen aneinander gereihten Hüttchen, den sogenannten Squatter-Camps, in denen wie auf der Müllkippe die Ärmsten der Armen lebten und in denen die Kriminalität wuchs und gedieh wie ein Schimmelpilz, der sich immer weiter ausbreitete. Im Vorbeifahren konnten wir keine ordentlichen Straßen oder Wege entdecken, nur Trampelpfade, die häufig auch als Toilette benutzt wurden und die weiter ins Innere dieses Drecklochs führten. Wir ließen sowohl die Müllkippe als auch das Squatter-Camp Nach einigen Minuten ließen wir diesen Elendsbezirk hinter uns und kamen an den großen Kreisverkehr, in dessen Mitte ein überdimensionierter Stern aus Stahl die Rasenfläche überstrahlte und scheinbar die Herrlichkeit Maputos symbolisieren sollte. Offensichtlich waren die Slums zum Zeitpunkt der Errichtung dieses marxistisch-leninistischen Monuments noch nicht vorhanden gewesen, denn ansonsten wäre dies eine sehr makabre Installation gewesen. Erst nachdem die Avenida Joaquim Chissano an einem weiteren Kreisverkehr zur Avenida Kenneth Kaunda wurde, stellte sich ein drastischer Wechsel ein. Hier dominierten auf der rechten Seite hohe, hässliche, aber funktionale Plattenbauten das Stadtbild, während links hübsche Häuschen aus der Kolonialzeit und moderne Einfamilienhäuser zu sehen waren. Auch die Hochhäuser verschwanden irgendwann auf der rechten Seite und wurden ebenfalls von Einfamilienhäusern abgelöst. Hieran änderte sich für den Rest der Fahrt nichts mehr. Wir kamen schließlich bis zu dem Punkt, an dem die Avenida Kenneth Kaunda endete und wir vor einem riesigen Kreisverkehr rechts in die Avenida Julius Nyerere abbiegen mussten. Das Innere des Kreisverkehrs war mit Gras und Büschen bepflanzt. Die Avenida Julius Nyerere war mit ihrer Ausdehnung von sicherlich 16 bis 18 Kilometern eine der bedeutendsten Straßen der Stadt. Zahlreiche wichtige Verwaltungsgebäude und Geschäfte, Hotels und Diskotheken hatten sich an ihren Seiten angesiedelt. Sie zog aber auch aufgrund der erhöhten Dichte an Touristen eben so viele Straßenhändler und Ganoven an, die sich auf ihr tummelten. Wir fuhren, wie Maria es uns beschrieben hatte, bis zur zweiten Abzweigung auf der rechten Seite. Ein Straßenschild fehlte wie üblich, sodass wir davon ausgingen, dass es sich hierbei um die Avenida Kwame Nkrumah handeln musste.

»So. Jetzt halt mal die Augen offen. Wir brauchen ein weißes Haus mit weißer Mauer auf der linken Seite.«, erinnerte sich Tom an Marias Beschreibung.

»Ich guck ja schon.«

»Ah, schau mal, da vorne! Das könnte es sein.«, rief ich und deutete mit dem Finger auf das weiße Haus, das ich erspäht hatte.

Tom parkte den Wagen vor der Einfahrt und stellte fest:

»Hat auch ein Rolltor. Das hatte Andrew doch gesagt, oder?«

»Ich denke schon. Warte, ich klingel mal.«

Ich stieg aus. Obwohl die Avenida Kwame Nkrumah direkt von der großen Hauptstraße abzweigte, war es hier sehr ruhig. Es lag kaum Müll auf der Straße und die Häuser sahen durchweg gepflegt aus, teils Kolonialstil, teils Neubauten. Vermutlich wohnten hier einige besser verdienende Mosambikaner aus der Mittelschicht. Am Klingelschild stand »Santo Graciano Backpacker«. Wir hatten es dank der guten Beschreibung also tatsächlich auf Anhieb gefunden. Ich klingelte. Das Erste, was ich danach hörte, war Hundegebell, das immer mehr zu einem Kläffen wurde, je näher das Tier kam. Dann sah ich ihn. Ein kleiner braun-weiß-gefleckter Jack Russell Terrier. Andrew hatte sich offenbar einen Spaß erlaubt, als er von einem Wachhund sprach. Vor dem hätte sicherlich kein Einbrecher Angst. Der Jack Russell führte sich jedoch auf, also glaube er selbst, dass er ein Wachhund sei und sprang wie ein Flummi hinter dem Rolltor auf und ab. Einige Augenblicke später trat ein dunkelhäutiger Mann mit weißem Hemd und einer dunkelblauen Stoffhose an das Gitter des Rolltores.

»Guten Tag!«, begrüßte er mich.

»Guten Tag! Wir hatten vorhin mit Maria telefoniert und hier ein Zimmer reserviert. Das ist Tom Randall und ich bin Jan Scherler.« stellte ich uns kurz vor.

»Angenehm. Ich bin Jacob. Sie möchten ihren Wagen sicherlich drinnen parken, oder?«, fragte er, nachdem er den Passat gesehen hatte und bereits die Fernbedienung für das Rolltor betätigte, das sich nun langsam öffnete.

»Gern.«

Tom parkte ein und stellte sich bei Jacob vor, der das Rolltor wieder mit der Fernbedienung verschloss. Jacob fragte nach unserem Gepäck, dass er uns abnahm und ins Haus vor die Rezeption trug. Wir folgten ihm. Am Tresen stand eine attraktive, dunkelhaarige Frau, vermutlich Anfang bis Mitte Vierzig. Sie trug eine rote Bluse, deren oberste Knöpfe sie offengelassen hatte.

»Hallo! Ich bin Maria. Wir hatten telefoniert. Haben Sie es gut gefunden? War ja auch nicht so schwer, oder?«, fragte sie und lächelte uns freundlich an.

»Ja, genau. Wir hatten telefoniert. Ich bin Tom. Das ist Jan.«

»Sie sind Freunde von Andrew? Wie geht es ihm denn? Ich habe ihn schon einige Zeit nicht mehr gesehen oder gehört.«

»Der ist mit seinem Backpacker ziemlich beschäftigt. Der Laden brummt. Wahrscheinlich geht es ihm deshalb auch so gut. Wir sollen Sie aber von ihm grüßen. Woher kennen Sie denn Andrew?«, antwortete Tom.

»Ach, das ist schön. Andrew ist ein feiner Kerl. Wir haben uns mal vor ein paar Jahren auf einem Flug von London hierher kennengelernt. Aber seinen Backpacker habe ich noch nie besucht.«

»Da müssen Sie unbedingt mal hin. Den hat er wirklich richtig gut auf Vordermann gebracht. Wenn Sie mal Zeit haben und ein paar Tage entspannt am Meer mit netter Unterhaltung verbringen möchten, ist das genau das Richtige!«, fügte ich hinzu.

»Und was führt Sie nach Maputo?«, fragte Maria.

»Wir haben hier etwas zu erledigen und müssen den Polizeipräsidenten besuchen. Keine Sorge, wir haben nichts angestellt. Aber wir müssen hier Erkundigungen einholen.«, erklärte ich knapp.

»Das klingt ja wichtig. Der Polizeipräsident. Soll ich Ihnen erst einmal Ihr Zimmer zeigen?«

»Ja, gern.«

Bevor wir uns versahen, schnappte sich Jacob, der die ganze Zeit im Hintergrund gewartet hatte, unser Gepäck und ging die schmale Treppe vor uns hoch. Wir folgten ihm gemeinsam mit Maria, die uns das Zimmer aufschloss. Es lag in der zweiten Etage und war nicht besonders groß, dafür aber sauber und hübsch eingerichtet.

»Ist das mit dem Doppelbett in Ordnung? Ansonsten habe ich nämlich nur noch Zimmer mit Doppelstockbetten, in denen schon Gäste untergebracht sind.«, fragte Maria ein wenig besorgt.

Tom und ich schauten uns kurz an, dann antwortete ich:

»Nein, nein, das ist schon okay. Für die paar Tage werden wir es schon miteinander aushalten.«

»Warten wir es mal ab.«, flachste Tom.

»Wenn Sie noch irgendwelche Fragen haben oder etwas brauchen, können Sie Jacob oder mich jederzeit gern fragen. Wir helfen Ihnen dann so gut wir können.«

»Das ist lieb. Vielen Dank. Wir sehen uns heute bestimmt noch.«

»Dann wünsche ich Ihnen einen schönen Aufenthalt im »Santo Graciano Backpacker«. Bis später.«

»Und jetzt?«, fragte Tom.

»Weiß nicht. Wie spät ist es denn?«

»Kurz nach fünf.«, antwortete Tom nach einem Blick auf sein Mobiltelefon.

»Meinst du, ich kann jetzt noch beim Polizeipräsidenten anrufen?«

»Versuchen kannst du es ja. Wenn er nicht mehr da ist, wirst du es ja merken und wenn er noch da ist, kannst du einen Termin mit ihm ausmachen.«, sagte Tom.

Also holte ich mein Telefon heraus und wählte die Nummer, die Sandy mir gegeben hatte. Wider Erwarten wurde ich ohne große Bitten oder Erklärungen von der Vorzimmerdame direkt zu Mr. Nkomo durchgestellt.

Es knackte in der Leitung und eine tiefe Stimme begrüßte mich:

»Einen wunderschönen guten Tag, Mr. Scherler! Ich habe schon von Mr. Conrad von Ihnen gehört! Sie scheinen ein guter Freund von ihm zu sein, so begeistert wie er von Ihnen berichtet hat. Was kann ich für Sie tun?«

»Ich benötige Ihre Hilfe! In einem Nachbardorf bei uns in der Provinz Inhambane wurde ein Einwohner ermordet. Und wir haben allen Grund zur Annahme, dass die örtliche Polizeibehörde den falschen Mann verhaftet hat.«

»Aha. Aber wahrscheinlich klärt sich die Sache mit dem falschen Verdächtigen doch auf, wenn die Polizei alle Hinweise berücksichtigt. Ich denke, da kann ich Ihnen nur wenig helfen. Auch außerhalb von Maputo machen meine Kollegen in der Regel einen guten Job.«

»Das will ich gar nicht bestreiten! Mit Sicherheit machen Sie das! Allerdings besteht in diesem konkreten Fall Anlass zur Sorge, dass bestimmte entlastende Hinweise übersehen werden, beziehungsweise, dass belastende Beweise fingiert wurden, eventuell sogar von den ermittelnden Beamten selbst.«

»Das kann ich mir ja kaum vorstellen! Und was denken Sie, was ich da tun könnte?«

»Mit Verlaub, Mr. Nkomo, Sie werden sicherlich verstehen, dass ich Ihnen das nicht alles am Telefon erzählen möchte. Wäre es möglich, dass wir uns in den kommenden Tagen einmal treffen könnten, damit ich Ihnen den gesamten Sachverhalt ausführlich darlegen kann?«

»Das können wir gern machen! Mr. Conrad hat mir bereits gesagt, dass Sie eine delikate Angelegenheit mit mir zu besprechen haben. Insofern kann ich sicherlich ein wenig Zeit für Sie reservieren. Sind Sie bereits in Maputo oder halten Sie sich augenblicklich noch in der Provinz Inhambane auf?«

»Ich bin soeben mit einem Freund von mir, der mir in dieser Sache ebenfalls schon sehr geholfen hat, in Maputo angekommen.«

»Gut, gut. Dann lassen Sie mich einmal sehen…«

Ich vereinbarte einen Termin mit Nkomo und ließ mir von ihm den Weg zum Polizeirevier erklären.

»Hast du alles mitbekommen?«, fragte ich Tom, nachdem ich aufgelegt hatte.

»Nur, dass wir heute um 18:30 Uhr einen Termin haben. Das ging ja schneller als ich das erwartet hatte. Das ist ja quasi gleich. Müssen wir da sofort losfahren? Ist es weit weg?«

»Nein, irgendwo auf der Avenida Julius Nyerere. Die führt ja direkt hier lang. Ich weiß nur nicht in welche Richtung, aber da können wir Maria fragen. Ich würde allerdings vorschlagen, dass wir uns lange Hosen und vielleicht auch ein paar Schuhe anziehen.«, merkte ich an, während ich an Tom und mir heruntersah.

Tom und ich packten unsere Sachen aus, machten uns ein wenig frisch und zogen uns um. Ich packte meinen Pass und die 4.000,- Dollar von meiner kurzen in die lange Hose, wobei ich 2.000 in meine linke, 1.000 in meine rechte und weitere 1.000 in meine hintere Hosentasche steckte.

»Könntest du bitte darauf achten, dass du mit deinen Geldbündeln nicht so sehr die Hosentaschen ausbeulst? Das ist schließlich meine Hose, die du da trägst!«, scherzte Tom.

»Ich geb mir Mühe.«

Nachdem wir fertig waren, gingen wir hinunter in den Eingangsbereich, wo Maria in einem Sessel saß und Zeitung las. Der kleine Jack Russell Terrier lag zu ihren Füßen und machte ein Nickerchen.

»Sie brechen schon wieder auf?«, fragte sie, als sie von ihrer Zeitung hochschaute und uns die Treppe herunterkommen sah.

»Ja. Das hat mit unserem Termin doch schneller geklappt als wir dachten. Wir bräuchten auch noch einmal kurz Ihre Hilfe. Sie kennen sich doch hier so gut aus.«

»Ja. Wo wollen Sie denn hin?«

Ich sagte ihr, wo es hingehen sollte und Maria erklärte uns nach einem Blick in einen zerfledderten Stadtplan, der in einem Fach hinter der Rezeption lag, dass unser Ziel nur etwa anderthalb Kilometer entfernt und leicht zu finden war. Wir hatten also noch etwas Zeit für eine kleine Erfrischung, dann machten wir uns auf den Weg.

Jacob stand bereits draußen und wartete mit seiner Fernbedienung darauf, dass er uns das Tor öffnen konnte.

»Bis wann sind Sie denn wach? Falls wir noch etwas Essen gehen und später wiederkommen?«, fragte ich ihn beim Rausfahren.

»Sie können kommen, wann immer Sie wollen. Klingeln Sie einfach. Ich mache Ihnen dann auf.«

Tom fuhr den Wagen auf die immer noch unbefahrene Straße hinaus und bog rechts in die Hauptstraße ein. Trotz des hier schon dichteren Verkehrs kamen wir innerhalb weniger Minuten an unserem Ziel an. Ohne zu Zögern bog Tom auf den kleinen Parkplatz vor dem weißen Hochhaus ein und stellte sich dort zwischen zwei abgestellte Polizeifahrzeuge.

»Willst du echt hier stehenbleiben?«, fragte ich unsicher.

»Besser als irgendwo draußen auf der Straße. Dort wird er vielleicht geklaut. Hier bekommen wir maximal ein Ticket oder denkst du, dass die über einen Abschleppwagen verfügen?«

»Da hast du recht. Aber du bezahlst den Strafzettel, wenn wir einen bekommen.«

»Huhuu, jetzt hab ich aber Angst. Wie viel kann das schon sein? Zwei Dollar vielleicht?«

Wir stiegen aus und gingen die wenigen Stufen zum Eingang des Gebäudes hinauf, über dem irgendetwas mit „Polícia" stand und betraten den klimatisierten Vorraum. Es war angenehm kühl. Der Steinboden glänzte und auch sonst sah es sehr sauber aus. Eine richtige Vorzeigebehörde und kein Vergleich zur Polizeistation in Inhassoro.

»Und wo müssen wir jetzt lang?«, fragte Tom, der sich ein wenig orientierungslos umblickte.

»Wir können ja mal dort vorn fragen.«, sagte ich und deutete auf zwei Sicherheitsbeamte, die sichtlich gelangweilt hinter einem Schalter saßen und auf den Feierabend warteten.

Wir gingen zu ihnen rüber und ich erkundigte mich:

»Entschuldigung. Können Sie uns weiterhelfen?«

Einer der beiden schaute mich nur fragend an und zuckte mit den Schultern. Der andere antwortete in schlechtem Englisch:

»Ah. Entschuldigung. Wir können nicht Englisch. Nicht gut. Portugiesisch?«

Da mein Anliegen mit einfachen Worten zu beschreiben war, versuchte ich mein Glück.

»Estamos Sr. Scherler e Sr. Randall. Ähm. Um momento. Äh. Temos um compromisso com o Sr. Nkomo.«

Ich hoffte, dass ich mit meinen rudimentären Portugiesischkenntnissen das Richtige zum Ausdruck gebracht hatte. Scheinbar war es so. Beide schauten uns zwar ewas verwundert an, dass wir einen Termin mit dem Polizeipräsidenten hatten. Schließlich stand aber einer der beiden auf und ging zu einem weiteren Schalter im Foyer hinter dem eine jüngere Dame saß. Er beugte sich zu ihr hinüber und einen kurzen Augenblick später schaute sie zu uns rüber. Dann nickte sie dem Sicherheitsbeamten zu, stand auf und kam auf uns zu.

»Guten Abend, die Herren. Sie haben einen Termin bei Mr. Nkomo?«, fragte sie uns in einwandfreiem Englisch.

»Guten Abend. Ja, wir hatten vorhin mit ihm telefoniert und diesen Termin vereinbart. Sie können gern nachfragen.«

»Das ist nicht nötig. Sein Büro hat mir bereits mitgeteilt, dass er heute noch diesen Termin wahrnimmt. Folgen Sie mir bitte.«

Sie ging voraus und wir bemerkten, dass zu dem zierlichen Oberkörper der Dame ein überproportional voluminöses Hinterteil gehörte, das sich unter dem schwarzen Faltenrock der Uniform verbarg. Tom stupste mich etwas infantil an, als wir hinter ihr hergingen und ich gab ihm mit Blicken zu verstehen, dass es keines weiteren Hinweises bedurfte, da ich selbst Augen im Kopf hatte.Sie fuhr mit uns in die zwölfte Etage und führte uns einen scheinbar endlosen Gang entlang. An der letzten Tür blieb sie stehen, klopfte an, wartete aber nicht, bis »Herein« gerufen wurde, sondern trat gleich ein. Es war das Vorzimmer von Nkomo, in dem Mrs. Kabeneki saß, die wahrscheinlich unseretwegen noch keinen Feierabend machen durfte. Die hüftlastige Empfangsdame stellte uns kurz vor und verabschiedete sich dann. Mrs. Kabeneki stand auf, stellte sich vor und begrüßte uns mit einem Händedruck.

»Ich frage gleich mal nach, ob Sie schon eintreten können.«, sagte sie, griff zum Telefonhörer und sprach mit Nkomo auf Portugiesisch.

»Er erwartet Sie schon. Sie können hineingehen.«, teilte sie uns mit.

Hinter einem wuchtigen Tisch, der eine Gratwanderung zwischen Kolonialstil und Gelsenkirchener Barock vollzog, saß Nkomo. Die Decke war, was ich in diesem Plattenbau nicht vermutet hatte, vertäfelt, was den Raum trotz der angeschalteten Beleuchtung dunkler erscheinen ließ. Das gesamte Büro wirkte sehr aufgeräumt und war einem Polizeipräsidenten durchaus angemessen gestaltet. Er stand sofort auf, als wir den Raum betraten und trat auf uns zu.

»Herzlich willkommen! Sie sind also die Freunde von Mr. Conrad! Kommen Sie näher! Kommen Sie näher!«, begrüßte er uns überschwänglich.

Wir machten ebenfalls einen Schritt auf ihn zu und schüttelten seine rechte Hand, wobei er mit seiner linken väterlich und etwas zu vertraut unsere Hand von außen umfasste. Er musterte uns von oben bis unten und gab uns anschließend einen Klaps auf die Schulter, bevor wir uns setzen durften.

»Wer von Ihnen ist Mr. Scherler?«

»Das bin ich und das ist mein Freund Thomas Randall.«, klärte ich ihn kurz auf.

»Aha. Sehr angenehm. Schön, dass Sie da sind! Hatten Sie eine angenehme Anreise?«

»Ja, das kann man so sagen. Der Flug von Inhambane ging recht schnell und wir haben in Maputo ohne Probleme unsere Unterkunft und Ihr Büro gefunden. Wir können nicht klagen.«, antwortete ich.

»Sehr schön. Wo übernachten Sie denn?«

»Wir schlafen bei der Bekannten eines Freundes, weiter nördlich in einer Seitenstraße der Avenida Julius Nyerere.«, versuchte ich den Fakt zu umgehen, dass wir in einem Hostel untergebracht waren.

»Aha. Und, sind Sie zum ersten Mal in Maputo? Gefällt es Ihnen hier?«

»Nein, wir waren schon häufiger hier. Wir leben schon seit mehreren Jahren in einer Ferienhaussiedlung in Praia da Onda nahe Inhassoro. Wir sind Nachbarn und landen häufiger in Maputo, wenn wir aus Europa kommen. Und es gefällt uns ausgesprochen gut bei Ihnen in Mosambik! Freundliche Menschen, das Meer, phantastische Landschaften, die Mentalität, die Kultur, einfach alles! Sonst wären wir ja auch nicht hier.«, umging ich erfolgreich die Antwort auf die Frage, wie es uns in Maputo gefiel, ohne dass ich Nkomo anlügen musste.

»Das höre ich gern! Sie haben sich genau das richtige Land zum Leben ausgesucht. Wenn ich das könnte, würde ich mich auch für Mosambik entscheiden! Wie ich hörte, sind Sie Freunde von meinem Freund Mr. Conrad? Woher kennen Sie sich genau?«, ging die Fragestunde weiter.

»Ich kenne ihn gut, weil ich einige Jahre für ihn gearbeitet habe und wir auch darüber hinaus ein sehr gutes Verhältnis zueinander haben.«

»Aha. Und weshalb arbeiten Sie nicht mehr für Mr. Conrad? Haben Sie eine andere Anstellung angenommen?«

»Nein, ich habe mich bereits zur Ruhe gesetzt und genieße meine Zeit hier in Ihrem wunderschönen Land.«, antwortete ich und hoffte, dass keine weitere Frage mehr kommen würde.

Wenn das so weitergehen sollte, dann säßen wir wahrscheinlich noch morgen früh hier.

»Sie sind aber noch sehr jung für den Ruhestand. Das ist sehr ungewöhnlich, aber das geht mich ja nichts an.«, urteilte Nkomo, als hätte er meine Gedanken lesen können.

»Dann schießen Sie mal los! Mein Freund Mr. Conrad hat mir nicht verraten wollen, weshalb Sie mich aufsuchen wollen. Ein wenig haben Sie mir ja bereits am Telefon erzählt. Aber jetzt bin ich neugierig. Worum geht es? In welcher Weise benötigen Sie meine Hilfe?«

Ich fing an zu erzählen, was wir – beginnend beim Treffen mit Lisha – in den letzten Tagen erlebt und herausgefunden hatten. Nach etwa einer halben Stunde waren wir mit unserem Bericht am Ende. Nkomo, der die ganze Zeit über geschwiegen und nur an einigen Stellen bestätigend genickt und „Mmh“ gesagt hatte, legte seine Stirn in Falten. Er sah uns ein wenig mitleidig an, gleich so als wären wir etwas naiv, weil wir uns um den Mord an Usumbe überhaupt gekümmert hatten.

»Ach, wissen Sie, ich glaube, das ist so eine Sache, weil Sie weiter nördlich in der Provinz leben. Wenn dort ein Mord geschieht, dann steht da die halbe Region Kopf. Wenn das hier in Maputo passiert…«, fing Nkomo an und machte eine bedeutungsvolle Pause.

»Schauen Sie, wir finden täglich oft mehr als eine Leiche. Manchmal drei, manchmal fünf und einmal waren es sogar acht. In irgendeiner Gasse, an der Schnellstraße, auf Müllkippen. Wir kennen die nicht. Keiner kennt die. Keine Pässe. Tote ohne Namen, ohne Geschichte. Immer irgendein armer Schlucker, der von einem anderen armen Schlucker wegen ein paar Metical erstochen oder sonst auf irgendeine Weise umgebracht wurde. Bei diesen Tötungsdelikten würden wir, selbst wenn wir uns bei den Ermittlungen wirklich reinhängen würden, niemals einen Täter ermitteln. Darum lassen wir es meistens auch. Das kostet nur unnötig Zeit und Ressourcen. Und beides haben wir nicht. Eine Ausnahme machen wir eigentlich nur, wenn das Opfer identifiziert werden kann und wohlhabend war. Ansonsten…«, erklärte er uns die Vorgehensweise der Polizei in Maputo und schwieg wieder für einen Augenblick.

»Dass Sie auf dem Dorf so ein Brimborium um die Sache machen, ist doch nur dem Fakt geschuldet, dass sowas bei Ihnen in der Gegend einfach etwas Ungewöhnliches ist und Sie sich nicht daran gewöhnt haben. Wahrscheinlich war es auch so ein Mord wegen ein paar Metical, denn ich gehe stark davon aus, dass dieser Usumbe ausschließlich in Kreisen verkehrte, die hauptsächlich durch Armut geprägt sind.«

Ich wollte ihm widersprechen und sagen, dass die Tötung eines Menschen jedes »Brimborium« zur Aufklärung rechtfertigt und dass man sich nicht an so etwas gewöhnen sollte, ließ es aber sein. Vermutlich hatte er sogar recht mit seiner Einschätzung. Maputo war eben sehr speziell. Auch und gerade was diese Dinge anging. Also schwieg ich. Nkomo fuhr weiter fort.

»Das ist das, was ich von dieser Sache denke und wahrscheinlich wird es auch so gewesen sein. Da steckt sicherlich nicht irgendein abstruses Motiv von irgendjemandem dahinter. Aber falls doch, dann finden wir das heraus! Denn sollte es wirklich stimmen, dass Chief Shongoene tatsächlich Beweise fingiert hat, um Ndlane dingfest machen zu können, so widerstrebt dies meinem innersten Verständnis von guter Polizeiarbeit. Das erlaube ich nicht! Ein solches Verhalten schadet dem guten Ruf unseres gesamten Polizeiapparats!«

Tom und ich mussten uns nicht einmal anschauen, um zu wissen, was wir gerade dachten und was uns auf der Zunge brannte. Wenn sein Polizeiapparat irgendwann einmal wieder einen guten Ruf haben wollte, dann sollten zunächst einmal die schikanösen Straßenkontrollen aufhören, bei denen es den Beamten nur darum ging, Schmiergeld zu erhalten, um mit der Kontrolle aufzuhören. Und das wäre nur ein Anfang. Wir sagten aber wieder nichts, da wir gespannt waren, was Nkomo vorhatte und ihn in seinem Enthusiasmus nicht durch kritische Bemerkungen bremsen wollten.

»Und was wollen Sie dagegen unternehmen?«, fragte ich daher vorsichtig.

»Das kann ich Ihnen sagen, Mr. Scherler! Ich denke darüber nach, gleich morgen früh ein Team von Beamten nach Inhassoro loszuschicken, um die Akten hinsichtlich des Mordes und der Brandstiftung zu sichern und Chief Shongoene sowie seine

Mitarbeiter zu einer Befragung nach Maputo bringen zu lassen. Sollten Sie recht haben und da ist wirklich etwas faul an der Sache, dann finden wir das auch heraus. Natürlich müsste ein weiteres Team von Beamten dort bleiben, damit die Polizeipräsenz in der Region Inhassoro weiterhin gewährleistet werden kann.«

»Das klingt gut.«

»Ja, das denke ich auch. Und ich bin auch der Auffassung, dass Ihrem berechtigten Wunsch nach einer lückenlosen Aufklärung auf diese Weise am besten entsprochen werden kann. Nur gibt es da ein nicht unerhebliches Problem.«

»Inwiefern?«, fragte Tom nach.

»Nun ja, wie ich Ihnen eingangs schon mitgeteilt hatte, ist es um unser Zeit- und Ressourcenkontingent nicht unbedingt gut bestellt. Wir haben an allen Ecken und Enden zu wenig Personal und nicht das finanzielle Budget, um eventuell vorhandene Personalreserven, die gerade im Urlaub oder in Bereitschaft sind, zu aktivieren. Dazu fehlen uns die Mittel. Was also die Entsendung meiner Leute aus Maputo nach Inhassoro angeht, sind mir, so gern ich Ihnen da auch entgegen kommen würde, die Hände gebunden. Nicht weil ich nicht will, sondern weil ich die Ausgaben für diesen Einsatz natürlich irgendwann bei einer Kostenüberprüfung rechtfertigen muss. Sofern dieser Einsatz dann nichts gebracht hat, komme ich in Teufels Küche, wenn ich die Finanzierung aus Haushaltsgeldern gesichert habe. Das kann mich meinen Job kosten.«, jammerte Nkomo und verzog dabei auf mitleidige Weise das Gesicht.

Uns war klar, worauf er es anlegte. Wenn wir die Durchführung der von Nkomo vorgeschlagenen Maßnahme, die im Prinzip genau dem entsprach, was wir uns vorgestellt hatten, wirklich wollten, dann würden wir dafür bezahlen müssen. Das war vollkommen offensichtlich. Natürlich würde der Einsatz letztlich aus Steuergeldern finanziert werden, es war nur eine geschickte und nett verpackte Art, uns zu sagen, dass für diesen Gefälligkeitsdienst, der eigentlich eine Verpflichtung für den Polizeipräsidenten sein sollte, ein Schmiergeld fällig werden würde. Mr. Conrad hatte mit seiner Einschätzung Nkomos vollkommen recht. Er war korrupt, durch und durch. Aber er war nach Mr. Conrads Einschätzung auch ein guter und verlässlicher Mitspieler. Wir wussten also ziemlich genau, worauf wir uns einlassen würden. Es kam jetzt nur noch auf die Höhe des Schmiergeldes an.

»Das wollen wir natürlich auf jeden Fall vermeiden. Bestehen denn noch andere Möglichkeiten, den Einsatz zu finanzieren? Beispielsweise durch zweckgebundene private Spenden oder eine Aufwandsentschädigung, die nicht in den Büchern aufgeführt werden muss?«, fragte ich bei Nkomo nach und signalisierte ihm damit, dass wir seinen Wink mit dem Zaunpfahl verstanden hatten.

Nkomo legte seine Stirn wieder in Falten und tat so, als ob er einen solchen Vorschlag zum ersten Mal in seinem Leben gehört hatte und dachte entsprechend ausgiebig darüber nach. Dann schließlich kam er zu einer Entscheidung, die eigentlich schon mit meiner Fragestellung gefallen war.

»Mmh. Ja. Ich denke, da könnte sich etwas machen lassen. Die Finanzierung von Polizeieinsätzen durch Privatleute ist natürlich schon sehr ungewöhnlich. Wenn Sie nun aber eine allgemeine Unterstützung anbieten, weil Sie der Polizei für Ihre gute Arbeit im Land etwas zurückgeben möchten, dann kann ich Ihnen natürlich nicht verbieten, dass Sie eine Spende an uns entrichten. Allerdings könnte ich Ihnen in diesem Fall leider keine Spendenquittung dafür ausstellen. Denn es gibt immer wieder Leute, die einem aus einer solchen gutgemeinten Aktion einen Strick drehen wollen. Gerade wenn es um die Position des Polizeipräsidenten geht, stehen viele in den Startlöchern, die nur darauf warten, dass es in meinem Amt zu Unregelmäßigkeiten kommt. Verstehen Sie?«

Tom und ich nickten beide und mussten uns das Lachen verkneifen. So ausführlich hätte er es nun wirklich nicht mehr beschreiben müssen. Wir hatten schon verstanden, worauf es hinauslaufen würde.

»Ja. Das klingt für uns akzeptabel. Nur um ganz sicher zu gehen. Von welchem Betrag müssten wir bei den Kosten des Einsatzes ausgehen? Können Sie das so ungefähr beziffern?«, fragte ich nach, um auf diese Weise die Höhe des Schmiergeldes zu erfahren.

Nkomo verlagerte sein Gewicht abwechselnd von einer Pobacke auf die andere. Im Gegensatz zu Shongoene war er viel souveräner, was die Abwicklung von Schmiergeldzahlungen anging. Kein Schweiß, kein unsicheres Auftreten. Auch in diesem Bereich machte die Übung scheinbar den Meister. Nkomo griff zu einem Stift und einem Blatt Papier und notierte im

Rahmen einer Addition wild einige Zahlen untereinander, die seiner Phantasie entsprangen. Am Ende strich er die gesamte Rechnung mehrfach durch, da er scheinbar mit seiner wüsten Zahlenauswahl nicht auf die Summe gekommen war, die er sich vorgestellt hatte.

»Nun ja… Ich hab das gerade mal alles ein wenig überschlagen und kann Ihnen nur eine ungefähre Summe nennen. Aber ich denke, da wir gerade für die Abstellung der Ersatzleute für Shongoene und seine Beamten mit einem erhöhten Kostenaufwand rechnen müssen, dass eine Summe von ungefähr 2.000,- Dollar genügen sollte.«, nannte er endlich den Betrag, den er für sich haben wollte.

Damit konnte ich gut leben und zeigte Nkomo das auch. Leider fiel dies etwas zu deutlich aus, sodass sich Nkomo gemüßigt sah, den Preis noch etwas zu modifizieren.

»Ja, ja, dieser Preis ist grundsätzlich schon angemessen. Mir fällt nur gerade auf, dass ich für die Rückfahrt nur einen weiteren Beamten eingerechnet habe. Wenn Shongoene und seine beiden Mitarbeiter einen Fluchtversuch starten sollten, dann hat mein Beamter allein sicherlich keine Chance und sie würden entkommen. Und gerade in den ländlichen Gegenden ist es schwierig einen Flüchtigen später noch einmal wiederzufinden… Wenn wir auf dem Rückweg mit mindestens einem weiteren Beamten für ausreichend Sicherheit sorgen wollen, dann wäre es sicherlich erforderlich, noch einmal 500,- Dollar draufzulegen.«, verteuerte Nkomo sein Schmiergeld dreist aufgrund meines zu offenkundig einverständnisbereiten Verhaltens.

Ich ärgerte mich über mich selbst. Die 500,- hätte ich mir auch sparen können. Nkomo war ein gerissener Hund, der sich eine solche Gelegenheit nicht entgehen ließ. Und ich hatte ihm so bereitwillig den Weg dazu geebnet. Ich Idiot! Dennoch versuchte ich, den Preis von nunmehr 2.500,- Dollar noch etwas zu drücken.

»2.500,- Dollar sind ja schon recht ordentlich. Ohne, dass ich die Gehälter Ihrer Beamten kenne, Mr. Nkomo, aber könnte es sein, dass Sie gerade noch einmal zusätzliche Fahrtkosten berechnet haben. Falls dies so sein sollte, könnte man doch bestimmt auf einen Betrag von 2.200,- Dollar kommen, oder?«, versuchte ich ihn herunterzuhandeln.

»Tatsächlich! Da haben Sie recht! Das habe ich wirklich gemacht. Entschuldigung. Sagen wir 2.250,- Dollar und wir können den Einsatz direkt morgen früh wie besprochen durchführen.«, kam mir Nkomo ohne weiteres Lamentieren entgegen.

Vermutlich hatte er mit 2.000,- Dollar spekuliert und es kam ihm nun nicht mehr darauf an, um wie viel Dollar mehr die letztlich zu zahlende Summe ausfallen würde.

»Gut. 2.250,- Dollar. Abgemacht. Nur noch einmal zur Sicherheit. Welche Leistungen beinhaltet der Einsatz denn genau? Die Durchsicht der Akten und die Verhöre sind da schon mit drin, oder?«, wollte ich wissen, damit nicht in ein paar Tagen eine weitere böse Überraschung in Form von weiteren Schmiergeldzahlungen erfolgte.

»Nein, nein, keine Sorge. Weitere Kosten werden für Sie nicht entstehen. Dafür verbürge ich mich! Wenn Chief Shongoene und seine Mitarbeiter erst einmal hier in Maputo sind, geht alles seinen gewohnten Gang. Wenn Sie zu diesem Zeitpunkt noch in Maputo sein sollten, können Sie gern zum Verhör vorbeikommen. Ich werde Sie dann begleiten und Ihnen demonstrieren, dass die mosambikanische Polizei schneller und effektiver arbeitet, als man ihr gemeinhin zutraut. Natürlich ohne Zusatzkosten. So können wir auch sicherstellen, dass alle Ihre Fragen beantwortet werden. Ich möchte doch, dass Sie zufrieden sind! Wir arbeiten schließlich für unsere Bürger und das umfasst auch die Gäste in diesem Land!«

Ich nickte Tom zustimmend zu.

»Das klingt doch gut, oder was meinst du, Tom?«

»Ich denke, da haben Sie eine gute Lösung gefunden, Mr. Nkomo! Dann hoffen wir mal, dass alles so funktioniert, wie Sie es dargestellt haben.«, beantwortete Tom meine Frage, während er gleichzeitig Nkomo anschaute.

»Da müssen Sie sich keine Sorgen machen! Ich werde noch heute alles in die Wege leiten und morgen kann der Einsatz beginnen. Sobald ich neue Erkenntnisse habe, werde ich Sie anrufen und sie Ihnen mitteilen. Die Befragung kann dann voraussichtlich, wenn keine Komplikationen auftreten, in drei Tagen stattfinden. Dabei sind Sie natürlich - wie gesagt - herzlich eingeladen. Auch da sage ich Ihnen rechtzeitig Bescheid!«, warb er wie für einen Ausflug ins Cabaret.

»Gut. Dann verbleiben wir so. Warten Sie, ich gebe Ihnen noch rasch meine Nummer, unter der Sie mich erreichen können und hier sind auch die 2.250,- Dollar für die Aufwandsentschädigung.«, sagte ich zu Nkomo und schrieb ihm meine Mobilfunknummer auf.

Das Geld schob ich ihm ganz ungeniert über den Tisch. Nkomo legte es ohne Nachzuzählen in seine Schublade. Offenbar vertraute er einem Freund von Mr. Conrad.

»Vielen Dank! Wenn Sie bei Ihrem Aufenthalt noch irgendetwas benötigen sollten, sagen Sie mir ruhig Bescheid. Die Freunde von Mr. Conrad sind selbstverständlich auch meine Freunde. Wenn Sie ansonsten keine weiteren Anliegen mehr haben, würde ich mich nun auch von Ihnen verabschieden. Ich muss noch den Einsatz für morgen planen und außerdem möchte Mrs. Kabeneki sicherlich auch bald Feierabend machen.«, komplimentierte er uns hinaus.

»Natürlich! Mr. Nkomo, es war mir eine große Freude, Sie kennenzulernen! Mr. Conrad hat Sie nicht zu Unrecht in den höchsten Tönen gelobt!«, schmeichelte ich ihm bei der Verabschiedung, damit er uns in guter Erinnerung behielt.

»Auch ich habe mich sehr gefreut, Mr. Nkomo! Dann bis bald! Wir werden uns ja sicherlich beim Verhör wiedersehen.«, schloss sich Tom an.

»Auf Wiedersehen! Und einen schönen Abend wünsche ich Ihnen noch! Genießen Sie Ihren Aufenthalt in Maputo.«

Tom und ich verließen das Vorzimmer von Nkomos Büro und gingen den Gang zum Lift entlang.

»Klassischer Anfängerfehler! Das war ja mit Ansage!«, spottete Tom.

»Was meinst du?«

»Die 250, die du noch extra bezahlt hast, ohne dass du es gemusst hättest.«, erläuterte mir Tom, während er den Fahrstuhl rief.

»Ich weiß! So eine Scheiße, oder? Das hätte ich schlauer anstellen können!«, sah ich meinen Fehler auch vor Tom ein, wobei ich aber aufgrund des positiven Ausgangs des Gesprächs fröhlich gestimmt war.

»Auf jeden Fall! Aber wenn sich Nkomo an die Abmachung hält, dann hat es sich wenigstens gelohnt. Hätte nicht gedacht, dass das diesmal mit dem Schmiergeld so gut funktioniert. Respekt!«, lobte mich Tom, als wir den Lift betraten.

»Mal abwarten, was wir dafür als Gegenleistung bekommen.«

»In drei Tagen wissen wir mehr. Was machen wir denn jetzt eigentlich? Ich hab etwas Hunger bekommen. Es ist ja auch schon… Moment… kurz vor halb neun.«, stellte Tom fest.

»Was hältst du von Fischmarkt?«

»Oh ja, das gönnen wir uns heute mal! Ich lade dich ein! Du hast schon genug bezahlt!«

»Das ist ein Wort! Aber was machen wir mit dem Auto? Wenn du es da abstellst, kannst du es genauso gut im Meer versenken. Das siehst du dann nicht wieder. Beim letzten Mal liefen so viele üble Typen davor rum, dass ich am liebsten wieder umgedreht wäre. Und die sind garantiert immer noch alle da und ganz scharf darauf, dein Auto zu bekommen.«

»Da hast du recht. Pass auf. Wir machen das so. Wir fahren zurück zu Maria, rufen uns ein Taxi und lassen das Auto bei ihr stehen. Dann können wir auch beide etwas trinken.«

»Und wie willst du dann heute Nacht vom Fischmarkt wieder zurückkommen? Du weißt doch, dass die Taxifahrer um die Uhrzeit nicht mehr kommen. Die machen hier doch alle spätestens um zehn Uhr Feierabend. Wenn du die Strecke zu Fuß gehen willst, können wir auch jetzt schon Selbstmord begehen. Die Strecke lauf ich nicht! Schon gar nicht betrunken!«, gab ich zu bedenken.

»Ich weiß, aber das ist kein Problem. Das habe ich letztens auch schon einmal gemacht.«, erklärte Tom, während wir den Passat bestiegen, der immer noch und ohne Strafmandat vor dem Polizeipräsidium parkte.

Wir fuhren wieder zurück zum »Santo Graciano Backpacker«, wo wir das Auto im Innenhof abstellten und danach Maria nach der Nummer eines vertrauenswürdigen Taxiunternehmens fragten. Sie gab uns eine Nummer und Tom kümmerte sich um die Bestellung des Taxis. Es kam bereits nach 20 Minuten.

»Zum Fischmarkt, bitte. Und keine Umwege, wir kennen uns hier aus.«, gab Tom dem Fahrer eine klare Anweisung.

Er war ein kleiner dunkelhäutiger Mann, der mit seinem Taxi scheinbar schon seit mindestens einem Jahrzehnt - eher mehr - unterwegs gewesen war. Tom und ich saßen beide hinten und wir schauten uns kurz an, weil wir bemerkten, dass es hier drin ziemlich müffelte. Eine Mischung aus irgendwo vor ein paar Tagen im Wagen verlorenem scharf gewürztem Fleisch, Schweiß und abgestandener Luft. Der Taxifahrer fuhr mit uns in die Rua Jose Craveirinha, die Straße, die genau zwischen Strand und Fischmarkt verlief und blieb mit laufendem Motor stehen.

»Können Sie uns heute Abend wieder zurück bringen?«

»Wann fahren?«, fragte der Taxisfahrer in gebrochenem Englisch.

»Vielleicht so um Mitternacht. Vielleicht früher, vielleicht später?«

»Ah. Nein. Ist zu spät. Ich Feierabend.«

»Und wenn Sie dafür ein bisschen was extra bekommen?«

»Was?«

»Mach´s einfacher Tom. Der versteht das sonst nicht.«, versuchte ich Tom zu helfen.

Tom holte eine 5-Dollar-Note aus der Hosentasche und zeigte sie dem Mann, der leuchtende Augen bekam. Tom zerriss sie vor seiner Nase in zwei Stücke, sodass der Taxifahrer erschrak und reflexartig zugreifen wollte, um den Schein zu retten. Tom gab ihm eine Hälfte.

»Die andere später. Wenn du wartest. Du bekommst fünf Dollar. Okay?«

»Fünf Dollar. Warten. Hier. Sie kommen, dann andere Hälfte. Okay!«, antwortete er freudestrahlend, da er üblicherweise auf dieser Strecke für Hin- und Rückfahrt maximal einen Dollar verdient hätte.

»Dein Name und deine Telefonnummer. Falls du wegfährst.«

»Ich Jesper. Hier meine Karte.«, stellte er sich kurz vor und gab uns seine Visitenkarte, auf der auch sein Gesicht abgebildet war.

Tom schrieb sich noch schnell die Taxinummer auf, die auf das Handschuhfach aufgeklebt war und dann verließen wir das Fahrzeug. Jesper fuhr den Wagen über die Gegenfahrbahn auf den Strand, stellte den Motor aus, öffnete die Tür und rief uns zu:

»Ich hier warten!«

»Okay, bis später!«

Wir gingen zum Eingang des Fischmarkts vor dem ein Haufen dunkler Gestalten stand, die uns entweder finster anschauten oder um Geld anbettelten. Das Einzige, was sie davon abhielt, uns zu überfallen, waren die Security-Leute, die am Eingang standen und aufpassten, dass diese Typen keine Dummheiten anstellten oder möglicherweise sogar in das Gelände des Fischmarktes hineinkommen würden. Wir schlängelten uns an den potenziellen Straßenräubern vorbei und gelangten in den Fischmarkt.

Der Fischmarkt von Maputo war ein großes, durch eine Mauer von der Straße abgetrenntes Areal, in dessen vorderem Bereich um die 40 bis 50 Fischstände angesiedelt waren, die dort frisch ihren Fang des Tages anboten. Da Maputo über einen riesigen Hafen und damit auch über eine nahezu endlose Zahl an kleinen Fischerbooten verfügte, war das Angebot hier nicht so begrenzt wie in Praia da Onda, wo in der Regel immer nur acht bis zehn Boote unterwegs waren. Hier bekam man alles. Nicht selten konnte man die noch lebenden Krebse sehen, die ihrem Verkäufer aus dem Korb gefallen waren und nun am Boden ihr Heil in der Flucht suchten. Hier gab es Fische in allen erdenklichen Farben und Formen, riesige Langusten, Hummer und Garnelen, so weit das Auge reichte. Ein Paradies für Fischliebhaber! Einer der wenigen Flecken in Maputo, die ich wirklich liebte! Wir schlenderten an den vielen kleinen Holzständen mit Plastikplanendächern vorbei und betrachteten die Auslagen. Obwohl es schon spät am Abend war, war das Angebot noch immer üppig. Wir fragten einige Händler im Vorbeigehen nach den Preisen für ihre Fische und verglichen sie mit anderen. Wir entschieden uns für ein Kilo Muscheln, zwei Calamari, zwei Krebse, zwei Langusten und ein Kilo Garnelen. Alles wurde in unterschiedliche Plastiktüten gepackt, die wir mitnahmen. Anschließend gingen wir in den hinteren Bereich des Fischmarktes. Dort gab es eine der besten Küchen des Landes. Wir gaben dem Kellner am Empfang unsere Tüten und nannten ihm die Reihenfolge, in der wir es serviert bekommen wollten. Ein weiterer Kellner führte uns zum Tisch und fragte nach unserem Getränkewunsch. Wir entschieden uns für ein »Windhoek Lager«, ein Bier, das man nur selten in Mosambik bekam. Tom und ich prosteten uns zu.

Nur kurze Zeit später kamen die gegrillten Calamari, gefolgt von den Muscheln, die in einer Boullion zubereitet waren und nun mit einer Vielzahl von Kräutern bestreut waren. Die Krebse wurden uns auf einem runden Holzteller mit einem gusseisernen Hämmerchen serviert, mit dem wir ihren Panzer zertrümmerten. Sie waren ein Gedicht. Ebenso wie die Langusten und Garnelen, die gemeinsam auf einer großen Platte gebracht wurden. Nach etwa drei Stunden waren wir mit dem Essen durch. Neben einem kleinen Rausch vom Bier hatten wir sicherlich auch noch einen leichten Eiweißschock von den ganzen Meeresfrüchten.

Mittlerweile hatte es sich merklich abgekühlt und der Wind blies vom Meer ins Land hinein und erreichte auch den Fischmarkt. Sandkörner umspielten unsere Füße, während wir einen letzten Longdrink nahmen. Dann platschten die ersten Tropfen auf die riesigen Sonnenschirme. Viele Besucher verließen hektisch ihre Plätze und brachen auf, um noch trockenen Fußes nach Hause zu kommen. Hoffentlich würde unser Taxifahrer wirklich auf uns warten. Aber Toms Fünf-Dollar-Angebot konnte er eigentlich nicht ausschlagen. Wir harrten noch ein wenig aus. Mein Bauch spannte bereits und ich wollte eigentlich nur noch ins Bett. Tom winkte den Kellner heran, verlangte die Rechnung und zahlte. Ich bedankte mich und wir liefen zum Ausgang des Fischmarktes, der immer noch von den Security-Leuten bewacht wurde. Der plötzliche Regen hatte jedoch dafür gesorgt, dass das Gesindel, das sich vor einigen Stunden noch davor aufgehalten hatte, das Weite gesucht hatte. Unser Taxi stand noch da. Jesper saß im Wagen und schlief. Zu seiner eigenen Sicherheit hatte er alle Knöpfe heruntergedrückt, sodass wir mehrfach heftig an die Scheibe klopfen mussten, damit er wach wurde und uns bemerkte.

»Entschuldigung! Ich schlafen!«, sagte er verlegen, als wir beide im Wagen saßen.

»Macht nichts. Hätten wir auch gemacht. Einmal nach Hause bitte.«, winkte Tom ab.

Jesper rieb sich einige Male mit den Fäusten in den Augen und versuchte die Schläfrigkeit zu verscheuchen.

»War Kwame Nkrumah, oder?«, fragte er als Rückversicherung für unseren Zielort.

»Genau.«, antwortete Tom knapp.

Für etwas Small Talk mit dem Taxifahrer waren wir beide zu geschafft. Außerdem wäre das bei Jespers schlechten Englischkenntnissen auch ein sehr mühsames Unterfangen gewesen. Vor dem Backpacker angekommen, stieg ich aus und klingelte zweimal. Dann stieg ich wieder zurück ins Taxi, denn ich wusste nicht, wie lange es dauern würde, bis Jacob das Tor öffnete. Ich wollte weder unnötig nass noch das Opfer eines zufälligen Überfalls hier in der dunklen Straße werden. Tom bezahlte in der Zwischenzeit Jesper mit der versprochenen anderen Hälfte des Geldscheins und legte noch zwei einzelne Dollarscheine als Dankeschön für die lange Wartezeit obendrauf.

»Können immer anrufen, wenn Taxi brauchen. Ich komme! Dankeschön!«, freute sich Jesper riesig über die noch höhere Entlohnung.

»Sag du mir noch mal, dass ich die Preise verderbe.«, flüsterte ich Tom ins Ohr, während wir noch im Auto auf Jacob warteten.

Dann sahen wir in der Dunkelheit eine Gestalt, die mit einer Taschenlampe durch den Regen huschte und nach draußen ins Taxi leuchtete. Es war Jacob, der überprüfte, ob hier ein Gast oder ein Einbrecher geklingelt hatte. Wir gingen schnellen Schrittes gemeinsam mit ihm ins Haus, wo wir uns noch einmal bei ihm für das Einlassen bedankten.

Tom und ich gingen hinauf in unser Zimmer. Ich zog meine Schuhe aus und legte mich aufs Bett, während Tom das Bad aufsuchte. Noch bevor er das Zimmer wieder betrat, war ich eingeschlafen. Das Letzte, was ich hörte, war das Prasseln der Regentropfen an den dünnen Fensterscheiben unseres Zimmers.

Kapitel 13

Donnerstag, 24.02.2011

Am nächsten Morgen wurde ich schmerzhaft von Toms Knie geweckt, dass er mir schlafend in den Rücken rammte. Ich jaulte kurz auf, wovon auch Tom aus dem Schlaf gerissen wurde.

»Was ist denn los?«, brummelte Tom noch sehr verschlafen.

Ich rieb mit der Hand über meinen Rücken.

»Du hast mir dein Knie in den Rücken gerammt! Das tut weh! Vor allem, wenn du nicht damit rechnest!«

»Soll ich es dir beim nächsten Mal vorher ankündigen?«, amüsierte sich Tom über mein Gejammer.

»Lass es lieber ganz bleiben. Ich will das auch nicht mit Vorankündigung.«

Nachdem der Schmerz langsam verschwand, schaute ich aus dem Fenster. Der Wind hatte sich gelegt und der Regen fiel schnurgerade nach unten, wie Millionen wässriger Bindfäden. Ich schaute auf mein Telefon und stellte fest, dass es schon kurz vor elf war, was ich auch gleich Tom mitteilte, der sich auf die Seite gerollt hatte und noch ein wenig döste.

»Na und. Was soll´s? Dann ist es halt schon um elf. Hast du heute noch irgendetwas Dringendes vor?«

»Nö. Es regnet eh wie aus Gießkannen. Wir können uns ruhig Zeit lassen. Weißt du, bis wann man hier frühstücken kann?«

»Keine Ahnung. Aber ich denke, dass die bestimmt bis um zwölf etwas da haben.«, antwortete Tom, noch immer im Halbschlaf.

Der Frühstücksraum lag im Erdgeschoss des Hauses und wir waren ganz offensichtlich die letzten Gäste. Er war nicht sehr groß und bestand im Wesentlichen aus neun Tischen mit Stühlen und einem Tresen, an dem man abends wohl auch noch einen Drink zu sich nehmen konnte. Jacob arbeitete scheinbar rum um die Uhr hier. Er kam aus der Tür hinter dem Tresen und begrüßte uns freundlich.

»Guten Morgen, Gentlemen! Haben Sie gut geschlafen?«

»Ja, bestens!«, antwortete ich.

»Wie ein Stein! Und danke nochmal für das Öffnen des Tores in der letzten Nacht!«, fügte Tom hinzu.

»Kein Problem! Das ist mein Job! Kann ich Ihnen noch etwas zum Frühstück bringen?«

»Gibt es denn noch etwas?«, fragte ich.

»Natürlich! Wir haben auch eine kleine Karte. Von der können Sie den ganzen Tag wählen. Wir machen das immer frisch. Hier, bitte schön! Möchten Sie schon einmal einen Kaffee oder einen Tee?«, fragte Jacob und reichte uns zwei Speisekarten.

»Danke. Kaffee, bitte.«, antwortete ich und nahm ihm die Karten ab.

»Und was machen wir heute den ganzen Tag hier?«, fragte Tom wie ein kleiner Junge, der bespaßt werden wollte.

»Keine Ahnung! Ich denke nicht, dass Maputo bei dem Wetter irgendetwas zu bieten hat, außer vielleicht einem Museumsbesuch.«

»Vergiss es! Dann bleib ich lieber hier. Nichts gegen Museen, aber so wie die hier immer eingerichtet sind, kann ich genauso gut auf den Wochenmarkt gehen. Wahrscheinlich haben die in den Museen die meisten ihrer angeblich antiken Exponate auch von den einheimischen Schnitzkünstlern und Steinmetzen. Das ist doch alles Humbug!«

»War doch nur ein Vorschlag. Wir müssen das ja nicht machen. Wir können erst mal was essen und dann überlegen wir weiter.«

»Von mir aus können wir auch gern ein wenig hier abhängen. Die ganze Fahrerei der letzten Tage war schon etwas anstrengend. Eigentlich wollte ich das nächste halbe Jahr Urlaub machen und stattdessen schleppst du mich auf diese Verbrecherjagd quer durchs ganze Land. Ich finde, ich habe mir eine kleine Pause verdient.«, rechtfertigte Tom seine Lustlosigkeit.

»Ist doch in Ordnung. Wir machen uns heute mal keinen Stress.«

Jacob brachte uns ein paar Minuten später wunderbare Tramezzini, die mit einigen Salatblättern und Tomaten am Tellerrand verziert waren. Obwohl Tom und ich gestern Abend auf dem Fischmarkt ordentlich zugeschlagen hatten, verspeisten wir sie mit großem Genuss. Nachdem wir fertig waren, nickte Tom mit dem Kopf in Richtung eines Regals, das hinter mir im Raum stand.

»Das könnte ich mir heute gut vorstellen. Darauf hätte ich Lust.«

Er ging zum Regal und zog zielstrebig einen kleinen ledernen Koffer hervor, den er auf den Boden stellte. Dann durchforstete er es nach weiteren Spielen, fand aber nur noch ein Kartenspiel.

»Ich hab heute Lust auf Glücksspiel! Wie sieht es bei dir aus? Backgammon und wenn du magst noch ein paar Runden Black Jack!«

»Klingt gut! Um Geld?«

»Macht es sonst Spaß?«, fragte Tom zurück.

Die nächsten Stunden vergingen wie im Flug. Tom schrieb auf einem Zettel die Gewinne und Verluste auf, sodass wir am Ende des Tages eine Gesamtsumme ausrechnen konnten. Zwischenzeitlich hörte es mal kurz auf zu regnen, jedoch nur für etwa eine halbe Stunde, sodass unser kurzfristig geschmiedeter Plan, vielleicht doch noch den Backpacker zu verlassen, keiner weiteren Erörterung mehr bedurfte. Am späteren Nachmittag bestellten wir bei Jacob einige Honigplätzchen zum Kaffee und machten eine kleine Pause. Tom rechnete währenddessen aus, wer wieviel an wen zu zahlen hatte und blickte mich nach einer Weile ein wenig erschrocken an.

»Wieso hast du nur immer so ein Glück? 322,- Dollar! Das ist unglaublich!«

»Das war deine Idee mit dem Backgammon! Ich kann nichts dafür, dass du Haus und Hof verspielst. Dafür lade ich dich heute Abend auch zum Essen ein. Ich hab ja jetzt genug verdient.«, schlug ich gönnerhaft vor.

»Das ist ja auch das Mindeste! Und morgen will ich eine Revanche!«, lachte Tom, der seinen Verlust wohl schon verschmerzt hatte.

»Wo sollen wir denn hin? Hunger hätte ich schon wieder. Die Tramezzini und die Honigplätzchen haben mich nicht wirklich satt gemacht.«, fragte ich ihn.

»Und außerdem ist es auch schon kurz nach sechs! Da können wir schon wieder einen Happen einwerfen, oder? Was hältst du von einer Pizza?«

»Kennst du einen guten Laden hier in Maputo?«

»Ich hab mal im letzten Jahr was bei »Caesars´ Pizza« gegessen. Das war echt lecker. Vielleicht gibt es die ja noch. Wir können mal Maria fragen.«

»Okay. Klingt gut. Pizza ist so ziemlich das Einzige, was die bei uns in Praia da Onda nicht so gut hinbekommen. Also warum nicht.«, antwortete ich.

Wir räumten die Spielsteine und Würfel in den Koffer und gingen nach vorn zur Rezeption. Maria saß wieder im Eingangsbereich und las eine Zeitschrift, während es sich der Jack Russell auf ihren Füßen gemütlich machte.

»Na, wer hat denn gewonnen? Sie haben ja den ganzen Tag gespielt!«, rief sie erfreut, als sie uns bemerkte.

»Der da.«, meinte Tom und deutete mit dem Daumen auf mich.

»Es hat ja auch den ganzen Tag geregnet. Was soll man da schon großartig unternehmen?«, sagte ich fast ein wenig entschuldigend.

»Vermutlich wird es die nächsten Tage nicht besser werden. Im Radio haben sie vorhin gesagt, dass sich das schlechte Wetter noch mindestens drei Tage hier hält.«, erklärte uns Maria mit einem bedauernden Blick.

»Na prima…«, seufzte ich.

Tom wählte die Nummer, die Maria ihm auf seine Nachfrage hin gegeben hatte und erkundigte sich, ob »Caesars´ Pizza« auch über einen Lieferservice verfügte. Nachdem dies positiv beantwortet war, gab er unsere Bestellung auf und nannte die Adresse, unter der wir zu finden waren.

»Dauert ungefähr eine Stunde.«, teilte Tom mir mit, nachdem er wieder aufgelegt hatte.

»Sollen wir solange noch eine Runde Black Jack spielen?«, fragte ich.

»Ich brauch erst einmal ein Bier. Das bekommen wir doch bestimmt bei Ihnen, Maria, oder?«

»Natürlich! Wollen Sie es hier trinken oder gehen Sie wieder rüber in den Frühstücksraum. Dort können Sie auch direkt Jacob Bescheid sagen.«

»Wir gehen wieder rüber, oder?«, fragte ich Tom.

»Ja, zurück ins Casino.«, lachte er.

»Ich sage Ihnen dann Bescheid, wenn Ihre Pizza da ist.«

»Das wäre schön. Vielen Dank.«

Wir gingen wieder zurück in den Frühstücksraum. Obwohl er keineswegs gemütlich war, hatten wir es uns in ihm im Laufe des Tages heimelig gemacht. Tom holte das Kartenspiel raus und wir nahmen wieder unsere alten Plätze ein. Ich bestellte in der Zwischenzeit zwei Bier bei Jacob. Tom mischte und übernahm in der ersten Runde die Bank beim Black Jack.

»Diesmal wird es teuer für dich!«, drohte er mir.

Leider behielt er, bis Maria uns sagte, dass der Pizzabote draußen wartete, recht. Ich verlor knapp 140,- Dollar an Tom, sodass seine Tagesbilanz schon wieder ein wenig besser aussah.

»Den Rest hole ich mir nach dem Essen zurück.«, freute er sich.

Ich bezahlte das Essen und brachte es in den Frühstücksraum, wo Tom bereits Geschirr und Besteck organisiert hatte. Wir aßen unser bestelltes Essen, das ganz in Ordnung war und spielten danach weiter. Sollte Maria mit ihrer Wetterprognose recht behalten, konnte es gut sein, dass wir auch den kommenden Tag hier verbringen würden.

Nach einem kleinen Absacker gingen in unser Zimmer und machten uns bettfertig. Mit einem Gedankengemisch, das sich um den Mord, Lisha und Gloria drehte, schlief ich ein.

Kapitel 14

Freitag, 25.02.2011

Geweckt wurde ich am nächsten Morgen vom Klingeln meines Telefons..

Ich meldete mich verschlafen und leicht genervt.

»Guten Morgen, Mr. Scherler. Hier ist Jinaki Kabeneki. Büro des Polizeipräsidenten Nkomo. Ich verbinde Sie.«

Noch bevor ich den Gruß erwidern konnte, knackte es in der Leitung und Nkomo meldete sich.

»Guten Morgen, Mr. Scherler. Es gibt Neuigkeiten.«, begrüßte mich Nkomo ohne die üblichen Höflichkeitsfloskeln und kam direkt zum Punkt.

»Guten Morgen, Mr. Nkomo.«

Noch bevor ich mich nach seinem Wohlbefinden oder nach dem Inhalt der Neuigkeiten erkundigen konnte, legte er schon los.

»Sie hatten recht! An der Sache ist etwas dran. Shongoene und seine Mitarbeiter sind bereits auf dem Weg nach Maputo. Meine Männer haben sie heute früh in Gewahrsam genommen und mich soeben angerufen.«, berichtete Nkomo.

»Aha. Und haben sie bereits etwas gestanden oder weshalb sind Sie sich so sicher, dass wir mit unseren Vermutungen recht hatten?«, fragte ich erstaunt, denn die Verbringung von Shongoene und seinen Mitarbeitern war ja nichts weiter als die Einhaltung des verabredeten Vorgehens.

»Nun, meine Männer haben sich auch im Büro Shongoenes umgesehen. Und ich bin wirklich erstaunt. Denn Sie hatten mit Ihrer Annahme, dass irgendetwas mit der Akte in der Mordsache nicht stimmen könnte, vollkommen recht!«

»Ach? Inwiefern?«, fragte ich erfreut zurück.

»Diese angeblichen Beweise, die gegen Ndlane bestehen, gibt es nicht. Meine Männer haben die Akten in dem Mordfall und auch der Brandstiftung gesichtet. Was denken Sie, was Sie gefunden haben?«

Ich zuckte mit den Schultern. Da Nkomo das aber am Telefon nicht sehen konnte, antwortete ich:

»Keine Ahnung. Verraten Sie´s mir.«

»Nichts!«

»Wie? Nichts.«, fragte ich begriffsstutzig nach.

»Ganz einfach. Nichts. Die Akten waren vollkommen leer. Absolut leer. Es stand nur der Name des Geschädigten, einmal dieser Usumbe und bei der Brandstiftung Sie sowie das Datum der jeweiligen Tat auf dem Aktendeckel. Drinnen war in beiden Fällen nur ein kleiner Vermerk auf einem Zettel: ›Täter gefasst. Eduardo Ndlane. Beweislage eindeutig. Geständnis liegt vor.‹«

»Und sonst nichts?«

»Überhaupt nichts. Keine Ermittlungsergebnisse, keine Daten aus der Spurensicherung, keine Beweissicherung. Gar nichts. Bei dem Mord an Usumbe fehlte sogar der pathologische Bericht der Gerichtsmedizin! Auf so einer Grundlage kann man keine Verhaftung durchführen. Das ist irregulär!«

»Na, das ist doch sehr erfreulich!«

»Ich kann verstehen, dass Sie das sehr erfreulich finden. Ich hingegen finde das sehr bedenklich, wenn ich sehe, wie meine Kollegen in den Provinzen arbeiten. Das wirft kein gutes Bild auf den Polizeidienst! Wenn sich solche Fälle häufen und sich das herumspricht, dann rollen Köpfe. Nicht nur auf den Dörfern, sondern auch auf den Führungsebenen. Und das wollen wir nicht!«

»Und das heißt?«, fragte ich unsicher, weil ich einen Moment lang befürchtete, dass er aus diesem Grund die Angelegenheit unter den Teppich kehren wollte.

»Das heißt, dass wir mit aller Härte gegen solche Zustände vorgehen müssen. Der Austausch der Besetzung der Polizeistation in Inhassoro wurde schon veranlasst. Und Shongoene wird morgen bei uns im Gefängnis vernommen. Das wird sicherlich nicht angenehm für ihn! Wir dürfen solche Verhältnisse nicht dulden!«, regte Nkomo sich auf.

»Das ist gut!«, bekräftigte ich und atmete erleichtert aus.

»In Ordnung. Das wollte ich Ihnen nur mitteilen. Ich muss wieder zurück an die Arbeit. Sollten meine Männer noch heute Abend mit Shongoene ankommen, melde ich umgehend bei Ihnen, um Ihnen den Termin für die morgige Vernehmung mitzuteilen. Falls sie wegen des starken Regens erst morgen ankommen sollten, melde ich mich entsprechend später. Im Übrigen werde ich veranlassen, dass die Vernehmung von Ndlane in Inhambane bis auf Weiteres gestoppt wird. Das wäre ja unter Umständen unnötig. Wir warten erst einmal ab, was Shongoene hier in Maputo vorzutragen hat. Einen schönen Tag noch!«

»Auf Wiedersehen und vielen…«, erwiderte ich und kam erneut nicht bis zum Ende, da Nkomo bereits aufgelegt hatte.

Tom hatte sich auf die Seite gedreht und beobachtete mich mit verschlafenen Augen wie ein mein Telefon wieder ausschaltete.

»Und? Erzähle!«

»Glückwunsch, mein Lieber! Wir hatten ein gutes Näschen! Es scheint so, als hätte Shongoene im Mordfall und der Brandstiftung überhaupt nicht ermittelt, sondern sich einfach nur Ndlane als Sündenbock gesucht. Es gab wohl überhaupt keine Ermittlungsergebnisse oder Beweise in den Akten. Die waren komplett leer!«

»Krass! Und jetzt?«

»… ist Shongoene mit Nkomos Männern auf dem Weg nach Maputo und wird, wenn alles gut läuft, morgen verhört.«

»Und Ndlane?«

»Bei dem wird das Verhör erst einmal eingestellt. Wenn die hier so verhören, wie ich mir das vorstelle, dann bin ich froh, dass Nkomo sich direkt darum gekümmert hat, nachdem die Nachricht von den Missständen bei den Ermittlungsakten bekannt war.«

»Sehr schön. Na, dann warten wir mal ab, was morgen bei dem Verhör herauskommt.«, sagte Tom und drehte sich wieder auf die andere Seite.

Draußen regnete es immer noch in Strömen. Im Moment konnten wir nichts weiter unternehmen als abzuwarten, dass

Shongoene verhört wurde. Da wir heute außer Backgammon und Black Jack nichts weiter vorhaben würden, entschied ich mich wie Tom dafür, noch eine Runde zu schlafen. Leider klappte es bei mir nicht so gut wie bei dem, der bereits nach wenigen Augenblicken wieder schnarchend neben mir lag. Ich war zu aufgekratzt. Da ich Tom aber nicht unnötig wecken wollte, blieb ich im Bett liegen, starrte an die Decke und überlegte, in welcher Weise das Verhör morgen wohl durchgeführt werden würde. Irgendwann um kurz nach elf wachte auch Tom endlich auf. Ich drehte meinen Kopf in seine Richtung und begrüßte ihn freundlich:

»Guten Morgen! Na, hast du noch einmal gut geschlafen?«

»Ja! Das tat gut! Aber ´ne coole Nachricht von Nkomo, was? Der Tag fängt gut an!«, sagte er und streckte sich mit einem Lächeln im Gesicht.

Wir standen auf und machten uns frisch. Wie am Tag zuvor entschieden wir uns wieder für ein Frühstück im Backpacker, wobei sich Tom diesmal auf dem Weg zu „unserem" Tisch im Vorbeigehen gleich den Backgammon-Koffer aus dem Regal schnappte und ihn und mich siegessicher anstrahlte. Wir bestellten bei Jacob zwei Omelettes mit einer Zwiebel-, Tomaten-, Käse- und Baconfüllung. Kaum hatten wir aufgegessen, bereitete Tom auch schon das Spielfeld vor und fragte:

»Gleiche Einsätze wie gestern oder willst du erhöhen?«

»Nee, das von gestern reicht schon. Du hast doch den ganzen Tag Zeit, um deine Verluste von gestern wieder zurückzugewinnen.«

Mit einigen kurzen Unterbrechungen spielten wir bis kurz nach vier und wechselten dann zu Black Jack, da sich in den vergangenen Stunden kein wirklicher Sieger herauskristallisieren konnte. Tom lag mit 22,- Dollar, die er bisher gewonnen hatte, in Führung. Für fast vier Stunden Spielzeit war dies jedoch ein magerer Gewinn. Beim Black Jack hatte er anfänglich auch die Nase vorn, das Blatt schien sich aber mit Hereinbrechen des Abends zu meinen Gunsten zu wandeln und ich lag mit 61,- Dollar Gewinn vorn, als mein Telefon gegen halb sieben wieder klingelte. Ich ging ran. Es war wieder die Vorzimmerdame Jinaki Kabeneki, die mich umgehend mit Nkomo verband.

»Guten Abend, Mr. Nkomo!«

»Guten Abend, Mr. Scherler! Hatten Sie einen angenehmen Tag?«, erkundigte sich Nkomo, der scheinbar am Ende des Arbeitstages zu seinen höflichen Umgangsformen wiedergefunden hatte.

»Ja, danke der Nachfrage. Wir haben das schlechte Wetter genutzt und einen Spielenachmittag in unserer Unterkunft veranstaltet. Und Sie?«

Nkomo machte eine kurze Pause.

»Spielenachmittag? Ich dachte, Sie wären erwachsene Männer.«, reagierte er etwas barsch.

Bevor ich ihm sagen konnte, dass es sich dabei um Backgammon und Black Jack und nicht um Seilhüpfen oder „Mensch ärgere dich nicht“ handelte, fuhr er fort.

»Wie dem auch sei. Es ist ja nicht meine Zeit. Bei mir war es heute wie immer. Viel zu tun. Es gab wieder einige Proteste und kleinere Unruhen wegen der Brotpreiserhöhungen. Darum mussten wir uns kümmern.«

»Das ist wirklich eine unschöne Sache mit der Verteuerung des Brotpreises. Das bringt hier viele ans finanzielle Limit.«

»Das mag ja sein. Aber ich habe das nicht entschieden. Wir als Polizei können das nur ausbaden und die Wogen glätten, die durch diese politischen Entscheidungen entstanden sind. Das ist unsere Aufgabe. Auch wenn sie nicht angenehm ist. Aber das ist nicht das Thema. Ich wollte Ihnen nur kurz mitteilen, dass Shongoene soeben in Maputo angekommen ist.«

»Sehr schön. Gab es Komplikationen bei der Überführung?«

»Nein. Nichts. Er und seine Mitarbeiter haben sich ruhig verhalten. Warum sollten sie das Ganze auch noch schlimmer machen? Haben Sie etwas zu schreiben parat?«

»Ja.«, antwortete ich und zog den Block, auf dem Tom die Ergebnisse des Nachmittags festgehalten hatte sowie seinen Stift zu mir herüber.

»Wir werden Shongoene morgen früh ab 7:00 Uhr mit einigen Pausen für das Verhör vorbereiten. Wenn Sie um 11:00 Uhr kommen, sollten wir soweit sein, dass er zu reden anfängt. Das Verhör findet im Gefängnis in der Avenida Martires de Inhaminga Ecke Rua da Mesquita statt. Also nicht in dem Gebäude, in dem wir uns vorgestern getroffen haben. Avenida Martires de Inhaminga Ecke Rua da Mesquita. Haben Sie das? Um 11:00 Uhr.«

»Ja. Verstanden. Ich hab´s aufgeschrieben.«

»Gut. Kommen Sie etwas früher und melden Sie sich beim Einlass. Sagen Sie, dass Sie auf mein Geheiß hin gekommen sind und dass Sie in den Verhörraum Nr. 11 gebracht werden wollen. Denken Sie daran, dass Sie am Eingang Ihre Pässe, Telefone und, falls Sie so etwas dabei haben, auch Ihre Kameras abgeben müssen. Das Übliche.«

»Natürlich. Kein Problem.«

»Gut. Dann haben wir soweit alles geklärt. Wir sehen uns morgen. Ich wünsche Ihnen noch einen schönen Abend.«

»Danke. Ihnen auch. Bis morgen.«

Ich legte auf und berichtete Tom von dem Gespräch und unserem morgigen Termin.

»Mich würde ja mal interessieren, wie so eine „Vorbereitung" auf ein Verhör aussieht.«, merkte Tom an.

»Mich auch. Ob es das ist, was wir gerade denken?«

»Du meinst, ob der Gefangene vorher im wahrsten Sinne des Wortes weichgeklopft wird?«

»Genau.«

»Ich denke schon Wenn man allein darüber nachdenkt, dass es hier in Maputo sicherlich nicht so häufige Stromausfälle gibt wie in Inhassoro, dann eröffnen sich für die Behörden doch ganz andere Perspektiven.«, lachte Tom kurz auf und schwieg dann verlegen.

»Du meinst, die drohen und schlagen nicht nur, sondern foltern auch noch?«

»Du hast heute deinen naiven Tag, oder? Na klar machen die das! Du musst doch einfach nur mal ins Internet gehen. Da findest du genug Einträge über Misshandlungen und Folterungen durch die mosambikanischen Behörden. Wobei es allerdings schon besser geworden ist, im Vergleich dazu wie es noch vor ein paar Jahren war.«

»Uh, da kann man ja nur hoffen, dass Shongoene schnell geständig ist. Aber geht das denn überhaupt? Wenn du gefoltert wirst, dann hinterlässt das doch auch Spuren. Wenn sich diese Leute dann einen Anwalt nehmen...«

»Ich glaube, ich spendier dir gleich erst einmal ein Bier, Jan. Du musst deinen Pegel wieder ein bisschen nach oben schrauben. Du verlierst ja völlig deinen Realitätssinn! Zum Einen wird es hier wohl in der Regel kaum einen Beschuldigten geben, der sich einen Anwalt leisten kann. Die meisten werden dann sicherlich auch unter der Folter gestehen und erst einmal für einige Zeit eingesperrt. Wenn die dann wieder rauskommen, werden die sich sicherlich nicht gleich noch einmal mit dem Staat anlegen und auf Schadensersatz verklagen. Hab ich hier in Mosambik jedenfalls noch nie etwas von gehört. Und außerdem gibt es auch Möglichkeiten zu foltern, ohne dass du hinterher beweisbare Spuren hinterlässt.«

»Du kennst dich da wohl aus?«

»Hey Mann, ich war im Irak! Da bekommt man am Rande schon so einiges mit, auch wenn das meiste nur Gerüchte sind.«

»Zum Beispiel?«, fragte ich interessiert.

»Naja, die Sache mit dem Waterboarding dürftest du sicherlich aus der Presse kennen. Das schaffen die hier auch, weil man dafür nur sehr primitive Gegenstände wie einen Lappen, eine Schöpfkelle und etwas Wasser benötigt. Mit Strom lässt sich aber schon wesentlich mehr anfangen. Such dir ein paar empfindliche Stellen raus und schon singen die meisten schneller als du dir das vorstellen kannst.«

Tom klärte mich noch über einige der Verhörmethoden auf, von denen er während seiner Zeit bei der Armee gehört hatte. Obwohl er nur wenige Details ausließ, verdarb uns dies nicht den Appetit. Nach einer Pizza von Caesars´ gingen etwas eher und mit weniger Alkohol ins Bett, da wir für den kommenden Tag fit und ausgeschlafen sein wollten. Sollten wir einige wichtige Details übersehen, nur weil wir es am Abend zuvor übertrieben hatten, würden wir es hinterher sicherlich bereuen. Beim Zubettgehen überlegte ich mir, ob Shongoene tatsächlich gefoltert werden würde, wie Tom es vermutet hatte. Die Vorstellung von diversen Foltermethoden, die an ihm ausprobiert würden, verfolgten mich bis in den Schlaf.

Kapitel 15

Samstag, 26.02.2011

Tom und ich hatten beide den Wecker an unseren Telefonen gestellt, damit wir ganz sicher nicht verschlafen würden. Interessanterweise waren wir beide schon vor dem Klingeln wach.

»Also mit Alkohol habe ich einen besseren Schlaf.«, stellte Tom fest, als er direkt nach dem ersten Klingeln den Wecker ausstellte.

»Dann hast du wahrscheinlich ein Problem. Guten Morgen.«, antwortete ich.

»Kann schon sein. Aber hier stört das niemanden.«

»Naja, um ehrlich zu sein… Ohne Alkohol schnarchst du weniger. Also stört es mich doch irgendwie.«

»Damit musst du klar kommen. Deine nächtlichen Blähungen sind auch nicht viel besser.«

»Na gut. Dann belassen wir es dabei. Willst du erst duschen gehen?«

»Nö, mach du ruhig. Ich bleib noch ein bisschen liegen.«

Ich stand auf, machte mich frisch und zog mich an, nachdem auch Tom im Bad verschwunden war. Ein Blick nach draußen und das ständige Rauschen verrieten mir, dass der Regen immer noch nicht aufgehört hatte. Darum entschied ich mich für eine von Toms langen Hosen, festes Schuhwerk und eine dünne Jacke. Tom hatte sich bereits im Bad umgezogen und sich für ein ähnliches Outfit entschieden.

Wir gingen wieder in den Frühstücksraum, in dem im Gegensatz zu den letzten beiden Tagen noch andere Gäste aßen. Vermutlich hätten wir auch an den vorigen Tagen welche gesehen, wenn wir etwas früher aufgestanden wären. »Unser« Tisch war leider schon besetzt, sodass wir auf einen Platz in der Nähe des Tresens ausweichen mussten. Jacob begrüßte uns mit einem Handzeichen und schwenkte eine Kanne Kaffee. Wir nickten beide. Kurze Zeit später kam er mit zwei Kaffeebechern an den Tisch. Tom bestellte ein »Traditional English Breakfast« und ich nahm wieder das Omelette.

»Guten Morgen, Mr. Scherler, guten Morgen, Mr. Randall! Sie sind ja schon sehr früh wach heute. Gibt es dafür einen Grund?«, fragte Maria mit einem leicht amüsierten Unterton in der Stimme, als wir sie nach dem Frühstück an der Rezeption aufsuchten.

»Ja, ja, ich weiß, die letzten beiden Tage waren wir nicht gerade die Ersten im Frühstücksraum. Aber heute haben wir einen Termin und wir würden gern wissen, ob Sie uns helfen können. Wir haben nämlich keine Ahnung, wo wir hin müssen.«, räumte ich unser Langschläfertum der letzten Tage ein.

»Dann schießen Sie mal los. Wo soll es denn hingehen?«, fragte Sie, während Sie bereits Ihren Stadtplan hervorholte.

»Wir müssen in die Avenida Martires de Inhaminga Ecke Rua da Mesquita. Dort ist das…«

»… Gefängnis!«, führte Maria meinen Satz fort und zuckte zusammen, als sie die beiden Straßennamen hörte.

Sie schaute uns erschrocken an.

»Was wollen Sie denn dort?«, fragte sie entsetzt.

»Wir haben dort einen weiteren Termin mit dem Polizeipräsidenten.«, führte ich kurz aus.

»Heilige Madonna! Passen Sie bloß gut auf sich auf. Dort drin soll es sehr, sehr schlimm zugehen. Es sollen bis zu zwanzig Leute in einer Zelle sitzen und Misshandlungen von Gefangenen sind scheinbar auch an der Tagesordnung. Das ist ein gottloser Ort! Seien Sie vorsichtig, wenn Sie dort drinnen sind!«

»Keine Sorge. Wir sind dort nur auf Einladung des Polizeipräsidenten, um bei der Aufklärung einer Straftat mitzuwirken. Mehr nicht. Sie werden uns ganz bestimmt heute Abend wiedersehen.«, versuchte ich Maria zu beruhigen.

»Das hoffe ich für Sie. Passen Sie aber trotzdem auf sich auf!«

»Das machen wir. Könnten Sie uns aber trotzdem noch kurz den Weg erklären?«, fragteTom dazwischen, um endlich die Wegbeschreibung zu erhalten.

Maria erklärte uns auf der Karte, wie wir fahren mussten. Es war nicht ganz so einfach wie der Weg bis zum Polizeipräsidium und auch etwas weiter. Maria rechnete bei dem Verkehr um diese Uhrzeit mit etwa einer halben Stunde Fahrtzeit.

»Dann sollten wir aber auch so langsam losfahren. Soviel Zeit haben wir auch nicht mehr, wenn wir etwas früher an der Pforte sein sollen.«, drängelte Tom.

»Ach komm, du hast doch extra einen schnellen Wagen gemietet. Jetzt kannst du zeigen, was der so alles drauf hat!«

»Ja, dann wollen wir mal Gas geben. Könnten Sie bitte noch Jacob Bescheid sagen, dass er uns das Tor öffnet?«

»Wenn Sie in Eile sind, kann ich das auch machen. Jacob ist gerade noch im Frühstücksraum. Warten Sie kurz. Hier ist sie ja.«, antwortete Maria und holte die zweite Fernbedienung für das Tor aus einem Fach unter dem Rezeptionstresen hervor.

Sie ging schnellen Schrittes vor und winkte uns noch einmal zu, als wir im Auto saßen:

»Alles Gute! Und kommen Sie gesund zurück!«

Wir winkten zurück und fuhren aus der Einfahrt auf die Straße.

»Dieser Knast scheint ja schon berüchtigt zu sein! Maria ist ja richtig der Schreck in die Glieder gefahren, als sie gehört hat, wo wir hinfahren wollen.«, wunderte sich Tom.

»Die scheinen hier nicht zimperlich zu sein, was die Gefangenen angeht. Ich kann mir gut vorstellen, dass da etwas Wahres an diesen Gerüchten dran ist.«

Tom fuhr die von Maria beschriebene Strecke entlang. Auf den wenigen Straßenabschnitten, die nicht so sehr befahren waren, gab er richtig Gas und holte auf diese Weise die Zeit wieder auf, die wir im Stop-and-Go-Verkehr verloren hatten. Gegen 10:50 Uhr kamen wir an unserem Zielort an. Es war ein wenig auffälliges Gebäude mit einer weiß-grauen Fassade. Trotz der durch den Regen verursachten tristen Atmosphäre vermittelte das Gebäude von außen nicht den Eindruck, den wir aus

Marias Erzählungen vermutet hatten. Man sah ihm den Zweck seines Daseins nicht an. Eben so gut hätte es ein Bürogebäude sein können, denn es waren von der Straße weder vergitterte Fenster noch sonstige Sicherheitseinrichtungen zu erkennen.

»Bist du sicher, dass wir hier richtig sind?«, erkundigte sich Tom deshalb auch ein wenig verunsichert.

»Wenn die Karte noch stimmt, dann müssten wir hier an der Avenida Martires de Inhaminga Ecke Rua da Mesquita sein. Wir sind genau nach Marias Wegbeschreibung gefahren. Ich hab die ganze Zeit aufgepasst. Park doch einfach mal da vorne vor dem Eingang.«, sagte ich zu Tom und deutete auf einen freien Parkplatz.

»Da, schau!«, rief ich noch während Tom den Wagen in die Parklücke bugsierte.

»Was denn?«, fragte Tom, der gerade durch die Rückscheibe blickte, um das hinter uns stehende Auto nicht zu rammen.

»Da steht etwas von Prisão. Das klingt doch wie „Prison" oder?«

Tom hatte in Wagen in der Nähe des Eingangs geparkt, sodass wir nur wenige Meter laufen mussten. Noch immer vermittelte das Gebäude nicht den Eindruck eines Gefängnisses. Wir gingen hinein und standen nach drei Schritten vor einer Glaskabine, in der der Pförtner saß. Er saß auf einem Drehstuhl und schaute auf einen von mehreren Monitoren, die in seinem Glaskasten aufgestellt waren. Dann sah er uns an. Ich suchte nach einer Öffnung im Glas, durch die ich hätte hindurch sprechen können, fand aber keine. Der Pförtner deutete mit dem Finger auf eine kleine Sprechanlage. Ich begrüßte ihn auf Englisch, als Antwort bekam ich aber nur ein unverständliches Gekrächze, aus dem ich einige portugiesische Wortfetzen aufschnappte. Wenn mich der Pförtner genauso gut verstehen konnte wie ich ihn, würden wir wahrscheinlich niemals zum Vernehmungsraum gelangen. Ich muss ein wenig hilflos ausgesehen haben, sodass Tom dazu kam und in die Sprechanlage sagte:

»Sr. Nkomo! Sr. Scherler e Sr. Randall!«

Dabei zeigte er abwechselnd auf ihn und mich und symbolisierte mit seinen Fingern die Zahl „Elf" für die Uhrzeit. Der Pförtner nickte und schaute in ein großes Buch, das vor ihm lag. Er schaute wieder hoch, grinste uns an und reckte einen Daumen in die Höhe.

»Warum umständlich, wenn es auch einfach geht?«, meinte Tom und lächelte mich spöttisch an.

»Ja, sehr souverän!«, bestätigte ich ihn und klopfte ihm übertrieben lobend auf die Schulter.

Der Pförtner nahm den Telefonhörer in seiner Kabine ab und sprach etwas hinein. Nachdem er wieder aufgelegt hatte, sagte er in die Sprechanlage:

»Passaporte e telefone por favor.«

»Das hab ich jetzt auch verstanden.«, sagte ich zu Tom.

Wir holten unsere Pässe und die Mobiltelefone aus unseren Taschen und gaben sie dem Pförtner durch einen kleinen Schlitz in der Scheibe, den er nun geöffnet hatte.

»Um momento.«

»Obrigado.«, bedankte sich Tom und lächelte zurück.

Eine Minute später kam ein weiterer Wachmann. Er öffnete die Tür, die sich am hinteren Ende des Eingangsbereichs befand.

»Bom dia!«, begrüßte er uns.

»Guten Tag.«, begrüßten auch wir ihn.

Auch dieser Wachmann konnte offensichtlich kein Englisch, denn ab jetzt geleitete er uns mit Handzeichen durch das Gebäude und sagte kein Wort mehr. Aber wenigstens lächelte er freundlich. Wir folgten ihm durch die Gänge. Selbst von innen sah der Bau nicht wie ein Gefängnis aus, sondern glich eher einer Schule oder einer Verwaltungsbehörde. Nach etwa 25 Metern kamen wir an eine Treppe, die sowohl nach oben als auch nach unten führte. Vor ihr war eine Sicherheitstür, die der Wachmann mit einem Schlüssel seines großen Schlüsselbundes aufschloss. Er zog die Tür hinter uns wieder zu, schloss ab und geleitete uns nach unten. Das Licht im Treppenhaus wurde dunkler. Waren sowohl der Gang als auch die Treppe nach oben durch lange Neonröhren an den Decken gut beleuchtet, wurde das Licht, je weiter wir nach unten gingen, immer diffuser. Die Atmosphäre wurde zunehmend unfreundlicher. Mich überkam das gleiche Gefühl, das ich früher als Kind hatte, wenn ich auf dem Jahrmarkt von der hell erleuchteten Straße die ersten Schritte in die dunkle Geisterbahn hinein machte. Auch dort fand ich es unbehaglich und ich wusste nicht, was mich erwartete. Wir gingen noch zwei weitere Etagen nach unten, sodass wir uns nunmehr im vierten Untergeschoss befanden. Da kein Tageslicht durch Fenster nach innen fallen und die Räume aufheizen konnte, war es hier richtig kühl. Auf beiden Seiten des Flures befanden sich Türen aus massivem Holz mit einem riesigen Sicherheitsschloss sowie einem kleinen Guckloch in der Mitte. Der Boden, auf dem wir liefen, war leicht feucht und es roch ein bisschen modrig, wie in einem alten Keller. Entgegen den bisherigen Gefängniserfahrungen, die ich in meiner Zeit als Anwalt in Deutschland, Südafrika und Namibia gemacht hatte, war es hier unten komplett still. Sonst waren immer die Rufe lärmender Gefangener zu hören, die durch das Gebäude schallten. Hier unten aber war alles totenstill. Das Einzige, was wir hörten, waren unsere Schritte auf dem feuchten Boden. Der Wachmann führte uns bis zur Zelle Nr. 11 und schloss sie auf. Er blieb draußen stehen, ließ uns eintreten und verschloss die Tür wieder von außen. Wir konnten nur eine Glühbirne, die von einem Drahtgestell umschlossen war, an der Decke erkennen. Eine andere Lichtquelle oder überhaupt irgendwelche weiteren Gegenstände, außer einer in die Steinmauer eingelassenen Tür auf der anderen Seite des Raums, konnten wir nicht sehen. Tom und mich beschlich ein ungutes Gefühl. Waren wir nun allein hier drin? Wollte uns Nkomo nur aus dem Weg schaffen und hier für immer einkerkern? Zum Glück trat er einen kurzen Moment später aus einer Ecke des dunklen Raumes an uns heran.

»Einen wunderschönen guten Tag, die Herren! Wie geht es Ihnen? Haben Sie das Gefängnis gut gefunden?«, erkundigte sich Nkomo beinhahe fröhlich.

Wir waren erleichtert. Wenn Nkomo hier mit uns im Raum war, waren unsere kurzzeitigen Befürchtungen sicherlich umsonst.

»Ah, Mr. Nkomo! Schön, Sie zu sehen! Wir haben den Weg gut gefunden und sind fit und ausgeschlafen für das Verhör! Ihnen geht es auch gut?«, erwiderte ich Nkomos Frage.

»Ja, bestens! Die kleineren Unruhen, von denen ich Ihnen am Telefon erzählt hatte, haben wir in den Griff bekommen. Endlich. Das scheint heute ein etwas ruhigerer Tag zu werden.«

»Das klingt doch gut. Sagen Sie, Mr. Nkomo, wir sind ja von Ihrem Mitarbeiter durch das Gebäude geführt worden. Wir haben aber bis auf diesen Kellerraum gar keine gesicherten Türen gesehen. Sind Ihre Gefangenen so brav, dass sie nicht ausbrechen wollen und in ganz normalen Räumen untergebracht werden können oder haben wir die Zellen einfach übersehen?«, versuchte ich ein kleines Gespräch zur Einstimmung zu beginnen.

Nkomo musste lachen. Da sich meine Augen mittlerweile an das Halbdunkel im Raum gewöhnt hatten, konnte ich dabei Nkomos weiße Zähne genau erkennen.

»Ha, ha, das ist gut! Nein. Sie wurden nur durch den Verwaltungstrakt geführt. Wenn Sie im Erdgeschoss in ein Zimmer mit Blickrichtung auf den Innenhof gegangen wären, hätten Sie das Gefängnis sehen können. Dort finden Sie auch die klassischen vergitterten Fenster. Das kennen Sie bestimmt aus dem Fernsehen. Oder waren Sie schon mal in einem Gefängnis?«

Tom schüttelte den Kopf.

»Ich war schon einige Male im Gefängnis. Aber immer nur im Rahmen meiner Arbeit als Rechtsanwalt. Das bleibt ja nicht aus, dass man den einen oder anderen Mandanten auch mal in solchen Situationen vertreten muss.«

»Da haben Sie recht! Waren Sie auch schon einmal hier in Mosambik im Gefängnis?«

»Nein, bislang noch nicht. Das ist auch für mich eine Premiere. Bisher kenne ich nur Anstalten in Deutschland, Südafrika und Namibia.«

»Dann werden Sie heute um eine Erfahrung reicher. Wobei ich natürlich einschränkend sagen muss, dass Sie den Gefängnistrakt nicht betreten werden, sondern nur mit im Verhörraum anwesend sein werden. Der liegt nämlich hinter dieser Tür.«, erklärte uns Nkomo und deutete auf die Tür in der Steinmauer, die wir bereits entdeckt hatten.

»Aha! Ist Shongoene denn schon hier? Haben Sie bereits mit dem Verhör angefangen?«, fragte ich ein wenig ungeduldig.

»Ja, er ist schon hier. Und wir haben bereits einige kleinere Vorbefragungen durchgeführt. Zum wesentlichen Teil des Verhörs sind wir aber noch nicht gekommen. Haben Sie beide schon einmal an einem Verhör teilgenommen?«

Tom schüttelte wieder den Kopf.

»Doch, doch, sehr häufig. Der Ablauf dürfte mir geläufig sein.«

»Das weiß ich nicht. Ich habe keine Ahnung, wie unsere Kollegen in anderen Ländern das machen. Wir haben hier unsere Methode. Ich wollte Sie nur vorwarnen. Das Verhör wird von einem speziell geschulten Beamten durchgeführt, der auch die Fragen stellt. Wenn Sie eine Frage haben oder eine wichtige Anmerkung machen wollen, sagen Sie es bitte erst mir und unterbrechen Sie ihn nicht. Ich stehe die ganze Zeit direkt neben Ihnen und werde die Frage dann weitergeben. Soweit klar?«

»Kein Problem. Daran können wir uns halten.«

»Klar.«, gab auch Tom zu verstehen, dass er alles verstanden hatte.

»Gut, dann können wir hinein.«

Wir betraten den Verhörraum. Nkomo schloss die Tür wieder hinter uns. Wir schauten uns um und erschraken. Hier sah es aus wie in einem Horrorfilm. An der Decke hing eine ähnliche Glühbirnenkonstruktion wie im Vorraum. Da sie aber noch mehr verstaubt war, gab sie noch weniger Licht ab, sodass sich unsere Augen noch ein weiteres Mal an das Dunkel im Raum gewöhnen mussten. Die Wände waren aus aufgerautem Stein und trist. Der Boden war auch hier ziemlich feucht und bestand ebenfalls aus Stein. Ein Kellerfenster oder eine andere natürliche Lichtquelle gab es hier unten nicht. Der Raum war überraschenderweise sehr groß, vielleicht $50m^2$. An der hinteren Wand standen zwei Tische, auf denen irgendetwas lag. Daneben war noch ein gitterartiges Gestell an der Wand angebracht. Auf der rechten Seite waren jeweils zwei Paare metallene Fuß- und Handfesseln in die Wand eingelassen. In der Mitte des Kellers saß Shongoene auf einem Stuhl. Sein Kopf lag auf der Brust. Wir erkannten ihn an seiner fettleibigen Figur, die jetzt noch mehr zur Geltung kam, denn als einziges Bekleidungsstück hatte man ihm nur seine weiße Unterhose gelassen. Seine Hände waren mit zwei Handschellen auf jeder Seite des Stuhls festgemacht. Sein Bauch und seine Brust waren dreckverschmiert. Vermutlich hatten sie Kontakt mit dem Kellerboden gehabt.

Wir erkannten sofort, dass die vorangegangene Vorbereitung zur Befragung nicht ohne körperliche Schmerzen bei Shongoene durchgeführt wurde, denn sie hatte ihre Spuren hinterlassen. Er hatte einen Cut am oberen Bereich seiner Stirn. Verkrustetes Blut war auf seinem Gesicht und auf seiner Glatze verteilt. Schlimmer sah jedoch sein linkes Ohr aus. Auch dieses war blutüberströmt und es machte den Eindruck, als hätte jemand versucht, es ihm abzuschneiden. Ansonsten konnten wir in dem dunklen Raum keine weiteren Verletzungen an Shongoenes Körper erkennen. Hinter ihm stand der Beamte, der das Verhör durchführen würde und es wahrscheinlich auch vorbereitet hatte. Er nickte grüßend in unsere Richtung als er uns entdeckte. Wir nickten nur sehr leicht zurück, da wir von dem Anblick im Keller geschockt waren. Das war wirklich eine Folterkammer und die Gegenstände, die auf dem Tisch lagen und die wir nicht erkennen konnten, gehörten sicherlich zu ihrer Ausrüstung. So schlimm hatten wir uns den Verhörraum in unseren kühnsten Träumen nicht ausgemalt. Auch wenn ich die Bilder noch vor Augen hatte, in denen Shongoene den wehrlosen Ndlane mit seinem Schlagstock zu Boden prügelte, tat mir der Polizeichef von Inhassoro nun leid.

Nkomo nickte dem Beamten zu und gab ihm damit zu verstehen, dass er mit der Befragung fortfahren solle. Er zögerte nicht lange, sondern brüllte ihm auf Portugiesisch etwas ins noch nicht blutende Ohr.

»Er hat ihn gefragt, weshalb er bei dem Mord und der Brandstiftung nichts in die Akten eingetragen hat.«, übersetzte uns Nkomo freundlicherweise in kurzen Zügen den Inhalt der Fragen.

Shongoene antworte nicht. Sein Kopf blieb weiter gesenkt und wahrscheinlich hatte er noch nicht einmal registriert, dass sich nun weitere Personen außer dem Folterknecht im Keller befanden. Der Beamte schrie ihm erneut ins Ohr. Vermutlich war es dieselbe Frage, da Nkomo nicht noch einmal übersetzte. Shongoene blieb wieder stumm. Der Beamte drehte sich von Shongoene weg und ging zu einem der Tische an der hinteren Wand. Als er zurückkam, hatte er ein Eisenrohr in seiner rechten Hand. Er stellte sich wieder neben Shongoene und brüllte ihn noch einmal an. Keine Reaktion. Noch ehe wir uns versahen, hob der Beamte das Eisenrohr hoch und ließ es mit voller Wucht auf Shongoenes Schienbein hinunter sausen. Erst hörten wir ein leises Surren in der Luft, das von der schnellen Bewegung des Rohres herrührte. Dann folgte ein Klatschen, als das Rohr auf sein Bein traf, direkt gefolgt von einem jämmerlichen, lauten Schrei. Shongoene hatte höllische Schmerzen. Das konnte man seinem Gesicht ansehen, das er nun zum ersten Mal in die Höhe hob. Ob er uns dabei erfasste, konnten wir nicht erkennen. Wahrscheinlich aber nicht, da sein Kopf ebenso schnell wieder auf seinen Oberkörper zurück sank. Tom und ich zuckten zusammen. Wir waren bei einer Folterung dabei. Das hatten wir in dieser Form nicht erwartet, auch wenn wir darüber nachgedacht hatten. Wir schauten uns an und fühlten uns wie gelähmt. Wir hatten keine Ahnung, was wir tun sollten. Würden wir nichts sagen, würde der Folterknecht weitermachen. Würden wir etwas sagen, hätte man uns bestimmt nach draußen verfrachtet und das Verhör wäre in dieser Form auch ohne uns weitergegangen. Wir verständigten uns ohne Worte darauf, nichts zu sagen. Denn wenn wir hier bleiben würden und schwiegen, könnten wir zwar weitere Folterungen nicht verhindern, aber dafür könnte es zumindest theoretisch so sein, dass der Folterknecht eine gewisse Hemmschwelle bei seinem Vorgehen haben würde.

Der Beamte ging von hinten um Shongoene herum und blieb neben seinem linken, blutenden Ohr stehen. Er schrie ihn wieder an.

»Er fragt ihn jetzt noch einmal, weshalb die Akten leer waren und er trotzdem einen Schuldigen hatte.«, erklärte Nkomo uns, für den die Art des Verhörs sichtlich nichts Anstößiges in sich hatte.

Es wirkte sogar fast so, als würde ihm diese Zuschauerrolle Spaß bereiten, da er seinen Oberkörper die gesamte Zeit genüsslich von vorn nach hinten wippen ließ. Shongoene reagierte auf die Frage des Beamten wiederum nicht. Der Folterknecht wartete diesmal nicht so lange. Er holte aus und schlug mit voller Kraft auf Shongoenes linkes Knie. Er schrie vor Schmerzen mehrmals auf, ein wahnsinniges Quieken. Es mussten höllische Schmerzen sein. Tom und ich wandten uns ab und schauten auf den Boden und auf die Wand, um Shongoene nicht beobachten zu müssen, wie er sich in seinen Qualen wand.

»Er ist wirklich hartnäckig, was? Hätte ich nicht erwartet.«, bemerkte Nkomo lapidar.

Wir reagierten nicht auf seine Feststellung. Ohne ein weiteres Mal zu fragen, prügelte der Folterer wieder auf Shongoene ein. Diesmal schlug er nicht mit der Längsseite des Rohres zu, sondern rammte ihm ein Ende zwischen die Rippen. Shongoene konnte nicht einmal mehr schreien, weil ihm die Luft wegblieb. Er pustete, er keuchte und wir konnten erkennen, dass ihm die Tränen in die Augen schossen. Jetzt blickte er zum ersten Mal in unsere Richtung und wir bemerkten, dass er uns sehen konnte. Für einen kurzen Moment meinten wir einen Anflug von Verwunderung und Unverständnis in seinem Blick zu erkennen, der allerdings schnell wieder verflog. Shongoene hatte augenblicklich andere Probleme als sich zu fragen, was wir hier machten. Der Folterer packte den immer noch schnaufenden Shongoene im Nacken und flüsterte ihm etwas ins Ohr, worauf er abermals nicht reagierte, sondern seinen Kopf nur zur Seite drehte. Der Beamte ärgerte sich augenscheinlich darüber und schlug Shongoene mit der flachen Hand auf den Hinterkopf. Dann ging er nach hinten zum Tisch. Er nahm etwas herunter und steckte es sich in die Tasche. Er stellte sich wieder neben Shongoene und flüsterte ihm etwas ins Ohr. Wir schauten Nkomo an, der aber auch nur mit den Schultern zuckte und sagte:

»Keine Ahnung, was er ihm da sagt. Aber er wird schon wissen, was er macht. Er ist schließlich unser Experte auf dem Gebiet.«

Shongoene zeigte wiederum keine Regung. Diesmal reagierte der Beamte jedoch nicht verärgert, sondern lächelte nur süffisant. Er kniete sich hinter Shongoene und blieb dort eine Weile sitzen. Vermutlich wollte er ihn nervös machen. Dann zog er aus seiner Tasche einen Schlüssel und öffnete die Handschelle von Shongoenes rechter Hand. Nachdem er sie an der

Armlehne des Stuhls fixiert hatte, griff er mit der anderen Hand in seine Hosentasche und holte den Gegenstand heraus, den er gerade erst vom Tisch genommen hatte. Es war eine kleine Gartenschere. Tom und ich zuckten zusammen. Er setzte sie an Shongoenes Zeigefinger an.. Wir wünschten uns, dass Shongoene endlich reden würde. Zur Vorsicht wandten Tom und ich uns schon leicht zur Seite, sodass wir uns rasch umdrehen konnten, wenn es passieren sollte. Noch hielten wir aber den Blickkontakt zum Geschehen.

»Mein Gott, wie lange hält der das denn durch? Wann hören die endlich damit auf?«, flüsterte ich Tom leise zu, der kein Wort herausbrachte.

Shongoene sagte wieder nichts. Der Folterknecht schnaufte einmal tief durch und man konnte erkennen, dass er mit seiner Hand den Druck auf die Schere erhöhte. Jetzt endlich rief Shongoene etwas:

»Parar! Parar!«

»Ah, endlich! Ich dachte schon er wird nie weich! Er will, dass wir aufhören.«, sagte Nkomo in einer Mischung aus Erleichterung und Enttäuschung.

Shongoene stand die Angst in den Augen. Wir konnten sehen, dass sie noch andere Auswirkungen gehabt hatte. Denn der winzige Ausschnitt von Shongoenes Unterhose, den wir unter seinem ballonförmigen Bauch erkennen konnten, war nun mit Flüssigkeit getränkt, die von seinen Oberschenkeln auf die Sitzfläche des Stuhles und an seinen Beinen hinunter auf den Boden rann. Er hatte sich eingepisst.

»Was für ein jämmerlicher Schwächling! Und so etwas hat für die stolze mosambikanische Polizei gearbeitet!«, schüttelte Nkomo den Kopf.

Ich überlegte, ob ich etwas sagen sollte, aber was hätte das bringen sollen?. Insbesondere jetzt, wo Shongoene wohl kurz davor stand etwas zu sagen.

»Können Sie ihm vielleicht sagen, dass er auf Englisch reden soll?«, fragte ich Shongoene und wunderte mich selbst über mich.

Der zuckte nur kurz mit Schultern und sagte:

»Natürlich, warum nicht.«

Dann wies er den Folterknecht, der immer noch die Schere an Shongoenes Zeigefinger angesetzt hatte, auf Portugiesisch an, dass der Gefangene sein Geständnis auf Englisch machen sollte. Der Beamte gab diese Aufforderung an Shongoene weiter. Der schnaufte immer noch und holte tief Luft. Dann begann er zu reden.

»Sie müssen meine Familie beschützen! Das müssen Sie mir versprechen. Wenn ich rede, ist sie in großer Gefahr!«

»Wir müssen dir überhaupt nichts versprechen! Sieh dich doch mal an! Du bist überhaupt nicht in der Position, um irgendwelche Forderungen zu stellen!«, mischte sich Nkomo plötzlich in die Befragung mit ein.

»Wenn du nicht redest, dann geht das hier weiter! Wir haben Zeit. Mehr als du dir vorstellen kannst. Mr. Kengali, fahren sie fort.«, wies er den Folterknecht an, der nun endlich einen Namen hatte.

»Nein, nein, nein, hören Sie auf, bitte! Ich sage Ihnen alles! Bitte. Hören Sie auf!«

»Dann fang endlich an zu reden!«

»Okay, okay. Der Mord an diesem Usumbe. Ich habe überhaupt nicht ermittelt. Wir haben nur die Leiche abtransportiert und sie in die Krankenstation von Inhassoro gebracht. Den Bericht, den sie dort angefertigt haben, haben wir nie abgeholt.«

»Und warum hast du nie angefangen zu ermitteln?«

»Weil ich es nicht sollte.«

»Erklär das!«, schrie Nkomo ihn an.

Shongoene machte eine Pause.

»Los, erklär das endlich!«

»Mpizi hat es mir verboten.«

»Was? Wieso? Und wer ist dieser Mpizi?«, fragte Nkomo mit lauter Stimme.

»Das ist der Clanchef in der Region.«, erläuterte Tom kurz und erhielt dafür einen leicht irritierten, aber anerkennenden Blick von Nkomo.

»Mpizi ist der Clanchef für das Land in und um Inhassoro. Nichts geht ohne seine Zustimmung und bei größeren Straftaten will er immer, dass wir ihn sofort anrufen, wenn wir davon erfahren. Das habe ich auch bei der Mordsache gemacht. Bevor wir losgefahren sind, habe ich Mpizi angerufen und ihm mitgeteilt, dass im Dorf jemand getötet wurde. Näheres wusste ich da doch auch noch nicht. Mpizi hat dann kurz überlegt und gesagt, dass wir auf keinen Fall mit den Ermittlungen anfangen sollen.«

»Wieso denkt dieser Mpizi, dass er so etwas von der Polizei verlangen könnte?«, fragte Nkomo.

Shongoene zögerte kurz, dann antwortete er:

»Weil wir alle Geld von ihm bekommen haben. Es war meist immer so viel wie wir regulär bei unserer Arbeit verdienen.«

»Sie haben also die Ermittlungsarbeit nicht aufgenommen, weil Sie geschmiert worden sind?«, fragte Nkomo noch einmal nach, wobei er Shongoene nun wieder siezte.

»Nein, diesmal nicht. Bei kleineren Sachen, bei denen ich annahm, dass Verwandte oder Freunde von Mpizi darin verwickelt sein könnten, habe ich das eine oder andere Mal schon ein Auge zugedrückt und nicht mit den Ermittlungen begonnen. Die Fälle wurden dann alle nach einer gewissen Zeit eingestellt. Aber diesmal wollte ich den Fall aufklären. Wirklich! Ich habe Mpizi gesagt, dass da wahrscheinlich ein Mord passiert ist. Das könne nicht so einfach abgetan werden. Das wollte er aber nicht akzeptieren. Er hat mich daran erinnert, wie viel Geld ich schon von ihm bekommen hätte. Ich sagte ihm, dass das hierbei keine Rolle spiele. Da ist er sehr ärgerlich geworden und schrie mich an, dass ich mir gut überlegen solle, mit wem ich rede. Er könne auch ganz anders und hätte noch ganz andere Möglichkeiten, um mich gefügig zu machen. Das Angebot mit dem Geld hat er dann wieder zurückgezogen und mir gedroht, dass er meiner Familie etwas antun würde, wenn ich in dem Fall aktiv werden würde. Er stellte mir die Frage, wie ich denn wissen könnte, dass es meiner Familie zuhause gut geht, während ich mich bei der Polizeiarbeit um die Sicherheit anderer kümmere. Da habe ich nachgegeben. Ich wollte nicht, dass meiner Familie etwas passiert. Ich hatte Angst. Darum habe ich auch Ihr Schmiergeld nicht angenommen, als Sie die Akteneinsicht haben wollten.

Obwohl ich es gut hätte gebrauchen können!«, fuhr Shongoene mit Blick auf mich fort, was Nkomo mit einem abfälligen Blick quittierte.

»Und dann?«, wollte Nkomo wissen.

»Naja, ich habe ihm gesagt, dass ich in der Sache nichts machen werde. Wir sind nur zum Fundort der Leiche gefahren, haben sie aufgeladen und sporadisch einige Leute in der Umgebung befragt. Die Leiche haben wir dann bei der Krankenstation zur Untersuchung abgegeben. Dort liegt sie - vermutlich mit den Ergebnissen der Untersuchung - immer noch. Er hatte ja auch keine Familie, die sich für seinen Verbleib interessiert hätte. Da war das kein Problem. Am nächsten Tag hat Mpizi mich noch einmal angerufen und mich wieder ermahnt, nichts zu unternehmen. Er hatte sich schon eine Geschichte zurecht gelegt, dass ich, falls es irgendwann einmal zu Komplikationen kommen sollte, einfach den Verdacht auf diesen Ndlane schieben solle. Ansonsten solle ich nichts weiter unternehmen. Ich hätte Ndlane auch niemals verhaften lassen, sondern die Sache auf sich beruhen lassen, wenn Sie sich nicht eingemischt hätten. Nach Ihrem Besuch in der Polizeistation war ich sehr nervös. Ich hatte Ihnen zwar wie vereinbart gesagt, dass wir Ndlane verdächtigen, aber Sie waren so beharrlich, dass ich befürchtete, Sie würden irgendwann noch mehr herausfinden. Da habe ich nach Ihrem Besuch bei Mpizi angerufen und ihm davon berichtet, was Sie alles herausgefunden hätten. Er meinte, dass er sich etwas überlegt und mich später noch einmal anruft. Das hat er dann am Abend auch gemacht. Er meinte, dass ich in Kürze einen Anruf bekommen würde. Es würde um eine Brandstiftung gehen. Der Täter sei Ndlane. Die Beweise dafür würden wir bei ihm finden. Dafür werde Mpizi schon sorgen. Bei der Gelegenheit sollte ich auch noch ein Geständnis wegen des Mordes aus ihm herausquetschen oder es einfach so in der Akte vermerken. Dann wäre die ganze Angelegenheit für uns erledigt, meine Familie wieder sicher und ich würde noch eine weitere Abfindung bekommen. In der Nacht ging dann wirklich der Anruf bei uns ein, dass es in Praia da Onda gebrannt hat. Wir haben uns dann vor Ort die Spuren angesehen und sind wie Mpizi es wollte zu Ndlane gefahren. Der war jedoch nicht da. Bei der Durchsuchung seiner Hütte haben wir dann aber die Flaschen und die Brennflüssigkeit gefunden. Die haben wir nicht dort hingestellt, falls Sie das denken. Die waren wirklich schon da. Das reichte auch, um die Festnahme vor meinen Männern zu rechtfertigen. Die haben mit der ganzen Angelegenheit nichts zu tun. Die wussten von nichts. Wirklich! Das war einzig eine Sache zwischen Mpizi und mir. Und Ndlane war das Opfer. Was mir sehr leid tut.«, gestand Shongoene fast weinerlich.

»Das hilft Ihnen jetzt auch nicht mehr!«

»Könnten Sie vielleicht noch fragen, weshalb Mpizi nicht wollte, dass Shongoene ermittelt?«, bat ich Nkomo.

»Gute Frage! Weshalb wollte Mpizi eigentlich nicht, dass Sie den Mörder finden?«, leitete Nkomo meine Überlegung weiter.

»Das weiß ich nicht. Das hat er mir nicht gesagt.«

»Mr. Kengali…«, fing Nkomo seinen Satz an und schaute den Folterknecht an.

»Nein, nein! Wirklich! Sie müssen mir glauben! Das hat er wirklich nicht! Ich habe ihn das auch gefragt. Er hat gesagt, das ginge mich nichts an. Er hätte seine Gründe. Mehr weiß ich darüber nicht! Ehrlich! Da müssen Sie ihn schon fragen.«

»Denken Sie, dass er Usumbe getötet hat? Oder hat töten lassen?«

»Das weiß ich auch nicht! Ich habe keine Ahnung! Ich schwör´s! Ich wüsste auch nicht, warum er das tun sollte!«

»Haben Sie eine andere Vermutung, wer es gewesen sein könnte?«

»Nein. Ich habe mir auch für mich Gedanken gemacht, wer als Täter in Betracht kommen könnte, aber ich weiß es nicht. Ich habe ja keine Ermittlungen vorgenommen, um irgendwelche Beweise zu sammeln. Ich kann Ihnen da nicht helfen.«

»Nun, dazu werden Sie als Polizeibeamter auch in Zukunft keine Gelegenheit mehr haben! Was Sie sich da geleistet haben ist unerhört! Sie haben dauerhaft von Mpizis Schmiergeld gelebt, Verfahren nicht durchermittelt, diese unzulässigerweise eingestellt und als Krönung des Ganzen auch noch einem Unschuldigen einen Mord und eine Brandstiftung angehängt. Ich weiß gar nicht, wie viele Jahre das für Sie werden, Shongoene! Sie sind eine Schande für die ganze Polizei!«

Shongoene tat uns leid. Nicht nur, dass er hier aufs Gröbste misshandelt und gedemütigt wurde, er hatte nun auch noch eine langjährige Haftstrafe in Aussicht. Und in der Hinsicht unterschied sich das mosambikanische System sicherlich nicht sonderlich von denen anderer Staaten. Denn wer als Polizist, insbesondere als ehemals höherrangiges Mitglied, in den Knast wanderte, der hatte keine rosige Zukunft zu erwarten. Und so weich wie Shongoene aussah, war klar, dass er von den Gefangenen herumgereicht würde und die Haftzeit sicherlich nicht lange überstehen würde. Ich musste einmal schlucken, obwohl sich mein Mitleid für ihn eigentlich in Grenzen halten sollte.

»Haben Sie sonst noch Fragen an Shongoene?«, fragte Nkomo uns.

»Nein, ich denke nicht. Falls uns noch etwas einfällt, können wir Sie ja sicher anrufen. Er bleibt bestimmt noch ein bisschen länger in Haft, oder?«

»Davon können Sie ausgehen! Also los, wir gehen. Gute Arbeit, Mr. Kengali! Sie können ihn ja noch wegen der anderen Straftaten befragen, bei denen er nicht ermittelt hat. Auf Wiedersehen.«

Wir verließen den Folterkeller und ich warf einen letzten Blick auf Shongoene, der wieder zusammengekauert auf dem Stuhl hockte. Sein Körper bebte und er schluchzte so laut, dass wir es bis zur Tür hören konnten. Er wusste, was ihn in den nächsten Monaten, vielleicht sogar Jahren, wenn er es so lange durchhalten würde, erwartete.

Nkomo schritt den Weg durch den Keller voran bis zur Treppenhaustür. Wir folgten ihm. Tom sah sich einmal zu mir um und schüttelte wortlos den Kopf. Ich erwiderte seine Geste nur mit einem Schulterzucken.

»Ich hoffe, dieses Verhör konnte das Bild, das Sie von der mosambikanischen Polizei bislang hatten, ein wenig gerade rücken. Wir sind nicht immer so langsam und lethargisch, wie alle sagen, sondern wir können auch effektiv und zielgerichtet arbeiten, wie Sie soeben gesehen haben. Ich denke, für so ein Geständnis würde man in anderen Ländern sicherlich einige Tage, wenn nicht sogar Wochen benötigen. Natürlich kann ich mir gut vorstellen, was Sie gerade denken. Wir haben Shongoene körperlichen Zwangsmaßnahmen unterzogen. Aber wir sind hier in Mosambik. Wir wissen, dass viele unserer Bürger notorische Lügner sind und am laufenden Band Geschichten erfinden, wenn man sie nicht entsprechend unter Druck setzt. Nur dann haben Sie eine reelle Chance die Wahrheit zu erfahren. So ist das nun einmal. Aber natürlich haben Sie das gute Recht, das anders zu bewerten. Ich nehme Ihnen das nicht übel. Ich weiß ja auch, dass in den Ländern, aus denen Sie stammen ein derartiges Verfahren verpönt und wahrscheinlich nicht einmal zulässig ist.«, erklärte Nkomo auf dem Weg durchs Treppenhaus.

Ich wusste nicht, was ich antworten sollte. Natürlich verabscheute ich Folter und konnte diese gerade als Jurist nicht gutheißen. Andererseits hatte diese Maßnahme ohne Zweifel zum Erfolg geführt. Ein Unschuldiger - Ndlane - konnte aufgrund dieses durch Folter erzwungenen Geständnisses aus der Haft entlassen werden. Anderenfalls wäre das vermutlich nie passiert. Ob Tom meinen inneren Konflikt bemerkte, weiß ich nicht, er schaute mich jedoch kurz an und antwortete für uns beide in sehr diplomatischer Form:

»Ich denke, über die Art und Weise der Befragung kann man sicherlich unterschiedlicher Ansicht sein. Das ist Ihnen gewiss nicht neu. Aber was hier und heute zählt, ist der Erfolg, den Sie damit erringen konnten. Nach dieser Aussage von Shongoene kann Ndlane sicherlich schnell wieder auf freien Fuß gesetzt werden, nicht wahr?«

»Natürlich! Ohne Zweifel! Sobald ich zurück in meinem Büro bin, werde ich meine Kollegen in Inhambane anrufen und Ihnen mitteilen, dass Sie Ndlane unverzüglich freilassen und ihn in sein Dorf zurückbringen sollen. Ich werde mich persönlich dafür einsetzen, dass er für die durch die Willkür Shongoenes verursachten Unannehmlichkeiten entschädigt wird. Vermutlich wird es nicht viel sein, aber zumindest zeigt es den guten Willen!«

»Das können wir nur begrüßen!«, antwortete Tom.

Nkomo führte uns durch den langen Flur im Erdgeschoss. Vermutlich würden sich in Kürze unsere Wege trennen. Daher stellte ich Nkomo noch eine Frage, die mir unter den Nägeln brannte.

»Wie werden Sie denn nun eigentlich in der Mordsache weiter verfahren?«

»Das könnte sich leider etwas komplizierter gestalten. Wie Sie wissen, habe ich ja die ursprüngliche Besetzung der Polizeistation in Inhassoro durch meine Leute aus Maputo ausgetauscht. Das ist aber nur eine Interimslösung, da diese Leute ja auch in Maputo ihre Familien haben und irgendwann einmal wieder nach Hause kommen wollen. Der Auftrag, den sie aktuell haben, ist, dass sie die Polizeistation wieder auf Vordermann bringen und die angedachte Ordnung in die anhängigen Verfahren bringen. Neue Ermittlungen werden sie schon aus Zeitgründen nicht aufnehmen können. Das betrifft leider auch den Mordfall Usumbe oder irgendwelche neuen Ermittlungen gegen diesen Mpizi. Da müssen wir abwarten, bis neue Kollegen abgestellt werden, die dauerhaft in Inhassoro ihren Dienst verrichten. Das kann allerdings noch dauern. Ich weiß, ich weiß... Sie müssen gar nichts sagen! Ich sehe das Problem selbst! Bis dahin werden eventuell noch vorhandene Spuren schon längst beseitigt sein. Und die Chancen, dass wir den oder die Mörder von Usumbe finden, sinken auf ein Minimum. Was sehr bedauerlich ist, aber anders geht es nun einmal nicht.«

»Aber... Das heißt ja, dass der Mörder von Usumbe höchstwahrscheinlich ungeschoren davonkommt!«, stellte ich erschrocken fest und war enttäuscht, dass all unsere Bemühungen zwar zur Freilassung des unschuldigen Ndlane, nicht aber zur Aufklärung des Mordes geführt hatten.

»Ja, leider.«, bedauerte Nkomo dies ebenfalls sehr.

»Mal angenommen, wir würden weitere Nachforschungen unternehmen. Wie würden Sie das finden?«, ergriff Tom das Wort.

»Nun, da könnte ich ja wohl nichts gegen sagen. Sie haben bislang einen sehr guten Spürsinn und noch viel mehr Engagement bewiesen. Allerdings weiß ich gerade nicht, worauf Sie hinaus wollen, Mr. Randall.«

»Nur mal hypothetisch angenommen, wir würden weiter ermitteln und tatsächlich etwas herausfinden, was zur Überführung des Täters beitragen könnte… Würden Sie uns dann unterstützen und sich auf der Grundlage unserer Ermittlungen dafür einsetzen, dass die Polizei unseren Beweisen nachgeht?«

»Das ließe sich arrangieren.«

»Und wäre es auch möglich, dass Sie uns bei Bedarf auch anderweitig unterstützen?«

»Wie meinen Sie das jetzt?«

»Zum Beispiel, indem uns die wenigen Beweise, die existieren, zugänglich gemacht werden. Ich meine damit vor allem den Bericht der Krankenstation in Inhassoro über die Todesursache und die Verletzungen Usumbes. Soweit ich das richtig mitbekommen habe, wurde dieser Bericht ja noch nicht einmal von Shongoene angefordert.«

»Das ist richtig. Ja, ich denke, dass lässt sich einrichten. Meine entsandten Kollegen sind wahrscheinlich ohnehin zeitlich so ausgelastet, dass sie diesen Bericht nicht einmal lesen würden. Ich werde die Übersendung direkt an Sie veranlassen. Die Akte müsste in einigen Tagen bei Ihnen eintreffen. Schaden kann es ja nichts, solange Sie mir versprechen, die Unterlagen vertraulich zu behandeln und Sie diese dann irgendwann bei der Polizeistation in Inhassoro abliefern werden. «

»Das können wir selbstverständlich versprechen!«, erwiderte Tom während ich heftig nickte.

»Nur für den Fall, dass wir noch anderweitige Hilfe benötigen. Wäre eine Unterstützung Ihrerseits auch da möglich?«, fragte Tom hartnäckig weiter.

»Das kommt sicherlich auf den Einzelfall und Ihr jeweiliges Ersuchen an, aber ich werde sehen, was ich dann machen kann.

Aber als Freunde von Mr. Conrad haben Sie natürlich schon einen gewissen Bonus bei mir!«

»Das freut uns sehr, Mr. Nkomo!«, bedankte sich Tom in unser beider Namen.

»Keine Ursache. Meine Telefonnummer im Büro haben Sie ja. Warten Sie, ich gebe Ihnen noch meine Karte, da steht auch meine Mobilfunknummer drauf. Wenn Sie ein Anliegen haben, zögern Sie nicht, ich helfe Ihnen gern. Und soweit das geht, natürlich auch unentgeltlich!«, fügte er augenzwinkernd hinzu.

»Besten Dank! Für alles! Wir kommen gern bei Gelegenheit auf Ihr Angebot zurück.«, fügte ich auch mal wieder etwas zum Gespräch hinzu.

»Schön! Es war mir eine Freude, Sie kennenzulernen. Grüßen Sie Mr. Conrad von mir, wenn Sie ihn sprechen! Und Ihnen beiden alles Gute und eine angenehme Rückreise. Ich muss jetzt leider wieder weiter.«, verabschiedete sich Nkomo von uns.

Der Pförtner von vorhin stand bereits an der Sicherheitstür, um uns hinauszulassen. Er verabschiedete sich mit einem breiten Lächeln von uns. Tom und ich gingen durch den Vorraum und nickten auch dem Mann im Glaskasten zur Verabschiedung freundlich zu, nachdem er uns die Pässe, Telefone und Toms Messer wiedergegeben hatte. Als wir draußen vor der Tür standen, platzte es aus Tom heraus:

»Was für ein Arschloch! Macht Shongoene fertig, weil er von Mpizi Geld bekommen hat, lässt sich aber selbst für seine Dienste schmieren! So ein Schweinehund! Und nur weil keiner mehr über ihm ist, der ihm auf die Finger klopfen kann, spielt er hier Gott! Am liebsten hätte ich ihm eine reingehauen, als er so verdammt überheblich und selbstgefällig wurde!«

»Gut, dass du es nicht getan hast! Sonst wärst du auch bei Mr. Kengali gelandet…«

Tom startete den Motor und fuhr los.

»Ich brauch jetzt erst einmal einen Drink! Lass uns mal irgendwo hinfahren, wo wir uns einen kippen können.«

»Das ist eine gute Idee! Und dazu ein Mittagessen. Hast du einen Vorschlag, wo wir hinfahren können?«

»Hier in der Nähe ist doch auch das „Grand Bahia Hotel“. Die haben angeblich eine ganz gute Küche, die auch für Nicht-Hotel-Gäste geöffnet ist. Und es gibt da zudem rund um die Uhr Alkohol. Wie wäre es damit?«

»Alles klar. Das steht bestimmt auch in Marias Karte. Ich schau mal nach.«

Ich stöberte die Werbungen für Unterkünfte auf der Rückseite der Straßenkarte durch und fand nach kurzer Zeit das „Grand Bahia Hotel“. Es war nicht weit weg und ich erklärte Tom den Weg. Nach knapp zehn Minuten kamen wir an und stellten den Wagen auf dem bewachten Parkplatz des Hotels ab. Tom und ich betraten die Eingangshalle, in der mehrere Wegweiser gut sichtbar auf einer Tafel angebracht waren. Einer davon wies uns den Weg zum Restaurant. Tom und ich setzten uns, bestellten zwei Bier, zwei Whiskey und zwei Steaks mit Pommes. Während wir warteten besprachen wir unsere weiteren Pläne.

»Hast du eine Idee, was wir jetzt machen?«, fragte ich Tom.

»Naja, erst einmal wieder zurück nach Hause. Wir können nachher bei Maria mal schauen, ob wir über ihren Computer ein Flugticket nach Inhambane buchen können. Wenn es geht, schon für morgen. Noch länger will ich hier eigentlich nicht bleiben.«

»Geht mir genauso. Und dann?«

»Dann übernachten wir wieder bei Andrew und fahren am nächsten Tag weiter.«

»Ja, schon klar! Ich meinte die Mordsache. Was machen wir da?«

»Ach so. Kann ich ja nicht riechen, was du meinst! Ich hatte vorhin schon eine Idee, als wir mit Nkomo noch im Gefängnis waren.«

»Erzähl!«, forderte ich Tom auf.

»Ganz offensichtlich spielt doch dieser Mpizi eine Rolle in der Sache. Wir wissen nur nicht welche und warum. Wenn wir das herausfinden, dann sind wir sicherlich schon mehr als einen Schritt weiter.«

»Da bin ich auch schon drauf gekommen, du Genie! Aber wie willst an den rankommen? Ndlane hat doch erzählt, dass der ständig von Bodyguards abgeschirmt wird.«

»Ich weiß. Aber wir wirken doch, wenn wir nicht gerade kurze Hosen und Flipflops tragen, ganz seriös, oder?«

»Mmh, wieso?«

»Hattest du nicht immer schon einmal Lust, dir eine komplette Ferienanlage zu bauen? Nicht bloß so ein popeliges Häuschen am Strand, sondern ein ganzes Resort?«

»Ich glaube, ich weiß, was du meinst!«

»Wir könnten bei Mpizi anrufen und uns als Vertreter einer Investorengruppe vorstellen, die gerne ein größeres Grundstück in der Nähe von Inhassoro kaufen möchte. Und da er angeblich der erste Ansprechpartner für derartige Vorhaben in der Region sein sollte, haben wir ihn kontaktiert. Da wird er garantiert anbeißen und wir bekommen einen Termin bei ihm.«

»Mmh, und dann?«

»Dann... hab ich auch keine Ahnung mehr. Da müssen wir uns noch etwas überlegen. Allerdings müssen wir es geschickt machen. Ich hab keine Lust, bei seinen Bodyguards unangenehm aufzufallen. Die haben bestimmt noch fiesere Sachen drauf als Mr. Kengali.«

»Naja, wir haben ja noch ein bisschen Zeit, um uns etwas zu überlegen. Aber ich weiß schon, wer den Termin bei Mpizi für uns vereinbart.«

»Wer denn?«, fragte Tom.

»Gloria! Die hat so eine tolle Stimme... und bestimmt auch am Telefon.«

»Du und deine Gloria... Du hattest doch die Gelegenheit bei ihr nach dem Brandanschlag. Da hättest du auch bei ihr schlafen können. Aber nein, du wolltest ja unbedingt zu mir. Warum eigentlich?«

»Falls du dich erinnerst... Ich hatte ihr erst kurz vorher vor die Füße gekotzt. Da wäre nichts mehr gegangen. Außerdem ist sie mit Maarten zusammen. So was mache ich nicht.«

»Ich glaub ja, sie hätte gewollt...«, mutmaßte Tom mit einem verschmitzten Lächeln.

»Ja, prima. Schau mal, da kommt unser Essen!«, versuchte ich vom Thema abzulenken.

Tom und ich aßen das Steak und die Pommes und fanden später, dass die guten Meinungen, die wir von der Hotelküche gehört hatten, sehr überzogen waren.

»Wir müssen heute Abend noch einmal was Richtiges essen. Das war ja nicht so prall.«, befand Tom.

»Fischmarkt?«

»Mal sehen.«

Wir tranken noch ein Bier, bezahlten und verließen das Hotel wieder. Tom fuhr uns zurück in unsere Unterkunft. Nach weiteren Ausflügen stand uns nicht der Sinn, da es immer noch wie aus Kübeln goss. Tom stellte den Wagen wieder im Hof ab, nachdem uns Jacob das Tor geöffnet hatte. Wir huschten durch den Regen und waren nach den paar Metern zur Rezeption bereits pitschnass. Maria saß wie gewohnt in ihrem Sessel und der kleine Jack Russell lag wieder quer über ihren Füßen.

»Ach, Gott sei Dank! Sie sind wieder da! Ich hatte mir schon Sorgen gemacht! Man weiß ja nie, was passiert!«, freute sie sich sichtlich, dass wir wieder da waren und die Erleichterung sprach aus ihrer Stimme.

»Und wie war es da drin? Ist es wirklich so schlimm, wie man sich erzählt?«

Tom und ich waren uns einig, dass wir von den Vorkommnissen im Keller der Gefängnisanstalt nichts berichten würden.

»Das können wir Ihnen leider nicht sagen. Wir hatten nur einen Termin im Verwaltungsgebäude des Gefängnisses. Von den Zellen haben wir überhaupt nichts gesehen.«, erzählte ich Maria nur die halbe Wahrheit.

»Ach. Naja. Hauptsache ist doch, dass Sie wieder da sind!«

»Ja, das finden wir auch! Aber leider müssen wir auch bald schon wieder aufbrechen. Sagen Sie, könnten wir mal Ihren Computer benutzen? Wir möchten gern einen Flug nach Inhambane buchen.«, erklärte Tom.

»Natürlich! Kein Problem. Warten Sie, ich gebe nur schnell das Passwort ein und dann können Sie loslegen.«, sagte sie und erhob sich von ihrem Sessel.

Der Jack Russell erschrak und zuckte zusammen als Maria ihre Füße unter seinem Bauch wegzog.

»Wie heißt der Kleine eigentlich?«, fragte ich Maria.

»Der? Jack Russell!«, antwortete sie und lachte.

Ich folgte Maria hinter den Tresen, wo es zu zweit wirklich sehr eng war und wartete, bis sie ihr Passwort eingegeben hatte.

»So, jetzt können Sie. Bitte schön.«, lächelte Maria und verließ den Platz in der Rezeption.

Ich setzte mich und suchte nach Flügen für den morgigen Tag. Der günstigste Flug, den ich fand, kostete 295,- Dollar pro Person. Da auch die kommenden Tage nicht wesentlich billiger waren und wir nicht länger als notwendig in Maputo bleiben wollten, buchte ich ihn trotzdem und druckte die Tickets aus.

»Morgen um 12:00 Uhr, Tom. Ich hab´s schon gebucht.«

»In Ordnung. Dann können wir nachher ja Andrew anrufen, dass er uns abholen kann.«

»Schade, dass Sie morgen schon wieder fliegen. Wenn Sie noch ein paar Tage länger geblieben wären, hätten Sie Maputo auch mal bei schönem Wetter erkunden können«, bedauerte Maria unsere bevorstehende Abreise.

»Vielleicht klappt es beim nächsten Mal. Wir kommen bestimmt wieder.«, erklärte ich ihr, auch wenn ich schon wusste, dass diese Stadt auch bei gutem Wetter nicht wirklich attraktiv für mich war.

Ich loggte mich aus und verließ das kleine Rezeptionszimmer. Tom spielte mit Jack Russell, der an ihm auf und ab hüpfte.

»Wenn du fertig bist, können wir ja schon einmal hoch, unsere Taschen packen und anschließend noch ein paar letzte Runden Backgammon spielen, bevor wir auf den Fischmarkt fahren.«, schlug ich Tom vor.

»Von mir aus kann es losgehen. « antwortete Tom lachend.

Nachdem er sich von Jack gelöst hatte, gingen wir die Treppen hinauf in unser Zimmer. Jack Russell schaute seinem neuen Freund traurig hinterher. Ich begann meine Sachen zu packen. Tom telefonierte in der Zeit mit Andrew.

»Und? Was gibt´s?«, fragte ich Tom, nachdem er aufgelegt hatte.

»Du wirst es nicht glauben. In Tofo haben die genau so beschissenes Wetter wie hier in Maputo. Wahrscheinlich sogar noch schlimmer als hier und mit so viel Wind und Wellengang, dass es sogar den Surferinnen zu heftig wurde. Die sind schon abgereist.«

»Ach, das ist ja blöd.«

»Es kommt noch schlimmer. Dafür ist bei ihm eine Jugendmannschaft eines südafrikanischen Rugbyvereins abgestiegen, die eigentlich am Strand ein kleines Trainingslager machen wollten. Nur bei dem schlechten Wetter hängen diese lärmenden 12–14-jährigen Gören in Toms Bar herum und spielen Dart. Dafür können wir aber wieder unsere „Honeymoon Suite“ bekommen. Bei Bedarf kann auch jeder von uns eine haben, aber dieser Bedarf wird wohl nicht eintreten, da es frauenmäßig ziemlich mau aussieht«, sagte Andrew.

»So ein Scheiß! Jetzt wo ich mal keinen Reizmagen habe. Naja, lässt sich wohl nicht ändern. Haben die vielleicht eine Trainerin?«

»Glaub nicht. Und selbst wenn... Eine Rugbytrainerin? Brrrr. Nein Danke! Da kannst du ja gleich eine Kugelstoßerin nehmen.«

»Haha! Okay, ich sehe es ein. Sollen wir dann wieder runter, wenn du fertig bist?«

»Von mir aus. Ich brauch nicht lange. Ach so, Andrew kann uns übrigens morgen nicht abholen. Er hat sich breitschlagen lassen und veranstaltet für die Burschen einen kleinen Quiznachmittag in der Bar. Da ist er unabkömmlich. Aber einer seiner Mitarbeiter, Sam heißt der glaub ich, holt uns ab.«

Wir verbrachten den Rest des Nachmittags wie an den Tagen zuvor im Frühstücksraum und ließen unseren letzten Abend auf dem Fischmarkt ausklingen. Jesper, der uns beim ersten Mal zuverlässig abgeholt und zurück in unsere Unterkunft gebracht hatte, chauffierte uns auch diesmal wieder. Wir aßen und tranken viel. Tom vielleicht etwas zu viel. Ich schlug jedoch nicht in gleichem Maße über die Strenge, sodass ich mir zumindest keine Sorgen machen musste, am nächsten Morgen mit Kopfschmerzen aufzuwachen. Lediglich der Gedanke an Shongoene, der sich vermutlich noch immer Kengalis Willkür ausgesetzt war, hinderte mich für einige Augenblicke am Einschlafen.

Kapitel 16

Sonntag, 27.02.2011

Obwohl zumindest ich an unserem letzten Abend nicht mehr als sonst getrunken hatten, verschliefen wir fast unseren Flug. Nachdem ich Tom zwei Mal geweckt und auch seine Sachen gepackt hatte, schleifte ich ihn zur Rezeption und ließ mir von Maria die Rechnung geben, die ich für uns beide bezahlte. Ich gab ihr noch ein angemessenes Trinkgeld mit dem Hinweis, dass sie auf jeden Fall auch Jacob für seine nächtlichen Toröffnungen etwas davon geben sollte.

»Natürlich! Das mache ich! Und grüßen Sie mir bitte Andrew ganz lieb! Er kann gern mal wieder vorbeikommen!«

»Machen wir sehr gern! Aber ich denke, Sie sind auch jederzeit gern bei ihm eingeladen! Wenn wir das nächste Mal in Maputo sind, kommen wir bestimmt wieder bei Ihnen vorbei. Es hat uns sehr gut bei Ihnen gefallen!«

»Das freut mich! Und Sie waren auch sehr angenehme Gäste! Ich wünsche Ihnen einen schönen Flug und alles Gute! Bis bald!«

»Ja, danke! Ihnen auch alles Gute! Wiedersehen.

Maria drückte uns zum Abschied und öffnete uns das Tor. Wir verstauten unser Gepäck im Wagen.

»Kannst du fahren? Mir geht es nicht so gut.«, fragte mich Tom.

»Klar. Aber hatten wir in dem Mietvertrag überhaupt einen zweiten Fahrer eingetragen?«

»Ist doch egal! Die Wahrscheinlichkeit, dass ich heute einen Unfall baue, dürfte um einiges höher sein, als bei dir! Also Scheiß drauf!«

»Okay, dein Risiko!«, sagte ich und stieg auf der Fahrerseite ein.

Tom nahm neben mir Platz und stellte seine Rückenlehne so weit nach hinten, dass er fast eine Liegeposition einnahm. Dann schloss er die Augen und fragte mich:

»Du findest den Weg doch auch ohne mich, oder?«

»Ich denke schon.«

»Du bist echt ein guter Freund! Gute Nacht.«, murmelte er.

So schwer war es zum Glück auch nicht. Immer auf den Hauptstraßen entlang und durch den Kreisverkehr. Spätestens als ich an den Müllbergen und den Squatter-Camps vorbeifuhr, wusste ich, dass ich überall richtig abgebogen war. Dann waren auch schon die ersten Schilder zu sehen, die den Weg zum Flughafen wiesen. Kurz vor der Einfahrt aufs Flughafengelände weckte ich Tom mit einem Stups.

Einige Minuten später hielt ich auf dem Parkplatz der Autovermietung an. Diesmal stand eine junge Frau hinter dem Schalter. Nicht ansehnlich, aber schnell bei der Abfertigung.

»Guten Tag, Gentlemen! Was kann ich für Sie tun?«

»Wir möchten den Wagen zurückbringen.«

»In Ordnung. Den Schlüssel und die Papiere bitte.«

Tom reichte beides über den Tresen.

»Haben Sie Schäden am Fahrzeug verursacht oder gibt es sonst irgendwelche Mängel?«

»Nein.«, antwortete ich.

»Haben Sie das Fahrzeug wieder vollgetankt?«

»Ah! Nein, das haben wir vergessen.«

»Das ist kein Problem, Sir. Das können wir übernehmen. Wir werden Ihre Kreditkarte entsprechend belasten.«

»In Ordnung.«, antwortete Tom.

Die Frau am Schalter schaute hoch und schnupperte ganz leicht mit der Nase.

»Sind Sie Mr. Randall, Sir?«

»Ja.«, antwortete Tom.

»Sie sind der einzige Fahrer des Wagens gewesen, richtig? Das steht zumindest so in den Unterlagen.«

»Das stimmt.«

»Entschuldigen Sie bitte diese Frage, Sir. Aber es ist wegen Ihres Atems… Haben Sie etwas getrunken?«

Tom schaute ratlos aus der Wäsche.

Ich versuchte die Situation zu retten und lachte der Frau entgegen:

»Nein, hat er nicht. Wir haben gerade nur ein Päckchen Pralinen im Auto gegessen. Die waren ein wenig mit Whiskey gefüllt. Aber nicht viel, keine Sorge. Wenn Sie mal riechen wollen, ich rieche genauso.«, sagte ich zu ihr und beugte mich demonstrativ nach vorn.

»Nein, nein, ist schon in Ordnung. Ich glaube Ihnen.«, antwortete die Dame und wich instinktiv nach hinten aus.

»Dann bräuchte ich nur noch einmal Ihre Kreditkarte und dann war es das auch schon.«, erklärte sie weiter, wobei sie Tom misstrauisch beäugte.

»Hier, bitte.«

»Danke.«

Sie zog die Karte durch ihre Ritsch-Ratsch-Maschine und gab sie Tom zurück.

»Besten Dank. Und auf Wiedersehen.«, verabschiedete ich mich schnell.

Wir gingen zum Schalter von LAM und checkten ein. Tom und ich gaben unser Gepäck ab und bekamen im Tausch unsere Bordkarten. Wir machten uns auf den Weg zum Gate, das bereits geöffnet war und wurden von einem Lotsen über das Flugfeld zu unserer Maschine dirigiert. Tom stieg vor mir schwerfällig die Treppe hoch. Plötzlich drehte er sich hektisch um und versuchte an mir vorbei nach unten zu rennen. Da noch vier weitere Passagiere hinter mir auf der engen Treppe waren, erkannte er schnell, dass dies ein hoffnungsloser Versuch sein würde. Ich wusste nicht, was er wollte. Dann entschied er sich wieder anders, rannte ein paar Stufen nach oben und beugte sich über das Geländer der Treppe. Und kotzte. Das Whiskey-Gin-Langusten-Gemisch des letzten Abends ergoss sich einige Meter unterhalb der Treppe auf dem Flugfeld. Die Fluggäste hinter mir, die dies beobachteten wandten sich in einer Mischung aus Empörung und Ekel ab. Tom schoss ein weiterer Schwall Erbrochenes aus dem Mund. Es hatte eine leicht rötlich-gelbe Farbe. Komischerweise ekelte ich mich überhaupt nicht, sondern fragte mich, was das wohl gerade gewesen sein könnte. Nachdem Tom nur noch hustete und nicht mehr kotzte, ging ich die vier Stufen nach oben, die Tom vor mir stand. Ich legte ihm meine Hand auf den Rücken.

»Geht´s wieder?«

»Oh, Scheiße! Ja. Ich glaub, es ist wieder okay. Scheiße, war das übel!«

Wir gingen die Treppe weiter nach oben und zeigten der Stewardess, die dieses Schauspiel mit angesehen hatte, unsere Bordkarten.

»Entschuldigen Sie bitte. Es ging ihm nicht gut. Aber jetzt ist es wohl wieder in Ordnung.«, erklärte ich der Stewardess mit einem Blick hinter mich auf den rötlichen Fleck neben dem Flugzeug.

Die Stewardess nickte wortlos und zeigte mit einer Handbewegung in Richtung unserer Plätze. Der Flieger startete mit einiger Verspätung. Zwar hatte ich beim Start einige Sorge um Toms Magen, aber er hielt sich tapfer. Nachdem wir in der Luft waren, entschied sich Tom für ein weiteres Nickerchen, das ihm sicherlich gut tun würde. Ich schloss mich ihm an und wurde durch die Ansage des Kapitäns, dass wir in Kürze landen würden, wieder geweckt. Ich schaute aus dem Fenster. Der Himmel war hier genauso grau und trist wie in Maputo. Die Regenfront hatte sich offenbar über der gesamten Küste ausgebreitet und hielt diese fest in ihrem feuchten Griff. Auch Tom wachte nun auf.

»Na, wie geht´s?«, erkundigte ich mich nach seinem Befinden.

»Ging schon mal besser, aber ich glaube, es ist wieder soweit okay. Nur nicht so viel reden bitte. Mein Kopf dröhnt noch ganz schön und ich hab einen ziemlichen Druck auf den Ohren.«

»Schon in Ordnung, ich halte die Klappe. Zumindest bis wir gelandet sind.«, lachte ich und klopfte ihm aufmunternd auf die Schulter.

Der Flieger kam direkt vor dem kleinen Flughafengebäude zum Stehen. Tom und ich blieben bis zum Schluss sitzen, da wir ohnehin noch auf das Gepäck warten mussten. Beim Rausgehen verabschiedeten wir uns von der Stewardess und Tom fügte kleinlaut hinzu:

»Tut mir leid wegen vorhin.«

»Halb so schlimm. Zum Glück muss sich das Bodenpersonal darum kümmern. Wenn Sie das hier in der Maschine gemacht hätten, wäre ich jetzt nicht so freundlich zu Ihnen. Auf Wiedersehen und einen schönen Aufenthalt!«, reagierte sie sehr lässig.

Ich musste ein wenig lachen, doch Tom war dazu noch nicht zumute. Wir gingen in die kleine Abfertigungshalle, in der das Gepäck nicht über ein Band hineingerollt wurde, sondern hinter einem kleinen Schalter per Hand an jeden Passagier einzeln ausgegeben wurde. Nach mehr als einer halben Stunde in der überfüllten Wartehalle wurde erst mein Rucksack, dann Toms Tasche herausgereicht. Wir nahmen sie mit und gingen nach vorn hinaus zur Straße. Es regnete immer noch. Wir entschieden uns, unter dem kleinen Vordach stehen zu bleiben, um auf Andrews Mitarbeiter Sam zu warten. Nach etwa zehn Minuten kam er in Andrews Minibus vorgefahren.

»Sorry, dass ich etwas zu spät bin, aber der verdammte Regen hat einige Straßen ganz schön aufgeweicht. Da ging es leider nicht schneller. Ich bin übrigens Sam. Gebt mir euer Gepäck und steigt schon mal ein. Ihr müsst ja nicht länger im Regen stehen als notwendig.«, stellte er sich vor.

Tom tat mir auf der Rückbank sehr leid. Denn der Wagen ruckelte und schunkelte der Wagen an einigen Streckenabschnitten kräftig hin und her, was seinen Magenproblemen sicherlich nicht zuträglich war. Durch die Schlaglöcher auf der Straße, bei denen der Schlamm schwallartig hochspritzte, kamen wir erst nach gut zwei Stunden im »Coconuts Backpacker» an. Wir gingen schnellen Schrittes mit unserem Gepäck zu Suite Nr. 3. Tom warf sich direkt aufs Bett.

»Ich schlaf noch eine Runde. Vielleicht bin ich dann heute Abend wieder fit.«

»Na, hoffentlich. Schlaf gut! Ich geh solange in die Bar. Wenn du dich erholt hast, kannst du ja nachkommen.«

»Mach ich. Bis später. Du kannst ja schon mal schauen, ob Andrew recht hatte und hier wirklich keine Mädels am Start sind.«

Ich lief die paar Schritte hinauf an die Strandbar. Ich nahm einen Tisch am Eingang, da sich im hinteren Bereich die lärmenden Rugbykinder aufhielten, die wild durcheinander irgendwelche Antworten in den Raum brüllten. Vor einer Wand konnte ich Andrew entdecken, der auf einem kleinen Podest stand und die Fragen für den Quiznachmittag stellte. Er war zwar kein guter Entertainer, aber für den Unterhaltungsanspruch von 12 – 14-jährigen reichte es allemal. Ich bestellte ein Manica, legte meine Füße auf einen anderen Stuhl und beobachtete Andrew, den Quizmaster. Er sah so aus, als machte ihm das Ganze mehr Spaß, als er es am Telefon gegenüber Tom zugegeben hatte. Nach der fünften oder sechsten Frage entdeckte mich Andrew und grüßte mich. Nachdem in den nächsten 45 Minuten ein Sieger ermittelt und dieser mit einem Preis – Gratisburger für den Rest des Aufenthalts – geehrt wurde, kam er zu mir herüber.

»Hi Jan! Wie geht´s? Wo ist Tom? Hast du den in Maputo gelassen?«

»Danke, gut. Tom ruht sich nur noch etwas aus. Wir haben gestern Abend ganz schön gesoffen.«

»Meine Saufkumpanen der nächsten Tage hast du ja schon gesehen. Mit denen kann ich Cola-Wetttrinken machen, aber sonst auch nichts. Wie sieht es denn heute Abend bei euch aus? Denkst du, Tom ist da wieder auf dem Damm?«

»Denke schon.«

»Ich muss nämlich mal für eine oder zwei Stunden runter ins Office. Die haben da irgendetwas in der Buchhaltung durcheinander geworfen und kriegen das nicht mehr hin. Aber sobald ich da fertig bin, komme ich wieder hoch. Dann könnt ihr mir alles von eurem kleinen Ausflug in die Hauptstadt erzählen. Also bis später!«

Nach knapp zwei Stunden, in denen ich mir mit einigen Manica und der Lektüre diverser Illustrierter die Zeit vertrieb, gesellte sich Andrew erneut zu mir. Auch Tom hatte scheinbar die schlimmsten Auswirkungen seiner Magenverstimmung überwunden und setzte sich zu uns. Wir berichteten Andrew ausführlich von unseren Erlebnissen in Maputo, die er teils mit Achselzucken, teils mit Kopfschütteln zur Kenntnis nahm.

»Das ist eben auch Afrika. So schön es hier auch ist, einige Defizite bleiben halt immer.«, fasste Tom das Ganze zusammen.

»Auf Afrika! Cheers!«, stimmte Andrew einen Toast an.

»Auf Afrika!«

»Auf Afrika!«, schloss sich auch Tom an, der uns vorsichtshalber jedoch nur mit einem Pfefferminztee zuprostete.

Wir unterhielten uns noch eine Weile über den Fortgang unserer Ermittlungen, gingen an diesem Abend aber dennoch verhältnismäßig früh zu Bett, was auch Toms schlechter Konstitution geschuldet war.

Kapitel 17

Montag, 28.02.2011

Der nächste Morgen war erstaunlich hell. Ich stand auf und ging auf den Balkon. Das gräuliche Licht der letzten Tage war der Sonne und einem fast wolkenlosen blauen Himmel gewichen. Ich freute mich, auch weil bei Regen die Strecke zurück nach Praia da Onda weitaus unangenehmer zu befahren gewesen wäre. Tom war auch schon wach und schaute mich vom Bett aus an, als ich vom Balkon zurückkam.

»Na, du Sonnenanbeter, wie sieht´s aus?«

Wir genossen es, in der Morgensonne langsam zur Bar zu schlendern. Dort setzten wir uns an einen der letzten freien Tische. Inmitten der lärmenden Meute der Rugby-Kinder warteten wir auf Andrew, wobei wir uns hauptsächlich anschwiegen, da an Kommunikation wegen des Lärmpegels nicht zu denken war. Dann endlich leerte sich die Bar und die Kinder verschwanden mit ihren Trainern an den Strand. Andrew hatte diesen Moment offenbar gut abgepasst und betrat fast zeitgleich die Bar.

»Was sind denn das für Monster?«, begrüßte Tom Andrew.

»Tja. Tut mir leid. Für euch ist es noch schlimmer. Mir bringen sie wenigstens etwas Geld. Aber ihr habt keine Entschädigung dafür.«

»Doch, ich denke schon. Wie wäre es mit einer Einladung zum Frühstück?«, schlug ich schnell eine Ersatzleistung vor.

»Ihr seid doch eh eingeladen. Wann immer ihr kommt.«, zeigte sich Andrew gönnerhaft.

»Na, dann. Besten Dank!«

Wir bestellten ein großes Frühstücksmenü bei Theresa und machten unsere Witze darüber, dass Andrew die Truppe noch einige Tage aushalten müsste.

»Zum Glück scheint jetzt wieder die Sonne. Dann können sie wenigstens am Strand trainieren und ich muss keine bescheuerten Quiznachmittage mit ihnen machen.«

Nachdem wir fertig waren, ließ Andrew uns von der Küche noch ein paar Sandwiches für die Fahrt machen, für die wir uns artig bedankten.

»Tom, pass auf, dass Jan nicht wieder so viele Samosas in sich reinstopft. Du weißt ja, er verträgt sie nicht so gut.«, sagte Andrew mit einem Augenzwinkern, nachdem wir bereits unser Gepäck zum Auto getragen hatten und es langsam ans Verabschieden ging.

»Mach ich. Übrigens sollen wir dich von Maria grüßen. Ich glaub, die steht auf dich!«

»Danke. Kann ich verstehen. Wer steht schon nicht auf mich? Aber ich glaube, die ist fast ein bisschen zu alt für mich.«, meinte Andrew selbstsicher.

»Hey, hey, aber auf alten Schiffen lernt man segeln!«, merkte ich an.

»Glaub mir, Jan, da musst du dir um mich keine Gedanken machen. Wenn es darum geht, ist der ›Coconuts Backpacker‹

so etwas wie ein Hafen für mich. Vom Ruderboot bis zur Luxusyacht ist alles dabei. Ich mach mir allerdings etwas Sorgen um euch. Seid ihr immer noch Einhandsegler?«

Wir schwiegen.

»Wann sehen wir uns eigentlich wieder? Hast du Lust, demnächst mal bei uns vorbei zu kommen? Wir hätten auch das eine oder andere Gratisbier für dich.«, fragte Tom schnell.

»Lust schon. Aber die Zeit... Die fehlt mir ein bisschen. Kommt ihr doch lieber mal wieder runter nach Tofo.«

»Irgendwann in den nächsten drei oder vier Monaten machen wir das bestimmt. Und wehe, du hast dann wieder eine Kinderrugbymannschaft hier! Dann fahren wir gleich wieder zurück!«, versprach Tom.

»Abgemacht! Alle Kinder werden aus dem Camp geworfen, wenn ihr kommt!«, lachte Tom.

Wir umarmten uns bei der Verabschiedung und fuhren los. Andrew winkte uns hinterher, während wir das Gelände verließen.

»Ist schon immer ziemlich cool bei Andrew.«

»Ja. Allerdings!«

Tom fuhr den ersten Teil der Strecke. Die Straßen waren immer noch etwas schlammig, aber nicht mehr so überflutet wie am Tag zuvor. Wir kamen nicht ganz so schnell voran wie auf dem Hinweg, sodass wir in Inhambane eine kleine Rast machten, wo ich trotz Andrews Warnung und Toms skeptischen Blicken wieder eine Tüte Samosas kaufte. Ich nahm mir allerdings vor, diesmal nicht so zu schlingen und den Rest in Praia da

Onda bei unseren Freunden zu verteilen. Das Wetter hielt sich und mit zunehmender Fahrtdauer wurde auch die Strecke besser. Gegen halb sieben erreichten wir unser Resort. Wir wurden durchgewunken und parkten schließlich vor Toms Haus.

»Sollen wir nachher zu den anderen rübergehen?«, fragte ich Tom, während ich meinen Rucksack aus dem Jeep holte.

»Die sitzen doch bestimmt wieder im »Shamwari«. Sollen wir uns dort einfach in einer halben Stunde treffen? Ich würde gern noch duschen.«

»Das können wir machen. Dann bis gleich.«

Ich ging zu meinem Haus und war gespannt wie es aussehen würde. Bills Männer hatten ganze Arbeit geleistet. Das angebrannte Holz auf meiner Veranda war ausgetauscht, die Wand mit dem Brandflecken fein säuberlich überstrichen und das Dach war an den notwendigen Stellen neu eingedeckt worden. Hätte nicht noch ein Eimer mit Werkzeug auf der Veranda gestanden, wäre es nicht aufgefallen, dass es hier vor kurzem gebrannt hatte und die entstandenen Schäden nun wieder ausgebessert worden waren. Auch im Inneren meines Hauses sah es ordentlich aus und anstelle von kaltem Rauch roch es nun nach frischer Farbe, was ich weitaus angenehmer fand. Neben meinem Bett und vor meinem Kleiderschrank standen insgesamt vier große Körbe, in denen meine in Plastikfolie verpackte und frisch gewaschene Wäsche lag. Jetzt musste ich nur noch meinen Kleiderschrank einräumen, was ich aber auf morgen verschieben würde. Nachdem ich mich geduscht hatte schlenderte ich hinaus ins Freie und drehte mich zu meinem Haus um, von dem in der hereinbrechenden Dämmerung nur noch die Umrisse zu erkennen waren.

Ich war glücklich.

Ich ging weiter ins »Shamwari«, wo Gloria, Yzelle und Steven an unserem Lieblingstisch saßen. Tom war auch schon da und hatte bereits ein Bier zur Hälfte ausgetrunken. Er hatte offenbar im Turbomodus geduscht. Ich setzte mich zu ihnen und begrüßte alle.

»Habt ihr schon mein Haus gesehen?«, fragte ich ganz aufgeregt.

»Ja, ja, super Sache… Aber herzlichen Glückwunsch, euch beiden! Nicht nur Bill und seine Leute, sondern auch ihr habt ja ganze Arbeit geleistet! Gratulation!«, strahlte Yzelle uns an und erhob ihr Glas.

»Auf Tom und Jan, unsere Super-Ermittler!«, erhob sie ihr Glas.

Die anderen folgten ihr. Tom und ich schauten uns verwundert an.

»Hast du schon alles erzählt? Wie lange bist du denn schon hier?«, fragte ich Tom ein wenig enttäuscht, da ich mit dabei sein wollte, wenn wir unsere Geschichte aus Maputo erzählen würden.

»Kein Wort! Ehrlich! Ich wollte auf dich warten.«, antwortete Tom sichtlich verblüfft.

»Euer Erfolg hat sich schon herumgesprochen!«, klärte Yzelle uns auf.

»Bill hat es uns erzählt. Und er hat es von seinen Arbeitern, die Material für die Ausbesserungsarbeiten an deinem Haus in Inhassoro kaufen waren. Da hat es sich wie ein Lauffeuer herumgesprochen, dass der Polizeichef und seine Männer in Handschellen aus dem Revier geführt und von anderen Polizisten durch die Stadt gefahren wurden. Das haben sie ihm erzählt und er hat er uns erzählt. Und wir wussten natürlich, dass das nur auf eurem Mist gewachsen sein kann.«

»Ganz schön clever, die Kleine, was?«, zwinkerte ich Tom zu.

»Ich geb dir gleich „Kleine"!«, lachte Yzelle.

»Aber erzählt doch mal, wie habt ihr das denn angestellt und was ist jetzt bei der ganzen Sache rausgekommen? Oder war das Ganze ergebnislos?«, fragte Yzelle neugierig weiter.

»Nein, nein, keineswegs! Aber sollen wir nicht erst einmal was zu essen bestellen?«, erkundigte ichmich bei den anderen..

»Haben wir schon. Es gibt für alle den „Catch of the day". Du hast leider keine Wahl mehr. Tut mir leid.«, freute sich Gloria.

»Na dann können wir auch anfangen, euch mal auf den neuesten Stand zu bringen. Willst du loslegen, Tom?«

Tom fing an und erzählte von unseren Erlebnissen in Maputo, von dem Treffen mit Nkomo, der Schmiergeldzahlung, dem Verhör und der Folterung Shongoenes. Nach unserem Bericht brachte es wieder einmal Yzelle auf den Punkt:

»Gute Arbeit! Auch, wenn dafür etwas fragwürdige Mittel angewendet werden mussten. Aber den Mörder von Usumbe haben wir trotzdem noch nicht.«

»Das wissen wir. Aber dafür hat Tom schon eine ganz gute Idee gehabt, wie ich finde. Erzähl doch mal.«

Tom stellte seinen Plan vor, dass wir bei Mpizi als angebliche Interessenten für mehrere Grundstücke vorsprechen wollten und wir in diesem Rahmen versuchen würden, etwas mehr aus ihm herauszubekommen. Denn ganz offensichtlich hatte er irgendetwas mit der Sache zu tun.

»Keine schlechte Idee, aber wie wollt ihr das denn in die Praxis umsetzen?«, fragte Gloria etwas skeptisch.

»Nicht zuletzt mit deiner Hilfe!«, antwortete ich und Gloria erschrak darüber ein wenig.

»Wie? Was? Wie solch ich euch denn helfen?«

»Keine Angst. Das ist ganz einfach. Wir brauchen nur deine entzückende Telefonstimme.«

»Und wofür?«

»Für unsere Investmentgesellschaft. Wir haben schon beschlossen, dass du unsere Bürodame sein darfst. Das ist wie mit dem ›Catch of the day‹. Du hast leider keine Wahl mehr. Tut mir leid.«, konnte ich jetzt die Retourkutsche fahren.

»Und was habt ihr sonst noch so geplant bei eurem Auftritt?«, fragte Yzelle interessiert weiter.

»Naja, wir machen uns ein bisschen schick, damit wir seriöser aussehen und dann geht´s los.«, führte Tom lapidar aus.

»Mit ein bisschen schick machen, wird es da wohl nicht getan sein. Ihr solltet da auf jeden Fall im Anzug aufkreuzen. Hast du überhaupt einen, Tom?«, merkte Steven an.

»Ja, ja, ich hab schon einen, aber nicht hier…«, stammelte er verlegen.

»Wo denn dann? Etwa auf der Bohrinsel, wenn du mal hübsch mit einem deiner Kollegen ausgehen willst? Da wirst du wohl diesmal auf meine Kleiderspende angewiesen sein.«, feixte ich.

»Und ihr braucht Visitenkarten von euch und eurem fiktiven Unternehmen.«, ergänzte Yzelle.

»Und zumindest so etwas wie einen ungefähren Bauplan für euer Feriendorfprojekt.«, fügte Steven hinzu.

»Und ein repräsentatives Auto, wenn ihr bei ihm einen halbwegs geschäftsmäßigen Eindruck hinterlassen wollt. Mit euren Jeeps ist es da wohl nicht getan.«, schloss Gloria das Brainstorming ab.

»Stimmt, stimmt und stimmt. Die Visitenkarten können wir auch hier bei uns drucken. Das sollte kein Problem sein. Wir müssen uns nur noch einen Namen für uns und das Unternehmen ausdenken. Und als Bauplan können wir doch die Pläne von Praia da Onda nehmen. Als wir uns hier eingekauft haben, haben wir doch alle eine Broschüre mit Infomaterial und Übersichtsplänen bekommen. Wenn wir die einscannen und kopieren und den Schriftzug ›Praia da Onda‹ unkenntlich machen, können wir das Zeug auch verwenden. Wir müssen es ihm ja nicht da lassen. Mpizi soll ja nur einmal drüber schauen. Problematisch könnte allerdings die Sache mit dem Auto werden. Wir haben ja alle nur relativ schlichte Geländewagen und bei den Mietwagenfirmen in Mosambik bekommt so etwas Exklusives auch nicht.«, bot ich Ausführungsvorschläge zum Ideenpotpourri an.

»Da könnte ich vielleicht aushelfen.«, sagte Gloria.

»Ach ja? Ihr habt doch auch nur einen Jeep, oder?«, fragte Steven.

»Das schon. Aber unsere Nachbarn, die Chambers, sind bis Ende April verreist. Ich glaube, irgendwo in Europa. Und wir haben zur Sicherheit die Schlüssel für ihr Haus, falls irgendetwas sein sollte. Und... naja... wir haben auch die Schlüssel für ihr Auto...«

»Ach? Schau an. Und was fahren die Chambers für ein Auto?«, wollte Tom wissen und freute sich über Glorias raffinierten Plan.

»Die haben einen Porsche Cayenne. Silber-Metallic. Ihr habt ihn bestimmt schon mal gesehen. Das ist ein richtiges Schlachtschiff!«

»Der gehört den Chambers??? Krass! Was machen die denn beruflich?«, fragte Tom zurück.

»Winston ist im Vorstand von irgendeinem Pharmakonzern. Der hat zuhause in Südafrika bestimmt noch so einen davon in der Garage.«, erklärte uns Gloria.

»Und den willst du wirklich für so eine Spritztour verwenden? Was ist, wenn da irgendetwas dran kommt?«, erkundigte ich mich etwas besorgt.

»Dann müsst ihr halt so fahren, dass da nichts dran kommt! Und falls doch, haben wir noch einige Monate Zeit, das auszubessern. Auf dessen Kosten, der gefahren ist.«

»Wenn, dann teilen wir das durch alle. Ich will mich mit dem Wagen nicht ruinieren! Und was ist, wenn Winston sich den Kilometerstand aufgeschrieben hat, bevor er abgereist ist?«, stellte ich meine nächsten Bedenken in den Raum.

»Dann erkläre ich ihm einfach, dass es hier im Resort gebrannt hat und ich zur Sicherheit seinen teuren Wagen weggefahren habe.«, antwortete Gloria spontan.

»Klar, von hier bis Inhassoro und wieder zurück. Ein paar Meter wären ja okay, aber das fällt doch auf!«, befürchtete ich.

»Nicht, wenn ich sage, dass ich mich etwas ungeschickt angestellt habe und eine kleine Schramme in den Lack gemacht habe. Dann musste ich eben bis nach Inhassoro in eine Werkstatt fahren, um das auszubessern. Ich wollte doch nicht, dass der Kratzer auch noch anfängt zu rosten.«, hatte Gloria auch für diese Bedenken auf der Stelle eine Lösung parat.

»Mein Gott, bist du eine gute Lügnerin! Das macht dich sehr sympathisch! Weiß Maarten von deinem Talent?«, rief Tom voller Bewunderung aus.

»Um Himmels willen, nein! Und wehe, ihr sagt ihm etwas davon!«, antwortete Gloria mit einem Lächeln.

»Also gut. Dann hätten wir die gröbsten Probleme schon gelöst. Es stellt sich aber noch die Frage, wie ihr etwas aus Mpizi herausbekommen wollt.«, stellte Yzelle fest.

»Ihr könntet ihn doch fragen, wie es mit der Unterstützung der Behörden für euer Bauprojekt aussieht. Ob es da Schwierigkeiten geben könnte und ob man die irgendwie umgehen kann. Falls er dann sagt, dass er sich darum kümmert, könnt ihr ihn sicherlich irgendwie in ein Gespräch über Schmiergelder verwickeln. Und wenn ihr ihn so weit habt, dann könnt ihr sicherlich auch den Haken rüber zu dem alten Polizeichef Shongoene schlagen. Aber das kommt sicherlich auf den Verlauf des Gesprächs an.«, schlug Steven vor.

»Das klingt gar nicht mal so übel. Das könnte funktionieren.«, überlegte ich laut.

»Steven, so kenne ich dich gar nicht! Nicht schlecht!«, lobte Yzelle ihren Mann, dem das sichtlich unangenehm war.

»Prima! Dann habt ihr morgen alle was zu tun. Jan und ich ruhen uns mal einen Tag aus. Steven, du überlegst dir einen Namen für die Firma und stellst für uns ein paar Visitenkarten her. Yzelle, du kümmerst dich um das Infomaterial und die Baupläne und druckst noch das Logo von unserer neuen Firma drauf. Steven, den Namen musst du Yzelle dann sagen. Und du Gloria, du kannst morgen Vormittag schon mal schauen, ob der Schlüssel wirklich in den Cayenne passt und versuchst die Nummer von Hector Mpizi herauszubekommen. Und wenn Steven dir auch den Namen unserer Firma mitgeteilt hat, rufst du ihn an und vereinbarst einen Termin mit ihm. Am besten so bald wie möglich.«, übernahm Tom nun das Kommando und delegierte die Aufgaben.

Gegen kurz vor eins verließen wir das »Shamwari« nach dem rituellen Absacker wieder und gingen zu unseren Häusern.

»War ein schöner Ausflug mit dir in Maputo! Das nächste mal nehme ich auch gerne wieder ein Doppelzimmer mit dir.«, sagte Tom zu mir, als wir vor meinem Haus standen.

»Ach, danke. Ich fühle mich geschmeichelt. Ich wünschte nur, ich könnte das letzte Kompliment auch an dich zurückgeben.«

»Ich weiß, dass ich schnarche wie ein Bierkutscher. Schlaf gut und bis morgen, irgendwann am Strand oder so!«

»Ja, du auch! Gute Nacht!«

Kapitel 18

Dienstag, 01.03.2011

Ich wachte tiefenentspannt auf. Kein Wecker. Keine Termine. Nach einem Kaffee ging ich hinunter zum Strand. Der Sand kribbelte bei jedem Schritt unter meinen nackten Füßen und ich freute mich schon darauf, gleich ein paar Runden zu schwimmen. Weit und breit war niemand zu sehen. Bei Tom waren die Vorhänge noch zugezogen und die anderen Nachbarn aßen vermutlich gerade zu Mittag. Genau die richtige Zeit für ein Bad im Meer. Das Wasser war angenehm warm. Ich legte mich auf den Rücken und machte einige entspannte Züge, während ich mit zusammengekniffenen Augen abwechselnd in den Himmel und auf die Wasseroberfläche schaute. Einige größere Wellen hoben mich sanft nach oben, bevor es wieder nach unten in ein kleines Wellental ging. Eine leichte Brise kühlte mein Gesicht. Nach einiger Zeit beschloss ich, mein Bad im Meer abzubrechen und Tom einen Besuch abzustatten. Er saß in seinem Sessel auf der Veranda und hatte ein Bier auf der Lehne abgestellt, das er mit seiner rechten Hand umfasste.

»Guten Morgen! Na, gut geschlafen?«, begrüßte er mich.

»Guten Morgen ist gut! Es ist doch schon nach zwei, oder?«

»Na und? Wir sind beide erst vor kurzem aufgestanden, also ist es für uns noch Morgen.«

»Bestechende Logik! Gib mir auch mal eins, dann kann ich dir besser folgen.«, sagte ich und deutete auf Toms Bier.

Er hatte bereits eines für mich geholt, dass er neben seinem Sessel in den Schatten gestellt hatte und mir nun gab. Zum Glück war es immer noch kalt und noch nicht von der Sonne auf Körpertemperatur erwärmt.

»Prost!«

»Cheers! Nimm dir ruhig eines.«, sagte Tom mit Blick auf die Sandwiches, die er zum Schutz vor der Sonne unter den Tisch gestellt hatte.

Ich bückte mich und holte ein Pastrami-Sandwich mit Remoulade hervor. Auch wenn Tom kein begnadeter Koch war, vom Sandwichmachen verstand er eine ganze Menge und ich war froh, dass er mir heute kein typisch englisches Frühstück mit Baked Beans angeboten hatte.

»Und? Was machen wir heute so?«, fragte ich Tom mit vollem Mund.

»Erst mal aufessen, deinem lieben Nachbarn nicht die Veranda mit Brotbröckchen vollspucken und danach faulenzen.«

»Entschuldigung.«, antwortete ich, immer noch mit einem Rest Sandwich im Mund.

»Was hältst du von einer Partie Schach hier auf der Veranda, Bier trinken und warten, bis die anderen vorbeikommen und uns erzählen, was sie heute so auf die Reihe gekriegt haben?«

Tom blieb noch etwas sitzen, trank sein Bier in Ruhe aus und ging dann in aller Ruhe ins Haus. Nach ein paar Minuten kam er mit dem Schachbrett und zwei Bier zurück. Wir spielten diesmal ohne Geldeinsatz. Darum war es mir auch egal, dass Tom die ersten beiden Partien für sich entscheiden konnte und mich dabei am Ende ziemlich in die Enge drängte. Zu Beginn der dritten Partie gesellten sich schließlich Yzelle und Steven zu uns.

»Das sieht euch ähnlich! Wir schuften für euch den ganzen Tag und ihr lasst es euch hier in der Sonne gut gehen! Ich hoffe, du hast noch zwei Bier für uns übrig!«, begrüßte uns Yzelle.

»Kommt drauf an. Habt ihr denn eure Aufgaben schon alle erledigt?«, fragte Tom wie ein strenger Lehrer zurück.

»Klar! Wollt ihr mal sehen?«, antwortete Steven nicht ganz ohne Stolz und reichte uns einen kleinen Stapel Visitenkarte für Tom und mich herüber.

Sie waren auf festem weißen Karton gedruckt und lagen gut in der Hand. Auf ihnen war ein dezentes blaues Logo aufgedruckt, das nur aus zwei sich überkreuzenden blauen Linien in der rechten oberen Ecke der Karte bestand, in das auf einwandfreie Weise der Name unserer fiktiven Investmentfirma eingefügt war.

»Aha. Wir heißen also JOPIC. Wofür steht denn das?«, erkundigte ich mich bei Steven.

»Johannesburg Properties Investment Corporation. Klingt doch ganz okay, oder?«

»Das stimmt. Und ich bin also Pieter Duderberg, Leiter der Finanzverwaltung? Wie heißt du denn jetzt Tom?«

»Mark Millner. Ich bin Leiter der Grundstücksverwaltung. Damit kann ich leben.«

»Änderungen könnte es auch nicht mehr geben. Ich hab nämlich kein Visitenkartenpapier mehr. Ihr müsst also zufrieden sein.«

»Sind wir doch. Oder, Mr. Millner?«

»Sicher, Mr. Duderberg!«

»Und du, Yzelle? Hast du auch so gute Arbeit geleistet wie dein Mann?«, fragte ich gönnerhaft.

»Ich konnte euch zwar keine neue Identität verpassen, aber ich denke ich habe die Pläne von Praia da Onda auch ganz ordentlich umgearbeitet.«, antwortete Yzelle und reichte uns die von ihr angefertigten Unterlagen herüber, die tatsächlich sehr überzeugend aussahen. Das Logo von Praia da Onda hatte Yzelle durch das Logo der JOPIC ausgetauscht und mit einem Grafikprogramm noch einige Details hinzugefügt, sodass man nur noch mit sehr viel Mühe erkennen konnte, dass es sich bei den Abbildungen um das Resort handelte, in dem wir alle lebten.

»Saubere Arbeit, ihr beiden! Das sieht verdammt gut aus!«, lobte Tom Yzelle und Steven als wäre er der Kopf einer Gangsterbande, die Falschgeld produziert.

»Danke! Wir haben ja auch den ganzen Vormittag dran gesessen, während ihr noch gepennt habt!«, reagierte Yzelle etwas schnippisch.

»Das haben wir uns ja wohl auch verdient, nach all den Strapazen der letzten Tage!«, rechtfertigte ich mich, obwohl es dafür keinen Grund gab.

»War doch auch nur ein Spaß.«

»Was war nur ein Spaß?«, fragte Gloria, die soeben die Treppe zu Toms Veranda heraufkam.

»Hi Gloria! Schön, dass du auch kommst!1 Yzelle beschwert sich nur gerade darüber, dass sie mal einen Vormittag lang arbeiten musste. Das ist sie nicht mehr gewöhnt und verurteilt deshalb alle, die um zwölf noch im Bett lagen!«, begrüßte Tom Gloria.

»Aha. Ja, das kann ich gut nachvollziehen. Ich hab mich schließlich auch schon seit heute früh auf meinen Einsatz als Bürodame vorbereitet. Nachdem mir Steven mitgeteilt hat, wie ihr und eure Firma heißt, hab ich mir einen Text zurecht gelegt und ein bisschen geübt. Das hätte bestimmt ziemlich dämlich ausgesehen, wenn mich jemand beobachtet hätte. Die Nummer von Mpizi hab ich noch heute Nacht, als ich vom »Shamwari« zurückgekommen bin, rausgesucht. Ich war schon ganz schön aufgeregt wegen des Anrufs heute.«

»Siehst du, Yzelle? Das nenn ich mal richtigen Einsatz!«, feixte ich.

»Tja, und dann hab ich angerufen.«, fuhr Gloria fort.

»Ich hatte erst einen Mann in der Leitung, der wohl so etwas wie Mpizis Sekretär ist. Dem hab ich dann erklärt, was ich will. Er machte auf mich einen etwas unbeholfenen Eindruck am Telefon. Wahrscheinlich hat er mich deshalb auch recht bald zu Mpizi durchgestellt.«

»Echt? Du hast direkt mit Mpizi gesprochen? Cool! Und weiter?«, fragte ich aufgeregt.

»Ja. Der wirkte ganz seriös und nicht so dilettantisch wie sein Sekretär. Er konnte sich gut ausdrücken und sprang auch gleich auf meine Anfrage an. Ich hab ihm gesagt, dass die JOPIC in Mosambik investieren will. Ein Ferienresort für reiche Südafrikaner und Europäer. Dabei kämen nur zwei Regionen im Land in Frage, einmal in der Nähe von Xai-Xai und dann eben die Region um Inhassoro. Ich hab ihm mitgeteilt, dass wir uns umgehört hätten und ihn als wichtigsten Ansprechpartner für derartige Vorhaben in dieser Gegend ermittelt hätten. Das hat ihm sehr geschmeichelt, er hat gleich gefragt, über wie viel Hektar wir sprechen würden. Ich hab dann einfach die Hektarzahl von Praia da Onda verdoppelt. Da blieb ihm erst mal die Luft weg.«

»Oh nein!«, fuhr es aus Yzelle heraus.

»Was denn?«, erkundigte sich Tom.

»Ich hab mit den gleichen Zahlen wie in Praia da Onda gearbeitet. Das ist dann alles hinfällig! So ein Mist!«, fluchte sie.

»Du kannst ja auf den Plänen von der Größe her einfach alles so ungefähr verdoppeln. Dann passt es doch wieder.«, tröstete ich Yzelle.

»Da wirst du wohl nochmal ran müssen.«, machte sich Tom einen Spaß daraus, dass Yzelles Arbeitsvormittag noch eine Fortsetzung finden würde.

»Jedenfalls blieb ihm die Luft weg!«, wiederholte sich Gloria, diesmal etwas lauter, damit wir unsere Aufmerksamkeit wieder auf sie richteten.

»Tja, und da hat er gleich gesagt, dass wir gern einen Termin vereinbaren könnten. Ich hab förmlich das Klingeln der Kasse in seinem Kopf gehört! Ich hab ihm gesagt, dass ihr im Moment das andere Grundstück in der Nähe von Xai-Xai besucht und dass ihr euren Besuch direkt anschließen könntet. Kurzum: Übermorgen um 13:00 Uhr habt ihr den Termin bei ihm. Er wohnt in einem Anwesen südlich von Inhassoro. Er hat mir auch den Weg erklärt. Ihr müsst ganz durch Inhassoro durchfahren. Bis an den Strand und dann der einzigen Straße, die nach Süden führt immer weiter folgen. Es ist aber wohl mehr eine Sandpiste. Sie endet direkt an Mpizis Haus.«

»Gloria! Du bist klasse! Nicht schlecht!«, lobten Tom und Steven Glorias Arbeit.

»Ihr werdet mich gleich für Mrs. Einstein halten, wenn ich euch erzähle, was ich noch gemacht habe…«

»Wieso? Was hast du denn noch gemacht?«, fragte Yzelle nach.

»Tom hat doch gestern gesagt, dass ich schon mal testen soll, ob der Zündschlüssel in den Cayenne passt. Tut er! Aber habt ihr euch schon mal gefragt, was passiert, wenn Mpizi Verdacht schöpft und das Autokennzeichen überprüfen lässt?«

»Scheiße! Stimmt! Dann kommt der auf Winston. Das ist ja ein schöner Mist!«, fiel es uns wie Schuppen von den Augen.

»Nein. Ist es nicht. Nicht mehr zumindest. Maarten ist ja so ein kleiner Nostalgiker. Der hebt alles auf. Ihr glaubt gar nicht, was wir alles für ein Gerümpel von ihm hier und im Haus in Durban aufgehoben haben. Das ist unglaublich! Manchmal ist es aber auch ganz nützlich. Er hat sich seinerzeit auch die Nummernschilder seines ersten Autos abgeschraubt. Als Erinnerung. Die sind nicht mehr zugelassen und keiner kann die mehr einem Fahrzeughalter zuordnen. Tja, die lagen hier in Toms Andenkenkiste im Wohnzimmer. Die hab ich mir geschnappt, sauber gemacht und gleich mal an den Cayenne geschraubt.«

Wir standen mit offenen Mündern da. Gloria erstaunte uns wirklich. Bislang hatte sie eher durch Skepsis und Zurückhaltung geglänzt und nun blühte sie richtig auf..

»Also übermorgen um 13:00 Uhr. Gut, gut. Dann muss ja eigentlich nur noch Yzelle etwas nacharbeiten. Ansonsten sind wir fertig.«, stellte ich zufrieden fest.

»Eine Sache wäre da noch…! Ich bräuchte jetzt schon wieder ein neues Bier. Meins ist schon wieder leer. Tom?«, fragte Yzelle.

»Kein Problem. Wollt ihr alle noch eins?«

Nach einer Runde Boule am Strand endete der Abend wie so viele vorher feuchtfröhlich, nicht zuletzt deshalb, weil wir alle morgen wieder einen freien Tag hatten. Zumindest alle bis auf Yzelle, die noch an einigen Details für ihre Projektpräsentation arbeiten musste.

Kapitel 19

Mittwoch, 02.03.2011

Es war kurz vor elf, als ich aus dem Schlaf gerissen wurde.

»Steh auf, du Schlafmütze! Wir haben etwas vor!«, weckte mich eine Stimme.

Entgegen der sonstigen Gewohnheit von Tom, mich hin und wieder auf diese Weise aus dem Bett zu werfen, war es diesmal Yzelle, die mir zeitgleich mit ihrem Weckruf die neu erstellten Unterlagen aufs Bett warf.

»Ich hoffe, die sind diesmal zufriedenstellend, Mr. Duderberg!«, sah sie mich lächelnd an.

»Hätte das nicht warten können? Ich wäre bestimmt in einer Stunde oder so aufgestanden.«

»Das schon! Aber wie ich schon sagte, wir haben etwas vor. Steven hat einen Katamaran geliehen und wir fahren in einer halben Stunde los. Also wasch dich, geh auf die Toilette und zieh dir was an. Gloria und Tom wissen schon Bescheid und kommen auch mit.«,

»Okay, okay, okay. Gib mir nur noch eine Minute bitte. Und falls du solange hier bleibst, kannst du mir auch einen Kaffee machen, während ich dusche.«

»Und wovon träumst du nachts?«, lachte Yzelle.

»Sieh zu, dass du fertig wirst und dann kannst du auf dem Boot etwas trinken. Steven hat, während ich noch an den Unterlagen gearbeitet habe, ein kleines Picknick vorbereitet, das wir unterwegs essen können. Also bis gleich am Strand. Wir sehen uns.«

Ich mochte eine solche Hetzerei am frühen Morgen überhaupt nicht und war ein wenig mufflig, auch wenn die Aussicht, einen Teil des Tages mit meinen Freunden auf einem Katamaran zu verbringen, nicht das Schlechteste war. Also stand ich widerwillig auf, ging unter die Dusche und zog mir ein paar Schwimm-Shorts und ein T-Shirt an. Ich nahm noch ein weiteres T-Shirt mit, dass ich mir in der Mittagshitze um den Kopf binden könnte, denn erfahrungsgemäß knallte die Sonne auf dem Wasser um ein Vielfaches stärker als an Land. Wenn ich morgen nicht wie eine Pellkartoffel aussehen wollte, war dies sicherlich die richtige Entscheidung. Auf dem Weg nach draußen schnappte ich mir noch mein Schnorchelzeug, denn bei den letzten Ausflügen mit dem Katamaran, der im Resort in Praia da Onda angemietet werden konnte, hatten wir immer einen Stopp eingelegt, um zu schnorcheln. Ich ging hinunter zum Wasser und schaute mich um. Ich war der letzte. Tom, Steven und Antonio, der Skipper, hatten den Katamaran bereits beladen. Es fehlte nur noch meine Schnorchelausrüstung. Ich gab Antonio meine Flossen, die Tauchermaske und den Schnorchel und er befestigte sie sicher am Boot, sodass sie unterwegs nicht verloren gehen würden. Platz genug gab es auf diesem riesigen Gefährt. Der Katamaran »Sea Cloud III« hatte eine Länge von etwa 13 Metern und eine Breite von etwa sieben Metern. Wir konnten es uns also auf und unter Deck gemütlich machen, ohne dass wir uns dabei auf die Füße traten.

»Wo fahren wir denn heute hin, Skipper?«, erkundigte sich Gloria nach einem ausgiebigen Frühstück unter Deck bei Antonio, und es wirkte, als würde sie ihn ein wenig anflirten.

Antonio war groß, stattlich und muskulös und hatte ein wettergegerbtes Gesicht, das aber dennoch nicht einen gewissen bübchenhaften Charme abgelegt hatte. Seine Haut schimmerte in der Mittagssonne und er versteckte seinen durchtrainierten Körper nicht.

»Das liegt ganz bei Ihnen. Ich fahre Sie, wohin Sie wollen!«, antwortete er in einwandfreiem Englisch.

»Entscheiden Sie! Sie kennen sich hier besser aus.«, gab Gloria die Entscheidungshoheit wieder zurück.

»Was halten Sie von der Isla Santa Carolina? Die liegt noch einige Meilen vor der Ilha do Bazaruto und ich kenne dort eine wunderschöne Bucht, wo wir ankern und schnorcheln können.«, schlug Antonio vor.

»Na dann, auf zur Isla Santa Carolina!«, rief Gloria euphorisch und wirkte dabei, als hätte sie bereits den einen oder anderen Piccolo intus, obwohl das nicht der Fall war.

Wir kamen nun alle nach oben, legten uns auf das Katamarannetz und beobachteten, wie sich die leichten Wellen an den beiden Rümpfen des Bootes brachen. Ich hielt mein Ersatzshirt ins Wasser und wickelte es mir um den Kopf, denn es war inzwischen kurz vor eins und die Sonne brannte unerbittlich aufs

Wasser, das ihre Strahlen auch von unten zu uns aufs Boot reflektierte. Dabei war ich nicht der Einzige, der diese Idee hatte. Auch Yzelle, Gloria und Steven holten einen Sonnenschutz in Form von Mützen, Tüchern und Shirts heraus und bedeckten damit ihre Köpfe. Nur Tom harrte ohne irgendeinen Schutz in der Sonne aus.

»Willst du noch ein Tuch oder ein Shirt, Tom? Wir haben noch eins unter Deck.«, bot Yzelle ihm eine Abwehr gegen die Sonnenstrahlen an.

»Nein, danke. Das geht schon so. So schlimm ist das nicht.«, lehnte Tom das gut gemeinte Angebot ab.

»Sicher? Unterschätz das mal lieber nicht!«, ermahnte ihn Steven.

»Nee, wirklich. Danke. Das passt schon. Ich bin da nicht so empfindlich.«

»Wenn du meinst… Aber jammer nachher nicht rum, wir hätten dich nicht gewarnt.«

Wir fuhren in gemächlichem Tempo für etwa zwei Stunden im Zickzackkurs übers Wasser. Die Isla Santa Carolina konnten wir schon seit langem sehen, doch nun war sie bereits sehr nah. Wir erkannten einige Gebäude auf der Insel, die aussahen, wie eine halb verfallene Hotelanlage. Antonio erklärte uns einiges zu dieser Insel:

»Die Isla Santa Carolina war früher einmal, als wir noch portugiesische Kolonie waren, eine der Haupturlaubsinseln. Dort stiegen fast nur reiche Portugiesen ab. Mosambikaner kamen gar nicht auf die Insel. Nachdem wir die Besatzer aber aus dem

Land gejagt hatten, war die Isla Santa Carolina wie leergefegt. Die Hotelbesitzer waren geflüchtet und Gäste gab es auch keine mehr. Die Hotelanlagen blieben über Jahre ungenutzt und es lebte nur eine Handvoll Mosambikaner auf der Insel, die früher als Angestellte des Hotels gearbeitet hatten. Dann gab es ein paar Jahre, in denen angeblich Piraten die Insel als Umschlag- und Lagerplatz für ihre Beute genutzt haben. Damals sahen die Gebäude auf der Insel noch sehr gepflegt aus. Das ist nun aber vorbei. Seitdem vor einigen Jahren ein wirklich heftiger Zyklon durch den Kanal von Mosambik tobte und dabei auch die Isla Santa Carolina erwischte, sehen die Gebäude hier alle so aus, wie sie jetzt aussehen. Zerfallen und einsturzgefährdet. Die Insel hat nun irgendein reicher Engländer gekauft, aber ich glaube er weiß nicht, was er damit anfangen soll. Es ist zumindest noch nichts passiert und es macht auch nicht den Anschein, als ob das in den nächsten Jahren der Fall sein würde. Aber falls Sie das mal irgendwann möchten – Sie können immer noch in den verfallenen Hotelanlagen übernachten und dort alles erkunden. Es gibt einen ganz kleinen Bereich, den der Zyklon halbwegs verschont hat. Dort werden Sie von den Angestellten des alten Hotels bewirtet. Natürlich alles ganz einfach und primitiv, aber sehr aufregend. Vor allem, wenn Sie mal einen Rundgang über die Insel und durch die alten Gebäude machen. Ich war einmal dort und habe mir die riesige Küche des alten Hotels angesehen. Dort sieht es aus, als könnte jederzeit der Betrieb wieder aufgenommen werden. Es steht alles noch da. Von den Töpfen bis zu den Herden. Nur eben alles komplett verwittert. Kann ich Ihnen sehr empfehlen!«

Antonio steuerte langsam eine kleine Bucht an, in deren Mitte sich ein etwa vier Meter hoher Felsen befand. Das Wasser war glasklar und schimmerte in einer wunderbaren Mischung aus Blau und Türkis. Antonio warf den Anker aus. Wir befreiten unsere Schnorchelutensilien von der Halterung, sprangen mit ihnen ins Wasser und schwammen an den nicht sehr weit entfernten Strand, um sie uns dort in Ruhe anlegen zu können.

»Eigentlich müsste es doch laut zischen, wenn Tom ins Wasser springt. So eine heiße Birne, wie der jetzt haben dürfte.« meinte Yzelle zu mir, die neben im Wasser schwamm.

Ich musste lachen und schluckte etwas Meerwasser. Wir kamen nach zwei, drei Minuten am Strand an und schauten uns ein wenig um. Hier war absolut niemand keine Menschenseele weit und breit. Der Sand war hell und feinkörnig und kitzelte zwischen meinen Zehen. Etwa zehn Meter in Richtung Landesinnere standen zahlreiche Palmen auf einer kleinen Anhöhe. Wir zogen unser Schnorchelzeug an und gingen rückwärts ins Wasser. Wir mussten nicht lange suchen, bis wir die ersten Fische in schillernden Farben am Meeresboden entlang schwimmen sahen. Es machte einen wahnsinnigen Spaß zu beobachten, wie sich die kleinen Fische in den algenartigen Pflanzen versteckten und uns von dort aus misstrauisch beäugten. Nach einer Stunde machten wir eine Pause. Wir ließen uns von Antonio einige Getränke ins Wasser reichen. Dann schwammen wir alle mit einer hocherhobenen Hand, in der wir unser Getränk hielten, zurück in eine Wasserregion, in der wir bequem stehen konnten und stießen an.

»Auf diesen wunderschönen Tag und auf die tolle Idee von Steven!«, sprach ich einen Toast aus.

Nach einer weiteren Stunde deutete uns Antonio an, dass es nun langsam an der Zeit sei, wieder zurückzufahren, was wir mit einem lauten, kollektiven Seufzer bedauerten. Wir kletterten aufs Boot zurück, nahmen alle auf dem Netz Platz und warteten auf die Abfahrt.

»Sag mal, gilt euer Angebot mit dem Kopfschutz noch?«, fragte Tom Yzelle und Steven kleinlaut und rieb sich dabei über den Kopf.

»Ich glaube, ich hab mich vorhin doch ein bisschen verbrannt.«

»Na klar. Schön, dass du endlich zur Vernunft kommst.«, antwortete Yzelle bereitwillig und ging nach unten, um Tom eine Mütze und ein T-Shirt zu geben.

Er befeuchtete das Shirt mit Wasser, legte es sich auf den Kopf und setzte darauf die Mütze. Er sah ein wenig aus wie ein quietschbunter Beduine mit Basecap, was zur allgemeinen Heiterkeit beitrug, die in der nächsten Stunde durch weitere alkoholische Getränke noch gesteigert wurde. Unterwegs konnten wir noch ein Delfinpärchen beobachten, das eine Zeit lang neben dem Katamaran schwamm und sich einen Spaß daraus machte, uns zu verfolgen. Antonio legte mit der »Sea Cloud III« vor der Anmietstation im Resort an und ließ uns von Bord gehen. Wir bedankten uns für die tolle Fahrt und versammelten uns mit unseren Schnorchelutensilien in der Hand und Stevens Kühlboxen am Strand.

»Wie sieht der weitere Tag aus?«, fragte Gloria.

»Ich wollte eigentlich noch meinen Kleiderschrank wieder einräumen. Aber das kann ich auch später noch machen. Was vielleicht im Hinblick auf Morgen wichtiger ist, wäre die Anzugprobe von Tom. Falls er in meine nicht reinpasst, könnten wir immer noch Stevens oder Maartens Kollektion überprüfen.«, erklärte ich ihr.

»Dann können wir uns heute Abend ja wieder im ›Shamwari‹ treffen. Und falls ihr noch eine andere Anzuggröße benötigt, kommt ihr zwischendurch einfach mal rüber.«, schlug Yzelle vor.

»So machen wir es.«, stimmte ich zu und wir gingen zurück zu unseren Häusern.

»Willst du gleich mit zu mir kommen?«, fragte ich Tom auf dem Weg.

»Hast du Panthenol oder sowas in der Art da?«, antwortete er mit einer Gegenfrage.

»Sonnenbrand?«

»Hmm. Kann schon sein.«

»Ich glaub, ich hab was da. Wir können ja mal nachschauen.«

Wir gingen zu mir und ich kramte als Erstes eine Sprühflasche Panthenol Spray aus dem Medizinschrank. Ich gab sie Tom, der sich allerdings etwas ungeschickt beim Auftragen anstellte, sodass ich ihm dabei half. Nachdem wir fertig waren, sah er aus wie ein Schneemann.

»Das war die falsche Reihenfolge…«, stellte ich knapp fest.

»Was?«

»Wir hätten erst die Anzüge anprobieren und danach das Spray auftragen sollen. Wenn wir das jetzt machen, verschmierst du doch den ganzen Schaum auf meinen Anzügen.«

»Das stimmt. Dann warten wir halt so lange, bis es eingezogen ist.«

»Das kann aber dauern.«, gab ich zu bedenken.

»Uns fällt schon was ein… Lust auf eine Runde Fußball?«

»Ach, warum nicht. Willst du noch ein Bier dazu?«

»Klar. Holst du es? Ich mach schon mal die Playstation an.«

Wir spielten wie immer mit unseren Lieblingsvereinen und wie immer verlor ich gegen Tom. Da saß ich nun neben einem Bier trinkenden Schneemann auf der Couch, der mich an der Playstation um Längen deklassierte. Nach der dritten Partie war das Panthenol zum Glück eingezogen und die Demütigung hatte ein Ende. Ich beglückwünschte Tom, stand auf und ging zu den Wäschekörben und versuchte herauszufinden, in welchem sich wohl meine Anzüge befanden.

»Hast du es endlich?«, fragte Tom irgendwann ungeduldig.

»Ja. Konnte ich doch nicht ahnen, dass die meine Anzüge und Hemden schon in den Kleiderschrank gehängt haben. Damit kann ich doch nicht rechnen. Was für einen willst du denn?«

»Was hast du denn da?«

»Wenn du deinen Hintern von der Couch runter bequemst, könntest du selbst schauen und dir einen aussuchen.«

Tom erhob sich mit einem Ächzen und stellte sich zu mir neben den geöffneten Kleiderschrank.

»Ach du Scheiße! Wie viele Anzüge hast du denn?«

»Das sind, glaube ich, ungefähr zwölf. Ich hatte früher noch viel mehr. Die sind aber alle in Deutschland geblieben. Ich brauch sie ja nicht mehr.«

»Krass! Das sieht ja aus wie bei einem Herrenausstatter.«

»Ja. Aber nun beruhig dich mal wieder und such dir einen oder zwei aus.«

»Ich nehm den hier und… den. Ist das okay?«, entschied sich Tom für anthrazitfarbenen und einen sommerlichen Anzug in einem Creme-Ton.

»Brauchst du auch noch ein Hemd? Wie du siehst, hab ich auch davon genug.«

»Gern!«, sagte Tom und verschwand zur Anprobe im Bad.

Ich machte mich daran, meine Kleidungsstücke aus den Wäschekörben in meinen Kleiderschrank zu verfrachten. Nachdem ich den ersten Korb eingeräumt hatte, kam Tom mit dem dunklen Anzug aus dem Bad. Hätte er nun noch Schuhe angehabt, hätte man ihn tatsächlich für einen Geschäftsmann halten können.

»Der ist schick, oder?«, fragte Tom etwas unsicher aber auch ein bißchen stolz nach.

»Der steht dir!«

»Ich hab nur das Gefühl, dass er etwas warm ist.«

»Da könntest du recht haben. Das ist auch ein Winteranzug. Der Stoff ist bei denen ein bißchen dicker als bei den Sommeranzügen.«

»Das hättest du mir aber auch früher sagen können. Ich dachte schon, es liegt an mir, dass ich so schwitze.«

»Jetzt schwitz mir nicht meine frisch gewaschenen Anzüge voll!«

»Ist ja gut. Ich probier den anderen an.«, sagte Tom und verschwand wieder im Bad.

Diesmal war Tom schneller und ich schaffte es nicht ganz, den zweiten Korb einzuräumen.

»Tadaa!«, präsentierte sich Tom diesmal im cremefarbenen Anzug und wiederum barfuß.

»Mmh, nicht schlecht. Aber das sieht eher nach Sommerurlaub aus. Wir wollen aber nach ›Big Business‹ aussehen. Da würde ich dir eher was Dunkleres empfehlen.«

»Hast du denn einen dunklen Anzug ohne Winterfell?«

»Natürlich! Hier. Nimm die beiden mal mit.«, sagte ich und gab ihm einen schwarzen und einen dunkelgrauen Anzug mit ins Bad.

Ich räumte weiter ein und Tom kam schließlich zur Hälfte des dritten Korbes wieder zurück. Diesmal mit schwarzem Anzug und einem weißen Hemd. Das passte!

»Wow! Mein lieber Schwan! Den kannst du anlassen! Der steht dir ausgezeichnet! Wenn du jetzt noch ein paar Socken und Schuhe anhättest, wäre es perfekt.«

»Ja, wenn… Sag mal, Jan…«

»Du brauchst noch Schuhe, stimmt´s?«

»Mmh. Auch. Ich glaub ich hab nur dicke Wollsocken für die kälteren Tage hier. Das sieht zum Anzug vermutlich bescheuert aus.«

»Vermutlich. Ja. Da hab ich aber auch bestimmt etwas für dich.«

»Das fühlt sich gerade ein bisschen so an wie ein Besuch im Bekleidungsgeschäft. Ich bin zwölf, hab in zwei Wochen Konfirmation und du bist meine Mutti und der Verkäufer in einer Person.«

»Na, wenn du meinst.«, erwiderte ich Toms Tagtraum und reichte ihm ein Paar schwarze Schuhe und schwarze Socken herüber.

»Was hast du denn eigentlich für eine Größe?«, fragte ich ihn.

»43.«

»Oho, dann brauchen wir noch etwas Zeitungspapier. Ich hab eine 46.«

Ich durchsuchte meinen Zeitungsständer und reichte Tom ein altes Boulevardmagazin rüber.

»Danke. Ich probier es gleich mal aus.«, sagte Tom, zog sich die Socken an und zerknüllte einige Blätter, die er bis in die Zehenspitzen der Schuhe stopfte.

Beim ersten Versuch war es zu wenig Papier, beim zweiten zu viel und beim dritten hatte Tom das Gefühl, dass er trotz der unterschiedlichen Schuhgrößen bequem in meinen Schuhen laufen könnte.

»Nicht schlecht! So kannst du Eindruck machen! Das sieht sehr schnieke aus!«

»Danke! Ich hätte nicht gedacht, dass du so einen guten Geschmack hast und dir so tolle Anzüge kaufst!«, freute sich Tom.

»Na, hör mal! Wenn schon, denn schon!«

»Darf ich den gleich anlassen und damit ins »Shamwari« gehen?«, fragte Tom.

»Klar. Warum nicht? Wenn du ihn beim Essen nicht bekleckerst und dich so betrinkst, dass du dir auf die Hose kotzt, ist das kein Problem. Mir gefällt´s! Nicht unbedingt die passende

Kleidung für hier im Resort, aber falls wir mal in Südafrika nach Sun City in die Spielbank fahren, nehme ich dich gern so mit.«

»Ich verstehe das jetzt mal als Einladung.«

Im »Shamwari« war ich mal wieder der Letzte. Tom hatte tatsächlich seinen Anzug angelassen, aber offenbar nicht den Eindruck hinterlassen, den er sich erhofft hatte, denn ich konnte bereits vom Eingang erkennen, dass sich die anderen über ihn lustig machten. Als ich mich setzte, erkannte ich weshalb. Es war nicht der Anzug. Den fanden auch Gloria, Yzelle und Steven sehr schick an Tom. Es war sein Gesicht, das mittlerweile zu einem feuerroten Ball mutiert war.

»Ich hätte auf deine Visitenkarte nicht ›Mark Millner‹, sondern ›Mark Tomato‹ schreiben sollen! Das hätte besser gepasst!«, prustete Steven in die Runde und verschluckte sich fast dabei.

»Spielt heute Manchester United? Und hast du dir deshalb extra ihre Vereinsfarben ins Gesicht gemalt?«, spielte Yzelle auf Toms Lieblingsclub an.

»Nein, nein, so sieht nur ein Anhänger vom FC Liverpool aus. Das sind doch die ›Reds‹, oder irre ich mich da?«, gab auch Gloria ihren Senf dazu.

»Ich hoffe, du siehst morgen wieder besser aus.«, sagte ich zu ihm und schaute ihn aufgrund der Späße der anderen etwas bedauernd an.

»Wenn du morgen immer noch so rot bist, dann reißt das auch der Anzug nicht mehr raus.«

»Ich weiß. Ich schmier mich vor dem Schlafengehen noch einmal ordentlich mit Panthenol ein. Vielleicht hilft das bis morgen.«

»Ansonsten sagt ihr einfach, dass ihr euch beim Besuch des Geländes in der Nähe von Xai-Xai zu lange in der Sonne aufgehalten habt. Und da Tom das nicht gewohnt ist, weil er sonst immer nur im Büro sitzt, sieht er halt so aus wie er morgen aussehen wird. Warten wir es mal ab!«, meinte Gloria.

»Fürs Bestellen bist du heute übrigens schon wieder zu spät. Es gibt für uns alle den Barrakuda.«

»Geht klar. Immer dieser Gruppenzwang…«

»Wenn du bei unserer Gang dazu gehören willst, dann isst du gefälligst, was wir essen, ist das klar, Frischling?«, zischte mich Gloria mit zusammengekniffenen Augen im Spaß an und hielt mir ihre Faust unters Kinn.

»Ist ja gut, ist ja gut!«, antwortete ich und überlegte, welchen Mafiafilm Gloria wohl als letzten geschaut hatte.

Wir verließen das »Shamwari« an diesem Abend früher als sonst, da wir zum Einen von dem Segeltörn und der vielen frischen Meeresluft etwas müde waren und zum Anderen auch, weil Tom und ich morgen fit sein mussten. Deshalb tranken wir beide auch erheblich weniger als die anderen drei. Als wir auf dem Heimweg an meinem Haus vorbeikamen, lief ich schnell die Treppe hinauf und ging zum Medizinschrank, um Tom das Panthenolspray zu geben, das er bitter nötig hatte.

»Mach dir ordentlich was drauf! Das hilft! Aber bitte erst, nachdem du den Anzug ausgezogen hast!«

»Ja. Mach ich. Danke. Wir sehen uns morgen. Sollen wir zusammen frühstücken? Vielleicht so um halb zehn?«

»Gerne? Bei dir oder bei mir?«

»Von mir aus bei mir.«, antwortete Tom.

»Ich hätte gern Sandwiches.«, äußerte ich schnell einen Wunsch, bevor Tom auch nur ansatzweise auf den Gedanken kommen konnte, ein englisches Frühstück mit gebackenen Bohnen zu machen.

»Okay, schlaf gut und bis morgen!«, verabschiedete sich Tom.

»Ja, du auch!«

Kapitel 20

Donnerstag, 03.03.2011

Am nächsten Morgen überlegte ich, ob ich mir gleich einen Anzug anziehen oder erst noch ein paar strandtaugliche Sachen überwerfen sollte. Ich entschied mich für Shorts und T-Shirt und ging etwas früher als vereinbart zu Tom rüber. Offenbar war auch Tom etwas eher aufgestanden, denn während ich zu ihm hinüber ging, sah ich bereits, wie er den Tisch auf der Veranda deckte und einen Glaskrug mit Orangensaft nach draußen brachte.

»Ist es schon halb zehn?«, erkundigte sich Tom etwas überrascht.

»Nein, nein. Mach dir keinen Stress. Es ist erst kurz nach neun. Wir haben noch genug Zeit.«, beruhigte ich ihn.

»Na dann ist gut. Soll ich dir was sagen?«, fragte er mich leise, als ich oben auf der Veranda angekommen war.

»Was denn?«

»Irgendwie hab ich heute ein komisches Gefühl.«

»Weshalb? Weil dein Gesicht aussieht, als hättest du mit Schmiergelpapier drüber gerieben?«, fragte ich, denn es sah tatsächlich so aus, als wäre Tom eine menschliche Schlange, die man gerade in ihrem Häutungsprozess beobachtete.

»Nein. Wegen des Besuchs bei Mpizi heute. Du weißt ja, ich bin niemand, der leicht Schiss hat. Aber wenn Mpizi irgendeinen Verdacht schöpft, dass wir keine hochrangigen Mitarbeiter von JOPIC sind, dann bekommen wir es sicherlich mit seinen Leibwächtern zu tun. Und die haben bestimmt noch weniger Hemmungen als dieser Kengali in Nkomos Folterkeller. Vor allem könnte ich mir gut vorstellen, dass dieser Mpizi bei dem Brandanschlag seine Finger im Spiel hatte. Wahrscheinlich hat Shongoene ihm von unseren Ermittlungen erzählt und dann hat er einen seiner Schergen losgeschickt, der den Molotow-Cocktail auf dein Haus geworfen und die notwendigen Beweise bei Ndlane versteckt hat. Was ist, wenn der weiß, wer du bist?«

»Das kann ich mir nicht vorstellen. Selbst wenn Shongoene ihm meinen Namen und meine Adresse genannt hat, dann hat er nur mit diesen Informationen seinen Brandstifter losgeschickt. Der weiß nicht wie ich oder wie wir aussehen. Wir sind dem noch nie über den Weg gelaufen, woher sollte der uns kennen?«, versuchte ich Toms Befürchtungen beiseite zu schieben, obwohl dieser Aspekt nicht ganz von der Hand zu weisen war.

»Dein Wort in Gottes Ohr! Aber ich denke trotzdem, dass wir uns noch irgendeinen Notfallplan zurecht legen sollten, falls wir doch auffliegen.«

»Gute Idee, aber wie willst du das anstellen?«

»Ich hab heute Nacht deswegen schon ein bisschen schlecht geschlafen. Da hatte ich genug Zeit darüber nachzudenken. Wenn wir zu Mpizi fahren, müssen wir eh durch Inhassoro durchfahren und dann die Straße nach Süden nehmen. Wir könnten doch einfach Steven, Gloria und Yzelle mitnehmen und mit ihnen ein

Telefonzeichen vereinbaren. Falls sie dann merken, dass wir in Gefahr sind, können sie direkt zur Polizeistation gehen und dort Bescheid sagen. Zur Not können sie denen ja auch die Nummer von Nkomo geben, damit sie ihnen Glauben schenken.«

»Das klingt gut. Hast du den dreien schon Bescheid gesagt? Die kommen sicher gern mit. Haben ja sonst nichts zu tun…«

»Soll ich sie gleich mal anrufen? Die könnten dann auch gleich rüberkommen und wir könnten die Sache mit ihnen absprechen.«

»Mach das. Und mach dir auf dem Weg gleich noch etwas Creme ins Gesicht. Das kann nicht schaden.«

Tom ging ins Haus, um nach wenigen Minuten mit eingecremtem Gesicht und einer großen Platte Sandwiches zurückzukommen.

»Sie kommen gleich rüber. So in einer viertel Stunde sind alle da.«, gab Tom den Inhalt des soeben geführten Telefonats mit Steven und Gloria wieder.

Pünktlich mit dem letzten Bissen kamen die drei den Strand entlang. Sie winkten von weitem und kamen kurze Zeit später auf Toms Veranda an.

»Gestern hast du geglüht und heute glänzt du in der Sonne! Was ist mit dir los?«, wollte Yzelle mit einem leicht ironischen Unterton in der Stimme wissen.

»Jetzt nicht, Yzelle! Wir haben noch etwas Wichtiges mit euch zu besprechen!«, fuhr ich ihr in die Parade.

»Sorry.«, erwiderte Yzelle kleinlaut, die wohl am Klang meiner Stimme erkannt hatte, dass es um etwas wirklich Ernstes ging.

Wir schilderten den Dreien Toms Bedenken und berichteten von seiner Idee, mit der sich alle sofort einverstanden erklärten.

»Wir brauchen dann aber auch noch ein geheimes Zeichen! Habt ihr da schon einen Vorschlag?«

»Noch nicht. Aber dafür seid ihr ja auch hier, damit wir das absprechen können.«, antwortete ich.

»Ich hätte da eine Idee.«, meinte Steven.

»Schieß los!«, sagte Tom.

»Also, wir kommen mit nach Inhassoro und warten irgendwo in der Nähe der Polizeistation. Sobald ihr kurz vor Mpizis Anwesen seid, ruft ihr uns an. Dann wissen wir Bescheid, dass ihr bald dort seid. Wenn ihr während der Besprechung mit ihm ständig irgendjemanden anruft, wirkt das nicht nur unprofessionell, sondern auch verdächtig. Deshalb könnt ihr uns nicht in regelmäßigen Abständen Bescheid geben. Darum rufen wir euch an. Ihr könnt es ja damit entschuldigen, dass augenblicklich noch weitere wichtige Verhandlungen bezüglich eines Grundstücks in Tansania oder sonst wo laufen und eure Meinung zu vertraglichen Details gefragt ist. Die Telefonate dauern nicht lange. Wenn es euch gut geht, antwortet ihr mit einer positiven Einschätzung, zum Beispiel so etwas wie „Ja, das Grundstück muss auf jeden Fall erschlossen sein“ oder „Natürlich übernehmen wir die Kosten dafür“. Und wenn ihr in Bedrängnis geraten seid, dann geht ihr entweder gar nicht mehr ans Telefon oder ihr antwortet mit einer negativen Einschätzung eines Vertragsaspekts. So was in der Art wie „Das lassen wir niemals mit uns machen, das ist viel zu teuer“. Was haltet ihr davon?«

»Das ist genial! Einfach zu merken und unauffällig! Sehr gut, Steven!«, lobten wir ihn.

»Und falls wir gar nicht oder negativ antworten, rennt ihr sofort in die Polizeistation und schlagt Alarm. Zur Not könnt ihr denen ja auch sagen, dass die Sache mit Nkomo abgesprochen war. So halbwegs stimmt das ja auch. Dann werden sie bestimmt flitzen, wenn ihr sagt, dass wir in Gefahr sind.«, ergänzte ich.

Nach der Einsatzplanung ging ich noch einmal kurz nach Hause und zog mich um. Auch ich war nun ein wenig nervös. Dann legte ich noch etwas Parfüm auf, griff nach einem schwarzen Anzug im Schrank und erschrak. Er war zu eng. Das Sacko passte zwar wie angegossen, aber die Hose bekam ich nicht zu. Sie hatte zwar noch genug Saum, der herausgelassen werden konnte, aber dafür war jetzt keine Zeit. Außerdem hätte ich das auch nicht gekonnt. Ich probierte die Hose eines anderen schwarzen Anzugs und auch sie war zu eng. Hatte ich in der letzten Zeit so viel zugelegt? Wie lange hatte ich die Anzüge schon nicht mehr getragen? Das letzte Mal, dass ich einen anhatte, war bei einem Pokerturnier in Sun City. Das war ungefähr ein dreiviertel Jahr her. Ich schaute an mir herunter und bemerkte einen kleinen Bauchansatz, den ich früher nicht hatte. Das sah doch gar nicht so schlimm aus! Sollte das bisschen Hüftspeck daran schuld sein, dass ich nicht mehr in meine Anzughosen passte? Vielleicht sollte ich doch auf Tom hören und nicht mehr so viel essen. Und vielleicht auch etwas weniger trinken. Ich schob diese Gedanken jedoch schnell beiseite, denn selbst die radikalste Diät würde mich in den nächsten fünf Minuten nicht in diese Hose bringen. Ich probierte die nächste. Diesmal eine graue. Ich zog den Bauch ein und hielt die Luft an. Es war auch diesmal nichts zu machen. Zu allem Überfluss begann ich auch noch zu schwitzen. Das fehlte mir noch! Ich ließ auch die graue Hose wieder an meinen Beinen herunterrutschen und schaute ratlos in meinen Schrank. Dann erinnerte ich mich, dass meine Winteranzüge immer ein wenig weiter am Saum geschnitten waren, da sie in der kalten Jahreszeit auch mehr Platz für dickere Hemden und dickere Unterhemden bieten mussten. Ich nahm die Hose des anthrazitfarbenen Anzugs, den Tom gestern probiert hatte und zog sie an. Sie passte! Sie war zwar etwas eng an den Hüften, aber sie passte! Gott sei Dank! In Windeseile zog ich mir ein hellblaues Hemd und das passende Sacko über. Zur Sicherheit steckte ich noch eine Krawatte ein, die ich mir vielleicht später noch umbinden würde. Auf dem Weg nach draußen steckte ich das von Yzelle vorbereitete Infomaterial und meine Visitenkarten in eine dunkelbraune Aktentasche. Dann hastete ich hinüber zu Tom, der schon vor dem Jeep auf mich wartete.

»Wieso hast du denn so lange gebraucht?«, wollte er wissen.

»Lange Geschichte. Lass uns einsteigen.«, versuchte ich die Sache abzuwiegeln.

Tom musterte mich skeptisch von oben bis unten, bevor er den Wagen aufschloss.

»Ist das nicht dieser Winteranzug, den ich gestern anprobiert hatte?«

»Und wenn?«

»Ist der nicht ein bisschen zu dick? Ist doch ganz schön warm heute.«

»Das ist doch mein Problem, oder?«, reagierte ich etwas zickig.

»Hast du in die anderen nicht mehr reingepasst?«, kombinierte Tom.

»Ich wüsste nicht, weshalb das jetzt wichtig sein sollte? Ich hab den hier angezogen und fertig!«

»Ich hab dir schon so oft gesagt, dass du dich beim Essen ein wenig zurückhalten sollst. Aber du wolltest ja nicht…«, fing Tom nicht ohne Schadenfreude eine kleine Moralpredigt an, die ich jäh unterbrach.

»Können wir jetzt endlich einsteigen, bitte?!? Ich hab dir auch schon so oft gesagt, dass du dich eincremen und dir was auf den Kopf setzen sollst, wenn du lange in der Sonne bist! Und? Hast du auf mich gehört, Zwiebelgesicht? Nein! Hast du nicht! Also können wir nun endlich zu Gloria fahren?«

Das saß. Tom schaute mich mit großen Augen, aber immer noch vergnügt an und öffnete die Türen des Jeeps. Wir stiegen ein, Tom startete den Motor und parkte kurze Zeit später vor Glorias und Maartens Haus. Die anderen drei waren auch schon da.

»Wer von euch fährt den Porsche?«, wollte Gloria wissen und ließ den Schlüssel zwischen Daumen und Zeigefinger baumeln.

»Ich.«, antwortete ich und nahm ihr den Schlüssel ab.

Der Wagen war ein Traum. Das Innenleben des Cayenne war in Beige- und Brauntönen gehalten und die Mittelkonsole glich einem Flugzeugcockpit. Die wesentlichen Bedienelemente waren jedoch zum Glück alle dort, wo ich sie vermutete. Ich startete den Wagen und fuhr langsam rückwärts auf die Sandpiste. Yzelle, Steven und vor allen Dingen Gloria beäugten mich in einer Mischung aus Skepsis und Angst, was ich gut nachvollziehen konnte. Auch ich fühlte Ähnliches.

»Wir fahren euch hinterher! Ihr könnt dann ja vor der Polizeistation kurz halten, damit wir wissen, wo die ist.«, rief uns Steven von draußen durch die heruntergelassene Scheibe zu und stieg mit den beiden Damen in den Jeep.

Langsamer und vorsichtiger als sonst fuhr ich die Sandpiste entlang. Es war schließlich nicht mein Wagen. Tom und ich hatten uns inzwischen wieder beruhigt. Wir wussten, dass wir es beide nicht so gemeint hatten und waren guter Laune.

»Ich bin also fett?«

»Und ich hab ein Zwiebelgesicht?«

»Naja, vielleicht ist das auch ganz gut. Der eine läuft mit zu engen Hosen herum und dem anderen hängen die Hautfetzen im Gesicht und am Nacken herunter. Dann hält uns Mpizi bestimmt für ein paar Innendienstfreaks und schöpft noch viel weniger Verdacht.«, lachte ich.

»Grandiose Tarnung!«, stimmte Tom mir freudig zu.

Während der Fahrt rekapitulierten wir unsere gefälschten Identitäten, Lebensläufe und Funktionen in der Firma JOPIC, damit wir uns bei Mpizi nicht in Widersprüche verstricken würden. Das klappte beim Training im Fahrzeug sehr gut, was auch daran lag, das Tom und ich ein wirklich eingespieltes Team waren. Ob wir nachher auch bei der praktischen Anwendung ein ähnlich gutes Bild abgeben würden, würde sich zeigen. Ich fuhr den Cayenne bis vor die Polizeistation, was bei den wenigen Passanten einen enormen Eindruck hinterließ und stieg aus.

»Hier vorn müsst ihr rein, falls irgendwas nicht stimmen sollte.«, erklärte ich den Dreien und zeigte auf den Eingang des Polizeireviers.

»Alles klar.«, bestätigte Steven.

»Ihr macht das schon. Viel Erfolg!«, machte Yzelle uns Mut.

Ich fuhr den Weg zurück auf die Hauptstraße, die zum Strand führte und bog auf die Sandpiste in südlicher Richtung ab.

»Hast du eine Ahnung, wie weit es jetzt noch ist?«, fragte Tom nach fünf Minuten.

»Keinen Schimmer. Ich war ja auch noch nie bei Mpizi. Aber so ewig weit kann es nicht mehr sein. Darf es auch nicht. Es ist schon kurz vor eins.«

»Da! Schau mal! Das muss es sein!«, beantwortete Tom seine Frage kurze Zeit später selbst.

Hinter den Dünen, die noch vor uns lagen, erhoben sich mehrere strohgedeckte Dächer, die, wie wir bei näherem Heranfahren feststellen konnten, alle zu einem einzigen, riesigen Gebäudekomplex gehörten. Er wirkte sehr luxuriös. Wie eine neugebaute Mischung aus altem Kolonialstil und afrikanischem Feriendorf. Nachdem wir die letzte Düne überquert hatten, mussten wir stoppen. Ein hoher Maschendrahtzaun mit Stacheldraht am oberen Ende, der mit einem Tor auf Höhe der Sandpiste versehen war, versperrte uns den Weg. Das Tor wurde von zwei großen schwarzen Männern bewacht, die trotz der Hitze Anzüge trugen, die in etwa den Uniformen der Polizei ähnelten, aber nicht identisch waren. Beide trugen an einem um Hals und Schulter gelegten Gurt Kalaschnikows, deren Mündung nicht auf uns, sondern in den Sand gerichtet war. Die Männer schauten uns ernst aber freundlich an und ich ließ auf beiden Seiten die Scheiben herunter, um ihnen unser Anliegen mitzuteilen.

»Bom dia!«, sagte der Mann auf der Beifahrerseite.

»Bom dia!«, erwiderten Tom und ich.

»Wir sind Mr. Millner und Mr. Duderberg von JOPIC. Wir haben einen Termin bei Mr. Mpizi.«, erklärte ich.

»In Ordnung. Sie sind angemeldet. Bitte fahren durch.«, sagte nun der Mann auf meiner Seite, der offenbar des Englischen mächtig war.

»Das hat ja schon mal geklappt. Ruf mal schnell die anderen an, damit sie Bescheid wissen.«, sagte ich zu Tom.

»Alles klar.«, antwortete er und suchte Yzelles Nummer aus dem Nummernspeicher seines Mobiltelefons.

»Yzelle?«

»Ja. Hat geklappt. Wir sind drin. Die stehen hier mit Kalaschnikows am Eingang.«

»Nein, nein, die haben keinen Verdacht geschöpft. Hoffe ich jedenfalls.«

»Okay, dann bis in einer halben Stunde.«

»Wie? Ja. Der Empfang hier ist gut. Ich hab vier Balken.«, antwortete Tom auf Yzelles durchaus berechtigte Frage nach der Netzstärke.

Ich fuhr den Wagen bis in die asphaltierte Einfahrt vor, die aus einem Halbkreis bestand, an dem auch der Eingang lag. In der Mitte des Asphalthalbkreises plätscherte ein zu kleiner Springbrunnen im römischen Stil vor sich hin und versprühte Schrebergartencharme.

»Bist du bereit?«, erkundigte ich mich bei Tom.

»Von mir aus kann es losgehen.«

Wir stiegen aus und wurden direkt am Eingang von einem weiteren Wachmann abgefangen.

»Guten Tag, die Herren. Mr. Mpizi erwartet Sie bereits. Wenn Sie mir bitte folgen würden?«, empfing er uns sehr freundlich und leitete uns mit einer Geste seiner Hand durch die auf beiden Seiten geöffnete hölzerne Flügeltür, die mit allerlei Messing- und Kupferverzierungen beschlagen war.

Wir traten in die große, in Erdtönen gehaltene Eingangshalle, in der zwei Holztreppen links und rechts nach oben führten. An beiden Aufgängen hingen verschiedene Porträts in Öl, vermutlich zeigte eins von ihnen Mpizi und der Rest Mitglieder seiner Familie. Absoluter Blickfang war jedoch ein alter knallroter Mustang V8, der mitten in der Eingangshalle zwischen den beiden Treppenaufgängen stand. Ein phantastisch erhaltener Oldtimer, an dem Kenner sicherlich ihre Freude gehabt hätten. Hier jedoch wirkte er wie so viele andere Gegenstände, die für sich genommen bestimmt ein kleines Vermögen gekostet haben dürfte, etwas deplatziert und gab der eigentlich imposanten Halle das Flair eines Autosalons.

Der Wachmann führte uns durch die Halle und öffnete eine Tür auf der linken Seite durch die wir ihm folgten. Wir blieben im Erdgeschoss und gelangten in einen langen Flur, der mit dem gleichen roten Teppich ausgelegt war, wie der linke Treppenaufgang. An den Wänden, zwischen den zahlreichen Türen auf beiden Seiten, hingen Jagdtrophäen, die alle nur denkbaren Klischees erfüllten: Das ausgebreitete Zebrafell als Wandteppich, der Löwenkopf mit weit aufgerissenem Maul und eine erschöpfende Sammlung der Antilopenarten Afrikas, vom Klippspringer bis hin zur Eland-Antilope.

Der Wachmann klopfte an die vorletzte Tür auf der rechten Seite des Ganges und wartete, bis er von drinnen ein Zeichen zum Öffnen erhielt.

»Bitte treten Sie ein.«, sagte er freundlich zu uns und schloss die Tür hinter uns.

Der Raum war groß, sehr groß, allerdings nicht von der Größe der Eingangshalle. Dafür wurde auch hier der wenig stringente Einrichtungsstil fortgeführt. Ein altes Grammophon, für das Mpizi sicherlich keine Platten besaß, stand vorne rechts an der Wand, ein riesiger Flatscreen hing an der anderen und eine große Eckcouch stand davor mitten im Raum. Neben der Couch standen auf beiden Seiten je zwei abgeschnittene Elefantenfußstümpfe, die als Hocker dienten. Die beiden Stoßzähne, die dem Elefanten ohne Füße vermutlich einmal gehört hatten, hingen gekreuzt an der Wand. Auch in diesem Raum war alles zusammengewürfelt. Der typische Einrichtungsstil eines neureichen Afrikaners, der sich ein wenig von dem alten Kolonialflair in seine Behausung holen wollte, aber nicht auf neuesten technischen Schnickschnack verzichten wollte. Das Ganze einmal kräftig durchgeschüttelt und fertig war die extrem teure, jedoch in weiten Teilen geschmacklose Inneneinrichtung, die den Besucher ohne viel Federlesens auf den finanziellen Reichtum des Besitzer hinwies. Höhepunkt dieses Feuerwerks an Geschmacksverirrungen war die Wand hinter Mpizis Schreibtisch, die mit einem riesigen bunten und eigentlich sehr hübschen Wandteppich mit afrikanischen Mustern und Symbolen abgedeckt war. Dies reichte aber wohl für Mpizis Vorstellung von der Dekoration eines ansehnlichen Raumes nicht, sodass er kurzerhand ein ausgebreitetes Leopardenfell auf diesem hatte anbringen lassen.

Mpizi selbst stand vor seinem Schreibtisch. Er war ein Mann von mittlerer Statur und Größe und hatte einen leichten Bauchansatz, den sein seidener, blau-goldener Dashiki mit afrikanischen Motiven zusätzlich betonte. Die Hose und die kaftanartige Kopfbedeckung waren ebenfalls in blau-goldenen Farbtönen gehalten. Mpizi lächelte freundlich, als er uns sah. Ein weiterer Mann, der vermutlich auch ein Bodyguard war, stand regungslos neben dem Schreibtisch.

»Herzlich willkommen!«, strahlte Mpizi uns an und reichte uns zur Begrüßung beide Hände entgegen, mit denen er unsere fest umfasste.

Für einen geschäftlichen Termin empfand ich diese Art der Begrüßung etwas zu überschwänglich, aber vermutlich war Mpizi in Ansehung des erwarteten guten Geschäfts bereits fröhlich gestimmt. Wir erwiderten die Begrüßung in ähnlicher herzlicher Weise.

»Sie sind… Mr…?«, fragte er und schaute mich an.

»Duderberg. Und das ist mein Kollege Mr. Millner.«, antwortete ich und stellte gleichzeitig Tom vor.

»Sehr angenehm! Hatten Sie eine gute Fahrt?«

»Wir können uns nicht beklagen. Wir hatten allerdings die Entfernung von Xai-Xai bis hierher ein wenig unterschätzt. Beim nächsten Mal werden wir den Flieger nehmen.«, flunkerte ich.

»Das mache ich auch immer, wenn ich aus Maputo komme. Die Strecke hier rauf ist wirklich eine sehr langwierige Angelegenheit. Wenn man sie auf so einfache Art und Weise verkürzen kann, spricht nichts gegen einen Flug nach Inhambane oder Vilanculos. Die Flughäfen werden schließlich auch sehr regelmäßig angeflogen. Darf ich Ihnen etwas anbieten? Möchten Sie vielleicht einen Tee oder einen Kaffee, ein Kaltgetränk?«

»Das wäre zu freundlich! Ich würde gern einen Tee nehmen und ein Wasser, wenn es keine Umstände macht.«, nahm ich das Angebot gern an, da ich in meinem Anzug bereits ein wenig schwitzte und die Hose zu allem Überfluss beim Sitzen auch noch am Bauch kniff.

»Da schließe ich mich gern an!«, erwiderte Tom die Frage.

»Ein sehr schönes Haus haben Sie hier, Mr. Mpizi!«, beglückwünschte ich ihn zu seinem Anwesen, da ich mir erhoffte, auf diese Weise noch weitere Sympathien von ihm zu erhalten.

»Oh, danke! Das freut mich zu hören! Gefällt es Ihnen?«

»Ja sehr! Insbesondere Ihr Mustang in der Eingangshalle ist großartig!«, ließ Tom seiner Bewunderung für den Oldtimer freien Lauf.

»Nicht wahr? Das ist ein V8! Den bekommt man hier in Mosambik nur sehr selten. Haben Sie schon mal einen gefahren?«, freute sich Mpizi über das gelungene Kompliment.

»Nein, noch hatten wir die Gelegenheit nicht. Leider.«, bedauerte Tom.

»Nun ja, ich bin sicher, dass Sie mit Ihrem Fahrzeug auch ganz zufrieden sind. Einen Cayenne sieht man hier auch nur äußerst selten. Ein wunderschönes Fahrzeug! Gehört es Ihnen?«

»Leider nein. Es ist nur ein Firmenwagen.«, erläuterte ich ihm.

»Sind Sie zum ersten Mal in Mosambik?«

»Nein, wir haben schon einige Projekte im Süden des Landes abgeschlossen und wenden uns nun der Mitte Mosambiks zu. Hauptsächlich hatten wir bislang in und um Maputo zu tun.«

»Wie Sie sicherlich bereits festgestellt haben, hat dieser Teil Mosambiks wesentlich mehr zu bieten als Maputo!«, brach Mpizi eine Lanze für seine Region.

»Das ist zum Teil sicherlich richtig. Landschaftlich betrachtet, haben Sie hier eine wirkliche Perle! Allerdings lässt die Infrastruktur doch häufig zu wünschen übrig. Da hat der Süden schon deutliche Vorteile!«, erklärte ich ihm meine Sicht der Dinge.

»Das mag wohl sein, aber für ein Projekt, das in erster Linie auf Touristen und Erholung ausgelegt ist, finden Sie hier die idealen Bedingungen! Sonne, Strand, Meer. Was wollen Sie mehr? Wenn Sie hier nicht zur Ruhe kommen, dann müssen Sie wahrscheinlich erst sterben.«

»Das wäre ein fantastischer Slogan für unsere Werbe-Broschüre!«, amüsierte sich Tom und auch Mpizi musste über die angedachte Verwendung seines Kommentars herzhaft lachen.

»Wie unhöflich von mir! Bitte setzen Sie sich doch.«, bat uns Mpizi dann einen Platz an seinem Schreibtisch an und setzte sich anschließend selbst in seinen Sessel.

»Ihre Angestellte, die den Termin mit mir vereinbart hat, sagte mir, dass Sie bereits einen Termin in Xai-Xai hatten, um dort nach eventuellen Grundstücken für Ihr Projekt zu suchen.«

»Das ist richtig. Wir haben auch einige wunderbare Plätze gefunden, an denen sich unsere Vorstellungen von einem Resort sehr gut verwirklichen lassen würden. Das Problem ist nur, dass das benötigte Land dort zahlreichen Eigentümern gehört, mit denen wir jeweils einzeln in Verhandlungen treten müssten. Das würde natürlich den Preis, den wir am Ende zahlen müssen, enorm in die Höhe treiben. Zum anderen hätten wir zahlreiche Ansprechpartner, was das ganze Prozedere unnötig verkomplizieren würde. Schon allein aus diesen beiden Gründen heraus bevorzugen wir einen Geschäftsabschluss, bei dem wir es maximal mit zwei bis drei weiteren Vertragsparteien zu tun haben und nicht mit 20 oder 30.«, erklärte ich ihm unsere Zielsetzung und konnte durch die eher ablehnende Haltung bezüglich des Xai-Xai-Projekts zugleich vermeiden, dass ich weitere fiktive Details hierzu erfinden musste.

Mpizi lehnte sich sichtlich zufrieden zurück, faltete seine Hände über dem Bauch zusammen und schaute uns fröhlich an.

»Dann wäre also der Geschäftsabschluss mit nur einem einzigen weiteren Vertragspartner für Sie das Optimum?«

»Allerdings! Aber das dürfte wohl kaum zu realisieren sein.«

»Wenn Sie die Verhandlungen mit mir führen, kann ich Ihnen versprechen, dass Sie keine weiteren Ansprechpartner benötigen! Mir gehören hier in der Region zahlreiche Grundstücke. Für Sie dürften dabei wohl insbesondere Grundstücke in Küstennähe interessant sein. Ich kann Ihnen versichern, dass mir kilometerlange Küstenabschnitte gehören, die sicherlich hervorragend in Ihr Konzept passen würden!«

Tom und ich schauten uns beeindruckt an und taten so, als hätten wir damit nicht gerechnet.

»Das wäre in der Tat ein Vorteil, der sich im Hinblick auf einen Geschäftsabschluss außerordentlich positiv auswirken dürfte!«, beurteilte Tom diesen Aspekt.

»Mit Verlaub, Mr. Mpizi. Wir sprechen hier von Größenordnungen zwischen 40 und 50 Hektar. Denken Sie tatsächlich, dass Sie in dieser Hinsicht in der Lage wären, uns ein zusammenhängendes Strandgrundstück zu verschaffen, das den Ansprüchen an ein luxuriöses Resort gerecht werden kann?«, gab ich mich skeptisch.

»Das stellt überhaupt kein Problem dar, Mr. Duderberg. Ich verfüge über weitaus mehr Land in Strandnähe als Sie benötigen. Sie hätten insofern sogar die Möglichkeit, sich einen Strandabschnitt auszuwählen.«

»Das klingt sehr vielversprechend! Eventuell könnten wir ja in naher Zukunft einen Besichtigungstermin vereinbaren und die jeweiligen Strandabschnitte hinsichtlich ihrer Beschaffenheit und Geeignetheit untersuchen. Das würden wir dann gemeinsam mit einem Architekten, einem Geologen und einem Bauingenieur der Firma machen. Heute sind wir aber erst einmal nur hier, um die generellen Rahmenbedingungen abzuklären.«, erläuterte Tom Mpizi das voraussichtlich weitere Vorgehen.

»Das ist auch vollkommen in Ordnung. Es besteht ja kein unnötiger Grund zur Eile. Ah, da kommen auch schon unsere Getränke! Vielen Dank, Manuel! Stellen Sie sie bitte hierher.«, wies er Manuel an, der mit einem Tablett das Zimmer betreten hatte und es nach dem Servieren wieder verließ.

»Was für eine Art von Resort möchten Sie denn eigentlich verwirklichen?«, erkundigte sich Mpizi interessiert, nachdem er den ersten Schluck von seinem Kaffee getrunken hatte.

»Wir planen ein Luxusresort. Exklusive separate Häuser in vier verschiedenen Größenkategorien. Die beiden größten mit jeweils eigenem, vom Haus aus begehbaren Swimmingpool. Zwei Restaurants der gehobenen Klasse mit Bar- und Loungebereich, eine Anlegestelle für etwa zehn Boote und Yachten sowie großzügige Grundstücke zu jeder einzelnen Wohneinheit. Dazu ein resorteigener Wellness- und Spabereich, Sporthalle und so weiter. Wenn Sie einen Blick auf die Planungen werfen möchten?«, beantwortete ich Mpizis Frage und reichte ihm die von Yzelle erstellte Mappe herüber.

Mpizi nahm sie an sich und blätterte sie schnell durch.

»Ich muss Ihnen ehrlich gestehen, dass ich von diesen baulichen Angelegenheiten nicht wirklich viel verstehe. Als Geschäftsmann kaufe und verkaufe ich Land. Aber Ihre Ausführungen klingen sehr gut. Gibt es denn schon genug potenzielle Käufer, die an den Hauseinheiten interessiert sind?«, fragte Mpizi weiter und warf dabei einen flüchtigen Blick auf die Blätter in der Mappe.

»Ja. Unbedingt. Wie Sie vielleicht wissen, haben wir nicht nur hier in Mosambik, sondern auch in Südafrika und Tansania einige Resort- und Lodgeprojekte durchgeführt, die zur vollsten Zufriedenheit unserer Kunden verwirklicht wurden. Das hat sich mittlerweile herum gesprochen und es besteht ein großes Interesse daran, dass für unsere zahlungskräftigen Kunden ein Luxusresort in Mosambik gebaut wird. Aber die Auslastung des Resorts ist ohnehin nicht Ihr Problem, Mr. Mpizi. Wir bezahlen Ihnen die Kosten für das Grundstück unabhängig davon, wie viele Käufer sich letztlich für dieses Investment entscheiden.«, führte Tom aus.

Mpizi legte die Mappe mit den Unterlagen wieder zurück auf den Tisch und nickte.

»Es scheint mir, als verstünden Sie etwas von Ihrem Geschäft. Das ist gut. Ich bevorzuge es, mit erfahrenen Geschäftsleuten Geschäfte zu machen. Das bedeutet auch für mich am Ende ein geringeres Risiko. Ich denke, daran ist uns beiden sehr gelegen.«

»Auf jeden Fall! Sollten wir in der Zukunft zu einer erfolgreichen Einigung kommen, so ist es unablässig, dass wir uns gegenseitig absolut vertrauen können! Das gilt für Sie ganz genau so wie für uns! Bevor es aber so weit ist, müssen wir zunächst noch einige grundlegende Aspekte besprechen.«, klärte ich ihn auf.

»Natürlich! Da stimmen wir vollkommen überein! Dann erzählen Sie mal. Was möchten Sie denn von mir wissen?«

»Einen ganz wesentlichen Aspekt für unser Bauvorhaben stellt natürlich die Infrastruktur dar. In erster Linie wollen unsere Käufer natürlich Ruhe und Abgeschiedenheit, andererseits ist es aber auch wichtig, dass sie, wenn ihnen einmal danach ist, die

Möglichkeit haben, eine größere Ortschaft mit Geschäften oder einem Markt zu erreichen, ohne dafür eine halbe Tagesreise zu unternehmen. Wie sieht es diesbezüglich bei Ihren Grundstücken aus, Mr. Mpizi?«, wollte ich von ihm wissen.

»Nahezu alle meine Strandgrundstücke befinden sich in der näheren Umgebung von Inhassoro, mit einer Fahrtzeit von… na, ich würde mal schätzen, etwa 20 Minuten bis zu einer Stunde. Je nachdem, von welchem Strand Sie ausgehen. Sie finden dort fast täglich einen Markt, auf dem Sie Obst, Gemüse, Fisch, Fleisch, Gewürze, Tücher, Körbe und Ähnliches kaufen können. Außerdem gibt es noch einige kleinere Geschäfte, Internetcafes, einige Bars, ein Fischrestaurant und Getränkeshops. Aber Sie dürfen Inhassoro natürlich nicht mit einer Stadt wie Maputo vergleichen. Dafür ist Inhassoro einfach nicht groß genug.«

»Vielen Dank für Ihre ehrliche Antwort. Aber ich denke, das reicht schon aus. Zumeist werden unsere Kunden immer nur ein paar Wochen im Resort verbringen. Die Wenigsten bleiben das ganze Jahr über in der Anlage. Da sollten die Möglichkeiten in Inhassoro als Alternativprogramm zu den Angeboten im Resort genügen. Wie sieht es denn hinsichtlich der Trinkwasserversorgung und der Verkehrsanbindung der möglichen Resortörtlichkeiten aus?«

»Was das Trinkwasser angeht… Da besteht an den Stränden, die ich Ihnen anbieten kann, eigentlich nirgendwo eine Anbindung an das Wassernetz. Wozu auch? Außer einigen wenigen Menschen in winzigen Dörfern wohnt dort derzeit ja auch niemand. Und die holen ihr Wasser von den umliegenden Brunnen. Trinkwasser ist dort also nicht problemlos verfügbar.«

»Ich vermute, das gilt auch für das Stromnetz?«, unterbrach Tom ihn kurz.

»Ja, natürlich. Das wäre ja noch unsinniger. Die paar Menschen dort haben sicherlich keine Geräte, die sie mit Strom betreiben. Wozu sollte es dort also eine Stromversorgung geben?«, lachte Mpizi.

»Da haben Sie recht. Aber entschuldigen Sie bitte, ich hatte Sie gerade eben unterbrochen.«

»Kein Problem. Sie wollten noch etwas zur Verkehrsanbindung erfahren. Richtig?«

»Genau.«

»Haben Sie den Weg zu mir gut gefunden und war er gut befahrbar?«

»Abgesehen von einigen Schlaglöchern auf dem Weg nach Inhassoro rein, würde ich sagen, dass die Strecke in Ordnung war.

»Sehen Sie. So ungefähr sind auch die Pistenverhältnisse auf dem Weg zu den anderen Stränden. Manche ein bisschen besser, manche ein bisschen schlechter. Wenn wir beim nächsten Termin eine Besichtigung machen, können Sie sich davon ja selbst ein Bild machen.«

»Das werden wir machen. Aber einen Geländewagen sollte man vermutlich schon haben, oder?«

»Wäre sicherlich zu empfehlen.«

Ich machte mir einige Notizen und fuhr fort:

»Mr. Mpizi, eine der obersten Zielsetzungen der JOPIC-Gruppe ist, es, dass die Anlagen und Resorts, die von uns geschaffen werden, keine Fremdkörper in der Landschaft sind. Wir bemühen uns immer darum, dass die angrenzende Dorfbevölkerung so weit es geht in unsere Projekte integriert wird. Das fängt bereits beim Bau der Anlagen an, bei dem wir gern und oft auf einheimische Arbeiter und auch Materialien sowie Produkte der Region zurückgreifen. Darüber hinaus versuchen wir häufig, die Menschen in den angrenzenden Dörfern auch langfristig an uns zu binden. Denn wenn die Leute hier in Lohn und Brot stehen, kommt es erfahrungsgemäß viel seltener zu Einbrüchen und Überfällen, als in Anlagen, die gänzlich von der Umgebung losgelöst sind und die keinen integrativen Charakter besitzen. Insofern geht unsere Frage dahin, inwieweit die Möglichkeit besteht, auf lokale Arbeitskräfte zurückzugreifen und wie Sie ihre Bereitschaft einschätzen, im Resort als Servicekräfte eingesetzt zu werden. Weiterhin ist es uns sehr wichtig, dass das Grundstück auch ökologisch in absolut einwandfreiem Zustand ist. Damit meinen wir: Keine Altlasten aus dem Bürgerkrieg, keine illegalen Müllkippen in der Umgebung, keine extensive Fischerei und keine größeren Industriebetriebe im Umkreis. Denn ein hoher ökologischer Standard ist nicht nur für uns, sondern insbesondere für unsere Kunden von höchster Priorität und trägt zu ihrem Wohlbefinden bei.«, führte ich die fiktiven Geschäftsgrundsätze von JOPIC aus.

»Ich kann Ihnen versichern, dass sämtliche Strandgrundstücke, die ich Ihnen anbieten werde, in ökologisch bestem Zustand sind! Dafür verbürge ich mich!«, beteuerte Mpizi.

»Da haben wir allerdings einige Zweifel!«, bemerkte ich leise aber mit strengem Ton.

»Wieso denn das?«

»Nun, wir haben auf dem Weg hierher zahlreiche LKW gesehen, die mit Baumstämmen beladen an uns vorbeigefahren sind. Auch ein kleines Sägewerk konnten wir am Straßenrand entdecken. Kann es sein, dass hier Rodungen in den Wäldern vorgenommen werden?«

»Ah, Sie meinen bestimmt die Region etwas weiter südlich von hier. Ja, das ist richtig. Dort werden Rodungen durchgeführt. Eine südafrikanische Firma, der ich übrigens auch die Ländereien verkauft habe, ist dort tätig. Aktuell sind sie jedoch mehr im Hinterland tätig. Davon würden Ihre Resortpläne nicht beeinträchtigt werden.«

»Aktuell? Und wie sieht es in ein paar Monaten aus?«

»Zugegebenermaßen muss ich Ihnen gestehen, dass die Holzfäller noch weiter an den Strand heranrücken werden. Sie werden sich etwa in den nächsten vier bis fünf Monaten an die Straße heranarbeiten und dann die Waldgebiete östlich der Straße roden. Sie werden zwar nicht direkt bis zum Strand weiter roden, aber es geht noch ein ganzes Stück weiter. Unter anderem muss auch noch ein kleineres Dorf weichen, das sich im Wald befindet. Aber das könnte sich auch sehr günstig für Sie auswirken. Die Menschen dort werden ihre Unterkünfte und ihre kleine Landwirtschaft in den Wäldern verlieren. Die werden sicher sehr dankbar und kooperativ sein, wenn Ihnen die Möglichkeit geboten wird, bei Ihrem Resortprojekt mitzuarbeiten. Die Strände, die ich Ihnen anbiete, sind zwar nicht direkt in deren Nähe, aber die Menschen dort werden auch sicherlich einen längeren Arbeitsweg in Kauf nehmen.«

Tom und ich schauten uns kurz an und waren uns sicher, dass wir denselben Gedanken hatten.

»Wo ist dieses Dorf denn genau?«, erkundigte sich Tom.

»Das werden Sie bestimmt nicht kennen. Es ist von der Straße auch nicht zu sehen. Aber falls Sie auf Ihrem Hinweg die Abzweigung zum Resort „Praia da Onda“ gesehen haben… Von dort ist es nicht mehr weit. Vielleicht zwei, drei Kilometer weiter nördlich im Wald. Aber machen Sie sich keine Sorgen um die. Die Menschen haben hier schon viel Schlimmeres durchgemacht. Den Bürgerkrieg, Hunger… Die werden es auch überleben, wenn sie umziehen müssen.«, versuchte Mpizi die Sache herunterzuspielen.

Was für ein Schweinehund! Ndlane hatte uns berichtet, dass Mpizi ihnen versichert hatte, dass ihr Dorf nicht von den Rodungen betroffen sein würde. Das stimmte so nun offenbar nicht. Ich versuchte, mir meine innere Aufregung nicht anmerken zu lassen. Glücklicherweise klingelte in diesem Augenblick Toms Telefon und ich war ein wenig abgelenkt. Es war sicherlich Yzelle. Tom nahm das Gespräch an und sprach ins Telefon:

»Hallo, Mrs. Sherman!«

»Aha, aha.«

»Das hätten Sie aber auch ohne mein Einverständnis regeln können. Selbstverständlich können Sie das Dokument so unterzeichnen. Das ist gar kein Problem!«

»Ja, bitte. Keine Ursache.«

»Entschuldigen Sie bitte, eine meiner Mitarbeiterinnen.«, erläuterte Tom kurz den Grund für die Unterbrechung des Gesprächs.

»Kein Problem. Wo waren wir stehengeblieben?«

»Bei den Rodungen durch die Holzfäller. Können Sie uns zusichern, dass die ökologischen Gegebenheiten ansonsten stimmen? Oder müssen wir noch etwas wissen?«

»Ja. Ansonsten ist hier alles makellos. Man kann fast schon von einer Postkartenidylle sprechen. Die Holzfäller werden ja auch nicht ewig weiterarbeiten. Wenn sie mit dem Teilstück fertig sind, gehen sie erst einmal viel weiter in den Norden. Dann werden sie nichts mehr von ihnen mitbekommen. Natürlich gibt es auch hier wie in sehr vielen Bereichen Mosambiks das Problem mit den Landminen. Das dürfte Ihnen ja bekannt sein. Auch hier gibt es leider sehr, sehr viele Minen, was erst einmal schlecht klingt. Allerdings haben wir insofern großes Glück, als sich die Minen ausschließlich in den Wäldern westlich der N1 befinden. Das heißt, Ihr Strandresort wird hiervon in keinem Fall betroffen sein. Der Strand selbst ist ohnehin minenfrei.«

»Das ist gut zu wissen. Und das können Sie uns versichern?«

»Dafür lege ich meine Hand ins Feuer!«

»Nun gut, kommen wir zu etwas Anderem. Wie Sie wissen, werden wir für unser Projekt auch zahlreiche Baugenehmigungen benötigen. Bei einigen unserer baulichen Vorhaben dürfte das nicht ganz so einfach werden. Wie wird das hier gehandhabt? Wir waren bislang hauptsächlich im Bezirk Maputo tätig und dort funktionierte das mit ein wenig Nachhilfe immer einwandfrei. Wenn Sie verstehen, was ich meine…«, versuchte ich nun das Gespräch ein wenig in Richtung möglicher Bestechungsvorhaben zu lenken.

Mpizi verstand sofort, worauf ich hinaus wollte und antwortete freimütig:

»Ja, ich weiß genau, was Sie meinen. Wenn es soweit ist, kann ich Sie gern mit den richtigen Ansprechpartnern bekannt machen. Da Sie es schon in dieser Deutlichkeit ansprechen… Das ist ein großer Vorteil dieser Provinz. Die Preise für Gefälligkeiten dieser Art sind hier noch nicht so horrend hoch wie in Maputo. Hier kommen Sie noch verhältnismäßig günstig an Ihre Baugenehmigungen.«, lachte er.

Tom und ich lachten aus Höflichkeit mit und erkannten, dass wir Mpizi jetzt vielleicht an der Angel hatten.

»Bestehen diese Möglichkeiten auch in anderen Bereichen der öffentlichen Verwaltung oder ist ihr Einfluss nur auf die Baubehörde beschränkt?«, erkundigte ich mich weiter.

»Nein, nein, keine Sorge. Ich habe hier in der Region einen recht großen Einfluss. Wenn Sie irgendwelche Genehmigungen – für was auch immer – benötigen, kann ich Ihnen diese gegen ein geringes Entgelt besorgen. In dieser Hinsicht wüsste ich gerade nicht, wo mir da Grenzen gesetzt wären.«

»Das ist nun eine etwas heikle Frage. Aber sie ist nicht ganz unberechtigt, da wir in dieser Hinsicht in anderen Resorts bereits einige Probleme hatten…«, fing ich an.

»Nur zu. Fragen Sie ruhig!«, ermunterte mich Mpizi, der von der Sphäre seines Einflusses sehr überzeugt war.

»Nicht wenige unserer Kunden bekleiden hohe Ämter in südafrikanischen oder europäischen Firmen. Wie Sie vielleicht schon einmal gehört haben, kommt es in diesen Kreisen mitunter vor, dass diese Leute oder ihre Kinder auf Partys mit der einen oder anderen Droge wie Kokain in Kontakt kommen. Das hatte in einem unserer Resorts in der Nähe von Durban einmal dazu geführt, dass von der Polizei eine Razzia auf dem Gelände der Anlage durchgeführt wurde, was dem Ruf nicht gerade zuträglich war. Haben Sie bereits Erfahrungen gemacht, wie hier so etwas gehandhabt wird?«, erfand ich eine wilde Geschichte.

Mpizi druckste ein wenig herum.

»Hätten Sie mir diese Frage vor eins, zwei Wochen gestellt, hätte ich Ihnen ohne Umschweife zusichern können, dass dies kein Problem darstellen würde. Jetzt aber…«

»Ja, wieso?«

»Nun, vor ungefähr einer Woche wurden der Polizeichef von Inhassoro, ein sehr guter Bekannter von mir, und seine Mitarbeiter verhaftet und nach Maputo gebracht. Ich weiß leider nicht, was da los ist. Augenblicklich sind wohl übergangsweise einige Beamte aus Maputo vor Ort. Wie lange die allerdings bleiben, kann ich Ihnen nicht sagen und ich habe auch noch keine, mmh, nun ja, noch keine engeren Verbindungen mit diesen aufgenommen, wenn Sie verstehen, was ich meine. Kurzum, ich habe keine Ahnung, wie sich das in naher Zukunft hier entwickeln wird. Langfristig gehe ich aber davon aus, dass auch die Dienste der Polizei wieder zur Disposition stehen sollten. Denn erfahrungsgemäß wächst die Bereitschaft zur Kooperation untereinander, je länger man sich hier kennt. Auf kurze Sicht gesehen kann ich Ihnen da aber leider keine großen Hoffnungen machen.«, erläuterte Mpizi das Dilemma um Shongoene aus seiner Sicht.

»Das macht ja auch nichts. Kurzfristig werden wir sicherlich keine derartige Unterstützung benötigen. Erst einmal muss das Resort ja gebaut werden und dann müssen die Käufer auch noch einziehen. Das wird frühestens in zwei Jahren der Fall sein.«, beruhigte ich Mpizi.

»Nun, bis dahin werde ich sicher sehr gute Kontakte zu den neuen Polizeibeamten geknüpft haben. Und vielleicht kommt ja auch der alte Polizeichef wieder zurück. Das wäre sowieso am Besten.«

Wir sagten Mpizi nicht, dass er da sehr lange würde warten müssen. Stattdessen hakte Tom weiter nach.

»Nur aus reiner Neugier. Sie müssen dazu auch nichts sagen. Aber welche Dienste hat denn die Polizei hier in der Vergangenheit für Sie übernommen?«

»So dies und das. Geschäftlichen Konkurrenten einen Besuch abgestattet oder mal ein wenig Druck ausgeübt, um Forderungen durchzusetzen. Oder Geschäftsfreunden geholfen, wenn sie mal Schwierigkeiten mit dem Gesetz hatten. Die Polizei muss ja schließlich nicht in jedem Fall ermitteln. Sie wissen schon, was ich meine. So allerlei eben. Nichts wirklich Schlimmes.«, gestand Mpizi, womit er allerdings sicherlich nur die Spitze des Eisberges verriet.

Weiter wollten wir in dieser Hinsicht aber auch nicht nachfragen.

»Das klingt sehr gut. Sollten wir dieses Projekt gemeinsam angehen, bin ich mir sicher, dass Sie uns bei eventuellen Schwierigkeiten auch weiterhelfen können? Das sehe ich doch richtig, oder?«, versuchte Tom nun noch auf anderem Wege an Informationen zu gelangen.

»Absolut! Das ist doch eine Selbstverständlichkeit! Bislang habe ich es gerade bei Großprojekten so gehandhabt, dass die Polizei meinen Geschäftsfreunden generell keine Schwierigkeiten bereitet. Sie haben hier dann so etwas wie eine diplomatische Immunität. Bisher wusste der ehemalige Polizeichef immer, dass er gegen meine Kunden nicht vorgehen sollte. Daran hat er sich auch immer gehalten. Ich habe ihm immer nach Abschluss der Geschäftsverhandlungen mitgeteilt, wer unter meinem Schutz steht und daher nicht von ihm behelligt werden sollte. Das erspart auch im Nachhinein sehr viele Unannehmlichkeiten. Denn hat ein guter Geschäftspartner von mir erst einmal Besuch von der Polizei bekommen, dann ist das Kind ja quasi schon in den Brunnen gefallen. Derartige unschöne Begegnungen schließe ich auf diese Weise lieber von vornherein aus.«

»Und dieser Service ist gratis, wenn wir mit Ihnen erfolgreich verhandeln?«, bohrte Tom weiter.

»Davon können Sie ausgehen. Sie müssen sich um nichts kümmern. Ich erledige das alles für Sie. Allerdings kann ich Ihnen das im Moment nur unter dem Vorbehalt anbieten, dass meine Zusammenarbeit mit dem künftigen Polizeichef von Inhassoro ebenso erfolgreich verläuft wie mit seinem Vorgänger. Aber das sollte ich schon hinbekommen.«

»Das wäre doch sehr positiv! Und Ihre Kunden hatten bislang auch keinen Grund zur Klage in dieser Hinsicht?«, blieb Tom hartnäckig.

»Auf keinen Fall! Mein derzeit letzter Großkunde zum Beispiel… Das ist die Gesellschaft, die derzeit die Rodungen südlich von Inhassoro vornimmt. Sie wissen ja, wie das in diesen Kreisen so abläuft. Die rücken mit dutzenden von Holzfällern an. Und das sind auch alles Kerle, die nach Feierabend gern mal einen über den Durst trinken. Da kann es dann schon mal zu Raufereien kommen. Ob jetzt untereinander oder mit der Dorfbevölkerung, das ist ja letztlich auch egal. Aber jetzt stellen Sie sich mal vor, die örtliche Polizei würde jedes Mal einschreiten und ein paar von den Burschen festnehmen. Die könnten doch ihren Laden dicht machen, wenn immer die Hälfte ihrer Arbeiter im Gefängnis sitzt. Für solche Fälle gibt es dann quasi einen Blankoschein für alle Mitarbeiter meines Kunden. Und bislang habe ich auch noch keine Beschwerden erhalten, dass es da zu Unstimmigkeiten gekommen ist.«

»Nun, das klingt doch sehr vielversprechend! Aber bevor es hier nun zu sehr in die Details geht, lassen Sie uns doch erst einmal über die wesentlichen Punkte eines eventuellen Geschäftsabschlusses sprechen. Die Aspekte können wir immer noch besprechen, wenn es soweit ist.«, unterband ich eine Fortführung dieser Thematik, da ich befürchtete, dass Mpizi etwas merken könnte, wenn Tom weiter so beharrlich auf diesem Punkt herumreiten würde.

Wir hatten schließlich genug erfahren und wussten nun, dass Mpizi gern die Rolle als beschützender Patron für seine Kunden spielte und ihnen auf diese Weise Ärger mit der Polizei vom Hals hielt. So dürfte es vermutlich auch bei dem Mord gewesen sein. Sei es, weil Mpizi wusste, dass einer der Holzfäller der Mörder war oder sei es, weil er es einfach nur annahm und prophylaktisch die Ermittlungen von Shongoene unterband, um gar nicht erst den Verdacht auf die Holzfäller zu lenken.

»Natürlich kann ich noch nicht sagen, ob wir mit Ihnen ins Geschäft kommen werden. Allerdings kann ich sehen, dass die

Rahmenbedingungen sehr stimmig sind. Was unsere Gesellschaft aber neben den bereits angesprochenen Punkten hauptsächlich interessiert, ist die Wirtschaftlichkeit der gesamten Unternehmung. Und da gehört natürlich eine gewisse Einschätzung bezüglich des ungefähren Kaufpreises mit dazu. Sie müssen uns nun auf keinen Fall einen detaillierten Endpreis nennen, aber Sie kennen bereits unsere Größenvorstellung bezüglich des Grundstücks. Können Sie uns nur im Hinblick darauf eine ungefähre Schätzung des Kaufpreises geben? Da Sie ja unterschiedliche Strandabschnitte im Portfolio haben, wäre es vielleicht auch gut, wenn Sie uns eine Preisspanne nennen könnten, da sicherlich nicht alle Grundstücke den gleichen Wert besitzen.«

Mpizi zögerte kurz und versuchte uns offenbar einzuschätzen, mit welcher Preisvorstellung wir gut leben könnten und er zugleich ein hervorragendes Geschäft machen würde. Nach einigen Sekunden nahm er ein Blatt Papier und schrieb etwas darauf. Dann faltete er es und reichte es mir über den Schreibtisch herüber. Ich öffnete den Zettel, schaute drauf und zeigte ihn Tom. Mpizi wollte einen Preis zwischen 600.000,- und 800.000,- Dollar für ein Grundstück in dieser Größenordnung abrufen. Tom lehnte sich zu mir rüber und tuschelte mir einige Worte ins Ohr, sodass Mpizi denken musste, dass wir uns hinsichtlich seines Angebotes absprachen. Nachdem auch ich Tom etwas ins Ohr geflüstert hatte, schaute ich Mpizi mit festem Blick an und sagte:

»Nun, Mr. Mpizi. Vielen Dank für Ihre erste Einschätzung. Wir sind sehr zufrieden mit Ihrem ersten Angebot. Und ich will Ihnen auch gleich meine ehrliche Meinung dazu mitteilen. Der JOPIC-Gruppe ist das Geschäftsgebaren hier in Mosambik natürlich bekannt und wir wissen, dass die ersten Angebote immer deutlich überhöht sind.«

»Aber, Mr. Duderberg, ich kann Ihnen...«, fing Mpizi an, sein Angebot zu rechtfertigen.

»Nein, nein, lassen Sie mich bitte ausreden, Mr. Mpizi! Was ich sagen wollte ist, dass wir grundsätzlich davon ausgehen, dass die ersten Preisvorstellungen des Anbieters meist überzogen sind. Ohne Ihnen nahe treten zu wollen, denken wir das auch von Ihrem Angebot. Das ist aber nicht weiter nachteilig. Denn in vielen Fällen haben wir festgestellt, dass sich eine frühzeitige Einigung zu einem sehr wahrscheinlich überteuerten Preis im Endeffekt positiv auf das gesamte Geschäft auswirkt. Ich könnte mir gut vorstellen, dass Sie viel eher bereit sind, uns kleinere Extras zu gewähren, wenn wir Ihren Preisvorstellungen so nah wie möglich kommen, oder irre ich mich da? Wir müssten dann zum Beispiel nicht über so Sachen wie die Räumung des Geländes oder über Probleme mit Fischern nachdenken, die eventuell nicht mehr ihre gewohnten Strände anlaufen können, oder? Darum würden Sie sich dann sicherlich unentgeltlich kümmern, nicht wahr?«

Mpizi zögerte einen kleinen Augenblick und war offenbar etwas verwirrt von dem was ich sagte, denn er ging sicherlich davon aus, dass seine Preisvorstellung erst der Ausgangspunkt für langwierige Verhandlungen sein würde.

»Mmh, ja, ich denke schon, aber ich habe Ihnen schon ein faires Angebot gemacht. Es wäre zwar vielleicht noch etwas Luft nach unten gewesen, aber wenn Ihnen eine gute, langfristige Zusammenarbeit wichtiger ist, als ein etwas geringerer Preis, kann ich damit sehr gut leben.«

»Nun, das klingt doch schon so, als könnten wir uns in absehbarer Zeit einigen, wenn uns eines Ihrer Grundstücke gefällt. Ich schlage Folgendes vor: Mr. Millner und ich werden zwar auch bei den weiteren Verhandlungen federführend sein, letztlich müssen aber auch wir den Kaufpreis mit der JOPIC absprechen. Das sollte aber kein größeres Problem darstellen. Wir werden daher morgen zurück nach Johannesburg fliegen und unsere Erkenntnisse aus diesem Gespräch und Ihre Preisvorstellung zeitnah präsentieren. Sobald eine Entscheidung in dieser Sache gefallen ist, kontaktieren wir Sie erneut und vereinbaren mit Ihnen einen Besichtigungstermin für die Strandgrundstücke. Wir würden dann auch den Architekten, den Geologen und den Bauingenieur mitnehmen, die sich das Land und die Umgebung dann unter baulichen Gesichtspunkten gutachterlich ansehen werden. Das kann allerdings einige Tage dauern und wir würden sicherlich hier in der Nähe übernachten müssen. Sobald wir die Ergebnisse der Gutachten vorliegen haben, melden wir uns erneut bei Ihnen und können dann schon in die endgültigen Vertragsverhandlungen einsteigen. Das sollte dann hoffentlich nicht weiter schwierig werden. Bislang ist dieses erste Gespräch mit Ihnen ja auch außerordentlich positiv verlaufen.«, versuchte ich unsere Tarnung weiter aufrecht zu erhalten.

»Ich kann dieses Kompliment nur zurückgeben! Vielen Dank, Mr. Duderberg! Und hinsichtlich Ihres geplanten Vorgehens kann ich keinerlei Einwände finden. Sie können während der Begutachtung der Grundstücke auch gern bei mir übernachten. Ich habe hier ausreichend Gästezimmer und einen ausgezeichneten Koch, der Sie und Ihre Mitarbeiter in der Zeit hervorragend verpflegen kann!«

»Da kommen wir gern darauf zurück, Mr. Mpizi! Vielen Dank für das Angebot! Haben Sie noch weitere Fragen, Mr. Millner?«, schaute ich Tom an und deutete ihm auf diese Weise an, dass es langsam Zeit wurde, zu gehen.

»Nein, ich denke, wir haben alles. Haben Sie noch irgendwelche Fragen an uns, Mr. Mpizi?«

»Nein, im Moment ist wohl alles geklärt.«

»In Ordnung, wenn es das war, würde ich vorschlagen, dass wir aufbrechen, Mr. Duderberg.«, sagte Tom zu mir und erhob sich von seinem Stuhl.

»Ja, gute Idee, schließlich müssen wir heute noch nach Inhambane zurück. Da ist es vermutlich besser, wenn wir so langsam aufbrechen. Es war mir ein Vergnügen, Mr. Mpizi und ich freue mich schon auf unser nächstes Treffen! Wir melden uns dnn zeitnah bei Ihnen.«, verabschiedete ich mich von ihm.

»Die Freude ist ganz meinerseits! Ich wünsche Ihnen eine angenehme Rückfahrt. Aber das sollte in dem Wagen ja eine Selbstverständlichkeit sein!«, verabschiedete sich Mpizi ebenso herzlich von uns wie er uns begrüßt hatte.

»Und wenn ich Ihnen noch einen guten Rat geben darf, Mr. Millner. Nehmen Sie etwas Aloe. Das wirkt beruhigend für das Gesicht. Wenn man das Klima hier nicht gewohnt ist, bekommen viele einen Sonnenbrand. Ich kenne das von einigen meiner Geschäftspartner, die zum ersten Mal hier sind. Die haben sich auch am Anfang verbrannt. Das lässt aber nach. Wobei es Sie schon sehr schlimm erwischt hat. Gute Besserung!«, gab Mpizi Tom noch ein paar gute Ratschläge für seinen Sonnenbrand mit auf dem Weg.

»Ja. Danke. Ich werde es ausprobieren.«, bedankte sich Tom.

»Warten Sie, Manuel bringt Sie nach draußen. Manuel!«

Manuel, der hinter der Tür gewartet hatte, betrat den Raum.

»Manuel, geleiten Sie die Gentlemen bitte nach draußen! Nochmals alles Gute und einen schönen Tag!«, verabschiedete sich Mpizi erneut.

Manuel führte uns durch die Eingangshalle mit dem roten Mustang nach draußen, wo noch immer der Cayenne stand und verabschiedete sich ebenfalls von uns. Wir stiegen ein und schnauften einmal tief durch.

»Pfuh! Mannomann! Der hat ganz schön Dreck am Stecken! Ich will gar nicht wissen, was der so im Laufe der Jahre mit Shongoene abgezogen hat.«, war das Erste, was ich herausbringen konnte.

Dann knöpfte ich im Sitzen den Hosenknopf auf und lockerte den Gürtel. Noch bevor ich den Wagen startete, zog ich das viel zu dicke Sakko aus und warf es auf den Rücksitz. An meinem Hemd ließ sich nun deutlich ablesen, dass sich riesige Schweißflecken unter meinen Armen gebildet hatten.

»Egal was er gemacht hat. Es kann niemals so schlimm gewesen sein, wie sein Einrichtungsstil! Das war ja furchtbar!«, echauffierte sich Tom über die Auswahl von Mpizis Sammelstücken.

»Ja, das war wirklich schlimm! Vielleicht sollten wir mal Mpizi mit deiner „Hello Kitty“-Nachbarin bekannt machen. Die würden sich bestimmt gut verstehen!«, lachte ich und auch Tom musste sofort losprusten.

»Reiß dich noch mal kurz zusammen. Wenn wir uns jetzt hier im Wagen kaputtlachen, macht das keinen sehr seriösen Eindruck.«, ermahnte ich Tom, wobei ich aber immer noch grinsen musste.

»Ist mir doch egal. Den sehen wir wahrscheinlich eh nicht mehr wieder. Oder hast du vor, nochmal zurück zu kommen und 600.000,- Dollar für ein Grundstück hinzublättern?«

»Ich denke noch darüber nach… Nein… Wahrscheinlich doch nicht… Aber hab ich es dir nicht gesagt? Dein Mega-Sonnenbrand ist unsere beste Tarnung! Das hast gut gemacht!«

»Ha, ha, du Spaßvogel!«

Wir fuhren an den beiden Wachposten am Tor vorbei, die uns durchwinkten und kamen wieder auf die Sandpiste.

»Ruf doch mal Yzelle an. Dann müssen die sich keine Sorgen mehr machen.«, schlug ich Tom vor.

»Die sitzen in ›Harrisons Beach Bar‹.«, sagte er, nachdem er aufgelegt hatte. »Das ist immer die Strandstraße weiter gerade aus nach Norden. Irgendwo auf der rechten Seite. Wir können es wohl nicht verfehlen, hat Yzelle gesagt.«

»Das sieht denen ähnlich. Wozu haben wir denn vereinbart, dass sie für den Notfall vor dem Polizeirevier warten sollen? Da gehen die lieber einen trinken. Das ist unglaublich!«

»Wahrscheinlich dachten sie nach dem ersten Kontrollanruf, dass wir sicher sind.«, verteidigte Tom Yzelle und die anderen.

»Na toll. Nimm sie nur in Schutz!«

Wir kamen wieder gut voran, obwohl ich wegen des geborgten Cayenne etwas langsamer unterwegs war als üblich, sodass wir die Strandstraße in Inhassoro schnell erreichten. Einige Minuten später konnten wir „Harrisons Beach Bar" bereits sehen. Bunte Lampions hingen an der Straße, wie Wegweiser zu einem Kindergeburtstag. Nur führte uns dieser Wegweiser direkt in die Kneipe zu unseren Freunden, die an einem Tisch im Freien Platz genommen hatten und für Tom und mich bereits ein Bier und einen Cider geordert hatten. Nachdem wir ausgestiegen waren, schaute Tom an mir herunter, nickte kurz mit dem Kopf und sagte:

»Hose.«

Ich verstand, knöpfte die Hose zu und schnallte auch den Gürtel wieder um. Yzelle, Gloria und Steven begrüßten uns mit erhobenen Flaschen.

»Und? Wie war´s?«, fragte Yzelle.

»Sehr aufschlussreich!«, antwortete Tom.

»Na los, erzählt schon.«, forderte Gloria uns auf.

»Die beiden machen es gerne spannend!«, zwinkerte Steven Gloria zu.

»Was wollt ihr denn wissen? Wir können euch gern erzählen, was so ein Grundstück hier in der Gegend kostet, wenn man es direkt von Mpizi kauft und nicht noch die Mittelsmänner von den Immobiliengesellschaften dazwischen sitzen hat.«, fuhr Tom fort.

»Das könnt ihr ja auch erzählen. Kommt erst mal zum Punkt und dann könnt ihr uns ja berichten, wie ihr das angestellt habt.«, zeigte sich Yzelle diesmal als Freundin einer schnellen Ergebnispräsentation.

»Denkt ihr, dass die Holzfäller doch etwas mit dem Mord zu tun haben? Ihr habt doch gesagt, dass die ganz verdutzt wirkten, als ihr von dem Mord an Usumbe erzählt habt. Die wussten ja scheinbar gar nichts davon.«, fragte Gloria nach unserem Bericht und unseren Ausführungen, dass die Holzfäller von Schoeman & Pretorius unter Mpizis Schutz stehen.

»Das kommt mir auch sehr komisch vor. Ich weiß es nicht. Eventuell hat auch irgendjemand völlig anderes Usumbe getötet und nur weil Mpizi angenommen hat, dass die Holzfäller vielleicht etwas damit zu tun haben könnten, hat er die Ermittlungen einfach ohne deren Wissen gestoppt.«, stellte Tom ernüchtert fest.

»Dann hätte er damit im Prinzip irgendjemandem, den wir überhaupt nicht kennen und der schon längst über alle Berge sein kann, unfreiwillig geholfen. Na prima!«, ärgerte sich Gloria.

»Wenn das wirklich so sein sollte, dann können wir das Ganze aber auch an dieser Stelle abbrechen. Dann haben wir unser Pulver restlos verschossen.«, war auch Steven sehr demotiviert.

»Das Einzige, was mir jetzt noch einfällt, wäre, dass wir uns noch einmal an die Holzfäller ranhängen.«, schlug ich vor.

»Wieso? Ich dachte, die können es nicht gewesen sein?«, fragte Gloria nach.

»Wir können doch eigentlich nur ausschließen, dass es die drei, die uns aus dem Sandfeld geholfen haben, nicht gewesen sind. Die waren wirklich überrascht, als wir ihnen von dem Mord erzählt haben. Aber das sind ja nicht die einzigen Holzfäller im ganzen Camp. Da gibt es noch einige Dutzend. Wenn ich der Mörder und Holzfäller wäre, würde ich das auch nicht im ganzen Lager herum erzählen. Der wird das vermutlich schön für sich behalten.«, erklärte ich ihr.

»Kann schon sein, dass du da recht hast. Aber wie willst du denn bei denen weiterkommen? Du kannst doch nicht einfach ins Lager marschieren und jeden Einzelnen befragen. Und die Nummer mit dem Steckenbleiben im Sand ist auch schon ausgelutscht.«, stellte Yzelle ernüchtert fest.

»Ja, aber die trinken gern. So wie wir. Cheers!«, erhob Tom sein Glas.

Wir schauten ihn verwirrt an.

»Wie?«, fragte Steven.

»Na, die trinken auch gern. Ndlane hat doch erzählt, dass die sich nach der Arbeit immer in diesem Shebeen zum Saufen treffen. Wie hieß der gleich noch, Jan?«, wandte sich Tom an mich.

»Hunters«, glaube ich.

»Ja, genau. Was wäre denn, wenn wir da mal in den nächsten Tagen hinfahren und uns unter die Leute mischen. Vielleicht geraten wir dabei zufällig an den Richtigen und er erzählt uns ein bisschen was.«

Wir schauten Tom schweigend an, da wir von seinem Plan noch nicht wirklich überzeugt waren. Deshalb führte Tom weiter aus:

»Der Alkohol macht deren Zungen auch locker. Schaden kann es doch nicht. Wir können die Sache ja abblasen, wenn wir innerhalb von ein paar Tagen nichts rausbekommen. Dann war es das eben. Aber das sollten wir schon noch machen. Wir sind für diese Sache einmal quer durch Mosambik gefahren und geflogen.

Da werden wir doch auch noch die Zeit haben, uns für ein paar Tage mal in einer anderen Kneipe volllaufen zu lassen und dabei vielleicht einen neuen Anhaltspunkt zu erhalten.«

»Da hast du Recht. Es wäre wirklich bitter, jetzt aufgeben zu müssen. Was denkt ihr?«, wollte ich von den anderen wissen.

»Das ist am Ende eure Sache.«, meinte Yzelle.

»Ein gewisses Risiko gibt es immer. Gerade wenn da so ein Haufen besoffener Holzfäller ist. Da gibt es doch garantiert des Öfteren mal Stunk. Aber wenn ihr euch geschickt verhaltet, könnte es vielleicht klappen. Nur aufpassen solltet ihr da schon.«

»Das würden wir schon machen. Wie sieht es aus, Jan? Bist du dabei?«, war nun Tom die treibende Kraft bei unseren Ermittlungen.

»Ich denke schon. Was soll schon groß passieren? Aber weiß überhaupt einer von euch, wo dieses »Hunters« sein soll?«

»Bevor ihr das gerade erwähnt habt, kannte ich das noch gar nicht.«, sagte Steven.

»Geht mir genauso.«, schloss sich Yzelle an.

»Tja, dann müssen wir wohl noch einmal zu Ndlane. Der kann uns sicherlich eine Wegbeschreibung geben.«, hatte Tom die nächste gute Idee.

»Ist der denn überhaupt schon wieder da? Ich dachte, der wurde nach Inhambane ins Gefängnis gebracht.«, fragte Gloria.

»Nkomo hat uns versichert, dass er sich schnellstmöglich darum kümmert, dass Ndlane wieder freigelassen wird. Das wäre jetzt doch mal eine hervorragende Gelegenheit zu überprüfen, ob Nkomo seine Versprechen auch hält.«, erklärte Tom.

»Sollen wir sofort zu ihm fahren?«, fragte ich Tom.

Wir bezahlten, standen auf, gingen an den Lampions am Eingang vorbei und stiegen in unsere Wagen. Tom und ich fuhren vor, da wir sowohl die Schlaglöcher auf dem Weg von Inhassoro raus auf die Hauptstraße sowie die Abzweigung in den Wald schon kannten und die anderen einfach nur hinterher fahren mussten.

Wir fanden die Abzweigung zum Dorf im Wald diesmal ohne Probleme und steuerten den Cayenne nicht ganz so weit hinein, wie wir es mit unseren Jeeps getan hatten. Wir stiegen aus und Yzelle, Gloria und Steven blieben an den Fahrzeugen stehen.

»Bis nachher. Wir beeilen uns.«, rief ich ihnen zu.

»Keine Hektik! Lasst euch Zeit.«, erwiderte Steven, der sich scheinbar gern in der Gesellschaft der beiden Damen aufhielt.

Tom und ich marschierten den Fußweg entlang durch den Wald. Da wir uns sicher waren, dass im Dorf sowieso niemand einen gesteigerten Wert auf die Etikette legen würde, zogen wir unsere Schuhe und Socken aus und krempelten die Hosenbeine und Hemdsärmel hoch. Die Sakkos hatten wir ohnehin schon im Auto gelassen. Wir stopften die Socken in die Schuhe, die wir in den Händen trugen und stapften barfuß den sandigen Weg entlang. Auf dem Weg zu Ndlane klopften wir auch bei Lisha an. Sie war jedoch nicht da und so setzten wir unseren Weg durchs Dorf, beäugt von zahlreichen Kinderaugen, fort. Schließlich kamen wir bei Ndlanes Hütte an, auf die wir diesmal, ohne Angst vor irgendwelchen Minen, zielstrebig zugingen. Tom klopfte. Nur einen kurzen Moment später öffnete sich die Tür. Ndlane trat in den Türrahmen. Als er uns erkannte, rang er kurz mit der Fassung, dann schossen ihm die Tränen in die Augen. Er stürzte hervor und versuchte etwas unbeholfen, Tom und mich zur gleichen Zeit zu umarmen, was ihm nur durch ein wenig Unterstützung von uns gelang.

»Danke! Danke! Danke, danke, danke! Ich stehe für immer tief in Ihrer Schuld! Danke!«, schluchzte er laut und herzergreifend.

»Na, na. Ist doch gut.«, versuchte Tom ihn zu beruhigen und klopfte ihm dabei auf die Schulter.

Ndlane brauchte allerdings noch einige Augenblicke, bis er sich wieder gefangen hatte. Dann machte zwei Schritte zurück und fuhr sich mit dem Unterarm über sein Gesicht, um die Tränen und den Rotz wegzuwischen. Er schaute uns mit großen Augen an. Zum ersten Mal konnten wir Ndlane richtig sehen. Er hatte einen tiefen Cut über dem Auge und die Haut über seinem linken Wangenknochen war aufgeplatzt und stark verkrustet. Zudem waren beide Gesichtshälften stark angeschwollen. Vermutlich war er auch noch nach unserem Besuch misshandelt worden, weshalb ich mich erkundigte:

»Meine Güte, Mr. Ndlane! Sie sehen ja schlimm aus! Hat Ihnen Shongoene das angetan?«

»Ja, der auch. Das meiste sogar. Eine meiner Rippen ist auch gebrochen. Das war er, als Sie nach dem Brand im Gefängnis vorbeigeschaut haben. Einen Teil meiner Verletzungen habe ich aber auch von den Wärtern im Gefängnis in Inhambane. Die haben mich auf die gleiche Weise verhört wie Shongoene. Aber ich konnte denen ja nichts sagen, obwohl ich am Ende fast soweit gewesen wäre, alles zu gestehen, was die hören wollten.«

»Das glaube ich! Das muss schlimm gewesen sein! Aber zum Glück hat das ja nun ein Ende. Shongoene hat gestanden, dass Sie nicht der Schuldige sind. Sowohl, was den Mord an Usumbe als auch die Brandstiftung bei Mr. Scherler angeht.«, erklärte ihm Tom.

»Wieso hat Shongoene das zugegeben? Wie haben Sie das geschafft? Im Gefängnis in Inhambane haben Sie mir nur gesagt, dass sie mich jetzt wieder zurück nach Hause bringen und dass ich mich bei Ihnen und dem Polizeichef in Maputo bedanken könne, dass ich nicht lebenslänglich eingewandert bin. Was meinten die damit? Was habe ich denn mit dem Polizeichef in Maputo zu tun? Den kenne ich doch überhaupt nicht!«

Tom und ich berichteten Ndlane die Kurzfassung von den Geschehnissen der letzten Tagen und wie es zu Shongoenes Geständnis im Gefängnis von Maputo kam, aufgrund dessen Ndlane freigelassen wurde.

»Guter Gott! Da habe ich aber wirklich großes Glück gehabt! Vielen, vielen Dank noch einmal!«, sagte Ndlane, während er sich bekreuzigte.

»Aber was geschieht denn jetzt? Sie haben gesagt, dass Shongoene vom Mpizi dazu angestiftet wurde, nichts zu unternehmen und mich wegen dieser angeblichen Beweise bei der Brandstiftung zu verhaften. Da muss doch etwas geschehen! Der muss doch irgendetwas mit der ganzen Sache zu tun haben!«

Nachdem wir Ndlane über unsere Ermittlungen und den Besuch bei Mpizi aufgeklärt hatten, schüttelte er erzürnt den Kopf:

»Dieses Schwein! Und können Sie das auch beweisen?«

»Noch nicht. Wir konnten Mpizi natürlich nicht direkt nach seiner Beteiligung und seiner Beeinflussung Shongoenes beim Mord an Usumbe fragen, da sonst unsere Tarnung aufgeflogen wäre. Aber seine Andeutungen geben starken Anlass zu der Vermutung, dass er auch da seine Finger im Spiel hatte.«, fügte ich hinzu.

»Aber Sie haben doch gesagt, dass Shongoene ausgesagt hätte, dass Mpizi seine Familie bedroht und ihn geschmiert hat, damit er nicht tätig wird. Reicht das nicht aus, um Mpizi zu überführen?«

»So wie ich die Lage einschätze, vermutlich nicht. Sollte es zu einem Prozess kommen, wird da Aussage gegen Aussage stehen. Und wenn Mpizi gute Anwälte hat, wovon ich ausgehe, dann werden die schon dafür sorgen, dass Shongoene als unglaubwürdig hingestellt wird und behaupten, dass er in seiner ausweglosen Situation einfach nur versucht, noch andere mit hineinzuziehen. Da sehe ich ohne anderweitige Beweise gegen Mpizi nur sehr geringe Chancen.«, beurteilte ich die Aussichten hinsichtlich einer erfolgreichen Überführung Mpizis als schlecht.

»Wenn wir aber beispielsweise einen der Holzfäller dazu bringen könnten, dass er gesteht, dass sie aufgrund von Mpizis Intervention keine Repressalien durch die Polizei zu befürchten hatten, dann würde sich das Blatt im Prozess wieder wenden. Aber wie blöd müssten die schon sein, um das zu gestehen?«, schrieb ich auch dieser Möglichkeit nur sehr vage Chancen zu.

»Um es auf den Punkt zu bringen: Sie denken nicht, dass Sie Mpizi überführen können und er seine gerechte Strafe dafür erhält, dass ich ungerechtfertigt ins Gefängnis geworfen und gefoltert wurde.«

»Solange Sie nicht belegen können, dass die Beweise, die bei Ihnen gefunden wurden, von Mpizi selbst oder auf dessen Anweisung bei Ihnen deponiert wurden… Nein. Solange halte ich das für sehr unwahrscheinlich.«, machte ich Ndlane keine großen Hoffnungen.

»Dieses Dreckschwein! Dass der damit so einfach durchkommt!«, schimpfte Ndlane zornig vor sich hin.

»Mr. Ndlane. Es kommt wahrscheinlich sogar noch schlimmer für Sie und Ihre Nachbarn hier im Dorf.«, versuchte Tom, Ndlane behutsam auf die nächste schlechte Nachricht vorzubereiten.

»Wieso? Was meinen Sie damit?«

»Sie sind doch bislang davon ausgegangen, dass Sie trotz der Arbeiten der Holzfäller weiter in Ihrem Dorf hier im Wald wohnen bleiben können, oder?«, fing Tom an.

»Ja! Natürlich! Das hat Mpizi uns zugesichert und versprochen. Er hat gesagt, dass er extra in dem Vertrag geregelt hätte, dass wir ein Bleiberecht besitzen und unsere Hütten nicht abgerissen werden, weil die Holzfäller von ihm nur das Land bis kurz vor unser Waldgebiet gekauft hätten.«, antwortete Ndlane überzeugt.

»Haben Sie da irgendetwas Schriftliches in der Hand? Und wurde dieser Kauf ins Grundbuch eingetragen?«, fragte ich nach.

»Nein. Wir haben das so geregelt. Wir haben damals auf einer Versammlung beschlossen, dass wir alle unsere Ersparnisse zusammenlegen und Mpizi damit das Land abkaufen, damit wir dauerhaft hier wohnen können. Wir haben uns dann per Handschlag mit ihm geeinigt. Irgendetwas Schriftliches gibt es da nicht.«

»Das ist schlecht.«, sagte ich leise.

»Und bis wohin genau sollen die Holzfäller das Land gekauft haben?«, erkundigte sich Tom bei Ndlane, auch wenn er schon ahnte, dass Mpizi den Leuten im Dorf nicht die Wahrheit gesagt hatte.

»Etwa 1,5 Kilometer westlich von hier, hat Mpizi gesagt. Dann wären auch nur einige und nicht alle unsere Felder von den Arbeiten betroffen. In etwa sechs Monaten sollten sie bis dahin vorgerückt sein und dann sollen sie angeblich in ein anderes Gebiet weiterziehen.«

»In sechs Monaten ist von eurem Dorf wahrscheinlich nichts Anderes mehr übrig als eine karge Landschaft voller Baumstümpfe. Mpizi hat euch belogen. Er hat es uns selbst gesagt. Euer Dorf muss den Holzfällern weichen. Das Land, auf dem ihr jetzt noch lebt, gehört ihnen bereits und sie werden kommen und hier die Bäume fällen. Das ist beschlossene Sache!«, versuchte ich ihm die Augen zu öffnen.

»Aber Mpizi hat gesagt, dass unser Wohn- und Bleiberecht auch in den Grundbüchern eingetragen wurde. Das kann doch gar nicht sein! Sie müssen sich irren!«, wurde Ndlane langsam nervös.

»Leider nein. Mpizi hat uns gesagt, dass wir für unser angebliches Resort-Projekt leicht Arbeitskräfte finden werden, da sie alle dankbar für jeden Job sein werden, weil sie kein Dach mehr über dem Kopf haben. Das haben Ihnen dann nämlich schon die Holzfäller weggenommen. Sie können uns das glauben. Das meinte er ernst!«, versuchte ich Ndlane zu überzeugen.

»Erst die Verhaftung! Dann die Folter! Und jetzt sollen wir alle hier unser Heim verlieren? Das kann nicht stimmen!«, erhob er verzweifelt die Stimme.

»Mpizi klang sehr glaubhaft, als er das sagte! Wir haben es allerdings auch noch nicht nachgeprüft. Vielleicht besteht ja doch noch Hoffnung.«, machte Tom Ndlane aus Mitleid ein wenig Hoffnung.

»Ich wüsste vielleicht eine Möglichkeit, wie wir das nachprüfen könnten.«, teilte ich den beiden mit.

Ich verließ Ndlanes Hütte und wählte Mr. Conrads Nummer. Wieder einmal landete ich bei Sandy Norrington, der Vorzimmerdame von Mr. Conrad.

»Conrad & Conrad. Mr. Conrads Büro. Sie sprechen mit Miss Norrington.«. meldete sich Sandy wie eh und je.

»Hallo Sandy! Ich bin´s. Jan Scherler. Ist Mr. Conrad noch in seinem Büro?«

»Sie haben Glück. Mr. Conrad wollte eigentlich gerade auf den Golfplatz gehen. Aber für Sie nimmt er sich noch etwas Zeit. Ich verbinde Sie. Auf Wiedersehen, Mr. Scherler!«

»Ja. Auf Wiedersehen! Sie sind ein Schatz, Sandy!«

»Ich weiß! Sandy kann man nicht in Gold aufwiegen!«, lachte Mr. Conrad am anderen Ende der Leitung ins Telefon, der offenbar früher mit mir verbunden worden war, als ich es erwartet hatte und meinen letzten Satz gehört hatte.

»Mr. Nkomo hat mich bereits angerufen und darüber informiert, was für hervorragende Vorarbeiten Sie und Ihr Freund

Mr. Randall geleistet haben. Sie haben also mit Ihren Vermutungen voll ins Schwarze getroffen!«

»Das haben wir! Und ich verspreche Ihnen auch, dass ich Ihnen beim nächsten Mal alles von unserem Aufenthalt in Maputo erzählen werden. Sehr ausführlich sogar! Aber heute sitzt mir ein wenig die Zeit im Nacken.«

»Dann halten Sie sich nicht mit Nebensächlichkeiten auf, sondern kommen Sie gleich zur Sache!«, gab Mr. Conrad eine klare Anweisung.

»Es geht um einen Grundbucheintrag, den ich überprüfen müsste. Hier in Mosambik. Ich kann mich noch erinnern, dass Sie früher einmal einen guten Kontakt zum Grundbuchamt in Maputo hatten. Das war in der Bowman-Sache. Soweit ich weiß, gibt es dort ein Zentralregister für alle Grundbucheinträge in Mosambik. Und ich müsste speziell einen Eintrag aus der Region Inhassoro überprüfen lassen. Wissen Sie, ob Sie um diese Uhrzeit noch jemanden erreichen können?«

»Ich kann es ja mal probieren. Falls ich meine Freundin noch erreichen sollte, können wir eine Telefonkonferenz machen. Ich lasse das von Sandy arrangieren. Bleiben Sie solange in der Leitung?«

»Ja! Natürlich!«

Es knackte. Tom und Ndlane waren aus der Hütte herausgetreten und schauten mich aus einiger Entfernung an. Ich winkte beide heran und erklärte ihnen, was ich vorhatte.

»Wenn es klappt und der Kontakt von Mr. Conrad noch keinen Feierabend gemacht hat, können wir direkt am Grundbuchamt überprüfen lassen, ob Mpizi für Ihr Dorf irgendwelche Sonderrechte eingetragen hat.«

»Aha. Da bin ich mal gespannt.«, sagte Tom, während sich Ndlane überhaupt nicht zu dem Plan äußerte, da er wahrscheinlich in Gedanken noch zu sehr mit der neuen Bedrohung beschäftigt war.

»Ich schalte mein Telefon dann auf laut, wenn es soweit ist. Ah, Moment. Es geht los.«

Es knackte wieder in der Leitung und Mr. Conrad meldete sich.

»Jan?«

»Ja.«

»Ah, sehr schön! Es hat funktioniert. Ich könnte das ja nie im Leben, mit diesen Telefonkonferenzen, aber Sandy schüttelt das wirklich aus dem Handgelenk!«

»Ja, sie ist ein echter Schatz! Wie ich schon sagte... Haben Sie jemanden erreicht?«

»Ja. Meine alte Freundin Mrs. Butunda vom Grundbuchamt hört bereits zu. Mrs. Butunda, das ist Mr. Scherler, einer meiner früheren Mitarbeiter und ein guter Freund.«, machte er uns übers Telefon miteinander bekannt.

»Schönen guten Tag, Mrs. Butunda!«

»Schönen guten Tag, Mr. Scherler! Was kann ich für Sie tun?«

»Regeln Sie das mal untereinander. Ich bleibe in der Leitung und höre einfach nur zu.«, meldete sich Mr. Conrad noch ein weiteres Mal.

»Ja, danke. Auch Ihnen, Mrs. Butunda, dass Sie sich so schnell bereit erklärt haben, mir zu helfen!«

»Das ist doch selbstverständlich. Mr. Conrads Freunde sind auch meine Freunde! Also! Wie kann ich Ihnen helfen?«

Den Satz mit den Freunden von Mr. Conrad hatte ich schon einmal von Nkomo gehört. Nun hoffte ich nur, dass Mrs. Butunda nicht auch noch die Preisgestaltungen für Gefälligkeiten von Nkomo übernommen hatte.

»Es geht um eine Auskunft hinsichtlich eines Grundbucheintrags.«

»Aha. Das sind Sie bei mir richtig.«, lachte Mrs. Butunda mit dunkler, angenehmer Stimme ins Telefon.

»Wo liegt das Grundstück denn?«

»In der Provinz Inhambane, Region Inhassoro.«

»Da gibt es sehr viele Grundstücke. Geht es vielleicht etwas genauer?«

»Ich habe leider keine Koordinaten oder Gemarkungen, aber ich kann Ihnen den Namen des ehemaligen Eigentümer und den Namen der Gesellschaft nennen, die das Grundstück erworben hat.«

»Das sollte für unser Suchprogramm ausreichend sein, sofern die beiden Vertragsparteien nicht dutzende von Verträgen abgeschlossen haben.«

»Davon gehe ich nicht aus. Der ehemalige Eigentümer heißt Hector Mpizi. Der neue Eigentümer ist die südafrikanische Gesellschaft Schoeman & Pretorius aus Nelspruit.«

Nach einer kleinen Pause sagte Mrs. Butunda:

»Hector Mpizi und Schoeman & Pretorius. Na also. Da gibt es nur eine Grundstücksübertragung in der Region Inhassoro.

Das muss es dann also sein. Ist aber ein sehr großes Gebiet. Ah, ich sehe gerade. Verwendungszweck des Grundstücks: Rodungsarbeiten. Das verkaufte Grundstück scheint für das Fällen von Holz vorgesehen zu sein.«, benannte Mrs. Butunda einige Details aus dem Grundbuchauszug.

»Genau das ist es!«, rief ich erfreut, während ich das Telefon laut schaltete und Tom und Ndlane ein Zeichen gab, dass sie sich ruhig verhalten sollten.

»Und was genau möchten Sie nun über dieses Grundstück wissen?«

»Ich würde gern wissen, ob für dieses Grundstück irgendwelche Sonderrechte für eine dritte Partei eingetragen sind. Konkret geht es um einen Eintrag, der den Bewohnern eines kleinen Dorfes in einem Wald auf diesem Grundstück ein Bleiberecht einräumt.«

»Aha. Ich schau mal nach. Das sollte schnell gehen. Moment. Hier ist die Spalte mit den Sonderrechten. Nein. Keine Einträge. Nichts. Das Grundstück ist zu 100% an Schoeman & Pretorius übergegangen. Ohne dass irgendwelche Dritten noch weitere Rechte geltend machen könnten. Da gibt es keine Zweifel. Kann ich Ihnen sonst noch irgendwie weiterhelfen?«

»Nein. Danke! Das war schon alles! Wie kann ich mich denn für Ihre Arbeit revanchieren?, fragte ich höflich, während ich mit an sah, wie Ndlane vor mir auf die Knie sank.

Tom beugte sich über ihn und versuchte ihn zu beruhigen.

»Revanchieren? Nein. Das hab ich gern gemacht! Sie wissen schon… Sie sind ein Freund von Mr. Conrad! Da hilft man sich! Wenn es das war, wünsche ich Ihnen noch einen schönen Tag. Ich würde mich dann in den Feierabend verabschieden. Und Ihnen natürlich auch einen guten Tag, Mr. Conrad!«

»Ja. Auf Wiedersehen. Und besten Dank. Wir hören bestimmt bald wieder voneinander.«, verabschiedete sich Mr. Conrad.

»Und? Konnte Ihnen diese Auskunft weiterhelfen, Jan?«, fragte er mich.

»Sehr! Sie hat eine unserer Vermutungen bestätigt! Das wird hier immer vertrackter!«

»Gut, gut. Sie werden das schon machen! Ich muss nun leider weg. Ich komme schon zu spät zu meiner Golfverabredung! Aber Sie müssen mir versprechen, dass Sie mich anrufen und mir alles erzählen, wenn Sie den Fall gelöst haben!«

»Davon bin ich noch nicht so sehr überzeugt. Aber ich gebe mein Bestes!«

»Das weiß ich doch! Machen Sie es gut. Auf Wiedersehen!«

Ndlane hockte immer noch auf seinen Knien und schlug mit den Fäusten auf den Boden.

»Das kann doch nicht wahr sein! Das kann doch nicht wahr sein! Dieses Schwein! Der hat das Land verkauft, das wir ihm von all unseren Ersparnissen abgekauft haben!«

»Das tut uns sehr leid, Mr. Ndlane! Wenn Sie möchten, kann ich mal einen befreundeten Anwalt fragen, der sich dieser Sache annehmen kann. Vielleicht ist ja doch noch nicht alles verloren…«

»Ach, hören Sie auf! Wie Sie schon sagten: Wir haben nichts in der Hand, was den Verkauf des Landes an uns beweisen würde. Und einen Anwalt, der uns vielleicht helfen könnte, können wir auch nicht bezahlen.« unterbrach mich Ndlane.

»Ich werde trotzdem mal sehen, was sich da machen lässt. Vielleicht gibt es da noch irgendwo einen Ausweg und Sie können alle hier wohnen bleiben.«, versprach ich ihm, obwohl ich die Chancen der Dorfgemeinschaft für äußerst gering erachtete, da Mpizi sicherlich auch nicht davor zurückschrecken würde, einen Richter zu bestechen.

»Ansonsten sind wir ja immer noch auf der Suche nach dem Mörder von Usumbe. Wir würden gern mal ins ›Hunters‹ gehen, von dem Sie uns damals erzählt hatten. Könnten Sie uns den Weg dorthin vielleicht mal kurz beschreiben?«, erinnerte ich mich noch an den eigentlichen Zweck unseres Besuches.

»Das ist gar nicht so leicht zu finden. Da müssen Sie zunächst wieder auf die Hauptstraße rausfahren und nach Norden in Richtung Inhassoro fahren. Von hier aus ist es die vierte kleine Einmündung auf der rechten Seite. Kurz davor liegt ein Autowrack, so können Sie es sich bestimmt besser merken. Die Einmündung fahren Sie rein und folgen dem Pfad, den Sie dort sehen. An der zweiten Abzweigung fahren Sie dann links und dann kommen Sie recht bald zum ›Hunters‹. Dort stehen auch immer einige Fahrzeuge der Holzfäller herum. Sie können es dann gar nicht verfehlen.«

»Danke schön! Sie haben uns sehr geholfen!«, bedankte sich Tom bei Ndlane.

»Ich muss mich bei Ihnen bedanken. Ich hoffe, Sie können irgendetwas erreichen! Ich wünsche Ihnen viel Glück dabei!«

Wir gingen auf dem Rückweg erneut an Lishas Hütte vorbei, um ihr von den neuesten Entwicklungen im Fall zu berichten, doch sie war noch immer nicht da. Darum liefen wir direkt weiter zu unseren Fahrzeugen, wo Yzelle, Gloria und Steven sich beim Boule mit Baby-Kokosnüssen die Zeit vertrieben.

»Na? Wie war´s? Habt ihr die Adresse?«, rief Steven uns entgegen, als er uns sah.

»Eine Adresse haben wir nicht. Aber dafür eine Wegbeschreibung.«, antwortete Tom.

»Lass uns zuhause weiterquatschen. Ich will endlich aus diesen Klamotten raus! Ich schwitz mich noch zu Tode!«, drängelte ich.

Im Resort angekommen, fiel ich völlig erschöpft auf die Couch. Nachdem ich mich geduscht und umgezogen hatte, schlenderte ich zu Tom hinüber, der mich bereits erwartete. Dann gingen wir gemeinsam ins »Shamwari«, um mit den anderen den Abend gemütlich ausklingen zu lassen.

»Wann wollt ihr denn eigentlich in dieses ›Hunters‹ fahren?«, fragte Gloria, nachdem wir die ersten Getränke geordert hatten.

Tom und ich schauten uns an.

»Darüber haben wir noch gar nicht nachgedacht. Vielleicht morgen, Tom? Was meinst du?«

»Warum nicht?«, antwortete er.

»Warum nicht gleich heute? Wenn ihr gegessen habt, könnt ihr doch noch mal losfahren. Die Holzfäller kommen sowieso erst abends dorthin. Und wenn ihr gleich aufgegessen habt, ist es vielleicht um acht oder spätestens halb neun. Bis ihr dort seid, allerhöchstens um neun. Das wäre genau die richtige Zeit. Da sind die alle schon ein bisschen angetrunken, aber noch nicht so besoffen, dass es vielleicht Krawall gibt.«, verplante Yzelle unseren wohlverdienten Feierabend.

»Ach komm, so eilig ist es nun wirklich nicht.«, zeigte ich deutlich an, dass ich heute keine große Lust mehr hatte.

»Du hast aber selbst gesagt, dass es besser ist, schnell zu ermitteln, bevor alle Spuren verloren sind.«, erinnerte mich Steven, der offenbar auch der Ansicht Yzelles war, dass wir heute Abend noch mal auf die Piste sollten.

»Ist ja gut! Wir machen es. Dafür zahlt ihr das Essen und lasst uns morgen ausschlafen! Das kann bestimmt länger dauern, wenn wir da heute noch hinfahren.«, gab ich mich geschlagen.

»Na gut. Dann schauen wir uns den Laden eben heute noch an.«, willigte auch Tom ein.

»Aber dann will ich heute ein Steak und Milipap. Ich brauch etwas im Magen, das den Alkohol aufsaugt. Wir müssen da bestimmt ´ne Menge trinken, wenn wir mit denen ins Gespräch kommen. Da ist eine gute Grundlage Pflicht! Wer fährt eigentlich von uns beiden?«, erkundigte ich mich bei Tom.

»Immer der, der fragt. Wir fahren ja bestimmt noch ein paar Mal dort hin. Da können wir uns einfach immer abwechseln. Ich nehm übrigens auch ein Steak.«

»Einverstanden. Dann fahr ich heute.«

»Ich hatte mich schon so auf einen ruhigen Abend gefreut.«, moserte Tom und ich konnte ihn gut verstehen.

»Habt ihr irgendeine Idee, was wir sie fragen sollen?«, erkundigte ich mich bei unseren Freunden.

»Das wird sich schon ergeben. Ihr seid doch nicht auf den Mund gefallen. Improvisiert einfach und seid spontan. Die werden auch sowieso viel erzählen, ohne dass ihr sie großartig fragen müsst. Stellt euch mal vor, ihr hockt seit Wochen oder Monaten mit den gleichen Kerlen in einem Camp oder in einer Kneipe. Das ist doch elendig langweilig. Und dann kommen zwei neue Gesichter daher… Denen will man doch gleich alle Geschichten erzählen, die die anderen schon tausendmal gehört haben.«, machte Steven uns Mut.

»Oder sie wollen den neuen Gesichtern einfach nur mal ordentlich die Fresse polieren.«, merkte Tom lapidar an.

»Das kann auch möglich sein. Aber falls sie aggressiv werden sollten, habt ihr ja immer noch in der Hinterhand, dass ihr einen von ihren Chefs kennt. Der, der euch geholfen hat, als ihr euch festgefahren habt. Wie hieß der nochmal?«, hatte Steven endlich mal eine gute Idee.

»Dries, glaub ich.«, antwortete ich.

»Genau. Wenn die euch irgendwie doof kommen, dann sagt einfach, dass ihr Dries kennt und schon ein Bier mit ihm getrunken habt. Und macht denen klar, dass sie Ärger mit dem bekommen, falls sie auf Stunk aus sind. So seid ihr wenigstens halbwegs sicher.«, fügte Steven hinzu.

Nachdem wir unsere Steaks verzehrt hatten, ermahnte Yzelle uns, dass für uns nun langsam die Zeit zum Aufbruch gekommen sei. Immer noch leicht widerwillig erhoben wir uns und gingen zu Toms Jeep. Da ich vermutlich mit einem volltrunkenen Nachbarn den Rückweg allein finden musste, bot Tom mir an, dass er zumindest den Hinweg fahren könnte. Das war für mich in Ordnung.

Wir verließen das Resort und fuhren auf die N1. Es war ungewohnt. Üblicherweise fuhren wir wegen der Gefahr von Über- und Unfällen in Mosambik nie im Dunkeln. Nachdem wir etwa fünf Fahrminuten vom Camp entfernt waren, blieb Tom plötzlich mitten auf der Straße stehen, schaltete die Fahrzeugbeleuchtung aus und verließ den Jeep. Ich schaute ihm leicht irritiert hinterher und folgte ihm.

»Schau mal!«, sagte er und deutete mit dem Finger gen Himmel.

Über uns zeigte sich der abendliche Sternenhimmel in seiner vollen Pracht. Ohne das Restlicht des Resorts standen wir hier nun in völliger Dunkelheit auf der Straße und konnten die Sternbilder noch deutlicher als von unserer Veranda aus sehen. Absolute Dunkelheit. Das Kreuz des Südens, die Kleine Wasserschlange, Phönix und der Schwertfisch waren deutlich zu erkennen.

»Tom?«

»Ja?«

»Ich find das ja auch sehr schön, aber wir haben heute noch was vor.«

»Ich weiß. Aber das ist schon toll, oder?«

»Ja. Wenn du willst, können wir auch gern in den nächsten Tagen nochmal hierher fahren. Aber jetzt…«

»Schon klar.«, sagte Tom und warf einen letzten Blick gen Himmel, bevor er wieder in den Jeep stieg.

»Aber den Holzfällern im »Hunters« erzählen wir gleich nicht, dass wir uns gerade noch die Sterne angeschaut haben, klar?«, ermahnte ich Tom im Spaß.

»Wieso? Die mögen es bestimmt auch gern romantisch.«, feixte Tom.

»Du kannst nachher gern mit einem vor die Kneipe gehen und ihm die Sternbilder erklären. Mal schauen, was er davon hält…«

»Solange er mir nicht seine kleine Wasserschlange zeigt.«, alberte Tom herum.

Wir waren guter Laune und fanden die Abzweigung zum »Hunters« dank Ndlanes guter Wegbeschreibung und dem Hinweis mit dem Autowrack auf Anhieb. Das »Hunters« bestand zum größten Teil aus sorgfältig zusammengesetzten Holzplanken und wirkte eher wie eine solide Blockhütte als eine illegale Absteige inmitten von Palmen und Sträuchern. Sogar eine flackernde Leuchtreklame in den Farben Grün und Gelb mit dem Schriftzug »Hunters« wies auf den Namen der Kneipe hin. Tom stellte den Wagen auf einer kleinen Lichtung ab, die noch von acht weiteren Fahrzeugen – alles Geländewagen – als Parkplatz benutzt wurde. Wir stiegen aus und hörten ein leises Basswummern, das sich mit dem Stimmengewirr, welches aus der Kneipe drang, vermischte. Ich ging vor und öffnete die Tür. Mir kam ein ganzer Schwall Zigarettenrauch entgegen, der die geöffnete Tür dankbar als Ausweg ins Freie nutzte. Durch den in der Luft stehenden Rauch konnte ich erkennen, dass der Eingangsbereich der Kneipe keinen Boden besaß, sondern einfach auf Sand gebaut worden war. Nach etwa vier Metern war ein Holzboden verlegt, auf dem auch die Bar stand. Der sandige Eingangsbereich des »Hunters« wirkte ein wenig schmuddelig, da es hier nur so vor weggeworfenen Zigarettenkippen wimmelte. Der hintere Teil der Kneipe mit dem Barbereich hingegen wirkte sehr aufgeräumt und ordentlich, zumindest machte es von der Tür aus diesen Eindruck. Sehr viel konnte ich jedoch nicht erkennen, da die Innenbeleuchtung nur aus einigen eingedrehten Glühbirnen ohne Lampenschirm bestand, die von der Decke hingen und vom Zigarettenrauch beschlagen und zudem sehr staubig waren, sodass sie nicht ihre volle Leuchtkraft entfalten konnten. Wir schauten uns nach einem freien Platz um, was sich jedoch nicht so einfach darstellte wie erwartet. Es gab nur einen leeren Tisch mit drei Stühlen und einige freie Barhocker am Tresen. Der Rest der Tische war komplett belegt. Alles Weiße. Vermutlich waren sie alle Holzfäller. Schwarze Gäste hatte das »Hunters« an diesem Abend nicht, obwohl der Barkeeper und die Bedienung beide dunkelhäutig waren. Ein Stimmengewirr auf Afrikaans lag in der Luft. Tom schaute mich etwas unbehaglich an, da er davon kein Wort verstand.

»Wo sollen wir hin?«, fragte ich Tom etwas lauter, um gegen die vielen Stimmen anzukommen.

»Am besten zum Tresen. Da sind schon welche. Wenn wir uns alleine an den Tisch setzen, kommt bestimmt niemand von allein auf uns zu.«

»Stimmt. Gute Idee.«, antwortete ich und wir bewegten uns zum Tresen hinüber, wo insgesamt fünf Leute saßen, eine Zweier- und eine Dreiergruppe.

Nach bevor wir unser Ziel erreichten, wurde es laut am Tresen. Die Zweiergruppe war offenbar in Streit geraten und einer der beiden schrie den anderen auf Afrikaans an. Es klang nicht sehr freundlich und auch ich verstand nicht alles. Der, der gerade geschrien hatte, sprang nun von seinem Barhocker auf und baute sich vor dem anderen auf. Der blieb jedoch gelassen sitzen und murmelte etwas vor sich hin, während er den anderen provozierend anlächelte. Tom und ich hielten uns zurück und blieben erst einmal stehen, um nicht direkt in der ersten Minute im »Hunters« in eine Schlägerei zu geraten. So weit kam es aber glücklicherweise nicht. Der Typ, der gerade aufgesprungen war - ein baumlanger Kerl mit kakifarbigem T-Shirt und tätowierten Unterarmen machte eine abfällige Handbewegung in Richtung seines Gegenüber, beschimpfte ihn noch einmal, drehte sich dann von ihm weg und verließ das »Hunters«. Wir atmeten durch. Das hätte auch ins Auge gehen können. Wieder schaute ich Tom fragend an. Tom nickte in Richtung des frei gewordenen Platzes neben dem noch zwei weitere freie Barhocker standen. Wir nahmen die freien Plätze neben dem immer noch lächelnden Mann ein, der vermutlich auch einer der Holzfäller war. Beim Hinsetzen begrüßte ich ihn kurz auf Afrikaans, was er sogleich erwiderte. Dann bestellten wir uns beim Barmann zwei Bier.

»Hier ist ja mächtig was los!«, sprach ich den Barmann auf Englisch an.

»Das ist hier immer so. Nichts Besonderes.«, antwortete er, während er ein Glas polierte.

Die kurze Unterhaltung hatte offenbar die Aufmerksamkeit unseres Tresennachbarn geweckt. Denn in dem Augenblick, in dem wir die Bierflaschen erhoben, hob auch er seine Flasche und prostete uns ein freundliches »Cheers« zu. Wir sahen ihn an und erwiderten seinen Trinkspruch. Der Mann hatte breite Schultern und einen Bauchansatz, der leicht über seine Hose hinüber quoll und den Gürtel verdeckte. Er hatte ein breites, grobschlächtiges Gesicht und trug einen Fünf-Tage-Bart, der bereits ein wenig ungepflegt aussah. Seine rotblonden Haare hatte er zu einem Seitenscheitel gekämmt, der im Gegensatz zu seiner Barttracht sehr ordentlich aussah.

»Hi! Seid ihr von hier?«, fragte er uns, während er versuchte, mit einem Blick zu taxieren, von woher wir wohl kommen könnten.

»Nein. Deutschland und England. Wir machen hier Urlaub.«, antwortete ich, während ich mit dem Daumen bei „England" auf Tom deutete und unsere erfundene Geschichte von der ersten Holzfällerbegegnung wieder auffrischte.

»Und du?«, fragte Tom, der witterte, dass dies der Einstieg in ein unterhaltsames Gespräch werden könnte.

»Südafrika! Ich arbeite hier.«

»Echt? Und was?«, mimte ich den Erstaunten.

»Ich bin Holzfäller. Bei Schoeman & Pretorius. So wie alle hier. Mit Ausnahme der zwei hinter dem Tresen.«

»Wow! Das ist bestimmt ein spannender Job!«, versuchte ich das Gespräch am Laufen zu halten.

»Naja, es geht! Gibt bestimmt spannendere Sachen. Den ganzen Tag mit der Motorsäge durch den Wald, Bäume fällen und abends in die Kneipe. Das ist im Grunde auch schon alles.«

»Aber ihr kommt doch bestimmt viel rum, oder? Wenn ein Gebiet abgeholzt ist, dann müsst ihr doch automatisch weiterziehen.«

»Das stimmt. Ich hab vor diesem Job in Sambia gearbeitet und zwei Jahre davor war ich im Kongo.«

»Aber das ist doch nicht so schlecht. Da hast du doch schon ganz schön viel gesehen!«

»Rumgekommen bin ich schon. Aber das Einzige was ich in jedem dieser Länder zu sehen bekomme sind Bäume, Motorsägen, Kneipen und andere Holzfäller. Und glaubt mir, das ist auf die Dauer auch ziemlich öde. Da habt ihr bestimmt schon mehr vom Land gesehen, wenn ihr hier Urlaub macht.«

»Das kann schon sein. Übrigens, das ist Jan und ich bin Tom.«, stellte Tom uns vor.

»Angenehm. Ich bin Thijs. Wo ward ihr denn schon überall?«

»Diesmal sind wir hier die Ostküste hochgefahren. Eigentlich wollten wir bis nach Tansania, aber so weit haben wir es dann doch nicht geschafft. Dafür haben wir einige Zeit vor der Küste hier auf dieser Insel verbracht. Wie hieß die noch gleich, Jan?«

»Isla Santa Carolina.«

»Genau. Das war ziemlich cool dort.«

»Ihr wart auf einer Insel? Seid ihr zwei zusammen, oder so etwas?«, wollte Thijs mit skeptischem Blick von uns wissen.

»Haha, das ist ja lustig! Das wollte der andere Holzfäller auch schon von uns wissen. Vielleicht kennst du den ja auch? Wie hieß der jetzt nochmal?«

»Du hast dein Hirn heute auch zuhause gelassen, was? Dries hieß der. Daran solltest du dich eigentlich erinnern, nachdem er uns geholfen hat, weil du uns in dieses Sandfeld rein manövriert hast.«

»Stimmt, Dries hieß der. Und die anderen beiden waren Justin und Claas! Ja, die wollten das auch von uns wissen, weil wir hier zusammen Urlaub machen. Übrigens nicht zum ersten Mal. Und auch denen konnten wir sagen: „Nein, wir sind nicht schwul!“«, gab Tom glaubhaft unsere Geschichte wieder.

»Ihr kennt Dries?«, fragte Thijs noch einmal nach.

»Ja. Der war wirklich hilfsbereit! Wir haben sogar schon ein Bier zusammen getrunken.«.

»Dries ist einer unserer Chefs hier. Er ist für die Minensache und die Einteilung der Rodungsgebiete verantwortlich. Nicht schlecht, wen ihr so alles kennt.«, war Thijs ein wenig beeindruckt.

Wir hatten mit der Preisgabe dieses Kontakts also genau das erreicht, was wir wollten. So hatte unser unfreiwilliger Ausflug in das Sandfeld doch noch etwas Gutes.

»Dann arbeitest du also auch für Dries?«, wollte ich wissen.

»Ja. Ist kein schlechter Chef. Ich hatte zumindest schon schlimmere.«

»Seid ihr immer noch hier in der Gegend? Als wir uns vor knapp zwei Wochen verfahren haben, ward ihr ja irgendwo vor Inhassoro.«, erkundigte ich mich.

»Ja, ja. Wir werden auch noch einige Zeit hier bleiben. Hier gibt es viel zu tun. Mehr als wir erwartet hatten. Da müssen wir schon die eine oder andere Sonderschicht schieben. Aber dafür gibt es ja auch mehr Kohle. Allerdings kommen wir hier nicht so schnell voran. Das ist ein bisschen Scheiße. Da kriegen unsere Vorarbeiter ganz schön Druck von oben. Und den geben sie dann wieder an uns weiter.«

»Wo hakt es denn?«

»Ach, wegen dieser verfickten Minen, die hier überall rumliegen. Das war in Sambia ganz anders. Da konntest du durch den

Wald laufen und musstest nicht ständig damit rechnen, dass dir die Beine weggefetzt werden. Das ist hier leider nicht so.«

»Dann ist das schon ziemlich gefährlich, was?«, fragte Tom.

»Ach, wisst ihr, es geht. Im Grunde ist es so: Wenn dir keine Kokosnuss auf den Kopf fällt und du die Sicherheitsbestimmungen beachtest, dann kann man das Risiko schon enorm minimieren. Aber so ein ungutes Gefühl bleibt trotzdem immer. Eine hundertprozentige Sicherheit gibt es dabei nicht.«

»Das muss schon krass sein. In manchen Landstrichen seid ihr bestimmt die ersten, die seit Jahren mal wieder durch die Wälder laufen. Da liegen doch garantiert noch tausende von Minen aus dem Bürgerkrieg, die noch nicht ausgelöst wurden.«, zeigte ich mich beeindruckt, obwohl ich die Geschichte schon einmal von Dries und seinen Leuten gehört hatte.

»Ob es tausende hier im Wald sind, weiß ich nicht. Aber einige haben wir schon gefunden.«

»Naja, eine kann ja schon reichen und schwupps, sind die Beine weg. Das müssen dann nicht mal tausend sein. Wie viele habt ihr denn schon aufgespürt?«, fragte Tom weiter.

»Weiß nicht. Kann ich schlecht sagen. Wir zählen die ja nicht alle. Vielleicht so 60 oder 70.«

»Und wie findet ihr die?«

»Wir haben da so unsere Methode. Bislang haben wir damit immer Erfolg gehabt.«

»Und wie sieht die aus? Habt ihr Spürhunde oder Spürratten? Ich hab da mal so eine Reportage über Kolumbien und Tansania gesehen. Da setzen die abgerichtete Ratten für die Suche nach Landminen mit. Das muss wohl ziemlich gut klappen!«, gab ich mein Halbwissen zum Besten.

»Ha, ha! Spürratten! Das ist gut! Das muss ich mal meinen Kollegen erzählen, wenn wir wieder im Camp sind! Nein, so etwas haben wir nicht!«, lachte Thijs über meine Idee mit den Spürratten.

»Nein, Spaß beiseite. Weißt du, wie teuer die sind? Diese Spürhunde und wahrscheinlich auch die Spürratten bekommen eine elendig lange Ausbildung! Das ist scheißteuer! Wenn wir solche Tiere hier hätten, dann würde sich das Holzfällen finanziell wahrscheinlich nicht mehr lohnen.«, erklärte Thijs uns.

»Und was macht ihr dann? Werft ihr kleine Steinchen vor euch her und schaut, ob sie etwas auslösen?«, fragte ich dumm weiter.

»Ihr seid echt lustig. Nein, wir haben einen Jeep mit Stahlplatte im Unterboden. Wir haben Luftbilder von der Region, in der wir fällen. Auf denen können wir jede einzelne Palme genau sehen. Auf diesen Luftbildern zeichnen wir Wege ein und fahren sie akribisch mit dem Jeep ab, damit wir keine Stelle vergessen. Und das zweimal. Auf dem Hinweg am linken Rand, auf dem Rückweg am rechten Rand der Palmen. So können wir alle Laufwege in der Rodungsregion sichern. Meistens wird zum Glück keine Mine ausgelöst, aber wenn, dann trifft es eben die Stahlplatte. Naja, und die Reifen sind dann natürlich auch hinüber, aber die sind bedeutend billiger als die Scheiß-Ratten und Hunde.«

»Klingt ja abenteuerlich... Dieser Jeep ist dann wohl das Spezialfahrzeug von dem auch Dries gesprochen hat?«, tat ich so, als würde ich mich erinnern.

»Tja, so ist das hier. Nicht ganz ungefährlich, aber kalkulierbar. Die Gefahr steigert aber auch das Gehalt. Wenn ich irgendwann in einigen Monaten wieder nach Hause komme, dann brauche ich erst einmal ein halbes Jahr nicht mehr zu arbeiten.«

»Das kenn ich. Geht mir genauso. Ist nicht so übel, was?«

»Wieso? Was macht du denn?«

»Bohrinsel. Ich bin Lead-Floorman bei Deepwater Constructions. Die betreiben einige Bohrinseln und ich arbeite auf der »Deepwater Viking« im Nordatlantik. Ziemlich genau zwischen Grönland und Island.«

»Wow, nicht schlecht. Da erlebst du garantiert tausendmal mehr als ich!«

»Garantiert nicht. Wir haben zwar ganz nette Aufenthaltsräume für die paar freien Stunden, die wir haben, aber ansonsten würde ich gern mit dir tauschen. Da draußen ist nichts außer Wasser. Du kommst dort nicht weg, wenn nicht gerade Schichtwechsel ist und der Helikopter die Mannschaften austauscht. Ein halbes Jahr auf dieser Bohrinsel kann ganz schön lang werden. Das ist auch wahrscheinlich mehr so eine Kopfsache. Wenn du heute Abend hier in der Kneipe sitzt, dann denkst du garantiert nicht daran, dass du dich gerade an deinem Arbeitsplatz befindest. Das ist doch ganz nett, oder? Wenn ich aber abends in eine der zwei Speisesäle der Bohrinsel gehe, in denen abends auch Bier, aber sonst keine härteren Sachen ausgeschenkt werden, dann bin ich immer noch auf Arbeit. Verstehst du? Davon kommst du dann ein halbes Jahr nicht weg. Und das kann schon ziemlich beschissen sein.«, gab Tom in Kurzfassung das Leben und Arbeiten auf der »Deepwater Viking« wieder.

»Okay, okay, ich nehm das wieder zurück. Aber man denkt das immer, wenn man das so hört – Bohrinselarbeiter.«, entschuldigte sich Thijs fast.

»Ist wahrscheinlich genau so eine falsche romantische Einschätzung des Berufs wie bei euch Holzfällern. Aber dafür stimmt die Kohle! Cheers!«

»Cheers!«, freute sich Thijs und stieß mit Tom an.

»Und du?«, fragte er mich, nachdem er sein Bier herunter gekippt und für uns drei eine neue Runde bestellt hatte.

»Anwalt. So wie ihr rumjammert, hab ich wahrscheinlich den spannendsten Job von uns allen.«

»Uh, dann muss ich jetzt wohl aufpassen, was ich sage?«, brachte Thijs den Spruch, den ich schon hunderte Male gehört hatte.

Ich rang mir ein gequältes Lächeln ab und beruhigte Thijs:

»Schau mich an. Ich trage kurze Hosen, Flip-Flops und ein Rugby-Shirt. Sehe ich so aus, als müsstest du heute Abend bei mir aufpassen, was du sagst? Wohl eher nicht.«

»Alles klar, ihr seid in Ordnung, Jungs. Die Runde geht auf mich!«, rief Thijs, der sich wohl freute, dass er nach vielen Wochen im Holzfällercamp endlich mal wieder ein paar neue Leute getroffen hatte.

»Danke! Wir revanchieren uns gleich! Apropos ›in Ordnung‹. Der Typ, der dich da vorhin angeschrien hat, der war wohl nicht so in Ordnung? Was hatte der denn für ein Problem?«, knüpfte Tom an die Szene vor einigen Minuten an.

»Der? Nein. Das war Pim. Das ist ein Kollege von mir. Wir sind eigentlich ganz gut befreundet.«

»Der wirkte aber ehrlich gesagt nicht so, als wollte er mit dir befreundet sein.«, teilte ich Thijs meine Meinung mit.

»Nein, wirklich. Pim ist echt okay. Er kann nur schlecht verlieren.«

»Für einen schlechten Verlierer fand ich ihn aber trotzdem ganz schön aufbrausend. Habt ihr um Geld gespielt oder gewettet?«, bohrte ich weiter.

»Gewettet. Das ist eine unserer Lieblingsbeschäftigungen im Camp. Irgendwie müssen wir uns ja die Zeit vertreiben... Du kennst das sicherlich, Tom. Wenn man ständig zusammenhockt, dann denkt man sich die dümmsten Spiele aus und wettet drauf, damit zumindest hin und wieder mal so ein bisschen was wie Spannung aufkommt. Naja, wir brauchen mittlerweile schon eine ganze Menge Spannung. Darum wetten wir manchmal auch um Geld. Und heute war es richtig viel Geld, was Pim an mich verloren hat. Fast ein halber Monatslohn! Das ist schon eine Menge! Tut mir auch ein bisschen leid, aber verloren ist verloren. So sind halt die Regeln!«

»Huuuh, ein halber Monatslohn. Das ist heftig! Dann kann ich seinen Ärger auch verstehen. Worum habt ihr denn gewettet?«, erkundigte sich Tom.

Thijs druckste ein wenig herum, als wäre es ihm peinlich, davon zu erzählen.

»Na los, sag schon. Das ging es sicherlich nicht um einen Wettlauf oder so etwas? Stimmt´s?«, ließ Tom nicht locker.

»Ach, nein, ist schon gut. Die Wette hatte was mit den Minen zu tun. Aber wir wetten im Camp auf jeden Scheiß! Sehr lustig war zum Beispiel die Wette zwischen Pim und mir vor ein paar Wochen. Da waren noch ein paar Kaffer hier in der Kneipe. Mittlerweile sind die ja zum Glück verschwunden. Da saßen zwei von denen da drüben am Tisch und haben was getrunken. Und dann kam irgendwann Johan rein. Der kann diese Typen überhaupt nicht ab. Tja, und da haben wir darauf gewettet, welcher der beiden als Erster was auf die Fresse bekommt. Da hat dann aber Pim gewonnen, obwohl es echt sehr knapp war. Johan ist wirklich immer für ein blaues Auge gut!«

Ich schaute kurz zu Tom und er verstand. Vielleicht war Johan der Mann, den wir suchten.

»Arbeitet Johan auch bei euch?«, erkundigte sich Tom bei Thijs.

»Klar, das ist einer unserer Besten! Der könnte so eine Palme vermutlich auch mit beiden Armen ausreißen und bräuchte dafür keine Motorsäge! Das ist echt ein Riese! Und eigentlich auch lammfromm. Nur mit den Schwarzen kann er nicht so gut. Naja, aber wer kann das schon?«

»Ja, Afrika könnte so schön sein, ohne die!«, sympathisierte ich zum Schein mit Thijs.

»Du sprichst mir aus der Seele, Mann!«

»Hat Johan schon viele Schwarze hier verprügelt, seit ihr hier seid?«, fragte Tom interessiert weiter.

»Wenn es nach ihm und nach mir geht… Viel zu wenig! Ha, ha! Nein, war nur ein Spaß. Ihr wisst doch, wir kommen hier nicht oft raus und wenn, dann findet man uns im »Hunters«. Solche Vorfälle wie mit Johan sprechen sich in der Gegend auch schnell rum. Da werden die Kaffer vorsichtig und machen lieber einen großen Bogen um die Kneipe. Feige, wie die sind! Insofern… Nein. Ich glaube, seit wir hier sind, waren das die einzigen beiden, die er verprügelt hat. Dafür aber richtig!«

»Und was macht er, wenn er den Barkeeper und die Bedienung hier sieht? Die sind doch auch schwarz.«, beugte ich mich zu ihm herüber und flüsterte ein wenig, weil es mir unangenehm war, wenn der Barkeeper meine Frage verstanden hätte.

»Das ist was Anderes! Von denen bekommt Johan Bier und Schnaps! Das sind gute Kaffer! Denen tut er nichts!«, erklärte uns Thijs diese bestechende Logik und nickte gleichzeitig, so als er hätte er ein Lob verteilt, zum Barkeeper hinüber.

»Aha, interessant. Naja, zum Glück bringen die sich ja selber um. Da muss Johan bald nicht mehr so oft zuschlagen.«, versuchte Tom, Thijs weiter aus der Reserve zu locken..

»Wieso? Was meinst du? Der Bürgerkrieg in Mosambik ist doch schon lange vorbei! Oder gibt es einen neuen, von dem ich noch nichts mitbekommen habe?«

»Nein, Quatsch! Ich meinte den Mord, der hier vor ein paar Wochen oder Monaten begangen wurde. An diesem Schwarzen. Dries hat uns auch davon erzählt. Das muss doch hier irgendwo in der Gegend gewesen sein.«, löste Tom das Missverständnis auf.

»Ach, den meinst du. Ich hatte mich schon so über einen neuen Bürgerkrieg gefreut! Aber dieser Kaffer hatte es auch mehr als verdient, so wie der sich bei uns im Camp aufgeführt hat! Typisch Nigger eben. Der ist bei uns rumgelaufen und hat jeden angequatscht von wegen wir sollen den Wald in Ruhe lassen! Johan war leider gerade in einem anderen Waldstück unterwegs. Aber seine Abreibung hat er dann auch ohne ihn bekommen, als er sein Kokosöl über Wesleys Motorsäge gekippt hat. Da haben wir ihn ordentlich verdroschen. Ich hab ihm auch einen oder zwei mitgegeben. Das war so jämmerlich, wie der dann weggelaufen ist. Aber seine Wunden sind bestimmt nach ein paar Tagen wieder verheilt. Viel schlimmer hatte es Wesley erwischt. Das war ja schließlich seine Säge, die dieser Idiot ihm da kaputt gemacht hat. Und das darf bei uns echt nicht passieren. Er hatte danach auch echt keinen leichten Stand bei uns. Wir haben ihn dann zur Strafe dazu verdonnert, dass er vier Wochen lang die Latrinen schrubben musste. Das war ein richtiger Scheißjob. Egal, ob Hitze oder Regen... Wesley war jeden Tag in der Scheißgrube! Seitdem nennen wir ihn Kak-Wesley!«, lachte Thijs.

»Na, ihr geht ja nicht sehr zimperlich mit euren Kollegen um!«, stellte Tom fest..

»Hey, er hatte es verdient! Du lässt deine Säge nicht alleine! Die bringst du mit, wenn du mit der Arbeit beginnst, du benutzt sie jeden Tag und sie leistet dir gute Dienste. Die ist wie ein guter Freund! Und nachts werden sie alle weggeschlossen. Da haben wir extra einen LKW für, der eine spezielle Sicherung hat. Die Teile sind ja auch schweineteuer!«, rechtfertigte Thijs die Bestrafung.

»Wahrscheinlich hast du recht.«, lenkte ich ein.

»Aber eigentlich war an der ganzen Sache doch dieser Kaffer schuld! Der hat sich doch so affig aufgeführt! Warum habt ihr dem nicht auch so einen Denkzettel verpasst?«

»Ha, ha! Der war gut! Affig aufgeführt! Du bist echt in Ordnung!«, brüllte Thijs vor Lachen und ihm lief dabei ein wenig Bier aus dem Mund.

»Der ist ja nicht ganz ungeschoren davongekommen. Hab ich ja schon gesagt, dass ich ihm auch einen mitgegeben hab. Die anderen, die noch gerade vor Ort im Camp waren, auch. Aber ansonsten haben wir leider nichts weiter mit dem angestellt. Da haben wir einfach nicht die Zeit für, auch wenn wir uns gern dafür revanchiert hätten. Leider passieren solche Sachen öfter, wenn wir irgendwo mit unseren Arbeiten beginnen. Das war im Kongo so und das war auch in Sambia so. Irgendjemanden stören wir immer. Und ein bisschen kann ich es auch verstehen. Es ist ja nicht so, dass wir Holzfäller die Lieblinge der Nation sind. Schließlich nehmen wir vielen durch unsere Rodungen ihren Lebensraum weg, auch wenn es nur ein kleines Feld im Wald oder eine miese, dreckige Hütte ist. Das wäre hier ja auch passiert. In ein paar Monaten hätte der Kaffer vermutlich sowieso ohne Hütte und ohne Ackerboden da gestanden, weil wir alles ringsherum roden werden. Das hätte ihn dann ganz schön hart getroffen, wenn er noch gelebt hätte. Insofern wäre er damit schon genug gestraft gewesen. Ein paar aufs Maul geben hat da schon gereicht. Außerdem hätte es mächtig Ärger gegeben, wenn wir noch mehr mit ihm gemacht hätten. Dann hätte der wahrscheinlich beim nächsten Mal seine Freunde und seine Familie mitgebracht und noch mehr Theater veranstaltet. Oder er wäre gleich zur Polizei gelaufen. So was wollen wir nicht. Das bringt Unruhe rein und außerdem gibt es dann noch Ärger mit den Chefs. Und so viel ist uns die Rache an so einem Kaffer auch nicht wert, dass wir dafür einen Teil unseres Lohnes oder unseren Job riskieren! Das lief bislang überall so ab. Wir sind gekommen. Die Eingeborenen haben protestiert. Wir haben denen ein paar aufs Maul gegeben. Und dann war Ruhe. Überall das Gleiche. Kongo, Sambia, Mosambik. Das ist alles eine Soße.«, erklärte Thijs uns recht glaubwürdig.

»Aber nervt das nicht irgendwann auch, wenn immer solche Zwischenfälle passieren?«, wollte ich von ihm wissen.

»Am Anfang, wenn man das noch nicht kennt, macht man sich da schon ein bisschen Sorgen. Im Kongo zum Beispiel sind die mit Knüppeln auf uns los. Aber mit ein paar Salven aus der Schrotflinte über deren Köpfe hinweg ist dann auch ganz schnell wieder Ruhe. Mittlerweile hab ich mich dran gewöhnt. Sambia war sogar richtig entspannt, weil die nicht einmal Knüppel mitgebracht haben. Mosambik ist da aber schon wieder etwas härter, weil es hier noch so viele alte Waffen aus dem Bürgerkrieg gibt. Die hat ja keiner eingesammelt. Und man weiß nie, ob nicht einer von den Bekloppten vielleicht eine Kalaschnikow hat und auf die bescheuerte Idee kommt, die beim nächsten Mal mitzubringen. Insofern ist Vorsicht immer angebracht. Aber wie gesagt. Inzwischen sehe ich das ganz locker. Ich glaub, in allen Jobs gibt es irgendwelche Schwierigkeiten. Das ist überall ganz unterschiedlich, aber jeder muss mit ihnen fertig werden.«, philosophierte Thijs schon etwas lallend vom Alkohol.

»Stimmt! Wir haben zum Beispiel…«, setzte Tom an, doch weiter kam er nicht.

Denn im »Hunters« brach ein großes Gejohle los, als die Eingangstür geöffnet wurde. Hinein kam ein im Vergleich zu den anderen Holzfällern kleiner und schmächtiger Mann. Er war etwa so groß wie Tom und ich, dafür aber etwas schlaksiger. Er trug lange Jeanshosen, ein olivgrünes T-Shirt und Holzfällerstiefel.

»Kak! Kak! Kak!«, hallte aus allen Ecken es durchs »Hunters«.

»Aah, guckt mal, das ist Kak-Wesley, von dem ich euch gerade erzählt habe. Hey, Kak! Komm doch mal rüber zu uns! Hier ist noch ein Stuhl frei!«, erklärte Thijs uns, bevor er Wesley zu uns herüberwinkte.

»Hey, Mr. Dynamite! Das wundert mich nicht, dass du hier bist und dich heute volllaufen lässt! Wenn ich so einen Gewinn eingestrichen hätte, würde ich das auch machen!«, begrüßte Wesley Thijs, ohne uns zunächst zu beachten.

Nun konnten wir Wesley alias Kak auch aus der Nähe sehen. Wesley machte einen freundlichen Eindruck, wirkte aber auch aus dieser Entfernung noch immer etwas zu schmächtig für einen Holzfäller. Er hatte ein sehr markantes Gesicht, dessen Wangenknochen ein wenig hervorgehoben waren und ein spitze Nase, die für den Rest des Kopfes etwas zu lang geraten war. Unter dem blauen Base-Cap der New York Yankees, das er trug, waren seine gelockten rötlichen Haare zu erkennen.

»Ich hab auch allen Grund dazu! Willst du auch ein Bier? Bist eingeladen!«, fragte Thijs und klopfte Kak freundlich auf die Schulter.

»Klar! Gerne!«

»Darf ich dir zwei neue Freunde vorstellen? Das sind Tom und Jan! Touristen aus Deutschland und England. Gute Jungs!«

Wesley drehte sich zu uns um.

»Hi! Ich bin Wesley! Willkommen im »Hunters«. Gefällt es euch hier?«, wollte er von uns wissen.

»Ja, sehr cool hier. Ist mal was Anderes als die Strandkneipe in Inhassoro.«, antwortete Tom.

»Wie habt ihr das »Hunters« eigentlich gefunden?«, fragte Thijs interessiert nach.

Ich stockte erst ein kurz, dann antwortete ich schnell:

»Das hat uns der Skipper empfohlen, der uns zur Isla Santa Carolina gebracht hat. Der meinte, dass das hier wohl ganz gut sein sollte. Der hat uns auch den Weg erklärt. War nicht ganz einfach, aber wir haben´s gefunden.«

»Ah, schön, dass ihr den Weg hierher gefunden habt! Ihr könnt ruhig öfter kommen. Ihr seid in Ordnung!«, gab sich Thijs mit dieser Antwort zufrieden.

»Du hast deinen Spitznamen jetzt wohl für alle Zeiten weg, was?«, nahm Tom kein Blatt vor den Mund und wandte sich an Kak.

Kak schaute Tom etwas verdutzt an.

»Ich hab ihnen schon die Geschichte erzählt.«, mischte Thijs sich ein, bevor Kak etwas sagen konnte.

»Tja, so ist wohl. Nicht sehr ruhmreich. Und es wird auch nicht besser, wenn man mit der Geschichte überall hausieren geht!«, meinte Kak und schaute nun Thijs vorwurfsvoll an.

»Hier komm. Nimm dein Bier und dann ist gut! Das ist doch nur Spaß! Das hätte auch jedem anderen passieren können mit der Motorsäge!«, sagte Thijs entschuldigend und nahm Wesley freundschaftlich in den Arm.

»Vor ein paar Wochen hätte ich das noch nicht gemacht. Ihr wisst schon… Der Gestank!«, wandte sich Thijs an uns und zwinkerte uns zu.

»Du Arsch!«, betitelte Kak Thijs und nahm dessen Arm von seiner Schulter.

»Hey, komm! Den Verursacher für deinen Scheißjob und deinen Spitznamen hat es noch viel übler erwischt! Der hat jetzt ´ne verbrannte Fresse. Dann würde ich lieber vier Wochen lang stinken, als so zu enden!«, versuchte Tom etwas zu beschwichtigen.

»He, he, ja, allerdings. Hab auch schon davon gehört, dass sie den abgefackelt haben. Ganz ehrlich? Am Anfang hat es mich sogar gefreut, als sie die Sache mit dem Mord an diesem Kaffer im Camp erzählt haben. Da dachte ich mir: Richtig so! Der Nigger hat es nicht anders verdient! Wegen dem musste ich schließlich vier Wochen lang die Scheiße und Pisse aus der Latrine buddeln. Aber andererseits… Das ist schon ein bisschen hart. Den muss es ja ziemlich übel erwischt haben. Angeblich haben sie dem erst die Achillessehnen durchgeschnitten, damit er nicht weglaufen konnte, dann mit ´ner Machete auf ihn eingedroschen und zum Schluss auch noch angezündet! Dann wirklich lieber einen Monat nach Scheiße stinken… Da hast du recht!«

»Hey, mach mal noch vier Tequila!«, rief Thijs dem Barkeeper zu, der sie nach wenigen Augenblicken über den Tresen reichte.

»Wir stoßen jetzt mal an! Auf diesen armen Teufel, auch wenn er es verdient hat, auf Kak, weil er einen Monat lang wegen seines Gestanks keine Freunde hatte und auf mich, weil ich heute tierisch viel gewonnen habe und die nächsten Runden alle auf mich gehen! Cheers!«, setzte Thijs zum nächsten Trinkspruch an.

Wir stimmten alle mit ein.

»Und du heißt Mr. Dynamite? Ich dachte, du wärest Thijs?«, meinte ich scherzhaft zum Thijs, nachdem wir den Tequila runtergekippt hatten.

»Ja, aber erst seit heute. Ihr wisst schon, wegen der Wette mit den Minen.«, erklärte er uns die Herkunft seines Spitznamens.

»Da hat Mr. Dynamite voll abgeräumt! Du kommst wahrscheinlich vor Lachen heute nicht mehr in den Schlaf! Er hat fast dem gesamten Camp einen Teil des Lohnes aus der Tasche gezogen. Hier sind übrigens meine 50,- Dollar. Du alter Hund!«, fügte Kak lachend hinzu.

»Naja, ich muss schon zugeben. Das hat sich heute wirklich gelohnt. Man muss halt einfach nur aufs richtige Pferd setzen.«, lachte Thijs und zwinkerte Wesley kurz zu, der auch wieder anfing zu lachen.

»Aber mit deinen 50,- Dollar bist du noch ganz schön glimpflich davon gekommen. Vorhin war einer hier, der hat die Hälfte seines Monatslohns verloren.«, versuchte Tom Wesley klar zu machen, dass es ihn doch nicht ganz so hart erwischt hatte.

»Ach, Du meinst Pim? Der war auch hier? Kann der sich das überhaupt noch leisten? Aber unser Thijs hier… Der hat immer den richtigen Riecher! Hast du dich eigentlich schon bei den anderen erkenntlich gezeigt?«, alberte Wesley herum und blickte zu Thijs.

»Oh, stimmt! Das hab ich fast vergessen. Hey, Barkeeper! Lokalrunde für alle! Ein Bier und ein Tequila für jeden! Darfst dir auch einen auf meine Rechnung nehmen!«

Der Barkeeper nickte und es begann beim Ausgeben der Getränke erneut ein großes Gejohle. Mehrfach wurde auf Mr. Dynamite angestoßen und es sollte nicht die letzte Runde für den heutigen Abend sein. Ich trank noch drei Runden Bier und Tequila mit, dann stieg ich auf Bitter Lemon um, schließlich musste ich noch fahren. Tom trank auch in den kommenden Stunden jede neue Runde mit und wurde zusehends betrunkener. Die Holzfäller allerdings auch, was unseren Ermittlungen nicht gerade gut bekam, denn mit zunehmendem Alkoholpegel fielen auch Kak und Mr. Dynamite immer mehr in ihre Muttersprache Afrikaans zurück, die ich bei dem inzwischen angestiegenen Lärmpegel nur noch sehr rudimentär verstehen konnte. Für heute würden wir hier nicht mehr weiterkommen.

Jetzt musste ich nur noch Tom davon überzeugen, dass wir uns so langsam auf den Heimweg machten. Da er mittlerweile jedoch ein Level erreicht hatte, auf dem ihm die Kommunikation mit den anderen egal war, konnte ich ihn erst vom Tresen loseisen, nachdem auch schon die ersten Holzfäller das »Hunters« verlassen hatten. Auch Kak und Mr. Dynamite waren schon gegangen. Dann waren auch wir an der Reihe. Tom stützte sich auf dem Weg zum Jeep auf meiner Schulter auf. Es war mehr ein Schleppen und Schwanken als ein eigenständiges Gehen von Tom und ich verfrachtete ihn mit Schwung auf dem Beifahrersitz. Glücklicherweise war Tom von der Sorte Betrunkener, die nicht viel diskutiert, sondern einfach nur lethargisch und wortlos neben einem Platz nimmt. Das erleichterte die Rückfahrt ungemein. Außerdem verfuhr ich mich nicht einmal, was aber in erster Linie daran lag, dass ich mich auf dem Rückweg bis zur N1 an die Rücklichter eines vor mir fahrenden Wagens der Holzfäller heftete. Danach war es ein Kinderspiel. Tom war inzwischen neben mir eingeschlafen und schnarchte leise vor sich hin.

Nachdem ich die Einfahrt zum Camp passiert hatte, überlegte ich, was ich mit Tom anstellen sollte. Im Auto konnte ich ihn nicht lassen, da er garantiert lange schlafen würde und ihn morgen die Sonne bis zum Mittag matschig gegrillt haben würde. Ich konnte ihn entweder bei sich abladen oder mit zu mir nehmen. Ich entschied mich für Letzteres und hievte Tom, der sich nun in einer Art Halbschlaf befand, aus dem Jeep. Er brabbelte unverständliches Zeug vor sich hin, blieb aber vollkommen friedlich und bemühte sich auch so gut es ging, bei dem Weg hinauf auf die Veranda behilflich zu sein. Oben angekommen, öffnete ich Tür und schleppte Tom hinein. Ich stellte ihn für einen Augenblick wankend im Türrahmen ab, um die Couch für ihn herzurichten. Zwei Kopfkissen und eine dünne Decke, das sollte genügen. Tom hielt sich währenddessen immer noch tapfer am Rahmen festhielt. Ich bot ihm wieder meine Schulter als Griff an und brachte ihn zur Couch, wo ich ihn ablegte und zudeckte. Danach ging ich in die Abstellkammer. Ich wollte nichts dem Zufall überlassen und kramte nach einem Eimer, den ich Tom vor die Couch stellte und hoffte, dass er ihn nicht brauchen würde. Danach ging ich ins Bad, putzte mir die Zähne, nahm eine Kopfschmerztablette mit viel Wasser ein und fiel anschließend todmüde ins Bett.

Kapitel 21

Freitag, 04.03.2011

Am nächsten Tag wurden wir viel zu früh geweckt.

»Hey! Hey! Tom! Jan! Wacht auf!«, hörte ich eine Frauenstimme rufen. Nachdem ich mühsam die Augen geöffnet hatte, erkannte ich Yzelle:

»Steven und ich haben heute Morgen beim Frühstück Radio gehört. ›Radio Dolphin‹ aus Inhassoro.«

»Spektakulär! Was für eine Nachricht! Danke, dass du mich dafür geweckt hast! Das hat sich echt gelohnt. Ist ein Spitzensender, Yzelle. Gute Nacht.«, erwiderte ich sarkastisch.

»Hey! Ich war noch nicht fertig! Wir haben die Nachrichten gehört. Und weißt du, was die da gesagt haben?«

»Du kennst meine Antwort… Nein.«

»Hector Mpizi wurde umgebracht!«

»Was???«, rief ich und schnellte hoch.

»Wieso…? Wer…?«, stammelte ich weiter.

Ich rieb mir die Augen, um wach zu werden, denn das war wirklich eine Neuigkeit, für die Yzelle mich gern wecken durfte.

»Die haben im Radio auch nicht alles erzählt, aber offenbar haben irgendwelche Leute sein Anwesen gestürmt, einen Wachmann getötet, zwei weitere schwer verwundet und sind dann in sein Haus eingedrungen. Dort haben sie sich Mpizi geschnappt, der aber wohl schon die Polizei verständigt hatte. Das hat ihm aber nichts mehr genützt. Die hatten ihn vor deren Ankunft nämlich schon in seinem Haus aufgeknüpft.«

»Ach du Scheiße!«, fuhr es aus mir heraus und mir wurde sehr flau im Magen.

»Haben sie gesagt, wer es gewesen ist?«, fragte ich nach einer kurzen Pause.

»Die Polizei war wohl relativ bald vor Ort. Die Jungs aus Maputo, die als Ersatz da sind, scheinen ein bisschen mehr auf Zack zu sein, als Shongoene und seine Männer. Die konnten nämlich noch einige der Täter verhaften, während sie mit ihren Knüppeln auf Mpizi einschlugen, den sie am Treppengeländer aufgehängt hatten. Gruselig, oder?«

»Ja! Aber haben sie gesagt, wer es war?«

»Nein. Namen haben sie nicht genannt. Über das Motiv auch nichts. Aber ganz ehrlich, Jan? Ich kann mir gut vorstellen, wer das gewesen ist.«

»Das ist ja die Scheiße. Ich mir auch.«

»Was ist denn hier los? Was macht ihr denn für einen Lärm?«, brummelte Tom von der Couch herüber, den wir zwischenzeitlich offenbar geweckt hatten.

»Mpizi ist tot.«, erklärte ich ihm.

»Oh.«

»Wie „Oh“? Ist das alles?«

»Wieso? Was willst du mehr? Ich bin grad aufgewacht und hab einen tierischen Kater! Was erwartest du von mir?«

»Schon gut. Er wurde umgebracht!«

»Von wem?«

»Keine Ahnung! Wir vermuten aber, dass es Ndlane und ein paar andere Männer aus dem Dorf waren.«

»Wir?«

»Ja. Yzelle und ich.«

»Guten Morgen, Tom!«, begrüßte Yzelle Tom.

»Morgen, Yzelle. Hab dich gar nicht gesehen. Kannst du mir einen Gefallen tun und mir eine, nein zwei, Kopfschmerztabletten aus Jans Waschtasche im Bad holen? Und etwas Wasser? Das wäre nett.«

»Na gut, ausnahmsweise.«, sagte sie und ging ins Bad, womit ich nicht gerechnet hatte.

»Das ist ja eine schöne Scheiße! Denkst du, die haben das gemacht, weil sie sich an Mpizi wegen des Landverkaufs rächen wollten?«, wollte Tom von mir wissen.

»Noch wissen wir nicht, wer es war. Aber ich halte das auf jeden Fall für möglich. Yzelle hat im Radio gehört, dass es wohl eine größere Gruppe gewesen sein soll, die bei Mpizi eingedrungen ist. Das könnten schon Ndlane und einige Leute aus dem Dorf gewesen sein. Aber ich hoffe, dass es nicht so war.«

»Hier. Bitte. Tabletten und Wasser.«, sagte Yzelle und reichte Tom beides.

»Danke. Oh Gott, tut das weh!«, jammerte Tom.

»Und jetzt?«, fragte ich Yzelle.

»… können wir entweder abwarten, bis sie im Radio etwas Neues von der Sache bringen oder wir fahren kurz rüber ins Dorf und fragen mal nach. Dann wissen wir es genau.«, schlug Yzelle vor.

»Ich wäre für rüberfahren.«

»Und ich bin für liegenbleiben! Sorry, aber das geht bei mir wirklich nicht. Macht ihr das mal. Ich klinke mich heute aus. Erzählt mir dann, was ihr gehört habt. Ich muss mich noch einmal hinlegen.«, entschied sich Tom für eine dritte Option, die Yzelle nicht genannt hatte.

»Ist schon gut. Das können wir auch machen. Willst du Steven und Gloria noch fragen, ob sie mitkommen wollen?«, wandte ich mich an Yzelle.

»Kann ich machen.«

»Holt ihr mich dann hier in einer halben Stunde ab? Ich würde gern noch duschen und einen Kaffee trinken.«

»Können wir machen. Kein Problem. Bis gleich.«, antwortete Yzelle und verschwand durch die Verandatür.

Was hatten wir nur mit unseren Ermittlungen ausgelöst? Wir hatten offenbar Dinge losgetreten, die sich nun zu einer wahren Lawine entwickelt hatten, die wir nicht mehr kontrollieren konnten. Wenn wirklich das eingetreten sein sollte, was Yzelle und ich vermuteten, dann hatten wir durch die Weitergabe unserer Erkenntnisse an Ndlane indirekt Mpizi auf dem Gewissen. So hatte ich mir das nicht vorgestellt. Die Sache war aus dem Ruder gelaufen. Hätten wir so etwas vorher erkennen können? Dass Ndlane sich mit den anderen aus dem Dorf zusammentut und Rache an Mpizi nimmt? Vielleicht schon. Vielleicht aber auch nicht. Ich wusste es nicht.

Ein paar Minuten, nachdem ich meinen Kaffee getrunken hatte, kamen Gloria, Yzelle und Steven im Jeep vorgefahren.

Ich ging schnell die Treppen hinunter und setzte mich nach hinten zu Gloria in den Wagen.

»Guten Morgen!«, begrüßte ich alle.

»Guten Morgen ist gut. Es ist schon kurz vor zwölf.«, lachte Steven.

»Das ist ein ganz schöner Mist, was?«, fragte ich in die Runde.

»Warten wir es doch erst einmal ab. Vielleicht ist das auch ein falscher Alarm und die aus dem Dorf haben damit gar nichts zu tun.«, wiegelte Steven ab.

»Glaub ich nicht. Ich denke schon, dass einige von denen das waren. Ein perfektes Motiv haben wir ihnen ja auf dem Tablett serviert.«, erwiderte Gloria. Sie sah die Sache anscheinend ähnlich wie Yzelle und ich.

Wir fuhren zum Ausgang. Auf dem Weg dorthin entdeckte ich Mary, die gerade ihr Putzzeug vor einem Haus ordnete.

»Warte mal, Steven. Halt bitte mal kurz an.«, bat ich ihn.

Ich stieg aus und ging zu Mary.

»Hallo, Mary. Lange nicht gesehen.«

»Guten Tag, Mr. Scherler! Das stimmt. Schön, Sie mal wiederzusehen! Ich komme heute Nachmittag noch bei Ihnen vorbei. Zum Saubermachen. Wie geht es Ihnen? Sind Sie mit Ihren Ermittlungen schon weitergekommen?«

»Haben Sie Lust, morgen bei mir sauberzumachen?«, fragte ich sie.

»Kann ich machen. Wieso?«

»Weil Sie dann mit uns mitfahren können. Wir fahren wieder ins Dorf. Es ist etwas Schreckliches passiert, das auch mit dem

Mord an Usumbe und unseren Ermittlungen zusammenhängen könnte. Das wissen wir aber noch nicht genau. Haben Sie Zeit?«

»Ich denke, das geht.«, sagte sie und öffnete mit ihrem Schlüssel die Tür des Hauses, vor dem wir sie getroffen hatten und verstaute ihr Putzzeug darin.

Dann folgte sie mir zum Wagen und setzte sich in die Mitte zwischen Gloria und mich, sodass unser kleiner Ausflug auf der Rücksitzbank nun etwas beengt wurde. Mary begrüßte meine Freunde und wir brachten sie auf dem Weg ins Dorf auf den neuesten Stand. Nachdem wir ihr von dem Mord an Mpizi erzählten, zuckte sie kurz zusammen und bekreuzigte sich.

»Hoffentlich haben die Leute im Dorf und vor allen Dingen Lisha nichts damit zu tun!«, sagte sie leise.

»Das hoffen wir auch!«, antwortete ich.

Wir parkten den Wagen wieder an der gewohnten Stelle und gingen die letzten Meter bis ins Dorf zu Fuß. Einige spielende Kinder kamen uns entgegen. War das ein gutes Zeichen? Bisher wirkte alles wie immer. Nach ein paar Minuten kamen wir an Lishas Hütte an.

»Hoffentlich ist sie diesmal da.«, murmelte ich, nachdem wir sie bei den letzten Besuchen nicht angetroffen hatten.

Ich rief leise „Hallo" und schaute in die Hütte hinein. Dort saß Lisha in einer Ecke. Sie war wieder in sich zusammengesunken. Beinahe so, wie wir sie bei unserem ersten Besuch angetroffen hatten. Das war nicht gut. Ich sprach sie an.

»Lisha. Hallo! Wie geht es Ihnen? Alles in Ordnung?«

Sie schaute kurz hoch, antwortete aber nicht, sondern schüttelte nur den Kopf, bevor sie ihn wieder auf die Brust sinken ließ.

»Was ist denn los?«, wollte ich mit ruhiger Stimme von ihr wissen.

Diesmal reagierte sie gar nicht. Sie schaute nicht einmal hoch. Ich winkte Mary hinein, die immer noch mit den anderen draußen vor der Hütte stand. Sie trat ein, setzte sich neben Lisha und legte ihren Arm um sie.

»Lisha. Was ist los?«, fragte sie, während sie ihr mit der anderen Hand sanft über den Kopf streichelte.

Lisha brach in Tränen aus und schluchzte entsetzlich. Das laute Weinen von Lisha lockte auch Yzelle, Gloria und Steven in die Hütte. Ich gab ihnen jedoch ein Zeichen, dass es vielleicht besser sei, draußen zu warten. Mary drückte Lisha nun noch fester an sich.

»Sprich! Können wir dir irgendwie helfen? Mein Gott, was ist denn?«, versuchte Mary erneut, Lisha zum Reden zu bewegen. Diesmal mit Erfolg:

»Einige von uns sind tot, ein paar verhaftet und wir werden unser Dorf verlieren!«, schluchzte sie leise.

»Was ist denn passiert?«, fragte Mary weiter, obwohl wir uns alle bereits denken konnten, wie es dazu gekommen war.

»Nachdem Sie und Mr. Randall im Dorf waren und Eduardo Ndlane besucht hatten, ging hier alles drunter und drüber. Sie hatten ihm von Mpizi und dem Landverkauf erzählt und dass wir alle in einigen Monaten unseren Wald verlassen müssen, weil dann die Holzfäller kommen. Und das, obwohl wir damals für das Land sogar Geld bezahlt haben. Das hat Eduardo sofort allen im Dorf berichtet. Er war ganz aufgeregt und wir waren es dann natürlich auch. Nach knapp einer Stunde gab es dann eine Versammlung im Dorf. Wir haben überlegt, was wir machen können. Eduardo hat gesagt, dass es wohl kaum Chancen gibt, dass wir hier bleiben können. Weil das wohl irgendwo in einem Buch steht, haben Sie ihm gesagt. Und dass wir deshalb alle unsere Hütten und unser Land verlieren werden. Irgendwann hat einer gerufen, dass wir uns an Mpizi rächen müssen, wenn wir sonst schon nichts machen können und völlig wehrlos sind. Da haben alle, vor allem die Männer, zugestimmt und beschlossen, dass sie etwas unternehmen wollen. Sie sind noch am Abend losgelaufen. Ich glaube, es waren 14 oder 15. Sie hatten alle Knüppel und Stöcke dabei. Zwei von ihnen sind heute Morgen wieder zurückgekommen. Die wurden aber auch schon verhaftet. Vorher haben sie aber noch erzählt, was sie gemacht haben.

Nachdem sie am frühen Abend bei Mpizis Haus angekommen sind, haben sie sich wohl an die Wachen herangeschlichen. Die haben sie aber bemerkt und ihnen gesagt, dass sie anhalten sollen. Als sie das nicht gemacht haben, haben die Wachen am Tor einige Warnschüsse in die Luft abgegeben und als sich die Männer aus dem Dorf davon auch nicht aufhalten ließen, haben sie auf sie geschossen. Drei haben sie direkt getötet und vier weitere verletzt. Die anderen sind aber auf einen der Wachmänner los und haben ihn mit ihren Knüppeln bewusstlos geschlagen und ihm die Waffe abgenommen. Weil der andere immer noch auf die Männer feuerte, haben sie dann mit der erbeuteten Waffe auch auf ihn geschossen und direkt in den Kopf getroffen. Er war sofort tot. Dann sind sie weiter zum Haus gelaufen, wo noch zwei andere Wachen vor der Tür standen, die sie auch erschossen haben.

Dann sind sie ins Haus gestürmt und haben Mpizi gesucht. Er hatte sich in seinem Büro eingeschlossen und die Männer haben die Tür aufgebrochen, um hineinzukommen. Dort hatte er sich hinter seinem Schreibtisch versteckt und zitterte vor Angst, als sie ihn gefunden haben. Dann haben sie mit ihren Knüppeln auf ihn eingeschlagen. Es war wohl wie in einem Rausch, haben sie erzählt. Einer hatte bei der Suche nach Mpizi im Haus ein Seil gefunden, dass er mitgenommen hat. Der hat dann vorgeschlagen, dass sie ihn gleich an Ort und Stelle aufhängen sollten. Mpizi hat geweint und um sein Leben gebettelt, aber das hat ihm nicht geholfen. Sie haben ihn in eine große Halle geschleppt, wo eine Treppe war.Dann haben sie das Seil an dem Geländer befestigt und Mpizis Kopf durch die Schlinge gesteckt. Mpizi hat sich stark gewehrt. Aber am Ende haben sie es doch geschafft und ihn hinuntergestürzt. Dann haben sie alle noch mit ihren Knüppeln und Stöcken auf ihn eingeschlagen. Mpizi hatte aber offenbar, bevor die Männer ins Haus eindringen konnten, die Polizei verständigt, die dann kurze Zeit später da war und versucht hat, die Männer festzunehmen. Vier konnten anfangs flüchten. Zwei von ihnen sind heute Morgen hier angekommen. Was mit den anderen auf der Flucht und denen, die gleich im Haus festgenommen wurden, passiert ist, wussten die beiden auch nicht. Und jetzt sind wir hier ganz allein. Fast nur noch Frauen, Kinder und alte Männer im Dorf. Keine jungen Männer mehr, die die Felder bestellen können. Wir sind ganz auf uns gestellt. Sie sind alle weg. Tot oder im Gefängnis.«, berichtete uns Lisha unter Tränen.

»Oh mein Gott! Dann sind unsere Befürchtungen doch eingetroffen.«, murmelte ich.

»Wissen Sie, was mit Ndlane geschehen ist?«, fragte ich Lisha, weil er der Einzige war, den ich sonst aus dem Dorf noch kannte.

Lisha schaute wieder nach unten und schüttelte den Kopf.

»Er war einer von den dreien, die gleich am Anfang erschossen wurden. Er ist wohl voller Wut nach vorn gestürmt und wurde von den Kugeln des Wachmanns zu Boden gestreckt. Die beiden haben erzählt, dass er noch kurze Zeit gelebt hat, aber nachdem sie den zweiten Wachmann überwältigt hatten, war er schon tot. Er musste nicht lange leiden.«

»Um Himmels willen! Das sind keine guten Neuigkeiten, Lisha. Das tut mir sehr leid. Wenn ich gewusst hätte, wozu das führt, hätte ich Ndlane nichts davon erzählt, dass ihr Land verkauft worden ist und sie hier alle wegmüssen!«, sagte ich.

»Das ist nicht ihre Schuld, Mr. Scherler. Wirklich nicht. Sie haben richtig gehandelt. Mpizi ist der, der Falsches getan hat. Er hat unser Land verkauft. Alles andere haben wir hier im Dorf entschieden. Damit haben Sie nichts zu tun. Wirklich nicht. Machen Sie sich keine Vorwürfe.«, versuchte Lisha mein Gewissen zu beruhigen und griff nach meiner Hand.

»Sie haben sich so sehr um den Mord an Usumbe und um die Freilassung von Ndlane gekümmert. Das hätte sonst kein anderer Weißer getan. Das können Sie mir glauben! Sie haben mehr als genug Gutes getan. Dass es nun so mit Mpizi und den Männern aus dem Dorf geendet ist, war unsere Entscheidung. Und es war richtig! Auch wenn wir jetzt alle nicht wissen, wie es weitergehen soll.«

Vermutlich hatte Lisha recht, doch ich musste mich erst einmal sammeln.

»Wenn ich noch etwas für Sie tun kann…?«, bot ich Lisha meine Hilfe an, auch wenn ich nicht wusste, wie das genau aussehen sollte.

»Nein, danke. Da müssen wir selbst mit zurechtkommen. Danke.«

»Aber die Sache mit Usumbe. Da werden wir…«, fing ich an.

»Ich weiß. Eduardo hat davon erzählt. Ich hoffe, Sie finden den Mörder.«

»Versprochen. Wir werden unser Bestes geben! Wenn wir sonst schon nichts für Sie tun können.«

»Ja, danke. Aber jetzt gehen Sie bitte. Ich möchte gern ein bisschen für mich allein sein.«, bat uns Lisha.

Gloria, Steven und Yzelle warteten immer noch vor der Hütte und hatten alles mitbekommen. Sie schauten uns fassungslos an, als wir aus Lishas Unterkunft herauskamen.

»Schöne Scheiße.«, war das Einzige, was Yzelle auf dem Rückweg sagte.

Auch als wir in den Jeep stiegen, sagten wir kein Wort. Wir alle waren ziemlich mitgenommen. Vor allen Dingen um Ndlane tat es mir sehr leid. Erst wurde er ohne Grund verhaftet, dann gefoltert und nun erschossen. Aber es war nicht mehr zu ändern. Er war tot und ich merkte erst an einem lauten Knirschen, wie sehr ich vor Wut die Zähne aufeinander biss. Ich blickte aus dem Fenster in den Wald hinein. In den Wald, um den Usumbe und Ndlane gekämpft hatten. Beide waren nun tot. Ich war fest entschlossen, zumindest den Mord an Usumbe noch irgendwie aufzuklären. Für Ndlane konnte ich nichts mehr tun. Wir wussten, wie er gestorben war und wer ihn getötet hatte. Daran konnten wir nichts mehr ändern. Aber zumindest was Usumbe anging, bestand noch Handlungsbedarf.

Nachdem wir wieder in Praia da Onda angekommen waren, stieg Mary als Erste an dem Haus aus, in dem sie ihre Putzmaterialien deponiert hatte. Wir verabschiedeten uns voneinander und fuhren weiter zu meinem Haus. Tom war inzwischen aus dem Koma erwacht und saß mit einer Zeitschrift in der Hand und einer Tasse Kaffee auf meiner Veranda und winkte uns zu als wir vorfuhren. Wir gingen die Treppen hinauf und und trafen auf Tom, der in unsere betroffenen Gesichter blickte. Dass selbst Yzelle etwas mitgenommen aussah, erschreckte auch Tom und er fragte:

»Alles klar mit euch? Habt ihr ein Gespenst gesehen? Oder was ist los?«

»Es ist das eingetreten, was wir vorhin vermutet hatten.«, sagte ich leise zu ihm.

»Kannst du mir nochmal kurz sagen, was das war? Ich weiß zwar, dass Yzelle uns heute Morgen besucht hat, aber was du bei uns wolltest, hab ich nicht mehr auf dem Schirm. Ich glaub, ich war noch nicht ganz da.«

»Okay, Kurzfassung. Mpizi ist tot. Er wurde von den Männern aus dem Dorf aus Rache in seinem Haus aufgehängt. Ein paar Männer wurden bei dem Angriff von den Wachleuten erschossen. Darunter auch Ndlane. Der Rest wurde verhaftet.«, klärte Yzelle ihn auf.

Toms Kinnlade klappte herunter.

»Scheiße.«, sagte er nur.

»Die haben den echt gelyncht? Mein Gott!«

Wir blieben noch einige Zeit wortlos auf meiner Veranda sitzen, niedergeschlagen von dem erschütternden Ereignis.

»Habt ihr denn gestern Abend noch etwas herausbekommen?«, fing sich Yzelle schließlich als Erste wieder.

»Da frag am besten mal Jan. Ich kann mich daran nicht mehr so gut erinnern. Aber es kommt bestimmt wieder, wenn du es erzählst.«, meinte Tom.

»Aber einen kompletten Filmriss hast du nicht, oder?«, fragte ich vorsichtshalber nach.

»Ne, ne, ich weiß schon noch, dass wir uns mit Mr. Dynamite und Kak unterhalten haben.«

»Mr. Dynamite und Kak? Ich glaube, du hast zu viele Zeichentrickserien gesehen, Tom. Wahrscheinlich ist es wirklich besser, wenn Jan uns alles erzählt.«, kamen Steven einige Bedenken hinsichtlich Toms Wahrnehmungsfähigkeit.

»Nein, wirklich. Tom hat recht. Wir haben uns gestern Abend mit zwei Holzfällern unterhalten, die die Spitznamen Mr. Dynamite und Kak hatten. Zwei Südafrikaner. Eigentlich heißen sie Thijs und Wesley.«

Ich berichtete den dreien über den gestrigen Abend und die spärlichen Erkenntnisse, die wir sammeln konnten. Am Ende meines Berichts, den ich so ausführlich wie möglich hielt, damit sich auch die anderen ein umfassendes Bild verschaffen konnten, meinte Steven:

»Tja, das klingt für mich nach einem typischen Abend mit ein paar Buren aus Südafrika. Ein bisschen rassistisch, aber ansonsten sehr gastfreundlich und trinkfreudig. Das Übliche halt. Oder wie seht ihr das?«

»Bis auf die üblen Bemerkungen über Schwarze war es wirklich ganz lustig. Das seht ihr auch an Tom. Der lag ja heute Morgen noch im Koma, weil er so viel gesoffen hatte.«

»Trotzdem! Auch wenn die noch so nett und lustig waren... Irgendetwas haben die mit der ganzen Sache zu tun. Das muss so sein!«, machte Gloria sich Luft.

»Alles, was wir bisher herausgefunden haben, landet immer irgendwie bei den Holzfällern. Usumbe ist tot und er war vorher bei den Holzfällern und hat von denen eins aufs Maul bekommen... Mpizi hat das Land der Dorfleute verkauft und wer hat es gekauft? Die Holzfällerfirma! Da muss doch ein Zusammenhang bestehen!«, fuhr sie weiter fort.

»Naja, so richtig überzeugend ist das aber nicht, Gloria. Genauso gut könnten wir sagen, dass wir Ndlane besucht haben und er danach festgenommen wurde oder dass wir Mpizi besucht haben und er danach umgebracht wurde. Das sind vielleicht ein paar Ansätze, aber einen echten Zusammenhang zwischen den Holzfällern und dem Mord kannst du daraus nicht herstellen.«, argumentierte ich.

»Ja, hast recht. Ich meinte ja nur. Irgendetwas muss doch da sein...«

»Ich weiß, was du sagen wolltest. Ich hab da auch so ein Gefühl, dass wir vielleicht irgendetwas übersehen haben.«, stimmte ich ihr in diesem Punkt zu.

»Lasst uns doch noch einmal über gestern Abend reden. Ihr habt ja nun schon mehrfach gesagt, dass die total nett und freundlich waren, aber kam euch irgendwann einmal etwas verdächtig vor, was sie gesagt haben?«, versuchte Yzelle wieder etwas mehr Substanz in die Diskussion zu bringen.

»Vielleicht nicht unbedingt verdächtig, aber zumindest komisch…«, fing Tom an, der scheinbar sein Erinnerungsvermögen wiedererlangt hatte.

»Was denn?«, fragte ich.

»Das hatte damals auch schon Dries erzählt. Da hab ich aber nicht so drauf geachtet, weil ich ehrlich gesagt ein bisschen Schiss hatte, dass wir auffliegen.«, gab Tom zu.

»Ist ja egal. Was denn nun?«

»Thijs hat doch gestern von diesem Spezialfahrzeug erzählt, was Dries auch erwähnt hatte.«

»Ja. Du meinst, diesen Jeep mit Stahlplatte zum Minenräumen, oder?«

»Genau! Wenn ich es mir recht überlege, kann ich mir so ein Spezialfahrzeug nur schwer vorstellen.«, hegte Tom Zweifel.

»Wieso? Denkst du nicht, dass das funktionieren könnte?«, erkundigte sich Yzelle.

»Um ehrlich zu sein … Nein! Ich war jahrelang bei der Armee. Davon hab ich zwar die meiste Zeit als Taucher im Wasser verbracht, aber ich habe vorher auch die Grundausbildung gemacht und später immer mal wieder an ein paar Lehrgängen für Bodeneinsätze teilgenommen. Kampftaucher haben ihre Einsätze ja schließlich nicht immer nur im Wasser. Und bei einem Lehrgang haben wir uns auch mit Sprengstoffen und -körpern beschäftigt. Wenn ich mich daran zurückerinnere, dann fällt es mir sehr schwer zu glauben, dass es für die hiesigen Landminen ausreichen soll, wenn die einfach eine Stahlplatte unter ihr Auto schrauben. In der Regel zerfetzt so eine Mine mehr als nur die Räder. Und selbst wenn die mit der schweren Stahlplatte durch den Sand fahren könnten, ohne sich festzufahren und sogar die Sprengwirkung von schwachen Antifahrzeugminen damit abhalten könnten, dann wären die immer noch lebensmüde!«, fing Tom an.

»Wieso?«, fragte Yzelle nach.

»Weil es hier in der Gegend nicht nur Antifahrzeugminen gibt, die am Boden detonieren, sondern auch Antipersonenminen und Springminen, die beim Auslösen bis zu einem Meter in die Luft katapultiert werden und erst dort zünden. Die sind meistens mit Metallsplittern oder Stahlkugeln gefüllt. Die können teilweise bis zu einem Abstand von 30 Metern tödlich sein. Die zerschlagen locker die Türen und Fenster deines Jeeps und die Fahrer darin gleich mit. Egal, ob die eine Stahlplatte unter ihren Jeep geschraubt haben oder nicht. Da hast du keine Chance! Die zerfetzten Reifen wären da das geringste Problem! Ich kann mir echt nicht vorstellen, dass die so leichtsinnig sind. So ein hohes Risiko werden weder die Holzfäller selbst noch Schoeman & Pretorius eingehen wollen. Darum denke ich, dass es gelogen ist, wenn Dries und Thijs uns weismachen wollen, dass sie bislang immer Glück mit dieser Methode hatten. Die sind doch auch nicht blöd!«, erklärte Tom.

»Wenn du das so erzählst, klingt das eigentlich ganz logisch. Das leuchtet sogar mir ein!«, dachte Yzelle laut über Toms Erläuterungen nach.

»Das ist schön Yzelle, aber das bringt uns trotzdem nicht weiter. Denn ich habe keinen blassen Schimmer, wie das im Zusammenhang mit dem Mord an Usumbe stehen soll! Der wurde weder von einer Mine zerfetzt noch hat er im Holzfällercamp kritisiert, dass deren Spezialfahrzeug bei der Minensuche zu viele Risiken in sich birgt! Also warum erzählen die uns alle so einen Quatsch mit ihrem Stahlplattenjeep?«, fragte Tom in die Runde.

Leider konnte von uns keiner eine Antwort geben.

»Ich hab keine Ahnung. Das mag schon stimmen, dass so eine Stahlplatte bei einer Springmine nichts bewirken kann, aber das ist doch das Problem der Holzfäller. Wenn die uns so eine Geschichte auftischen wollen, sollen sie es doch ruhig machen. Ich denke nicht, dass das was mit Usumbes Tod zu tun hat. Vielleicht setzen die auch irgendwelche illegalen Mittel zur Minenräumung ein und wollen das nur nicht erzählen, weil es verboten ist. Davon hab ich aber keinen Plan. Und die Sache mit dem Stahlplattenjeep ist einfach nur eine dumme Ausrede. Vielleicht werfen die ja auch Handgranaten in den Wald und schauen, ob die irgendwo eine Mine auslösen. Wer weiß?«, mutmaßte Steven.

»Wenn die auf so einem großen Areal Handgranaten zur Minensuche einsetzen, dann könnten die sich aber auch genauso gut Spürhunde oder Spürratten leisten. Überleg mal, was das kostet, wenn die so viele Hektar Land auf gut Glück mit Handgranaten nach Minen untersuchen. So eine Handgranate gibt es auch nicht für ein paar Dollar im Supermarkt...«, lachte Tom.

»Ich weiß es nicht. Ich denke auch, dass Tom mit seiner Vermutung recht hat und da irgendetwas faul an der Geschichte mit diesem Spezialfahrzeug ist. Ich hab aber keine Idee, weshalb Usumbe deswegen getötet worden sein sollte. Die Art und Weise, wie die Holzfäller ihre Minen räumen, dürfte ihm herzlich egal gewesen sein.«

»Na gut, da kommen wir im Moment wohl nicht weiter. Behalten wir die Sache einfach mal im Hinterkopf. Habt ihr sonst noch irgendetwas Seltsames bemerkt?«, fragte Gloria.

Tom und ich schauten uns an, überlegten kurz und zuckten mit den Schultern.

»Ich befürchte, dass unser gestriger Ausflug nicht so wirklich ergiebig gewesen ist. Ansonsten fällt mir gerade nichts ein, was uns weiterhelfen könnte. Und dir, Tom?«

»Bei mir war es das auch schon. Ich kann mich eh nur bruchstückhaft erinnern und das, was mir da eingefallen ist, hab ich schon gesagt.«, musste auch Tom diesbezüglich die Segel streichen.

»Dann hilft es alles nichts, ihr müsst da heute wieder hin!«, befahl Yzelle.

»Nein! Morgen ist okay, aber heute nicht. Mein Kopf brummt immer noch und mein Magen hat sein Gleichgewicht auch noch nicht wiedergefunden. Das verkrafte ich heute noch nicht. Ehrlich. Morgen gern, aber heute kriegen mich da keine zehn Pferde hin!«, protestierte Tom und man sah ihm an, dass er es ernst meinte.

»Ach Mann, Scheiße! Dann können wir heute überhaupt nichts mehr machen, als blöd rumzusitzen!«, fluchte Gloria plötzlich.

»Haben wir eigentlich schon mal dran gedacht, diese Holzfällerfirma etwas näher zu betrachten? Wie hießen die noch gleich? Schoeman & Pretorius?«, schlug Yzelle auf einmal vor.

»Richtig. Schoeman & Pretorius. Aber was soll das bringen? Dries hat gesagt, dass die aus Nelspruit in Südafrika kommen.

Ich kann mir kaum vorstellen, dass irgendjemand von deren Firmensitz hierher gefahren ist und Usumbe umgebracht hat.«, hatte Tom Zweifel, welchen Nutzen so etwas haben sollte.

»Wir könnten aber auf diese Weise mal überprüfen, ob es bei Schoeman & Pretorius in der letzten Zeit oder bei den letzten Aufträgen irgendwelche Probleme gegeben hat oder ob dort auch irgendwelche Menschen ums Leben gekommen sind. Vielleicht erkennt man dann ein Muster. Das würde uns zwar auch nicht viel weiter bringen, aber es könnte unseren Verdacht zumindest erhärten.«, begründete Yzelle ihren Vorschlag.

»Von der Idee her nicht schlecht, Yzelle. Aber wie willst du das anstellen?«, wollte Steven von ihr wissen.

»Frag doch mal Jan. Vielleicht kann sein Mr. Conrad wieder ein paar Beziehungen spielen lassen.«, antwortete Yzelle lächelnd in meine Richtung.

»Ich könnte es zumindest mal probieren. Soll ich ihn gleich mal anrufen?«

»Gern. Je eher, desto besser!«, stimmten mir Yzelle und die anderen zu, vermutlich in Ermangelung besserer Ideen.

Ich ging von der Veranda ins Haus und wählte die Nummer von Mr. Conrads Büro, zu dem ich gleich durchgestellt wurde. Dann kam ich direkt zum Punkt:

»Ich hätte mal wieder ein Anliegen, bei dem Sie mir eine große Hilfe sein könnten.«

»Ah. Hat das wieder etwas mit ihrem Mordfall in Mosambik zu tun?«

»Ganz genau!«

»Na, dann fangen wir mal anders an. Ich hab heute nämlich ein bisschen Zeit. Sie erzählen mir erst einmal, was sich in der letzten Zeit bei Ihnen so zugetragen hat und dann schauen wir mal, was ich für Sie tun kann. Wenn ich schon kein Honorar von Ihnen verlangen kann, dann will ich wenigstens eine spannende Geschichte hören!«

»Einverstanden!«, lachte ich.

Ich berichtete Mr. Conrad, was seit unserem letzten Telefonat alles passiert war, wie sich die Dinge seit der Verhaftung Shongoenes entwickelt hatten und welche Fragen sich nach dem Besuch im »Hunters« aufgetan hatten.

»Heijeijei! Da ist bei Ihnen ja mächtig was los, Jan. Passen Sie mir bloß gut auf, dass Sie sich da nicht zu weit aus dem Fenster lehnen und sich zu sehr in Gefahr begeben. Aber das muss ich Ihnen ja nicht sagen. Das wissen Sie ja selbst. Aber dass die Leute aus dem Dorf diesen Mpizi umgebracht haben... Das war wirklich nicht absehbar.«.

»Ja, das ist wirklich ziemlich schief gelaufen… Hätte ich das vorher gewusst…«

»Haben Sie aber nicht. Und konnten Sie auch nicht! Niemand kann damit rechnen, dass jemand einen anderen umbringt. Das hätte ich an Ihrer Stelle auch nicht vermutet.«, versuchte Mr. Conrad meine Selbstzweifel im Keim zu ersticken.

»Danke, dass Sie das so sehen, Mr. Conrad. Aber…«

»Kein Aber! Und jetzt kommen wir mal zur Sache! Sie waren in dieser Kneipe und haben nun Zweifel wegen dieses selbstgebastelten Minenräumgeräts? Wie kann ich Ihnen da helfen?«

»Was das angeht, wahrscheinlich gar nicht. Wir treten in dieser Hinsicht vermutlich bis zu unserem nächsten Besuch im »Hunters« auf der Stelle. Aber da bleiben wir dran. Was wir aber gern wissen würden, ist, ob gegen die Firma Schoeman & Pretorius in den letzten Jahren Verfahren geführt worden sind, die darauf hindeuten, dass es dort schon einmal zu Zwischenfällen mit Personenschäden gekommen ist. Denken Sie, Sie könnten da irgendetwas erreichen?«

»Das kann ich auf jeden Fall. Wofür hab ich denn diese ganze Praktikantenbande beschäftigt? Die können sich auch mal nützlich machen. Ich werde die gleich darauf ansetzen. Das sollte nicht so schwierig sein. Wo sagten Sie nochmal, haben die Ihren Sitz?«

»In Nelspruit.«

»Ah, wunderbar. Dann ist das schnell erledigt. Wenn die jemand verklagt hat, dann muss er das ja auch an deren Sitz getan haben. Ich kann Ihnen zwar auf die Schnelle keine vollständigen Akten schicken. Aber dafür kann ich Ihnen erstmal eine Gesamtübersicht über die Verfahren und eine Kurzübersicht bezüglich des Verfahrensgegenstandes erstellen. Das bekommen wir ohne weitere Schwierigkeiten mit unseren Rechercheprogrammen von hier aus hin. Falls Sie dann aber eine oder mehrere spezielle Akte benötigen sollten, müssten wir die direkt vom Gericht ordern. Da kann ich Ihnen aber noch nichts versprechen.«

»Das müssen Sie auch nicht. So eine Gesamtübersicht reicht mir völlig aus. Danke!«

»Und wofür benötigen Sie die eigentlich?«

»Das wissen wir, um ehrlich zu sein, auch noch nicht genau. Wir wollen erst einmal schauen, ob ähnliche Vorwürfe bereits in der Vergangenheit gegen Schoeman & Pretorius erhoben wurden. Das könnte unseren derzeitigen Verdacht zumindest ein wenig bestätigen.«

»Na, ob das wirklich so effektiv ist, Jan… Ich weiß nicht. Aber ich mache es trotzdem für Sie. Da können sich die Praktikanten mal am Computer austoben. Haben Sie ein Faxgerät?«

»Hier in meinem Haus nicht. Aber im Büro der Resortleitung steht auf jeden Fall eines. Da könnten Sie…«

»Nein, nein. Ich verschicke Prozessunterlagen und Rechercheergebnisse nicht wild in der Gegend herum. Dann sollen die Praktikanten das als Datei abspeichern. Die können sie Ihnen dann auch schicken. Ihre Email-Adresse ist doch noch die alte, oder?«

»Das ist natürlich auch eine fabelhafte Idee, Mr. Conrad. So können wir es auch machen. Meine Email-Adresse ist gleich geblieben. Da hat sich nichts verändert.«

»Gut, gut. Dann gebe ich das mal so weiter. Schauen Sie einfach heute Abend oder morgen früh in Ihre Mailbox. Falls es länger dauern sollte, mache ich dieser Bande persönlich Beine. Wir hören voneinander, wenn es Neuigkeiten gibt, ja?«

»Das machen wir, Mr. Conrad! Vielen Dank und bis bald!«

Ich ging wieder hinaus auf die Veranda.

»Alles erledigt! Er schickt uns eine Übersicht über die Verfahren gegen Schoeman & Pretorius entweder noch heute oder spätestens morgen.«

»Was kann der eigentlich nicht, dieser Mr. Conrad?«, fragte Gloria beeindruckt.

»Keine Ahnung. Aber das war nun wirklich nicht so schwer.«, antwortete ich.

»Wenn wir den weiter so in Anspruch nehmen, denkt der wahrscheinlich noch, dass er für uns arbeitet und verlangt ein Honorar von uns!«, scherzte Yzelle.

»Das hoffe ich nicht, denn das könnten wir vermutlich nicht bezahlen.«, schmunzelte ich.

Da uns nichts anderes übrig blieb, als auf die Nachricht von Mr. Conrad zu warten, verbrachten wir den restlichen Tag gemeinsam am Strand. Als es langsam dunkel wurde, ging ich wieder zurück in mein Haus, um die Nachrichten in meinem Email-Postfach zu überprüfen. Ganz am Anfang der langen Liste neuer Nachrichten erschien die Benachrichtigung von Conrad & Conrad. Sie enthielt die Überschrift „Verfahren gegen Schoeman & Pretorius“ sowie ein kurzes Anschreiben, das schon allein wegen der Vielzahl der Rechtschreibfehler von einem Praktikanten erstellt worden sein musste. Ich hoffte, dass die Auflistung der Verfahren nicht ähnlich schlampig durchgeführt worden war. Ich öffnete sie und druckte sie aus, ohne sie mir zuvor anzuschauen. Dafür war später im »Shamwari« noch genug Zeit.

»Alles klar! Die Liste ist schon da! Lasst uns essen gehen und sie uns dann anschauen!«, gab ich den anderen Bescheid, die schon auf der Veranda warteten.

Ich faltete die drei ausgedruckten Blätter in der Mitte zusammen und steckte sie in die Seitentasche meiner Hose. Auf dem Weg ins »Shamwari« malten wir uns aus, wegen welcher Verstöße Schoeman & Pretorius wohl verklagt worden waren.

»Da sind garantiert ein paar Schadensersatzklagen von Opfern wegen Schlägereien mit Angestellten der Firma drin. So wie die Holzfäller immer auftreten, würde mich das nicht wundern!«, mutmaßte Gloria.

»Und Bestechung und Korruption sicherlich auch noch. Ich denke, dass die nicht immer so einen Paten wie Mpizi hatten und sich auch mal selbst um solche Angelegenheiten kümmern mussten.«, fügte Steven hinzu.

Yzelle und ich als gelernte Juristen enthielten uns dieser Spekulationen. Noch bevor die bestellten Drinks im »Shamwari« an unseren Tisch gebracht wurden, bettelte Gloria auch schon wie ein Kind, das auf seine Weihnachtsgeschenke wartet:

»Na los, komm! Nun zeig schon!«

Ich ließ mich nicht lange bitten und holte die Blätter aus meiner Hosentasche. Nachdem ich sie auf den Tisch gelegt hatte, beugte sich Yzelle, die neben mir Platz genommen hatte, etwas näher zu mir herüber und überflog noch vor mir die erste Seite.

»Ansprüche aus Kaufvertrag, Ansprüche aus Kaufvertrag, Ansprüche aus Werkvertrag, Ansprüche aus Kaufvertrag, Ansprüche aus Dienstvertrag... Das sieht alles nach unbezahlten Rechnungen aus. Manchmal ist Schoeman & Pretorius Gläubiger und manchmal Schuldner. Das sind alles nur zivilrechtliche Verfahren wegen offener Rechnungen gegen die Firma. Das hilft uns nicht weiter. Gib mal die nächste Seite her.«, forderte Yzelle die Informationen blitzschnell aus.

Ich legte das oberste Blatt beiseite. Yzelle und ich flogen wieder über die Reihe mit den jeweiligen Verfahrensgegenständen. Der Rest war ohnehin nicht weiter von Bedeutung, solange wir nicht auf einen interessanten Verfahrensinhalt stoßen sollten.

»Da! Das ist mal was Anderes!«, rief Yzelle aus, die wieder schneller las als ich und bereits im unteren Drittel des Blattes angekommen war.

»Worum geht es da?«, wollte Gloria wissen.

»Das ist ein Verfahren aus 2009. Da gab es offenbar ein Verfahren gegen die Firma wegen fehlender Arbeitserlaubnisse bei einigen Mitarbeitern. Moment, Moment, Moment… Ah, da hab ich es. Hmm, das ist gegen Zahlung einer Geldbuße eingestellt worden. Hilft uns vermutlich auch nicht weiter. Ist aber mal was Anderes als der ganze Rechnungskram.«, klärte Yzelle uns auf.

»Ja. Da können wir vermutlich keine Verbindung zu unserem Fall knüpfen. Bei dem Mord an Usumbe wird es wohl kaum um eine fehlende Arbeitserlaubnis gegangen sein. Der wollte sicherlich nicht für die Holzfäller arbeiten.«, stimmte ich zu.

»Die hätten ihn auch ganz bestimmt nicht gelassen…«, fügte Tom hinzu.

»Und wieder Ansprüche aus Kaufvertrag, Kaufvertrag, Dienstvertrag… Oh, hier hab ich noch was… Das ist ja sonderbar.«, murmelte sie nach einer kurzen Pause.

»Zeig doch mal, wo du schon wieder bist.«, erkundigte ich mich bei ihr, da ich erneut hinterherhinkte.

»Hier. Schau mal.«, zeigte mir Yzelle wiederum die Stelle, an der sie gerade festhing.

Ich las mir ebenfalls den fraglichen Verfahrensgegenstand durch.

»Das ist wirklich komisch.«, gab ich Yzelle recht.

»Was denn? Jetzt sagt doch mal!«, wollte auch Gloria beteiligt werden.

»Das hier! Das ist auch ein Verfahren aus 2009. Da hat wohl erst die südafrikanische Einwanderungsbehörde eine Untersuchung eingeleitet und die Sache dann an die Staatsanwaltschaft abgegeben. Dabei wurden Mitarbeiter von Schoeman & Pretorius wegen der Beihilfe zur illegalen Einreise und in einem Fall als Mittäter eines Flüchtlingshelfers von illegalen Einwanderern aus Zimbabwe angeklagt. So wie es aussieht, wurden die auch alle verurteilt. Allerdings keine Haftstrafen, sondern nur Geldstrafen. Und die wurden in allen Fällen von Schoeman & Pretorius für ihre Mitarbeiter bezahlt.«, erläuterte Yzelle, während sie demonstrativ mit dem Finger auf das Feld mit dem Verfahrensgegenstand klopfte.

»Das ist sehr merkwürdig! Schoeman & Pretorius sind ausschließlich auf dem Holzsektor tätig. Mit Fluchthilfe haben die doch nichts am Hut. Die werden auf dem Gebiet wohl kaum ein zweites Standbein des Unternehmens gegründet haben.«, äußerte ich etwas irritiert.

»Damit kann man doch auch nichts verdienen.«, fügte Gloria lapidar hinzu.

»Unterschätz das mal nicht! Mit diesen Flüchtlingssachen kann man schon eine Menge Kohle machen. Ich hab da früher auch schon mal zwei Verfahren gehabt. Die sammeln erst das ganze Geld vom halben Dorf ein und bieten dann einem oder zwei Leuten an, dass sie sie über die Grenze nach Südafrika bringen. Und die müssen dann später in Südafrika arbeiten und das bisschen Geld, was sie dort verdienen, an ihre Verwandten und Freunde im Dorf schicken, weil die ihre Flucht quasi vorfinanziert haben. Das ist für diejenigen, die die Leute über die Grenze bringen, lukrativer als ihr denkt... Hauptsächlich sind das Wirtschaftsflüchtlinge aus Zimbabwe, Malawi oder Mosambik.«, klärte Yzelle uns auf.

»Aber warum sollten die bei Schoeman & Pretorius so etwas machen?«, wollte Steven wissen.

»Das kann ich mir beim besten Willen nicht vorstellen! Das sind doch alles weiße Angestellte bei Schoeman & Pretorius. Und die meisten von denen sind vermutlich Buren aus Südafrika, von denen der überwiegende Teil, wie wir ja schon das ein oder andere Mal feststellen durften, nicht allzu gut auf die Schwarzen hier zu sprechen ist. Um das mal vorsichtig auszudrücken... Die würden sich doch lieber eine Kugel ins Knie schießen, als einem Schwarzen bei der illegalen Einreise nach Südafrika zu helfen!«, brachte Tom die Sache auf den Punkt.

»Das steht hier aber. Mitarbeiter von Schoeman & Pretorius wurden wegen der Beihilfe zur illegalen Einreise und in einem Fall als Mittäter eines Flüchtlingshelfers von illegalen Einwanderern aus Zimbabwe verurteilt. Das steht hier Schwarz auf Weiß!«, erklärte Yzelle noch einmal.

»Das mag ja sein! Aber ob das wirklich so stimmt, ist eine andere Sache. Vielleicht ist da irgendetwas schief gelaufen beim Urteil!«, beharrte Tom auf seiner Ansicht.

»Vielleicht haben wir uns aber auch in den Holzfällern getäuscht und das sind in Wirklichkeit alles Gutmenschen.«, sagte Steven leise im Spaß, was für ein kurzes Gelächter sorgte.

»Wohl kaum. Ist aber auch egal. Wir müssen uns zwei Fragen stellen. Erstens: Welchen Vorteil hätte Schoeman & Pretorius, wenn sie illegale Einwanderer von Zimbabwe nach Südafrika bringen? Und zweitens: Selbst wenn wir das herausbekommen würden, hätte das dann irgendeine hilfreiche Auswirkung auf unseren Fall?«, führte Yzelle die Diskussion wieder zum Kern zurück.

»Die Antwort auf Frage Eins ist mir völlig schleierhaft! Aber ich denke, Frage Zwei kann ich beantworten. Das hat mit unserer Sache nichts zu tun. Überlegt doch mal: Gehen wir davon aus, dass das Urteil wirklich richtig ist und einige Mitarbeiter von Schoeman & Pretorius tatsächlich Flüchtlingen aus Zimbabwe über die Grenze geholfen haben. Dann hat sich die Sache vermutlich irgendwo im Norden Südafrikas in der Nähe der Grenze, vielleicht irgendwo zwischen Beitbridge und Messina oder so, abgespielt. Das ist von hier aus locker 500 Kilometer Luftlinie entfernt. So weit ist Usumbe nie im Leben von seinem Dorf entfernt gewesen. Und in Südafrika war der sicherlich auch niemals. Damit kann der nichts zu tun haben.«, übernahm Gloria das Wort.

»Das stimmt. Das ist zwar nur Spekulation, aber ich denke auch, dass von denen im Dorf noch niemand weiter weg war als vielleicht bis Inhambane oder Beira. Wenn überhaupt!«, stimmte Steven zu.

»Wahrscheinlich habt ihr recht! Das kann ich mir auch nicht vorstellen. Usumbe musste sicher nicht sterben, weil die von Schoeman & Pretorius Flüchtlingen illegal bei der Einreise nach Südafrika geholfen haben. Aber trotzdem. Merkwürdig ist das schon. Das ergibt überhaupt keinen Sinn für mich.«, stimmte ich ebenfalls zu.

Ich legte die dritte Seite vor uns hin und Yzelle und ich überflogen die einzelnen Spalten, die diesmal bereits kurz nach der Hälfte der Seite ihr Ende fanden. Wieder nichts. Nur Kaufpreisforderungen und offene Rechnungen aus Werkverträgen. Nichts Spektakuläres mehr.

»So richtig weitergeholfen hat uns diese Liste jetzt aber nicht, oder?«, sprach Gloria das aus, was wir alle gerade dachten.

»Nein. Naja, aber einen Versuch war es zumindest wert. So wissen wir wenigstens, dass die Leute von Schoeman & Pretorius früher noch niemanden umgebracht haben.«, versuchte ich, das einzig Positive aus dieser Sache hervorzuheben.

»Einmal ist immer das erste Mal.«, sagte Gloria lapidar und wandte sich Eddy, dem Kellner zu, der unsere Getränke gebracht hatte und nun auf unsere Bestellungen wartete.

Wir orderten wie so oft den „Catch of the day" und prosteten uns zu. Wir merkten allerdings, dass wir alle nicht in Hochstimmung waren. Der Mord an Mpizi und der Tod von Ndlane hatte uns schon etwas zugesetzt, da wir irgendwie diese ganze Sache ins Laufen gebracht hatten. Daher war dieser Abend auch nicht so vergnüglich wie die zahlreichen zuvor und wir verabschiedeten uns nach einem letzten Drink deutlich früher voneinander als sonst.

Kapitel 22

Samstag, 05.03.2011

Gegen viertel nach neun wachte ich auf. Meine Überlegung, einen kleinen morgendlichen Spaziergang am Strand zu machen, wurden von dem Nieselregen zunichte gemacht. Ich fand mich damit ab und schaltete die Playstation ein, die mich mit einer Golfsimulation von dem tristen Wetter ablenkte. Etwa nach der Hälfte eines durchgespielten Turniers auf dem virtuellen „Spyglass Hill"-Golfkurs klopfte es an meiner Tür. Nicht an der Verandatür, die meine Freunde immer benutzten, sondern an der Haustür. Ich stand, noch immer mit meinem Schlafzeug bekleidet auf, ging zur Tür und öffnete dem Besucher.

»Guten Morgen, Mr. Scherler! Ich bringe die Post.«, wurde ich von einem kleinen, dünnen, dunkelhäutigen Mann begrüßt, der mir einen braunen DIN A4-Umschlag entgegenstreckte.

Sein Namensschild verriet mir, dass er Augusto hieß. Ich bedankte mich bei ihm und nahm ihm den Umschlag ab. Aus Gewohnheit fuhr ich mit der Hand in Richtung meiner Hosentasche, um dort ein wenig Kleingeld als Tip herauszuholen, was aufgrund meiner Schlafbekleidung jedoch nicht von Erfolg gekrönt war. Augusto bemerkte meinen Versuch und sagte schnell:

»Ist schon in Ordnung! Auf Wiedersehen.«

»Beim nächsten Mal hab ich ganz sicher etwas dabei. Schönen Tag noch!«, rief ich ihm hinterher.

Ich ging mit dem Umschlag ins Haus, setzte mich wieder auf die Couch und schaute auf den Absender. Augusto, der auch im Resort arbeitete, hatte meine Post bei dem Nieselregen offensichtlich ohne weitere Vorsichtsmaßnahmen transportiert, sodass der Umschlag schon etwas feucht war. Mit ein wenig Phantasie konnte ich aus der verwaschenen Schrift ein „Centro Médico Inhassoro“ deuten. Das musste der Obduktionsbericht von Usumbe sein! Nkomo hatte sein Versprechen ganz offensichtlich gehalten und der Krankenstation in Inhassoro mitgeteilt, dass sie den angefertigten Obduktionsbericht über die Todesursache und die Verletzungen von Usumbe an mich weiterleiten sollten. Innerhalb einer Sekunde war ich putzmunter. Ich riss den Umschlag hastig auf. Die Akte hatte einen braunen Deckel, auf dem ich den Namen Ndemi Usumbe sowie sein Geburts- und Sterbedatum entdeckte. Ich öffnete die Akte, die im vorderen Bereich aus kleinen handschriftlichen Notizen sowie einem einseitigen, maschinengeschriebenen Bericht und im hinteren Teil aus mehreren Röntgenaufnahmen und Fotografien von Usumbes entstellter Leiche zusammengestellt war. Ich erschauderte, als ich die Bilder sah. Es waren immer nur Ausschnitte einzelner Körperpartien zu sehen, nie der gesamte Leichnam. Gleich das erste Foto zeigte das von den Flammen bis zur Unkenntlichkeit verbrannte Gesicht Usumbes in Frontalansicht, das auf dem Bild nur noch aus schwarzem, verkohltem Gewebe bestand und zu einer Fratze verzerrt war. Mit etwas Vorstellungskraft war noch zu erkennen, dass sich etwas in seinem Mund befunden hatte, da dieser weit aufgerissen war und einige Fasern herausschauten, die weder zu seiner Zunge noch zu seinen Lippen gehören konnten. Danach folgten noch zwei weitere Bilder seines Kopfes in Seitenansicht. Es war ekelhaft und ich musste meinen Blick von den Fotografien abwenden. Die darauffolgenden wirkten im Vergleich zu den ersten dreien fast harmlos. Auf ihnen war der nur leicht verbrannte, im oberen Bereich aber auch zum Teil verkohlte Oberkörper Usumbes zu sehen, der auf beiden Seiten in Schultern und Armen sowie am Rumpf zahlreiche Hiebverletzungen aufwies, die von einem Gegenstand mit großer Klinge stammen mussten. Als Letztes folgten zwei Fotos von Usumbes Unterschenkeln und Füßen, auf denen man sehen konnte, dass er auf beiden Seiten oberhalb des Fersenbereiches zwei tiefe Einschnitte hatte. Die Röntgenaufnahmen verrieten mir nicht viel, ich erkannte jedoch, dass es sich ausschließlich um Aufnahmen aus dem Oberkörperbereich handelte. Ich blätterte zurück zu den handschriftlichen Notizen und stellte zu meiner Enttäuschung fest, dass diese alle auf Portugiesisch verfasst waren. Darum überlegte ich, wen ich fragen könnte, der mir bei der Übersetzung behilflich wäre. Von Tom, Yzelle, Steven und Gloria wusste ich, dass sie wie ich im besten Fall über urlaubstaugliche Sprachkenntnisse verfügten. Mir fiel spontan noch Mary ein, die fließend Portugiesisch sprach. Allerdings wusste ich nicht, ob sie lesen konnte und daher wollte ich sie nicht mit meinem Anliegen behelligen, da es ihr und mir sicherlich sehr unangenehm gewesen wäre, wenn sich bei meiner Bitte herausgestellt hätte, dass sie diese Analphabetin war. Nach einigen Momenten fiel mir Beatriz Carvalho ein. Sie arbeitete im Resort an der Rezeption und gehörte zu den wenigen

»echten« Portugiesen, die während des Bürgerkriegs nicht in ihre Heimat geflüchtet, sondern im Land geblieben waren. Sie sprach sowohl Portugiesisch als auch Englisch fließend und war sicher in der Lage, den Obduktionsbericht zu lesen. Ich klappte die Akte zu, griff zum Telefon und wählte die Nummer der Rezeption. Es klingelte zweimal und Beatriz meldete sich am anderen Ende der Leitung. Ich erklärte ihr, dass ich ihre Hilfe beim Übersetzen eines portugiesischen Textes benötigte, woraufhin sie sofort einwilligte.

Ich freute mich, dass ich so schnell eine geeignete Dolmetscherin gefunden hatte und überlegte, ob ich auch den anderen noch Bescheid sagen sollte. Denn würden sie alle gleich bei der Übersetzung durch Beatriz dabei sein, müsste ich nicht alles noch ein paar Mal für jeden wiederholen. Ich vereinbarte mit allen, dass wir uns um elf in der Rezeption treffen würden. Bis dahin hatte ich genug Zeit, um zu duschen, mir etwas Vernünftiges anzuziehen und noch einen Kaffee zu trinken. Dann machte ich mich auf den Weg zur Rezeption. Sie befand sich in einem weitgestreckter Bau aus dunklem Holz, der aus zwei Etagen bestand. Im Erdgeschoss war ein stattlicher Kamin zu finden, der vermutlich eher Dekorationszwecken und weniger zum Heizen des Raums diente. Um ihn herum waren drei kleine Tische mit wuchtigen und sehr gemütlichen Sesseln in dunkelrotem Samt aufgestellt. An einem dieser Tische hatten meine Freunde Platz genommen, die bereits auf mich warteten. Wir begrüßten uns und Yzelle war wie so oft die Erste, die mich löcherte.

»Zeig doch mal her! Wir müssen eh noch warten.«, sagte sie und nickte hinüber zum Rezeptionstresen, an dem sich Beatriz gerade mit einem anderen Hauseigentümer der Anlage unterhielt.

»Da sind aber einige nicht sehr appetitliche Fotos drin. Nur als Warnung!«, wies ich alle auf die Bilder mit Usumbes furchtbar entstelltem Gesicht hin.

»Ich glaub, die will ich nicht sehen.«, sagte Gloria schnell und ließ sich wieder zurück in den Sessel fallen, nachdem sie sich bereits neugierig nach vorn zu Yzelle hinüber gebeugt hatte, die den Umschlag von mir in Empfang nahm.

Die anderen drei ließen sich von meiner Warnung nicht abschrecken. Yzelle entfernte die Plastiktüte, öffnete den Umschlag und nahm die Akte heraus. Sie blätterte zunächst durch die Notizen und den Bericht und vergewisserte sich, dass wir tatsächlich nicht in der Lage waren, dies zu lesen.

»Damit kann ich nichts anfangen. Dafür reicht mein Portugiesisch nicht.«, stellte sie nüchtern fest und blätterte zu dem Bereich mit den Röntgenaufnahmen und Fotos.

»Uuh, ist das widerlich! Das ist ja eklig! Bah!«, stieß sie hervor, als sie die Bilder von Usumbes Gesicht sah.

»Du hättest uns ja wenigstens vorher warnen können! Buah, ist das scheußlich!«, raunzte sie mich an.

»Hab ich doch! Gloria hat es doch auch verstanden!«, rechtfertigte ich mich.

»Was muss das bloß für ein Typ gewesen sein, der ihn so zugerichtet hat?«, fragte Steven in die Runde.

Er erhielt jedoch keine Antwort.

»Schau mal, ich glaube, jetzt können wir.«, sagte Gloria und nickte hinüber zur Rezeption.

»Soll ich die Fotos lieber vorher rausnehmen?«, fragte ich die anderen.

»Ja! Mach mal! Nicht, dass uns Beatriz hinter dem Tresen vor lauter Schreck umkippt, wenn sie die sieht.«, bestätigte Tom meine Überlegung.

Ich heftete die Bilder aus der Akte aus und steckte sie in meine mitgebrachte Plastiktüte, sodass wir Beatriz nicht zu sehr schockieren würden, falls sie einen flüchtigen Blick in den Rest des Obduktionsberichts werfen würde. Wir gingen hinüber zum Tresen und begrüßten Beatriz.

»Sie haben sich ja noch Verstärkung mitgebracht, Mr. Scherler!«, lächelte sie mich freundlich an.

»Ja, wir sind alle irgendwie daran beteiligt.«

»Dann zeigen Sie mal her. Worum geht es denn?«

»Nicht, dass Sie jetzt auf falsche Gedanken kommen. Es geht um einen Obduktionsbericht. Vor ein paar Wochen ist doch hier in der Gegend aus dem Dorf jemand getötet worden. Und wir versuchen ein wenig bei den Ermittlungen zu helfen.«

»Aha. Noch ein Mord? Haben Sie schon davon gehört, das hier vorgestern noch zwei Morde geschehen sind? In der Nähe von Inhassoro. Gar nicht weit weg von hier. Da sind einige Männer in das Haus eines Geschäftsmannes eingedrungen und haben einen seiner Wachleute erschossen und den Besitzer gehängt. Ich hab´s im Radio gehört. Üble Sache, was hier in letzter Zeit passiert. Ich hoffe, dass diese Leute geschnappt werden und diese Vorfälle bald ein Ende haben!«

»Das hoffen wir auch! Von der Sache nahe Inhassoro haben wir auch schon gehört. Wirklich schlimm!«, reagierte ich kurz auf Beatriz´ Ausführungen, ohne ihr auf die Nase zu binden, dass wir aufgrund unserer Weitergabe von Informationen nicht ganz unbeteiligt daran waren und schon wussten, dass einige Männer aus dem Dorf als Schuldige ausgemacht waren.

Ich legte ihr die Akte auf den Tresen und blätterte zunächst bis zum maschinengeschriebenen Bericht vor, denn ich vermutete, dass uns dieser die meisten Aufschlüsse bieten würde. Beatriz überflog den Bericht kurz und begann dann mit der Übersetzung.

»Obduktionsbericht Ndemi Usumbe. Geschlecht: männlich. Alter: 39 Jahre. Todeszeitpunkt: 25.01.2011 zwischen 19:00 und 21:00 Uhr. Todesursache: Tod durch Verbrennungen im Kopf-/Oberkörperbereich. Opfer weist schwerste Verbrennungen an Kopf und Schultern auf, die zum Tod geführt haben, schwere, nicht tödliche Verbrennungen im Oberarm- und Brustbereich. Tiefe Hieb- und Schnittwunden im Schulter- und Oberarmbereich. Beidseitige, teilweise Durchtrennung des Musculus deltoideus, Durchtrennung der Pars acromialis und der Pars clavicularis. Ebenfalls schwere, beidseitige Verletzungen durch Hieb- und Schnittwunden, jedoch keine Durchtrennung des Musculus pectoralis major im Bereich der Pars clavicularis. Komplette, beidseitige, durch Schnitte herbeigeführte Durchtrennung des Tendo calcaneus in der Höhe zwischen Fußwurzel und Fußknöchel.

Besonderheiten: Tod durch Verbrennung wurde vorsätzlich herbeigeführt. Im Rachenbereich des Opfers konnten Faserspuren eines Tuches festgestellt werden. Tuch war Quelle des Brandherdes. Faserspuren enthielten Rückstände von Benzin, sodass davon auszugehen ist, dass das in den Rachenbereich verbrachte Tuch in Verbindung mit dem Benzin dazu benutzt wurde, um das Opfer anzuzünden. Die weiteren, in diesem Obduktionsbericht aufgeführten Verletzungen wurden dem Opfer vor dessen Tod beigebracht. Diese waren nicht tödlich.

Anmerkungen: Opfer wird vorläufig in der Leichenhalle des Centro Médico Inhassoro aufbewahrt. Weitere Untersuchungen können mangels entsprechender Ausrüstung und Geräte nicht vorgenommen werden. Es wird daher eine Überstellung des Opfers an die gerichtsmedizinische Abteilung des Centro Médico Inhambane empfohlen.«, übersetzte Beatriz den Bericht, wobei sie teilweise ihr Gesicht verzog, da sie sich vermutlich die jeweiligen Verletzungen vorstellte.

»Mein Latein ist zwar nicht das Beste, aber wenn ich das richtig verstanden habe, wurde ihm das Gesicht mit einem in Benzin getränkten Tuch angezündet, seine Arm- und Brustmuskulatur durch Hieb- und Schnittwunden zum Teil durchtrennt und irgendetwas zwischen Fußwurzel und Fußknöchel durchgeschnitten. Vermutlich die Achillessehne.«, fasste Gloria die Abhandlung in verständlichen Worten zusammen.

»Du meine Güte…«, zeigte sich Beatriz schockiert von diesem Bericht.

»Tut mir sehr leid, dass wir Sie damit behelligen, Beatriz! Aber mir ist auf die Schnelle niemand Anderes eingefallen, der das besser als Sie könnte!«, entschuldigte ich mich bei ihr für diesen beklemmenden Obduktionsbericht.

»Nein, nein. Das ist schon in Ordnung. Ich bin nur entsetzt darüber, was mit diesem Menschen angestellt wurde. Das ist ja furchtbar.«

»Das stimmt. Er muss wirklich sehr gelitten haben. Könnten Sie vielleicht noch die kleinen handschriftlichen Notizen für uns übersetzen, sofern Sie noch die Zeit haben?«, bat ich Beatriz.

»Natürlich. Warten Sie. Hier fängt es an. Die sind alle durchnummeriert.

Notiz 1: Opfer weist schwerste Verbrennungen im Kopfbereich auf. Kleidung im Bereich der Schultern und teilweise der Oberarme verbrannt. Kleidung unterhalb des Bauchnabels vollständig intakt.

Notiz 2: Gesicht vollständig verbrannt. Vermutlich Todesursache.

Notiz 3: Fremdartiges Gewebe im Mund des Opfers gefunden. Spätere Untersuchung des Gewebes wird vorgenommen.

Notiz 4: Schnittwunden im Oberkörperbereich sichtbar. Ansonsten keine weiteren Verletzungen am Körper des Opfers zu erkennen.

Notiz 5: Nach Entfernung des Hemdes weitere Verletzungen im Oberkörperbereich entdeckt. Hieb- und Schnittwunden.

Notiz 6: Nach Entfernung der Hose weitere Verletzungen am Körper des Opfers entdeckt. Schnittwunden, vermutlich Durchtrennung der Achillessehnen auf beiden Seiten.«

»Fuck! Ich hab´s! Ich weiß wer es war! Da hätten wir vielleicht auch schon früher drauf kommen können!«, rief er aufgeregt und schaute uns mit großen Augen an.

»Sollen wir erst mal wieder rübergehen?«, fragte ich in die Runde, da ich, was immer auch Tom für einen Verdacht hatte, diesen nicht vor der Rezeptionsdame offenbaren wollte, auch wenn ich grundsätzlich auf Beatriz´ Verschwiegenheit vertraute und sie uns gerade sehr weitergeholfen hatte.

Die anderen nickten.

»Vielen, vielen Dank, Beatriz! Sie haben uns enorm geholfen! Besten Dank!«, sagte ich zu ihr.

Wir gingen wieder rüber in die Sitzecke am Kamin. Man konnte Tom ansehen, dass er gleich platzen würde, wenn er nicht endlich sagen dürfte, was er herausgefunden hatte.

»Alle bereit?«, wollte er von uns wissen, noch bevor sich alle gesetzt hatten.

»Ja. Jetzt kannst du anfangen! Schieß los!«, gab Gloria das Kommando.

»Kak war´s! Wesley!«, gab Tom sein Geheimnis preis.

»Kak?«, fragte Yzelle leicht verwundert.

»Ja. Kak. Oder Kak-Wesley. Ihr wisst schon. Der mit der Latrinengeschichte.«

»Ja, ja. Ich weiß, wen du meinst. Aber wie kommst du anhand des Obduktionsberichts auf den?«, präzisierte Yzelle ihre Frage, womit sie uns allen aus der Seele sprach.

»Das war so offensichtlich! Ich hab doch gestern noch gesagt, dass mir im »Hunters« irgendetwas komisch vorkam.«

»Ja. Die Sache mit diesem Spezialfahrzeug. Das hast du aber schon erzählt.«, machte ich Tom darauf aufmerksam.

»Genau. Aber das meinte ich nicht. Ich hab mich nur nicht mehr genau daran erinnert, weil ich noch so einen schweren Kopf hatte! Aber jetzt! Das ist so klar!«, überschlug sich seine Stimme fast vor Aufregung.

»Jetzt sag schon! Wieso?«, fragten Yzelle und ich, fast mit einer Stimme.

»In dem Bericht stand, dass Usumbe neben den anderen Verletzungen auch noch irgendetwas zwischen Fußwurzel und Fußknöchel durchgetrennt wurde. In den Notizen stand dann auch für uns verständlich drin, dass das wohl die Achillessehnen waren. Und habt ihr auch mitbekommen, wann der untersuchende Arzt das bemerkt hat?«

»Nein.«, antwortete ich stellvertretend für alle, da wir uns mit hochgezogenen Schultern anblickten.

»Erst nachdem er Usumbe die Hose ausgezogen hatte! Vorher hat er geschrieben, dass es bei Usumbe mit Ausnahme der Verbrennungen im Gesicht und den Schnittwunden im Oberkörperbereich keine weiteren sichtbaren Verletzungen gab.«, erklärte Tom uns.

»Und?«, wollte ich wieder für uns alle von Tom wissen.

»Dass es keine weiteren sichtbaren Verletzungen gab!«

»Du wiederholst dich!«

»Mann, seid ihr langsam! Es gab außer dem verbrannten Gesicht und den Schnittwunden im Oberkörper keine weiteren sichtbaren Verletzungen, bevor Usumbe die Hose ausgezogen wurde! Jan, du kannst dich doch noch erinnern. Weißt du noch, was Kak uns erzählt hat? Der hat gesagt, dass dem armen Teufel, bevor er verbrannt wurde, noch die Achillessehnen durchgeschnitten wurden, damit er nicht weglaufen konnte! Woher sollte er das denn wissen? Die Leute aus dem Dorf haben Usumbe im Wald gefunden. Der hatte ein verbranntes Gesicht. Das konnten die sehen. Und er hatte Schnittwunden auf der Brust. Davon konnte man auch welche sehen, okay! Ansonsten war da ja wohl nur der aufgewühlte Sand und eine Menge Blut. Keiner, nicht einmal Lisha, hat uns was von den Verletzungen an den Beinen gesagt. Und warum? Weil sie keiner sehen konnte! Wenn der Arzt die Hose erst ausziehen musste, damit er die Verletzungen sehen konnte, ist davon auszugehen, dass Usumbe eine lange Hose trug. Bei der wird der Täter wohl zum Durchtrennen der Sehnen die Hosenbeine hochgezogen haben. Und danach sind sie wieder runtergerutscht. Darum ist das auch niemandem aufgefallen! Der Einzige, der das außer dem Arzt wissen konnte, war also sehr wahrscheinlich der Täter, und das dürfte Kak-Wesley sein! Denn der hat davon berichtet, als sei es eine Selbstverständlichkeit gewesen. War es aber nicht. Wenn er uns nur erzählt hätte, dass sein Gesicht verbrannt war und er Schnittwunden an der Brust hatte, hätte ich vermutlich keinen Verdacht geschöpft. Das konnte ja jeder sehen. Und so etwas spricht sich auch irgendwie herum. Aber die Sache mit den Achillessehnen. Das ist… Wie nennt ihr Juristen das noch gleich?«, schaute Tom zu Yzelle und mir.

»Täterwissen. Das ist Täterwissen. Und du bist grandios, Tom! Ehrlich! Das ist der Hammer!«, ergänzte und lobte Yzelle Tom zugleich.

»Und der hat auch ein Motiv! Usumbe hat seine Motorsäge mit dem Öl außer Gefecht gesetzt. Zur Strafe musste Wesley einen Monat lang den Latrinendienst machen, was nicht nur sehr unangenehm, sondern auch noch peinlich und demütigend war, weil sich alle seine Kameraden über ihn lustig gemacht haben. Und dafür sollte Usumbe büßen. Das passt perfekt! Ganz großes Kino, Tom!«

Auch Gloria und Steven fielen in das allgemeine Loblied auf Tom ein, der sich sichtlich geschmeichelt fühlte. Wieder einmal war es Yzelle, die sich als Erste von der gemeinsamen Jubelstimmung lösen konnte und die Initiative ergriff.

»Nur: Was stellen wir mit diesem Ergebnis nun an?«, blickte Yzelle in die Runde.

»Das ist wirklich die Frage aller Fragen! Ich persönlich finde Toms Argumentation sehr gut und denke auch, dass es dieser Kak mit sehr großer Wahrscheinlichkeit war. Ich weiß aber nicht, wie zum Beispiel die neuen Polizisten in Inhassoro auf unser Ergebnis reagieren werden. Kann sein, dass die das erst einmal zu den Akten legen und das dort vergessen wird, bis die Holzfäller schon gar nicht mehr da sind. Nkomo hat ja gesagt, dass die in den nächsten Wochen zunächst mit anderem Kram beschäftigt sind und die Versäumnisse von Shongoene aufarbeiten müssen. Da bin ich mir nicht sicher, ob die gleich was unternehmen werden.«, antwortete ich nach kurzem Zögern.

»Und wenn wir sofort Nkomo Bescheid sagen?«, erkundigte sich Steven.

»Weiß nicht. Das ist wahrscheinlich nicht so eine gute Idee. Durch die Sache mit Shongoene haben wir zwar schon einen ganz netten Bonus bei ihm, den wir aber besser nicht verspielen. Auch wenn das alles stimmt, was Tom gerade gesagt hat, ist das für eine Beweislage vor Gericht ziemlich dünn. Wesley kann dann zum Beispiel behaupten, dass er das doch irgendwo gehört hat. Ihm das Gegenteil zu beweisen, dürfte da bestimmt recht schwer fallen. Und wenn wir Nkomo auf so einer dünnen Grundlage einen Täter präsentieren und er damit auf die Nase fällt, wenn es zur Verhandlung kommt, dann fällt das auch negativ auf uns zurück.«, gab ich zu Bedenken.

»Da stimme ich Jan zu. Auch wenn das für uns hier alles sehr plausibel klingt, muss das ein Richter noch lange nicht so sehen. Und der Einwand, dass er das doch irgendwo aufgeschnappt hat, steht dann sicherlich immer noch im Raum und wir am Ende dumm da. Damit können wir Nkomo nicht in die Spur schicken. Da brauchen wir noch mehr.«, stimmte Yzelle mir zu.

»Aber was?«, erkundigte sich Gloria.

»Ihr müsst einfach noch mehr aus diesem Kak herausbekommen. Wir denken doch nun alle, dass er es war. Damit können wir uns auch voll auf ihn konzentrieren. Macht halt irgendwas. Füllt ihn ab, verprügelt ihn, was auch immer! Ihr seid doch sonst nicht so unkreativ!«

»Yzelle hat recht! Wir brauchen noch irgendetwas. Vielleicht verplappert er sich ja wirklich, wenn er genug getrunken hat.«, war auch Tom überzeugt.

»Tja, dann wisst ihr, was ihr zu tun habt.«, merkte Steven süffisant an.

»Oh Scheiße! Ich seh uns schon wieder im »Hunters« versacken und morgen mit Kopfschmerzen aufwachen.«, stöhnte Tom.

»Da müssen wir durch. Aber heute darfst du auch fahren. Ich trinke.«, beruhigte ich ihn fürs Erste.

»Okay, dann haben wir ja alles geklärt! Wir wissen sehr wahrscheinlich, wer es war und wir wissen auch, dass ihr erst wieder heute Abend in Aktion treten könnt. Also, was machen wir bis dahin?«, fragte Steven in die Runde.

Wir entschieden uns dafür, die Zeit mit einem kleinen Pokerturnier zu überbrücken, das wie gewohnt unsere Urlaubskasse aufbessern sollte. Kurz vor unserem Aufbruch gingen wir noch einmal ins »Shamwari«, um uns abermals eine gute Grundlage für all die Biere zu schaffen, die wir mit Sicherheit wieder im »Hunters« zu uns nehmen würden.

Um unsere Tarnung als Touristen aufrecht zu erhalten, mussten wir erneut mit Toms Jeep fahren. Zwar dachte keiner von uns beiden, dass sich einer der Holzfäller unser Kennzeichen gemerkt hatte, aber wir wollten auf Nummer Sicher gehen. Nach einer Weile erreichten wir das »Hunters«, vor dem, trotz oder gerade wegen des schlechten Wetters, an diesem Tag mehr Fahrzeuge als beim letzten Mal parkten. Tom stellte den Wagen ab und wir betraten das »Hunters«. Aus allen Ecken dröhnte Lärm und ein Gemisch zahlreicher lauter Unterhaltungen zu uns herüber, die versuchten die Hintergrundmusik aus den Boxen zu übertönen. Wir schauten uns um und stellten fest, dass nicht nur die Zahl der Fahrzeuge, sondern auch, wie erwartet, die Anzahl der Gäste zugenommen hatte. Da wir Kak nun bereits kannten, hatten wir uns vorgenommen, uns in jedem Fall an seinen Tisch zu setzen, selbst wenn er in Begleitung anderer Holzfäller war, die sich sicherlich ebenfalls über neue Gesichter freuen würden. Leider hatten wir mit unserem Plan keinen Erfolg, denn wohin wir auch schauten, konnten wir Kak nicht entdecken. Er war nicht da. Dafür sahen wir Mr. Dynamite am selben Platz an der Theke wie beim letzten Besuch sitzen. Tom und ich schauten uns an und in Ermangelung einer möglichen Unterhaltung mit Kak entschieden wir uns dafür, uns wieder zu Thijs zu setzen, der diesmal in Begleitung eines anderen Holzfällers war. Vielleicht würde Kak ja noch kommen. Bereits während wir uns Thijs näherten, bemerkte er uns und winkte uns zu sich heran.

»Das sind meine Freunde, Tom und Jan. Aus England und Deutschland.«, stellte er uns vor, noch ehe wir uns auf einen Barhocker setzen konnten.

»Und das ist Arie!«, machte er uns mit seiner Begleitung bekannt.

»Auch einer von uns.«, ergänzte er.

»Angenehm. Hi!«, begrüßten wir uns gegenseitig.

Arie zog einen vierten Barhocker hinzu, sodass wir uns zu ihnen setzen konnten. Er machte einen freundlichen Eindruck und wirkte nicht so grobschlächtig wie Thijs, sondern war eher drahtig und hatte erstaunlich feine Gesichtszüge.

»Na, wie geht´s?«, fragte uns Thijs.

»So gut, wie es einem bei diesem Mistwetter gehen kann.«, antwortete Tom.

»Und selbst?«, fügte ich hinzu.

»Seht ihr das nicht? Dem geht´s doch immer gut! Dem scheint mal wieder die Sonne aus dem Arsch, nachdem er erneut gewonnen hat!«, beantwortete Arie meine Frage.

Ich sah Thijs an, der mich nach diesem Kommentar angrinste und lapidar äußerte:

»Wo er recht hat, hat er recht... Ich kann ja auch nichts dafür.«

»Wieso? Wie viel hast du denn heute abkassiert?«, wollte ich neugierig wissen.

»Das sag ich nicht. Aber es war eine Menge. Im mittleren vierstelligen Bereich. Das muss reichen.«, verriet uns Thijs zwar nicht die genaue Summe, freute sich aber trotzdem sichtlich über den netten Nebenverdienst.

» Wow, Glückwunsch!«, gratulierten wir ihm.

»Danke! Sagt mal, habt ihr eigentlich schon etwas zu trinken?«

»Nein.«, antwortete ich und wollte gerade meinen Arm in Richtung des Barkeepers erheben, um eine Bestellung aufzugeben.

»Lass mal. Ich mach das schon! Lokalrunde! Bier und Schnaps für alle!«, unterbrach er mich, noch bevor der Barkeeper mich sehen konnte.

Wie vor zwei Tagen erhob sich auch diesmal ein großes Gejohle in der Kneipe und es ertönten abermals „Mr. Dynamite" und »Thijs«-Rufe. Tom und ich bedankten uns für die spendierten Getränke und stießen mit Thijs und Arie an.

»Bei der wievielten Runde seid ihr eigentlich schon?«, wollte Tom wissen.

»Wir fangen gerade an! Das ist die Erste. Und es werden noch einige kommen!«, versprach Thijs und ich ahnte nichts Gutes im Hinblick auf den zu erwartenden Kater.

»Da habt ihr wohl schon ohne Kak angefangen oder darf der nachher die verpassten Lokalrunden alle auf einmal trinken?«, fragte Tom geschickt nach dem eigentlichen Grund für unser Erscheinen.

Thijs und Arie schauten sich an und begannen zu grinsen, bis Thijs uns erklärte:

»Falls er noch hierher kommen sollte, dann würde ich ihm sogar noch eine weitere Runde obendrauf spendieren! Schließlich habe ich ihm den größten Teil meines heutigen Gewinns zu verdanken!«

»Dann hat Kak sein Monatsgehalt an dich verloren?«, schlussfolgerte ich.

»Du hast ´ne schnelle Auffassungsgabe, mein Lieber! Der sitzt heute im Camp und leckt seine Wunden. Vermutlich werdet ihn auch so schnell nicht wieder hier sehen. Die Preise für die Getränke sind hier zwar nicht so wahnsinnig hoch, aber wenn er diesen Monat wenigstens noch ein bisschen Geld nach Hause bringen will, dann muss er eine Menge Überstunden kloppen und das dabei verdiente Geld sparen. Sein Grundgehalt gehört nämlich schon mir!«

»Dann werden wir Kak wohl in der nächsten Zeit nicht mehr hier sehen, was? Eigentlich schade, ich fand ihn ganz lustig...«, versuchte ich mehr über Kaks Verbleib herauszubekommen.

»Kommt drauf an. Vermutlich wird er erst wieder hier auftauchen, wenn das nächste Gehalt ausgezahlt wird. Wie lange seid ihr denn noch hier?«, sagte Thijs.

»Naja, so etwa anderthalb Wochen werden wir wohl noch hier sein. Dann geht es erst nach Maputo und dann zurück nach Europa. Haben wir ja schon erzählt.«

»Ja, na dann wird es wohl nichts mehr werden. Schade eigentlich. Aber wenn ihr wollt, könnt ihr Kak auch mal im Camp besuchen. Ihr macht nicht den Eindruck, als ob ihr vielbeschäftigt seid. Also, wenn ihr Lust habt, könnt ihr gern mal vorbeischauen! Kak freut sich bestimmt!«, meinte Thijs fürsorglich.

»Das könnten wir echt machen, oder Jan? Vielleicht muntert ihn das ein bisschen auf. Und wir bringen ihm noch eine

Flasche von seinem Lieblingsgetränk als Überraschung mit. Wisst ihr zufällig, was das ist?«, sah Tom unsere Chance gekommen, dass wir Kak fernab der anderen Holzfäller etwas besser in die Mangel nehmen könnten.

»Ihr seid richtige Kameraden! Wirklich!«, war Thijs von so viel Nächstenliebe gerührt und ergriff mit seinen großen Händen je eine Schulter von uns beiden.

»Gin! Ich glaub er trinkt Gin am liebsten.«, half uns Arie bei der Getränkeauswahl auf die Sprünge.

»Das passt doch perfekt! Gin trinken wir auch am liebsten!«, fügte ich hinzu und das war nicht einmal gelogen.

»Passt mal auf! Wenn ich gleich die nächsten Lokalrunden bestelle, dann gibt es für euch – und nur für euch – immer einen Gin dazu! Das habt ihr euch echt verdient!«, sagte Thijs und klopfte uns noch einmal auf die Schultern.

Es war mir freilich ein wenig unangenehm, da wir nun wirklich nichts Gutes mit unserem kommenden Besuch bei Kak im Schilde führten. Andererseits war ich auch sehr froh, dass ich dieses merkwürdige Wodka-Apfel-Gemisch nicht länger in mich hineinschütten musste.

»Das ist echt nicht nötig! Aber wenn du es uns schon anbietest, dann sagen wir auch nicht »Nein«! Ihr müsst uns aber versprechen, dass ihr Kak nichts von unserem Besuch sagt. Sonst ist es keine Überraschung mehr!«, fügte ich hinzu.

»Versprochen! Von uns erfährt er nichts!«

»Alles klar! Ich wäre dann auch bereit für die nächste Runde!«, sagte Tom und deutete frech auf seine leere Bierflasche.

Bisher war unser Abend trotz des Ausbleibens von Kak sehr gut verlaufen. Wir hatten quasi von Arie und Mr. Dynamite einen Blankoschein erhalten, dass wir das Holzfällerlager betreten durften, um dort Kak mit einer Flasche Gin zu überraschen. Allerdings wollte ich die Gunst der Stunde nutzen, um noch etwas mehr über Kak zu erfahren. Deshalb hakte ich recht schnell nach, bevor wir den Faden zum Thema »Kak« verlieren würden:

»Hat Kak eigentlich immer so viel Pech wie im Moment? Das ist ja schon fast unheimlich!«

»Ich glaub, das ist bei ihm ein bisschen so wie bei mir. Nur umgekehrt. Es gibt eben so Phasen, da läuft es im Leben und es gibt Phasen, da läuft es halt nicht. Und bei Kak läuft es seit einiger Zeit nicht. Das fing ja schon kurz vor unserem Auftrag hier in Mosambik an. Da hat ihn seine Frau verlassen. Kak hat uns erzählt, dass es wegen des Jobs war, weil er da nur selten zuhause ist. Aber ich persönlich denke ja, dass sie ihn wegen eines anderen Typen verlassen hat. Genau weiß ich das nicht. Ist nur so eine Vermutung. Vielleicht schafft ihr zwei es ja, ihn wieder aufzumuntern. Ich würde es ihm wünschen! Kak ist wirklich ein guter Kamerad!«, erklärte uns Thijs.

Diese Information reichte mir schon und ich wollte nicht noch weiter nachfragen, da ich mich ansonsten vermutlich zu auffällig für Kak interessiert hätte. Vielleicht konnten wir bei unserem anstehenden Besuch bei Kak diese Auskunft gewinnbringend verwenden. Und wenn nicht, war es auch egal. Wir genossen den Rest des Abends in entspannter Stimmung, denn es gab nichts mehr, was wir hier noch hätten erreichen können. So löste sich auch relativ schnell unsere Aufregung, die wir vor dem erneuten Besuch des »Hunters« verspürt hatten. Ich verlor bald die Übersicht über meine Drinks und konnte mich nur noch daran erinnern, dass Tom mich irgendwann in den Jeep verfrachtete und nach Hause brachte.

Kapitel 23

Sonntag, 06.03.2011

Tom hatte mich offenbar in mein Haus gebracht, ins Bett gelegt und zuvor noch mit reichlich Wasser und Kopfschmerztabletten versorgt, was ich an der Wasserkaraffe und der aufgerissenen Aspirin-Packung auf meinen Nachttisch erkennen konnte. Ich weiß nicht, wie viele Kopfschmerztabletten er mir eingeflößt hatte, aber ganz offensichtlich war es eine ausreichende Dosis gewesen. Ich konnte meine Augen öffnen, ohne dass ich das Bedürfnis verspürte, sie sofort wieder zu schließen. Abgesehen von einem leicht pelzigen Gefühl im Mund ging es mir gut.

Ich griff zur Fernbedienung und nutzte den Videotext, um herauszufinden, wie spät es war. 12:15 Uhr verriet mir die Anzeige und ich war froh, dass ich pünktlich zur Fortsetzung unseres Pokerturniers kommen würde. Ich ging in die Küche, um mir einen Kaffee zu machen und bemerkte unterwegs ein Rauschen, das mir zuvor entgangen war. Ein Blick aus der Verandatür nach draußen verriet mir, dass sich der gestrige Nieselregen über Nacht in eine ausgewachsene Schlechtwetterfront verwandelt hatte und die Tropfen wie das Trommelfeuer eines Maschinengewehrs auf Strand, Dach und Veranda prasselten. Nicht die Art von Wetter, die ich mochte, aber für einen Spielenachmittag, wie wir ihn geplant hatten, ideal.

Ich nahm meine Kaffeetasse, schob mir einen Sessel vor die geöffnete Verandatür und sah auf das aufgewühlte Meer. Während des zweiten Kaffees genoss ich die frischen Windböen, die ins Haus hineinbliesen und beobachtete den grauen Regenschleier, der durch den Wind angetrieben quer über Strand und Meer zu wandern schien. Ich legte den Kopf zurück, schloss die Augen und malte mir aus, zu welchem Ort uns wohl der Inhalt unserer Pokerkasse bringen würde. In diesem Augenblick stand mir gerade der Sinn nach einer Safari, irgendwo in einem kleinen privaten Game Reserve ohne viele Touristen, mit einem leckeren Picknick irgendwo in der Wildnis und einem Lagerfeuer am Abend, über dem die besten Stücke einer frisch erlegten Impala gegrillt wurden. Das könnte ein Kurzurlaub nach meinen Vorstellungen werden und ich beschloss, den anderen später diesen Vorschlag zu unterbreiten. Ich blieb eine Weile so sitzen, bis das Geräusch eines Fahrzeugs hörte. Dann sah ich Stevens und Yzelles Landrover, der sich über die matschige Piste zu Toms Haus quälte. Offenbar war es schon Zeit für die Fortsetzung unseres Turniers und ich trank mit einem Zug den letzten Schluck des inzwischen kalten Kaffees aus. Barfuß, mit kurzer Hose und Regenjacke bekleidet, lief ich zu meinem Nachbarn und kam gerade rechtzeitig, um mich noch an der Essensbestellung der anderen Vier zu beteiligen. Tom hatte die anderen bereits über unsere Ermittlungsergebnisse und den bevorstehenden Besuch bei Kak im Holzfällerlager unterrichtet. Ich entschied mich schnell für einen mittleren Garnelenteller mit Pommes und Tom gab die Bestellung per Telefon im »Shamwari« auf.

»Dauert ungefähr vierzig Minuten. Vielleicht auch ein bisschen länger. Er meinte, dass heute bei dem schlechten Wetter viele bestellt haben. Und weil sie das Essen nicht zu Fuß durch den Regen tragen wollen und nur ein einziges Lieferfahrzeug haben, kann es etwas dauern. Naja, ist ja nicht so schlimm. Sollen wir uns solange die Zeit mit Billard vertreiben? Mit dem Pokern anzufangen lohnt sich glaub ich nicht.«, teilte Tom uns mit.

Wir begannen in zwei Teams, Tom mit Gloria und Yzelle sowie Steven und ich, zu spielen. Gegen Ende des zweiten Spiels kam unser Essen. Nachdem wir alle fertig waren, setzten wir unser Pokerturnier fort, das am zweiten Tag aufgrund der höheren Blinds deutlich an Fahrt gewann. Steven war der Erste, der sich einen Chipsatz nachkaufen musste und ich nahm die Gelegenheit wahr, um über meine Safariidee mit den anderen zu sprechen. Allerdings stieß ich dabei insbesondere bei den Damen auf wenig Gegenliebe, sodass ich mir vornahm, beim nächsten Turnier einen weiteren Versuch zu unternehmen. Steter Tropfen höhlt den Stein. Ich war als Nächster gezwungen nachzukaufen, da ich aufgrund des feuchtfröhlichen Besuchs im »Hunters« noch nicht voll konzentriert war und daher einige gute Blätter aus der Hand gab. Am frühen Abend stand Steven als Sieger fest, der sich tapfer zurückgekämpft und sogar Yzelle vom Tisch genommen hatte, was sie zu einigen unflätigen Bemerkungen hinriss. Wir spielten noch eine weitere Runde Billard, bevor wir zum Abendessen ins »Shamwari« aufbrachen. Da Tom und ich direkt von dort aus ins Camp starten wollten, vereinbarten wir, dass wir etwas später nachkommen würden, weil wir uns noch ein paar wärmere Sachen anziehen wollten. Sollte Kak im Lager sein und sich dort in seinem Zelt aufhalten, würde es gegen Abend bestimmt ziemlich frisch werden, da bislang noch kein Nachlassen des Regens festzustellen war. Yzelle, Gloria und Steven verließen Toms Strandhaus und rannten durch Regen zum Landrover, mit dem sie ins »Shamwari« vorfuhren.

»Nimmst du den Gin mit?«, fragte ich Tom.

»Kann ich machen. Aber nur ungern. Ich lade normalerweise nämlich keinen Mörder auf einen Drink ein.«

»Ist doch für einen guten Zweck. Wenn wir ihn so kriegen, ist es eine gute Investition! Ich kann aber auch eine Flasche mitnehmen, wenn es dir nicht passt.«

»Lass uns doch eine Münze werfen!«, schlug Tom vor, der bereits ein Fünf-Metical-Stück aus der Tasche geholt hatte.

»Kopf oder Zahl?«

»Kopf.«, entschied sich Tom.

Er schnipste die Münze in die Luft, fing sie mit der rechten Hand auf und platzierte sie auf dem rechten Handrücken.

»Zahl. Na gut. Dann nehm ich eben eine Flasche mit.«, grummelte Tom und ich konnte ihm anmerken, dass es ihm tatsächlich widerstrebte.

»Okay. Mach aber besser zwei daraus. Ich kann mir gut vorstellen, dass Kak eine Menge verträgt. Fährst du dann gleich bei mir vor? Ich zieh mich noch schnell um.«

»Kann ich machen. Bis gleich.«Ich zog mir die Regenjacke über und rannte zu meinem Haus, wobei ich mit meinen nackten Füßen auf den vom Regen glitschig gewordenen Holzstufen von Toms Verandatreppe ausrutschte, unsanft auf meinem Gesäß landete und mir den Steiß prellte. Es schmerzte sehr, ich rappelte mich jedoch schnell wieder auf, da ich nicht unnötig lang im Regen herumliegen wollte. Dann rannte ich in mein Haus und zog mich um. Meine Regenjacke ließ ich gleich an, da wir heute Abend vermutlich noch öfter durch den Regen huschen würden. Ich ging zur Verandatür und sah schon die Lichtkegel der Scheinwerfer von Toms Jeep, der bei jeder Bodenwelle im Sand auf und ab wippte.

Nachdem Tom den Wagen vor meiner Treppe zum Stehen gebracht hatte, ging ich vorsichtig die Stufen meines Ferienhauses hinunter und stieg zu Tom ins Auto. Das Hinsetzen verursachte erneut einen höllischen Schmerz an meinem Gesäß und bei jedem Huckel auf der durchgeweichten Sandpiste fühlte es sich so an, als ob zu allem Überfluss noch irgendjemand mit einem kleinen Hämmerchen meinen Steiß bearbeiten würde.

»Ich verklag dich auf Schmerzensgeld!«, sagte ich zu Tom und schaute ihn finster an.

»Was?«, fragte er zurück, da er nicht verstand, was ich meinte.

»Du hast als Eigentümer dafür zu sorgen, dass deine Treppe bei dem Regen nicht rutschig ist und andere Leute sich nicht das Rückgrat brechen, wenn sie da hinunterstürzen! Das wird teuer für dich!«, drohte ich ihm im Spaß.

»Pff, dann renn halt nicht so. Kann ich doch nicht ahnen, dass du aus Zucker bist und wie von der Tarantel gestochen durch den Regen sprintest! Selbst schuld!«, gab er zurück.

»Wir werden ja sehen…«

»Nee, mal ernsthaft. Hast du dir weh getan?«

»Mein Hintern tut ganz schön weh! Bin da voll drauf gefallen. Tu mir einen Gefallen und fahr bitte etwas vorsichtiger heute und nimm nicht jedes Schlagloch mit.«

»Tut mir leid. Aber das mit den glitschigen Treppe ist mir bei Regen auch schon aufgefallen. Das scheint am Holz zu liegen. Vielleicht fragen wir mal Bill, ob man da was machen kann, bevor etwas passiert.«

»Es ist schon was passiert, du Spaßvogel!«

Trotz der Schmerzen am Gesäß hatten wir unseren Spaß auf dem Weg ins »Shamwari« und Tom beherzigte meinen Wunsch nach einer vorsichtigen Fahrweise. Er parkte direkt vor dem Eingang des »Shamwari«. Yzelle, Gloria und Steven hatten bereits Platz genommen und warteten bei einem Glas Rotwein auf uns.

»Wieder Steaks für euch?«, wollte Gloria wissen.

»Ich denke schon. Heute trinken wir zwar mengenmäßig nicht so viel, dafür aber nur Gin. Und ein Steak als Grundlage hat noch nie geschadet.«

Wir gaben unsere Bestellungen auf und warteten.

»Passt aber bloß gut auf! Ihr wisst nicht, wie dieser Kak so drauf ist und reagiert, falls ihr ihn wirklich überführen solltet. Wenn der sich in die Enge gedrängt fühlt, kann es leicht sein, dass er euch auch ans Leder will.«, warnte uns Gloria.

»Machen wir. Aber ich hoffe, dass er, wenn wir ihn wirklich festnageln sollten, schon so blau ist, dass er es gar nicht mehr mitbekommt.«, antwortete ich ihr.

»Trotzdem. Seid vorsichtig!«, wiederholte sie sich.

»Was denkt ihr denn wie lange es dauert?«, erkundigte sich Yzelle.

»Keine Ahnung. Vielleicht zwei, drei Stunden. Je nachdem wie lange Kak braucht, um voll zu werden.«, schätzte Tom.

»Wir können es doch so ähnlich machen wie bei dem Besuch bei Mpizi. Jetzt ist es kurz vor sieben. Bis wir alle gegessen haben und ihr loskommt vermutlich so um acht und bis ihr bei Kak seid, ist es vielleicht kurz vor neun. Sagen wir, ihr braucht drei Stunden, also könnt ihr so gegen zwölf das Camp verlassen. Dann könnt ihr uns ja gleich anrufen und wir wissen Bescheid, dass es euch gut geht. Falls wir aber bis, sagen wir mal, halb zwei nichts von euch gehört haben, verständigen wir die Polizei. Einverstanden?«, erklärte uns Yzelle ihr Absicherungssystem.

»Können wir so machen. Aber wer von euch bleibt denn so lange wach?«, wollte ich wissen.

»Das ist kein Problem. Ich hab mir „Legenden der Leidenschaft" heruntergeladen. Der läuft eine ganze Weile. Wenn ich mit dem Abspielen noch etwas warte, dann ist der um halb zwei zu Ende.«, bot Yzelle sich für diese Aufgabe an.

»Musst du den mitgucken?«, schaute Tom Steven mitleidig an.

»Ist die Strafe fürs Pokern…«, antwortete Steven knapp.

Unser Essen kam bald und wir tranken trotz unserer zu erwartenden Gin-Orgie noch ein Glas Rotwein zum Steak. Dann brachen wir auf, da wir Yzelles Zeitplan nicht mit einem Dessert oder einem weiteren Getränk durcheinander bringen wollten. Tom fuhr los und dachte auch diesmal wieder daran, vorsichtig die meisten Schlaglöcher zu umkurven. Wir hatten den Weg zu dem Holzfällerlager noch gut vor Augen und erinnerten uns daran, dass wir links hinter einem großen Stein, den wir auch in der Dunkelheit gut fanden, in den Wald abbiegen mussten. Die Straßenverhältnisse hatten sich durch das Regenwetter wieder verschlechtert und uns war bei der Überlegung, bei diesem Mistwetter und schlechter Sicht durch das Sandfeld zu fahren, in dem wir schon bei gutem Wetter stecken geblieben waren, nicht sehr wohl zumute. Dazu kam noch, dass die tiefen, ausgewaschenen Reifenspuren auf dem sich durch den Wald schlängelnden Pfad auch nicht gerade das Prädikat „rückenfreundlich" erhielten, sodass ich nach einiger Zeit das Gefühl hatte, mein Hinterteil sowie mein geprellter Steiß würden langsam taub werden, was ich im Vergleich zu den vorangegangenen Schmerzen aber als ganz angenehm empfand. Nach einiger Zeit erreichten wir das Sandfeld, vor dem Tom zunächst mit einigem Respekt abstoppte. Er schaltete das Fernlicht ein und versuchte auf diese Weise den besten Weg hindurch auszumachen.

»Na, packen wir es diesmal?«, fragte ich ihn aufmunternd.

»Ich will es doch hoffen! Falls nicht, wissen wir aber, dass in ein paar Stunden eine Horde betrunkener Holzfäller aus dem »Hunters« zurückkommt und uns hier heraushilft.«

Im Schritttempo fuhr Tom los. Diesmal wollte er kein Risiko eingehen und behielt diese Geschwindigkeit die ganze Zeit über bei. Es schaukelte zwar an einigen Stellen heftig und für den Bruchteil einer Sekunde drehte auch der Reifen auf der rechten Seite durch, doch Tom bekam den Jeep wieder unter Kontrolle und steuerte uns sicher hindurch Zu Fuß wären wir sicherlich schneller gewesen, was uns aber egal war, da wir abgesehen von Yzelles Zeitplan, keinen Termindruck verspürten. Der Rest des Weges war für uns neu, aber er stellte uns dennoch nicht vor größere Probleme, da wir einfach nur den ausgewaschenen Fahrspuren folgen mussten. Nach ein paar Minuten konnten wir ein Licht im Wald entdeckten. Wir fuhren näher heran und erkannten, dass es der Eingang zum Lager war. Das Licht war an einem winzigen Holzhäuschen angebracht, aus dem nun ein Mann herauskam und uns aufforderte anzuhalten. Wir blieben stehen. Er trug einen langen Regenmantel und hatte eine Schrotflinte lässig über den rechten Arm gelegt, deren Mündung nach unten zeigte. Er trat an Toms Seite ans Fenster heran und gab uns ein Zeichen, dieses herunterzulassen. Tom folgte seiner Aufforderung.

»Guten Abend! Wie kann ich euch helfen?«, fragte er uns und wir versuchten sein Gesicht zu erkennen, was uns bei der Dunkelheit und dem zusätzlichen Schattenwurf seiner weit ins Gesicht hineinragenden Kapuze nicht gelang.

»Wir wollen zu Kak. Wir sind die zwei Touristen aus dem »Hunters« – Jan und Tom – und wollen ihn mit etwas Gin aufheitern. Vielleicht haben dir Arie oder Mr. Dynamite schon davon erzählt.«, erklärte ihm Tom, wobei er hinter sich griff und eine der Ginflaschen demonstrativ in die Höhe hielt.

»Alles klar. Thijs hat´s mir gesagt. Das geht in Ordnung. Aber lasst was von dem Gin übrig, dann könnt ihr mir auf dem Rückweg noch was davon geben.«

»Kommt drauf an, was für einen Durst Kak hat. Aber wir werden mal sehen, was sich da machen lässt. Wo finden wir ihn denn überhaupt?«

»Kak ist vermutlich in seinem Zelt. Das ist dort, wo auch die anderen Zelte sind. Ihr fahrt einfach den Weg hier hoch, dann halblinks etwa 100 Meter, an den beiden Lkw vorbei und dann nehmt ihr den Schlängel nach rechts mit. Dann nochmal ungefähr 80 Meter geradeaus. Dort seht ihr die Zelte auch schon. Und dann müsst ihr suchen. Ich glaub, Kak schläft irgendwo in einem der mittleren Zelte an der Sandpiste. Ihr erkennt die Zelte, in denen jemand ist, an der angeschalteten Lampe vorne dran. Schaut einfach mal. So viele sind heute nicht mehr im Lager. Die meisten sind im »Hunters«.«

»Super, besten Dank, dann bis später. Wir lassen dir was übrig!«, sagte Tom und ließ die Scheibe wieder hochfahren.

Er fuhr den vom Wächter beschriebenen Pfad entlang. Bald sahen vor uns im Licht der Scheinwerfer die Zelte der Holzfäller. Es waren ungefähr zwanzig. Wir konnten die vorderste Reihe des kleinen Zeltdorfes gut erkennen. Dahinter wurde es aufgrund des starken Regens, der in der letzten Stunde noch zugenommen hatte, schwierig. Die Zelte in der ersten Reihe machten in jedem Fall einen sehr robusten und stabilen Eindruck. Das mussten sie auch sein, wenn sie dieses Wetter unbeschadet überstehen und die Bewohner trocken halten wollten. Es waren keine handelsüblichen Zelte, sondern mehr als zwei Meter hohe, sechseckige Bauten, die aus festem, imprägnierten Segeltuch bestanden und im Schachbrettmuster angeordnet waren. Zwischen den einzelnen Zelten gab es Pfade, auf denen man sein jeweiliges Zelt schnell erreichen konnte und um jedes Zelt war ein Wassergraben ausgehoben, der dafür sorgte, dass die Massen an Wasser nicht auf Dauer die Zeltwände durchweichten, sondern geregelt abflossen.

»Und welches ist es nun?«, schaute mich Tom fragend an.

Ich zuckte mit den Schultern.

»Weiß nicht. Ich sehe insgesamt vier brennende Lampen an den Zelten. Was hat der Typ noch mal gesagt? Kak schläft irgendwo in der Mitte?«

»Stimmt, dann scheiden die beiden hinteren schon mal aus. Und wenn man bedenkt, dass das vordere schon zu weit am Rand ist, als dass man es als mittig bezeichnen könnte, bleibt eigentlich nur noch das hier.«, sagte Tom und deutete auf das Zelt, in dem er Kak vermutete.

»Alles klar, dann auf drei! Und dann ein Sprint durch den Regen!«, schlug ich vor.

»Eins, zwei, drei!«.

Wir rissen fast zeitgleich die Türen auf und rannten hinaus in die Dunkelheit, die an dieser Stelle nur noch von dem spärlichen Licht der Zeltlampen ein wenig erhellt wurde. Der Boden unter uns war schlammig und rutschig. Tom preschte vor und ich versuchte so schnell es ging zu folgen, doch die Schmerzen an meinem Steiß hatten sich nach dem vierten oder fünften Schritt einen Weg durch das zuvor wunderbar taube Gefühl auf meiner Rückseite gegraben und stachen nun wieder mit erhöhter Intensität zu. Tom drehte sich sogar einmal zu mir um und blieb nach dem zweiten Zelt stehen, doch ich signalisierte ihm, dass er weiterlaufen sollte. Er bog den nächsten Gang links ab und blieb vor dem vereinbarten Zelt stehen. Einige Augenblicke später erreichte auch ich mit einem leichten Ächzen den Eingang des kleinen Vorzeltes.

»Wir müssen wohl mal wieder etwas Sport treiben, was?«

»Witzig. Nun sag schon Bescheid, dass wir hier sind!«, schnaufte ich noch ganz außer Atem.

»Hey! Hey Wesley! Bist du da?«, rief Tom durch das Vorzelt hindurch.

Wir mussten nicht lange warten bis wir Schritte und eine Stimme hörten, die von drinnen rief:

»Ja. Wer ist denn da?«

»Überraschung! Wir sind´s! Jan und Tom!«

»Jan und Tom?«, fragte Kak zurück, noch während er von innen das Vorzelt öffnete.

»Was macht ihr denn hier? Ach, kommt erst mal rein!«

Doch noch bevor wir ins Hauptzelt weitergehen konnten, versperrte uns Kak den Weg und baute sich vor uns auf.

»Schuhe aus! So kommt ihr hier nicht rein! Ihr sifft ja den ganzen Boden voll!«

Damit hatte er recht. Unsere Schuhe waren über und über mit Matsch und Schlamm bedeckt. Wir folgten seiner Aufforderung, zogen unsere Schuhe aus und stellten sie ordentlich neben die anderen Schuhe, die bereits im Vorzelt standen. Dann durften wir eintreten.

»Schön, dass ihr hier seid! Willkommen in meinem kleinen Reich! Aber was zum Teufel macht ihr hier?«, begrüßte Kak uns freundlich aber auch verwundert.

»Wie ich schon sagte: Überraschung!«, erklärte Tom ihm.

»Versteh ich nicht. Ich hab doch nicht Geburtstag.«

»Das nicht. Aber wir waren gestern im »Hunters« und haben dich vermisst. Thijs hat uns gesagt, dass du hier bist und dass du die nächste Zeit wegen dieser Scheißwette nicht kommen wirst. Außerdem finden wir, dass du ein bisschen Aufmunterung gebrauchen kannst. Darum haben wir die hier mitgebracht! Arie hat uns gesagt, dass du Gin ganz gerne magst.«, fuhr Tom fort und hob die Ginflaschen hoch.

»Ehrlich? Das ist ja der Hammer! Seid ihr Europäer alle so nett? Falls ja, dann wander ich aus! Versprochen!«

»Hey, komm! Die Gastfreundschaft der Südafrikaner ist doch legendär! Da kannst du dich wohl nicht beschweren!«, erwiderte Tom.

»Das stimmt schon! Aber ich bin mir sicher, dass das hier aus dem Camp keiner für mich getan hätte! Wirklich! Damit hätte ich nie im Leben gerechnet!«

»Kein Problem! Ist uns ein Vergnügen!«, antwortete ich großzügig.

»Wollt ihr euch setzen?«

Wir schauten uns um. Der Innenraum war vielleicht 25 m^2 groß. An den Seiten links und rechts des Eingang war jeweils ein Bett aufgestellt. Jeweils am Fußende stand ein olivgrüner Spind, dessen zum Bett gewandte Seite mit Pin-Ups beklebt war. In der Mitte stand ein mittelgroßer Campingtisch, auf dem einige Spielkarten, mehrere Flaschen Bier und ein paar Zeitschriften verteilt waren. Um den Tisch herum standen vier Holzstühle schlichter Machart. Wir nahmen Platz. Kak ging zu einer Art Sideboard und holte drei Wassergläser heraus. Er stellte sie auf den Tisch und setzte sich auf den Platz zwischen uns.

»Dann mal her mit dem guten Stöffchen!«, rief er voller Vorfreude.

Tom schraubte die Flasche auf und schenkte allen großzügig ein.

»Aah, sogar ein Bombay Sapphire! Den mag ich am liebsten! Haben Arie und Thijs das auch gewusst?«

»Nein, den haben wir mitgebracht, weil uns der auch am besten schmeckt!«, gab Tom zurück.

»Cheers! Auf euch Leute! Ihr ward mir schon im »Hunters« ganz sympathisch, aber jetzt… Ich bin echt ein bisschen gerührt!«, sagte Kak und wischte sich ein imaginäres Tränchen unter dem Auge weg.

»Cheers, mein Guter! Auf das auch wieder bessere Zeiten für dich kommen!«, stimmte Tom einen weiteren Toast an, dem ich mich anschloss.

Wir nahmen alle einen Schluck aus den Gläsern und stellten sie zurück auf den Tisch.

»Aah, das tut gut!«, seufzte Kak.

»Das lässt einen ein wenig die Sorgen vergessen, oder?«, stimmte Tom ihm zu.

»Nur schade, dass man nicht ständig trinken kann, was?«, lachte Kak.

»Na komm, ganz so schlimm wird es schon nicht sein, oder?«, versuchte Tom Kaks Leid zu relativieren.

»Hey, ich musste vier Wochen in der Scheiße buddeln und jetzt hab ich auch noch mein komplettes Monatsgehalt verzockt! Schlimmer geht es ja wohl kaum, oder?«

»Das ist doch Jammern auf hohem Niveau! Wenn wir zwei in ein paar Tagen zurück nach Europa fliegen, dann ist da keine Frau, die auf uns wartet und uns zur Begrüßung einen bläst! Auf dich wartet doch in Südafrika bestimmt eine scharfe Braut, die dir zeigt, wie sehr sie sich über deine Rückkehr freut, oder?«, nutzte Tom in hervorragender Weise die Information, die wir gestern von Thijs erhalten hatten.

Kak machte eine kurze Pause und antwortete nur knapp:

»Schön wär´s.«

»Echt nicht? Ich dachte, ihr Holzfäller wärt für alle Frauen wie ein Sechser im Lotto? Durchtrainiert, ihr verdient gut… Zumindest, wenn ihr nicht wieder alles verspielt…«, spielte ich den Überraschten.

»Das war einmal… Die fickt jetzt einen anderen…«, gab Kak mit gesenktem Kopf zu.

»Autsch! Das ist nicht gut. Tut mir leid! Das wusste ich nicht.«, log Tom und ich wusste, dass ihm das großen Spaß bereitete.

»Tja, ich auch nicht. Jedenfalls bis vor kurzem nicht. Sie hat es mir am Tag meiner Abreise nach Mosambik gesagt. Dieses Miststück! Das läuft wohl schon ein knappes Jahr mit diesem anderen Typen! Sie meinte, dass ich sie zum letzten Mal gesehen habe. Wenn ich aus Mosambik wiederkomme, ist sie aus unserer Wohnung ausgezogen. Sie wohnt dann in Kapstadt… In einem Haus mit Meerblick! Mit diesem Bänker… Als sei sie etwas Besseres! Als ob ihr Nelspruit nicht reichen würde! Dabei ist sie auch nur eine ganz gewöhnliche Schlampe!«, schimpfte Kak vor sich hin.

»Dann sei doch froh, dass du sie los bist! Du kannst doch garantiert was Besseres haben!«, merkte ich an.

»Ihr habt nicht nur den richtigen Gin, sondern auch die richtigen Worte mitgebracht! Danke, Leute! Komm, schenk noch mal nach!«, forderte er Tom auf, der sich nicht lange bitten ließ.

Er füllte Kaks Glas und kippte auf den Rest in unseren Gläsern nur so viel, dass es wieder aufgefüllt war. Wenn wir den ganzen Abend in dem Tempo weiternippen würden, dann könnten wir Kak betrunken machen, ohne dass wir auch nur ansatzweise benebelt waren.

»Hey, es gibt so viele geile Frauen in Südafrika! Die musst du doch quasi nur von den Bäumen pflücken! Da kommt es auf die eine doch echt nicht an. Wenn sie meint, dass sie mit diesem Typen glücklicher wird. Bitte schön. Soll sie doch! Dann wirst du es aber auch!«, versuchte auch Tom sich bei Kak beliebt zu machen.

»Genau! Scheiß auf die Schlampe!«, gröhlte Kak als Trinkspruch und erhob sein Glas.

»Scheiß auf die Schlampe!«, stimmten wir ein.

Als hätte es noch eines solchen Zeichens bedurft, krachte in diesem Augenblick ein Blitz nicht weit entfernt in den Wald und breitete sich mit tosendem Donner in alle Richtungen aus. Hätte mir vor ein paar Wochen jemand erzählt, dass ich bei Gewitter im Wald mit einem Holzfäller, der vermutlich ein Mörder war, in einem Zelt sitzen würde und gemeinsam bei einem Glas Gin seine Frau verfluchen würde, hätte ich denjenigen wahrscheinlich für verrückt erklärt. Nun aber fühlte es sich nicht einmal im Ansatz skurril an, sondern ich hatte den Eindruck, als müsste das genau so sein. Ich saß in Socken neben diesem Mann in einem Zelt, der höchstwahrscheinlich einen anderen Menschen getötet hatte, den ich zwar nie persönlich kennengelernt hatte und über den ich auch nicht viel wusste. Allerdings hatte er dafür gesorgt, dass ich aus meiner angenehmen Lethargie, in der ich mit meinen Freunden in Praia da Onda lebte, herausgerissen wurde. Doch wo war ich nun gelandet?

Ich streifte mit Tom von einem Ort zum nächsten und versuchte mit Improvisation, Lügen und Schmierentheater einem Verbrechen auf die Spur zu kommen. Und es fühlte sich nicht schlecht an. Ganz im Gegenteil! Ich merkte, dass ich trotz des ermittlungsbedingten Schlafmangels viel wacher als sonst war. So etwas wie Spannung war wieder in mein Leben getreten. Und auf eine merkwürdige Art und Weise machte es sogar Spaß! In den letzten Jahren bestand mein Dasein fast nur aus Schlafen, Essen, Trinken und aus den häufigen Shoppingtouren auf dem Markt oder bei den Fischhändlern am Strand. Das war aber auch in Ordnung, denn ich hatte es ja genau so und nicht anders gewollt. Das einzig Spannende waren eigentlich nur die Pokerturniere mit meinen Freunden oder die Frage, wer nach einer verlorenen Runde Boule das Abendessen bezahlt. Dabei ging es aber immer nur um Geld. Davon hatte ich weiß Gott mehr als genug, sodass mir ein Verlust in diesen Dimensionen auch nicht wirklich weh getan hatte. Nun aber ging es darum, einem Menschen Gerechtigkeit widerfahren zu lassen. Oder besser, einen anderen dafür einer Strafe zuzuführen, weil er jemanden auf bestialische Weise getötet hatte. Das gab mir nicht nur irgendwie einen Kick, sondern ich war in den letzten Wochen richtiggehend süchtig danach geworden. So als ob ich die nun vorhandene Spannung in meinem Leben jahrelang gebraucht hätte und sie jetzt nicht mehr hergeben wollte. In all dem hatte ich das Gefühl, dass das Opfer, dieser Usumbe, den wir nie gekannt hatten, beliebig austauschbar gewesen wäre. Es hätte jeder andere sein können, der mit verbranntem Gesicht tot im Wald gefunden worden war. Schwarz oder weiß, ganz egal. Usumbe diente, zumindest für mich, als Initialzündung, um wieder mal den Arsch aus meinem Verandasessel hoch zu bekommen. Und es fühlte sich gut an! Auch wenn es im Augenblick wegen des geprellten Steißes wahrscheinlich besser gewesen wäre, wenn mein Hinterteil just in diesem Sessel geblieben wäre. Aber das spielte nun keine Rolle. Das Adrenalin, dass sich in meinem Körper ausbreitete, sorgte schon dafür, dass der Nervenkitzel den Schmerz übertönte.

»Wieso habt ihr eigentlich keine Frauen?«, wollte Kak mitten in meine Überlegungen hinein von uns wissen.

»Bei mir ist es der Job! Ein halbes Jahr ohne Unterbrechung auf einer Bohrinsel… Das macht kaum eine Frau mit, die eine Familie gründen will.«, erklärte Tom.

»Kann schon sein. Wir Holzfäller haben da zumindest noch den Vorteil, dass wir hin und wieder mal für eins, zwei Wochen nach Hause fahren können. Aber wenn das bei dir wirklich nur jedes halbe Jahr möglich ist, dann ist das schon eine Ecke heftiger…«, stimmte Kak zu.

»Bei mir ist es auch der Job. Als Anwalt ist es mit einer 40- oder 50-Stunden-Woche meist nicht getan. Das werden gern auch mal 80, 90 oder 100 Stunden. Freie Samstage und Sonntage gibt es da nicht oft. Versuch das mal einer Frau zu erklären, der du ein paar Tage vorher versprochen hast, dass du mit ihr am Wochenende ins Kino gehst oder einen Kurzurlaub machst oder so was in der Art. Das funktioniert nicht.«, kramte ich in meinen Erinnerungen.

»So hab ich das noch nie gesehen. Dachte immer, dass Anwälte den halben Tag auf dem Golfplatz abhängen…«, erwiderte Kak überrascht.

»Darauf, dass wir alle irgendwann einmal bessere Jobs haben!«, nutzte Tom die Gelegenheit für einen weiteren Trinkspruch.

Tom und ich nippten wieder nur einen kleinen Schluck vom Gin während Kak einen ordentlichen Zug nahm, den Tom gleich wieder auffüllte. Bislang merkte Kak noch nicht, dass er im Prinzip der Einzige war, der trank.

»Dann habt ihr also auch nichts Festes?«, kam Kak wieder zum Thema zurück.

»Nein. Mal hier, mal da. Was sich eben so ergibt… Darum machen wir auch gern diese Reisen durch Länder, in denen es Backpacker gibt. Da ist es immer leichter, Frauen kennenzulernen und was mit denen anzufangen. Und das Schönste ist, man fährt meistens am nächsten Tag weiter und hat keinen Stress mehr mit ihnen. Das hat auch Vorteile!«, philosophierte Tom.

»Tja, da kann es dir dann auch egal sein, ob sie in der nächsten Nacht mit einem anderen in die Kiste steigt!«, gab Kak ihm recht.

»Eben. Da sind wir meistens schon lange wieder weg und der Rest ist mir wurscht! Ist ganz angenehm!«, fügte ich hinzu.

»Das ist deutlich besser als hier im Camp. Hier kannst du dir ganz sicher sein, dass nie eine Frau vorbeikommt.«

»Das dachte ich mir schon. Ist aber auch scheiße, oder? Da staut sich ja schon eine ganze Menge über die Wochen und Monate an…«, bedauerte ich ihn.

»Für so etwas sind so Abende wie heute ganz gut. Mein Mitbewohner Willem ist im »Hunters«, ich bin hier…«

»Wir können auch wieder gehen, wenn wir dich gerade gestört haben!«, lachte Tom.

»Ha, ha, nein! Das hier ist viel besser! Ich bin die nächsten Abende garantiert auch noch allein im Zelt. Macht euch keine Sorgen!«, lachte Kak und lehnte sich zurück.

Nach knapp zwei Stunden intensiver Unterhaltung mit Kak, die im Wesentlichen eine Gratwanderung zwischen seinem verschrobenem Frauenbild, seinem Rassismus und dem Lamentieren über seine derzeitige Lage darstellte, hatten wir ihn endlich an dem Punkt, an dem wir ihn haben wollten: Dank Toms geschicktem Nachschenken brachte er viele seiner Sätze nur noch lallend heraus.

Ich nickte Tom zu, der wie ich noch immer klaren Verstandes war. Jetzt war es an der Zeit, dass wir diese Überlegenheit ausnutzten, um das aus Kak herauszukitzeln, was wir eigentlich von ihm wissen wollten.

»Tja, jetzt sind wir wieder an dem gleichen Punkt wie vorhin. Es läuft grad ziemlich scheiße!«, griff Tom Kaks Schimpfen über die Politik der Regierung in Südafrika auf, die nach seinem Dafürhalten nur aus einer einzigen korrupten Vetternwirtschaft bestand, die alle Weißen im Land krass benachteiligte.

»Aber echt! Und wenn man es sich recht überlegt, sind nur diese Kaffer an allem schuld!«.

Ich verstand zwar nicht, was die mit dem Durchbrennen seiner Frau zu tun hatten, es war mir aber auch egal, sodass ich nicht weiter nachhakte, denn dafür war die Steilvorlage einfach zu gut.

»So wie dieser Pisser, der deine Motorsäge geschrottet hat!«, ermunterte ich ihn.

»Genau! Dieser Wichser!«, brüllte Kak laut und fuchtelte dabei wild mit den Händen herum.

»Da ist man bestimmt ganz schön gefrustet, wenn diese Nigger sich alles erlauben dürfen und man selber nur der Depp vom Dienst ist, was?«, legte Tom ihm die richtigen Worte in den Mund.

»Jaa! Die denken, die können sich hier alles erlauben! Die können froh sein, dass es die Apartheid nicht mehr gibt! Das waren gute Zeiten! Da war alles in Ordnung und Kriminalität gab es auch nur in deren Townships! Und jetzt? Guckt es euch doch an! Das geht alles den Bach runter, wofür wir jahrelang geschuftet haben und was wir quasi für die aufgebaut haben.«, steigerte sich Kak immer weiter in seine Schimpftirade hinein.

»Ganz ehrlich, Kak?«, fing ich vertrauensvoll an.

»Was denn?«, lallte mir ins Ohr.

»Wenn ich du wäre, hätte ich diesem Nigger das nicht so einfach durchgehen lassen… Der hätte von mir eine Abreibung bekommen, an die er sich seinen Lebtag lang erinnert hätte!«, gab ich ihm ein Stichwort.

Kak schaute kurz nach unten auf die Tischplatte und sah dann wieder mit entschlossenem Blick und einem leichten Lächeln auf den Lippen in mein Gesicht.

»Vielleicht hab ich das ja.«, murmelte er vielsagend.

»Echt? Hast du ihn dir noch mal vorgeknöpft?«, versuchte ich die Frage so belanglos wie möglich zu formulieren, obwohl es innerlich in mir brannte.

»Hmm.«, bestätigte Kak und nickte leicht mit dem Kopf.

»So richtig?«, wollte Tom wissen.

»Kannst du von ausgehen!«

»Du alleine oder war noch einer mit? Johan vielleicht?«

»Nein, nein. Das war meine Sache. Das hab ich ganz allein erledigt.«

»Und was hast du mit ihm angestellt? Ich hoffe, du hast es ihm gründlich besorgt und ihm die Scheiße aus seinem Hirn geprügelt!«, stachelte ich ihn immer mehr an, um ihn zu einer konkreteren Aussage zu bewegen.

Kak zögerte wieder.

»Naja, lassen wir das mal. Er hat es auf jeden Fall ordentlich bereut, dass er mich so in die Scheiße reingeritten hat!«

»Ach, komm! Jetzt erzähl schon! Hat er wenigstens gewinselt?«, versuchte Tom in bei der Stange zu halten.

»Oh ja, wie ein räudiger Schakal, dem man einen Tritt in den Arsch gegeben hat!«

»Nun lass dir doch nicht alles aus der Nase ziehen!«, mimte ich den Genervten, obwohl ich dieses Spiel noch lange weitertreiben konnte.

»Ihr müsst auch nicht alles wissen.«, winkte Kak ab.

»Hey, das ist nicht fair! Wir sind extra den ganzen Weg bei dem Scheiß-Wetter zu dir rausgefahren, spendieren dir zwei Flaschen Gin und dann spielst du den Schweigsamen!«, gab Tom den Beleidigten.

»Na und? Nur weil ihr mir zwei Flaschen Gin mitgebracht habt, muss ich euch noch lange nicht alles von mir erzählen!«, reagierte Kak etwas empfindlich.

»Wir wollen doch auch nichts von dir wissen, sondern nur, was mit dem Nigger passiert ist!«, blieb Tom hartnäckig.

»Das geht euch einen Scheißdreck an!«, wurde Kak immer aufgebrachter.

»Hey, jetzt komm mal wieder runter!«, wollte ich ihn beruhigen.

»Was interessiert euch dieser Wichser eigentlich? Seid ihr deshalb gekommen? Wolltet ihr mich betrunken machen, um aus mir rauszubekommen, was ich mit ihm angestellt habe? Das könnt ihr vergessen!«, schrie er uns an.

Offensichtlich hatte Kak trotz seines erhöhten Alkoholkonsums Verdacht geschöpft. Es gab nun zwei Möglichkeiten für uns: Entweder konnten wir ihn nun direkt danach fragen, ob er Usumbe getötet hatte oder wir konnten so tun, als ob wir die Sache auf uns beruhen lassen würden, damit er sich vielleicht nach zwei, drei weiteren Gläsern endlich verplappern würde. Ich setzte auf meine Geduld und die Zeit, die mit steigendem Promillepegel bei Kak auf unserer Seite war. Darum sagte ich zu ihm:

»Hey! Ist doch gut! Das ist mir sowas von egal, was du mit diesem Typen angestellt hast! Vergiss die Scheiße und lass uns lieber noch einen trinken! Auf so einen Stress hab ich echt keine Lust!«

»Das geht euch überhaupt nichts an! Das ist allein meine Sache, klar!«, lehnte Kak sich ganz dicht zu mir herüber und schaute mich finster an.

»Ist doch alles in Ordnung! Das ist dein Geheimnis und fertig! Beruhig dich doch mal wieder!«, redete ich auf ihn ein und nahm demonstrativ die Hände hoch, um ihm zu signalisieren, dass wir nichts Böses gegen ihn im Schilde führten.

Nur leider ohne Erfolg, denn während ich auf meine Geduld setzte, hatte Tom sich in der Zwischenzeit ganz offensichtlich für die andere Variante entschieden.

»Hast du den Typen umgebracht?«, fragte er Kak ganz unverhohlen mit ruhiger Stimme.

Kak wandte seinen Blick von mir ab und drehte sich ruckhaft zu Tom um. Seine Hände hielten sich krampfhaft an der Tischkante fest, so als ob er plante, jeden Augenblick in die Höhe zu schnellen.

»Was?«, schrie er Tom ins Gesicht.

»Ich will wissen, ob du Usumbe umgebracht hast.«, wiederholte Tom seine Frage abermals in ruhigem Tonfall.

»Was geht dich das an, du Pisser? Stimmt's? Ihr seid gar nicht hier, um mit mir was zu trinken, oder? Euch interessiert nur dieses Nigger-Arschloch! Aber ihr könnt mir gar nichts! Nichts wisst ihr!«, schrie er jetzt abwechselnd Tom und mich an, wobei sich Stimme überschlug.

Ich schaute Tom fragend an, denn das war genau die Situation, die ich vermeiden wollte. Unsere Tarnung war aufgeflogen und es gab nichts mehr, was wir noch daran reparieren oder wiederherstellen konnten. Tom wirkte völlig ruhig und nickte mir langsam zu, so als ob es an der Situation nichts Beunruhigendes geben würde, was in meinen Augen ganz und gar nicht der Fall war. Kak tobte und er war sicherlich kurz davor aufzuspringen und uns beiden eine reinzuhauen. Das machte mir Sorge, denn ich malte mir aus, dass dann auch die anderen Holzfäller das Getöse hören und herkommen würden. Und ganz sicher wären sie nicht auf unserer Seite.

»Doch, mein Lieber! Wir wissen alles!«, sagte Tom.

»Ach ja? Das glaub ich nicht! Warum stellt ihr denn dann eure scheiß beschissenen Fragen! Na, warum? Ihr habt doch keine Ahnung!«, brüllte er Tom siegessicher an.

»Ach nein? Mein Gott, was bist du nur für ein Idiot? Was denkst du denn eigentlich, warum wir gerade zu dir gekommen sind? Weil du so ein netter sympathischer Kerl bist? Das glaubst auch nur du! Ein rassistisches, dummes, kleines Arschloch bist du! Du hast dich doch schon längst verplappert und hast es nicht einmal gemerkt!«, brüllte Tom zurück, sodass Kak vor Schreck zusammenfuhr.

Ich signalisierte Tom, dass er seine Stimme ein bisschen runterschrauben sollte, bevor noch irgendjemand anders auf uns aufmerksam würde. Tom befolgte meine Bitte, sprach aber dennoch lauter als gewohnt weiter.

»Was? Was meinst du?«, wollte Kak völlig verdutzt wissen.

»Kannst du dich noch an vorgestern erinnern? Als du uns erzählt hast, dass dem armen Teufel, bevor er angezündet wurde, auch noch die Achillessehnen durchgeschnitten wurden, damit er nicht weglaufen kann. Woher wusstest du denn das? Na! Sag schon!«, konfrontierte ihn Tom mit den Fakten.

Kak schwieg und schaute Tom regungslos an.

»Das hättest du gar nicht wissen können, weil das niemand gewusst hat! Nicht die Leute im Dorf, nicht einmal die Polizei wusste das. Das hat erst der Arzt bei der Obduktion festgestellt, als er Usumbe die Hose ausgezogen hat. Also? Was jetzt? Glaubst du immer noch, wir wüssten nichts, du kleiner Wichser?«, drängte Tom ihn immer mehr in die Enge.

»Was, was seid ihr? Seid ihr von der Polizei? Was wollt ihr von mir?«, stammelte er und spürte, dass es wohl keinen Ausweg mehr für ihn gab.

»Nein, sind wir nicht! Aber wir sind die Typen, die dafür sorgen werden, dass du da hingebracht wirst!«, drohte Tom ihm, was sich kurz darauf als Fehler herausstellen sollte.

»Ach? Seid ihr nicht? Interessant! Dann lass ich mir von euch auch nicht ans Bein pinkeln! Und wisst ihr was? Ja! Ich hab diesen dummen Kaffer erledigt! Angezündet hab ich ihn und gebrannt hat er lichterloh! Wahrscheinlich, weil er nur Stroh im Kopf hatte! Und wisst ihr noch was? Ich sag euch das nur, weil ihr hier nicht mehr rauskommt und das keinem mehr erzählen könnt!«

»Ach ja? Wie willst du uns denn aufhalten?«, fragte Tom provozierend und sprang von seinem Stuhl auf.

Auch ich erhob mich langsam von meinem Stuhl, doch noch ehe ich stand, hatte Kak bereits mit Wucht den Campingtisch samt Flaschen und Gläsern umgeworfen, die klirrend auf den Zeltboden krachten. Mit einer plötzlichen Bewegung, die ich Kak aufgrund seines Alkoholisierungsgrades nicht mehr zugetraut hatte, drehte er sich zu Tom, packte ihn mit beiden Händen an dessen Kragen und versuchte ihn in Richtung der Zeltwand zu drängen. Tom reagierte ebenfalls blitzschnell und löste sich mit einem kräftigen Schlag auf Kaks ungeschützten Hals. Kak ließ Tom sofort los und taumelte zwei Schritte nach hinten, wobei er noch vergeblich versuchte, an Toms ausgestrecktem Arm Halt zu finden, bevor er auf den Boden plumpste. Er lag vor mir auf dem Rücken. Seine Augen wurden groß und er rang nach Luft. Er war zwar nicht bewusstlos, aber Tom hatte es geschafft, ihn mit nur einem einzigen gezielten Schlag außer

Gefecht zu setzen, wobei Kak zuvor nicht einmal mehr um Hilfe rufen konnte.

»Los, komm! Schnell weg hier! Bevor der sich wieder aufrappelt!«, raunzte Tom mich an, da ich vor Schreck immer noch regungslos dastand und auf den am Boden liegenden Kak schaute, der sich nun mit beiden Händen an den Hals fasste und verzweifelt keuchte. Es bedurfte einer weiteren Aufforderung durch Tom, ehe ich mich von dem Anblick des wie ein Käfer auf dem Rücken liegenden Mörders von Usumbe lösen konnte.

»Raus hier, Jan!«

Tom lief durch das Vorzelt hinaus ins Freie. Ich folgte ihm, blieb aber stehen, um mir meine Schuhe anzuziehen, was Tom bemerkte und mich anblaffte:

»Bist du bescheuert? Lass die stehen!«

Ich gehorchte ihm und lief in Socken hinter ihm her. Meinen Hintern spürte ich überhaupt nicht mehr, so vollgepumpt mit Adrenalin war ich. Wir hatten gerade das erste Zelt passiert, als wir eine raue und krächzende Stimme aus Kaks Zelt hörten, die mit jedem Schrei immer lauter wurde:

»Help! Help! Hou die vark! Stop dit! Help!«

Kaks Hilfeschreie erreichten trotz des prasselnden Regens ihr gewünschtes Ziel. Wir hörten eine Stimme aus dem hinteren Bereich des Zeltlagers:

»Kak? Was ist?«

Jetzt mussten wir uns beeilen. Wir rannten schneller, doch ich kam nicht weit. Während ich mich darauf konzentrierte, nicht im Matsch auszurutschen, lief ich direkt in einen Holzfäller hinein, der gerade auf dem Weg zu Kak war. Er wankte zwar kurz nach hinten, fing sich dann aber für meinen Geschmack wieder zu schnell. Während ich ins Straucheln geriet und mich mit den Händen am Boden abstützen musste, hatte er mich bereits an der Rückseite meiner Jacke gepackt. Panisch brachte ich nur noch ein »Tom!« heraus. Dann wurde ich von dem Holzfäller an meiner Jacke nach oben gerissen. Er drehte mich schwunghaft auf die andere Seite, sodass er mich ansehen konnte und packte mit seiner anderen großen Hand um meinen Hals. Er drückte zu und ich fuchtelte nur hilflos mit meinen Armen in der Luft herum. Ein paar Mal traf ich meinen Peiniger, aber meine ungezielten Schläge mit der flachen Hand brachten ihn nicht wirklich dazu, von mir abzulassen. Einen kurzen Augenblick später merkte ich, dass der Griff des Mannes erschlaffte, nachließ und sich seine Hand dann völlig von meinem Hals löste. Er sackte vor mir zusammen. Tom hatte meine missliche Lage erkannt und sofort reagiert. Er hatte sein Kampfmesser in der Hand. Tom sah mich entschlossen an und reichte mir seine freie Hand, damit ich leichter über den zusammengesackten Koloss hinübersteigen konnte.

»Komm! Wir sind gleich am Wagen!«

Ich folgte Tom die letzten Schritte bis zum Jeep. Dann stiegen wir ein. Tom startete hastig den Motor und gab Gas. Ich sah in den Rückspiegel und konnte erkennen, wie sich drei Gestalten im Laufschritt dem Jeep näherten. Einer von ihnen trug ein Gewehr unter dem Arm.

»Fahr! Fahr!«, brüllte ich Tom an, als ich sah, dass er anlegte und zielte.

Sekundenbruchteile später hörten wir ein Geräusch, das so klang, als ob man trockenen Reis auf eine Metallplatte wirft. Prasselnd trafen die Schrotkugeln auf der Verkleidung des Wagens auf. Ob sie auch ins Innere vordrangen, konnte ich nicht feststellen. Sie hatten auf uns geschossen. Mein Herz rutschte mir in die Hose und ich schaute zu Tom, der sich von dem Schuss nicht beeindrucken ließ, sondern konzentriert nach vorne blickte. Ein weiterer Schuss war zu hören und ich duckte mich instinktiv nach unten. Diesmal prasselte es nicht auf der Karosserie. Der Schuss hatte uns verfehlt. Ich tauchte wieder auf, drehte mich schnell nach hinten und versuchte zu erkennen, was hinter uns geschah. Zwei der drei Männer rannten in die andere Richtung, vermutlich um einen der Geländewagen zu holen. Der andere mit dem Gewehr blieb auf dem Pfad stehen und lud seine Schrotflinte nach, um in wenigen Augenblicken seinen nächsten Schuss abzugeben. Dann sah ich zwei Scheinwerfer aufleuchten. Die beiden anderen hatten den Landrover offenbar erreicht und waren nun bereit, die Verfolgung aufzunehmen. Ich schätze die Entfernung von uns bis zum Landrover auf ungefähr 250 Meter.

»Tom, die kommen hinterher!«, teilte ich ihm diese Information aufgeregt mit.

»Okay.«, blieb Tom weiterhin nach außen völlig ruhig.

Tom drehte nicht, sondern fuhr genau in die andere Richtung aus der wir gekommen waren. Ich zweifelte zwar nicht an Toms Orientierungssinn, aber ich fand, dass ich ihn darauf hinweisen musste.

»Du fährst in die falsche Richtung!«, brüllte ich ihn an, woraufhin er sich für einen winzigen Moment zu mir hindrehte und mich belehrte:

»Ach? Willst du etwa an dem Wachposten mit dem Gewehr vorbeifahren? Und danach durch das Sandfeld? Da können wir doch nur so schnell fahren, dass die uns sogar zu Fuß einholen würden und während der Fahrt aus dem Auto zerren könnten.«

»Und wo fährst du jetzt hin?«

»Weiß nicht. Mal sehen.«

»Mal sehen?«, wiederholte ich fassungslos.

»Und wenn das eine Sackgasse ist? Oder wenn hier Minen liegen? Was dann?«, malte ich Tom und mir aus, was bei dem eingeschlagenen Weg alles schieflaufen konnte.

»Dann ist es halt so. Wenn wir andersherum fahren, kriegen die uns auf jeden Fall. Und was dann passiert, kannst du dir vorstellen, oder? Die Chance, dass es hier nicht weiter geht oder dass wir auf eine Mine fahren, ist bedeutend geringer als auf dem anderen Weg von den Holzfällern erwischt zu werden. Und jetzt beruhig dich mal wieder!«.

Ich fühlte mich wie unter Strom. Ich sah die Stämme der Palmen in der Dunkelheit an uns vorbeisausen und hörte das „klack-klack" der Scheibenwischer, die Tom auf die höchste Stufe gestellt hatte. Tom raste, so schnell es die matschige Sandpiste zuließ, durch den Wald. Es gab zwar auch hier ausgewaschene Reifenspuren, die jedoch nicht mehr so tief waren wie auf dem Stück von der Hauptstraße bis ins Camp. Immer mal wieder gab es Abzweigungen nach rechts und nach links. Ich hatte keinen blassen Schimmer, wo wir uns ungefähr befanden und ich glaube, das galt auch für Tom. Trotzdem saß er weiterhin souverän hinter dem Steuer.

»Siehst du sie noch?«, fragte er mich.

»Ja. Da hinten sind ihre Scheinwerfer.«

»Kommen sie näher?«

»Weiß nicht. Ich glaube, unser Vorsprung ist etwas größer geworden.«

»Gut.«

»Und was willst du jetzt machen? Wo fahren wir denn hin?«

»Abwarten. Ich hab auch keine Landkarte von diesen Waldwegen in meinem Kopf. Erst mal müssen wir die loswerden!«

Da ich jedoch auch nichts Konstruktives beitragen konnte, entschied ich mich dafür, nicht weiter hysterisch auf Tom einzureden, sondern ihn lieber in Ruhe fahren zu lassen. Das war bei diesen Straßen- und Wetterverhältnissen schon schwer genug, auch ohne dass man ständig an den Panikattacken seines Beifahrers teilhaben durfte. Tom machte seine Sache sehr gut. Ich hatte das Gefühl, dass er trotz der widrigen Verhältnisse alles aus dem Wagen herausholte und auch rutschige Passagen, in denen der Jeep für Sekundenbruchteile unkontrolliert seitwärts über die Piste schlidderte, souverän meisterte. Die Holzfäller hinter uns waren allerdings auch keine Anfänger und kannten das Gelände und die Strecke gut. Daher holten sie nach einigen Minuten auch den von Tom herausgefahrenen Vorsprung wieder ein wenig auf. Während Tom sich ausschließlich auf die Strecke konzentrierte, war ich damit beschäftigt, mich nach hinten zu drehen und die Aufholjagd des Landrovers zu beobachten.

»Tom! Die bleiben stehen!«, teilte ich ihm mit lauter Stimme mit, als der Wagen der Holzfäller mitten auf der Strecke anhielt.

»Was?«

»Die bleiben stehen. Und jetzt steigt einer aus!«, wiederholte ich mich und teilte ihm die neuesten Informationen mit.

»Haben die einen Platten?«, wollte Tom wissen.

»Kann ich nicht erkennen! Aber der mit dem Gewehr rennt gerade in den Wald!«, beschrieb ich meine Beobachtung, während sich unser Wagen immer weiter von dem stehengebliebenen Fahrzeug entfernte.

»Der wird wohl kaum eine Pinkelpause machen! Was haben die vor?«

»Weiß nicht. Aber ich glaube, die fahren jetzt wieder los. Ohne den anderen.«

Einen kurzen Augenblick später begriffen wir, was die Holzfäller im Schilde führten. Sie kannten die Strecke und wussten, dass vor uns eine Spitzkehre lag, aus welcher nach einer engen Kurve der Pfad fast parallel zum bisher befahrenen Weg verlief. Der Abstand des Pfades zur nach der Kehre verlaufenden Piste waren vielleicht 200 oder 300 Meter. Der Mann mit dem Gewehr wollte uns den Weg abschneiden, indem er quer durch den Wald lief und auf der anderen Seite auf uns wartete. Wenn er schnell war und nicht auf eine Mine treten würde, waren seine Chancen gut, dass er sein Ziel erreichte.

»Scheiße! Die kennen die Gegend hier!«, fluchte Tom.

»Und jetzt?«, fragte ich recht hilflos, da es für mich nichts gab, was ich tun konnte.

»So schnell wie es geht an ihm vorbeipreschen und ducken!«, antwortete Tom knapp.

Tom drückte noch mehr aufs Gas als vorher und hoppelte mit wahnsinniger Geschwindigkeit über die Sandpiste. Dass er dabei nicht in eine der Palmen krachte, grenzte fast schon an ein Wunder. Tom entdeckte den Mann zuerst.

»Da! Da läuft er!«, rief er und nickte mit dem Kopf in seine Richtung, da er seine Hände nicht vom Lenkrad nehmen wollte.

Wir waren noch etwa fünfzig Meter von der Stelle entfernt, wo sich unsere Wege kreuzen würden. Der Mann hatte noch knapp zwanzig Meter vor sich. Wir sahen, dass er bereits während des Laufens, sein Gewehr durchlud und dann nach sechs oder sieben Schritten stehenblieb und anlegte. Er hatte offenbar erkannt, dass er nicht mehr rechtzeitig den Rand der Sandpiste erreichen würde, um die beste Schussposition auf uns einzunehmen. Daher blieb er einige Meter davon entfernt stehen und zielte. Er befand sich genau auf der Beifahrerseite und ich wusste, dass mich seine Kugeln treffen würden, wenn er nicht ein grotesk schlechter Schütze war.

»Jetzt! Ducken!«, brüllte Tom mich an und ich presste meinen Kopf auf die Schenkel.

Etwa zehn Meter, bevor wir das Schussfeld des Mannes passierten, trat Tom in die Eisen und legte eine halsbrecherische Vollbremsung ein. Im selben Moment krachte ein Schuss durch den Wald. Nichts passierte. Keine klirrenden Scheiben, kein Klackern der Schrotkugeln auf der Verkleidung und kein stechender Schmerz, verursacht durch die Kugeln, die sich durch mein Fleisch fraßen. Tom hatte vorhergesehen, dass der Schütze nur dann eine Chance haben würde uns zu treffen, wenn er einen winzigen Augenblick früher abdrücken würde, als wir direkt vor seiner Nase waren. Durch seine Vollbremsung verzögerte er geschickt die Zeit, in welcher wir eigentlich im Schussfeld des Holzfällers gewesen wären. Das alles geschah so überraschend und schnell, dass der Mann seinen Schuss einfach stur in dem Augenblick abgab, in dem er uns an der richtigen Stelle vermutet hatte. Und es hatte funktioniert. Sein Schuss kam zu früh und die Schrotkugeln flogen vor dem Jeep ziellos in den Wald hinein. Tom nutzte diesen Überraschungsmoment und gab wieder Vollgas, denn er wollte an dem Mann vorbeikommen, bevor er ein zweites Mal anlegen konnte.

»Bleib unten!«, schrie er mich an, als er versuchte den ausbrechenden Wagen in der Spur zu halten.

Dann krachte der nächste Schuss. Es trat das ein, was ich schon einen Schuss früher erwartet hatte: Es klirrte und prasselte auf der Verkleidung des Wagens wie ein kurzer, heftiger Hagelschauer. Einige Glassplitter der zerschossenen Scheibe trafen mich im Nacken und auf den Schultern. Mein erster Gedanke galt Tom und ich drehte mich zu ihm um. Auch ihm war nichts passiert. Sein Plan war aufgegangen. Der Mann hatte seinen ersten Schuss zu früh und seinen zweiten Schuss zu spät abgegeben. Nun musste er erst einmal nachladen, was uns die Gelegenheit gab, den Abstand zu ihm und auch zu dem Landrover, der ihn zunächst wieder einsammeln musste bevor er weiterfahren konnte, zu vergrößern. Ich drehte mich um und sah, dass die hintere Scheibe auf der Beifahrerseite zersplittert war. Frische Luft drang ins Auto und auch der Regen prasselte hinein.

»Jetzt bete, dass wir irgendwo eine Abzweigung finden!«, meinte Tom.

Ich beließ es jedoch dabei, darauf zu hoffen, dass eine solche kommen würde und beschränkte mich darauf, angestrengt Ausschau, sowohl nach vorn als auch nach hinten, zu halten. Dabei hoffte ich ständig, dass der Weg, den wir entlang fuhren, gut geräumt war und die Holzfäller hier keine Mine übersehen hatten. Toms Manöver hatte uns einen Vorsprung beschert, den er nun versuchte, weiter auszubauen. Streckenweise waren nicht einmal mehr die Scheinwerfer unserer Verfolger zu erkennen. Tom raste weiter mit erstaunlicher Sicherheit über die Sandpiste und ich fragte mich für einen kurzen Augenblick, weshalb er sich bei unserem unfreiwilligen Stopp im Sandfeld so ungeschickt angestellt hatte. Er konnte es doch! Nach einigen Minuten schlug Tom mir mit der Außenseite seiner Hand auf den Oberarm und rief:

»Da! Da ist eine Abzweigung!«

»Klasse! Los! Fahr rein!«, forderte ich ihn auf.

»Quatsch! Sag mir lieber, wenn du die Scheinwerfer von ihnen wieder siehst!«

»Was?«, verstand ich nicht, was Tom von mir wollte.

Im gleichen Moment stoppte Tom den Wagen und blieb einen Meter vor der Abzweigung stehen.

»Was machst du denn da?«, schrie ich ihn an.

»Fahr doch weiter! Das ist unsere Chance sie loszuwerden! Jetzt fahr schon!«, brüllte ich ihn an, als wäre er verrückt geworden.

»Halt die Klappe und sag mir, wann du die Scheinwerfer siehst!«, entgegnete Tom schroff.

Da ich Tom kannte und wusste, dass ich ihn nicht zur Weiterfahrt zwingen konnte, gehorchte ich ihm und schaute nach hinten durch die Heckscheibe.

»Und?«, fragte Tom ungeduldig.

»Noch nichts.«, antwortete ich.

»Hatten wir so einen großen Vorsprung?«

»Ja, und du machst ihn gerade wieder kaputt!«, sagte ich trotzig.

»Jetzt warte doch mal ab!«

»Da! Ich kann sie sehen! Sie kommen gerade über den kleinen Hügel! Fahr los! Fahr los!«, forderte ich ihn auf, doch Tom blieb immer noch stehen.

»Was soll denn die Scheiße? Hast du nicht gehört? Ich kann sie sehen!«, brüllte ich Tom an, der wie gebannt in seinen Rückspiegel schaute und den sich nähernden Wagen beobachtete.

»Warte… Warte… Jetzt!!!«, sagte er.

Doch anstatt loszufahren, stieg Tom mit voller Wucht auf die Bremse. Dabei standen wir bereits seit geraumer Zeit an der Abzweigung. Ich schüttelte nur den Kopf und war kurz davor auszusteigen, da mein Freund offenbar den Verstand verloren hatte und uns gerade mächtig in die Scheiße ritt. Dann gab Tom endlich Gas, bremste aber eine Sekunde später wieder ab, schaltete die Scheinwerfer des Wagens aus und fuhr geradeaus an der Abzweigung vorbei. Ich schaute Tom an und begriff endlich, was er vorhatte. Er wollte die Holzfäller glauben lassen, dass sie wieder ein wenig unseres Vorsprungs gut gemacht hatten, wobei er sie aber immer noch in einem gewissen Abstand von uns gehalten hatte. Dann wollte er ihnen mit dem zweimaligen Aufleuchten der Bremslichter im Stand suggerieren, dass wir vor der Abzweigung nach links stark abgebremst hatten. Das Ausschalten unserer Beleuchtung diente dann letztlich dazu, dass unsere Verfolger annehmen sollten, wir seien abgebogen, sodass unsere Rücklichter für sie nun nicht mehr zu sehen waren. Tom fuhr schnell die sich schlängelnde Sandpiste entlang.

»Entschuldigung! Jetzt weiß ich, was du vorhattest!«

»Vertrau mir doch einfach mal! Wenn das klappt, dann sind wir sie hoffentlich los. Bei dem schlechten Wetter und der beschissenen Sicht können sie vielleicht nicht erkennen, dass wir weiter geradeaus gefahren sind.«

Er fuhr weiter die Piste entlang, während ich den Landrover beobachtete. Und tatsächlich, unsere Verfolger waren auf Toms Plan hereingefallen. Sie bogen an der Abzweigung ab, da es für sie aus der Entfernung offenbar so ausgesehen haben musste, als hätten wir diesen Weg eingeschlagen. Nun konnte ich ihre Scheinwerfer nicht mehr sehen. Die Holzfäller folgten dem falschen Weg. Bis sie merken würden, dass wir gar nicht abgebogen waren und sie dann noch ihren Wagen auf der engen Sandpiste wenden würden, waren wir sicherlich schon über alle Berge.

»Sauber, Tom, die sind abgebogen! Das war genial!«

»Erst mal abwarten. Wir müssen ja auch irgendwann mal wieder auf die Hauptstraße. Ich halte es nicht für ausgeschlossen, dass die den anderen im »Hunters« bereits Bescheid gesagt haben und die nun mit ihren Fahrzeugen auf der Straße patrouillieren. Noch sind wir hier nicht raus.«

Trotzdem wurden die Fahrt und auch mein Gemüt wieder etwas ruhiger, sodass ich die Gelegenheit hatte, über unser Zusammentreffen mit Kak nachzudenken.

»Jetzt haben wir ihn, stimmt´s?«, fragte ich Tom.

»Wen? Kak? Ja. Ich denke schon! Noch mehr, als dass er gesagt hat, dass er Usumbe angezündet hat, konnten wir ja gar nicht aus ihm herausbekommen. Das sollte auch der Polizei genügen. Du kannst ja mal Nkomo anrufen.«

»Gute Idee!«, sagte ich, während ich mein Telefon herausholte. »Kein Empfang.«

»War ja zu erwarten… Dann mach es aber sofort, wenn wir wieder auf der Hauptstraße sind. Ich hab keine Lust, dass das alles umsonst gewesen ist, wenn uns diese Pisser doch noch erwischen. Dann soll zumindest Nkomo vorher Bescheid wissen, wer Usumbe und dann vielleicht auch noch uns umgebracht hat.«

»Hast du eigentlich den Typen, in den ich im Lager hineingelaufen bin… Ich meine, hast du den…«, fiel mir bei dem Stichwort „umgebracht" wieder ein.

»Du meinst, ob ich den abgestochen habe? Nein, keine Sorge! Das kann ich auch anders erledigen!«, grinste er und drückte mir mit einem Finger in die kleine Aushöhlung knapp unterhalb des Ohrläppchens.

»Autsch!«, zuckte ich leicht zurück.

»Siehste! Und das war nur mein Finger! Mit dem stumpfen Ende meines Messers und mit voller Wucht, sorgt das erst für einen tierischen Schmerz und dann für einen angenehmen Schlaf.«, lachte er.

Ich lachte mit, denn ich war erleichtert, dass Tom nicht meinetwegen jemanden schwer verletzt oder gar umgebracht hatte. Und ich freute mich immer noch, dass wir im Augenblick unbehelligt durch die Dunkelheit fahren konnten. Die Scheinwerfer hatte Tom noch immer nicht angemacht, sodass nur die gelegentlichen Blitze dazu beitrugen, dass wir für Sekundenbruchteile die Umgebung um uns herum deutlich erkennen konnten.

»Wir müssen nachher auch noch Yzelle anrufen.«, erinnerte ich Tom.

»Ja. Aber erst einmal Nkomo. Der wird dann schon wissen, was zu tun ist. Ich hoffe, du erreichst ihn um diese Zeit!«

»Im Büro ist der garantiert nicht mehr. Aber er hat mir ja seine Mobilfunknummer gegeben. Vermutlich muss ich ihn wecken, aber er wird das schon verstehen.«, hoffte ich.

»Ich denke übrigens auch, dass es besser sein wird, wenn wir heute Nacht nicht im Resort schlafen.«

»Wieso?«

»Falls die wirklich auf die Idee kommen sollten und auf der Straße patrouillieren, wäre es schön blöd, wenn sie uns durch einen dummen Zufall bis nach Hause folgen könnten. Damit würden wir nicht nur uns, sondern auch die anderen im Camp gefährden, wenn die Holzfäller dort aufkreuzen!«

»Aber wir haben denen doch ständig erzählt, dass wir in Inhassoro eine Unterkunft haben.«

»Trotzdem! Wir können da im Augenblick nicht vorsichtig genug sein.«

»Okay. Schlafen wir dann im Jeep?«

»Werden wir sehen. Am besten…«, fing Tom an, wurde aber durch den grellen Schein und das laute anhaltende Grollen eines in der Nähe eingeschlagenen Blitzes unterbrochen.

»Pff, das war aber ganz schön nah!«, stellte ich fest.

»Hast du das da hinten auch gesehen?«, drehte Tom sich zu mir um und hielt den Wagen an.

»Was denn? Nein.«

»Da hinten. Da war was.«, sagte er und deutete nach rechts in den Wald.

»Was denn?«, fragte ich wieder.

»Das sah irgendwie unheimlich aus! Ich glaube, da war jemand.«

»Vielleicht irgendein Einheimischer, der hier wohnt.«, versuchte ich Toms Sichtung zu erklären.

»Nein, glaub ich nicht. Nicht um diese Uhrzeit und nicht bei diesem Wetter hier draußen im Wald.«

»Sicher, dass du dich nicht getäuscht hast? Kann ja auch sonst was gewesen sein. Vielleicht ein Baum, der aussieht, wie ein Mensch. Komm, fahr weiter.«

»Nein, nein. Das war kein Baum. Und das sah auch komisch aus. So als ob ein Mensch einen anderen über der Schulter tragen würde und dann hat er ihn auf den Boden geworfen. So sah es jedenfalls aus. Ganz merkwürdig. Es war ja nur ganz kurz. Ich hab es ja auch nicht richtig erkennen können!«, versicherte Tom.

»Hol mal das GPS-Gerät raus und speicher die Koordinaten ab.«

»Echt?«

»Ja! Das sah wirklich ganz komisch aus! Kein Scheiß! Ehrlich! Vielleicht können wir morgen bei Tageslicht noch einmal nachschauen. Aber die Stelle hier im Wald finden wir ohne die Koordinaten nie. Speicher auch am besten Mal so alle paar Minuten unsere Route ab. Dann können wir die Strecke später noch mal abfahren.«

»Na gut.«, tat ich, worum Tom mich gebeten hatte und holte aus dem Handschuhfach das GPS-Gerät heraus.

Es dauerte eine Weile, bis das Gerät eine Verbindung zu den Satelliten aufbauen konnten, sodass wir noch eine Zeit lang an dieser Stelle ausharrten. Dann blitzte es wieder.

»Da! Da! Da! Schau schnell!«, rief Tom ganz aufgeregt und deutete mit dem Finger nach rechts durch die Palmen hindurch.

Jetzt sah ich es auch. Vielleicht dreißig, vierzig Meter entfernt befand sich ganz leicht erhöht eine kleine Lichtung im Wald, die von dem Blitz hell erleuchtet wurde. Und dort war tatsächlich etwas. Hatte Tom gerade eben nur einen Menschen gesehen, der etwas über der Schulter trug, so konnten wir nun drei Leute erkennen, die im strömenden Regen dort standen. Zwei von ihnen gruben mit einem Spaten und wir konnten während des Blitzes zweimal die nach hinten wegfliegende Erde erkennen. Ein weiterer stand mit gesenktem Kopf daneben.

»Fuck! Das ist wirklich gruselig! Was machen die denn da?«

»Keine Ahnung! Es sah fast so aus als ob sie was vergraben würden. Ob die hier irgendwelche Leichen verscharren?«, fragte Tom entsetzt.

»Mitten in der Nacht? Bei dem Wetter? Im Leben nicht! Ah, jetzt haben wir die Satelliten gefunden. Warte, ich trag den Platz hier in die Koordinatenliste ein.«

»Gut. Und dann fahren wir weiter. Auf noch ein Abenteuer hab ich heute keine Lust mehr. Das schauen wir uns aber trotzdem demnächst noch einmal an.«

Tom fuhr den Pfad weiter geradeaus. Nach etwa zehn Minuten erreichten wir eine Abzweigung auf der linken Seite, die zumindest grob in Richtung der N1 führen musste.

»Lass uns die nächste Abzweigung nehmen. Wenn die merken, dass sie vorhin die falsche Abzweigung genommen haben, drehen sie entweder um oder warten am Ende der nächsten Abzweigung auf uns. Dann müssen wir ihnen aber nicht in die Arme fahren! Ich weiß zwar nicht, wann die nächste Abbiegung kommt, aber irgendwann kommen wir bestimmt hier aus dem Wald heraus.«, legte Tom fest.

Ich war damit einverstanden, da seine Erklärung für mich schlüssig klang.

Wir fuhren noch eine Weile weiter durch den Wald. Währenddessen sammelte ich fleißig die Koordinaten von einigen Wegpunkten auf der Strecke, auch wenn das vermutlich nicht notwendig war, da es auf diesem Stück keine weiteren Abbiegungen mehr gab. Nach einer Viertelstunde kamen wir an die nächste Abzweigung. Wir wussten nicht, wo und wie tief wir uns im Wald befanden. Unser Gefühl sagte uns aber, dass wir uns aufgrund der Fahrtzeit und der halbwegs konstanten Richtung, welche die Piste bisher genommen hatte, schon einige Kilometer südlich von Praia da Onda befinden mussten und waren gespannt, ob und an welcher Stelle uns dieser Weg auf die N1 bringen würde. Ich speicherte weiter die Wegpunktkoordinaten und tatsächlich gelangten wir nach einer reichlichen Viertelstunde an die N1. Wir tasteten uns langsam vorwärts und schauten nach links und nach rechts, doch nirgendwo war ein Fahrzeug der Holzfäller zu entdecken.

»Hast du eine Ahnung, wo wir gerade sind?«, fragte ich Tom.

»Nein. Aber das hier ist eine Teerstraße, also kann es nur die N1 sein. Ansonsten gibt es hier in der Gegend so etwas nicht.«

Tom bog von der Sandpiste, die aus dem Wald führte, rechts auf die N1 in südlicher Richtung ab, die uns noch weiter von Praia da Onda wegführte.

»Ich hab mir überlegt, dass wir hinter der Abzweigung nach Vilanculos in irgendeine kleine Seitenstraße abbiegen und dort die Nacht verbringen. Sollten die eine ausgedehnte Suche nach uns beginnen, werden die auf keinen Fall weiter als bis nach Vilanculos fahren. So wie mein Jeep im Moment aussieht, fällt der jedem auf, der daran vorbeifährt, also können wir auch nicht nach Vilanculos reinfahren. Vermutlich denken die aber nicht, dass wir weiter als bis dorthin fahren, also könnte ich mir gut vorstellen, dass wir hinter der Abzweigung sicher sind.«, hatte Tom sich in den letzten Minuten bereits einen Plan zurecht gelegt.

»Mach ganz so, wie du denkst! Bislang hat auch alles andere geklappt, was du heute angefangen hast. Fahr einfach. Ich quatsch dir auch nicht mehr dazwischen. Versprochen!«, überließ ich ihm die Entscheidung.

Kapitel 24

Montag, 07.03.2011

»Willst du nochmal versuchen, Nkomo anzurufen?«, forderte Tom mich auf.

Während es klingelte, schaute ich auf die Zeitanzeige. Es war inzwischen kurz vor eins. Sehr wahrscheinlich würde ich Nkomo wecken. Aber ich hatte auch einen guten Grund. Nach etwa dem zehnten Klingeln ging Nkomo ans Telefon.

»Nelson Nkomo!«, hörte ich Nkomos deutlich verschlafene Stimme am anderen Ende der Leitung.

»Guten Abend, Mr. Nkomo. Hier ist Jan Scherler! Entschuldigen Sie bitte vielmals die späte Störung! Sie haben sicher schon geschlafen. Aber ich würde nicht anrufen, wenn es nicht dringend wäre!«, begrüßte ich ihn.

Nkomo räusperte sich ausgiebig und hustete ins Telefon.

»Entschuldigung. Ja? Mr. Scherler? Was gibt es denn?«, war er noch sehr kurzsilbig, was ich ihm allerdings nicht übel nahm, da ich wusste, wie es sich anfühlt, wenn man aus dem Schlaf gerissen wird und noch halb neben sich steht.

»Wir haben den Mörder von Usumbe ausfindig gemacht, Mr. Nkomo!«, präsentierte ich ihm nicht ganz ohne Stolz unsere Leistung.

»Usumbe? Mörder? Wovon reden... Ach, Entschuldigung! Ja, ich weiß wieder worum es geht. Ich brauch nur noch einen kleinen Moment. Ich bin zu schnell aufgestanden.«

»Kein Problem.«

»So. Jetzt geht es wieder. Ich hab mich hingesetzt. Also, Sie haben den Mörder von Usumbe gefunden. Das war der, der bei Ihnen in der Nähe im Wald verbrannt ist, richtig?«, fand Nkomo langsam zu sich.

»Ganz genau! Es war einer von den Holzfällern. Er hat es uns gegenüber zweifelsfrei gestanden und verfügt über Wissen, das nur der Täter haben kann!«, fasste ich kurz zusammen, weshalb wir uns so sicher waren.

»Tatsächlich? Das ist gut! Das ist sehr gut!«

»Der Täter heißt Wesley. Den Nachnamen weiß ich nicht. Im Lager wird er von allen nur Kak genannt.«

»Warten Sie. Das notiere ich mir. Wesley. Kak. Kak wie...?«

»Genau. Das ist sein Spitzname.«

Ich erzählte Nkomo in kurzen Zügen, wie wir auf ihn gekommen waren und wodurch er sich verraten hatte. Nkomo bestätigte uns, dass ein solcher Verdacht hinreichend genug wäre, um den Mann festnehmen zu lassen. Ich berichtete ihm auch, dass einer der Holzfäller auf uns geschossen hatte und wir uns nun auf der Flucht in Richtung Vilanculos befanden.

»Ich werde gleich in der Polizeistation in Vilanculos anrufen. Der Notdienst ist sicherlich noch dort. Fahren Sie am besten dort hin und suchen Sie dort Schutz!«

»Nein, lieber nicht. Der Notdienst besteht doch vermutlich nur aus einem Mann. Der könnte uns im Ernstfall sicherlich nicht vor den Holzfällern beschützen. Wir werden die Nacht irgendwo in der Nähe der Straße verbringen, denn unser Auto ist inzwischen sehr auffällig mit den Einschusslöchern und einer zerschossenen Scheibe.«

»Wie Sie meinen. Aber was kann ich dann für Sie tun?«

»Können Sie dafür sorgen, dass dieser Wesley festgenommen wird? Und dass auch untersucht wird, wer heute Nacht auf uns geschossen hat?«

»Ich werde gleich morgen früh auf dem Revier in Inhassoro anrufen. Die werden sich darum kümmern.«

»Mit Verlaub, Mr. Nkomo. Sie haben dort nur drei Mann als Ersatz für Shongoenes Leute hingeschickt. Anhand der Zelte im Lager können wir davon ausgehen, dass dort etwa vierzig Mann leben und arbeiten, die sicherlich viel daran setzen werden, ihren Kameraden zu schützen. Und bedenken Sie, dass sie auch über Waffen verfügen und die auch gegen Menschen einsetzen. Vielleicht schicken Sie besser noch mehr Leute aus einer anderen Polizeistation.«, riet ich ihm.

»Mmh. Da könnten Sie recht haben. Das stimmt. Vierzig Leute sagen Sie? Soweit ich weiß, sind in Vilanculos auch nur fünf Leute in der Station. Das reicht vermutlich ebenfalls nicht. Das nächste größere Polizeirevier ist in Inhambane, aber ich denke, dass die auch nicht wesentlich mehr als sieben Leute abstellen können. Und das ist schon hoch gegriffen. Das dürfte für einen Einsatz mit solcher Größenordnung wahrscheinlich nicht ausreichen. Uns bleibt vermutlich nichts Anderes übrig, als wieder einige Einheiten aus Maputo hochzuschicken…«, überlegte Nkomo laut und fuhr nach einem kurzen Moment fort.

»Passen Sie auf! Wir machen das so. Sie verstecken sich heute Nacht und morgen so gut es geht und sorgen dafür, dass Sie nicht von den Holzfällern erwischt werden. Ich rufe gleich den Notdienst in Inhambane, Vilanculos und Inhassoro an, dass sie schon einmal informiert sind und nicht zufällig unserer Aktion vorgreifen. Ich werde dann morgen früh einige Einheiten aus Maputo zusammenstellen und mit diesen nach Inhambane fahren. Von dort aus werde ich dann die Planung und Koordination der Aktion persönlich leiten, damit da nichts schief läuft. Meines Erachtens nach sollten wir übermorgen in der Frühe zuschlagen. Bis dahin können alle Einheiten vor Ort sein und die Holzfäller dürften auch noch im Lager sein. Sobald mir darüber Meldung gemacht wurde, dass dieser Kak und die Personen, die auf Sie geschossen haben, gefasst wurden, werde ich Sie informieren. Die Vernehmungen werde ich dann vermutlich in Inhambane durchführen. Damit ist auch sichergestellt, dass keiner dieser Dorfpolizisten etwas Wichtiges übersieht und den Mörder von Usumbe unter Umständen sogar noch laufen lässt. Es wäre sehr gut, wenn Sie sich für diesen Zweck bereithalten könnten und ebenfalls nach Inhambane kommen, um uns eventuell hilfreiche Hinweise für die Befragung zu geben.«

»Das werden wir machen! Vielen, vielen Dank, Mr. Nkomo! Ich weiß gar nicht, wie ich Ihnen danken soll!«

»Das ist doch selbstverständlich! Dafür gibt es uns ja! Und außerdem habe ich Ihnen beiden zu danken! Sie haben schließlich herausgefunden, wer Usumbe getötet hat!«, antwortete Nkomo.

»Besten Dank! Wir hören dann bald wieder voneinander.«

Tom hatte sich zwar den größten Teil unseres Telefonats erschließen können, ich erzählte ihm aber trotzdem noch einmal, was Nkomo gesagt hatte.

»Nicht schlecht. Hoffen wir, dass es klappt und sie Kak schnappen!«

»Das wäre gut… Und was machen wir jetzt?«, fragte ich Tom, während ein Blitz nur etwa 200 oder 300 Meter vor uns in den Boden krachte.

»Wie gesagt, ich denke, es ist das Beste, wenn wir irgendwo hier draußen übernachten. Wenn wir ohnehin zur Vernehmung nach Inhambane kommen sollen, ist es vielleicht das Günstigste, wenn wir bei Andrew in Tofo vorbeischauen. Von dort ist es ja nur eine knappe Stunde bis nach Inhambane. Dort sind wir vermutlich auch sicherer als hier in der Gegend.«, schlug Tom vor.

»Das klingt gut. Dann suchen wir uns jetzt also irgendwo einen Unterschlupf.«

»Genau. Das mach ich und du rufst währenddessen noch Yzelle an, damit sie auch Bescheid weiß.«

»Alles klar!«

Ich rief Yzelle an und berichtete ihr von den Erlebnissen der Nacht und von der geplanten Aktion Nkomos. Sie war bestürzt darüber, dass auf uns geschossen worden war, aber glücklich und vermutlich auch etwas stolz auf uns, dass wir den Täter nun zweifelsfrei überführen konnten. Sie fragte noch, ob sie irgendetwas für uns tun könnte, was wir aber dankend ablehnten und ihr mitteilten, dass wir die nächste Nacht in Andrews Backpacker verbringen würden.

Wir hatten inzwischen die Abzweigung nach Vilanculos hinter uns gelassen und Tom war nun konzentriert auf der Suche nach einer kleinen Einmündung von der Hauptstraße, auf der wir den Jeep ungesehen abstellen konnten. Wir hielten kurzzeitig an zwei Einbuchtungen an der Straße an, die jedoch keinerlei Sichtschutz zur Straße hin aufwiesen, sodass wir uns gegen eine Übernachtung an diesen Stellen entschieden. Dann entdeckte Tom auf der Fahrerseite eine kleine Einmündung, die er jedoch zu spät sah und an ihr vorbeifuhr. Tom setzte den Wagen rückwärts in die Einmündung, die in einem kleinen Schlängel etwa 15 Meter in den Wald hineinführte. Dann blieb er stehen.

»Eine bessere Stelle werden wir heute Nacht wahrscheinlich nicht mehr finden, auch wenn der Jeep sicher reflektiert, wenn er direkt angeleuchtet wird. Aber bis nach Tofo möchte ich bei dem Wetter auch nicht mehr fahren.«

»Sollen wir dann trotzdem hier bleiben?«, wollte ich von Tom wissen.

»Ich denke schon. Die Chance, dass die Holzfäller hier vorbeikommen und uns suchen, ist wahrscheinlich sehr gering. Aber um ganz sicher zu gehen, wäre es vielleicht das Beste, wenn wir abwechselnd Wache halten. Der eine schläft hinten und der andere sitzt vorne am Steuer und passt auf. Falls wir hier wirklich entdeckt werden sollten, können wir zumindest schnell flüchten. Der Jeep steht auch schon in Fahrtrichtung.«, überzeugte mich Tom.

»Von mir aus. Wir können uns alle zwei Stunden abwechseln, wenn du willst.«, schlug ich vor.

»Nein, nein. Allerhöchstens eine Stunde. Ich kenne das. Wenn man sich alleine bei Nacht auf eine Stelle konzentrieren soll und noch ein anderer neben einem ratzt, hält man das nicht so lange durch und schläft auch ein. Haben wir oft genug bei den Manövern geübt und ausprobiert. Also maximal eine Stunde.«

»Wenn du meinst. In Ordnung. Wer fängt an?«

»Ich kann die erste Wache halten. Das macht mir nichts. Ich bin eh noch ziemlich aufgeputscht von der ganzen Sache und könnte wahrscheinlich sowieso nicht schlafen. Leg dich ruhig hin. Ich weck dich dann.«

»Okay.«

Ich stieg aus und durch die Hintertür wieder ein, um mich auf die Rückbank zu legen, was sich als keine gute Idee herausstellte. Denn durch die zerschossene Scheibe war in der Zwischenzeit so viel Regen ins Wageninnere eingedrungen, dass sich auf der Rückbank bereits kleine Pfützen gebildet hatten. Das sah ich jedoch eine Sekunde zu spät, sodass es richtiggehend schmatzte, als ich mich auf sie legte. Nun waren nicht nur meine Socken komplett durchgeweicht, sondern auch der Rest meiner Kleidung. Ich fluchte laut, stieg wieder aus und setzte mich auf den Beifahrersitz.

»Schon ausgeschlafen?«, fragte Tom mich mit einem süffisanten Lächeln.

»So eine Scheiße! Gib es zu! Das hast du gewusst!«, raunzte ich herum, während ich mich von meinen nassen Socken befreite und diese nach hinten warf.

»Naja. Sagen wir mal, ich hab´s geahnt.«, hatte Tom seinen Spaß.

»Na, ganz toll! Wenn ich mich erkälte bist du schuld!«

»Das nehm ich gern auf meine Kappe! Dafür hab ich dir heute schon das Leben gerettet. Ich denke, dann sind wir wieder quitt!«

»Aber nur so gerade!«, lachte ich zurück.

»Gute Nacht!«, sagte Tom.

»Danke, dir nicht! Du musst wach bleiben!«, gab ich zurück.

Dann schloss ich die Augen und versuchte zu schlafen, doch es ging nicht. Meine Gedanken drehten sich wie gehetzt um die Ereignisse der heutigen Nacht. Zudem fror ich in meiner durchnässten Kleidung, da ein stetiger kühler Windzug durch die zerschossene Scheibe ins Innere des Wagens hinein wehte. Darüber hinaus begann mein Hinterteil wieder zu schmerzen, sodass ich mich unruhig von einer Seite auf die andere drehte, um eine geeignete Stellung zu finden. Als Tom mich anstupste, um mich zu wecken, hatte ich noch gar nicht geschlafen, sondern nur meine Augen zugemacht. Mehr nicht.

»Du bist dran. Bis jetzt ist alles ruhig. Noch nicht einmal ein einziges Auto ist hier vorbeigekommen.«

Wir wechselten die Plätze, indem ich, der ich sowieso schon nass war, ausstieg, ums Auto herumlief und auf der Fahrerseite einstieg, während Tom im Innenraum des Jeeps auf den Beifahrersitz kletterte.

»Gute Nacht!«, wünschte ich diesmal Tom.

»Mmh.«, brummte er nur und machte die Augen zu.

Ich setzte mich im Schneidersitz auf den Fahrersitz und versuchte mit den Händen meine Füße zu wärmen, was mir nur leidlich gelang. Es gab wirklich spannendere Sachen, als die Straße zu beobachten. Es war nicht mehr als ein Blick in die Dunkelheit, die alles verschluckte und von der uns nur die Windschutzscheibe trennte. Ich blickte auf die Zeitanzeige meines Telefons und erkannte, dass es kurz vor halb drei war. Eine Stunde musste ich also ins Dunkel starren. Wieder machten sich gänzlich ungefragt die Gedanken an die heutige Nacht in meinem Kopf breit. Zum ersten Mal in meinem Leben war auf mich geschossen worden! Die Kugeln aus der Schrotflinte hatten mich nur knapp verfehlt. Ohne Toms Ausweichmanöver hätten sie mich sicherlich erwischt. Ob sie tödlich gewesen wären, kann ich nicht sagen, aber sie hätten mich zumindest schwer verletzt. Ich schaute zu ihm herüber. Vermutlich würde auch er nicht schlafen können. Die Stunde, in der ich Wache halten musste, dauerte unendlich lang. Nichts passierte. Das Einzige, was ich sehen konnte, war ein kleiner Busch, halbrechts vor dem Wagen, der sich im Wind hin und her bewegte. Krampfhaft versuchte ich, wach zu bleiben und summte in meinem Kopf die Melodie einiger Schlager und Fußballhymnen, um nicht einzuschlafen, was ganz gut funktionierte. Dann endlich hatte ich um kurz vor halb vier meine Schicht beendet und klopfte Tom leicht auf die Schulter, damit ich von ihm abgelöst würde.

»Boah, ist das ätzend! Das nächste Mal kaufe ich mir ein Auto mit Liegesitzen. Hier kann man ja überhaupt nicht schlafen!«, schimpfte er vor sich hin und war sofort wach.

»Naja, vielleicht wird es ja bald ein Neues…«, antwortete ich ihm mit einem Blick nach hinten.

»Wollen wir wieder wechseln?«, fragte Tom.

»Mir egal. Ich kann vermutlich eh nicht schlafen.«

»Los komm, geh rum.«, sagte Tom und ich verließ den Jeep wieder durch die Fahrertür und stieg auf der Beifahrerseite ein.

»Mal sehen, ob es diesmal klappt.«, sagte ich.

»Viel Glück!«

Ich machte erneut die Augen zu und probierte mein Bestes. Ohne Erfolg. Die gleichen Gedanken, das gleiche Rumwälzen, kein Schlaf. Wie vorhin. Ich versuchte es noch eine Zeit lang, dann hatte ich die Nase voll.

»Hier kann ich nicht schlafen!«, sagte ich verärgert zu Tom, der vor Schreck zusammenzuckte, da sein Schichtende und seine Ablösung noch mindestens eine halbe Stunde entfernt waren.

»Was?«

»Ich kann auf diesen befickten Sitzen nicht schlafen!«, wiederholte ich mich.

»Dann leg dich doch wieder hinten rein.«, schlug Tom leicht genervt vor, da er inzwischen auch müde wurde und ihm nicht der Sinn nach meinen Beschwerden stand.

»Ach vergiss es!«, pöbelte ich ihn wegen meines Schlafmangels an.

»Schon gut! Wir müssen nun einmal hier ausharren. Das können wir nicht ändern. Aber wenn du etwas Positives hören willst... Der Regen hat in der letzten halben Stunde nachgelassen.«

»Wenigstens etwas! Wie spät ist denn jetzt?«

»Kurz nach vier.«

»Sollen wir schon losfahren? Zu Andrew?«, schlug ich vor.

»Weiß nicht. Wenn die bis jetzt nicht hier vorbeigekommen sind, dann werden sie es nun auch nicht mehr machen. Die müssen heute schließlich wieder arbeiten. Da werden die nicht die komplette Nacht über einen Suchtrupp in die Spur schicken.«, vermittelte Tom gerade den Eindruck, als ob wir bereits in Sicherheit seien.

»Wenn du meinst.«

»Hmm. Ich würde aber gern noch einen kleinen Umweg machen.«

»Wohin denn?«

»Zu dieser komischen Stelle im Wald. Bald kommt auch die Sonne schon wieder raus. Bis wir dort sind, ist es vielleicht um fünf und schon so hell, dass wir ohne Probleme erkennen können, was dort los war.«

»Du willst noch mal eine Stunde dorthin fahren, dann die Stunde wieder zurück, bis wir wieder hier sind und dann noch anschließend nach Tofo? Dafür brauchen wir doch locker noch einmal vier Stunden von hier aus! Das ist mehr als nur ein kleiner Umweg!«, zeigte ich mich mit dieser Idee nicht sehr einverstanden.

»Wir sind doch jetzt schon beide völlig übermüdet! Wenn wir da noch einen Umweg von zwei Stunden plus die Zeit, die wir im Wald verbringen, hinzurechnen, dann kommen wir frühestens um zwölf bei Andrew ins Bett.«, fügte ich hinzu, um Tom davon zu überzeugen, dass dies kein guter Zeitpunkt für seinen kleinen Ausflug war.

»Ach komm! Was bist du denn für ein Mädchen? Warst du früher nie in der Disko und hast mal eine Nacht durchgemacht und bist erst am nächsten Tag gegen Mittag ins Bett gekommen? Oder bist du schon zu alt für so etwas?«, wollte mich Tom an meiner Ehre packen.

»Nein, bin ich nicht! Ich halte es nur für Quatsch!«

»Und wenn wir erst in ein paar Tagen hinfahren, rufen wir wieder Nkomo an und sagen ihm, dass er noch einmal die gesamte Strecke aus Maputo zurückkommen soll? Nicht wirklich, oder? Das ist nicht sehr effektiv! Wenn wir jetzt fahren und wir entdecken etwas, kann er sich das gleich mal anschauen. Und wenn wir nichts entdecken, dann ist es auch okay. Dann fahren wir sofort nach Tofo weiter. Jetzt komm schon! Wir machen auch zwischendurch irgendwo Rast, frühstücken und trinken einen großen Kaffee.«, versuchte Tom mich von seinem Vorhaben zu überzeugen.

»Oh Mann, na gut. Aber du fährst den meisten Teil der Strecke und du fährst auch durch den Wald! Wenn die Holzfäller dort noch herumschleichen, dann weißt du wenigstens wie wir am schnellsten von dort wegkommen.«, erklärte ich mich schließlich widerwillig einverstanden.

Wir fuhren auf die N1 in nördliche Richtung zurück. Nachdem wir die Abzweigung nach Vilanculos passiert hatten, bat mich Tom, den letzten gespeicherten Wegpunkt auf dem GPS-

Gerät aufzurufen, damit wir nicht an der Einmündung zum Waldweg vorbeifahren würden.

An der eingespeicherten Abzweigung fuhren wir wieder in den Wald hinein und ich hatte ein flaues Gefühl im Magen. Was, wenn die Holzfäller noch immer dort waren? Oder wir uns im Schlamm festfahren würden? Oder die Leute, die wir beobachtet hatten, noch immer dort waren und uns nicht freundlich gesinnt waren? Ich bekam immer mehr den Eindruck, dass dies keine gute Idee war und gelangte zu der Überzeugung, dass der Schlafmangel und die Müdigkeit Tom vielleicht dazu hinrissen, etwas Riskantes zu tun, das er im ausgeschlafenen Zustand nicht machen würde.

»Bist du dir wirklich sicher, was du hier machen willst?«, fragte ich ihn daher.

»Nein. Ich weiß doch auch nicht, was da vorhin passiert ist. Woher soll ich wissen, was ich dann hier machen will? Anschauen will ich mir die Stelle noch einmal. Alles andere sehen wir dann. Und jetzt wird auch nicht mehr diskutiert! Wir haben das vorhin entschieden!«

»Du hast das entschieden…«, murmelte ich leise, aber noch so laut, dass Tom es hören konnte.

»Willst du hier aussteigen? Ich hol dich auf dem Rückweg wieder ab, wenn du Schiss hast!«, bot Tom mir barsch an und stieg auf die Bremse.

Ich überlegte einen kurzen Moment, dann sagte ich:

»Nein. Fahr weiter.«

»Dann hörst du aber auch auf, rumzunörgeln!«, maßregelte er mich wie ein kleines Kind.

»Ist ja gut. Fahr endlich.«

Wir merkten beide, dass die Müdigkeit unserer Kommunikationsbereitschaft nicht gut tat und zogen es daher vor, uns darauf zu beschränken, dass ich Tom die jeweiligen Wegpunkte ansagte und bestätigte, dass er richtig gefahren war. Nach einer Weile näherten wir uns dem letzten gespeicherten Wegpunkt auf dem GPS-Gerät. Tom stoppte den Wagen.

Bevor wir ausstiegen, wendete er in unzähligen Zügen auf dem engen Pfad, um so für den Fall der Fälle wieder in Fahrtrichtung zu stehen. Dann stiegen wir aus. Der Regen hatte sich mittlerweile fast vollständig gelegt und die einzigen dicken Tropfen, die uns trafen, platschten von den großen Blättern der Palmen auf uns herunter. Die Morgendämmerung hatte bereits eingesetzt und wir konnten ohne eingeschaltete Scheinwerfer oder Taschenlampe die Umgebung sehen. Bis auf ein paar Vögel, die den anbrechenden Tag schon etwas frühzeitiger beginnen lassen wollten, war es völlig still hier. Wir patschten barfuß durch den Schlamm und schauten den kleinen Hügel hinauf zu der Lichtung, auf der wir die Gestalten gesehen hatten.

»Dort war es, oder?«, fragte Tom zur Sicherheit.

»Glaub schon. Willst du da jetzt hoch? Mitten durch den Wald?«

»Ja.«

»Und die Minen? Die sind dir völlig egal?«, fragte ich besorgt und vorwurfsvoll zugleich.

»Das sind doch nur knapp vierzig Meter. Da wird schon nichts sein. Wie groß kann die Wahrscheinlichkeit denn sein, dass gerade hier eine Mine liegt?«, entgegnete Tom.

Damit wollte ich mich aber nicht zufrieden geben.

» Nein. Sorry, Tom! Nur weil wir heute Nacht ein paar Leute gesehen haben, die dort hinten was verbuddelt haben, lass ich mich nicht einfach in die Luft sprengen. Auch wenn das Risiko vielleicht nicht so hoch ist. Das kannst du vergessen! Lass uns erst mal nach einem anderen Weg suchen, der vielleicht dort hoch führt. Die müssen ja auch irgendwie da hingekommen sein!«, entgegnete ich ihm energisch.

»Okay, hast ja recht. Dann lass uns erst mal suchen.«, gab Tom schließlich nach.

Wir folgten dem Weg für etwa 200 Meter bis wir tatsächlich an einen winzigen Pfad stießen, der auf den Hügel hinaufführte. Im Gänsemarsch gingen wir den Trampelpfad hinauf, der sich einmal kurz nach links schlängelte, aber ansonsten fast schnurgerade verlief. Dann erreichten wir die kleine Anhöhe, auf der sich eine weitgezogene Lichtung befand. Wir konnten von hier oben aus die Sandpiste sehen, die wir langgefahren waren und gingen in Richtung des Jeeps, der unterhalb von uns stand. Nach zwei Minuten zu Fuß hatten wir ungefähr den Punkt erreicht, an dem wir die Leute vorhin entdeckt hatten. Wir blickten uns um. So weit das Auge reichte, war keine Menschenseele mehr auf der Lichtung zu sehen.»Schau mal!«, rief Tom plötzlich und zog mich am Ärmel.

Ich folgte ihm und wir gingen ein paar Schritte vom Rand der Lichtung weg.

»Da!«

Tom deutete auf den Boden, wo deutlich die schmierigen Aschereste eines ausgebrannten Lagerfeuers zu erkennen waren.

»Das ist garantiert schon älter. Von heute Nacht kann das nicht sein. Bei dem Wetter hätte man ganz sicher kein Lagerfeuer anzünden können!«, mutmaßte Tom wie ein Pfadfinder.

»Wahrscheinlich nicht. Aber es zeigt zumindest, dass hier öfters Leute sind und nicht nur heute. Mitten in der Nacht und bei Regen…«, schlussfolgerte ich daraus.

»Mmh. Stimmt. Jetzt müssen wir nur die Stelle finden, an der sie gebuddelt haben.«, bestätigte Tom meine Einschätzung.

Wir begannen den Boden nach Spuren abzusuchen. Ich ging ein paar Schritte in die Lichtung hinein, Tom übernahm den Bereich Richtung Waldrand. Nach etwa einer halben Minute hörte ich einen kurzen Schrei von Tom.

»Ach du heilige Scheiße! Jan. Jan! Komm her! Schnell!«

Ich drehte mich um und lief los. Ich ahnte nichts Gutes.

»Jan!«, rief er diesmal noch fordernder und dringlicher und ich konnte erkennen, dass er zwei Schritte von der Stelle zurückwich, an der er zuvor stand.

»Was ist denn? Ach du Scheiße!«, beantwortete sich meine Frage von selbst, als ich Toms Position erreicht hatte.

Ein kleiner, aufgeschichteter Haufen matschiger Erde lag vor uns. Eigentlich ganz unspektakulär. Wäre da nicht der zerfetzte Überrest einer menschlichen Extremität gewesen. Offenbar hatten die Gestalten, die wir vorhin im Schein des Blitzes gesehen hatten nicht irgend etwas, sondern einen Menschen oder besser dessen Einzelteile vergraben. Vermutlich hatten sie dies auch sorgfältig erledigt. Jedoch hatte ihnen der starke Regen dieser Nacht einen Strich durch die Rechnung gemacht und die frisch aufgeschüttete

Erde an einigen Stellen fortgespült, sodass wir nun einen Blick darauf werfen konnten, was dort begraben war. Ich war mir im ersten Moment nicht sicher, was es war. Ich konnte nur erkennen, dass es etwas Fleischiges war. Ein Arm oder Bein eines dunkelhäutigen Menschen. Der obere Teil war zerfetzt und blutig. Muskelstränge hingen an dieser Stelle, nur noch an einigen Sehnen befestigt, schlaff und leblos herunter. Auch der Teil eines abgebrochenen Knochens war zu erkennen, der wie ein Fremdkörper im Fleisch steckte. Mein Blick wanderte weiter nach unten. Dann wusste ich, dass es sich hierbei um ein menschliches Bein handeln musste. Der Fuß war als solcher nicht mehr existent. Die äußere Hälfte, an der sich sonst der kleine Zeh befand, fehlte vollständig und auch der hintere Teil der Wade war nicht mehr komplett, sondern hatte ein etwa faustgroßes Loch, dass an den Rändern faserig ausgefranst war. Mir wurde schlecht, aber ich übergab mich nicht. Tom schwieg und starrte regungslos auf das Bein. Dann drehte er sich um, ging in Richtung des Waldrandes und bückte sich. Als er sich wieder erhob, sah ich, dass er sich nicht, wie ich zuerst angenommen, übergeben, sondern einen Stock aufgelesen hatte. Er hockte sich seitlich des Beins auf den Boden und stocherte in dem Teil des Erdhaufens herum der noch halbwegs intakt war und den der Regen nicht hinfort gespült hatte.

»Da ist noch mehr.«, sagte er, auffällig emotionslos.

Ich wechselte meinen Platz und stellte mich an die Seite zu Tom. Er hatte noch etwas gefunden. Mit seinem Stock hatte er kein großes Loch in der Erdschicht freilegen können, es reichte aber, um zu erkennen, dass hier mehr als nur ein abgetrenntes Bein begraben war. Diesmal kam ein Teil des Rumpfes zum Vorschein.

Anhand des Bauchnabels konnten wir sehen, dass es sich um die linke Hälfte eines Bauches handeln musste, der im Vergleich zum Bein noch recht intakt aussah.

»Was ist denn hier passiert?«, fragte ich Tom leise.

»Ich tippe mal auf ein Minenopfer. So wie das Bein abgerissen ist, müssen da ungeheure Kräfte gewirkt haben. Und wenn du es mit einer Axt oder etwas Ähnlichem abtrennst, dann würde es nicht so faserig aussehen. Ziemlich sicher. Das war eine Mine.«, erklärte er mir, was mich zwar immer noch erschreckte, aber zugleich ein wenig beruhigte, da sich beim Anblick des Beines in Kombination mit dem ausgebrannten Lagerfeuer bereits der Gedanke an Kannibalen in meine Phantasie geschlichen hatte.

»Mmh. Kann sein.«, bestätigte ich ihn, obwohl ich das nicht so gut einschätzen konnte.

»Willst du noch weiter stochern?«, wollte ich von ihm wissen.

»Nein. Das reicht. Ein Bein, ein Bauch. Egal, wer das war, er lebt nicht mehr. Das können wir gleich noch Nkomo mitteilen. Dann bekommt er wenigstens richtig was zu tun, wenn er schon extra aus Maputo hierherkommt. Muss sich ja auch lohnen…«, antwortete Tom.

»Sollen wir los?«, erkundigte ich mich etwas ungeduldig.

»Ja.«

Wir drehten uns um und wollten zurück in Richtung des kleinen Pfades gehen, als wir merkten, dass wir nicht mehr alleine waren. Mitten auf dem Weg stand nun eine größere Gruppe Menschen. Vielleicht sieben oder acht. Vermutlich waren sie durch unsere erschreckten Schreie auf uns aufmerksam geworden. Sie beobachteten uns aus etwa zwanzig Metern Entfernung. Eine Flucht durch die Büsche zum Auto kam nicht in Frage. Nicht wegen der Minengefahr, sondern weil uns die Gruppe, bis wir zum Jeep gelangt, eingestiegen und losgefahren wären, längst erreicht hätte.

Tom reagierte als Erster und zückte sein Messer, mit dem er vor ein paar Stunden bereits erfolgreich gewesen war. Die beiden Männer, die in vorderster Reihe standen, sahen dies und blieben erschreckt stehen. Einer von ihnen hob seine Hände leicht in die Höhe und breitete sie aus, als wollte er uns ein Zeichen geben, dass von ihm keine Gefahr ausging. Die anderen, auch in den zwei hinteren Reihen, folgten seinem Beispiel. Tom und ich schauten abwechselnd uns gegenseitig und die Gruppe an. Wir wussten nicht, was wir tun sollten. Wir mussten jedoch nicht länger überlegen, denn die Entscheidung wurde uns von einem der Männer abgenommen.

»Nichts tun! Nichts tun, bitte! Keine Angst!«, rief uns der in schlechtem Englisch zu, der als Erster seine Hände hochgehoben hatte.

»Wer seid ihr?«, fasste sich Tom ein Herz.

»Arbeiter! Nur Arbeiter! Nichts tun, bitte!«, erklärte uns der Mann.

Tom gab sich damit aber nicht zufrieden, denn schließlich lag hinter uns ein Toter, dessen Begräbnis noch nicht allzu lange her war und wir vermuteten, dass die Männer vor uns nicht unwesentlich daran beteiligt waren. Sein Messer behielt er daher noch immer fest umklammert in der Hand und fragte mit lauter Stimme weiter:

»Und der hier hinter uns? Der hier begraben ist. Wer ist das?«

»Auch Arbeiter! Auch Arbeiter! Schrecklicher Unfall!«, rief der Mann uns zu und einige wenige aus seiner Gruppe, die sein Englisch verstanden, nickten zustimmend.

»Eine Mine?«, wollte Tom wissen.

»Ja!«

»Habt ihr ihn hier begraben?«

»Ja. Heute Nacht!«

Damit war zumindest schon einmal geklärt, wen wir vor ein paar Stunden hier gesehen hatten. Jetzt galt es nur noch irgendwie heil aus dieser Situation herauszukommen. Tom verfolgte aber offenbar einen anderen Plan und ließ noch nicht locker.

»Wieso habt ihr ihn bei diesem Wetter begraben? Und warum habt ihr ihn so schlecht verscharrt? Wir sind fast über sein Bein gestolpert!«, fuhr er fort und ignorierte dabei mein leises Zischen, das ihm einen raschen Aufbruch signalisieren sollte.

Der Mann, der bisher mit uns gesprochen hatte, drehte sich zu seinen Leuten um und übersetzte scheinbar, was Tom soeben gefragt hatte. Daraufhin setzte ein leichtes Durcheinander ein und zwei Männer aus der hinteren Reihe gestikulierten wild mit ihren Händen. Ihre Stimmen wurden lauter, wir konnten jedoch nicht erkennen, in welcher Sprache sie sich unterhielten. Portugiesisch war es jedenfalls nicht. Ich befürchtete, dass die Stimmung nun kippen könnte und zischte Tom noch einmal zu:

»Lass uns hier verschwinden! Schnell! Um den Rest kann sich Nkomo kümmern!«

»Warte! Noch einen Moment!«, flüsterte er mir zu, wobei er die Gruppe aber ständig im Auge behielt.

Dann antwortete der Mann endlich.

»Weil wir nicht mehr können! Es sind zu viele! Es sind einfach zu viele!«

»Wie? Zu viele? Was meinst du?«, wollte Tom von ihm wissen.

»Hier unser Friedhof! Jede Woche mehr! Es geht nicht mehr anders. Wir können nicht mehr!«

Wir zuckten zusammen. Waren wir in der Morgendämmerung über einen Friedhof gelaufen, ohne es zu merken? Wir drehten uns um und entdeckten zunächst wieder nur das aus dem Schlamm herausragende Bein. Dann blickten wir weiter über die Lichtung. Hier waren zwar keine Körperteile zu sehen, doch mit ein wenig Phantasie konnten wir erkennen, dass sich über einen weiten Bereich der Fläche ganz leichte Erhebungen erstreckten, die tatsächlich Gräber sein konnten. Tom nahm sein Messer nun herunter.

»Wieso ist das hier euer Friedhof? Und warum werden es immer mehr?«, erkundigte er sich.

»Ich kann nicht erklären. Du musst Samuel fragen. Sein Englisch viel besser!«

»Und wo ist Samuel?«, stellte ich nun zum ersten Mal eine Frage.

»In unserem Lager. Gleich hier vorne. Nicht weit weg. Vielleicht zweihundert Meter. Darum euch gehört haben, als ihr geschrien und dann hergekommen.«, erklärte er uns.

»Ihr habt hier ein Lager?«, wollte Tom wissen.

»Ja. Da hinten am Waldrand.«, sagte der Mann und zeigte mit seinem Finger auf einen gegenüberliegenden Teil der Lichtung.

Wir erkannten jedoch nichts.

»Ihr mitkommen?«

Tom schaute mich an.

»Ich glaube, die sind harmlos. Wenn die was von uns gewollt hätten, dann wären wir jetzt schon längst tot.«, flüsterte er.

»Und wenn sie uns nur nicht auf ihrem Friedhof umbringen wollen?«

»Quatsch!«, kanzelte er meinen Einwand kurzerhand ab und ging in Richtung der Gruppe.

Ich folgte ihm widerwillig, denn ich wollte hier auch nicht allein stehenbleiben.

»Ja, wir kommen mit. Wie heißt du?«, fragte Tom während des Gehens.

»Jacob!«, antwortete der Mann.

»Mein Name ist Tom.«, stellte er sich vor.

Ich zögerte, doch Tom nahm mir meine Zweifel ab und sprach für mich.

»Das ist Jan.«

»Ah. Kommt mit.«, forderte Jacob uns auf und drehte sich um.

Er übernahm die Führung und wir folgten der Gruppe, aus denen sich immer mal wieder einige zu uns umdrehten, dann die Köpfe zusammensteckten und tuschelten.

»Ich hab bei der Sache kein gutes Gefühl!«, sagte ich zu Tom, der aber abwiegelte.

»Lass mal. Wir werden ja sehen.«

Noch bevor ich mich über Tom aufregen konnte, stoppte die Gruppe vor uns und ging im Gänsemarsch einen kleinen Pfad in den Wald hinein. Wir folgten als Letzte und sahen nach einigen Metern, was Jacob mit „Lager“ gemeint hatte. In dessen Mitte stand eine Hütte aus Wellblech und Spanplatten, deren Dach aus mehreren großen Wellblechteilen zusammengenagelt war. Vor der Hütte gab es eine Feuerstelle. Um sie herum waren im Halbkreis Sitzgelegenheiten aus Holzklötzen und Bierkisten aufgestellt. In etwas größerer Entfernung entdeckten wir ein paar Schlafstellen, die lediglich aus schräg in den Boden gerammten Spanplatten und Wellblechteilen bestanden. Mehr nicht, kein Boden, nur ein angeschrägtes Dach.

»Bei dem Wetter alle im Haus.«, erklärte uns Jacob, der nun zu uns gekommen war und auf die etwa acht mal fünf Meter große Hütte deutete.

»Kommt mit rein.«, bat er uns.

Wir folgten ihm, auch wenn ich mir nicht sicher war, ob wir diese Idee nicht bald bereuen würden.

Jacob öffnete die Tür, die ebenfalls aus Wellblech bestand und nur von einer einzigen Türangel gehalten wurde. Dann traten wir ein. Vor uns breitete sich ein einziger, völlig überfüllter Schlafraum aus, in dem schätzungsweise fünfzehn oder zwanzig Menschen auf Kokosmatten lagen oder sitzend an der Wand lehnten. Die meisten von ihnen schliefen. Die Luft in dieser Hütte war feucht. Es stank nach einer Mischung aus Moder und Schweiß. Die beiden Kerzen, die der Beleuchtung dienten und in der Mitte des Raumes aufgestellt waren, gaben ein schummriges, diffuses Licht ab. Jacob schaute sich um und flüsterte:

»Samuel! Samuel!«

Sein Flüstern war jedoch zu laut und er weckte dadurch nicht nur Samuel, sondern auch noch andere Bewohner der Hütte, die aus dem Schlaf gerissen auf uns aufmerksam wurden, zusammenzuckten und sich sichtlich vor uns fürchteten. Dann stand einer von ihnen auf und sprach mit Jacob in einer Sprache, die ich nicht verstand. Jacob antwortete ihm, zeigte mit dem Finger erst auf uns und dann nach draußen in Richtung des Friedhofes, sodass wir uns denken konnten, was er gerade berichtete. Samuel nickte, kam zwei Schritte auf uns zu und reichte uns die Hand.

»Hallo, mein Name ist Samuel.«, stellte er sich in gutem Englisch vor.

»Hallo, das ist Jan und ich bin Tom.«, übernahm Tom die Begrüßung für uns beide.

Ich nickte ihm nur zu.

»Sollen wir nach draußen gehen?«, fragte Samuel, was ihn mir ein wenig sympathischer machte, da ich es bei der Luft in dieser Hütte sicherlich nicht lange ausgehalten hätte.

»Ja, gern.«, antwortete ich, noch bevor Tom etwas sagen konnte.

Wir verließen vor Samuel die Hütte, der dann aber draußen vorging und uns einen Sitzplatz am erloschenen Lagerfeuer anbot. Tom und ich schnappten uns jeder eine Bierkiste und setzten uns. Die kleine Gruppe, die uns hierher geleitet hatte, setzte sich in geringem Abstand auf Samuels Seite, der auf einem Holzklotz Platz genommen hatte. Einige weitere, die zuvor noch in der Hütte gelegen hatten, näherten sich schüchtern und beobachteten uns teils ängstlich, teils argwöhnisch.

»Ihr habt Demba gefunden?«, wollte Samuel von uns wissen.

»Ist das der Tote dort hinten?«, vergewisserte sich Tom.

»Ja.«

»Ja, haben wir.«

Samuel schwieg. Daher übernahm Tom das Wort.

»Jacob hat gesagt, dass immer mehr sterben und auf eurem Friedhof begraben werden. Wieso?«

Samuel schaute nach unten in den nassen Sand und schwieg weiter. Tom und ich schauten uns an. Kurz bevor Tom seine Frage wiederholen wollte, hob Samuel seinen Kopf und begann zu reden.

»Wir sterben wegen der Minen.«, antwortete er leise mit traurigem Tonfall.

»Wegen der Minen? Gibt es hier so viele?«, fragte ich.

»Ich weiß nicht, ob es hier besonders viele sind, aber es sind zu viele für uns.«

»Wie meinst du das?«, wollte Tom wissen.

»Wenn wir nicht jeden Tag durchs Unterholz laufen und nach den Minen suchen müssten, dann würde es sicher auch nicht so viele von uns erwischen.«

Ich wollte ihm zunächst empfehlen, es doch besser zu unterlassen, durchs Unterholz zu laufen, doch dann entschied ich mich, lieber nachzufragen:

»Weshalb lauft ihr denn dann da lang?«

»Weil wir müssen. Sie zwingen uns dazu.«

»Wer zwingt euch dazu?«, wollte Tom wissen.

»Die Holzfäller.«, antwortete Samuel nach einer kurzen Pause.

Ich blickte Tom an, der den Kopf schüttelte, weil er bereits ahnte, was kommen würde. Ich verstand jedoch noch nicht, sodass ich fragte:

»Wieso können die euch zwingen?«

»Wir sind nicht von hier. Wir kommen alle aus Zimbabwe. Alle, die du hier siehst, sind Flüchtlinge. Wir verdienen in Zimbabwe nicht mehr genug Geld, um unsere Familien zu ernähren. Die Inflation frisst alles auf. Deshalb sind wir mit unseren Frauen und Kindern aus vielen Dörfern in Zimbabwe geflohen. Wir wollten nach Südafrika, weil dort alles besser ist und man für seine Arbeit einen angemessen Lohn bekommt. Die Regierung will uns aber nicht einreisen lassen, weil wir den Leuten in Südafrika angeblich die Arbeit wegnehmen. Deshalb haben sie an der Grenze viele Zäune aufgebaut und es gibt unzählige Wachen, die dort patrouillieren. Es ist unglaublich schwer, als Zimbabwer nach Südafrika zu kommen. Darum gibt es Schleuserbanden, die Leute wie uns gegen Geld über die Grenze schmuggeln. Das haben wir auch alle gemacht. Meistens hat die ganze Familie für uns zusammengelegt, damit wir uns das leisten konnten.«

»Und? Hat es funktioniert?«, unterbrach ich ihn.

»Ja und nein. Die Schleuser haben uns über die Grenze gebracht. Erst mit Booten über den Limpopo. Dann ging es mit kleinen Transportern weiter. Aber anstatt uns wie vereinbart nach Johannesburg zu bringen, haben sie etwa fünfzig Kilometer nach der Grenze angehalten und uns einer anderen Bande übergeben.

Dafür haben sie dann noch einmal Geld bekommen. Das waren Weiße. Die hatten Gewehre dabei und haben uns gezwungen aus den Transportern auszusteigen. Dann haben sie uns aufgeteilt. Alle Männer wurden in drei Transporter, alle Frauen und Kinder in vier weitere Transporter gesteckt. Sie haben uns gesagt, dass unsere Frauen und Kinder nun in ein Lager kommen, in dem sie auf uns warten müssten, bis wir unsere Arbeit erledigt hätten. Wo dieses Lager ist, haben sie uns nicht gesagt. Sie haben uns erklärt, dass wir drei Monate lang für sie arbeiten müssten, wenn wir unsere Familien wiedersehen wollten. Falls wir uns weigern, haben sie gesagt, würden sie unsere Frauen und Kinder wieder über die Grenze zurück nach Zimbabwe schicken oder noch Schlimmeres mit ihnen anstellen.«

»Was für miese Arschlöcher!«, entfuhr es Tom.

»Diese Weißen waren vermutlich die Holzfäller, oder?«, fragte ich weiter.

»Nein. Das waren keine Holzfäller. Zu denen wurden wir erst hier in Mosambik gebracht. Die Weißen, die uns von unseren Frauen getrennt haben, waren wohl nur so etwas wie Vermittler. Sie haben uns dann noch in der selben Nacht über die Grenze nach Mosambik gebracht. Dann sind sie mit uns hierher gefahren und haben uns bei den Holzfällern abgegeben.«

»Und was müsst ihr hier machen?«, hakte ich nach.

»Die Holzfäller schlagen hier die Palmen und verkaufen das Holz weiter. Anfangs dachten wir alle, dass wir auch zum Roden des Waldes eingesetzt werden. Aber dann haben sie uns hier in dieses Lager gebracht. Einige andere Flüchtlinge aus Zimbabwe waren schon hier. Die haben uns dann erzählt, was wir hier machen müssen.«

»Und was ist das?«

»Ganz am Anfang, als die Holzfäller hergekommen sind, hat es wohl gleich am ersten Tag einen von ihnen erwischt, der mit seinem Auto auf eine Mine gefahren ist. Davon waren die anderen Holzfäller und auch deren Chefs schockiert. Sie haben nach Alternativen gesucht. Wer dann diese Idee hatte, weiß ich nicht. Aber die Holzfällerfirma hatte wohl gute Verbindungen zu den Schleuserbanden und die haben dann alles in die Wege geleitet. Jeden Tag nehmen sie etwa zwanzig von uns mit an die Stellen, die gerodet werden sollen. Dann werden wir in Zweiergruppen aufgeteilt. Jeder bekommt einen Plan in die Hand, auf welcher Route er durch den Wald und an welcher Seite er an den Palmen vorbeilaufen soll. Daran müssen wir uns genau halten. Wer abweicht, der wird hinterher geschlagen und es wird immer gedroht, dass unseren Familien etwas geschieht, die im Lager in Südafrika sind. Wir sind deren Minenräumer. Aber wir bekommen keine Ausrüstung und keinen Schutz. Wir müssen einfach so durch den Wald laufen und hoffen, dass auf unserer Route keine Mine vergraben wurde. Weil wir billiger sind als Spürhunde, haben sie gesagt. Die meisten von uns haben Glück, denn so viele Minen sind es Gott sei Dank doch nicht. Aber pro Woche erwischt es meist zwei oder drei. Einmal waren es sogar sechs.«

»Oh, mein Gott!«

»Ja. Die anderen, die nicht zum Suchen eingeteilt werden, müssen bereit stehen, um die Überreste derjenigen einzusammeln und zu begraben, die auf eine Mine getreten sind. Das ist sogar noch schlimmer als die Angst bei der Suche selbst. Wenn wir die Beine und Körper derjenigen durch den Wald tragen müssen, mit denen wir am Abend zuvor noch hier am Feuer gesessen haben.«

»Was sind das nur für Arschlöcher!«, murmelte Tom kopfschüttelnd.

»Ihr könnt euch gar nicht vorstellen, was das für Schweine sind Während wir in den Wäldern auf ihren Routen nach Minen suchen, schließen sie Wetten auf uns ab, ob es einen oder mehrere von uns erwischt. Manchmal setzen sie sogar auf Einzelne von uns Geld, wenn am Tag zuvor zum Beispiel in der Nähe von dessen Route bereits eine andere Mine explodiert ist. Dann bekommt derjenige, auf dessen Tod gesetzt wird, einen kleinen Beutel um den Hals, mit den Namen der Holzfäller und der Höhe ihrer Wettbeträge darin, damit sie das hinterher besser nachhalten können. Die, die auf einen gesetzt haben, drohen uns dann sogar noch und sagen so etwas wie ›Wehe, wenn du heute lebend zurückkommst, Nigger!‹ oder ›Wenn du heute stirbst, trinke ich einen auf dich!‹. Ich hatte auch schon einmal einen Beutel. Aber ich hatte Glück. Bis jetzt.«

»Und, und warum flieht ihr nicht und geht zur Polizei? Wir kennen einen Weg aus dem Wald raus. Ihr müsst uns nur folgen!«, schlug ich vor, immer noch völlig fassungslos.

»Das geht nicht. Wir haben auch schon darüber nachgedacht. Aber sie haben uns gesagt, dass jeder, der von hier flieht, seine Familie nicht lebend wiedersehen wird. Wir haben einfach nur Angst um unsere Frauen und Kinder. Sonst wären wir hier schon lange weg!«

»Aber besteht denn überhaupt eine Chance, dass ihr sie wiederseht? Ich meine... Nicht nur wegen der Minen... Bringen die euch wirklich wieder zurück nach Südafrika?«, fragte Tom skeptisch.

»Ja. Wir vermuten schon. Einige von uns haben das hier tatsächlich die ganzen drei Monate überlebt. Diejenigen, die das geschafft haben, wurden auch nicht mehr zur Minensuche eingesetzt und einige Tage später von einem Weißen abgeholt. Das ist auch der Chef von denen gewesen, die uns in Südafrika in Empfang genommen und unsere Familien von uns getrennt haben. Wir denken daher, dass er uns zu ihnen zurückbringt. Angeblich kümmern sich diese Leute dann sogar darum, dass wir in Südafrika einen Job bekommen.«

Tom und ich antworteten nicht darauf. Stattdessen wollte ich wissen:

»Und weißt du ungefähr, wie viele schon von den Minen getötet wurden?«

»Nein, ich bin seit 56 Tagen hier, 15 muss ich noch. Aber das ganze läuft schon länger, als ich hier bin. Darum kann ich euch nicht sagen, wie viele bislang gestorben sind. Und die, die es drei Monate ausgehalten haben, sind ja auch schon alle weg. Aber in meiner Zeit waren es 24 Tote. Ich habe jeden einzelnen gezählt. Alle sind dort auf der Lichtung begraben. So werden wir zwar nach und nach immer weniger, aber es kommen alle paar Wochen neue Leute aus Zimbabwe, die hierher gebracht werden. Auch wenn wir alle sterben würden, sie holen sich immer wieder Nachschub.«

»Das Ganze kann bald ein Ende haben!«, machte Tom ihm Mut.

»Wieso?«, wollte Samuel wissen und seine Augen wurden groß.

»Weil morgen früh ein großer Einsatz der Polizei hier stattfinden wird. Dabei geht es zwar nur darum, einen einzigen Mörder zu fassen, aber wenn wir der Polizei sagen, was hier noch läuft, werden sie sicher alle festnehmen.«, erklärte Tom.

»Nein! Nein! Das geht nicht! Das können die nicht machen! Was wird denn dann aus unseren Familien? Die bringen sie doch alle um!«

»Ich glaube, da kannst du unbesorgt sein! Die Polizei wird sich alle von ihnen schnappen. Die Holzfäller werden in dem Augenblick, wo sie zuschlagen wohl kaum daran denken, was mit euren Familien passiert. Die werden ganz mit sich beschäftigt sein. Und wenn sie dann vernommen werden, werden sie schon sagen, wo eure Familien sind. Glaub mir!«, beruhigte Tom ihn.

»Seid ihr sicher?«

»Ja.«, antworteten wir beide, auch wenn wir keine Ahnung hatten, ob die Holzfäller tatsächlich wussten, wo die Familien dieser Leute festgehalten wurden.

Genauso gut konnte es sein, dass nur die Firmenleitung von Schoeman & Pretorius in dieser Sache die Fäden in der Hand hielt. Aber das war nicht unser Problem. Diesen Menschen hier musste geholfen werden, da sie ansonsten weiterhin Tag für Tag ohne Schutz in den verminten Wald geschickt würden. Wie ihre Familien befreit würden, war Aufgabe der Polizei. Hier ging es erstmal darum, dieses sinnlose Morden zu beenden. Das war es für uns wert, diese Behauptung ins Blaue hinein aufzustellen.

»Wir wollen einfach nur noch zu unseren Familien zurück. Mehr nicht. Das alles hier soll ein Ende haben!«

»Dafür werden wir sorgen. Versprochen. Ihr müsst nur noch einen Tag aushalten. Morgen ist dieser Albtraum für euch vorbei« verabschiedeten wir uns von Samuel und erhoben uns von den Bierkisten.

»Danke.«, war alles, was Samuel zum Abschied sagte.

Wir winkten den Männern zu, die immer noch um die Feuerstelle herumsaßen und konnten sehen, wie Samuel ihnen übersetzte, worüber wir gerade gesprochen hatten. Dann gingen wir den kleinen Pfad zur Lichtung hinauf und den anderen Weg, den wir anfangs gekommen waren, wieder zu Toms Jeep hinunter.

»Ich hätte denen ja viel zugetraut… Aber so etwas!«, murmelte Tom vor sich hin.

»Das hätte ich auch nicht gedacht. Aber so macht das alles einen Sinn! Dein Verdacht wegen dieses komischen Spezialfahrzeugs, die Wetten, von denen uns keiner sagen wollte, worum es ging und auch dieses komische Verfahren wegen Beihilfe zur illegalen Einreise. Das passt alles zusammen!«

»Ja. Denkst du, wir hätten da früher drauf kommen können?«, fragte mich Tom, während er den Wagen aufschloss.

»Nein. Das war zu abwegig! So krank ist doch keiner von uns im Kopf, dass er auf so eine perfide Idee kommen könnte.«

»Meinst du, dass die Arbeiter, die die drei Monate überlebt haben, tatsächlich zu ihren Familien gebracht werden?«, fragte ich Tom auf dem Rückweg.

»Ich hoffe es zwar, aber wirklich glauben kann ich das nicht. Ich vermute eher, dass die Männer durch dieses leere Versprechen nur bei Laune gehalten werden sollen, damit sie die drei Monate ohne großes Murren durcharbeiten und bereitwillig ihr Leben aufs Spiel setzen. Wahrscheinlich ist es sogar so, dass der Typ, der sie abholt, sie gleich irgendwo in der nächsten Ecke entsorgt.«

»Du meinst…«

»Mmh. Überleg doch mal! Wenn Schoeman & Pretorius die einfach so wieder zu ihren Familien bringen würden, dann wäre doch die Gefahr für die viel zu groß, dass einer von denen mal zur Polizei geht und quatscht. Das Risiko gehen die nicht ein. Die haben schon so viel Dreck am Stecken, da kommt es denen garantiert nicht mehr darauf an, noch den einen oder anderen zu töten, damit das weiterhin geheim bleibt. Die hätten doch ein mächtiges Problem, wenn das an die Öffentlichkeit gerät!«

»Und deren Familien? Glaubst du es gibt dieses Lager wirklich, wo die hingebracht worden sein sollen?«

»Nein. Das wäre doch viel zu viel Aufwand! Die müssten die Frauen und Kinder für drei Monate ernähren und ihnen zumindest irgendein Quartier zur Verfügung stellen. Das wäre garantiert zu viel Arbeit. Im besten Fall haben sie die irgendwo an einer Hauptstraße raus gelassen und sind weitergefahren. Aber das kann man nicht wissen.«

»Scheiße,«

»Wenigstens wissen wir jetzt aber, woher Thijs sein ganzes Geld hatte. Dieses Arschloch! Und dann noch diese dämliche Geschichte mit dem Spezialfahrzeug! Die dachten auch, die könnten uns verarschen! Jetzt fahren wir erst einmal mit unserem Spezialfahrzeug los, Das ist, wie es scheint, auch kugelsicher!« sagte Tom, als wir vor seinem Jeep standen.

»Naja, fast...«, merkte ich mit einem kurzen Blick auf die zerborstene Scheibe an.

Tom fuhr los. Unsere Müdigkeit war wie weggeblasen. Unser Ausflug in das Lager der Minensucher hatte uns ziemlich aufgekratzt und wir brannten darauf, schnell die Hauptstraße zu erreichen, um wieder Telefonempfang zu haben, damit wir Nkomo von dieser neuen Entwicklung berichten konnten. Tom fuhr vorsichtig, aber zügig und wir kamen bald zur Einmündung auf die N1, die mittlerweile vom strahlenden Licht der Morgensonne beschienen wurde. Tom gab Gas. Noch bevor ich die Nummer von Nkomo wählte, sagte ich zu Tom:

»Gut, dass du so hartnäckig geblieben bist! Ich wäre da heute bestimmt nicht noch einmal hingefahren!«

Tom antwortete nicht darauf, sondern fuhr grinsend weiter. Ich wusste, dass er mich verstanden hatte. Dann rief ich Nkomo an, den ich diesmal nicht wecken musste, da er bereits mit der Koordination des bevorstehenden Einsatzes beschäftigt war. Ich erzählte ihm, was wir gerade eben herausgefunden hatten und selbst durch das Telefon merkte ich, dass er wirklich schockiert war. Nachdem er sich gesammelt und mich mit einigen Fragen gelöchert hatte, versprach er mir, den Einsatz so zu gestalten, dass alle Holzfäller im Lager möglichst zugleich festgenommen werden, sodass für keinen eine Chance bestehen sollte, noch irgendwelche Informationen weiterzugeben. Damit wollte Nkomo vor allem den Schutz der Familien der Minensucher gewährleisten, falls diese noch am Leben waren. Wir verblieben so, dass wir uns nach Beendigung des Einsatzes voraussichtlich morgen Nachmittag im Polizeirevier in Inhambane treffen würden, damit wir den Vernehmungen beiwohnen konnten.

Wir fuhren die N1 weiter nach Süden und gelangten nach etwas mehr als zwei Stunden nach Unguana, wo wir an einer Tankstelle anhielten. Wir tankten den Wagen auf und ich bestellte im kleinen Bistro für Tom und mich einen großen Kaffee und in Ermangelung anderer Angebote jeweils zwei Pregos, von denen wir je einen als Proviant für unterwegs mitnahmen. Noch bevor wir um diese Uhrzeit mit dem zerschossenen Jeep für größeres Aufsehen an der Tankstelle sorgen konnten, fuhren wir weiter und ich meldete unser Kommen bei der Rezeption von Andrews Backpacker an. Da uns trotz oder gerade wegen der Aufregung der letzten Stunden nun beide langsam die Müdigkeit übermannte, wechselten wir häufiger den Fahrer. Unsere Gespräche beschränkten sich auf ein Minimum, da wir beide zu geschafft waren, um noch irgendetwas Sinnvolles zu erzählen. Stattdessen lauschten wir den Hits im Radio, die uns bei Laune hielten und die Müdigkeit zumindest ein wenig vertrieben. Kurz nach Mittag erreichten wir Andrews »Coconuts Backpacker«. Tom fuhr den Wagen auf die Parkfläche neben dem Rezeptionsgebäude und schaltete den Motor aus. Mit einem erleichterten Stöhnen ließ er sich auf seinem Sitz nach hinten fallen und riss die Arme bis unter das Dach des Jeeps.

»Geschafft!«, rief er sichtlich erleichtert, dass wir ohne Unfall den Weg bis nach Tofo überstanden hatten. Wir stiegen aus und Tom warf die Tür zu, ohne sie zusätzlich abzuschließen. Wozu auch? Wir hatten kein Gepäck und keine Wertgegenstände ins Holzfällerlager mitgenommen und wenn jemand ins Innere des Jeeps gelangen wollte, konnte er das problemlos auch durch die zersplitterte Seitenscheibe tun. Zum ersten Mal hatten wir die Zeit, uns in Ruhe die Schäden am Fahrzeug anzusehen. Die Scheibe war hinüber. Das war klar. Aber auch die hintere linke Tür war in Mitleidenschaft gezogen worden, genauso wie die Kofferraumklappe des Jeeps. Beide waren übersät mit kleinen Dellen, die von den Schrotkugeln stammten, die glücklicherweise nicht die Wucht gehabt hatten, das Metall zu durchschlagen. Noch mehr Glück hatten wir vermutlich, was die Heckscheibe anging. Hätte der Schütze im Camp etwas höher gezielt, so wäre vermutlich auch sie zerborsten und die Kugeln hätten ungehindert ins Innere des Wagens eindringen und uns verletzen oder töten können.

»Sieht zwar übel aus, aber ich glaube wir haben verdammt Glück gehabt!«, stellte Tom nüchtern fest.

Der Mann an der Rezeption mit der langen Rasta-Frisur erkannte uns wieder, obwohl er so wirkte, als sei sein letzter Joint noch nicht allzu lange her. Wir nahmen diesmal zwei Honeymoon-Suiten, die ich bereits telefonisch reserviert hatte, da unser größter Wunsch ein paar Stunden Schlaf waren, die wir im Gegensatz zu unseren letzten Ausflügen allein genießen wollten. Der Mann an der Rezeption gab uns die Schlüssel und versprach uns, dass einer der Mitarbeiter den Wagen an einen weniger einsehbaren Platz fahren würde, sodass Tom ihm für diesen Zweck die Fahrzeugschlüssel aushändigte. Gänzlich ohne Gepäck stapften wir den Weg hinauf zur Strandbar, die auf dem Weg zu den Suiten lag.

»Sollen wir noch schnell schauen, ob Andrew da ist?«, fragte ich Tom.

»Hmm, aber nur kurz. Ich schlaf gleich im Stehen ein!«

Wir gingen an die Bar und entdeckten Andrew am Tresen, der sich gerade wieder über einen seiner Mitarbeiter ärgerte. Diesmal warteten wir nicht ab, bis er mit seiner Schimpftirade fertig war, sondern tippten ihn mitten im Satz auf die Schulter, da wir keine Lust und auch keine Kraft mehr hatten, länger als notwendig auf die Begrüßung zu warten.

»Was ist denn… Ach! Hi! Ihr seid es! Ihr sehr ja scheiße aus! Alles klar bei euch?«, drehte er sich um und wollte im ersten Moment seinen Zorn auch über uns ergießen.

»Ja. Danke. Wissen wir. Ist eine lange Geschichte. Die erzählen wir dir heute Abend. Wir wollten nur kurz „Hallo" sagen, damit du weißt, dass wir wieder da sind.«, erklärte ich ihm.

»Schön! Bleibt ihr diesmal länger?«

»Mal sehen. Kommt drauf an. Aber wie gesagt, das erzählen wir dir später. Erst einmal brauchen wir ein paar Stunden Schlaf!«, beantwortete ich seine Frage so kurz wie möglich.

»Ist in Ordnung. Ihr kennt euch ja aus. Fühlt euch wie zuhause!«

»Noch eines, Andrew.«, fing Tom an und beugte sich zu Andrew hinüber.

»Ja?«

»Nur zur Sicherheit. Ich denke nicht, dass es passiert… Aber falls jemand nach uns fragen sollte, sind wir nicht hier. Auf uns ist geschossen worden.«

»Was?«, rief Andrew erschreckt.

»Ja. Ist aber alles gut gegangen. Und könntest du dafür sorgen, dass unser Jeep wirklich bald weggefahren wird. Der fällt im Moment sehr auf. Nicht, dass der noch zufällig von den Holzfällern entdeckt wird. Wir haben es schon dem Typen an der Rezeption gesagt, aber der wirkte irgendwie ein bisschen zugekifft.«, fügte ich hinzu.

»Schon wieder?«, schnaufte Andrew resigniert.

»Aber kein Problem, ich kümmere mich sofort darum. Und von uns erfährt keiner, dass ihr hier seid. Schlaft euch erst einmal aus und dann könnt ihr heute Abend alles erzählen. Ihr findet mich sicher hier in der Bar. Bis später!«, verabschiedete sich Andrew.

Nachdem ich Tom eine Gute Nacht gewünscht hatte, schleppte ich mich in meine Hütte, zog mich aus und hängte meine noch immer klammen Klamotten zum Trocknen auf die Veranda. Dann fiel ich aufs Bett und schlief sofort ein.

Das Klingeln meines Telefons weckte mich. Als ich aufwachte und mir die Augen rieb, war es in meiner Suite bereits dunkel. Ich nahm ab und hörte Yzelles Stimme am anderen Ende der Leitung:

»Gott sei Dank! Alles in Ordnung?«, begrüßte sie mich hörbar erleichtert.

»Ja. Alles prima! Wir sind gut bei Andrew angekommen. Ich hätte mich schon früher gemeldet, aber wir brauchten dringend eine Mütze voll Schlaf!«, entschuldigte ich mich.

»Hauptsache, es geht euch gut!«, sagte Yzelle milde.

»Du ahnst nicht, was wir noch herausgefunden haben!«, platzte ich gleich heraus.

»Was denn? Ich dachte, ihr habt Kak schon überführt? Was denn noch?«

Ich berichtete Yzelle von den Flüchtlingen aus Zimbabwe und den Entwicklungen der letzten Nacht. Yzelle war sprachlos, was nicht häufig vorkam. Nachdem ich mit meinen Ausführungen am Ende angekommen war, brachte Yzelle nur noch einige für sie sehr untypische Worte heraus:

»Meine Fresse! Das hätte ich nicht gedacht…!«

Dann schwieg sie.

»Morgen ist das Verhör, wenn alles gut geht! Je nachdem wie lange das geht, melde ich mich spätestens übermorgen früh bei dir. Einverstanden?«

»Ja. Ist in Ordnung! Aber passt bitte weiter auf euch auf!«

Ich legte auf, ging zur Veranda und sah, dass die Abenddämmerung die Anlage des »Coconuts Backpacker« bereits mit Dunkelheit überzogen hatte und die Beleuchtungen, die links und rechts der Wege und rund um die einzelnen Hütten montiert waren, angeschaltet waren. Ich nahm meine Kleidung, die ich über der Brüstung der Veranda zum Trocknen ausgebreitet hatte und hielt sie an meine Nase. Sie roch muffig, eben nach Wäsche, die man im nassen Zustand am Körper getragen hatte. Diese Sachen wollte ich ungewaschen nicht mehr anziehen. Da ich keine Wechselklamotten mitgenommen hatte, rief ich bei der Rezeption an. Immerhin konnte ich dort ein T-Shirt erstehen, aber mehr auch nicht. Deshalb klingelte ich gleich noch einmal bei Andrew durch.

»Hi Andrew! Ich bin es, Jan.«, meldete ich mich, als er abnahm.

»Hi Jan! Wie geht´s? Kommst du gleich rüber?«

»Ja! Nur zu gern! Ich hab aber ein Problem. Meine Sachen stinken und ich hab nichts zum Wechseln dabei. Ich hab grad schon in deinem Shop ein T-Shirt gekauft. Kannst du mir vielleicht eine deiner Hosen borgen?«

»Kein Problem. Ich weiß aber nicht, ob ich was in deiner Größe da habe. Du hast ja doch ein bisschen mehr Bauch als ich.«, lachte er.

»Nun übertreib mal nicht!«

»War nur ein Spaß. Ich schaue gleich mal nach und bring dir was vorbei. In spätestens zehn Minuten bin ich da. Bis gleich.«

Noch bevor Andrew aufkreuzte, klopfte es an meiner Tür und ein junger Mann brachte mir das T-Shirt, das ich soeben gekauft hatte. Um ihm nicht gänzlich nackt zu öffnen, hatte ich mir eines der Handtücher um die Hüften gebunden. Ich nahm das Shirt in Empfang und probierte es an. Es war etwas zu lang, aber ansonsten okay. Ein dunkles Blau mit schräg über die Brust verlaufendem grün-gelb-rotem Aufdruck »Coconuts Backpacker«. Nur ein paar Minuten später trat Andrew ohne zu klopfen in meine Suite und freute sich diebisch.

»Hier, deine Hose!«, grinste er und warf mir die Hose entgegen.

Es war eine Leinenhose, die er vermutlich dem Rasta-Mann von der Rezeption geklaut hatte. Sie sah aus wie ein Wasserfarbmalkasten, in dem man ohne Sinn und Verstand herumgepanscht und ein wildes Farbgemisch kreiert hatte, dass den Halluzinationen nach einem guten Joint gleichkam. Ich verzog das Gesicht.

»Ach, komm! Was Anderes hattest du nicht?«, fragte ich enttäuscht.

»Das war das einzige Teil mit elastischem Hosenbund, das ich noch da hatte. Tut mir leid.«, lachte Andrew, während ich mir diesen Regenbogen aus Leinen überzog.

»Na super!«

»Nörgel nicht und komm mit. Bin schon gespannt, was ihr zu erzählen habt!«

Wir gingen hinauf in die Strandbar und nahmen in einer der Sitzecken mit Couch und Rattansesseln Platz. Es war im Vergleich zu unserem letzten Besuch sehr gut gefüllt und die meisten der Tische waren besetzt. Ich fühlte mich in meinen Klamotten sehr unwohl, eine Mischung aus billiger Werbetafel und Alt-Hippie. Gerade als Andrew zwei Bier an unseren Tisch brachte, betrat auch Tom die Bar. Hatten wir bisher nur in unserem Verhalten einige Ähnlichkeiten ausmachen können, so konnte man uns nun getrost als Zwillinge bezeichnen. Tom hatte ganz offensichtlich das gleiche Geruchsproblem bei seiner Kleidung ausgemacht wie ich und war auf dieselbe Idee hinsichtlich des T-Shirts gekommen. Er hatte sich allerdings für die Variante in grün entschieden. Die Hosen hatte Andrew vermutlich im Doppelpack gekauft, denn auch Tom sah untenrum aus wie ein Kanarienvogel, der in einen Farbkasten geflogen war. Andrew bekam sich ob des gelungenen Spaßes nicht mehr ein und stellte lachend die Bierflaschen auf den Tisch.

»Mann, siehst du Scheiße aus!«, begrüßte ich Tom.

»Danke! Kann ich nur zurückgeben!«, sagte er mit einem gequälten Lächeln und setzte sich, während Andrew zur Bar ging und noch ein drittes Bier orderte, wobei er sich deutlich sichtbar mit Theresa, der Bardame, über uns amüsierte.

»Na, ihr Hübschen, noch einen Joint zum Bier? Aber jetzt erzählt mal. Ihr saht vorhin ganz schön fertig aus. Von dem Jeep will ich gar nicht reden... Was ist denn passiert?«

Wir begannen mit unserem Treffen bei Mpizi, bis wir schließlich bei den Entwicklungen der heutigen Nacht angelangt waren. Wir ließen uns sehr viel Zeit dabei, da Tom und ich erkannten, dass wir bei den attraktiven jungen Damen am Nebentisch mit den Klamotten, die wir trugen, heute keinen Stich machen würden. Andrew entschädigte uns dafür jedoch mit Burgern und Freigetränken.

»Und was passiert jetzt?«, fragte Andrew schon leicht angetrunken, nachdem wir an dem Punkt angekommen waren, an dem wir Nkomo benachrichtigt hatten.

»Wir warten ab, was morgen geschieht! Nkomo hat einen Einsatz seiner Einheiten gegen die Holzfäller geplant. Ich hoffe, dass da alles glatt läuft. Wenn alles funktioniert, dann treffen wir ihn morgen Nachmittag im Polizeirevier in Inhambane.«, erklärte ich.

»Und dann?«

»... werden die hoffentlich für alle Zeiten weggesperrt!«, sprach Tom aus, was wir alle dachten.

»Falls die hier in Mosambik in den Knast kommen und Südafrika keinen Auslieferungsantrag stellt, dann war es das für die! Sobald die anderen Häftlinge im Knast spitz bekommen, weswegen die eingebuchtet wurden, würde ich keinen Metical mehr auf deren Leben setzen!«, sagte Andrew.

Wir tranken noch sehr lange, denn wir hatten schließlich etwas zu feiern. Nachdem wir noch einige Runden Gin Tonic in uns hineingekippt und über das Leben der Holzfäller im Knast sinniert hatten, wankten wir spät in der Nacht sturzbetrunken zu unseren Hütten. Meine lag auf dem Weg zu Tom und wir verabschiedeten uns mit einer Umarmung vor der Tür von Suite Nr. 1. Kopfschmerztabletten hatte ich natürlich keine dabei, aber das war mir auch egal. Sollte der morgige Tag ruhig mit Kopfschmerzen beginnen. Wir hatten alles erledigt und der nächste Termin stand erst am Nachmittag an. Ich hatte also viel Zeit, um mich auszuruhen. Mit diesem Gedanken ging ich ins Bett und schlief ruhig und gelöst ein.

Kapitel 25

Dienstag, 08.03.2011

Geweckt wurde ich am nächsten Tag vom Zimmerservice, der mein Bett frisch beziehen und ein wenig saubermachen wollte. Ich hatte heute Nacht keinen Gedanken mehr daran verschwendet, das »Do not disturb«-Schildchen an die Eingangstür zu hängen, sodass mich nun das erschreckte »Oh! Sorry!« des Zimmermädchens aus dem Schlaf riss. Noch bevor sie sich wieder aus dem Staub machen konnte, drückte ich ihr meine noch immer muffig riechende Wäsche zusammen mit einem Dollar in die Hand und bat sie, die Sachen so schnell es ging zu waschen. Vor morgen früh würde es aber wohl nichts werden. Ich seufzte kurz, da ich mich den gesamten Tag in dieser Clowns-Hose, die allerdings zugegebenermaßen sehr bequem war, herumlaufen sah. Nachdem das Zimmermädchen verschwunden war, machte ich mich frisch und ging hinauf in die Strandbar, um einen Kaffee zu trinken und eine Kleinigkeit zu essen. Kopfschmerzen hatte ich erstaunlicherweise nicht, obwohl wir weitaus mehr getrunken hatten als an anderen Abenden. Ich freute mich über diesen Umstand, ging gutgelaunt in die Bar und bestellte mir ein Omelette mit Bacon sowie einen Kaffee. Dann trat ich hinaus auf die Veranda, um die nun fast schon senkrecht am Himmel stehende Mittagssonne zu genießen und aufs ruhig vor sich hinplätschernde Meer hinauszuschauen. Daraus wurde jedoch nichts, denn dort hatte ebenfalls Tom Platz genommen, der heute ganz offensichtlich Hummeln im Hintern hatte. Noch bevor ich zu ihm rübergehen und neben ihm Platz nehmen konnte, sprang er bereits auf und stürmte in den Kanarienvogelhosen auf mich zu.

»Hast du schon irgendetwas gehört?«, wollte er aufgeregt von mir wissen.

»Dir auch erstmal einen schönen guten Morgen!«

»Ja, ja. Sag schon! Gibt es Neuigkeiten?«

»Du meinst, ob Nkomo sich schon gemeldet hat? Nein. Bis jetzt noch nicht.«

»Was? Aber es ist doch schon kurz vor zwölf! Die ganze Aktion müsste doch schon längst über die Bühne gegangen sein! Er hat doch gesagt, dass die schon im Morgengrauen mit ihrem Einsatz beginnen würden. Hoffentlich ist da nichts schief gegangen!«, war Tom besorgt.

»Nein. Mich hat noch niemand angerufen. Es hat noch nicht geklingelt.«, versicherte ich Tom und holte demonstrativ mein Telefon aus der Tasche.

»Fuck, Akku alle!«, rief ich, als ich erkannte, dass das Display nicht wegen der Tastensperre, sondern deshalb dunkel blieb, weil mein Telefon keinen Strom mehr hatte.

Wie von der Tarantel gestochen rannte ich los, um mein Aufladegerät aus der Suite zu holen. Nach ein paar Schritten fiel mir allerdings ein, dass ich das natürlich wie alle meine anderen Sachen ebenfalls nicht mit auf unseren Ausflug genommen hatte.

»Scheiße, Scheiße, Scheiße! Was mach ich denn jetzt?«, schaute ich Tom verzweifelt an.

»Du bist ja super vorbereitet. Wen hast du denn die ganze Nacht über angerufen, dass dein Akku jetzt runter ist?«, blieb Tom erstaunlich gelassen.

»Hör auf mit den Witzen! Nkomo hat bestimmt schon angerufen, Scheiße!«, fluchte ich vor mich hin.

»Hier. Steck deine Karte bei mir rein. Ich hab noch Saft drauf.«, sagte Tom ruhig, während er mir sein Telefon herüberreichte.

»Hör deine Mailbox ab, wenn er drauf gesprochen hat!«

Ich gab meine PIN-Nummer ein und wartete knappe zwei Minuten, bis ich ein Netz hatte. Einige Sekunden später piepte es auf Toms Telefon. Es war die SMS-Benachrichtigung, dass ich eine Nachricht erhalten hatte. Ich wählte die Mailboxnummer an und wartete, bis die Ansage mit ihrem Text »Sie haben eine neue Nachricht. Empfangen um 8:40 Uhr.« zu Ende war und ich die Stimme von Nkomo hörte.

»Mr. Scherler. Hallo. Hier ist Nelson Nkomo! Ich melde mich aus dem Holzfällerlager. Wir haben den Einsatz erfolgreich abgeschlossen. Insgesamt konnten wir 34 Holzfäller festnehmen. Das dürften nach Einsicht der Unterlagen im Camp alle sein. Sie haben keinen Widerstand geleistet. Ich möchte fast sagen ›Leider‹! Wir müssen nun noch das Lager der Männer aus Zimbabwe finden und sie befreien. Sie haben mir ja freundlicherweise die GPS-Koordinaten gegeben, sonst wäre das wohl etwas schwierig. Was wir mit denen machen, hängt davon ab, wie viele es sind. Entweder bringen wir sie auch nach Inhambane oder direkt nach Maputo. Die Holzfäller werden aber wie besprochen in ein bis zwei Stunden, wenn wir mit der Aufnahme der Personalien fertig sind, zum Polizeirevier nach Inhambane verbracht. Dort treffen wir uns dann! Sagen wir so um vier! Bis später! Und schon einmal vielen Dank für Ihre guten Hinweise!«

»Hahaa! Es hat geklappt!«, rief ich und machte einen Luftsprung.

Tom schloss sich an und umarmte mich, sodass wir für Außenstehende vermutlich aussahen wie kuschelnde Clowns beim Strandurlaub.

»Hat alles geklappt! Nkomo hat sich wohl nur geärgert, dass sich die Holzfäller bei der Festnahme nicht gewehrt haben. Ich denke, er hätte es gern gesehen, wenn sie ein paar von denen eine Kugel verpasst hätten.«

»Da ist er nicht der Einzige!«

»Aber das ist ja auch egal! Sie haben wohl alle eingesammelt und wir treffen uns um vier an der Polizeistation. Wie geil!«, jubelte ich noch immer.

Dann ging ich hinein, nahm meinen Kaffee und das Essen mit und bestellte für Tom gleichzeitig noch einen weiteren Becher Kaffee, da ich gesehen hatte, dass er seinen bereits ausgetrunken hatte. Wir stießen mit dem Kaffee auf unseren Erfolg an und unterhielten uns noch eine Weile über unser Treffen mit Kak und Toms Nahkampfkünste. Schließlich hatten wir nur noch eine Stunde, die wir überbrücken mussten, bevor wir zur Polizeistation aufbrechen konnten. Wir liehen uns an der Rezeption einen Frisbee aus und gingen hinunter zum Strand, wo wir aber schnell feststellen mussten, dass es eindeutig zu windig war, um vernünftig zu spielen. Daher beschlossen wir schon etwas früher loszufahren. Tom ließ sich von der Rezeption seine Fahrzeugschlüssel wiedergeben und wir stiegen in den Jeep ein, der sich nicht weit entfernt von seinem alten Stellplatz, dafür aber abseits der üblichen Laufwege der Touristen und Angestellten befand. Tom klopfte zuvor seinem Wagen mit der flachen Hand anerkennend auf die Motorhaube und sagte:

»Hast du gut gemacht!«

Dann ging es los. Nach einer knappen Stunde erreichten wir Inhambane. Da wir keine Ahnung hatten, wo die Polizeistation sein sollte, erkundigten wir uns bei einem Polizisten nach dem Weg, der uns auf umständliche Art und Weise erklärte, dass wir nur zwei Straßen davon entfernt seien und misstrauisch die zerschossene Scheibe und das Heck begutachtete, aber keine weiteren Fragen stellte. Fünf Minuten später und eine halbe Stunde vor unserem vereinbarten Termin stellten wir den Wagen vor dem Polizeirevier ab. Ganz offensichtlich waren auch schon Nkomos Einheiten vor Ort. In der näheren Umgebung des Polizeireviers wimmelte es nur so vor Polizeifahrzeugen, Beamten und Schaulustigen. Zwei Busse mit kleinen vergitterten Scheiben standen ebenfalls vor dem Revier. Wir gingen an ihnen vorbei und erkannten, dass der erste bereits leer war. Gerade als wir den zweiten passierten, hörten wir ein Klopfen aus dem Inneren des Busses, das immer stärker wurde und nach und nach von einem freudigen Rufen begleitet wurde. In ihm saßen die Männer aus Zimbabwe, die hier offenbar einen Zwischenstopp auf ihrer Weiterreise nach Maputo einlegten. Man ließ sie zwar nicht aus dem Bus aussteigen – schließlich waren sie immer noch illegale Einwanderer – aber wir erkannten durch die kleinen Fensterchen, dass die Freude bei ihnen groß war. Auch Jacob strahlte uns entgegen. Nur Samuel konnten wir nicht entdecken. Wir winkten zurück und gingen in die Polizeistation hinein, die zwar erheblich größer als das Revier in Inhassoro war, aber dennoch auf den momentanen Trubel nicht ausgerichtet war. Viele Stimmen riefen sich kreuz und quer durch den Eingangsbereich etwas zu und auch hinter dem Schalter, an dem zu normalen Zeiten vermutlich nur drei oder vier Leute Platz fanden, tummelten sich nun mindestens zehn Beamte, die mit irgendwelchen Formularen in der Hand herum schwenkten oder Anweisungen verteilten. Obwohl es hier im Augenblick zuging wie auf einem Wochenmarkt, wirkte dieses Revier wesentlich freundlicher als die Station in Inhassoro. Sie war in einem sehr hellen Sandton gestrichen und besaß große Fenster, die viel Licht in den Raum hineinließen. Da wir Nkomo nicht entdecken konnten, ging Tom auf einen der Beamten zu und sprach ihn an:

»Wir müssen zu Mr. Nkomo. Mein Name ist Mr. Randall und das ist Mr. Scherler. Können Sie uns zu ihm bringen?«

Der Beamte verschwand, nachdem er sich durch die Massen von Polizisten gedrängt hatte, in einen anderen Raum. Bereits nach wenigen Augenblicken kam er zurück, gefolgt von Nkomo, der aus der Menge heraus stach, da er als Einziger keine Uniform, sondern einen maßgeschneiderten, dunkelbraunen Anzug trug. Schon von Weitem konnten wir sein breites Grinsen auf dem Gesicht erkennen, das wir unweigerlich erwidern mussten. Schließlich gab es auch Grund zur Freude!

»Mr. Scherler! Mr. Randall! Schön, dass Sie da sind!«, begrüßte er uns.

Er rief einige Worte auf Portugiesisch in die Menge, die erst kurz still wurde und dann in einen kleinen Jubel mit Händeklatschen ausbrach. Offenbar hatte er uns gerade vor der versammelten Mannschaft vorgestellt oder gelobt. Egal, was es war, wir freuten uns darüber und nickten freundlich lächelnd in alle Richtungen. Dann begrüßte uns Nkomo noch einmal mit Handschlag, wobei er einen kurzen, leicht abfälligen Blick auf unsere Hosen warf, sich jedoch in Anbetracht unserer Ermittlungsergebnisse jeden Kommentar verkniff.

»Tja, was soll ich sagen! Wir haben sie alle geschnappt! Nicht zuletzt dank ihrer guten Vorarbeit! Die Männer aus Zimbabwe haben uns ihre Ausführungen bereits bestätigt. Da warten lange Haftstrafen auf diese Typen. Das kann ich Ihnen versprechen. Das ist ein großer Tag für die Polizei in Mosambik! Sie beide können stolz sein, dass Sie daran mitwirken konnten.«

»Danke, danke! Aber ohne Ihre Hilfe wären wir nicht so weit gekommen. Wir haben einfach gut zusammengearbeitet!«, gab ich das Kompliment zurück.

»Seien Sie nicht so bescheiden! Wären Sie nicht so hartnäckig gewesen, hätten wir weder den Mord an diesem Usumbe aufklären können, noch etwas von dieser Schweinerei mit den Flüchtlingen aus Zimbabwe mitbekommen. Das ist allein Ihr Verdienst!«

»Nochmals, danke! Aber was passiert nun eigentlich mit den Flüchtlingen?«, wollte ich von Nkomo wissen.

»Ganz geklärt ist das noch nicht. Wir bringen sie heute noch mit dem Bus nach Maputo. Das wird für die zwar eine ziemliche Plackerei, weil sie schließlich schon seit einigen Stunden im

Bus sitzen und es heute Nacht noch viel mehr werden. Aber ich glaube, im Gegensatz zu dem, was sie in den letzten Wochen und Monaten im Camp erlebt haben, ist das ein willkommener Ausflug für alle.«

»Und dann?«

»Abwarten. Auch wenn es tragisch ist, was ihnen widerfahren ist… Es sind ja immerhin illegale Flüchtlinge, die nicht in unserem Land sein dürften. Sehr wahrscheinlich werden sie nach Südafrika abgeschoben. Dort haben sie sich ja vor ihrer illegalen Einreise nach Mosambik aufgehalten. Auch wenn sie dort nur von der Schlepperbande zwischengelagert wurden. Das wird aller Voraussicht nach eine Angelegenheit der südafrikanischen Behörden.«, erklärte er uns mit einem Achselzucken.

»Werden sie dann wieder nach Zimbabwe abgeschoben?«, fragte Tom.

»Weiß ich nicht. Kann ich wirklich nicht sagen. Wenn wir sie an die südafrikanischen Behörden übergeben, werden wir allerdings auf jeden Fall den Hinweis darauf geben, was sie hier durchmachen mussten. Vielleicht lässt sich dann auf dieser Basis eine Lösung finden, dass sie nicht wieder zurück nach Zimbabwe müssen.«

»Das wäre sehr gut. Die Männer haben wirklich genug durchgemacht in der letzten Zeit. Und so haben sie auch noch die Möglichkeit, nach ihren Familien zu suchen. Wenn sie gleich wieder nach Zimbabwe zurück müssten, hätten sie dazu vermutlich keine Gelegenheit.«

»Ich werde mal sehen, was sich da machen lässt. Ich halte Sie auf dem Laufenden! Was allerdings sehr tragisch ist… Gestern hat es noch einen von ihnen erwischt. Kurz vor Ende der Schicht. Ist auf eine Mine getreten und war sofort tot. Einen Tag vor seiner Rettung… Sehr bedauerlich!«, konnte Nkomo an diesem Tag leider nicht nur positive Nachrichten vermelden.

»Was für eine Scheiße. Wissen Sie, wer es war?«, fragte ich mit keiner guten Vorahnung.

»Irgendein Nyerere… Nyerere… Ich glaub, Samuel Nyerere hieß er. Armer Kerl!«

Tom und ich zuckten zusammen.

»Kannten Sie den Mann?«, wollte Nkomo besorgt von uns wissen, da er unsere Reaktion bemerkte.

»Ja. Ein wenig. Er hatte uns von den Vorkommnissen im Camp erzählt, da er derjenige war, der am besten von allen Englisch sprechen konnte.«, erklärte Tom ihm.

»Oh, das tut mir leid,«, zeigte Nkomo Anteilnahme.

» Diese elenden Pisser! Ich hoffe, dass die sehr, sehr lange sitzen werden!«, entfuhr es Tom, der zornig über den sinnlosen Tod von Samuel war.

»Verlassen Sie sich drauf! Das werden sie garantiert!«, versprach uns Nkomo.

»Ich bräuchte allerdings noch Ihre Hilfe. Darum ist es auch gut, dass Sie hier sind!«, wechselte Nkomo das Thema.

»Ja? Dann schießen Sie los. Wir helfen Ihnen sehr gern, wenn es hilft, die Holzfäller dran zu bekommen!«, antwortete Tom.

»Wie Sie sich sicherlich vorstellen können, zeigen die Holzfäller keine große Begeisterung, mit uns zusammenzuarbeiten. Leider haben wir anhand der Personalakten, die wir im Camp gefunden haben, feststellen müssen, dass es dort zwei Arbeiter gab, die den Vornamen Wesley haben. Da die Leute aber nicht mit uns reden, haben wir noch nicht herausfinden können, wer von beiden dieser Kak ist. Sie haben doch mit ihm gesprochen. Würden Sie ihn freundlicherweise identifizieren? Das würde die ganze Sache erheblich beschleunigen.«, bat uns Nkomo.

»Aber sicher doch, gerne!«

»Dann folgen Sie mir bitte!«

Nkomo übernahm die Führung. Einige Augenblicke später erreichten wir eine Tür, hinter der sich ein Verhörraum befand. In ihm saßen Kak und der andere Wesley, beide mit Handschellen an einen Stuhl gefesselt. Sie blickten auf, als sich die Tür öffnete und Nkomo und wir in seinem Gefolge eintraten.

»Ihr verfluchten Wichser!«, brüllte uns Kak entgegen, als er uns erkannte.

»Ich denke, wir müssen nichts mehr sagen, oder?«, merkte ich süffisant an.

»Nein. Sperrt ihn zu den anderen! Der bleibt hier!«, wies Nkomo zwei der vier Beamten an, die sich im Zimmer befanden.

Sie brachten den falschen Wesley aus dem Zimmer, während Kak unruhig auf seinem Stuhl hin und her ruckelte und seine Augen nervös von einem zum anderen bewegte.

»Und? Was wollt ihr jetzt? Ihr Pisser!«, schrie er uns alle an, doch man merkte ihm an, dass er sich seiner Sache sehr unsicher war.

»Was seid ihr nur für Weicheier! Das ihr euch mit diesen Niggern verbündet! Das wird euch noch leid tun! Wenn euch unsere Leute in die Finger bekommen, dann…«, versuchte er uns zu drohen, doch weiter kam er nicht, da in diesem Moment bereits Nkomos Faust auf sein Gesicht niederfuhr.

»Du redest besser nur noch, wenn du was gefragt wirst! Ist das klar?«, machte Nkomo ihm deutlich, während er mit Daumen und Zeigefinger Kaks Unterkiefer umklammerte und seinen Kopf nach oben schob, sodass er ihm in die Augen sehen konnte.

»Ob das klar ist!?!«, wiederholte Nkomo seine Frage und verstärkte dabei den Druck auf seinen Unterkiefer.

Kak, dessen Oberlippe durch den Schlag aufgeplatzt war und blutete, nickte.

»Setzen Sie sich bitte, meine Herren! Ich denke, wir bekommen das Ganze hier schneller über die Bühne, wenn Sie mit dabei sind.«, bot uns Nkomo einen Platz am Tisch an, während er aus seiner Sakkotasche ein erstaunlich modernes digitales Tonbandgerät herausholte und es vor Kak auf den Tisch stellte.

Ohne den üblichen Hinweis auf den folgenden Mitschnitt des Gesprächs oder weitere Formalitäten wie das Aufklären von Kak über seine Rechte, fuhr Nkomo fort.

»So, du Arschloch. Jetzt erzähl uns mal, was du mit Usumbe gemacht hast!«, begann er das Verhör.

Tom und ich fragten uns, ob auch Nkomo etwas von seinem Folterknecht in Maputo gelernt hatte und es hier zur Anwendung bringen würde. Diesmal hegte ich für eine solche Vorstellung weitaus größere Sympathien als noch bei Shongoene.

»Was bringt mir das denn?«, fragte Kak dreist zurück, der sich offenbar so etwas wie eine Strafmilderung ausmalte.

Nkomo beugte sich vor, schaltete währenddessen das Tonbandgerät aus und flüsterte Kak etwas ins Ohr, dessen Augen sich im selben Moment weiteten. Dann lehnte sich Nkomo wieder in den Stuhl zurück und schaltete das Gerät wieder ein.

»Ich könnte auch die anderen verpfeifen, was die mit den Flüchtlingen gemacht haben! Das war nicht okay, ich hab denen das immer gesagt! Aber jetzt kann ich euch alles darüber erzählen. Wirklich. Ihr müsst mir nur ein wenig entgegenkommen, was die Strafe angeht!«, versuchte Kak verzweifelt und erfolglos seinen Kopf aus der Schlinge zu ziehen.

»Pass mal auf! Ich kann das, was du gerade eben gesagt hast auch gern deinen Freunden abspielen. Die sind nur drei Zimmer weiter. Alle in einer Zelle. Und dann sperre ich dich dazu. Ist es das, was du dir wünschst? Das kannst du gerne haben. Damit ersparen wir uns auch eine Menge Arbeit mit dir!«, entgegnete Nkomo, schnappte sich sein Tonbandgerät und war im Begriff aufzustehen.

»Nein! Nein! Nein! Machen Sie das nicht! Bitte! Die schlagen mich tot! Ich sag auch alles!«, winselte er.

Zwar dachte ich mir, dass das vermutlich immer noch das kleinere Übel im Vergleich zu dem wäre, was die schwarzen Häftlinge nach Kaks Verurteilung mit ihm machen würden, aber offenbar fruchtete Nkomos Drohung. Nkomo setzte sich wieder und legte das Gerät erneut auf den Tisch.

»Also fang an!«, forderte er ihn auf.

»Okay, okay! Was wollen Sie wissen?«

»Erzählen Sie uns, wie Sie Ndemi Usumbe umgebracht haben!«

Wesley machte eine letzte kurze Pause. So als ob er den finalen Moment auskosten wollte, in dem er noch nicht als endgültig Überführter in der Mordsache Usumbe feststand. Dann räusperte er sich, schluckte einmal und fing an:

»Gut. Also… Dieser Usumbe. Der war schuld daran, dass ich vier Wochen lang die Scheiße im Camp wegräumen musste!«

»Warum?«

»Weil er bei uns im Lager vorbeigekommen ist und uns zugelabert hat, dass wir hier verschwinden sollten und dass wir aufhören sollten, den Wald zu roden. Das haben wir natürlich nicht gemacht, sondern ihn nur ausgelacht. Und dann ist er wütend geworden und hat herumgeschrien. Bevor ich es verhindern konnte, hat er aus einem Behälter Kokosöl über meine Motorsäge gekippt, die dann im Arsch war! Wir haben ihn verprügelt und ihn aus dem Camp gejagt. Diese Memme!«

»Da war Usumbe aber noch am Leben. Was ist danach passiert?«, fragte Nkomo weiter.

»Ich musste zur Strafe dafür, dass ich nicht gut genug auf meine Motorsäge aufgepasst hatte, vier Wochen lang den Latrinendienst machen. Das heißt die Scheiße der anderen in Eimer schaufeln und in den Wald bringen. Das war ekelhaft! Auch die Bottiche mit der Pisse musste ich in den Wald tragen und dort auskippen! Die haben alle über mich gelacht und ihre Witze gemacht! Sie haben mir sogar den Spitznamen Kak gegeben!«

»Und da waren Sie sauer und wollten sich rächen?«

»Genau. Das hab ich dann auch gemacht…«

»Und wie?«

»Ich hab diesem Wichser an einem Abend aufgelauert! Ich hatte ja genug Zeit und war die Abende zuvor immer allein, da keiner mich mit ins »Hunters« nehmen wollte, weil ich so gestunken habe. Da bin ich die Abende vorher losgezogen und habe versucht diesen Typen ausfindig zu machen. Hab ich auch geschafft! Ich habe mitbekommen, dass er fast jeden Tag auf dem Markt gearbeitet hat und immer so ungefähr zur gleichen Zeit nach Hause gegangen ist. Ein paar Mal war er dabei auch in Begleitung einer Frau, die war aber an diesem Abend nicht dabei. Der Typ war diesen Abend allein unterwegs. Ich hab an einer Stelle auf so einem kleinen Waldweg in meinem Wagen auf ihn gewartet. Als er dann kam, hab ich die Scheinwerfer angemacht und ihn geblendet. Er blieb dann stehen. Ich hab meine Pistole, die ich im Handschuhfach mitgenommen hatte, herausgeholt und bin ausgestiegen. Der Typ stand wie angewurzelt da und hielt sich die Hand vor die Augen, weil ihn das Licht so blendete. Ich hab meine Pistole gezückt und bin auf ihn zugegangen. Da hat er Angst bekommen und gefragt, was ich von ihm will. Naja, und dann hab ich ihm gezeigt, was ich von ihm will. Ich hatte die Tage und Wochen zuvor in der Scheißegrube genug Zeit, um mir auszumalen, was ich mit ihm machen würde, wenn ich ihn erwische. Und das hab ich dann auch getan.«, erklärte Kak, während bei dem letzten Satz ein kleines Lächeln über sein Gesicht huschte.

»Und was war das?«

»Ich hab ihm ein paar Tücher vor die Füße geworfen. Das waren solche Tücher, mit denen ich vorher die Latrinen saubermachen musste. Ich hab ihm gesagt, dass er die zusammenknüllen und sich in den Mund stopfen soll. Er hat sich zwar erst geweigert, aber ich hab ihm dann die Pistole unter die Nase gehalten und dann hat er es auch ganz brav gemacht. Und danach hab ich ihm befohlen, dass er sich hinlegen sollte. Auf den Bauch.

Das hat er auch gemacht. Dann hab ich meine Machete aus dem Halfter am Gürtel genommen, mich auf seinen Rücken gesetzt und ihm nacheinander auf beiden Seiten die Achillessehnen durchgeschnitten. Ich wollte ja nicht, dass er mir noch abhaut! Schließlich musste ich noch mal zurück zum Auto! Während ich an ihm rumgeschnitten habe, hat er die ganze Zeit gezappelt und versucht zu schreien, was wegen der Tücher aber nicht ging. Danach bin ich wieder zurück zu meinem Auto gegangen und hab den Benzinkanister herausgeholt. Die Pistole hab ich wieder zurück ins Handschuhfach gepackt. Die brauchte ich ja nun nicht mehr. Für das, was ich vorhatte, reichte auch die Machete aus. Also bin ich wieder mit dem Kanister und der Machete in der Hand zu Usumbe zurück, der immer noch am Boden lag und wimmerte. Er hatte zwar in der Zwischenzeit versucht, davon zu robben, aber weit ist er nicht gekommen. Dann hab ich ihn an der Schulter gepackt und umgedreht, sodass er auf dem Rücken lag. Als er dann den Benzinkanister gesehen hat, drehte er völlig durch! Er versuchte sich zu wehren und fuchtelte mit den Armen und wollte mich wegschubsen. Die Tücher hatte er dabei aber immer noch im Mund!«, fing Kak wieder an zu lachen.

»Weiter! Sie sind noch nicht fertig!«, ermahnte Nkomo ihn energisch.

»Ich musste mich dann gegen ihn wehren! Der wollte mich ja schlagen! Da hab ich meine Machete genommen und auf die Arme und auf die Schultern geschlagen, bis er keine Gegenwehr mehr geleistet hat. Naja, und dann hab ich den Kanister genommen und das Benzin auf die Tücher gegossen. Dabei ist auch einiges danebengegangen, was dann über sein Gesicht und in den

Sand gelaufen ist. Als ich damit fertig war, hab ich mich wieder hingestellt und ihn von oben herab angesehen. Dann hab ich mir ein Päckchen Zigaretten aus meiner Tasche geholt, eine Zigarette herausgenommen und angezündet. Der Typ ahnte wohl schon, was ich vorhatte. Jedenfalls wurden seine Augen ziemlich groß und er hat die ganze Zeit mit dem Kopf geschüttelt. Er wollte auch irgendwas sagen. Aber ich hab ihn nicht verstanden, wegen der Tücher in seinem Mund. Das klang alles so dumpf... Ich hab meine Zigarette zu Ende geraucht, dann hab ich die Tücher angezündet und bin ein paar Schritte zurück, weil es gleich ziemlich heftig brannte. Der hat sich dann wie ein Irrer im Sand hin und her gewälzt, weil er wohl so das Feuer ausbekommen wollte. Hat aber nicht geklappt. Das wurde eher noch schlimmer, weil ich ja auch was von dem Benzin daneben gegossen hatte und der Sand auch brannte. Die Flammen loderten um seinen Kopf herum und es roch ganz komisch. Nach ungefähr zwei Minuten war alles vorbei. Dann bin ich wieder zurück zum Wagen gegangen, eingestiegen und zum Camp zurückgefahren. Dort hab ich dann auf dem Weg zu meinem Zelt Bram getroffen, das ist der oberste Chef bei uns im Lager.«

»Und?«

»Der hat mich gefragt, wo ich gerade herkomme. Ich hab ihm dann alles erzählt. Bram hat mich angesehen und gefragt, ob das wirklich sein musste. Da hab ich gesagt ›Ja, wegen dem musste ich vier Wochen lang die Scheiße aus der Latrine holen!‹. Das hat er eingesehen. Er meinte dann nur noch ›Hast ja recht. Den wird hier vermutlich auch keiner vermissen. Aber erzähl es keinem anderen. Das bleibt unter uns. Verstanden?‹

Das hatte ich. Ich hab keinem anderen außer Bram was davon erzählt. Und damit war die Sache erledigt. Bis ihr kleinen miesen Schnüffler gekommen seid und dumme Fragen gestellt habt. Ihr verdammten…«, fing Kak wieder an uns zu verfluchen, woraufhin er sich einen weiteren Fausthieb von Nkomo einfing, der zuvor wieder das Tonbandgerät ausgeschaltet hatte.

»Halt dein verdammtes Maul!«, fuhr er Kak an.

»Ich denke, das war alles, was wir brauchten. Sehr gute Arbeit, die Herren! Genau so, wie Sie es mir zuvor beschrieben haben.«

»Und was dich angeht…«, fuhr er fort und beugte sich zu Kak über den Tisch.

Leider verstanden wir wieder nicht, was Nkomo ihm ins Ohr flüsterte, aber Kaks Reaktion fiel sehr heftig aus und er begann zu schreien:

»Das können Sie nicht machen! Ich habe auch Rechte! Das weiß ich!«

»Deine Rechte scheren hier niemanden! Glaub mir, du wirst dir in ein paar Wochen wünschen, dass Mr. Usumbe dich angezündet hätte, wenn du wirklich weißt, was dir bevorsteht.«, ließ Nkomo Kaks Phantasie freien Lauf, woraufhin er für einen kurzen Moment schwieg, dann jedoch wieder zu protestieren begann.

Wir waren uns relativ sicher, dass – egal, welches Horrorszenario sich Kak gerade vorstellte – es auch tatsächlich eintreten würde.

Wir verließen gemeinsam mit Nkomo den Verhörraum, in dem Kak noch immer tobte. In einer weniger überfüllten Ecke des Reviers blieben wir stehen und Nkomo schaute uns noch einmal an.

»Jetzt können wir wirklich sagen, dass dieser Fall gelöst ist. Ein besseres Geständnis hätten wir wohl kaum von ihm bekommen können. Besten Dank an Sie beide! Das war sehr gute Arbeit!«, lobte Nkomo den Erfolg unserer Ermittlungen ein weiteres Mal.

»Danke. Das haben wir gern getan!«, erwiderte ich.

»Was passiert denn nun mit den anderen Holzfällern?«, fragte ich.

»Die werden wir nach Maputo in die Untersuchungshaft bringen. Um sie auf Dauer in Inhambane zu lassen, fehlt es hier einfach an der entsprechenden Kapazität, auch wenn ich kein Problem damit hätte, sie alle zusammen für immer in der engen Zelle eingesperrt zu lassen. Die Verhöre der ganzen Truppe werden sicherlich einige Zeit in Anspruch nehmen. Wir haben zwar die Aussagen der Flüchtlinge aus Zimbabwe, aber um die einzelnen Tatbeiträge der jeweiligen Personen zu ermitteln, werden wir garantiert noch länger brauchen.«

»Verstehe. Und was passiert mit der Firmenleitung von Schoeman & Pretorius? Die müssen ebenfalls für diese Sauerei zur Rechenschaft gezogen werden!«, meldete sich Tom zu Wort.

»Keine Sorge, das werden sie. Ich habe bereits auf dem Weg nach Inhambane mit meinen südafrikanischen Kollegen telefoniert und ihnen den Sachverhalt geschildert. Die werden sich sehr zeitnah darum kümmern. Wir haben unseren Teil erledigt. Jetzt sind die Kollegen aus Südafrika am Zug.«

»Vergessen Sie nicht, dass auch noch dieser Chef der Schlepperbande ausfindig gemacht werden muss. An dessen Händen klebt höchstwahrscheinlich auch noch eine Menge Blut.«, erinnerte ich Nkomo.

»Auch darum kümmern sich die Kollegen aus Südafrika. Ich werde sie aber zur Sicherheit noch einmal darauf hinweisen. Wir werden auch die Holzfäller befragen, ob sie uns irgendwelche Hinweise zu ihm geben können.«

»Was haben Sie eigentlich Wesley ins Ohr geflüstert? Er hat danach ausgesehen, als wäre ihm ein Geist begegnet.«, wollte Tom schließlich noch von Nkomo wissen.

»Hab ich das? Ich kann mich nicht erinnern…!«, entgegnete Nkomo, der uns dabei mit einem wissenden Lächeln anblickte.

»Wenn Sie möchten, können Sie gern noch hierbleiben und sich ein wenig umsehen. Ich muss leider noch sehr viel Papierkram erledigen. Sie müssten daher auf meine Gesellschaft verzichten.«, lud Nkomo uns zum Verweilen in der Polizeistation ein.

Tom und ich schauten uns kurz an und entschieden uns gegen dieses Angebot. Zum Einen gab es für uns nichts mehr zu tun und zum Anderen verstanden wir auch nicht, worüber sich die Polizisten unterhielten. Daher verabschiedeten wir uns von Nkomo und wünschten ihm eine gute Weiterreise nach Maputo. Bevor wir das Gebäude verließen, erhielten wir noch eine weitere Einladung von Nkomo, diesmal für ein Abendessen mit ihm bei unserem nächsten Aufenthalt in der Hauptstadt. Wenn es nach mir ging, hatte das aber noch eine Weile Zeit. Wir gingen hinaus auf die Straße, wo es noch immer von Polizisten wimmelte. Der Bus mit den Flüchtlingen war inzwischen nach Maputo aufgebrochen. Wir setzten uns in den Wagen und blieben noch eine Weile an Ort und Stelle stehen.

»Mann, was für ein Arschloch, dieser Wesley! Der hat sich sogar noch beim Verhör darüber gefreut, was er mit Usumbe angestellt hat.«, sagte Tom.

»Ja. Nkomo hat uns zwar leider nicht gesagt, was er Kak ins Ohr geflüstert hat, aber ich bin mir sehr sicher, dass er dafür büßen wird.«

»Allerdings! Mit dem möchte ich nicht tauschen…«, lachte Tom.

»Ich glaube, ich möchte mit keinem der Holzfäller tauschen! Die haben jetzt ein paar harte Jahre vor sich!«

»Wenn sie so lange durchhalten…«, fügte Tom hinzu.

»Tja, selbst schuld. Kannst du mir bitte noch einmal dein Telefon geben? Ich will noch schnell bei Yzelle anrufen.«

»Hier.«

Tom gab mir das Telefon und ich informierte Yzelle über den Stand der Dinge. Ich konnte ihr deutlich anmerken, dass sie sich freute, dass Kak nun endgültig überführt werden konnte und sie zudem sehr erleichtert war, dass wir, abgesehen von Toms zerschossenem Jeep, heil aus der ganzen Sache herausgekommen waren. Bevor sie auflegte, sagte sie noch:

»Warte mal! Gloria will dich noch sprechen.«

»Okay.«

»Hi Jan! Glückwunsch! Das habt ihr gut gemacht!«

»Danke, was gibt es denn?«

»Maarten kommt morgen wieder zurück. Er fliegt über Johannesburg und landet um 12:35 in Inhambane. Meinst du, ihr könntet ihn abholen? Dann spar ich mir die Fahrt. Außerdem hat er noch eine kleine Überraschung dabei!«

»Können wir machen. Was denn für eine Überraschung?«, fragte ich neugierig.

»Das werdet ihr morgen sehen!«

Ich legte auf und informierte Tom darüber, dass wir morgen zu dritt nach Praia da Onda zurückkehren würden. Dann fuhren wir los. Gegen 20:00 Uhr erreichten wir den »Coconuts Backpacker«. Tom parkte seinen Wagen direkt vor der Rezeption und stieg aus.

»Jetzt müssen wir uns nicht mehr verstecken, die Holzfäller sitzen im Knast. Und wer weiß... Wenn wir mit dem Wagen heute Abend für Aufsehen sorgen, können wir vielleicht ein paar Mädels unsere spannende Geschichte erzählen. Das zieht bestimmt gut. Zwei Helden, zurück von ihrer Mission. Und jetzt warten wir nur noch auf unsere Belohnung!«, tönte er im Brustton der Überzeugung.

»Ich hoffe, du hast recht. Heute würde es sich sogar lohnen, wir haben beide eine Suite für uns...«

Leider wurden Toms Überlegungen an diesem Abend nicht in die Realität umgesetzt. Zwar sorgten wir dafür, dass wir jeder halbwegs attraktiven Frau in der Bar unser Abenteuer auf die Nase banden, unabhängig davon, ob sie das wollten oder nicht. Jedoch konnten wir keinen Treffer landen, was neben unseres sehr fragwürdigen Erscheinungsbildes in den bunten Hosen sicherlich auch daran lag, dass Andrew uns voll und ganz in Beschlag nahm und uns an unserem Abschiedsabend mit allerlei Spirituosen abfüllte. So kehrten wir ohne weibliche Begleitung, dafür betrunken und glücklich, in unsere Suiten zurück.

Kapitel 26

Mittwoch, 09.03.2011

Am nächsten Morgen merkte ich, dass wir es am Abend zuvor übertrieben hatten. Denn im Gegensatz zum vorherigen Tag wachte ich mit starken Kopfschmerzen auf, die erst nach dem zweiten Kaffee etwas nachließen. Tom hatte in dieser Hinsicht keine Probleme und erschien gut gelaunt zum Frühstück in der Strandbar. Wir mussten uns etwas beeilen, da es bereits kurz nach elf war und in anderthalb Stunden Maarten am Flughafen auf uns warten würde. Glücklicherweise hatten wir bis auf meine gewaschenen Klamotten, die mir der Zimmerservice in einer Plastiktüte an die Türklinke gehängt hatte, kein Gepäck, das wir noch packen oder verstauen mussten, sodass wir die letzten Minuten unseres Aufenthalts ganz der Verabschiedung von Andrew widmen konnten. Wir rangen ihm das Versprechen ab, dass er uns im Laufe des kommenden halben Jahres in Praia da Onda besuchen kommen würde und nahmen noch einige Sandwiches für die Fahrt mit.

Tom hatte es leider versäumt, seine muffige Kleidung reinigen zu lassen, sodass er immer noch in diesen furchtbaren Hosen herumsprang, in denen er sich scheinbar von Tag zu Tag wohler fühlte. Er fuhr die Strecke zum Flughafen nach Inhambane in

Rekordzeit, sodass wir zeitgleich mit Maarten ankamen. Wir parkten vor dem Terminal und schlenderten gemütlich durch die Halle hinaus auf die kleine Freifläche vor der Startbahn, um Maarten direkt am Rollfeld begrüßen zu können. Er erspähte uns schon von der Gangway aus, was vermutlich auch an den Signalfarben auf Toms Hose lag und winkte uns zu. Dann kam er uns entgegen und begrüßte uns mit einem kameradschaftlichen Klaps auf den Oberarm.

»Ich hab´s schon gehört. Ihr Teufelskerle! Nicht schlecht.«

»Ja, danke! Hat Gloria es dir schon erzählt?«

»Nur, dass ihr erfolgreich wart. Sie meinte, wenn ihr mich abholt, habt ihr auf dem Rückweg genug Zeit, um mir alles zu erzählen. Ich bin schon gespannt!«

»Das kannst du auch sein. Und ich weiß nicht, ob die Zeit auf der Rückfahrt ausreicht… Wie war es denn bei dir in Durban? Lief alles gut?«, erkundigte ich mich bei ihm.

»Am Anfang war es ziemlich chaotisch. Da lief bei der Buchhaltung einiges durcheinander. Das haben wir jetzt aber wieder im Griff. Insofern… Ja, alles bestens!«

»Bleibst du jetzt wieder länger im Resort?«, fragte Tom.

»Die nächsten zweieinhalb Wochen auf jeden Fall. Dann kann es sein, dass ich nochmal runter nach Durban muss. Mal sehen…«

Die meisten der Passagiere drängten sich in der viel zu kleinen Halle, da die Ausgabe des Gepäcks gerade erst begonnen hatte. Ein riesiger Rollkoffer von Maarten war eines der ersten Gepäckstücke, das der Flughafenangestellte auf den winzigen

Holztresen stellte. Maarten drängelte sich durch die wartenden Fluggäste und kam mit einiger Mühe wieder zurück.

»Das ist noch nicht die Überraschung. Ihr müsst noch ein bisschen warten.«, hielt er uns hin.

Wir blieben weiter in der Nähe der Gepäckausgabe stehen und sahen zu, wie der Mann hinter dem Tresen ein Gepäckstück nach dem anderen in die Höhe wuchtete und darauf wartete, bis sein Besitzer es bei ihm abholen würde. Die Prozedur dauerte eine ganze Weile, da der Flieger aus Johannesburg recht voll gewesen war. Nachdem bereits die meisten Passagiere die Halle mit ihrem Gepäck verlassen hatten, rief Maarten:

»Aah, jetzt hat er es. Wartet einen Moment!«

Dann ging er wieder zum Tresen vor und übernahm eine große, grüne Plastikkiste. Sie war offenbar sehr schwer, denn Maarten hatte sichtlich Mühe, sie bis zu uns zu schleppen.

»Was ist denn da drin? Hast du uns ein paar Steine mitgebracht?«, erkundigte sich Tom.

»So ähnlich.«, murmelte Maarten, während er die Folie vom Deckel riss und ihn dann leicht anhob, sodass wir ein Blick auf den Inhalt werfen konnten. Ein riesiger Berg Boerewors gespickt mit zahlreichen Kühlakkus schaute uns an und ich bekam sofort großen Appetit.

»Was hast du denn vor?«, fragte Tom ihn ungläubig.

»Das sind 150 Stück. Fünf verschiedene Sorten. Nicht schlecht, oder?«, erklärte Maarten.

»Ja, ja, sehr schön. Aber was in aller Welt willst du mit so vielen Würsten?«, erkundigte ich mich etwas irritiert.

»Das hätte ich ja nicht gedacht, da hat meine Gloria tatsächlich dicht gehalten!«

»Was denn? Lass dir nicht alles aus der Nase ziehen!«, gängelte ich ihn.

»Gloria, Yzelle und Steven haben eine Party organisiert! Zum Einen, weil wir so erfolgreich den Fall gelöst haben und ihr es als Chefschnüffler verdient habt, euch feiern zu lassen und zum Anderen, weil immer noch deine Danke-Schön-Feier wegen der Nachbarschaftshilfe beim Brand aussteht. Yzelle hat das jetzt in die Hand genommen und damit schlagen wir zwei Fliegen mit einer Klappe.«

»Wow, nicht schlecht! Wie viele kommen denn da?«

»Gloria meinte, es wären wohl 57 Leute, die schon zugesagt haben. Wenn wir dann noch die Angestellten mit dazu rechnen, die im Camp wohnen, werden es bestimmt noch einmal 30 oder 40 mehr.«

»Das wird aber eine große Feier!«

»Allerdings! Die Leute aus dem »Shamwari« helfen uns auch dabei. Sie kümmern sich um die Grills und die Getränke. Bill hat uns angeboten, dass er alles zum Einkaufspreis zur Verfügung stellt. Da wird es für uns alle nicht so teuer. Auch wenn es eigentlich nur dein Haus war, das gebrannt hat, haben wir beschlossen, dass wir uns alle mit rein teilen. Hättest du nicht so viel Initiative bei den Ermittlungen gezeigt, wäre dein Haus wohl auch nicht angezündet worden. Insofern passt das schon.«

»Ich bin begeistert! Wann steigt die Feier?«

»Sobald wir in Praia da Onda angekommen sind. Also steht nicht so lange hier rum, sondern bewegt euch zum Auto und helft mir beim Tragen. Los geht´s!«, befahl uns Maarten in einem Ton, der uns zeigte, dass er gut gelaunt war und dass die kommenden Stunden auf der N1 sicherlich unterhaltsam werden würden.

Tom und ich trugen die Kiste zum Jeep, während Maarten mit seinem Rollkoffer über den unebenen Betonboden schepperte.

»Was habt ihr denn gemacht?«, rief er entsetzt aus, als er die zerborstene Scheibe und die Einschussmulden in der Tür und der Kofferraumklappe entdeckte.

»Das erzählen wir dir unterwegs bei einem Cider!«, schmunzelte Tom.

Wir kamen gut voran und erreichten Praia da Onda gegen sechs Uhr. Offenbar waren wir in den wenigen Tagen unserer Abwesenheit zu kleinen Berühmtheiten mutiert, denn bereits am Eingang des Resorts winkten uns die beiden Wachleute, die sonst eher etwas zurückhaltender waren, freudig und aufgeregt zu. Wir winkten zurück und fuhren weiter zu Toms und meinem Haus, da Maarten überzeugt war, dass Gloria sich dort aufhalten würden. Wir folgten seinem Hinweis und waren überrascht, was Gloria, Yzelle und Steven sowie das Team des »Shamwari« in kurzer Zeit auf die Beine gestellt hatten. Bereits von weitem wirkte der Abschnitt, auf dem wir unsere Häuser hatten, wie eine gediegene Strandparty. Links und rechts der zu unseren Häusern führenden Sandpisten waren Fackeln aufgestellt und irgendjemand hatte meine Veranda mit bunten Lampions geschmückt. Weiter unten am Strand hatten die

Mitarbeiter des »Shamwari« eine mobile Holzbar aufgestellt, die wir schon zu einigen größeren Geburtstagsfeiern im Camp gesehen hatten. In Nähe der Bar befanden sich, großzügig über den Strand verteilt, mehrere Grills, an denen die »Shamwari«-Leute Steaks, gegrilltes Gemüse und andere Leckereien anboten. Einige unserer Nachbarn hatten es sich bereits an der Bar oder auf den Sitzgelegenheiten am Strand gemütlich gemacht und winkten uns lachend zu, als sie unsere Ankunft bemerkten. Nach einiger Zeit entdeckten wir auch unsere Freunde, die sich gemeinsam mit einigen Angestellten bemühten, schwere Getränkekisten vom »Shamwari« über den Strand bis hin zur Bar zu tragen. Sie unterbrachen ihr Vorhaben auf den letzten Metern, als sie uns sahen, stellten die Kisten ab und liefen auf uns zu. Steven war der Erste, der bei uns ankam.

»Mann, schön, dass ihr wieder da seid. Und gut, dass euch nichts passiert ist!«

»Ja! Danke! Wir freuen uns auch, dass wir wieder hier sind!«

»Auch schön, dass du wieder da bist, du hast eine Menge verpasst!«, begrüßte Steven Maarten fast beiläufig.

»Danke. Ist schon okay. Die beiden haben mir unterwegs alles erzählt, Heftig, was?«

»Maarten!«, lief Gloria freudestrahlend auf ihren Mann zu, umarmte und küsste ihn.

Wir schauten die beiden an und freuten uns für sie. Dann kam Yzelle als Letzte bei uns an.

»Na, kommt her! Lasst euch auch drücken!«, erkannte sie, dass wir auch gern eine Umarmung wie Maarten erhalten würden.

»Hast du eigentlich allen hier im Resort von unserem kleinen Ausflug erzählt?«, wandten wir uns mit strengem Blick an Yzelle, da uns die ganze Aufmerksamkeit, die uns zuteil wurde, ein wenig unangenehm war, auch wenn wir uns natürlich geschmeichelt fühlten.

»Das hatte ich erst vor. Musste ich aber gar nicht mehr. Im Radio wird den ganzen Tag von nichts Anderem berichtet als von dem riesigen Polizeieinsatz gegen die Holzfäller und natürlich von den mutigen Europäern, die hier in der Nähe leben und bei der Aufklärung des Mordes und der Befreiung der Flüchtlinge so heldenhaft mitgewirkt haben! Und nachdem wir ganz beiläufig fallengelassen haben, dass ihr die beiden seid, von denen ständig im Radio gesprochen wird, hat es sich ausgebreitet wie ein Lauffeuer! Ich bin mir sicher, dass ihr eure Story heute mindestens ein Dutzend Mal erzählen müsst!«, lachte Yzelle.

»Na prima! Eigentlich wollte ich mir heute in Ruhe den Bauch mit Maartens Boerewors vollschlagen, zwei, drei Bierchen trinken und dann ins Bett gehen.«, scherzte Tom.

»Daraus wird wohl nichts. Wenn ich du wäre, würde ich mir aber noch eine andere Hose anziehen, Tom. Die sieht ja schlimm aus!«, gab Yzelle ihm einen guten Rat mit auf den Weg, den Tom unter anfänglichem Protest befolgte.

Es wurde eine wunderbare Feier. Immer mehr Nachbarn strömten von allen Seiten auf unseren Strandabschnitt und nahmen an der Party teil, die unsere Freunde für uns organisiert hatten. Auch einige Angestellte des Resorts nahmen an unserer Feier teil. Unter ihnen war auch Charles Gumba, der Mann des

Sicherheitsdienstes, der mir bei dem Hausbrand das Leben gerettet hatte. Auch wenn ich bislang nicht dazu gekommen war, mein Versprechen einzulösen, so hatte ich es dennoch nicht vergessen. Ich bat ihn, kurz auf mich zu warten und lief in mein Haus, um aus meinem Versteck etwas Geld für ihn zu holen. Ich schwankte erst, ob ich ihm 500,- oder 1.000,- Dollar geben sollte, entschied mich dann aber für Letzteres. Gumba konnte es gar nicht fassen. Vielleicht hatte er nicht mehr damit gerechnet, oder gedacht, dass ich es bereits vergessen hätte. Jedenfalls schaute er mich im ersten Moment ungläubig an, als ich ihm die zehn 100-Dollar-Scheine überreichte. Als ich ihm zunickte und anmerkte, dass das eigentlich gar nicht genug sei, entfuhr ihm vor Freude ein lauter Schrei. Er zögerte kurz, dann drückte er mich, bedankte sich, drückte mich noch einmal und lief zu seinen Kollegen, denen er das Geldbündel zeigte und die sich mit ihm freuten.

Als sich dann gegen drei der Strand leerte und auch Gloria und Maarten schon zu Bett gegangen waren, bemerkte ich, dass Tom mit einer jungen Dame am Wasser spazieren ging, konnte aber wegen der Entfernung und der Dunkelheit nicht erkennen, um wen es sich handelte. Ich sah ihn zumindest in dieser Nacht nicht wieder. Gegen halb vier waren dann auch die letzten Gäste verschwunden und die Servicekräfte des »Shamwari« versprachen Yzelle, Steven und mir, dass sie sich morgen um das Aufräumen des Strandes kümmern würden.

Kapitel 27

Donnerstag, 10.03.2011

Am nächsten Tag wachte ich erst um kurz nach eins auf. Ich machte mir ein Frühstück und mich beschlich ein merkwürdiges Gefühl der Ruhe. Ich wusste nicht, ob ich mich so recht darüber freuen sollte, da unsere Ermittlungen in dem Mordfall für mich eine aufregende Abwechslung zu dem ansonsten sehr ruhigen Leben in Praia da Onda dargestellt hatten. Dann entschied ich mich allerdings dafür, mich über den nun eingetretenen Zustand zu freuen, da ich ihn zum Einen in den letzten Jahren sehr liebgewonnen hatte, zum Anderen aber auch, weil ich nichts daran ändern konnte. Den Rest des Tages verbrachte ich zunächst im Meer und dann mit meinen Freunden am Strand. Wir nutzten dem Umstand, dass mit Maarten auch unser sechster Mann für das Volleyballspiel wieder da war und gingen nach einigen kräftezehrenden Matches wie üblich ins »Shamwari«, wo der heutige »Catch of the day« originellerweise aus den Restbeständen von Maartens mitgebrachter Boerewors bestand.. Wir verabschiedeten uns nach einem schönen Abend und vereinbarten für den kommenden Tag einen Ausflug nach Inhassoro, um dort unsere Vorräte ein wenig aufzufüllen und anschließend der Strandbar einen kleinen Besuch abzustatten.

Tom und ich schlenderten wie so oft gemeinsam nach Hause.

»Na? Noch einen letzten Drink für heute Abend?«, fragte mich Tom.

»Ach, warum nicht.«, antwortete ich.

Wir gingen zu Toms Haus, wo ich auf der Veranda Platz nahm, während Tom uns in der Küche einen Gin Tonic mischte. Er brachte ihn hinaus und setzte sich mit einem erleichterten Seufzer in seinen gemütlichen Rattansessel.

»War ganz schön aufregend die letzten Wochen, was?«, fing er an.

»Ja.«

»Ich bin ehrlich gesagt ganz froh, dass jetzt erst einmal etwas Ruhe einkehrt.«, war Tom offenbar zu einem ähnlichen Ergebnis gelangt, wie ich nach dem Aufwachen.

»Ist denn Ruhe bei dir eingekehrt?«, wollte ich von ihm wissen.

»Wie jetzt? Meinst du so innerlich?«, gab Tom meiner Frage einen tiefgründigeren Charakter, als ich es geplant hatte.

»Quatsch, nein. Ich meine, wegen heute Nacht... Wer war denn die junge Dame an deiner Seite?«, erkundigte ich mich bei ihm mit einem Lächeln.

»Ach, das meinst du. Du hast uns wohl gesehen?«

»Wer war es denn?«

»Du kannst ja raten.«, bot Tom mir an.

»Ich geb dir einen Tipp. Wegen ihr sind wir die letzten Wochen quer durchs Land gefahren.«, half Tom mir auf die Sprünge.

»Mary? Und, lief da was mit euch beiden?«

Tom zuckte mit den Schultern und lächelte.

»Jetzt sag schon!«, forderte ich ihn auf.

»Weiß nicht. Ich glaube, wir sind uns ganz sympathisch. Wir haben gestern nur miteinander geredet. Sonst lief da nichts. Ehrlich. Aber mal sehen, vielleicht entwickelt sich da noch etwas…«

»Na, da bin ich mal gespannt. Ich hab dir doch gesagt, dass sie dir gefallen wird, oder? Halt mich auf dem Laufenden, wenn sich Neuigkeiten ergeben!«

»Mach ich. Versprochen!«

»Na dann! Auf dich und Mary! Cheers!«, prostete ich Tom zu.

Tom antwortete darauf nicht. Vermutlich würde es noch einige Zeit dauern, bis wir beide all die Ereignisse richtig für uns einordnen konnten. Wir saßen einige Zeit lang wortlos nebeneinander, betrachteten die Sterne, hörten dem leichten Rauschen des Meeres zu und fragten uns, was das alles gebracht hatte, was am Ende geblieben war. Wir hatten definitiv in der Gegend um Praia da Onda eine Menge Staub aufgewirbelt, der sich in den kommenden Wochen erst einmal legen musste. Dafür hatten wir aber auch Einiges erreicht. Wir hatten den Mörder von Usumbe gefasst, was unser Hauptanliegen gewesen war und wir hatten dazu beigetragen, dass die Flüchtlinge aus Zimbabwe keinen sinnlosen Tod in den Minenfeldern der Wälder rings um Praia da Onda und Inhassoro mehr sterben mussten. Auch hatten wir dafür gesorgt, dass der korrupte Polizeichef Shongoene aus dem Verkehr gezogen wurde. Unsere Einmischung hatte aber auch noch andere Folgen. Klar war, dass sich Schoeman & Pretorius von dieser Sache niemals mehr erholen würde. Das Land, das sie von Mpizi erworben hatten, würde nun vermutlich einfach so belassen bleiben, wie es auch schon in den Jahrzehnten zuvor der Fall gewesen war. Die Dorfbewohner konnten also in ihren Hütten im Wald wohnen bleiben und mussten nicht befürchten, dass sie sich in ein paar Monaten eine neue Bleibe suchen mussten. Wir konnten zwar nicht dazu beitragen, dass die Flüchtlinge schnell ihre Familien wiedersahen. Das war aber auch nicht unsere Aufgabe, sondern die der Polizeibehörden. Wir schauten uns an und wussten, dass wir unsere Sache insgesamt sehr gut gemacht hatten und freuten uns auf die kommenden Wochen.

Kapitel 28

Epilog

Einige Wochen später erhielt ich einen Anruf von Nelson Nkomo. Er teilte mir mit, was in der Zeit nach der Verhaftung der Holzfäller geschehen war und wie sich die weiteren Ermittlungen entwickelt hatten. Man hatte es geschafft, auf welche Weise auch immer, dass alle Holzfäller hinsichtlich der Verwendung der Flüchtlinge aus Zimbabwe als Minensucher geständig waren. Diese warteten nun im Gefängnis in Maputo auf ihre Verhandlung, die nach Nkomos Einschätzung mit an Sicherheit grenzender Wahrscheinlichkeit mit hohen Haftstrafen für alle Beteiligten ausgehen dürfte. Das gleiche gelte auch für Wesley, der bislang zu seinem eigenen Schutz noch in Einzelhaft sei und erst nach der Verurteilung in einer Gemeinschaftszelle untergebracht werde. Nkomo lobte ausdrücklich die Zusammenarbeit mit den südafrikanischen Behörden, welche die Geschäftsleitung von Schoeman & Pretorius festgenommen und das Unternehmen geschlossen hätten. Alles in allem seien das sehr erfreuliche Entwicklungen, meinte Nkomo, der aber auch noch zwei nicht ganz so positive Aspekte loswerden musste. Zwar konnte erreicht werden, dass die Flüchtlinge aus Zimbabwe wegen ihrer furchtbaren Erlebnisse im Camp der südafrikanischen Holzfäller quasi als kleine Wiedergutmachung eine Arbeits- und Aufenthaltsgenehmigung in Südafrika erhalten hatten. Allerdings gab es bisher noch keine noch so geringe Spur hinsichtlich des Verbleibs der Familienangehörigen der Flüchtlinge sowie der Arbeiter, die nach Ablauf der drei Monate im Camp angeblich freigelassen wurden. Nkomo teilte mir mit, dass davon auszugehen sei, dass von diesen vermutlich keiner die Fahrt nach Südafrika überlebt hatte. Ein ähnliches Schicksal befürchtete er auch im Hinblick auf die Familien der Flüchtlinge. Die zweite weniger erfreuliche Nachricht war ebenfalls mit diesem Aspekt verknüpft. Denn weder die Holzfäller, deren Chefs im Lager, noch Mr. Schoeman und Mr. Pretorius waren trotz größter Anstrengungen während der Verhöre in der Lage, zur Ermittlung der Identität des großen, blonden Mannes beizutragen, der als Anführer der Schlepperbande für den Verbleib der Familien und aller Voraussicht nach auch für den Tod der zurückgekehrten Flüchtlinge verantwortlich war. Von ihm existierte nur eine relativ vage Beschreibung und ein Vorname. Jaap. Angeblich handelte es sich bei ihm um einen ehemaligen Angehörigen des alten südafrikanischen Geheimdienstes NIS zu Zeiten der Apartheid, der an Einsätzen der gefürchteten und berüchtigten Todesschwadronen in den Townships beteiligt war. Mr. Schoeman und Mr. Pretorius hatten zwar gestanden, dass sie Jaap über Mittelsmänner angeheuert hatten, nachdem die ersten Fluchthilfeversuche an der Grenze durch eigene Mitarbeiter aufgeflogen und missglückt waren. Von diesen hätten sie auch anfänglich erfahren, dass Jaap nach dem Ende der Apartheid bereits für mehrere größere Firmen als eine Art Söldner tätig gewesen sein soll und für diese die Drecksarbeit erledigt habe.

Allerdings konnten bislang weder die Mittelsmänner noch diese angeblichen Firmen ermittelt werden, um nähere Informationen zu Jaap zu erhalten.

Ich bedankte mich bei Nkomo für die Weitergabe dieser Informationen und er erneuerte seine Einladung nach Maputo, die ich abermals freundlich entgegennahm, mir aber noch nicht sicher war, ob ich ihr auch tatsächlich folgen würde. In den folgenden Tagen versuchte ich eher sporadisch als enthusiastisch über das Internet etwas mehr über den NIS herauszubekommen und malte mir bei den wenigen Fotos, die aus dieser Zeit ins Internet gestellt worden waren, aus, dass sich hinter einem der Gesichter vielleicht dieser Jaap verbarg. Jedoch ohne Erfolg. Ich zog es daher vor, mich wieder den angenehmen Seiten des Lebens in Praia da Onda zu widmen und mein nur wenig motiviertes Unterfangen zu beenden. Mir war zu diesem Zeitpunkt noch nicht bewusst, dass dieses schon bald ein weiteres Mal jäh unterbrochen werden sollte.

ENDE